S0-BSI-980

CARL A. RUDISILL LIBRARY
LENOIR-RHYNE COLLEGE

RUGE / ROMMEL UND DIE INVASION

Feldmarschall Rommel und der Verfasser

ROMMEL

UND DIE INVASION

ERINNERUNGEN VON

FRIEDRICH RUGE

K. F. KOEHLER VERLAG STUTTGART

Schutzumschlag- und Einbandentwurf von Alfred Finsterer
Zeichnung der Karten von Klaus-Dieter Schack
Gesamtherstellung von K. & H. Greiser, Rastatt, 1959

VORWORT

Das Gelingen der anglo-amerikanischen Invasion in der Normandie im Juni 1944 hatte stärksten Einfluß auf den Ausgang des zweiten Weltkrieges und auf das Geschick Europas in den folgenden Jahrzehnten. Die gelandeten Armeen banden und zerrieben die kampfkräftigsten deutschen Divisionen und öffneten sich selbst und mittelbar den Sowjets den Weg nach Mitteleuropa. Die große Landungsoperation besiegelte das Schicksal des Nationalsozialismus und der deutschen Wehrmacht. Wegen ihrer besonderen Bedeutung ist sie in einer ganzen Reihe von Werken behandelt worden, vom Standpunkt des Staatsmannes (Churchill), des politischen Historikers (Chester Wilmot), des Feldherrn (Eisenhower, Montgomery), von Mitkämpfern auf den verschiedenen Ebenen, wie auch von fachlichen Arbeitsgemeinschaften (Cross Channel Attack, U.S. Army).

Um die hervorragendste Gestalt auf der deutschen Seite, Feldmarschall Erwin Rommel, ist bereits eine ganze Literatur entstanden. Mit Ausnahme von Speidels »Invasion 1944« beschäftigt sich diese in der Hauptsache mit seiner Kampfführung als Divisionskommandeur im Frankreichfeldzug 1940 und besonders als Armee-Oberbefehlshaber in Nordafrika 1941 bis 1943. Verhältnismäßig wenig ist bisher über die Pläne Rommels zur Abwehr der Invasion 1944 und ihre Entstehung geschrieben worden. Hierüber Angaben zu bringen, ist in erster Linie der Zweck dieses Buches. Es soll zeigen, wie Rommel seine Aufgabe anfaßte, als er den Auftrag erhielt, die Verteidigung Nordwesteuropas zu überprüfen, und es soll schildern, wie er selbst arbeitete, wie er seinen Stab ansetzte, welche Probleme zu behandeln waren, was er erreichte, wo die Schwächen und Widerstände lagen, warum es nicht gelang, die Invasion abzuwehren, und ob überhaupt Aussichten dazu bestanden.

Es ist gewagt, Erinnerungen, die geschichtlichen Wert haben sollen, ein gutes Jahrzehnt nach den Ereignissen aus dem Gedächtnis niederzuschreiben. Das gilt besonders von Vorgängen, die in der Zwischenzeit in Büchern, in der Presse und in sogenannten Tatsachenberichten mehr oder weniger zweckgefärbt behandelt worden sind.

Im Folgenden wird die Arbeit Rommels und seines Stabes von seinem Auftrag im November 1943 bis zu seiner Verwundung am 17. 7. 1944 und einiges aus seinem persönlichen Schicksal danach dargestellt, und zwar nicht nur aus der persönlichen Erinnerung des Verfassers, der von November 1943 bis August 1944 als Marinesachverständiger zum Stabe der Heeresgruppe B (Feldmarschall Rommel) kommandiert war, sondern auf Grund folgender Aufzeichnungen aus der damaligen Zeit:

Kriegstagebuch der Heeresgruppe B (zitiert als KTB),

»Tagesberichte« Rommels, Stichworte über seine Tätigkeit und Gedanken, meist nur wenige Zeilen am Tag, nahezu täglich niedergelegt (zitiert als TBR),

persönliche Aufzeichnungen des Verfassers ab 20. 12. 1943, fast täglich stenographiert (zitiert als PAV).

Diese drei Quellen ergänzen sich gut; dazu kommen eine Anzahl von Briefen, Befehlen und Berichten. Zusammen machen sie es möglich, die Vorgänge vor und während der Invasion aus der Sicht des Rommelschen Hauptquartiers zu schildern. Wo nachträgliche Kenntnisse verarbeitet sind, wird das besonders angegeben. Das Ganze ist keine abschließende Beschreibung und Kritik der Invasion, sondern ein Beitrag zur Geschichte dieses Abschnittes und des Feldherrn auf der deutschen Seite, der immer einen hervorragenden Platz in unserer soldatischen Überlieferung einnehmen wird. Die zahlreichen Einzelangaben sind gedacht als Steinchen zum Mosaik der großen Schlacht, das einmal von kundiger Hand zusammengesetzt werden wird.

Das Buch wurde im Jahre 1955 in Tübingen begonnen und war etwa zu zwei Dritteln fertig, als der Verfasser 1956 nach Bonn ging. Hier blieb es fast zwei Jahre wegen sonstiger Beanspruchung liegen und wurde dann im Urlaub fertiggestellt, aus der Überzeugung, daß die daraus zu ziehenden Schlüsse auch für die jetzige Lage wertvoll sind.

Bonn, April 1959 — F. Ruge

INHALT

DIE AUFGABE

Die militärische Lage war im Sommer 1943 stark angespannt. Die zurückliegenden vier Kriegsjahre hatten zwar überraschende und glänzende Waffenerfolge gebracht, im Polenkrieg, im Norwegen/Dänemark-Unternehmen, gegen Frankreich, in Nordafrika, auf dem Balkan und gegen Rußland, sowie im Kreuzer- und U-Bootkrieg. Diese Erfolge hatten aber nicht genügt, um den Übergang auf die Insel des Hauptgegners England zu erzwingen, und sie waren nicht ausgenutzt worden, um ihn aus seiner Mittelmeerposition zu vertreiben. Schwere Rückschläge folgten, in den Rußlandwintern 1941 und 1942, ebenso in Nordafrika, das nach den großen anglo-amerikanischen Landungen im November 1942 angesichts der weit überlegenen See- und Luftmacht der Alliierten nicht gehalten werden konnte und bis zum Frühjahr 1943 völlig verlorenging. Zu gleicher Zeit wurde der U-Bootkrieg durch die Luftwaffe und das Radar des Gegners weitgehend gelähmt, die einzige Waffe, die der Seeherrschaft des Gegners gefährlich werden konnte, wurde stumpf. Die Sommeroffensive 1943 gegen die mit amerikanischem Material versorgten russischen Armeen schlug fehl, die Alliierten landeten zur gleichen Zeit in Sizilien und bedrohten damit das erschöpfte Italien in seiner Existenz. Mussolini stürzte, die Regierung Badoglio begann heimlich Verhandlungen mit den Alliierten, um einen Ausweg aus der hoffnungslosen Lage zu finden.

Anfang September 1943 erfolgte der Umschwung in Italien, und die Anglo-Amerikaner landeten in Salerno. Feldmarschall Rommel sicherte in schnellem Zugreifen Oberitalien und machte damit Feldmarschall Kesselring, dem Oberbefehlshaber Süd, den Rücken frei. Diesem gelang es, nördlich Neapel eine Front quer über die Halbinsel aufzubauen, da die Gegner ihre unbestrittene Seeherrschaft zu weiteren amphibischen Operationen nicht ausnutzten. Fast ohne Verluste hatten sich die Deutschen im August von Sizilien zurückgezogen; Ende September/Anfang Oktober räumten sie ebenso reibungslos Sardinien und Korsika. Die mit allem Material auf das Festland zurückgeführten Truppen trugen wesentlich dazu bei, den feindlichen Vormarsch zu verlangsamen und schließlich am Garigliano und Sangro zum Stehen zu bringen.

Rommel hatte inzwischen in Oberitalien Maßnahmen gegen die zu erwartende feindliche Landung getroffen. Als diese nicht kam, obgleich sie besonders zu Anfang gute Aussichten auf Erfolg gehabt hätte, wurde er hier nicht mehr gebraucht. Zugleich mehrten sich die Anzeichen für eine große Landung in Nordwest-Europa; starke englische und amerikanische Kräfte stellten sich in Südengland bereit.

Gelang es ihnen, auf dem europäischen Festland Fuß zu fassen, dann war die schon über Gebühr beanspruchte deutsche Wehrmacht gezwungen, noch an einer dritten Front zu kämpfen. Es war nicht damit zu rechnen, daß ihre Kräfte ausreichen würden. Die völlige Niederlage war gewiß. Es kam also darauf an, den Alliierten zu verwehren, sich einen Brückenkopf zu schaffen. Entsprechende Maßnahmen waren bisher nur örtlich und ohne einen umfassenden Plan getroffen worden, noch niemand hatte sich mit dem Gesamtproblem der Verteidigung Westeuropas befaßt. Um darüber Klarheit zu gewinnen, erhielt Feldmarschall Rommel Anfang November 1943 vom OKW (Oberkommando der Wehrmacht) den Auftrag, die Verteidigung der bedrohten Küsten zu überprüfen.

Für diese Aufgabe brauchte er in seinem Stabe einen höheren Marineoffizier und forderte mich an. Sein Chef des Stabes, Generalleutnant Gause, ein Ostpreuße mit trockenem Humor, hatte mich im Frühjahr 1943 in meinem Stabsquartier »Duropane« (Hartes Brot) bei Rom kennengelernt. Wir hatten uns sofort verstanden und bald festgestellt, daß wir die gleichen Ansichten über die verfahrene Lage hatten. Sie stimmten mit denen ganz oben nicht überein. Im August 1943 wurde ich zur Führerreserve versetzt und stand daher jetzt sofort zur Verfügung.

Beständig war in der Marine nur der Wechsel. Mehr als zwei bis drei Jahre pflegte im Frieden ein Kommando selten zu dauern. Das war gut so, denn dieses häufige Umstellen, oft mit Umzug in einen anderen Standort verbunden, zwang alle Offiziere, sich immer wieder in neue Verhältnisse hineinzudenken und einzuarbeiten, menschlich und fachlich. Eine gut überlegte Personalführung sorgte durch geeignete Auswahl dafür, daß im Wechsel der Kommandos eine Linie befolgt wurde, die den einzelnen Offizier nach seinen Anlagen förderte. Dieses Verfahren sollte außerdem verhindern, daß man einseitig oder bürokratisch wurde, und es ist sicher eine der Ursachen, warum sturer Kommiß sich in der Marine nur selten entwickelte. Es war wesentlich mehr Menschenführung als Personalverwaltung.

Im Kriege vergrößerte sich die Marine derart, und es kamen so viele neue Aufgaben hinzu, daß der Wechsel vielfach noch stärker und überraschender wurde. Die Übung, die man im Einarbeiten in neue Verhältnisse besaß, war da eine große Hilfe. Das erfuhr ich, als ich Anfang November 1943 durchaus unerwartet zum Stabe der Heeresgruppe B (Feldmarschall Rommel) kommandiert wurde.

Das war etwas ganz Neues, denn mit der »Großen Armee« oder den »Fünfundachtzigern« (von der ganzen Marine kollektiv nach wie vor so genannt nach dem Regiment 85, von dem vor dem ersten Weltkrieg ein Bataillon in Kiel lag) hatte der Marineoffizier im allgemeinen nur wenig dienstliche Berührung. Im Frieden gab es ursprünglich Verbindungsoffiziere zu den Wehrkreiskommandos an der Küste, aber das hatte wegen Personalmangels nach 1933 fast aufgehört. Im Kriege taten einige Marineoffiziere Dienst im Oberkommando der Wehrmacht (OKW), und es gab Verbindungsoffiziere beim Oberkommando des Heeres (OKH), beim Oberkommando der Luftwaffe (OKL) und bei den Armeeoberkommandos (AOKs) an der Küste.

Dies bedeutete durchaus keine völlige Unkenntnis landmilitärischer Dinge, denn viele Marineoffiziere und -unteroffiziere hatten nach dem ersten Weltkrieg bei den Freikorps, Brigaden oder in Kurland Erfahrung im Landkrieg gesammelt. Auch wurden nach 1920 die Küstenwehrabteilungen (später Marine-Artillerie-Abteilungen) nicht nur an Küstenbatterien ausgebildet, sondern gingen jährlich auf Übungsplätze des Heeres und übten dort im Gelände. Ganz allgemein ist festzustellen, daß das Umdenken von See auf Land offenbar etwas leichter ist als umgekehrt.

Das außerdienstliche Verhältnis zwischen Reichsheer und Reichsmarine war im allgemeinen sehr gut. Vielfach gab es ein regelrechtes Kartellverhältnis zwischen Truppenteilen des Heeres und Einheiten der Marine. Ein solches entstand z. B. zwischen den Ortelsburger Jägern und der 1. Minensuchflottille, mit der ich im Herbst 1933 in Pillau einzog.

Im Kriege bot sich mir dann vielfach Gelegenheit, mit Stäben und Verbänden des Heeres und der Luftwaffe dienstlich und außerdienstlich zusammenzukommen, besonders bei den Operationen in der Danziger Bucht während des Polenkrieges, bei der Vorbereitung zum »Seelöwen« (der dann nicht durchgeführten Landung in England), in den Standorten der Minensuchflottillen an den Küsten Hollands, Belgiens und Frankreichs,

und schließlich in Italien vom Februar bis August 1943 während des Endkampfs um Tunesien, der alliierten Landung auf Sizilien und der Räumung der Insel.
In einem Heeresstabe hatte ich aber noch nie gearbeitet. Ich war mir der Unterschiede in der Ausbildung und den Anschauungen durchaus bewußt und ging mit Zurückhaltung an die neue Aufgabe.
Am 10. 11. 1943 erreichte ich nach kalter Nachtfahrt über den Brenner in der Ecke eines überfüllten Abteils am frühen Morgen Verona. Rommel war bis zum Abend unterwegs. Ich blieb den Tag über bei seinem Marineverbindungsoffizier in San Vigilio am Gardasee und fuhr gegen Abend zum Quartier des Feldmarschalls, der Villa Canossa östlich des Sees. Er war noch nicht da, kam aber überraschend, als ich noch halb im Mantel steckte, mit einem warmen und durchaus unmilitärischen Schal um den Hals. Ich meldete mich in diesem unvorschriftsmäßigen Zustand, was aber nichts ausmachte, da Rommel sich offensichtlich weniger für den Anzug interessierte als für den, der darin steckte. Er selbst wirkte kleiner, als ich ihn mir vorgestellt hatte, recht ernst, voller Energie, sehr natürlich.
Im Anschluß an ein einfaches Abendessen im kleinsten Kreise wiesen Rommel und Gause mich in unsere Aufgabe ein. Sie ergab sich aus der »Führerweisung 51« (s. Anhang, S. 256 ff.) und lautete:

1. Studium der Verteidigungsbereitschaft an den von uns besetzten Küsten und Vorlage sich hieraus ergebender Vorschläge.
2. Aufstellen von Operationsstudien zur Führung von Angriffsoperationen gegen einen in Westeuropa gelandeten Feind.
   Die Operationsstudien haben sich auf Grund einer eingehenden Erkundung der Aufmarsch-, Bewegungs- und Kampfverhältnisse in den einzelnen in Frage kommenden Räumen, insbesondere auf folgende Fragen zu erstrecken:
   a) Organisation, Gliederung, Befehlsführung und Heranführen der Kräfte aller Wehrmachtsteile für den Angriff, und zwar
      (1) der großen Reserven,
      (2) der Kampfgruppen aus nicht bedrohten Küstenabschnitten,
      (3) der Kampfgruppen aus den im rückwärtigen Gebiet liegenden Reservedivisionen, Schulen und Einrichtungen der Wehrmacht und der Waffen-SS,
      (4) der Zuführung von mobmäßig vorbereiteten Kräften aller Wehrmachtsteile aus dem Heimatgebiet.

b) Planung und Versorgung der zum Einsatz kommenden Gesamtkräfte der Wehrmachtsteile und der Waffen-SS.
c) Kampfführung im Einsatzraum unter besonderer Berücksichtigung der Möglichkeiten für den eigenen und feindlichen Panzereinsatz.

Dieser Befehl schien auf den ersten Blick klar und eindeutig zu sein. Er ließ allerdings offen, wie und wann der Übergang vom reinen Studium der Bereitschaft und dem Aufstellen von Operationsplänen zur Kampfführung, also vom Inspekteur zum Feldherrn, vor sich gehen sollte. Vorläufig hatte Rommel keinerlei Befehlsbefugnisse in den zu überprüfenden Abschnitten. Dieser Punkt kam bei unserer Besprechung noch nicht besonders heraus. Vorerst beschäftigten wir uns mit der technischen Seite der Aufgabe, für die wir die Lösungen selbst finden mußten.
Schriftliche Vorgänge, im dienstlichen Leben immer beliebt zum Rückgriff und Abstützen, wenn man nicht genau Bescheid weiß, gab es nicht. Die Aufgabe war für die deutsche Wehrmacht neu, denn man hatte sich bisher mit Landungen und Landungsabwehr nur sehr wenig beschäftigt. Im ersten Weltkrieg verließ man sich mit Recht auf die Küstenbefestigungen an den Häfen und Flußmündungen und besonders auf die kampfstarke Hochseeflotte, in deren Wirkungsbereich jede Landung außerordentlich gefährdet war. Die flandrische Küste war so kurz, daß sie in ihrer Gesamtheit festungsartig ausgebaut und stark besetzt werden konnte. Die Engländer planten hier zwar Landungen und außerdem den Durchbruch schneller Schiffe in die Ostsee, der zu einer Landung führen konnte. Sie wagten aber nur einzelne Überfälle, um die Häfen von Ostende und Zeebrügge zu sperren. Die Deutschen unternahmen größere Landungen nur auf Oesel im Oktober 1917 und auf den Aalandinseln und in Finnland im Winter 1917/18 gegen einen schon erschütterten Feind. Den Großlandungen der Alliierten 1915 an den Dardanellen war der letzte Erfolg versagt geblieben; sie hatten aber vielseitige Erfahrungen gebracht, die zweifellos von unseren Gegnern gut ausgewertet worden waren. Mit einer Verzettelung wie damals war nicht mehr zu rechnen, sondern mit einem zusammengefaßten Stoß gewaltiger Kräfte, dazu mit wesentlich verbesserten Mitteln zum schnellen Landen. Im ersten Weltkrieg wurden die ersten Truppen auf Kriegsfahrzeugen herangebracht und mit Schiffsbeibooten unter dem Schutz der Schiffsartillerie an Land gesetzt, was ein zeitraubendes und umständliches Verfahren war. Es stammte noch aus der Zeit der Segelschiffe und war durch den Einsatz einiger Dampf- und Motorboote etwas modernisiert worden. Die Masse der Truppen folgte auf großen Trans-

portern und ging mit Hilfe größerer Boote über behelfsmäßige Anlegestellen an Land. Das dauerte für eine einzige Division auf Oesel mehrere Tage.

Nach dem ersten Weltkrieg waren Reichsheer und Reichsmarine mit ihren insgesamt 115 000 Mann zu schwach, um unsere ausgedehnten Küsten wirksam verteidigen zu können. Die Mittel zur Abwehr von Landungen beschränkten sich auf die Marineartillerie an der Nordseeküste und bei Swinemünde und Pillau. Weder Heer noch Marine beschäftigten sich zwischen den Kriegen mit den Problemen des Landens an feindlicher Küste. Gelegentliche kleinere Landungsübungen entsprangen meist örtlicher Initiative.

Im zweiten Weltkrieg wurde zwar bald eine Landungsoperation großen Stiles in Norwegen erforderlich. Die Zahl der Truppen der ersten Welle war aber gering, in Narvik 2000 Mann, in Trondhjem 1700, Bergen 1900, Christiansand 1100, Oslo 2000, dazu Luftlandetruppen (wie auch in Stavanger). Sie gingen fast ausschließlich in unzerstörten Häfen an Land, die man durch völlige Überraschung des Gegners nahm. Erst bei der Vorbereitung zur Operation »Seelöwe« mußte man sich mit den vielfältigen Fragen beschäftigen, die die Vorbereitungen zu einer Großlandung an offener Küste aufwarfen. Man versuchte sie behelfsmäßig zu lösen, da eigens für ihren Zweck konstruierte Landungsfahrzeuge noch nicht vorhanden waren. Da das Unternehmen nicht durchgeführt wurde, konnten Erfahrungen nur in beschränktem Umfang gesammelt werden.

Die ersten, die planmäßig in größerem Umfang Fahrzeuge und Verfahren für schnelles Landen an offener Küste schufen, waren die Japaner. 1937 überraschten sie die Fachwelt, als sie bei ihren Operationen in China neuartige Landungsfahrzeuge verwendeten, die für schnelles Entladen über den Strand entworfen waren. Diese verdrängten etwa 15 t und hatten einen flachen Boden, geschützte Schrauben und eine Rampe am Bug. Sie liefen im rechten Winkel auf den Strand und ließen die Rampe herunter, so daß die Truppen (bis zu 120 Mann je Boot) oder leichte Panzer und Lastkraftwagen durch flaches Wasser in kürzester Zeit das Ufer erreichen konnten. Dann zogen sie sich über das Heck zurück und wurden auf tieferem Wasser von den größeren Transportern neu beladen.

Dieses Verfahren war natürlich nicht an jeder Art von Küste verwendbar; Felsen und Steilufer waren schwer zu überwinden. Es gibt aber auch an felsigen Küsten überraschend viele Stellen mit Sandstrand.

Die Amerikaner und Engländer hatten inzwischen die japanischen Fahrzeuge verbessert und ihre Verfahren verfeinert, wie ihre geglückten Großlandungen in Nordafrika, auf Sizilien und bei Salerno deutlich zeigten. Beim Überfall auf Dieppe ließen die Engländer im August 1942 eine ganze Musterkollektion ihrer Landungsfahrzeuge am Strand liegen, so daß wir einen guten Begriff von ihren Eigenschaften bekamen.

Es war ein Vorteil, daß ich sowohl das Oesel-Unternehmen im Oktober 1917 auf einem großen Torpedoboot des Vortrupps mitgemacht hatte, das eine Kompanie landete, wie auch, daß ich kurz nach den britischen Überfällen auf St-Nazaire und Dieppe mir die örtlichen Gegebenheiten genau hatte ansehen können. Mit Ausnahme eines Teiles der südfranzösischen Küste kannte ich außerdem die zu besuchenden Küsten und Häfen fast lückenlos sowohl von Land wie von See her, da ich mit Sicherungsverbänden bei Minensuch-, Minenwurf- und Geleitaufgaben überall ein- und ausgelaufen und entlanggefahren war. Diese Ortskenntnis war jetzt sehr willkommen.

Alle diese Punkte kamen mehr oder weniger ausführlich zur Sprache, als wir die Aufgaben gemäß Führerweisung 51 durchgingen. Rommel faßte dann alles zusammen. Er äußerte seine Ansichten und ersten Absichten sehr klar; ich wußte, was ich zu tun hatte, als ich mich abmeldete, um nach San Vigilio zurückzufahren. Im ganzen war der Feldmarschall zurückhaltend und abwartend. Ich gewann von ihm den Eindruck großer Sachlichkeit und Nüchternheit, verbunden mit Festigkeit, und glaubte, daß wir gut zusammenarbeiten würden. Bei Gause war ich dessen sicher.

Um die nötige Unterrichtung über die Anschauungen der Seekriegsleitung, den Stand der Reserven der Marine und die erforderlichen Unterlagen an Seekarten, Seehandbüchern, Gezeitentafeln und Admiralstabshandbüchern zu bekommen, sollte ich anschließend nach Berlin fliegen und am 2. 12. abends in Silkeborg im nördlichen Jütland wieder zum Stab stoßen. Bis dahin wollte Rommel die italienischen Angelegenheiten abwickeln. Es besteht kein Zweifel, daß es bei entsprechendem Befehl des OKW möglich gewesen wäre, die Arbeit in Frankreich, dem voraussichtlichen Schwerpunkt des kommenden Angriffs, bereits Mitte November zu beginnen, also fünf Wochen früher, als es dann tatsächlich geschah. Diese fünf Wochen hätten die Arbeiten beträchtlich vorangebracht, besonders da im Winter der Herantransport des Befestigungsmaterials durch die feindliche Luftwaffe wesentlich weniger gestört wurde als dann im Frühjahr.

Am nächsten Morgen brachte mich ein Wagen in der ersten Helligkeit zu einem etwa eine Stunde entfernten Flugplatz. Von dort nahm mich eine

Maschine bis München mit, wo ich sehen mußte, wie ich weiterkam. Auf dem Flugplatz München-Riem sorgte die Flugleitung der Luftwaffe wie immer sehr nett für den Einzeldurchreisenden. Nach ein paar Stunden Wartens ergab sich die Möglichkeit, mit dem Flugzeug einer Luftwaffendienststelle der Heimatverteidigung nach Berlin weiterzufliegen. Es war eine He 111, ziemlich voll, da der Kommandeur mit seinem ganzen Stab mitflog. Ich erbte einen Platz ziemlich weit hinten im fensterlosen Rumpf. Das machte nicht viel aus, da bei sehr niedriger Wolkendecke weiter im Norden sowieso nichts zu sehen war; außerdem war ich mit englischen Kriminalromanen gut versehen. Gerade als die Maschine startete, erhob sich Geschrei, weil man den Funker vergessen hatte. Er wurde eingesammelt, aber das machte schließlich keinen großen Unterschied, denn bei Annäherung an Berlin stellte sich heraus, daß seine ganze Elektronik bereits kurz nach dem Abflug von München ausgefallen war. Das brachte den Stab in ziemliche Bewegung, alle begannen eifrigst zu navigieren und zurückzukoppeln, dann folgten Versuche, durch die Wolken nach unten zu gehen. Mehrfach erschien statt des erwarteten Flugplatzes unerfreuliches Gelände mit Häusern und hohen Schornsteinen, und mit Gebrumm ging es wieder hinauf in die Wolken. Schließlich gelang die Landung; der Flugplatz, den wir erwischt hatten, lag allerdings am anderen Ende der Stadt.

In den folgenden Tagen besorgte ich mir bei den verschiedenen Stellen des OKM (Oberkommando der Kriegsmarine) die nötigen Bücher, Karten und sonstigen Unterlagen. Zugleich unterrichtete ich mich bei den Sachbearbeitern in der SKL (Seekriegsleitung) über ihre Ansichten, besonders was Zeit und Ort möglicher Landungen betraf, Verteilung der eigenen Streitkräfte, Minenlage, in Entwicklung befindliche Waffen und was sonst noch nötig schien. Ich kam damit leider nicht zu Ende, denn bei den ersten schweren Luftangriffen auf Berlin (23. und 24. 11.) brannten Teile des Kommandogebäudes am Tirpitzufer aus, das OKM zog nach Eberswalde um und war einige Tage nur beschränkt arbeitsfähig. Für Frager hatte man keine Zeit.

Meine mühsam gesammelten Unterlagen verbrannten mit, ich besorgte mir Ersatz bei den Minensuchern in Cuxhaven. Zugleich unterrichtete ich mich dort über die Verhältnisse bei der Küstenartillerie. Seit Beginn des Krieges hatten die Marineküstenartillerieabteilungen immer wieder ausgebildetes Personal und auch ganze Batterien, komplett mit Menschen und Geschützen, für die besetzten Küsten abgegeben. Damals schien die Heimat völlig gesichert, jetzt hatte sich das geändert.

An der Deutschen Bucht stand zwar viel Flak, aber nur noch die allernotwendigsten schweren und mittleren Batterien, nämlich

1 – 30,5-cm-Batterie, 1 – 17-cm-Batterie auf Helgoland,
1 – 28-cm-Batterie, 1 – 15-cm-Batterie auf Borkum,
1 – 15-cm-Batterie auf Wangerooge,
1 – 15-cm-Batterie auf Sylt,
1 – 15-cm-Batterie in Cuxhaven.

Trotz dieser Abgaben fast bis zum Weißbluten hatte die Marine eben noch zwei 21-cm-Batterien und zwei 15-cm-Batterien frei gemacht und für die Verteidigung Frankreichs zur Verfügung gestellt. Damit war sie aber in bezug auf schwere Artillerie restlos ausverkauft.

Vizeadmiral Scheurlen, Kommandierender Admiral der Deutschen Bucht (1945 als Kommandeur einer Marineinfanteriedivision gefallen), unterrichtete mich über den Stand der Dinge in seinem Befehlsbereich und führte mir als praktisches Beispiel die Besatzung einer 15-cm-Batterie in Cuxhaven vor. Sie bestand etwa zur Hälfte aus Reservisten, meist älteren Herren mit zivilen Formen. Dazu kamen ganz wenige jüngere aktive Spezialisten; aufgefüllt war die Batterie durch Leute der »Volksliste 3«, Deutschstämmige aus den besetzten Gebieten, denen die deutsche Sprache zum Teil Schwierigkeiten machte, ferner durch Marinehelfer, ältere Schüler, die nebenbei Schulunterricht erhalten sollten, Russen und sogar Flakhelferinnen für die Bedienung der Feuerleitgeräte. Eine solche Besatzung bot angetreten ein buntscheckiges und ungewohntes Bild. Deutlicher konnte kaum gezeigt werden, wie stark die Kräfte bereits angespannt waren. Es war anzuerkennen, daß alles noch verhältnismäßig gut klappte, aber es war kein Wunder, wenn an der einen oder anderen Stelle Versager eintraten.

ERSTE ERKENNTNISSE IN DÄNEMARK

Am 2. Dezember abends traf ich planmäßig in Silkeborg wieder den Stab Rommel. Ich kannte die Gegend aus dem August 1939. Damals lag ich mit meinem Führerboot T 196 einige Tage in Vejle nördlich des Kleinen Belts und verbrachte im Sommerhaus des dänischen Führers der Minensuchboote, also gewissermaßen meines Kollegen, ein ruhiges Wochenende in wunderbarer Gegend mit Wald und See bei mildem Spätsommerwetter, doch schon überschattet vom drohenden Krieg. Jetzt war Winter; die Lage sah sehr düster aus.

Der Auftrag für Dänemark lautete:

1. Besichtigung der getroffenen Abwehrmaßnahmen,
2. Studie für den Gegenangriff auf gelandeten Feind mit den vorhandenen Kräften.

Der 3. 12. 1943 war gut ausgefüllt mit Vorträgen und Besprechungen. Um 8 Uhr machte General von Hannecken, der Wehrmachtbefehlshaber in Dänemark, mit einem allgemeinen Vortrag den Beginn. Es schlossen sich an Vorträge des Befehlshabers der Marine (Admiral Wurmbach), der Luftwaffe, des Kommandeurs des Heeres-Küstenartillerieregiments 180 und des Leiters der OT. Nach einem kurzen Mittagessen sprach am Nachmittag der General der Flieger Wolff, Kommandeur des Luftgaus XI.

Die Besprechungen dauerten bis zum Abend. Als Gesamteindruck ergab sich, daß die Verteidigung Dänemarks noch stark im Rückstand war. Es standen zwar nominell sechs Divisionen auf Jütland, dazu ein Ausbildungsregiment und zehn Genesenden-Bataillone auf den größeren Inseln. Von den sechs Divisionen war aber eine erst in der Neuaufstellung und im Anrollen, drei waren Grenadierausbildungsdivisionen, eine war eine Reservepanzerdivision mit wenigen Panzern verschiedenster Typen, die letzte, eine Luftwaffenfelddivision, schulte gerade auf Radfahren um.

Es stand also kein wirklicher Frontverband in Dänemark. Die Luftwaffe verfügte über einige Jäger und Bomber, dazu Ausbildungsmaschinen, die Marine fast nur über Sicherungsstreitkräfte, also Minensucher, Geleit- und Vorpostenfahrzeuge, die auch nicht gerade eine imponierende militärische Macht darstellten.

Andererseits war es nach allen Überlegungen nicht sehr wahrscheinlich, daß sich der Hauptangriff gegen Dänemark richten würde. Das Land befand sich außerhalb der Reichweite der von England aus operierenden Jäger, und ohne starken Jagdschutz war eine Großlandung doch sehr gefährdet.

Schon hier zeigte sich die Ungewißheit, wo der Gegner kommen könnte. Sie erschwerte dem Verteidiger seine Aufgabe außerordentlich, denn er wollte gern überall stark sein, und es war nur zu natürlich, daß jeder örtliche Befehlshaber *seinen* Abschnitt als ganz besonders bedroht ansah.

Um 21 Uhr fuhren wir zum Befehlszug, der inzwischen eingetroffen war. Ich erhielt einen geräumigen Schlafraum in einem Salonwagen, der offenbar einem balkanischen Potentaten gehört hatte. Gauses Raum und ein großes Lagezimmer, früher wohl Speisesaal, füllten den Rest. Die Inschriften in kyrillischen Buchstaben blieben uns unverständlich, so daß wir das Geheimnis einer Klingel auf dem verschwiegenen Ort, die man im Sitzen bedienen konnte, nicht zu ergründen vermochten.

Während der Nacht verlegte der Befehlszug nach Esbjerg, dem einzigen größeren Hafen an der Westküste Jütlands. Die Engländer hatten vor 1914 bereits Pläne gemacht, hier zu landen. Sollten sie überhaupt eine Operation gegen Dänemark unternehmen, so war Esbjerg ein wahrscheinliches Ziel.

Am 4. 12. 1943 sollten ab 8 Uhr Stellungen und Truppen besichtigt werden. Der Feldmarschall frühstückte mit dem Stabe im Speisewagen des Befehlszuges. Man hatte mich mit an seinen Tisch gesetzt, er kam etwas nach mir und hatte einen merkwürdigen roten Fleck im Gesicht. Ich erkundigte mich voll Teilnahme und erhielt zur Antwort: »Der kommt immer nach heißem Wasser«. Die Feststellung, daß wir nun wissen würden, ob er sich gewaschen hätte, machte Rommel Spaß. Nicht jeder Vorgesetzte hätte ohne weiteres die komische Seite dieser Angelegenheit gesehen.

5 Minuten vor 8 Uhr saß noch alles im Speisewagen, punkt 8 Uhr sah ich mich plötzlich allein und erreichte gerade noch im Hechtsprung einen Platz ungefähr im letzten Wagen der langen Kolonne. Man gewöhnte sich schnell an das Rommelsche Tempo; seine völlige Pünktlichkeit, seine Schnelligkeit und scharfe Zeitausnutzung waren sehr angenehm.

Das erste Ziel war der Gürtel von Befestigungen um Esbjerg. Rommel hatte sich jeglichen »Türken« verbeten, die Arbeiten und der Dienst gingen weiter, nur die örtlichen Kommandeure meldeten sich. Besonders eindrucksvoll waren die meist feldmäßigen Befestigungen nicht. Wo einmal eine Stellung festungsmäßig ausgebaut war, bestand ein starkes Mißverhältnis zwischen den vielen Kubikmetern Beton und den wenigen leichten Geschützen oder gar nur Maschinengewehren, die dahinter standen. Das beste Stück der Verteidigung war eine 20-cm-Marineküstenbatterie.

Mittags setzten wir nach der Insel Fanö über, die die Einfahrt beherrscht. Nach einem Feldküchenessen bei einer Heeresküstenbatterie sahen wir uns eine Landungsübung im Nordteil der Insel an. Den stärksten Eindruck machte der besonders breite, völlig ebene Strand, der vorzüglich geeignet für Landungen von See und auch aus der Luft war. Hier entstand zuerst der Gedanke der Luftlandehindernisse und der Vorstrandhindernisse, denn es wurde erschreckend deutlich, welche Mengen von Menschen und Material an einer solchen Stelle in kürzester Zeit von See und aus der Luft konzentriert werden konnten und wie schnell sie sich dann im Hintergelände festsetzen würden.

Es mußte offenbar etwas geschehen, um einen Handstreich auf die Insel zu verhindern, denn wer sie besaß, beherrschte die Zufahrt zum Hafen von Esbjerg. Da Waffen und Menschen knapp waren, erschien das Errichten von Hindernissen auf dem breiten Strand als das beste Mittel, um Landungen mit Schleppflugzeugen zumindest zu erschweren. Eingerammte Pfähle waren dazu geeignet, aber die waren im holzarmen Dänemark nur in beschränkter Menge zu beschaffen. Man sollte sich örtlich soweit wie möglich selbst behelfen. So kam man auf den Gedanken, zusätzlich sog. Tschechenigel auf den Strand zu bringen. Das waren Panzerhindernisse aus drei Stahlbalken, jeder etwa 1 m lang, die in der Mitte im rechten Winkel zueinander zusammengeschraubt waren. Sie stammten aus den Anfangszeiten der Panzerabwehr, und die moderne Panzerwaffe lächelte über sie. Im Hinterland, wo sie in großen Mengen lagen, waren sie völlig wertlos. Am Strande konnten sie, zwischen die Pfähle gebracht, die Landung weiterhin erschweren.

Hieraus entwickelte sich dann an Ort und Stelle der Gedanke, sie auch ins Wasser zu legen, und zwar so tief, daß sie gerade nicht mehr zu sehen waren. Das war hier nicht schwierig, denn der Tidenhub (Unterschied des Wasserstandes bei Ebbe und bei Flut) betrug hier weniger als einen Meter, im Gegensatz zur Elbmündung mit 3 m und der Normandie mit 9 m. Es war klar, daß die Tschechenigel einem Landungsfahrzeug nicht tödlich werden konnten. Immerhin war zu erwarten, daß ihre scharfen Ecken beträchtliche Löcher in den Boden eines darauffahrenden Bootes reißen und damit kleine Fahrzeuge so beschädigen würden, daß sie bis auf weiteres unbrauchbar waren.

Aus dieser Grundidee entwickelten sich eine ganze Reihe weiterer Gedanken, die dann im Westen zu umfangreichen Arbeiten führten. Schon hier setzte man sich über den Wert der Vorstrandhindernisse auseinander, der von manchen Seiten stark angezweifelt wurde. Es sei daher vorausgeschickt, daß sie dem Gegner starkes Kopfzerbrechen verursachten und ihn zwangen, den Zeitpunkt der Landung auf das ungünstigere Niedrigwasser zu verschieben und mit der ersten Welle besondere Sprengtrupps zu landen, die Platz in seinem knappen Bestand an Fahrzeugen beanspruchten (Ch. Wilmot, Struggle for Europe, S. 194). Die Engländer führten den größten Teil ihrer Verluste bei der eigentlichen Landung auf die Hindernisse zurück (Operation Neptune, S. 151).

In den Tagen vom 5. bis 9. 12. folgten Besichtigungen der Verteidigungsanlagen an der ganzen Westküste Jütlands von Esbjerg über die große Batterie Hanstholm hinauf bis nach Skagen und an der Ostküste bis nach Frederikshavn hinunter. Der Tagesplan war immer ungefähr der gleiche: Am Morgen stand der Befehlszug am Ausgangspunkt der Besichtigungsfahrt. Um 8 Uhr, was zu dieser Jahreszeit in Dänemark erste Dämmerung bedeutete, fuhr die Wagenkolonne ab. Bis zum Dunkelwerden, etwa 16 Uhr, folgten Besichtigungen, unterbrochen von Vorträgen und einer kurzen Pause zum Mittagessen.

Dieses sollte eigentlich aus einer Feldküche kommen, tat es aber nicht immer, wenig zur Freude Rommels, der von dem friedlichen Besatzungsleben in dem nahrhaften Land nicht erbaut war. In der Dunkelheit ging es zurück zum Befehlszug, der inzwischen seinen Standort gewechselt hatte. Hier wurden sofort die Ergebnisse des Tages verarbeitet.

Am 9. 12. vormittags kamen der große Flugstützpunkt Aalborg, die Luftwaffenfelddivision und die Reservepanzerdivision dran, die im Inneren Jütlands standen. Am Nachmittag flog der Feldmarschall mit dem engsten Stab vom Flugplatz Grove in Mitteljütland nach Kopenhagen, zu einem Tee bei General von Hannecken und zum Abendbrot beim Reichskommissar Dr. Best. Das waren aber durchaus keine rein gesellschaftlichen Ereignisse, sondern es wurde vieles dabei besprochen, was das Bild abrundete.

Am nächsten Vormittag fuhren wir über die »dänische Riviera« am Ostufer Seelands entlang nach Norden bis zum sundbeherrschenden Schloß Kronborg bei Helsingör, einer der schönsten Stellen in Europa. Der Geist Hamlets wirkte noch so stark, daß er sogar einen Platz in den äußerst knappen und nüchternen Tagesberichten Rommels erhielt. Nach einem Vorbeimarsch des Kopenhagener Wachbataillons flogen wir nach Grove zurück und waren kurz nach 16 Uhr wieder in Silkeborg im Befehlszug. Die Besichtigungsreise war beendet, es begann sofort das Aufsetzen des Berichts über die Verteidigungsbereitschaft in Dänemark für das OKW mit neuen Vorschlägen.

Als Grundlagen dienten die Berichte der Referenten, die eine Unzahl von Eindrücken aus den Reisen verarbeitet hatten. Durch die täglichen Besprechungen, bei denen die Persönlichkeit und Erfahrung Rommels immer führend war, hatten sich schon recht klare Ansichten darüber herausgebildet, wie die Probleme der Verteidigung anzufassen seien. Es war auch bereits sehr deutlich geworden, daß es sich bei der Schwäche der Besatzungstruppen, die von der Luftwaffe und Marine kaum unterstützt werden konnten, im besten Falle um Teillösungen und Notbehelfe handeln konnte.

Das für jeden operativ denkenden Soldaten am nächsten liegende Mittel, starke Panzerverbände mit kräftiger taktischer Luftwaffe zum Gegenstoß bereitzustellen, war hier nicht brauchbar, weil solche Verbände in kurzer Zeit einfach nicht greifbar waren. Die Masse der Panzerdivisionen und Stukageschwader stand überanstrengt in aufreibendem Kampf an der überdehnten Ostfront, erstklassige Verbände mit großer Kriegserfahrung waren in Stalingrad und Tunesien sinnlos verbraucht worden, ein kleinerer Teil war an der italienischen Front gebunden, in Frankreich befanden sich hauptsächlich Verbände zur Ausbildung und in der Auffrischung. So war der einzig gangbare Weg, auch die unbedeutendsten Möglichkeiten auszunutzen und aus einer größeren Zahl von Behelfen etwas einigermaßen Brauchbares zu schaffen.

Aus dieser Lage ergab sich Rommels Grundkonzeption, ausgedrückt in dem einfachen Satz »HKL (Hauptkampflinie) ist der Strand«. Das bedeutete Verteidigung möglichst weit vorn, um den Gegner in seiner schwächsten Phase, während der eigentlichen Landung und kurz danach, zu fassen. Dem lag die Erkenntnis zugrunde, daß die Dynamik des militärischen Durchbruchs an Land verschieden ist von der einer Landungsoperation, die an sich auch einen Durchbruch darstellt, nämlich vom Wasser durch die Front der Küstenverteidigung. In der Landschlacht ist die Kampfstärke und Wucht des Angreifers bei Beginn der Operation am stärksten. Sie nutzt sich je nach Widerstand und Geländeschwierigkeiten mehr oder weniger schnell ab, was häufig zu einem Schwächemoment führt, der von den bereitstehenden Reserven des Verteidigers im Gegenstoß ausgenutzt werden kann. Daher hat der Begriff der rückwärtigen Reserven im Landkrieg von jeher eine besonders große Rolle gespielt.

Anders bei einer Landung, denn sie hat während und kurz nach dem eigentlichen Anlandgehen ihren größten Schwächemoment. Gelingt es dem Angreifer, diesen zu überwinden, dann bildet er normalerweise einen Brückenkopf, also einen Verteidigungsring um seine Landungsstellen. Wenn er von See her genügend Truppen und Material hineingebracht hat, erkämpft er mit einem »normalen« Durchbruch Operationsfreiheit. Da der Seeweg weit leistungsfähiger für Massentransporte ist als der Landweg, kann der Beherrscher der See seine Kampfstärke in einem Brückenkopf schneller aufbauen als sein Landgegner, vorausgesetzt, daß das Entladen schnell genug vor sich geht.

Auf Grund seiner in Nordafrika gemachten Erfahrungen mit der großen Abwehrstärke englischer Truppen gegen Panzerangriffe war Rommel davon überzeugt, daß es nicht gelingen würde, Brückenköpfe des Gegners ohne weiteres wieder einzudrücken, um so weniger, als den deutschen Gegenangriffen die notwendige Unterstützung aus der Luft ganz sicher fehlen würde. Auch würde es angesichts der anglo-amerikanischen Luftüberlegenheit nicht möglich sein, mit Panzerverbänden schnell und zeitgerecht zu operieren. Er führte wiederholt an, daß im September 1942 seine Panzerarmee in Nordafrika beim Versuch, die Alamein-Stellung zu durchbrechen, drei Tage lang von der feindlichen Luftwaffe »an den Boden genagelt worden sei«, obgleich die eigene Luftwaffe gar nicht so viel schwächer war. Bei dem jetzt noch viel ungünstigeren Kräfteverhältnis in der Luft hielt er es – wie sich später herausstellte, völlig mit Recht – für unmöglich, größere Verbände bei Tage zeitgerecht und ohne schwerste Verluste zu verschieben. Er rechnete damit, daß operative Kräfte schon auf dem Anmarsch zerschlagen werden würden.

Rommel war der deutsche Heerführer, der die umfassendsten Erfahrungen im Kampfe gegen die Angelsachsen gesammelt hatte. Er allein kannte aus persönlichem Erleben die Fortschritte, die sie in ihrer Taktik und Bewaffnung von 1940 bis 1943 gemacht hatten. Es war bei Freund und Feind anerkannt, daß er selbst die bewegliche Kampfführung meisterhaft beherrschte. Nichts hätte nähergelegen, als daß er in ihr auch jetzt das Heil gesucht hätte.

Er beurteilte aber nüchtern das gegenseitige Kräfteverhältnis, ausgedrückt nicht so sehr in der Zahl der Menschen, sprich Divisionen, in denen das OKW zu rechnen pflegte, sondern in ihrer Beweglichkeit, in der Zahl und Güte der Waffen, besonders der Flugzeuge, Panzer und Panzerabwehrwaffen. Dazu wertete er seine eigenen Erfahrungen aus und kam zu dem Schluß, daß unter den vorliegenden Verhältnissen ein deutscher Gegenangriff gegen einen anglo-amerikanischen Brückenkopf nicht gelingen würde, wenn der Gegner nach der Landung auch nur wenige Tage Zeit hatte, sich zu festigen.

Hieraus ergab sich für ihn die zwingende Notwendigkeit, das klassische Verfahren des Gegenstoßes zu verlassen und dem Gegner bereits während der Landung mit allen Mitteln entgegenzutreten. Er sah die Möglichkeit hierzu in einem breiten elastischen Verteidigungsgürtel unmittelbar an der Küste, in dem die Infanterie in vielen Stützpunkten saß, geschützt durch ausgedehnte Minenfelder. Die nach Ansicht der sofort auftretenden Kritiker fehlende Tiefe sollte erreicht werden durch Vorschieben nach See mittels der Vorstrandhindernisse und Seeminen, nach Land dadurch, daß die vorhandenen Panzerkräfte unmittelbar auf diesen Gürtel aufschlossen. Die Grundlage zu diesem Verteidigungsplan entstand als Ergebnis der Besichtigungen schon in Dänemark, Einzelheiten kamen dann in Frankreich dazu.

Folgende Punkte waren bei den Besichtigungsfahrten besonders aufgefallen:

a) Ein einheitlicher Grundgedanke für die Verteidigung war bisher nicht vorhanden. Die Divisionen hatten angefangen, feldmäßige Befestigungen anzulegen, mal dicht an der Küste, mal weiter entfernt, wie es sich der betreffende Kommandeur gerade vorstellte. Klarheit über die Wucht einer Großlandung bestand durchaus nicht überall. Häufig wurde die unbestimmte Hoffnung ausgedrückt, den Gegner aufhalten zu können, bis Verstärkungen herankämen, um ihn wieder hinauszuwerfen.

b) Klar angefaßt, wenn auch nicht überall durchgeführt, waren die Maßnahmen zur Verteidigung der wenigen großen Häfen. Sie beruhten auf den Erfahrungen, die bei den englischen Überfällen in Frankreich gewonnen worden waren. Das bedeutete, daß die Batterien, die zum Schutz der Häfen aufgestellt waren, in den Verteidigungsbereich einbezogen wurden. Bei Dieppe hatten sie noch außerhalb gestanden und waren daher überrascht und ausgeschaltet worden.

c) Die Befehlshaber und Kommandeure der Wehrmachtsteile standen sich persönlich offenbar gut. Es war aber deutlich bemerkbar, daß die Zusammenarbeit an der obersten Spitze der Kriegführung unzulänglich war. Die Folge war, daß die drei Wehrmachtsteile nach verschiedenen Weisungen arbeiteten. Das führte z. B. dazu, daß manche Batterien der Marine oder Funkmeßgeräte der Luftwaffe *vor* den Stellungen der Infanterie standen, die sie eigentlich sichern sollte. Die Befugnisse des Wehrmachtbefehlshabers Dänemark reichten nicht aus, um solche Mißstände abzustellen.

d) Über die Grundsätze der Aufstellung der Artillerie an der Küste war noch keine Einigung erzielt worden, man hatte es wohl auch noch nicht versucht. Sie wurde auch später in Frankreich nur zum Teil erreicht.

Die Marine vertrat den Standpunkt, daß sie bewegliche Seeziele mit Aussicht auf schnellen Erfolg nur in direktem Richtverfahren bekämpfen könne. Sie stellte daher ihre Batterien unmittelbar am Wasser auf und nahm in Kauf, daß sie von See aus in direktem Beschuß bekämpft werden konnten.

Das Heer dagegen war der Ansicht, daß die Batterien im Hintergelände getarnt stehen und mit Beobachtung an der Küste indirekt schießen sollten, weil vorn stehende Artillerie zu leicht außer Gefecht gesetzt werden könnte, sowohl aus der Luft wie von See her. Im Grunde genommen kam es darauf an, möglichst starke Wirkung beim Gegner zu erzielen. Hierzu war es nötig, daß die Artillerie zum Schuß kam und auch traf. Eine gutschießende Batterie, die schnell außer Gefecht gesetzt wurde, nützte ebensowenig wie eine, die zwar lange am Leben blieb, aber nichts traf. Um wirkungsvoll zu schießen, brauchte man eine vorzügliche Feuerleitung, die es ermöglichte, dem Ziel, das sich auf See in allen Richtungen schnell bewegen konnte, verzugslos zu folgen. Um am Leben zu bleiben, mußte man andererseits direkte Treffer gegen Geschütz und Bedienung vermeiden.

Die Marine hatte mit der Leitung des Feuers gegen bewegliche Ziele auf See große Erfahrung. Sie wußte, daß mit dem an Bord üblichen System am meisten zu erreichen war. Bei diesem wurde die Entfernung des Ziels gemessen und dieses selbst von einer Stelle angeschnitten. Rechenapparate verarbeiteten sofort alle Bewegungen des eigenen Schiffes und des Gegners und vereinigten die Aufschläge aller Geschütze theoretisch auf einen Punkt, praktisch auf einen engen Kreis, mit dem Ziel als Mittelpunkt. Die dazu erforderlichen teuren und komplizierten Apparate besaß die Küstenartillerie meist nicht; daher das Streben, in direktem Richten den Bewegungen des Gegners zu folgen. Die technische Ausrüstung der Batterien genügte dann, um schnell Treffer zu erzielen und am Ziel zu bleiben.

Im Vergleich dazu war die Heeresartillerie und auch die Heeresküstenartillerie recht primitiv ausgerüstet. Die Marine bezweifelte – völlig zu Recht, wie sich dann in der Praxis herausstellte –, daß sie bei den Verzögerungen, die durch das indirekte Schießen bedingt waren, ein bewegliches Ziel schnell erfassen und halten konnten. Die im Hinterland aufgestellten Batterien konnten erst dann wirksam werden, wenn die Landungsfahrzeuge des Gegners den Strand erreichten. Das war eine feste Linie, auf die sie sich einschießen konnten.

Um nicht getroffen zu werden, konnte man sich entweder panzern oder im Gelände tarnen. Panzertürme, wie sie die Marine an Bord und in den planmäßig ausgebauten Küstenbefestigungen benutzte, boten kleine Ziele und zuverlässigen Schutz gegen Splitter und auch gegen Treffer, mit Ausnahme ganz schwerer Kaliber. Panzertürme wurden aber nicht mehr angefertigt, da das kostbare Material nur in beschränktem Maße hergestellt und in erster Linie für die Panzer des Heeres verwendet wurde. Stellte man die Geschütze unter Beton, wie es in Dänemark an manchen Stellen geschehen war, so schützte dieser gegen Treffer fast ebensogut. Der Bestreichungswinkel der Geschütze verminderte sich aber von 360° beim Panzerturm auf 120° bis hinunter zu 80°, je nach Ausführung. Das war ein erheblicher Nachteil; dabei war die Schartenöffnung viel größer als der schmale Schlitz des Panzerturmes, die Bedienungsmannschaft entsprechend stärker gefährdet.

Eine gut getarnte Batterie einige Kilometer hinter der Küste hatte dagegen beträchtliche Aussichten, nicht so bald erfaßt zu werden. Allerdings war zu berücksichtigen, daß sie bei starker Luftüberlegenheit des Gegners häufig nicht schießen konnte, wenn sie sich nicht der Gefahr aussetzen wollte, entdeckt und außer Gefecht gesetzt zu werden.

So hatte jedes System etwas für und gegen sich. Das Ideal wären im Hintergelände stehende, vollautomatisch gerichtete und geleitete Batterien mit Beobachtern an der Küste gewesen. Die gab es aber noch nicht, und sie waren in der Eile und bei den beschränkten Mitteln nicht zu schaffen. So kam es weder hier noch später zur Einigung der Ansichten. Rommel schrieb bereits in seinem Tagesbericht vom 5.12.1943: »Die Abneigung gegen den Feuerkampf der Artillerie im indirekten Schuß scheint bei der Marine allgemein zu sein.«

e) *Seeminen*

Minen vor der Küste sind ein ausgezeichnetes Mittel, einen Gegner beim Anmarsch aufzuhalten und zu schädigen. Sie haben den besonderen Vorzug, daß man mit ihnen bei guter Vorbereitung in sehr kurzer Zeit ein starkes Hindernis schaffen kann.

Vor der dänischen Küste lagen Minen nur im Eingang zum Skagerrak. Parallel zur Küste von Jütland, aber in einer Entfernung von 120 bis 150 km, erstreckte sich der »Westwall«, ein etwa 100 km breites System von Minensperren, von den Westfriesischen Inseln bis westlich von Süd-Norwegen hinauf. Er lag zu entfernt, um unmittelbaren Schutz zu geben; außerdem war er in der Hauptsache schon 1939 und 1940 geworfen worden. Da die Lebensdauer der Minenankertaue nur wenige Jahre beträgt, war anzunehmen, daß die ursprünglich sehr starken Sperren inzwischen recht dünn geworden waren. Es konnte daher für die Engländer nicht schwierig sein, breite Durchfahrten freizuräumen.

Je näher am Ufer die Minen lagen, desto schwieriger mußte es für den Gegner sein, sie zu räumen, teils wegen der Gegenwehr von Land, teils, weil die meisten Minensuchgeräte eine gewisse Wassertiefe brauchen, wenn sie nicht gelegentlich auf den Grund stoßen und dadurch beschädigt werden sollen. Am besten war zweifellos eine Minenverteidigung aus Ankertauminen weiter draußen, Grundminen mit magnetischer oder akustischer Zündung näher an der Küste in Wassertiefen zwischen 30 und 10 m und Sonderminen in ganz flachem Wasser. Bedürfnis für diese letzte Art von Minen hatte bisher nicht bestanden. Das Sperrversuchskommando machte gerade die ersten Versuche mit der KMA (Küstenmine A).

Sie bestand aus einem Zementblock mit 50 Kilo Sprengladung darin und einem etwa 2 m hohen leichten Stahlgerüst darauf. Dieses trug an der Spitze eine Bleikappe, den normalen Zündapparat einer Ankertaumine. Die KMA war billig und einfach herzustellen. Sie arbeitete natürlich nur, wenn ein Fahrzeug unmittelbar darauf lief und die Bleikappe umbog. Ihre Reichweite konnte aber durch eine sog. Ziehleine vergrößert werden. Das war eine etwa 25 m lange Leine, die an der Bleikappe befestigt war und von Korkstücken an der Wasseroberfläche gehalten wurde. Geriet ein Fahrzeug in die Leine, dann bog der Zug die Bleikappe um, und die Mine detonierte. In seinem Abschlußbericht über Dänemark forderte Rommel, diese Mine beschleunigt zu fertigen und in großen Mengen bereitzustellen.

f) Ganz allgemein fiel der Mangel an Schlagkraft und Beweglichkeit der in Dänemark stehenden Truppen auf. Daß die Mannschaftszahlen einigermaßen aufgefüllt waren, bedeutete wenig, denn es fehlten die Spezialisten und die erfahrenen Leute. Ein typisches Beispiel war die

166. Reservedivision, die in Nordjütland lag. Von ihren 13 000 Mann waren dreiviertel Rekruten, von einem Soll von 273 Offizieren waren nur 170 vorhanden, und von diesen waren nur 20 Prozent Kriegsverwendungsfähig (KTB). Eine solche Truppe konnte sich vielleicht in vorbereiteten Stellungen verteidigen, zu einem wirkungsvollen Gegenstoß oder gar zu beweglichen Operationen war sie kaum imstande. Warnend standen vor uns die Ereignisse des Spätherbstes 1914, als die Blüte der deutschen akademischen Jugend bei Langemarck, schlecht ausgebildet, vergeblich versuchte, die dünnen Linien des Gegners zu durchbrechen, und dabei schwerste Verluste erlitt.

Jetzt kam noch hinzu, daß die Bewaffnung höchst buntscheckig und knapp war, so daß schon bei geringen Bewegungen der Munitionsnachschub sehr schwierig werden mußte. Die Ausstattung mit Motorfahrzeugen war ebenfalls unzureichend, Pferdebespannung im Zeitalter des Flugzeugs und des Panzers nicht mehr recht modern. In Dänemark, dem klassischen Lande der Radfahrer, half man sich mit Fahrrädern. Die 20. Luftwaffenfelddivision meldete erfreut, daß ihre so »beritten« gemachten Abteilungen in 24 Stunden 120 km zurücklegen konnten.

Alle diese Tatsachen bestärkten Rommel in seinem Entschluß, die Infanterie im wesentlichen defensiv einzusetzen, und alle Mittel auszunutzen, die dazu beitragen konnten, die Verteidigung wirksamer zu machen. Als hinderlich erwies sich schon jetzt, daß das OKW offenbar mehr mit der Zahl der Divisionen rechnete als mit ihrer wirklichen Kampfkraft.

Ein Teil der Mängel in der Verteidigungsbereitschaft erklärte sich daraus, daß in Dänemark bisher Ausbildung und Auffrischung im Vordergrund gestanden hatten. Die Truppen in Jütland waren daher mehr unter dem Gesichtspunkt brauchbarer Ausbildungsmöglichkeiten untergebracht als nach den Notwendigkeiten der Küstenverteidigung. Als Ergebnis seiner Reise forderte Rommel schärferes Zusammenschließen nach der Westküste und Unterbringung in verteidigungsfähigen Feldstellungen.

Sollte Dänemark das Ziel eines Großangriffs werden, so war damit zu rechnen, daß der Gegner versuchen würde, an Skagen vorbei um Jütland herumzufassen, um sich auf der Ostküste der Halbinsel Landungsplätze zu sichern, die besser gegen das Wetter geschützt waren als an der völlig offenen Westküste. Der Kommandierende Admiral Dänemark machte schon bei den ersten Besprechungen auf diesen Punkt aufmerksam.

Das Skagerrak, etwa 100 km breit, wurde durch zwei 38-cm-Batterien der Marine bestrichen. Diese standen bei Hanstholm an der Nordwestküste Jütlands und bei Lindesnäs in Südnorwegen. Es war aber fraglich, ob sie bei unsichtigem Wetter einen in der Mitte durchbrechenden Gegner bekämpfen konnten. Außerdem stand die Hanstholm-Batterie nur hinter dünnen Panzerschilden und war daher durch einige Bombenteppiche ziemlich sicher außer Gefecht zu setzen.

Quer über die Meerenge lagen eine ganze Anzahl von Minensperren. Sie waren aber nicht stark genug, um gutgeschulten Minensuchverbänden ein ernsthaftes Hindernis entgegenzustellen. Es wurden daher jetzt Pläne ausgearbeitet, die Sperren so zu verstärken, daß der Versuch eines Durchbruchs in einem Zuge mit Sicherheit scheitern mußte. Hierzu wurde vorgeschlagen, die Zahl der Minen wesentlich zu erhöhen, vor allen Dingen durch tiefstehende Minen mit magnetischer Zündung, die mit den mechanischen Räumgeräten nicht leicht zu fassen waren. Ferner sollten die Sperren selbst durch die sogenannten Sprengbojen geschützt werden. Diese waren auf Grund der Erfahrungen des ersten Weltkrieges entwickelt worden. Sie wurden mit einfachen Mitteln so verankert, daß sie wenige Meter unter Wasser standen. Wenn ein Minensuchgerät sie erfaßte, kletterte die Boje zur Räumleine, und eine kleine Sprengladung schlug das Minensuchgerät ab. Das Minensuchboot wurde dadurch gezwungen, das Gerät entweder aufzufischen und zu reparieren oder ein neues Gerät bereitzumachen. Der Räumanlauf mußte auf jeden Fall wiederholt werden, es ging viel Zeit verloren, und die Minensuchfahrzeuge mußten die dicht hinter den Sprengbojen liegenden eigentlichen Minensperren mehrfach kreuzen. Dementsprechend erhöhte sich die Gefahr, auf eine Mine zu laufen.

Die Sperren wurden in den nächsten Monaten verstärkt, so daß wenigstens eine Gefahrenquelle beseitigt war. Wenige Tage nach der Abreise von Dänemark erhielt ich von Großadmiral Raeder einen Brief, in dem er u. a. schrieb: »... Ich habe die große Besorgnis, daß ein Einbruch ins Skagerrak mit größten Mitteln erfolgen könnte, Jütland von hinten gefaßt und Süd*schweden* besetzt wird. – Gleichzeitig größte Offensive im Raum von Leningrad, wo z. Z. Untätigkeit vorgetäuscht wird und wohl auch noch keine Mittel vorhanden sind, solange in der Mitte und im Süden Großangriffe stattfinden. Die Sicherung des Skagerraks und Kattegats scheint mir vordringend wichtig, zumal die Gegner wohl Mittel haben, die *eigenen* Minen unschädlich zu machen. Diese Auffassungen bringe ich Ihnen persönlich zur Kenntnis. Sie wissen, daß ich keineswegs Pessimist bin«.

Der Angriff aus Leningrad heraus erfolgte wenige Wochen später, der Angriff in das Skagerrak hinein unterblieb. Die Besetzung Jütlands hätte Norwegen abgeschnitten, den Zugang zur Ostsee eröffnet und die feindliche Luftwaffe nahe an das deutsche Kerngebiet gebracht. Offenbar erschien das Risiko dem Gegner aber doch zu groß.

Am 12. 12. 1943 war der Abschlußbericht für das OKW im Entwurf fertig. Der Ia der Heeresgruppe verlas ihn in Gegenwart der Stäbe des Wehrmachtbefehlshabers und der Heeresgruppe B. Während dann der Stab der Heeresgruppe B im Eisenbahntransport nach Frankreich verlegte, flog Rommel für einige Tage zu seiner Familie nach Herrlingen, ich zum OKM nach Eberswalde. Hier trug ich unsere Erfahrungen vor und besprach die Verstärkung der Skagerrak-Sperren, den Bau der Küstenminen, die mögliche Freimachung von weiteren Batterien, die Organisation der Reserven und anderes. Die Mittel der Marine waren gering, denn der Schwerpunkt lag auf dem U-Boot-Bauprogramm, das in Kürze zahlreiche Boote eines neuen Typs mit hoher Unterwassergeschwindigkeit schaffen sollte.

BEGINN IM WESTEN

Für Frankreich, Belgien und Holland bestand Rommels Aufgabe ebenfalls darin, die Verteidigungsmaßnahmen zu besichtigen, Vorschläge für ihre Verbesserung zu machen und die Frage des Angriffs auf einen gelandeten Feind zu studieren. Entsprechend der Größe des Gebietes und der Länge der Küsten war die Arbeit hier wesentlich umfangreicher als in Dänemark. Die beschränkten Räume des Befehlszuges reichten nicht mehr aus; er wurde außer Dienst gestellt, und wir bezogen in Fontainebleau ein festes Standquartier. Der Feldmarschall bewohnte mit dem Chef des Stabes, dem IA und den Ordonnanzoffizieren das Schlößchen der Madame Pompadour. Er war nicht sehr angetan davon, daß er ausgerechnet im Hause dieser weltbekannten Dame seine Pläne ausarbeiten und seine Ruhestunden verbringen mußte, aber er gewöhnte sich daran. Der restliche Stab war in mehreren Gebäuden in der Nähe untergebracht, so unsere kleine Marinegruppe, inzwischen angewachsen auf 3 Offiziere und 5 Unteroffiziere und Gefreite (Fahrer, Schreiber und Steuermannspersonal), dicht beim großen Schloß in einer Pension, in der wir gerade Platz hatten.

Zu den Mahlzeiten traf sich der engere Stab im Speisesaal der Maison Pompadour, in den ersten Tagen meist ohne den Feldmarschall. Dieser war am 18. 12. 1943 abends eingetroffen, besprach am nächsten Tag mit dem Oberbefehlshaber West (ObWest), Feldmarschall von Rundstedt, Lage und Aufgabe, und fuhr bereits am 20. 12. früh für mehrere Tage in den Abschnitt zwischen der Schelde und der Somme, weil dieser dem OKW am stärksten gefährdet erschien.

Über die Frage, wo der Hauptangriff erfolgen würde, ließ sich bis zur Invasion keine Einigung erzielen. Es war anzunehmen, daß der Gegner nicht auf wirksame Unterstützung durch seine Jäger verzichten würde.

Das bedeutete, daß man ihn von Holland, etwa bei Ymujiden, an der ganzen südholländischen, belgischen und nordfranzösischen Küste bis etwa zur St-Malo-Bucht erwarten mußte, also auf einer Küstenlänge von rund 900 km. Die Küsten- und Strandverhältnisse waren nicht überall gleich günstig für eine Landung, die Strecken, wo eine solche praktisch ausgeschlossen war, waren aber nur sehr kurz. Die ganze holländische und belgische Küste bot Sandstrand, der sich bis in die Gegend von Dieppe fortsetzte, unterbrochen von einer kurzen Strecke Steilufer beiderseits von Kap Gris Nez. Westlich von Dieppe bis Le Havre fand sich meist schmaler, steiniger Strand mit Steilufer dahinter, zum Landen wenig geeignet, in der Seinebucht meist Sand mit kurzen Stücken felsigen Grundes und Steilufers dazwischen, Felsenufer im Nordteil der Halbinsel Cotentin, beiderseits des großen Kriegshafens Cherbourg.
Bei einem Lagevortrag am 20. 3. 1944 (s. Anhang, S. 267) sagte Hitler den Oberbefehlshabern der drei Wehrmachtsteile in Frankreich sowie den Oberbefehlshabern der Armeen und den Festungskommandanten in einem einstündigen Vortrag u. a. folgendes (TBR):
»Es ist selbstverständlich, daß eine Landung der Anglo-Amerikaner im Westen kommen wird und muß ...
An keiner Stelle unserer langen Front ist eine Landung unmöglich, allerhöchstens an von Klippen durchschnittenem Küstengelände. Am meisten geeignet und damit am meisten gefährdet sind die beiden Halbinseln des Westens bei Cherbourg und Brest, die den Anreiz und die leichteste Möglichkeit zur Bildung eines Brückenkopfes geben, der dann unter einem Masseneinsatz von Luftstreitkräften und schweren Waffen aller Art planmäßig erweitert werden wird.
Das allerwichtigste für den Gegner ist die Gewinnung eines Hafens für Anlandungen größten Ausmaßes ... Das ganze Landeunternehmen des Gegners darf unter keinen Umständen länger als einige Stunden oder höchstens Tage dauern, wobei der Landeversuch von Dieppe als Idealfall anzusehen ist ...«
Diese Ausführungen Hitlers änderten nichts an der Ansicht des OKW, daß der Gegner den Übergang in dem engsten Teil des Ärmelkanals versuchen würde, weil hier die Entfernung von Küste zu Küste am geringsten war. Es spukten da immer noch aus der Zeit des »Seelöwen« die Gedanken, daß es sich im Grunde nur um einen etwas erweiterten Flußübergang handele. Leider waren diese Vorstellungen noch recht lebendig und führten dazu, daß dieser Abschnitt bis zur Invasion am besten ausgebaut und am stärksten besetzt wurde.

Im Lichte aller geschichtlichen Erfahrungen machte die Massierung von schwersten Marine- und Heeresküstenbatterien an der Kanalenge es sehr unwahrscheinlich, daß der Gegner ausgerechnet hier an dieser besonders stark verteidigten Stelle kommen würde. Ein paar Seemeilen mehr oder weniger spielten beim Anmarsch für die beteiligten Fahrzeuge keine wesentliche Rolle. Und schwach besetzte Strecken waren nicht schwer zu finden.

Der ObWest, Feldmarschall v. Rundstedt, und sein Stab hielten eine Landung beiderseits der Somme-Mündung für besonders wahrscheinlich, weil hier breiter Strand und weithin flaches Hintergelände besonders gute Möglichkeiten boten, sehr große Truppenmengen in kurzer Zeit an Land zu werfen. Vom Marinestandpunkt aus schien dieser Abschnitt nicht besonders geeignet, denn er war gegen die vorherrschenden westlichen Winde und den von ihnen erzeugten Seegang zu offen, und außerdem befand sich in der Nähe kein großer Hafen als notwendiges Frühziel der Operation.

Dagegen schien die Schelde dem Gegner gewisse Aussichten zu bieten, mit Antwerpen als großem Hafen dahinter, und mit der Stoßrichtung ins Ruhrgebiet. Die andere Möglichkeit war die Seinebucht, die durch die Halbinsel Cotentin gegen grobe See aus Westen gut geschützt war. Es ist nachträglich behauptet worden, daß Marinestellen die westliche Seinebucht als ungeeignet für Landungen bezeichnet hätten, angeblich wegen dort liegender Felsenriffe. Wenn Bedenken dieser Art überhaupt geäußert worden sind, können sie sich nur auf einzelne Stellen bezogen haben. Ein Blick auf die Seekarte genügte, um festzustellen, daß es sich bei den Felsen um sehr begrenzte Gebiete handelte, mit weiten Strecken guten Landestrandes dazwischen. Die besonders geschützte Ostseite der Halbinsel Cotentin war nur in ihrem nördlichen Teil felsig.

In den Überlegungen Rommels haben diese Riffe jedenfalls keine Rolle gespielt. Er neigte anfangs dazu, das Gebiet an der Sommemündung als den wahrscheinlichsten Landeplatz anzusehen, aus den gleichen Gründen wie Feldmarschall v. Rundstedt. Die Halbinsel, auf der Brest lag und die Hitler in seiner Ansprache erwähnte, war operativ zu abgelegen und bot für eine Großlandung besonders im Norden zu wenig Landestrand. Je mehr Rommel sich in seine Aufgabe einarbeitete, desto stärker wurde seine Überzeugung, daß der Hauptstoß in der Seinebucht kommen würde. Allerdings hielt er Neben- und Ablenkungsoperationen für möglich, die nahezu an jeder Stelle der Küste kommen konnten.

Es sei vorausgeschickt, daß sich die Luftwaffe des Gegners für das Hinterland der Schelde kaum interessierte, dagegen im Laufe des Frühjahrs 1944 immer deutlicher für das der Seinebucht. Schließlich stanzte sie die westliche Normandie verkehrsmäßig gewissermaßen aus dem übrigen Frankreich heraus. Auch legte der Gegner laufend Seeminen vor der Schelde und in der Kanalenge, nicht aber in der Seinebucht. All das deutete stark darauf hin, daß die Hauptlandung im Raum zwischen Le Havre und Cherbourg vor sich gehen würde.

Ich erinnere mich einer Szene, die sich wenige Wochen vor der Invasion abspielte. Rommel stand mit einigen Offizieren vor der Lagekarte; er zeigte auf die Ostküste der Halbinsel Cotentin, etwa auf das Gebiet der späteren amerikanischen Landung UTHA, und sagte zu mir: »Sie glauben also, daß der Angriff hier kommt.« Ich antwortete: »Ich halte es für sehr wahrscheinlich.« Darauf sagte er: »Nun ja, da haben sie auch den besten Schutz gegen Westwinde und starken Seegang von der offenen See her.«

Unsere Arbeit aber begann nach Weisungen des ObWest, die ihren ersten Niederschlag in folgenden KTB-Eintragungen fanden:

»18. Dezember 1943, vorbereitende Besprechung, Chef des Stabes und Ia HGr B mit Ia ObWest. Übergabe von Arbeitsunterlagen durch diesen. 11.15 Uhr Besprechung Ia ObWest mit Ia HGr.

Ia ObWest führt aus, daß beabsichtigt ist, unter allen Umständen, und sei es auch nur mit kleinen Gruppen und in Stützpunkten, vorn an der Küste zu halten, um dadurch den Gegner zur Zersplitterung seiner Kräfte zu zwingen. Es ist klar, daß das sehr schwierig sein und enorme Luftschlachten kosten wird. Außerdem muß damit gerechnet werden, daß das Eisenbahnnetz ausfallen wird. Der Aufmarsch der operativen Reserven aber muß sich trotzdem in aller Ruhe (Bleistiftbemerkung am Rand: besonders betont) vollziehen, und es ist beabsichtigt, selbst auf Kosten anderer Fronten des ObWest soweit als möglich Kräfte herauszuziehen und für den entscheidenden Angriff, der unter Zusammenfassung aller Kräfte an dem entscheidenden Schwerpunkt geführt werden wird, frei zu machen. Dieser Aufmarsch wird allerdings nach überschlägiger Berechnung mindestens 12–14 Tage dauern. Zur Verfügung stehen, soweit bisher bekannt: 6 Panzerdivisionen, 6–7 Infanteriedivisionen. Als Führungsstäbe: AOK 1 unter Gen.Oberst Blaskowitz, Panzergruppe West unter Gen. der Panzertruppen Frhr. Geyr von Schweppenburg, sowie der General der Artillerie beim ObWest und mehrere Arkos (Artilleriekommandeure).

Der Schwerpunkt des feindlichen Angriffs wird wohl im Abschnitt von der Normandie nach Norden liegen. Mit einem Angriff auf das Artois mit dem Ziel des Durchstoßes auf das Herz Deutschlands wird bestimmt ein

Angriff auf die Schelde verbunden sein. Entscheidend für die Gesamtoperation ist für den Gegner die Inbesitznahme der Somme.
Es muß aber auch mit einem Angriff auf die Bretagne gerechnet werden, wobei der südliche Teil der Bretagne für den Gegner weniger Bedeutung gewinnt, da die U-Bootstützpunkte für den Feind z. Z. nicht entscheidend sind.
Ebenso muß natürlich mit einem Angriff im Bereich des AOK 19 vom Mittelmeer her gerechnet werden. Dieser Angriff wird als Fesselungsangriff angesehen. Dort eingedrungener Gegner soll erst nach Durchführung der *Vernichtungsschlacht im Schwerpunkt* angegriffen und erledigt werden.«
Weiterhin wurde etwa gesagt: »Die Regelung des Aufmarsches der Truppen zum Gegenangriff sei Sache der HGr B. Der Aufmarsch sei nicht bearbeitet worden, um der HGr B nicht vorzugreifen. Lediglich die Aufmarschräume seien festgelegt.«
Soweit das KTB. Die darin festgehaltenen Absichten und Ansichten des ObWest änderten sich bis zur Invasion nur wenig, besonders, was die Stelle der Landung anbetraf. Die ersten KMA (Küstenminen A) wurden auf Weisung ObWest an der Sommemündung im Mai 1944 gefertigt und ausgelegt, mit dem Erfolg, daß bei der Invasion keine einzige dieser sehr brauchbaren Minen in der Seinebucht lag.
Während der Feldmarschall mit einigen Offizieren das Armeeoberkommando 15 (Generaloberst von Salmuth) in Tourcoing und die Küste von der Schelde nach Westen besuchte, fuhr ich zur Marinegruppe West (Admiral Krancke), zum Befehlshaber der Sicherung West (Konteradmiral Breuning) in Paris und anschließend zum Kommandierenden Admiral Kanalküste (Vizeadmiral Rieve) in Rouen, um die Rommelschen Ansichten und Pläne vorzutragen und mir ein Bild von der Lage und den vorhandenen Kräften zu machen. An Seestreitkräften war nur wenig vorhanden, zumindest was Kampfeinheiten betraf. Das waren 5 Zerstörer und 3 große Torpedoboote an der Biskayaküste, 5 alte Torpedoboote und einige Schnellbootflottillen mit etwa 30 Booten am Kanal und eine beträchtliche Anzahl von U-Booten in den großen U-Bootstützpunkten Brest, Lorient, St-Nazaire, La Pallice und Bordeaux. Es waren aber alles Boote, die unter Wasser so langsam waren, daß die verbesserte feindliche Abwehr ihnen höchst gefährlich war. Über Wasser konnten sie wegen der feindlichen Luftüberwachung mittels Radar nicht mehr marschieren und angreifen wie in den Jahren ihrer großen Erfolge (1940–1942). Der U-Bootkrieg war im Frühjahr 1943 unter sehr schweren Verlusten prak-

tisch zusammengebrochen. Neue Boote mit hoher Unterwassergeschwindigkeit befanden sich erst in den Anfangsstadien des Baues, für den Sommer 1944 war noch keins von ihnen an der Front zu erwarten. Bei einer Invasion konnten dann nur diejenigen alten Boote eingesetzt werden, die inzwischen den Schnorchel erhalten hatten, die Atemröhre, die ihnen erlaubte, dauernd unter Wasser zu bleiben und trotzdem den Sauerstoff der Luft für die Verbrennung in ihren Dieselmotoren zu verwenden. Kriegsentscheidende Aussichten hatte diese Waffe bis auf weiteres nicht.

Zahlreich vorhanden waren im Westen nur die Sicherungsstreitkräfte, also Minensucher, U-Boot-Jäger, Vorpostenboote und Artillerieträger, insgesamt etwa 500 Fahrzeuge, keines davon über 1000 t groß und keines schwerer bewaffnet als mit ein oder zwei 10,5-cm-Geschützen. Die Besatzungen waren kampferprobt und führten ihre vielseitigen Aufgaben auch gegen den weit überlegenen Gegner erfolgreich durch. Einer Landung konnte diese Flotte aus kleinen Fahrzeugen aber nicht gefährlich werden.

Von den vier Schlachtschiffen der Marine war »Bismarck« 1941 gesunken, »Gneisenau« lag mit ausgebranntem Vorschiff außer Dienst in Gotenhafen. »Tirpitz« und »Scharnhorst« führten in Nordnorwegen ein gefährdetes Dasein, denn ausreichende Luftunterstützung fehlte auch dort. Einsatz im Englischen Kanal war bei der Schwäche der eigenen Luftwaffe völlig aussichtslos. Das galt auch für die noch fahrbereiten vier Schweren und drei Leichten Kreuzer; sie waren hauptsächlich für Ausbildung tätig. Die »Scharnhorst« sank im Gefecht am Nordkap am 26. 12. 1943.

Von der Marine war also für die Abwehr der Invasion auf dem Wasser wenig zu erhoffen. In Vorbereitung befanden sich Kleinkampfmittel, wie Einmanntorpedos, Sprengboote (Kleinstschnellboote mit einer Sprengladung im Bug, die von einem zweiten Boot ferngesteuert wurden, um den Gegner zu rammen), Kleinst-U-Boote und Kampfschwimmer. Das waren alles Gelegenheitswaffen mit Aussicht auf gute, aber nicht entscheidende Erfolge, wenn es gelang, einen unvorbereiteten Gegner zu überraschen. Sie wurden so geheimgehalten, daß wir im Rommelstab erst von ihnen erfuhren, als sie Wochen nach Beginn der Invasion in der Seinebucht erschienen. Da war der günstigste Zeitpunkt eindeutig vorbei; außerdem fand der Gegner schnell Abwehrmittel. Am ersten Landungstag hätte ihr Nutzen beträchtlich sein können.

Besser stand es mit der Marine-Küstenartillerie, die eine Anzahl von schweren und mittleren Batterien bei den großen Häfen und an der Kanalenge aufgestellt hatte. Diese waren modern und verhältnismäßig gut besetzt. Ebenso hatten die Funkmeßstationen (Radarstationen) der Marine

längs der Küste (im Invasionsraum waren es dann 11) den vorübergehenden Vorsprung des Gegners weitgehend aufgeholt und waren recht gut.
Am 23. 12. 1943 früh fuhr ich von Rouen nach Boulogne, unter einigen Luftkämpfen hindurch. Bei Abbeville huschte ein angekratzter Tommy in Richtung England dicht vor uns über die Straße. Mittags war ich beim Seekommandanten des Pas de Calais (Konteradmiral Frisius, der dann die Festung Dünkirchen bis zum Kriegsende verteidigte) und am Nachmittag beim Chef der 2. Sicherungsdivision, teils um Lage und Aufgaben zu besprechen, teils um alte Verbindungen wieder anzuknüpfen. Es war ein großer Vorteil, daß ich nahezu alle höheren Offiziere der Marine in Frankreich von früher her kannte, viele von ihnen sehr genau.
Am Abend gewann ich Anschluß an den Feldmarschall und seine Begleitung, die sich in der kleinen Stadt Montreuil südlich Boulogne beim Stabe der 191. Reservedivision angemeldet hatten. Ich war kurz vor ihnen da; der Divisionär, der seine Herren schon versammelt hatte, äußerte sich etwas ungehalten über die Kosten solcher hohen Besuche. Als Hauptgang gab es dann zum Abendbrot selbstgeschossenes Wildschwein, das ihm kaum wesentliche Ausgaben verursacht haben dürfte.
Vor dem Essen besprach Rommel die Ergebnisse seiner Besichtigungen, und auch die Unterhaltung bei Tisch beschäftigte sich fast ausschließlich mit den Problemen der Küstenverteidigung. Was unsere Verpflegung anbetraf, so war Rommel für Einfachheit, d. h. Feldküchenessen, bekam es aber auch hier nicht immer, da seine Ordonnanzoffiziere gelegentlich durch entsprechende fernmündliche Zusätze zum schriftlichen Besichtigungsbefehl für die ihnen erwünschte Abwechslung in der Speisekarte sorgten. Wie weit Rommel das merkte, ist schwer zu sagen. Er war ein scharfer Beobachter, der viel sah, aber das nicht immer zu erkennen gab. Mit Kleinigkeiten hielt er sich selten auf; das lag nicht in seiner Natur, und er war von seiner Aufgabe zu sehr erfüllt.
Von dieser Fahrt an führte ich Tagebuch. Das war an sich verboten, und ich hatte es den ganzen Krieg hindurch bisher nicht getan. Rommel machte aber auf mich den Eindruck eines so bedeutenden Mannes, daß es mir notwendig erschien, Aufzeichnungen zu machen.
Am 24. 12. fuhren wir zuerst ins Hintergelände zu einer in Bau befindlichen zweiten Stellung, an der zwei Kompanien der SS-Division »Hohenstaufen« arbeiteten. Die Stellung nutzte beherrschende Höhen geschickt aus und machte einen guten Eindruck. Dann folgte Besichtigung einer Abschußanlage für V-Waffen, die in Stollen im Kreidefelsen eingebaut war. Zum Schießen sollten die Geräte herausgefahren werden. Es hatte

sich offenbar herumgesprochen, daß der Feldmarschall unterwegs war; einige »Türken« zeigten das. Am 24. 12. mittags exerziert man normalerweise nicht mit Kanonen unmittelbar an einer großen Straße. Dagegen war ein Pionierbataillonsstab bei einer der Abschußstellen schon ganz auf Weihnachten eingestellt und ließ sich durch nichts aus der Ruhe bringen. Einige Nachrichtenhelferinnen erfaßten die Lage schnell und erbaten von Rommel Autogramme.

Nach einer Besprechung beim Generalkommando des 82. Korps, dem die Küste von der belgisch-französischen Grenze bis zur Somme unterstand, machten wir uns um 14 Uhr auf den 300 km langen Heimweg über Amiens-Paris; auf leeren Straßen kamen wir zuerst gut voran. Dann wurde es nebelig, und schließlich verfranzten wir uns im verdunkelten Paris. Kurz nach 19 Uhr erreichten wir Fontainebleau. Nach einem einfachen Abendessen im engeren Stabe ging der Feldmarschall mit uns in einen großen Saal, wo Stab, Unterstab und Begleitgruppe in harmloser Fröhlichkeit Weihnachten feierten.

Der 25. 12. diente dazu, das Ergebnis dieser ersten Fahrt festzulegen. Aus der Fülle dessen, was wir gesehen und gehört hatten, ergab sich ein Bild, das sich in manchen Einzelheiten von dem in Dänemark gewonnenen unterschied, ihm in den Grundzügen aber doch recht ähnlich war. Vor allen Dingen fehlte auch hier ein einheitlicher Plan und Wille, sich *an der Küste* so kräftig wie möglich zu verteidigen. Feldmarschall v. Rundstedt, der Oberbefehlshaber West, war der Ansicht, daß man dem Feind das Landen zwar möglichst erschweren solle, daß man aber nicht imstande sein würde, zu verhindern, daß er Fuß fasse und Brückenköpfe bilde. Der Gegner sollte dann beim weiteren Eindringen ins Land von den im Raum um Paris bereitzuhaltenden Panzerdivisionen gestellt, in einer zügigen Operation geschlagen und wieder hinausgeworfen werden.

Rommel hatte schon bei der ersten Besprechung mit Rundstedt am 19. 12. 1943 schwerste Bedenken gegen diese Auffassung geltend gemacht, weil ihm ein solcher Plan hier, in geringer Entfernung von den feindlichen See- und Luftstützpunkten, noch weniger Erfolg zu versprechen schien als in Dänemark, und hatte seinen eigenen Plan, an der Küste zu schlagen, vorgetragen, ohne vorläufig viel Gegenliebe zu finden. Es zeigte sich auf dieser ersten Besichtigungsreise, daß Generaloberst von Salmuth, Oberbefehlshaber der 15. Armee, ähnlicher Ansicht war wie Rommel. Bei der ersten Besprechung in seinem Stabsquartier in Tourcoing führte er aus, daß es notwendig sei, »die Küste stärker aufzufüllen und die Reserven nahe heranzuhalten. Was nicht da ist, kommt zur Schlacht zu spät«.

Als Ideallösung wünschte er je eine Panzerdivision als Reserve hinter jedem Korpsabschnitt (KTB). Ähnlich äußerte sich der Kommandierende General des 82. AK. Auch er wünschte möglichst starke Besetzung vorne unter bewußtem Verzicht auf Tiefe und Reserve. »Der schwierigste Augenblick für den Gegner ist der Moment der Landung; er muß spätestens bei Erreichung des Küstensaumes niedergekämpft werden« (KTB).

Die Zahl der verfügbaren Truppen war größer als in Dänemark. An der etwa 500 km langen Küste des Armeebereichs standen neun Divisionen, mit drei Divisionen in Neuaufstellung dahinter. Weiter rückwärts waren einigermaßen gefechtsbereit die 9. und 10. SS-Panzerdivision, und die 12. SS-Pz.Div. (HJ) ebenfalls in Neuaufstellung.

Die Qualität der Divisionen und ihre Stärke waren recht verschieden. Vollwertige Felddivisionen gab es kaum, es waren meist sogenannte »bodenständige« Divisionen, von denen manche schon seit Jahren in Frankreich standen und Ersatz für den Osten ausbildeten. Teils besaßen sie neun Bataillone, teils waren sie »zweigleisig« mit nur zwei Regimentern und einem 7. Bataillon. Den Fähnchen auf der Lagekarte konnte man diese Unterschiede nicht ansehen.

So war z. B. die 156. Reservedivision, die einen Küstenabschnitt von 52 km Länge besetzt hielt, 14 000 Mann stark. Die Masse der Führer, Unterführer und Stamm-Mannschaften war ost- und kampferfahren. Die Division war nach ihrer Zusammensetzung geeignet, sich erfolgreich zu verteidigen, auch war sie mit Teilen für Angriffe mit begrenztem Ziel befähigt. Sie war aber ihrer Ausstattung nach nicht in der Lage, einen größeren Angriff in geschlossenem Verbande zu führen. Es fehlten Waffen, Trosse und sonstige Ausrüstung (KTB).

Dagegen war die 18. Luftwaffenfelddivision nur 9000 Mann stark, ihr Ausbildungsstand schwach, Unterführer kaum vorhanden. Aus dem Heer waren lediglich zwei Regiments- und zwei Bataillonskommandeure zur Verfügung gestellt worden. Nach dem Urteil des Divisionskommandeurs konnte aus der Truppe nichts werden, wenn nicht Unterführerpersonal zur Verfügung gestellt wurde (KTB).

Die Luftwaffenfelddivisionen, von denen sich mehrere an der Kanalküste befanden, waren ein Kapitel für sich. Göring hatte sie im Winter 1941/42, als die Lage im Osten kritisch wurde, aus überzähligem Luftwaffenpersonal zusammengestellt und seinem Führer gewissermaßen zum Geschenk gemacht. Die Offiziere waren zum erheblichen Teil ältere Herren, die den ersten Weltkrieg mitgemacht hatten; im Landkampf erfahrene Unterführer fehlten ebenfalls. Dabei befand sich eine große Anzahl erstklassiger Soldaten in den Divisionen, denn die Luftwaffe hatte personalmäßig gut vorgesorgt. Nur hätte man diese Leute viel nützlicher verwendet, um vorhandene Infanteriedivisionen aufzufüllen, in denen sich ihr Soldatentum schnell mit dem Können der alten Krieger zu guten Leistungen verbunden hätte. So erlitten sie beim Einsatz aus Mangel an Erfahrung schwere Verluste, ohne entsprechende Erfolge zu erzielen.

Überraschend war, daß der von der Propaganda so hochgepriesene Atlantikwall in der harten Wirklichkeit nur andeutungsweise bestand. Die Bilder, die dem deutschen Publikum in den Wochenschauen in allen möglichen Variationen immer wieder vorgeführt wurden, stammten fast ausnahmslos aus dem Raum Calais–Boulogne, in dem sich noch aus der Vorbereitungszeit des »Seelöwen« ein artilleristischer Schwerpunkt erster Ordnung befand.

Die Marine hatte hier an schweren Batterien aufgestellt:

Lindemann	mit 3 - 40,6-cm-Geschützen bei Sangatte
Großer Kurfürst	mit 4 - 28-cm-Geschützen bei Gris Nez
Todt	mit 4 - 38-cm-Geschützen südlich Gris Nez
Friedr. August	mit 3 - 30,5-cm-Geschützen nördlich Boulogne.

Dazu standen im gleichen Abschnitt fünf schwere Eisenbahnbatterien des Heeres mit Geschützen bis zu 28-cm-Kaliber. Die Marinebatterien waren 1940 in Panzertürmen oder unter Beton fest eingebaut worden als Offensivgruppe für die Landung in England. Später dienten sie dazu, Ziele im Raum von Dover zu bekämpfen und durch ihr Feuer manchen Geleitzug zu entlasten, dem die englischen Batterien beim Passieren der Kanalenge schwer zusetzten.

Die Eisenbahnbatterien standen weiter zurück und waren auf indirektes Schießen angewiesen. Vom Standpunkt des örtlichen Verteidigers hatten sie den Nachteil, daß sie jederzeit abgezogen werden konnten. Die Rundumverteidigung aller Batterien genügte noch nicht den Anforderungen Rommels, die Küste zwischen den Batterien war infanteristisch zu schwach besetzt, wie der 52 km breite Abschnitt der 156. Reservedivision zeigte. Im ganzen war aber hier eine solche Feuerkraft konzentriert, daß ein Angriff über die Kanalenge, wie ihn das OKW aus rein landtaktischen Überlegungen erwartete, höchst unwahrscheinlich war, solange die Batterien einigermaßen kampfbereit blieben. Es ist auch nachträglich kein englischer Plan bekanntgeworden, der den Angriff hier, gegen die stärkste Stelle der deutschen Front, überhaupt erwogen hätte.

Der Gegensatz zwischen Heer und Marine in den Auffassungen über die zweckmäßigste Form des Artillerieeinsatzes trat auch hier sofort wieder

zutage. So führte das 82. AK lebhafte Klage (KTB): »Eine besondere Schwierigkeit für das Korps bedeutet die derzeitige Regelung der Befehlsverhältnisse, insbesondere in Zusammenarbeit mit der Marine. Diese hat die Kampfführung auf See, das Heer auf Land. Verantwortlicher Küstenverteidigungsabschnittskommandeur ist nicht in der Lage zu entscheiden, wer der gefährlichste Feind ist, der bekämpft werden muß. Wenn verantwortlicher Kommandeur des Küstenbereiches Einsatz der Heeresküstenartillerie für nötig hält, entscheidet hierüber der Marineküstenartillerieabschnittskommandeur. Die klare Regelung der Führerweisung 40 ist durch Befehl des ObWest außer Kraft gesetzt worden. Es besteht kein Einfluß des Korps auf den Einbau der Marinegeschütze, die zur Zeit parallel geschaltet sind zur Seezielbekämpfung, eingebrochenen Feind flankierend jedoch nicht bekämpfen können. Zur Zeit 29 schwere Batterien der Heeresküstenartillerie und Marineartillerie vorhanden.«
Die Führerweisung 40 (s. Anhang, S. 249) bestimmte, daß die Marine für die Bekämpfung des Feindes auf dem Wasser verantwortlich sein solle, das Heer für die Bekämpfung an Land. Das machte auf den ersten Blick den Eindruck einer klaren Lösung. Sowie man sich aber etwas näher damit beschäftigte, erhoben sich sofort schwerwiegende Fragen. Wer bestimmte den Zeitpunkt des Überganges? Was geschah, wenn der Gegner an einigen Punkten landete, während an anderen Stellen sich seine Fahrzeuge noch der Küste näherten? Wer entschied, ob es wichtiger war, daß eine Küstenbatterie gegen einige gelandete Kompanien schoß oder gegen Landungsfahrzeuge, die diese Kompanien mit Menschen und Material beträchtlich verstärken konnten? Wie überwand man die menschlich verständliche Erscheinung, daß jeder Kommandeur *seinen* Abschnitt für den gefährdetsten hielt?
Man stand hier vor Fragen, mit denen sich Heer und Marine vor dem Kriege nicht beschäftigt hatten und die aus der ganzen Sachlage heraus in kurzer Zeit befriedigend nicht zu lösen waren. Die Führer des Heeres hatten zum erheblichen Teil nur sehr unzulängliche Vorstellungen vom Kampf auf See und seiner Eigenart, die der Marine einen gewissen, aber doch unvollständigen Eindruck vom vielseitigen Kampf an Land. Man hatte keine gemeinsamen Begriffe, und es fehlte sogar die einheitliche Sprache. So waren selbst manche Ausdrücke für den Einsatz der Artillerie verschieden. Das Heer kannte nur leichte und schwere Geschütze; die Grenze lag beim 12-cm-Kaliber. Die Marine unterschied dagegen leichte Artillerie bis zu 10,5 cm einschließlich, schwere Artillerie von 20 cm an aufwärts, dazwischen die Mittelartillerie.

In den ersten Jahren nach der Besetzung Frankreichs beschränkte sich die Verantwortung der Marine auf den Ausbau der Gruppe schwerster Artillerie an der Kanalenge und auf den artilleristischen Schutz der großen Häfen. Von diesen sollte jeder durch zwei schwere und mindestens ebenso viele Mittelbatterien verteidigt werden, dazu eine Anzahl leichter Batterien. Dieses Programm war einigermaßen durchgeführt. Es fehlten aber ausgerechnet die Hauptbatterien (38 cm) für Cherbourg und Le Havre. Dies war damit zu erklären, daß ursprünglich die U-Bootstützpunkte an der Biskaya am ehesten durch Überfälle des Gegners bedroht erschienen und daher zeitlich vor den Häfen am Kanal mit Artillerie bedacht wurden.

Die Verteidigung der offenen Küste zwischen den Häfen übertrug das OKW dem Heer, das zu diesem Zweck im Sommer 1940 die Heeresküstenartillerie schuf. Es ist erklärlich, daß zu diesem Zeitpunkt nicht immer genügend erfahrenes Personal und gutes Material für diese Neuschöpfung frei gemacht wurde. So kam es, daß die HKA (Heeresküstenartillerie) in vieler Beziehung leider ein Stiefkind blieb. Einsatzmäßig unterstand sie den Divisionskommandeuren ihres Küstenabschnittes, damit häufig Soldaten, die mit der Bekämpfung von Seezielen noch nie etwas zu tun gehabt hatten. Am 1. 6. 1941 gehörten bereits zur Küstenartillerie als Teil des Feldheeres:

4 Art.-Regimentsstäbe
39 Art.-Abteilungsstäbe (davon 16 in Norwegen)
171 Küstenbatterien (davon 98 in Norwegen; dort weitere 62 nahezu fertiggestellt).

Allerdings sollte die Seezielbekämpfung von der Marine gesteuert werden, deren Organe hierfür die Seekommandanten waren, an der Kanalküste der »Seekommandant Pas de Calais«, dessen Bereich sich von der belgischen Grenze bis zur Somme erstreckte, dann der »Seekommandant Seine–Somme« bis zur Orne und der »Seekommandant Normandie« von dort bis etwas westlich von St-Malo. Diese drei unterstanden dem »Kommandierenden Admiral Kanalküste« in Rouen, der seinerseits der Marinegruppe West in Paris für Ausbau und Ausbildung der Marineküstenverteidigung und auch für die Marine-Bodenorganisation im ganzen Abschnitt verantwortlich war. Nach Westen und Süden bis zur spanischen Grenze schloß an der »Kommandierende Admiral Atlantikküste« mit Sitz in Angers, mit den Seekommandanten »Bretagne« in Brest, »Loire« in St-Nazaire und »Gascogne« in Royan.

Die Abschnitte der Kommandierenden Admirale stimmten nicht mit

denen der Armeen zusammen, die der Seekommandanten weder mit denen der Korps noch der Divisionen. Die Nachrichtenverbindungen zwischen den Befehlsstellen des Heeres und der Marine arbeiteten nicht so verzugslos, wie es beim Schießen gegen Seeziele und den schnell wechselnden Lagen während einer Landung unbedingt erforderlich war. Eine einheitliche Leitung, wie in der Führerweisung vorgesehen, kam nicht zustande. Bei einer vernünftigen Spitzenorganisation mit klar geregelten Zuständigkeiten wäre sie zu erreichen gewesen, nicht aber bei dem Führungsdurcheinander, das im Westen herrschte. Übergangs- und Nahtstellen sind immer schwierig. Ihre Probleme lösen sich am besten in enger Zusammenarbeit aller Beteiligten bei guter Kenntnis der gegenseitigen Eigenheiten und Erfordernisse.
Organisation kommt von Organ; in der Küstenverteidigung waren zwei ganz verschiedene Systeme für sich gewachsen und mußten nun zusammengebracht werden. Das gelang nur zum Teil, weil auch die Spitzenorganisation nicht einheitlich war und weil man sich gedanklich nicht vorbereitet hatte. So entstand nichts Organisches.
Das rein Taktische und Technische hätte sich nachholen lassen; das Haupthindernis war die Fremdheit gegenüber dem ungewohnten Element »Wasser«. Der häufig gemachte Anspruch auf völlige Führung durch das Heer war hierfür kein Ausgleich.
Rommel hatte aus Afrika genügend Eindrücke von der Bedeutung der See mitgebracht und wäre durchaus der Aufgabe gewachsen gewesen, die auseinanderlaufenden Fäden der Organisation in die Hand zu nehmen und zu vereinigen. Vorerst war er aber nur Inspekteur und Berater ohne Befehlsgewalt.
Hier wie in Dänemark wurde es bald offenbar, daß die Truppe seine Gedanken schnell und willig aufnahm, deutlich aus dem Gefühl heraus, daß ein Mann mit großer Erfahrung ihr in schwieriger Lage etwas Praktisches und Aussichtsreiches bot. Nicht so einfach war es mit einem Teil der höheren Befehlshaber und ihrer Stäbe. Rommel war nicht der Mann, das ohne weiteres hinzunehmen. Ein großer Teil seiner Arbeit und seiner Reisen galt dem Versuch, die Widerstrebenden zu überzeugen, leider nicht immer mit Erfolg.
Am 27. 12. 1943 mittags besprach Rommel mit dem Kommandierenden General des 65. AK den Ausbau der Abschußstellen für V-Waffen, für den dieses Korps gemäß Sonderauftrag verantwortlich war. Nachmittags fuhr der Feldmarschall mit dem Chef des Stabes (Gause) und dem Ia (Oberst von Tempelhoff) zum ObWest (Rundstedt), um die Ergebnisse der bis-

herigen Besichtigungen und seine Gedanken über die Kampfführung im Falle einer feindlichen Großlandung vorzutragen. Der ObWest stimmte nur teilweise zu.

Am 28. 12. erschienen die Ia des ObWest und sämtlicher Armeen zu einer Besprechung mit unserem Ia über das gleiche Thema. Rommel selbst fuhr mit Gause und dem Luftwaffen-Ia (Oberstleutnant Queißner) zur Luftflotte 3, Generalfeldmarschall Sperrle. Dieser hatte ein klares Bild der Lage, besonders von der Schwäche der Luftwaffe, und konnte keine Hoffnung machen, daß sich das fühlbar bessern würde. Am Invasionstage waren dann auch nur 90 Bomber und 70 Jäger in ganz Frankreich einsatzbereit. Dabei betrug die Verpflegungsstärke der Luftwaffeneinheiten (einschl. aller Bodenorganisationen, Warn- und Meldedienst usw.) mehr als 320 000 Köpfe.

Am 29. 12. 1943 folgte der entsprechende Besuch bei Admiral Krancke, dem Oberbefehlshaber der Marinegruppe West, in seinem Stabsgebäude am Bois de Boulogne. Die Besprechung verlief harmonisch wie auch das nachfolgende Mittagessen mit dem gesamten Stabe, aber sie bestätigte, daß die Marine zur Abwehr einer Großlandung auf dem Wasser nur wenig beitragen konnte. Schwere Seestreitkräfte waren überhaupt nicht vorhanden, leichte nur in geringer Zahl. Möglich und nötig erschien es, die Minensperren im Kanal zu verstärken. 1942/43 hatten Torpedo-Boote, M-Boote und R-Boote in zahlreichen Unternehmungen ein System von Sperren aus Ankertauminen etwa in der Mitte des Kanals geworfen, als Gegenmittel gegen die häufigen Vorstöße britischer Fahrzeuge zum Angriff auf unsere Geleitzüge. Es war jedem Sachkenner schon damals klar, daß diese Sperren bei dem starken Strom und Tidenhub nur bedingt wirksam sein würden und daß ihre Lebensdauer bei der starken Beanspruchung der Ankertaue in diesen bewegten Gewässern höchstens ein bis zwei Jahre betragen würde. Auf unserer Seite des Kanals lagen keine deutschen Minen, aber mehr als genug englische. Allerdings war die Seinebucht vom Gegner immer ausgespart worden, und diese Beobachtung verstärkte den Verdacht, daß er hier landen würde. Es lag also nahe, gerade hier eigene Minen zu werfen, und zwar alle Typen, im tieferen Wasser Ankertauminen mit Sperrschutz dazwischen, näher nach Land zu Grundminen mit Fernzündung, magnetisch, akustisch und beides gemischt. Es gab da eine ganze Musterkarte von sehr schwer zu räumenden Kombinationen. Unmittelbar vor dem Strand waren diese Sperren zu ergänzen durch die Küstenminen (KMA), die wir in Dänemark in den ersten Exemplaren kennengelernt hatten.

In der Zeit, als noch ein eigener Geleitverkehr durch den Kanal lief, war es angenehm, genau zu wissen, daß eigene Minen nicht lagen. Das erleichterte das Räumen der englischen Minen und das Freihalten der Wege. Die Geleitzüge durch die Kanalenge hatten aber jetzt aufgehört, da die englische Küstenartillerie mit Radarbeobachtung ausgezeichnet schoß und die Verluste zu groß geworden waren. Die Marinegruppe West wollte aber vorläufig nicht auf den freien Weg unter der eigenen Küste verzichten, um weiterhin leichte Streitkräfte verschieben zu können. Sie plante daher, dort zu gegebener Zeit Minen mit Zeiteinrichtung (ZE) zu legen, d. h. mit einem Uhrwerk, das die Mine nach einer einstellbaren Zeit unscharf machte. Nun gab es vorläufig nur eine Zeiteinrichtung für eine Höchstdauer von 80 Tagen. Man hätte also alle viertel Jahre neue Minen legen müssen. Eine 200-Tage-ZE war in der Entwicklung und sollte in absehbarer Zeit frontbrauchbar werden. Da die Invasion offenbar noch nicht unmittelbar bevorstand, blieb die Frage der Minensperren vorläufig in der Schwebe, wenn auch Rommel bereits jetzt grundsätzlich forderte, das Küstenvorfeld zu verminen. Das sollte wesentlich dazu beitragen, seinem neuartigen Verteidigungssystem eine große Tiefe zu geben.
Mit der Küstenartillerie sah es etwas besser aus. Die von der Marine kurz vor unserem Eintreffen in Frankreich freigegebenen zwei 21-cm- und zwei 15-cm-Batterien sollten zwischen den Häfen aufgestellt werden. Die Auswahl der Standorte lag beim Heer, Aufbau und Bedienung war Sache der Marine. Das OKW hatte die 7. und die 15. Armee gleichmäßig bedacht, wohl um keinen Neid aufkommen zu lassen. Die 15. Armee stellte ihre schwere Batterie östlich von Calais auf, in einem Raum, der unserer Ansicht nach mit Artillerie schon gut versehen war. Die 15-cm-Batterie war bei Houlgate gegenüber Le Havre an der Seinemündung im Bau. Die 7. Armee hatte eine glücklichere Hand. Sie wählte für die schwere Batterie eine Stellung bei Marcouf, südöstlich Cherbourg, an der Ostküste der Halbinsel Cotentin, für die 15-cm-Batterie eine Höhe wenige 100 m hinter der Küste, nördlich von Bayeux. Beide Batterien kamen bei der Invasion ins Gefecht.
Das Ergebnis aller Besichtigungen und Besprechungen wurde in den Tagen vom 29. 12. 1943 bis zum 1. 1. 1944 in einem »Bericht zur Verteidigungsbereitschaft des Artois« niedergelegt, in dem Rommel u. a. beantragte, daß er die Kommandoführung über die Truppen an der Küste erhielt, um seine Pläne besser und schneller verwirklichen zu können.
Mein Beitrag war bald fertig. Als ich am 30. abends erfuhr, daß die für den folgenden Tag geplante Reise ausfiel, ließ ich mir Erlaubnis zur Fahrt

in die Bretagne geben, um mit dem dortigen Seekommandanten (Kapitän z. See Gumprich) die gemeinsamen Fragen durchzusprechen und das gleiche bei der 3. Sicherungsdivision in Nostang bei Lorient mit der Silvesterfeier zu verbinden. Es schien mir richtig und wertvoll, möglichst viele und verschiedene Eindrücke aus dem ganzen für eine Invasion in Frage kommenden Raum zu sammeln und über dem Material die Menschen nicht zu vergessen.
Am 31. 12. ging es zeitig los. Trotz gelegentlichen Glatteises kamen wir gut voran. Wegen Fliegeralarms verzichteten wir auf das Mittagessen in Rennes und erreichten etwa 16 Uhr Nostang. Bei sehr mildem Wetter lief ich mit dem Meteorologen des Stabes in schöner Abendstimmung noch eineinhalb Stunden in der eigenartigen bretonischen Landschaft zwischen blühendem Ginster spazieren. Anschließend besprachen wir die nötigen Dinge. Nach einem einfachen und ruhigen Abendbrot saß ich mit den Offizieren, die ich alle seit Jahren kannte, bei einem leichten Punsch und hörte, was sich ereignet hatte. Um 24 Uhr sagte ich ein paar passende Worte, und man war nachdenklich. Dann gingen wir noch eine Weile zu den Männern.
Am Neujahrstag fuhr ich mit dem stellvertretenden Divisionschef (K.Kpt. d. R. Notholt) nach dem Fischerstädtchen Concarneau mit seiner malerischen alten Festung und sah mir dort den blau-feldgrau gemischten Stützpunkt an. Am Nachmittag unterrichtete mich der Seekommandant in Brest über seinen Bereich. Dort erreichte mich die Nachricht, daß ich möglichst bald an den Feldmarschall heranschließen möchte, der ausgerechnet Südholland besichtigte, rund 1000 km entfernt.
Wir fuhren am 2. 1. um 6 Uhr los. Früherer Start hatte wenig Zweck, da das Fahren in der Dunkelheit wegen der Panzersperren in den Dörfern schwierig war. Um 21 Uhr erreichten wir Antwerpen.
Rommel hatte sich für den 3. Januar nachmittags in Antwerpen bei dem dort liegenden Stab des 89. AK angemeldet. Um die Zeit auszunutzen, fuhr ich daher vormittags an die Schelde-Mündung nach Cadzant, wo eine schwere Batterie im Bau, aber noch längst nicht fertig war, und besprach mich mit dem Seekommandanten Südhollands (Kpt.z.S. Peters) und dem Batteriekommandeur. Die Vorträge beim 89. AK (Gen. Freiherr von Gilsa) vor dem Feldmarschall hielten sich im üblichen Rahmen, im Korpsbereich standen drei Marineartillerieabteilungen mit 19 Batterien, fünf Heeresküstenartillerieabteilungen mit 17 Batterien und sechs Divisionsartillerieabteilungen mit 19 Batterien. – In unserem Hotel herrschte erheblicher Etappenbetrieb, über den Rommel sich sehr abfällig äußerte.

Am 4. 1. 1944 fuhren wir mit gestellten Wagen über die Deiche und Brücken nach der Insel Walcheren. Diese war von besonderer Bedeutung, da sie den Schlüssel zur Schelde bildete. Der Ausbau war noch ziemlich weit zurück, da auf der ganzen Insel lange Zeit nur ein Bataillon gelegen hatte. Jetzt stand hier die 19. LW-Felddivision. Von etwa 600 geplanten Betonbauten waren 230 in Betrieb, der Rest sollte bis zum 1. 4. fertig werden, wozu über 40 000 cbm zu verbauen waren. Das stärkste Kaliber war eine Marinebatterie von 15 cm bei Westkapelle, wo das tiefe Fahrwasser besonders nahe an die Insel herankommt. Bei der Eroberung der Insel im November 1944 durch die Alliierten hat sich diese Batterie gut geschlagen. Von den 40 000 Bewohnern der Insel waren 30 000 bereits evakuiert. Über die Ansumpfungen wurde man sich nicht ganz einig. Möglichkeiten dazu gab es reichlich, denn ein großer Teil der Insel liegt tiefer als die Meeresoberfläche. Die Engländer nutzten das dann aus, um mit schweren Bomben die Deiche zu durchbrechen, so daß die Insel voll Wasser lief. Dann stießen sie mit kleinen Fahrzeugen durch die Lücken hindurch und faßten die Batterien vom Rücken her.

Von Vlissingen überquerten wir zur Zeitersparnis mit einem Hafenschutzboot die Schelde. Im Hafen von Breskens am Südufer kam das Boot wegen niedrigem Wasserstand fest und – zur Erleichterung aller Marineteilnehmer – bald wieder frei. Es folgte eine Besprechung mit Generallt. Neumann, dem Kommandeur der 712. ID. in Ostbourg, anschließend besichtigten wir seinen Abschnitt, der sich bis Blankenberge erstreckte. In ihm standen außer normaler Artillerie auch drei Eisenbahnbatterien, eine von 20,3-cm-Kaliber mit einer Reichweite von 36 400 m, zwei 17-cm mit einer Mindestschußweite von 13 000 und einer Höchstschußweite von 26 500 m. Die Kanonen waren eindrucksvoll, aber das KTB berichtet: »Schießverfahren: behelfsmäßiges Langbasisverfahren, geordnetes Punktschießen nicht möglich, da Geräte dazu fehlen. Kann jetzt nur behelfsmäßig durchgeführt werden. Erfolg nur, wenn Feind gleichen Kurs behält.« Zu deutsch: diese Geschütze waren zum Seezielschießen kaum geeignet. Dazu standen sie aber hier.

Über Nacht blieben wir in Brügge; am nächsten Morgen beteiligte sich der Feldmarschall an einer Besichtigung des Rathauses und der Kathedrale. Es war das erste Mal, daß er bei unseren Reisen sich die Zeit nahm, etwas auszuspannen. Die marmorne Madonna von Michelangelo und die wunderbare Arbeit an den Sarkophagen Karls des Kühnen und der Maria von Burgund machten ihm besonderen Eindruck. Auf dem Rückweg legten wir eine kurze Pause in Tourcoing ein, weil Rommel mit Gen.Oberst v. Salmuth sprechen wollte. Zum Mittagessen waren wir im Raum Lille Gäste des Jagdgeschwaders Schlageter. Der Geschwaderkommodore, Oberstleutnant Priller, Eichenlaubträger, machte einen besonders ansprechenden und natürlichen Eindruck, was sich auch auf seine Offiziere übertragen hatte. Nach erheblicher Raserei über St-Quentin und Compiègne erreichten wir wohlbehalten das Stabsquartier um 20 Uhr. Rommel fuhr einen schweren Horch; der Mercury, den ich schon als BSW benutzt und jetzt mit meinem alten Fahrer, dem Matr.Gefr. Hatzinger, wieder erhalten hatte, hatte Mühe, auf ebener Straße mitzukommen, holte aber bei den Steigungen gut auf. Glücklicherweise ist Frankreich fast überall etwas wellig.

DIE ARBEIT DES STABES

Vom 6. bis 15. 1. 1944 unternahm Rommel keine größere Fahrt. Das bedeutete aber keineswegs, daß wir untätig waren. Die Riesenaufgabe, die Verteidigung in kurzer Zeit mit den vorhandenen, vielfach unzulänglichen Mitteln auf die Höhe zu bringen, erforderte eine Unmenge einzelner Maßnahmen verschiedenster Art. Die wesentliche Frage klarer Unterstellungsverhältnisse löste das OKW einigermaßen befriedigend dadurch, daß es der Heeresgruppe B mit dem 15. 1. den Befehl über das AOK 7, das AOK 15 sowie den Wehrmachtsbefehlshaber Niederlande »in allen Vorbereitungen für die Küstenverteidigung und für die Küstenverteidigung selbst« übertrug. Rommel blieb selbst dem ObWest unterstellt, was unser Stab bedauerte, da es für die Sache nützlicher und für ihn selbst angenehmer gewesen wäre, wenn er die volle Befehlsgewalt im ganzen Westen erhalten hätte. Er selbst äußerte sich nicht zu dieser Frage. So beschränkte sich sein Befehlsbereich auf einen etwa 20 km tiefen Küstenstreifen von der Zuidersee bis zur Loiremündung. Dahinter regierte der Militärbefehlshaber Frankreich, General von Stülpnagel, mit dem sich Rommel gut verstand; beiden übergeordnet war Feldmarschall von Rundstedt, dem auch die 1. Armee (Generaloberst Blaskowitz) in Südwestfrankreich und die 19. Armee (General von Sodenstern) in Südfrankreich unterstanden.

Den Auftrag, die Vorbereitungen auch dieser beiden Armeen zu überprüfen, behielt Rommel.

Sehr selbständig war Rundstedt auch nicht; bei allen größeren Maßnahmen, wie etwa, wenn er eine Division verschieben wollte, mußte er im OKW anfragen. So wurde ein vielfacher Austausch von Fernschreiben und Ferngesprächen zwischen 15. Armee – Heeresgruppe B – ObWest – OKW nötig, als die 15. Armee die 344. Division an die Küste verlegen und nördlich der Somme im bisherigen Südabschnitt der 191. Reservedivision einschieben wollte. Schließlich genehmigte das OKW diese Maßnahme.

Schon ehe die neue Kommandoregelung in Kraft trat, zeigte sich ihr größter Nachteil. Es gelang nicht, einen eindeutigen Befehl über die Art der Kampfführung zu erreichen. In allen höheren Stäben war inzwischen bekanntgeworden, daß Rommel vorn an der Küste schlagen wollte, daß aber eine starke Gegenpartei, besonders vertreten durch General Geyr von Schweppenburg, den General der Panzertruppen in Frankreich, dafür war, entsprechend den bisherigen Plänen die Panzerdivisionen weit zurückzuhalten, um dann mit ihnen einen massierten Gegenstoß zu führen. Geyr von Schweppenburg hatte im Frankreichfeldzug ein Infanteriekorps und in Rußland ein Panzerkorps erfolgreich geführt. Als Attaché in London hatte er die Engländer, ihre Denkweise und ihr Heer gut kennengelernt. Erfahrungen im Kampf gegen sie hatte er im zweiten Weltkrieg nicht gesammelt. Am 8. 1. 1944 kam er erstmals zu einer Besprechung zu Rommel. Dieser teilte ihm seine Auffassung mit, daß der Feind an der Küste zu schlagen sei, konnte ihn aber nicht überzeugen.

Wie ungenügend die wichtige Frage, wie der Kampf geführt werden sollte, geklärt war, und welche Reibungen daraus entstanden, zeigt am besten folgender Auszug aus dem KTB:

»10. 1. 1944, 18 Uhr Ferngespräch Ia HGr B mit Ia ObWest:

a) In einer Erörterung über die Frage der Notwendigkeit eines Befehls der Heeresgruppe zur Kampfführung erklärt Ia ObWest, daß die Befehlsgebung hinsichtlich Kampfführung durch ObWest in zahlreichen grundlegenden Befehlen bereits erschöpfend erfolgt ist und neue Gesichtspunkte nicht mehr herausgestellt werden können.
b) ObWest hat abgelehnt, die vom General der Pioniere der HGr B vorgeschlagenen Unterwassersetzungen der Küstenstreifen in der für erforderlich gehaltenen Form durchzuführen. Es ist vielmehr entschieden worden, daß lediglich örtliche Überschwemmungen, die ohne Beeinträchtigungen der Leitungen und sonstiger taktisch und operativ erforderlichen Einrichtungen durchgeführt werden können, in Frage kommen.

21.45 Uhr. Ferngespräch Chef des Stabes HGr B mit stellvertretendem Chef OKW/WMFSt (Wehrmachtsführungsstab) General d. Art. Warlimont: Auf Anfrage des Chefs des Stabes der Heeresgruppe, ob der Führer mit den im Bericht über die Verteidigungsbereitschaft des Artois dargelegten Gedankengängen des OB zur Frage der Kampfführung einverstanden

ist, erklärt stellvertr. Chef OKW/WMFSt, daß hierzu eine Stellungnahme des OKW im Hinblick auf die Unterstellung unter ObWest nicht erfolgt, daß aber der Führer grundsätzlich der Auffassung ist, daß der Feind an der Küste geschlagen werden soll. Irgendeine andere Tendenz ist vom OKW nie vertreten worden. Im übrigen ist OKW zur Frage der Kampfführung der Ansicht, daß gegenüber den zum jetzigen Zeitpunkt durchführbaren und für erforderlich gehaltenen Maßnahmen, wie Ansumpfung und Evakuierung des Küstenstreifens, alle sonstigen Rücksichten zurücktreten müssen.
Anschließend stellte stellvertr. Chef OKW/WMFSt anheim, die grundsätzlichen Fragen der Kampfführung gegebenenfalls mit Chef OKW/WMFSt [zu deutsch: Generaloberst Jodl] während seiner Anwesenheit bei ObWest zu klären.«

Am 12. 1. hatte Rommel eine Besprechung mit Rundstedt »mit dem ausdrücklichen Zweck, Übereinstimmung besonders in Fragen der Kampfführung herbeizuführen«, weil Rundstedt am 15. 2. für einen Monat auf Urlaub ging und Rommel ihn als ObWest vertreten sollte.

Die Besprechung mit Jodl fand am folgenden Tage statt, Rommel bemerkte hierzu in seinem Tagesbericht: »General Jodl getroffen, der meine Ansichten über Küstenverteidigung im großen und ganzen teilt.«

Widerstand gegen Rommels Pläne war zu erwarten gewesen; es überraschte aber, daß die Frage der besten Methode zur Küstenverteidigung unter den vorliegenden besonderen Verhältnissen nicht nach gründlicher gemeinsamer Durchsprache zwischen WMFSt, ObWest und Rommel sofort und eindeutig vom OKW entschieden wurde, um endlich eine klare Grundlage für alle Maßnahmen zu schaffen. So blieb es zu einem Teil Rommels Überzeugungskraft überlassen, seine Ansichten durchzusetzen. Bei diesem Verfahren ging auf jeden Fall kostbare Zeit verloren, und es brachte nicht überall den nötigen Erfolg. Als Mitglieder seines Stabes machten wir es uns sehr bald zur Aufgabe, seine Gedanken allen Offizieren auseinanderzusetzen, mit denen wir in näherer Verbindung standen. Wir hatten inzwischen eine gute Übersicht über das Gesamtproblem und die bisherigen Maßnahmen erhalten und waren überzeugt davon, daß es richtig war, vorn an der Küste zu schlagen.

Für mich kam hinzu, das gegenseitige Verständnis zwischen Heer und Marine zu fördern und örtliche Spannungen – berechtigte und unberechtigte – auszugleichen. An die Wurzel des Übels, ungenügende Beschäftigung mit den Problemen in der Vergangenheit und unzulängliche Organisation der obersten Führung in der Gegenwart, war allerdings nicht heranzukommen.

Es galt aber nicht nur die geistigen Grundlagen für den kommenden Kampf zu schaffen, sondern auch weit größere Mittel, Menschen sowie Material, heranzubringen. Das Heer war durch die überdehnte Front in Rußland und die zweite Front in Italien schon so überbeansprucht, daß es für die noch nicht bestehende dritte Front in Frankreich kaum genug Kräfte frei machen konnte. Andererseits sagte nüchterne Überlegung, daß nur ein völliges Zurückschlagen einer Großlandung eine wirkliche Atempause und Entlastung herbeiführen konnte, die sich vielleicht sogar zu einem einigermaßen tragbaren Abschluß des Krieges ausnutzen ließ, trotz aller Forderungen der »bedingungslosen Übergabe« durch die Staatsmänner der Gegenseite. Auf personellem Gebiet galt also, nach vorne zu bringen, was an einigermaßen ausgebildeten Männern irgendwie greifbar war. Die Marine konnte nur mittelbar helfen, weil ihre Leute für den modernen Landkampf im allgemeinen nicht genügend ausgebildet waren. Es wäre falsch gewesen, die trüben Erfahrungen mit den Luftwaffenfelddivisionen zu wiederholen. Es schien aber möglich, Ausbildungstruppenteile des Heeres in Standorten in Deutschland und in den besetzten Gebieten durch Ausbildungseinheiten der Marine abzulösen. Die ersten Anträge in dieser Richtung gingen Anfang Januar an das OKM.
Beim Material war die Lage auch nicht rosig, denn die kämpfenden Fronten beanspruchten einen riesigen Nachschub, und bei den Rückzügen in Rußland blieb naturgemäß sehr viel Gerät liegen. Die Truppen im Westen hatten wohl die buntscheckigste Bewaffnung, mit der sich je ein Heer hat abfinden müssen. Sie stammte aus allen Arsenalen Europas, und einzelne Divisionen hatten bis zu 100 verschiedene Arten von Waffen, dabei kaum eine Division genau die gleichen wie der Nachbar. Für viele Typen wurde keine Munition mehr gefertigt; waren die zwei oder drei Ausstattungen, die man noch hatte, verschossen, dann konnte man die Kanone oder das MG wegwerfen. Das erschwerte naturgemäß alle Übungen mit scharfem Schuß. Man hätte sich wahrscheinlich besser gestanden, wenn man diese Waffen gleich nach den siegreichen Feldzügen verschrottet hätte; jetzt war es zu spät dazu.
Aus seinen Erfahrungen heraus legte Rommel größten Wert auf starke Verminungen, um Angriffe, vor allen Dingen gepanzerter Einheiten, gegen seine ungenügend ausgerüstete Infanterie aufzuhalten und zu zersplittern. Im Endziel sollten nach seinen Plänen im Küstenstreifen des gesamten Westens zwischen 50 und 100 Millionen Minen liegen. Als wir nach Frankreich kamen, waren es 1,7 Millionen, bei einem monatlichen Nachschub von nur 40 000. Die Fertigung in der Heimat stieg laufend,

aber da nicht mehr angefordert waren, dauerte es Wochen bis Monate, bis größere Mengen für den Westen abgezweigt werden konnten.
Um diese Lücke zu überbrücken, begann ein eifriges Suchen nach Aushilfsmitteln, für die wir alte Munition, Beutesprengstoff und Beutegranaten verwenden wollten. Auf unsere ersten Anfragen erhielten wir von allen verwaltenden Stellen die Auskunft, daß die Beutemunition befehlsgemäß verschrottet worden sei. Der Gepflogenheiten von Behörden nicht ganz unkundig, gaben wir uns damit nicht zufrieden und forschten außerhalb des Dienstweges weiter. Der Erfolg blieb nicht aus. Schon am 9. 1. konnte General Meise melden, daß französischer Beutesprengstoff für etwa 11 Millionen Minen greifbar sei. Man mußte nur die Gefäße und die Zünder herstellen. Sehr bald fanden wir auch, daß viele Hunderttausende von Granaten der Schiffsartillerie bis zu den schwersten Kalibern teils noch in den Munitionsräumen der französischen Marinestützpunkte, teils in Bunkern der Maginotlinie lagerten. Behelfsmäßige Zünder waren nicht schwierig zu konstruieren, und eingegrabene Granaten um Widerstandsnester herum waren ein wesentlich besserer Schutz als gar nichts.
Ein weiteres Problem, das den Feldmarschall beschäftigte, war Verlegung des Stabsquartiers näher an die wahrscheinliche Invasionsfront heran, um besonders für den Ernstfall den Anmarschweg zu kürzen. Fontainebleau, 65 km südlich Paris, lag ihm zu weit zurück. Es ist bemerkenswert, daß er zuerst die Zuweisung eines Waldlagers bei Laon beantragte, also in Richtung Nordost, nach dem Artois zu. Am 7. 1. teilte die Adjutantur Hitlers mit, daß dieser den Antrag abgelehnt habe. Darauf erkundete gelegentlich Rommel selbst, meist aber die Generale Meise und Gehrcke, unser neu eingetroffener Nachrichtenführer, das Gebiet nordwestlich und westlich von Paris, also in Richtung auf die Seinebucht. Sie suchten solide Höhlen, deren es in der Kreide und im Gips viele gab, damit wir vor Bombenangriffen sicher waren. Rommel warf sein Auge auf ein unterirdisches Torpedoarsenal der Marine und sah es sich an, als ich in anderer Richtung unterwegs war. Er bekam es nicht.

Ich nutzte die Zeit der verhältnismäßigen Ruhe aus, um für zwei Tage nach Holland zu fahren, da ich den Kommandierenden Admiral, Vizeadmiral Kleikamp, und den Chef der 1. Sicherungsdivision, KAdm. Winter, noch nicht gesprochen hatte. Die Stabsquartiere lagen bei Utrecht; ein Lotse erwartete uns planmäßig am Stadteingang, als wir dort im Abenddunkel eintrafen. Er verfuhr sich sofort, und außerdem hatte sein Wagen weder ein Stopplicht noch einen Winker.

Bei Kleikamp sprach ich etwa eineinhalb Stunden über die Rommelschen Grundideen. Winter kam zum Abendbrot, mit ihm setzten wir die Besprechung bis 23 Uhr fort. Vor allen Dingen stellten wir Überlegungen an, wie man Personal und Minen aus dem Marinebereich herausholen könnte.

Am nächsten Vormittag machte ich einen Bericht daraus, mit fundierten Vorschlägen, und schickte ihn an das OKM. Dann fuhr ich zu Admiral Winter, der mir Gelegenheit gab, auch seinem Stab die Rommelschen Grundgedanken vorzutragen. Bei der Rückfahrt begleitete Winter mich bis Antwerpen. Er erzählte voller Besorgnis vom Nachlassen der Dienstauffassung und der Formen auf manchen seiner Flottillen, die sich aber im Einsatz nach wie vor ausgezeichnet hielten. Das waren Dinge, die einen steten und nachdrücklichen Einfluß aller Vorgesetzten notwendig machten.

Überraschenderweise hatte Fontainebleau auch eine Marinegarnison, denn dort lag eine Kraftfahreinsatzabteilung mit ungefähr 500 Fahrzeugen. Ihre Aufgabe war, für die Marinedienststellen in Frankreich schnelle Transporte durchzuführen. Ursprünglich hatte die Abteilung eine Tragfähigkeit von 740 t gehabt; diese war gerade auf 560 t herabgesetzt worden, um Personal zu sparen. Der Kommandeur, Ingenieuroffizier und alter Zerstörerfahrer, der borddienstunfähig geworden war, verwendete nun seine Kenntnisse als Kraftfahrsachverständiger sehr nutzbringend. Er führte den kriegsmäßigen Abmarsch eines Zuges vor, der vorzüglich klappte. Die ganze Abteilung war auf schnellstes Räumen des Standortes bei drohendem Luftangriff eingestellt. Damit sie mit allen Fahrzeugen in wenigen Minuten den Schutz der umgebenden Wälder erreichen konnte, hatte der Kommandeur mehrere Durchgänge in die Kasernenhofmauern brechen lassen, ein Verfahren, das den Zorn der Standortverwaltung erregt hatte.

So waren die Tage im Hauptquartier gut ausgefüllt mit Ferngesprächen, Fernschreiben, Besprechungen und Besuchen bei Dienststellen im Raum Paris. Das Wetter war schön, klarer Himmel und leichter Frost, und wir nutzten das fast täglich zu Spaziergängen in den Wäldern um Fontainebleau aus, die mit ihren vielen großen und kleinen Felsen, Schluchten, Quellen und Aussichtspunkten sehr viel Abwechslung boten. Hier begannen auch die »armierten Promenaden« des Feldmarschalls; als Kommandeur der Goslarer Jäger hatte er Geschmack an der Jagd gefunden. Er benutzte nun gelegentliche freie Stunden, um sich auszulaufen, und trug dabei ein Jagdgewehr, in der Hoffnung etwas schießen zu können.

Schwarzwild hatte keine Schonzeit, und der Ortskommandant von Fontainebleau, selbst Jäger, ließ seine Wildhüter einzelne Waldstücke auf Sauen durchdrücken. Ich bekam einen Jagdschein – es ging in mancher Beziehung sehr ordentlich zu im 5. Kriegsjahr – und als Waffe eine Maschinenpistole, die, auf Einzelschuß eingestellt, vielleicht noch als kommentmäßig gelten konnte. Ich hatte durchaus nicht die Absicht, größere Verheerungen unter dem Wild anzurichten. Das Aufpassen und Beobachten gab aber den Waldspaziergängen einen neuen Reiz.

Einmal zog ein starker Keiler 40 oder 50 m vor mir über eine Schneise, viel schneller als man ihm ansah. Jedenfalls war er längst wieder in Deckung, als ich meine Überlegungen dahin beendet hatte, daß es sich vielleicht doch lohnte, ihn zur Strecke zu bringen. Die Wildschweine waren aber auch für die anderen zu gewandt und blieben durchaus unbeschädigt. Als wir uns einmal nach vergeblichem Durchdrücken eines Wäldchens auf einer kleinen Lichtung sammelten, trat fast zum Greifen nah ein starker Hirsch aus dem Wald. Er sah uns ein paar Augenblicke lang stolz und ruhig an, als ob er genau wüßte, daß er Schonzeit hatte. Wir konnten seine 12 Enden bequem zählen, ehe er geräuschlos wieder im Walde verschwand.

Die Tafelrunde in der Pompadour setzte sich im allgemeinen zusammen aus dem Feldmarschall, Generalleutnant Gause (Chef des Stabes), Generalleutnant Meise (Pionier), Generalleutnant Gehrcke (Nachrichten), Oberst von Tempelhoff (Ia), Oberst Lattmann (Artillerie), Oberst Krähe, später Oberstleutnant Staubwasser (Ic), Oberst Freiberg (IIa), Oberstleutnant Queißner (Ia Luftwaffe), Oberstleutnant Olshausen (Bv.To. = Bevollmächtigter Transportoffizier), den beiden Ordonnanzoffizieren (Oberleutnant Hammermann, später Hauptmann Lang, und dem Prinzen von Koburg) und mir; Queißner und ich gingen normalerweise unter der Bezeichnung »die Hilfsvölker«. Wir verstanden uns aber zu wehren.

Wir waren an Lebensalter, Erfahrung und Interessen sehr verschieden, aber gerade diese Verschiedenheit sorgte für gegenseitige Anregung und vielfachen Wechsel in den Tischgesprächen. Rommel sprach von sich aus im allgemeinen von militärischen Dingen und eigenen Erlebnissen mit Menschen aller Art. Er ging aber nicht darauf aus, die Tafelrunde zu beherrschen, sondern verstand es, bei anderen Themen zuzuhören. Er hatte viel Sinn für Humor, auch wenn er einmal auf seine Kosten ging. Er war nicht prüde, aber sogenannter Humor einer gewissen Sorte kam in seiner Gegenwart nicht auf. Ich kann mich nicht erinnern, in seinem Stabe jemals eine schmutzige Geschichte gehört zu haben, wie sie in manchen

Männergesellschaften unvermeidlich zu sein scheinen. Auf einer der Reisen fing einmal einer der von uns besuchten Kommandeure in dieser Richtung an, hörte aber sehr schnell auf, als er das völlig abweisende Gesicht des Feldmarschalls sah.

Rommel trank wenig und rauchte nicht; abends zog er sich meistens zwischen 22 und 23 Uhr zurück und stand dafür sehr früh auf. Er legte Wert darauf, daß das Essen einfach war, was dem dafür verantwortlichen Offizier einen leichten Kummer bereitete, denn in friedlicheren Zeiten betrieb er ein weltbekanntes Hotel. Nur einmal durfte er sich voll auswirken. Das war, als ein höherer Herr aus der Heimat zu Gaste kam, von dem Rommel verstärkten Nachschub an bestimmten Mangelwaffen erhoffte. Da wurden wir der vielen Gänge kaum Herr, während der Gast sich mühelos hindurchfutterte. Wesentlich mehr Waffen brachte uns der ungewohnte Aufwand aber auch nicht ein.

Im allgemeinen wurden für Gäste keine besonderen Umstände gemacht; sie fühlten sich trotzdem wohl. Meist lud Rommel nur einen Gast ein, gelegentlich zwei, ganz selten mehr. Ich rückte dann von meinem Platz, rechts vom Feldmarschall, einen Stuhl weiter und lernte somit die wesentlichen Besucher unseres Hauptquartiers gewissermaßen zur linken Hand genauer kennen.

Als erster Gast kam am 9. 1. mittags Oberst Hesse, bekannt durch seine Schriften, besonders das Buch »Feldherr Psychologos«. Jetzt wirkte er als Feldkommandant in St-Germain. Es kam zu einer angeregten Unterhaltung, zuerst über den Einfluß der Literatur über den ersten Weltkrieg auf die Haltung des Soldaten des zweiten Weltkrieges und besonders der Jugend, auf die Jünger, Beumelburg, Rommel (»Infanterie greift an«) und andere sehr starken Einfluß gehabt haben.

Ich selbst hatte den Grabenkrieg im Westen 1914–18 in all seiner Furchtbarkeit erst aus den »Stahlgewittern« von Jünger verstanden. Dann wurde über Bildhauer gesprochen, von Rodin ausgehend. Dieser wurde von Hesse als Vorläufer Brekers betrachtet. Ich hielt Rodin für weit überlegen. Bei Debatte über die »Bürger von Calais« war nicht festzustellen, wo sich das Original befand. Dann Unterhaltung über Sammlungen im Louvre. Sind z.T. im Schloß Chambord, wo ich selbst die Kisten gesehen hatte. Gause meinte, sie seien nach Deutschland gebracht worden, worauf ihm erwidert wurde, es sei »nicht bekannt, daß der Reichsmarschall inzwischen dagewesen sei« (PAV).

Man sprach recht offen in unserem Kreis, weil man volles Zutrauen zueinander hatte. Dieses wurde auch nie enttäuscht. Wir hatten keinen NSFO

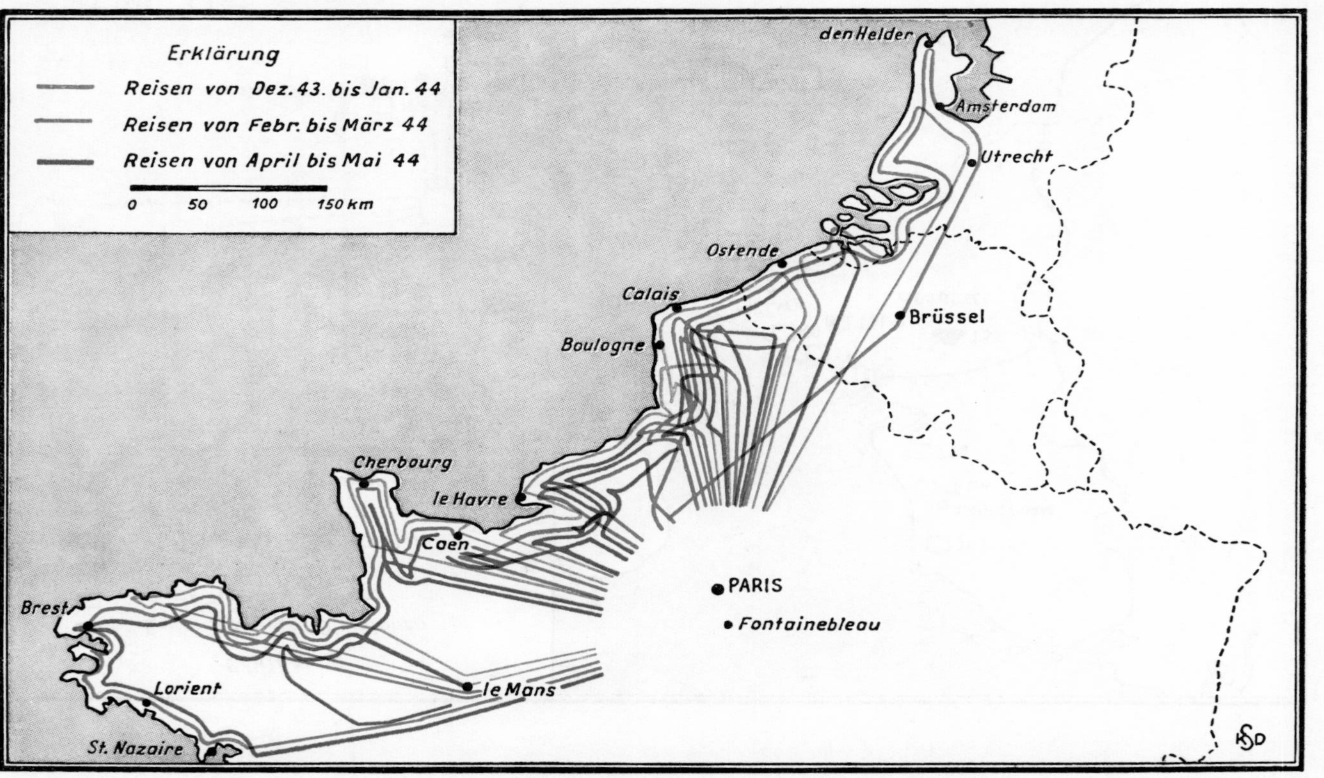

Feldmarschall Rommels Besichtigungsfahrten vom 20. Dezember 1943 bis zur Invasion

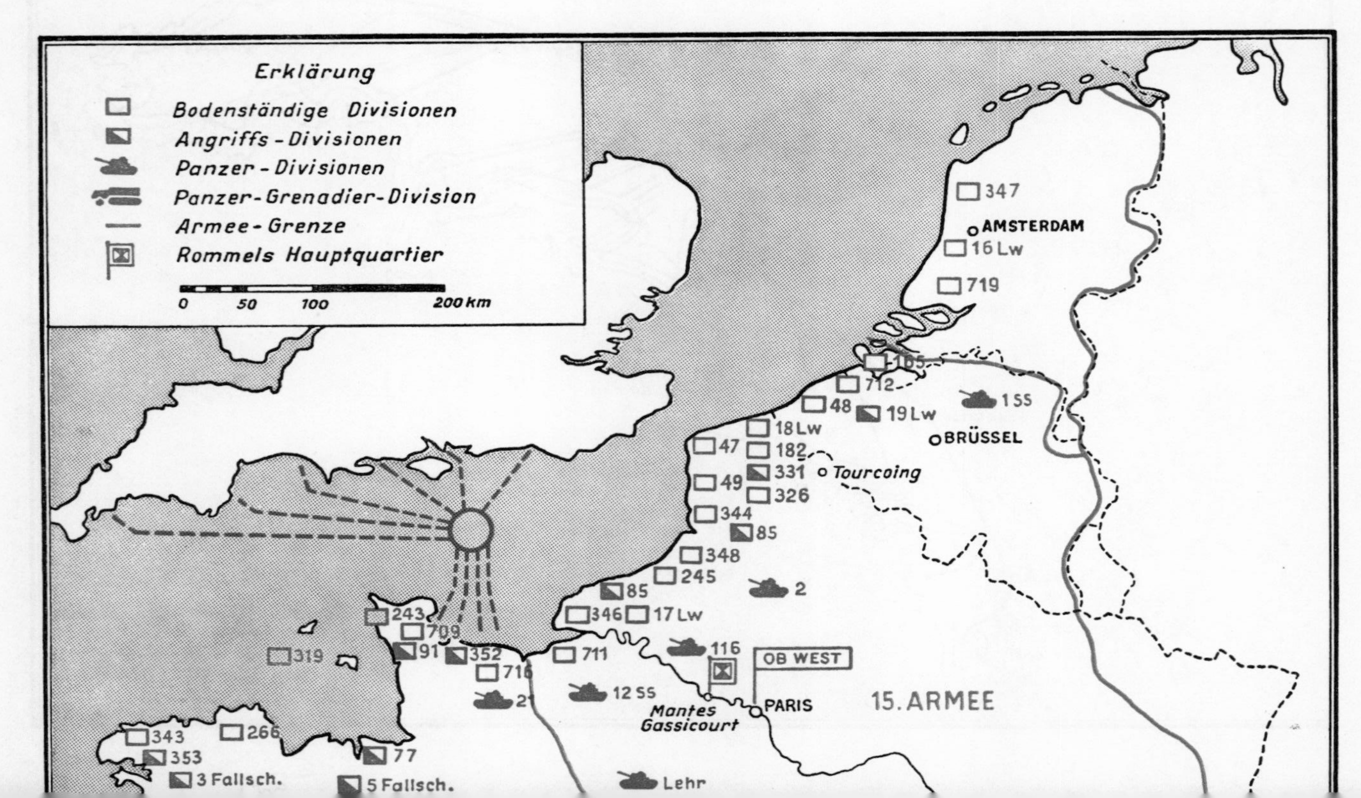

Erklärung
Bodenständige Divisionen
Angriffs-Divisionen
Panzer-Divisionen
Panzer-Grenadier-Division
Armee-Grenze
Rommels Hauptquartier
0 50 100 200 km
347
AMSTERDAM
16 Lw
719
165
712
48
19 Lw
1 SS
BRÜSSEL
18 Lw
47
182
331
Tourcoing
49
326
344
85
348
245
2
85
346
17 Lw
243
709
319
91
352
711
116
OB WEST
716
21
12 SS
Mantes
Gassicourt
PARIS
15. ARMEE
343
266
353
77
3 Fallsch.
5 Fallsch.
Lehr

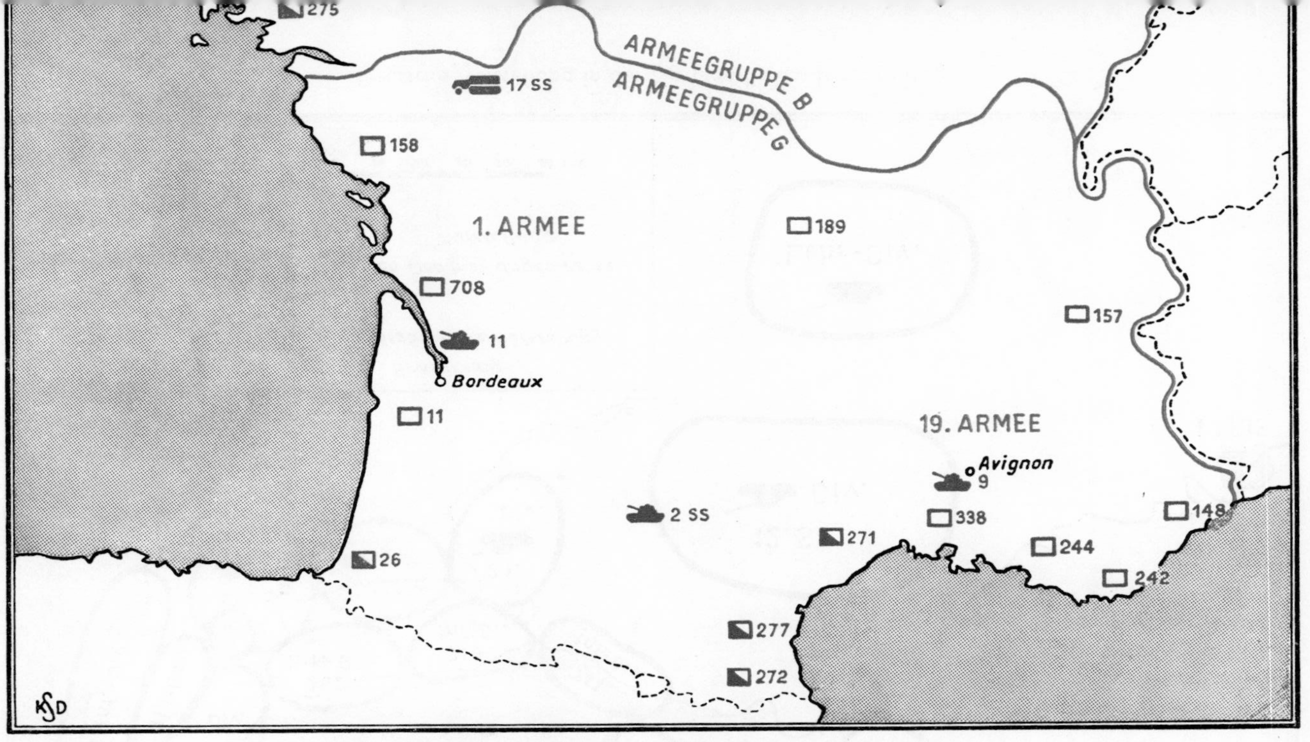

Aufstellung der deutschen Divisionen am Invasionstag

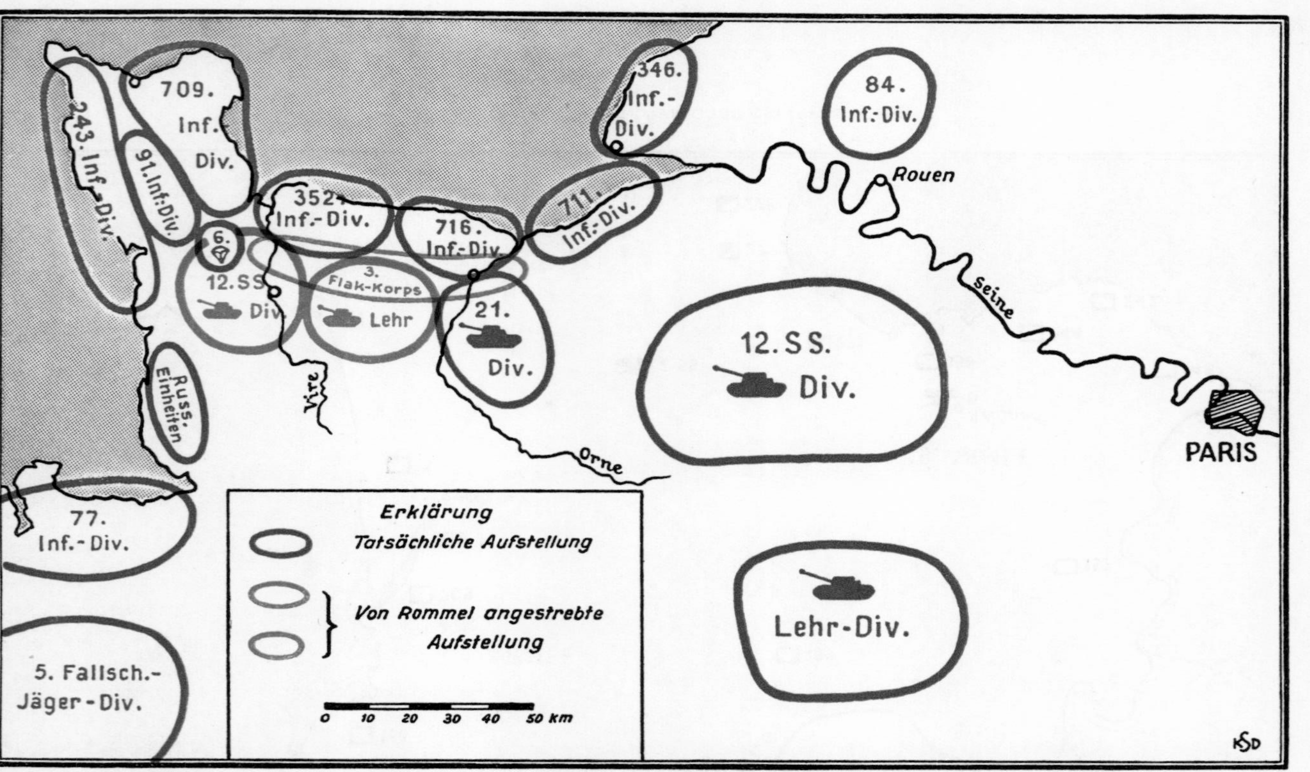

Deutsche Aufstellung in der Normandie am Invasionstag

(Nationalsozialistischen Führungsoffizier) und bekamen bis auf weiteres auch keinen. Im ganzen hatte man in dem aus so verschiedenen Charakteren zusammengesetzten Stab immer das Gefühl der Harmonie, die aus innerer Gemeinschaft entspringt. Hier schien sie von selbst entstanden zu sein; als Rommel dann im Juli 1944 schwerverletzt im Lazarett lag, wurde uns sehr deutlich bewußt, wie stark der Einfluß seiner Persönlichkeit gewesen war. Er hatte uns fast unmerklich zu dieser Einheit zusammengebracht, ein Zeichen wirklicher Menschenführung. Wo diese Gabe fehlt, nützen die schönsten Titel und Reden nichts. Da macht sich bald der Ehrgeiz auf Kosten der Kameradschaft breit, man hat keine in sich geschlossene Gemeinschaft, sondern einen Haufen, der auseinanderfällt, wenn er stark belastet wird, zum Nachteil des Ganzen.

Die Unterhaltung bei Tisch wurde in diesen Tagen von Nordafrika beherrscht. Rommel erzählte von dem mißglückten Angriff auf Tobruk 1941, von der großen Offensive 1942 und von der geglückten Überrumpelung Tobruks. Gause, der schon drüben Chef des Stabes bei ihm gewesen war, setzte mit trockenem Humor den taktischen und operativen Schilderungen kleine menschliche Lichter auf. Dazu gehörte die Geschichte vom Regimentskommandeur, der unmittelbar aus Deutschland kam und schon von unterwegs für seinen Stab und sich ein Hotel in Mechilli beantragte. Gause wies ihm das dritte Hotel an der rechten Seite der Hauptstraße zu; der ganze »Ort« bestand aber nur aus zwei Hütten. Auch das OKW mußte als Zielscheibe des Spottes herhalten, weil es sträflich angefragt hatte, ob es stimme, daß Truppen des Afrikakorps in Bir Temrad Läden geplündert hätten. Dieser ganze Ort bestand aus einem Loch mit etwas Wasser darin und einem umgestülpten Benzinfaß mit Namensschild.

Hammermann war etwas unglücklich; er behauptete, die Eroberung von Tobruk zum fünfzehnten Male gehört zu haben. Das schadete ihm nichts, und für die, die neu im Stabe waren, waren diese Schilderungen nützlich, denn sie brachten uns immer neue lebendige Beispiele für die Art, wie Rommel führte. Sie zeigten, daß auch seine kühnsten, scheinbar völlig impulsiven Operationen vorher gründlich überlegt und daß ihre Aussichten auf Erfolg nüchtern abgewogen waren. Besonders trat immer wieder die Überlegung hervor, den Gegner jedesmal vor eine neue Lage zu stellen und Überraschung anzuwenden, um Blut zu sparen. War der Entschluß einmal gefaßt, dann wurde blitzschnell gehandelt.

So gern Rommel von seinen Operationen sprach, so wenig lag ein Hang zur Ruhmredigkeit darin. Er ging gern auf die Fehler ein, aus denen

man lernen konnte, und die Gestalt, die hinter diesen Erzählungen stand, war nicht die eines bloßen Routiniers oder Troupiers, oder gar ein »miles gloriosus«, sondern ein höchst begabter Soldat, der seine militärischen Aufgaben gedankenreich und mit so geringen Opfern wie möglich zu lösen versuchte und dabei trotz seines Ruhmes menschlich ansprechend und innerlich bescheiden geblieben war.
Unter dem unaufdringlichen Einfluß dieser Persönlichkeit fand sich in den Wochen in Fontainebleau der engere Stab wie selbstverständlich zusammen, so verschieden er auch zusammengesetzt war. Man lernte einander kennen und verstehen, und das Bewußtsein der gemeinschaftlichen Aufgabe unter einem solchen Oberbefehlshaber tat ein übriges.

NACH DER KOMMANDOÜBERNAHME

Die mit dem 15. 1. 1944 in Kraft tretende Regelung der Kommandoverhältnisse machte Rommel aus einem Inspekteur wieder zu einem Oberbefehlshaber. Das brachte ihm mehr Arbeit und Verantwortung, zugleich aber das Recht, in Fragen der Küstenverteidigung Befehle zu erteilen, statt wie bisher nur Vorschläge zu machen und Anregungen zu geben.
Bezeichnend war, daß der erste Befehl, den er herausgab, den Bau von Vorstrandhindernissen anordnete, gegen den sich manche Stäbe bisher stark gesträubt hatten. Er schickte ihn auch an das OKW als Nachtrag zu seinem Bericht über die Verteidigungsbereitschaft des Artois.
Am gleichen Tage teilte General Blumentritt, der Chef des Stabes des ObWest, mit, daß Gauleiter Sauckel bei ihm gewesen sei und den Auftrag habe, eine Million Franzosen für die Arbeit in Deutschland zu erfassen. Rommel ging sofort und später dann noch mehrfach und mit einem gewissen Erfolg gegen diese Maßnahme vor, weil sie ihm für die Entwicklung der Lage in Frankreich und ganz allgemein verhängnisvoll erschien.
Die Fahrten, die ihm dazu dienten, sich persönlich ein Bild der Bereitschaft zu verschaffen, setzte Rommel unermüdlich fort. Nachdem er den damals für besonders bedroht gehaltenen Abschnitt von Ymuiden bis zur Somme-Mündung in zwei Besichtigungsreisen recht gut kennengelernt hatte, war das Ziel der nächsten Fahrt der linke Flügel der 15. Armee von der Mitte der Seinebucht, wo die Orne die Grenze zur 7. Armee bildete, bis zur Somme-Mündung. Am 16. 1. fuhren wir zur 711. Division, deren Kommandeur, Generalleutnant Reichert, seinen Gefechtsstand in einem Schlößchen nordwestlich von Pont l'Évêque hatte. Bei der Besprechung dort brachte der Feldmarschall seine Ansichten und Absichten wieder sehr klar heraus. Die Division hatte sich schon eine Menge Gedanken gemacht und hatte u. a. bereits eine Zivilfirma für das Setzen der Pfähle für die Vor-

strandhindernisse kontraktlich verpflichtet. Wegen der Verwendung der Artillerie gab es eine Meinungsverschiedenheit, die dahin klargestellt wurde, »daß die Artillerie auch zur Bekämpfung des Feindes auf dem Wasser und nicht erst im Anlandungsfall eingesetzt wird« (KTB).

Nach einem einfachen Mittagessen, das zu Ehren des Feldmarschalls ein Auflauf aus dem Apfelreichtum der Normandie verschönte, fuhren wir bei diesigem Wetter durch hübsches Hügelgelände ein Stück nach Westen bis Cabourg, wenige Kilometer diesseits der Orne. An der Küste gab es hier eine große Zahl von Badeorten, z. T. mit bekannten Namen wie Deauville und Trouville, im Inneren nur wenige Dörfer, dafür zahlreiche Höfe von wohlhabendem Aussehen in der Anlage, bestimmt durch eine Riesenscheune mit flach u-förmigem Grundriß, die den Hof um das breitseits zur Straße stehende Wohnhaus abschloß.

Cabourg liegt am Westufer der Divesmündung; Wilhelm der Eroberer sammelte in diesem Flüßchen seine Flotte, mit der er im Jahre 1066 nach England segelte. Wäre ihm damals seine Invasion mißlungen, so hätten wir es wahrscheinlich nicht nötig gehabt, uns 1944 gegen unangenehme Absichten seiner Nachfahren vorzubereiten. Der Verteidigungszustand von Cabourg war nicht sehr eindrucksvoll; hier fehlte offenbar noch der volle Ernst. Weiter nach Osten sah es schon besser aus, man hatte bereits eine ganze Menge Beton verbaut; Flankierungsmöglichkeiten an den Steilhängen des »Labyrinths«, einer Gruppe von malerischen Felsen und Schluchten, waren allerdings noch nicht voll ausgenutzt. Wegen des unsichtigen Wetters reichte leider der Blick von der beherrschenden Höhe des Mont Canisy, 112 m über dem Meere, nicht weit. Oben stand jetzt eine HKB mit 4 15,5-cm-Geschützen französischer Herkunft einbetoniert auf Radlafetten. Als ich im Winter 1940/41 zum erstenmal bei einem Spaziergang oben war, war die Höhe nur von ein paar Schafen bevölkert.

Deauville sah weniger gepflegt aus als damals, und die Anlegebrücke in Trouville, wo ich im Quartier gelegen hatte, war verschwunden. Im malerischen Honfleur blieb Zeit für einen kurzen Blick auf den Hafen. Die Widerstandsnester auf der ganzen Strecke machten im allgemeinen einen guten Eindruck, nur die Verminung war durchweg noch zu schwach.

Die Fahrt endete nach Dunkelwerden im Stabsquartier des 81. AK, dicht westlich Rouen. Generalleutnant Gümbel vertrat den abwesenden General Kuntzen. Im Korpsabschnitt lagen ungefähr 250 000 Minen. Ein Mann verlegte am Tage 10 Stück. Rommel forderte sofort das Doppelte.

Am 17. 1. folgten Besprechungen bei der 17. LWFDiv. in Bolbec an der großen Straße nach Le Havre, dann Besichtigung dieses wichtigen Hafens.

Bei der Division standen viele Unteroffiziere in Reih und Glied, weil man mehr Chargen als Gemeine hatte, und es gab sogar ein Luftwaffenfeldartillerieregiment. Eine französische Firma arbeitete hier im Akkord an der zweiten Linie. Der Feldmarschall korrigierte manche Ansichten und trug die seinen wieder sehr klar und eindrucksvoll vor.

Es folgten Besprechungen im Gefechtsstand des Kommandeurs des Verteidigungsabschnittes Le Havre und dann im Gefechtsstand des Seekommandanten Seine/Somme. K.Adm. von Tresckow war selbst nicht da, dafür der Kommandierende Admiral, V.Adm. Rieve. Die 17-cm-Marinebatterie St-Adresse war die Hauptstütze der Verteidigung nach See zu, konnte aber, da verschartet, nach Land nicht wirken. Nördlich der Stadt war eine 38-cm-Batterie in Bau und sollte im Frühjahr fertig werden. Bei der MAA 266, die die Marinegeschütze besetzte, traf ich meinen früheren Schreiber, einen tüchtigen Mann, als Kapitänleutnant und Batteriechef.

Die HK-Batterien im Abschnitt waren mäßig ausgerüstet. Insbesondere fehlte es an Leuchtmitteln für nächtliches Schießen; bisher hatte die Marine ausgeholfen. Die Hafeneinfahrten wurden hier wie auch in den anderen Stützpunkten, die wir besichtigten, durch Trossensperren, Netze, behelfsmäßige Minensperren, die von Land zu zünden waren, und zum Teil auch durch Wasserbombenwerfer gesichert.

Das nächste Ziel war Fécamp, wo östlich und westlich der Stadt große Stützpunkte im Entstehen waren. Der örtliche Regimentskommandeur trug vor und tat die gesamte Marine in Fécamp als Bürokraten ab. Nun war der Hafenkapitän, mit dem er wohl hauptsächlich zu tun hatte, ein älterer und milder Herr, aber es lag hier als stärkste Truppe die 15. Vorpostenflottille, die sich seit 1940 immer wieder unter härtesten Bedingungen im Geleitdienst ausgezeichnet hatte. Durch Eingreifen in konzilianter Form ließ sich allgemeine Heiterkeit und damit Entspannung erreichen.

Nach einem kurzen Mittagessen im Soldatenheim ging es weiter nach St-Valéry-en–Caux, wo Rommel im Jahre 1940 mit der 7. Pz.Div. eine englische Division ans Meer gedrückt und zur Übergabe gezwungen hatte, ehe sie sich à la Dünkirchen entfernen konnte. Den englischen Kommandeur hatte es besonders unangenehm berührt, daß er sich einem Dienstjüngeren ergeben mußte.

Wir kletterten auf die Höhen rechts und links des kleinen, ziemlich zerstörten Ortes zu einer Batteriestellung und einem LW-Ortungsgerät. Hier rieb Rommel den sich meldenden Oberleutnant mächtig ab, weil die Gerätebedienung einen Luftangriff dem Stützpunktkommandanten (Heer) nicht gemeldet hatte. Er erwischte zwar den Falschen, denn der Oberleutnant war gerade vom Urlaub zurückgekommen und daher unschuldig. Im Prinzip hatte er aber recht, denn dieser Versager war ein Zeichen mangelnden Mitdenkens und ungenügender Zusammenarbeit.

Das Hin und Her der Ansichten über die beste Art der Verteidigung zeigte sich darin, daß man Bunker am Strand in Fécamp zugemauert hatte, in Dieppe unbesetzt ließ. Südlich der Somme-Mündung fanden wir später sogar einige, die gesprengt worden waren, als ein neuer Kommandeur die HKL auf einen Höhenzug einige Kilometer vom Strande zurückverlegt hatte.

In Dieppe erhielt jeder Teilnehmer der Besprechung, die im Offiziersheim stattfand, als etwas Besonderes eine Tasse Bohnenkaffee. Rommel vergaß, wie so manches Mal, im Eifer der Diskussion, seinen Kaffee zu trinken. Da Meise voll Hingebung die kühler werdende Tasse betrachtete, füllte ich hinter einer Lagekarte einen Teil ihres Inhalts in die seine um. Der Feldmarschall trank dann doch und war sichtlich erstaunt, daß seine Tasse nur noch halb voll war.

Nach gründlicher Besichtigung der verhältnismäßig starken Anlagen von Dieppe – man hatte sich hier den englischen Überfall von 1942 zu Herzen genommen – fuhren wir im Dunkeln nach Abbeville. Beim Abendbrot erzählte Rommel außerordentlich spannend vom Durchbruch durch die Ausläufer der Maginotlinie mit seiner 7. Pz.Div., bei dem er als besonderen Befehl einführte: »Breitseite rechts, Breitseite links, wie bei der Marine.« Der Durchbruch gelang in heller Mondnacht; er führte tief ins Hinterland; gelegentlicher Widerstand wurde durch einige Breitseiten gebrochen. Rommel besetzte Avesnes sowie die Brücke über die Sambre bei Landrecies und öffnete damit den Weg nach Arras und Lille.

Beim Angriff über die Somme einige Wochen später benutzte er zum Flußübergang eine unvollständig gesprengte Eisenbahnbrücke oberhalb von Abbeville, wo die Verteidiger auf den Höhen in einiger Entfernung von Fluß und Brücke saßen. Auf dem anderen Ufer ging er ein Stück stromauf und griff dann dort an, wo die Verteidigung am schwächsten war. Auf diese Weise drang er am ersten Tage 16 km tief in das Weygandsche Stellungssystem ein.

Schon als junger Offizier hatte er sich darin geübt, den Gegner zu überraschen und dort zu fassen, wo er es nicht erwartete. Er erzählte von einer Aufgabe, bei der er eine Brücke zu besetzen und gegen seinen Freund Schneckenburger (gefallen im Oktober 1944) zu halten hatte. Beide waren damals Leutnants, jeder führte eine kriegsstarke Kompanie. Schnek-

kenburger war als guter Taktiker bekannt, die Wetten standen gegen Rommel. Dieser besetzte schnell die Brücke und hielt die Straße ein Stück feindwärts, aber nur mit einem Feldwebel und 25 Mann. Er selbst ging seitlich an einem Waldrande vor. Als sich der nach Vorschrift handelnde Gegner an den Brückenkopf heranfühlte und entwickelte, fiel er ihm in die Flanke und »vernichtete« ihn.
Wir waren in Bürgerquartieren untergebracht. Nicht jeder befreundete sich mit seinem auf französische Art gemachten Bett, bei dem die Decke an beiden Seiten unter die Matratze geschlagen ist, so daß eine Art Schlafsack entsteht, in den man von oben hineinkriecht.
Eine der Folgen des Tages war weitere Nachsuche nach schweren Granaten, die dringend gebraucht wurden, um aus ihnen mit Hilfe von Reißzündern Rollminen für die Steilhänge dieses Küstenabschnittes herzustellen.
Die Besichtigung am 18. 1. begann in Tréport; der Divisionskommandeur war nicht immer ganz im Bilde. Die ziemlich starke HKA war nachrichtenmäßig sehr schlecht ausgestattet, nur eine Batterie hatte Funkgerät. Der Einsatz der Batterien war daher einheitlich kaum zu steuern, und man war auf die Lagebeurteilung der einzelnen Batteriechefs angewiesen.
Eine Großlandung schien hier unwahrscheinlich, da vor dem Steilufer nur ein ganz schmaler Geröllstrand lag, von dem einzelne scharf eingerissene Schluchten auf die Hochfläche hinaufführten. Mit Nebenoperationen und Überfällen mußte aber gerechnet werden. Die Schluchten waren gut verdrahtet und vermint, die Flankierungsmöglichkeiten dagegen nicht immer ausgenutzt. In Cayeux, südlich der Sommemündung, fanden wir eine aufgegebene Batteriestellung mit guten Betonbunkern, die z. T. gesprengt waren. Da wurde Rommel böse.
Am Nachmittag besprachen sich Rommel und Salmuth in Montreuil. Anschließend fuhren wir nach Hardelot Plage, wo SS-Pioniere gute Minenfelder geschaffen hatten. Wir übernachteten wieder im Soldatenheim in Le Touquet; im Lesezimmer standen gute englische Bücher.
Am 19. 1. starteten wir um 8 Uhr nach Berck-sur-Mer, um weitere Stellungen und Minenfelder zu besichtigen. Überall war schon eine Menge geschafft, aber im Verhältnis zur möglichen Angriffskraft des Gegners war es bei weitem nicht genug. Dann ging es zurück nach Fontainebleau, das wir nach schneller Fahrt am frühen Nachmittag erreichten.

Es folgten drei Tage der Arbeit im Hauptquartier. Die Hauptthemen, die neben den Materialfragen (besonders Minen, Vorstrandhindernisse, mehr Artillerie und Munition) behandelt wurden, waren:

1. das Bilden von Kampfzonen, in denen die an der Küste kommandierenden Generale uneingeschränkt befehlen konnten;
2. Übernahme des Befehls beiderseits der Sommemündung durch das Gen.Kom. 67, damit hier *eine* Kommandobehörde verantwortlich war;
3. die Aufstellung und Auffrischung der Panzerdivisionen.

Die beiden ersten Punkte machten außer dem üblichen Hin- und Hertelefonieren keine besonderen Schwierigkeiten, hierbei wurden die folgenden festungsmäßig ausgebauten Küstenverteidigungsbereiche mit sofortiger Wirkung zu »Festungen« erklärt:

Niederlande: Ymuiden, Hoek van Holland.

15. Armee: Dünkirchen, Boulogne, Le Havre.

7. Armee: Cherbourg, St-Malo, Brest, Lorient, St-Nazaire.

Die Heeresgruppe B beantragte zusätzliche Einrichtung von Festungskommandanturen in Vlissingen, Ostende und Calais.

Das bedeutete einen solchen Ausbau aller dieser Plätze, daß sie sich auch gegen Angriffe von Land her halten konnten; bisher waren sie fast ausschließlich nach See zu befestigt worden. Man war sich selbstverständlich darüber klar, daß mit dem Befehl durchaus noch keine Festungen geschaffen waren und daß der Ausbau bei manchen noch weit zurück war.

Schwierigkeiten gab es sofort bei den Panzerdivisionen. Bei einem Ferngespräch mit Jodl am 20. 1. 1944 erörterte Rommel die Frage des Eingreifens der 21. Pz.Div. in »kürzester Frist«, was von ihm anschließend mit »in den ersten Stunden der feindlichen Anlandung« näher definiert wurde. Jodl erklärte sich mit Rommels Auffassung einverstanden. Später gab er aber an den Chef des Stabes ObWest telefonisch durch, daß er in seinem Gespräch mit Rommel mit dem »Eingreifen in kürzester Frist« nur das Eingreifen der Infanterie gemeint habe. Der Ia des ObWest teilte dies dem Ia der Heeresgruppe B mit, der sofort auf Rommels Ansicht hinwies, daß die schnellen Verbände unbedingt näher herangeschoben werden müßten, damit sie noch in den ersten Stunden in den Kampf eingreifen könnten. Ia ObWest betonte, daß ObWest diese Auffassung unter allen Umständen ablehnen müsse, da die schnellen Verbände ja auch noch für andere Eingreifmöglichkeiten bereitstehen müßten, vor allen Dingen, nachdem mit Überraschungen durch den Gegner gerechnet werden müßte.

Später wurde dann ein geringes Heranschieben der 9. und 10. SS-Pz.Div. und der 21. Pz.Div. gestattet, »aber diese müßte unter allen Umständen die rückwärtigen Seine-Brücken in der Hand behalten« (KTB).

Am 21. 1. vormittags nahmen Gause, Meise, Tempelhoff und ich mit noch einigen anderen Mitgliedern des Stabes an der Schlußbesprechung eines

Nachschubplanspieles des ObWest teil. Es war gut geleitet, General Wagner, der Generalquartiermeister des Heeres, besprach es sehr klar. Besonders aufschlußreich war, wie stark das Heranbringen des Nachschubs von der Eisenbahn abhing. Anschließend ging ich sofort auf Fahrt zu V.Adm. Schirlitz, dem Kommandierenden Admiral Westfrankreich und späteren Verteidiger von La Rochelle. Sein Hauptquartier befand sich noch in Nantes. Meist auf kleineren Straßen fuhren wir über Chartres – mit kurzer Pause für die Kathedrale, leider ohne die bunten Glasfenster –, Le Mans – La Flèche, zuletzt auf dem südlichen Loireufer bei schönem, mildem Vorfrühlingswetter nach Nantes, wo wir um 18 Uhr eintrafen. Wir gingen sofort »in medias res«; Schirlitz sprach etwa eine Stunde selbst und wollte dann gleich Schluß machen, da er am nächsten Tage zu einem Lehrgang nach Posen fahren mußte. Es gelang ihm aber nicht, loszukommen, und ich brachte meinen Vortrag auch noch ungekürzt an.

Am folgenden Tage traf ich kurz vor dem Feldmarschall in Le Mans beim AOK 7, Gen.Ob. Dollmann, ein. Chef des Stabes war Gen.Major Pemsel; beide waren persönlich sehr angenehm, hatten allerdings mit Marinedingen bisher wenig zu tun gehabt. Der Marineverbindungsoffizier war unterwegs. Ich bekam gleich in freundlicher Form zu hören, daß zu wenig Marineartillerie im Bereich der Armee sei; ich setzte mich zur Wehr und machte klar, daß die Verteidigung der Küste außerhalb der Häfen nach wie vor ausschließlich Sache des Heeres sei, und daß die Marine für die großen Häfen im Bereich der Armee einen sehr guten Schutz in Gestalt von schwerster Artillerie bereits geliefert hatte.

Nach dem Eintreffen Rommels hielt Pemsel einen ausgezeichneten Vortrag mit sehr klaren Karten. Er ging auf alle Landungsmöglichkeiten ein, und anschließend wurde diese Frage eingehend erörtert. Hierbei ergab sich eindeutig, daß der Abschnitt von der Orne nach Westen etwa bis zur Bucht von St-Brieuc (etwa 50 km westlich von St-Malo) dem Gegner sehr gute Möglichkeiten bot und daß eine Großlandung weiter westlich an der nordbretonischen Küste sehr unwahrscheinlich war. Ein Abschneiden von Brest durch eine Doppellandung erschien nach Ansicht des AOK 7 nur zweckmäßig in Verbindung mit einer gleichzeitigen Operation gegen Südfrankreich, um die gelandeten Kräftegruppen beiderseits der Loire zu vereinigen und so ein großes Stück Frankreich abzuschneiden. Besondere Schwierigkeiten für eine Großlandung in der Seinebucht wurden nicht erwähnt.

Im Armeebereich war die Truppe mit 92 verschiedenen Waffen ausgerüstet, zu denen 252 Munitionsarten gehörten, von denen 47 nicht mehr

angefertigt wurden. An schwerer Pak verfügten die 13 Divisionen der Armee nur über 170 7,5 cm und 68 von 8,8 cm und darüber.
Nachmittags fuhren wir bei Regen und harten Böen in sich immer steigerndem Tempo über Rennes nach Guingamp zum 74. Korps, General Straube. Auch hier waren wir wieder in Bürgerquartieren untergebracht. Die einleitenden Besprechungen hielten sich etwa im gleichen Rahmen wie bei den anderen Generalkommandos. Sonntag, den 23. 1. 1944, begann um 7.30 Uhr die Rundfahrt durch den westlichen Abschnitt von Sibiril, westlich Roscoff (St-Pol de Léon), bis zum alten Seglerhafen Paimpol. Große Häfen lagen nicht im Abschnitt, die nordbretonische Küste ist zerrissen und felsig und fast überall offen gegen nordwestliche Winde, das Wegenetz dahinter wesentlich dünner als in der Normandie. Eine Großlandung war hier kaum zu erwarten. Andererseits bot eine Anzahl sandiger Buchten gute Gelegenheit zu kleineren Landungsunternehmen, und es war verständlich, daß der Kommandierende General bei 510 km Küstenlänge in seinem Abschnitt Sorgen hatte.
Die Widerstandsnester des Korps lagen an der Küste bis zu 7 km auseinander, von 217 Landeabwehrgeschützen standen 157 noch nicht unter Beton. 106 000 Minen waren im Korpsbereich verlegt, die Zufuhr stockte. Der Feldmarschall wies sofort 20 000 Stück zu aus dem, was die Heeresgruppe inzwischen flüssig gemacht hatte.
Abends hörten wir von der Landung anglo-amerikanischer Divisionen in Nettuno 50 km südwestlich von Rom im Rücken der Front von Monte Cassino. Es bedarf keiner besonderen Erwähnung, daß unser Stab diese Operation sehr genau verfolgte, insbesondere das Fehlschlagen der Gegenangriffe mit verhältnismäßig starken Panzerkräften 25 Tage nach der Landung.
Nach Übernachtung in Guingamp besichtigten wir am 24. 1. bei Sturm und Regen den östlichen Abschnitt des 71. Korps von St-Brieuc bis östlich St-Malo. Die 721. ID z.b.V. unter Generalmajor Graf Stolberg-Stolberg hielt hier mit einigen Ostbataillonen einen Abschnitt von 250 km besetzt. Seine Männer machten einen überraschend guten Eindruck, aber es wirkte eigentümlich, wenn sie auf russisch meldeten. Die Güte dieser Truppe hing ganz offenbar sehr stark von dem Vermögen der Offiziere ab, mit den Leuten umzugehen, und natürlich auch davon, wie sich die Lage entwickelte. Über ihr Verhalten bei Rückschlägen gab man sich keinen Illusionen hin.
In St-Lunaire westlich Dinard ergab sich eine längere Auseinandersetzung um die Aufstellung einer HKB aus russischen 12,2-cm-Geschützen in

Drehscheibenaufstellung. Es waren zwei Stellungen ausgesucht, eine im Hintergelände, eine auf einer beherrschenden Höhe an der Küste. Der Kommandierende General wollte die Geschütze im Hintergelände aufstellen, der Kommandierende Admiral an der Küste. Der Seekommandant machte einen Vermittlungsvorschlag dahingehend, daß man drei nach vorn und drei nach hinten stellen sollte. Am zweckmäßigsten schien, noch zwei Geschütze mehr zu finden und dann zwei Batterien von guter Feuerkraft zu haben. Da die Schartenstände noch nicht gebaut waren, war es verständlich, wenn der Kommandierende sie lieber gedeckt im Hintergelände aufstellen wollte.

In St-Malo galt das Hauptinteresse der Festung La Cité, einem außerordentlich standfesten Bau im Stile Vaubans. Jetzt hatte man 15 000 cbm Granit herausgeholt und auf diese Weise Hohlgänge in einer Länge von 1500 m geschaffen. Diese verbanden alle Kampfstände miteinander und boten in Querstollen reichlich Raum für Reserven, Munition und Vorräte. Außerdem hatte man viel Beton, angeblich 30 000 cbm, in die Kampfstände hineingebaut. Soweit war das sehr schön, denn La Cité lag innerhalb der Einfahrt und beherrschte diese und den Hafen völlig. Bewaffnet war sie aber nur mit zwei (PAV) oder vier Geschützen von 7,5- und 7-cm-Kaliber und einigen kleineren Maschinenwaffen (KTB). Die Marinebatterie auf der Insel Cézembre genau vor der Einfahrt, die diese und den Hafen ebensogut wie La Cité bestreichen konnte und mit vier 19-cm-Geschützen eine unvergleichlich viel höhere Kampfkraft besaß, war völlig ungeschützt geblieben.

Bei strömendem Regen wurden dann noch Stellungen beim Fischerdorf Cancale am Westrand der Bucht des Mont St-Michel und einer HKB bei Dinard besichtigt. Abends sah ich die Marineoffiziere, die die Geleite nach den Kanalinseln organisierten und sicherten. Sie beklagten sich über den Mangel an Zusammenarbeit in mancher Hinsicht.

Am Morgen des 25. 1. war ich mit Absicht eine Viertelstunde vor dem Feldmarschall am Treffpunkt außerhalb Dol-en-Bretagne, um mit dem Kommandeur der 179. Reservepanzerdivision, Generallt. von Boltenstern, zu beratschlagen, wie wir Rommel auf den Mont St-Michel locken könnten, damit er nach all den vielen Minenfeldern und Widerstandsnestern und Batteriestellungen einmal etwas ganz Besonderes zu sehen bekäme. Boltenstern ging sehr nett darauf ein und fügte die Besichtigung einer dort befindlichen Postierung, bestehend aus einem Unteroffizier und einigen Mann, ins Programm ein. Als er das dann vortrug, ohne allerdings die Stärke des Postens zu nennen, blickte Rommel bei der Erwähnung des

Mont St-Michel kurz zu mir herüber, lächelte etwas und ließ den Punkt streichen. Da half dann wohl nichts.
Die Division war sehr unfertig, sie konnte nur eine Panzerkompanie aufstellen. Es waren zwar mehr Panzer vorhanden, aber kein Transportraum, vor allem nicht für die Munition. Ein Fußbataillon war voll gefechtsfähig, außerdem ein Küstenschutzbataillon, was dem Begriff eines schnellen Verbandes etwas widersprach. Die übrigen Männer, einschließlich der Rekruten, waren in zwei Regimenter zusammengefaßt. Es fehlte an Panzernahbekämpfungsmitteln, an Zugmitteln für einen Teil der Artillerie und an Nachrichtengeräten. Auf den Lagekarten ganz oben erschien aber diese Division als richtige Panzerdivision.
Bei Tinteniac führte die Reservepanzeraufklärungsabteilung I eine Einsatzübung vor, die einen guten Eindruck machte. Die Abteilung bildete Ersatz für vier Panzerdivisionen aus, hatte aber in den letzten drei Monaten insgesamt nur 46 Rekruten in kleinen Gruppen zugewiesen erhalten. Es fehlte an Handgranaten, Munition für die französischen Gewehre und an einer zweiten Garnitur Bekleidung, die in der regenfeuchten Bretagne besonders wichtig war. Die Kradschützenausbildung war durch den schlechten Zustand der Krafträder behindert, die Fahrerausbildung lief dagegen gut, denn Brennstoff wurde reichlich zugewiesen. Es war vorbereitet, aus der 179. Res.Pz.Div. und aus der 155. Res.Pz.Div., die weiter im Lande stand, dazu einigen weiteren Abteilungen im Ernstfall eine Einsatzgruppe »Polster« mit zwei Panzerkompanien zu bilden, die innerhalb 12–15 Stunden verwendungsbereit sein sollten.
Mittags waren wir im Stabsquartier der 179. Res.Pz.Div. bei Rennes. Den Heimweg unterbrach eine kurze Besprechung der Ergebnisse mit Gen.Major Pemsel in Le Mans beim AOK 7; Gen.Ob. Dollmann war nach Posen gefahren. Unter anderem erhielt die Armee von Rommel die Zusage auf 400 000 Minen bis Ende Februar. Die Verhältnisse in St-Malo wurden dahin geklärt, daß der Hafenkommandant mit seinem Personal für die Verteidigung erst eingesetzt werden durfte, wenn das Unbrauchbarmachen der Hafenanlagen gewährleistet war.
Bei unserer Rückkehr meldete der zu Hause zurückgebliebene Ia, daß das OKW die Verlegung der Panzerdivisionen nach vorn aus Gründen der allgemeinen Lage nicht genehmigt habe (TBR).

Am 26. 1. war General der Infanterie a. D. H. Geyer in Zivil da, vor dem Kriege als Kommandierender General des 5. AK Vorgesetzter von Gause. Er war Schwabe wie Rommel, der ihn sehr schätzte und ins Hauptquartier

eingeladen hatte. Als Kommandierender General hatte Geyer vor Moskau selbständig sein Korps angehalten, den Rückzug eingeleitet und dadurch wohl die Masse seiner Truppen gerettet. Daraufhin war er als »zu alt« nach Hause geschickt worden. Geyer, im Ersten Weltkrieg geschätzter Mitarbeiter Ludendorffs in der OHL und nach allgemeiner Ansicht einer der bedeutendsten Köpfe des Heeres, hatte über operative Führungsfragen sehr klare Ansichten. Im Laufe der Unterhaltung stellte er die Frage: »Warum machen die Soldaten ganz oben diese Art von Führung mit?« Sie wurde dahin beantwortet, daß alle bis auf einen keine Fronterfahrung hätten. Geyer war von dieser Antwort nicht befriedigt und meinte, zweifellos mit Recht, daß es eine Frage des Charakters sei.
Beim Besprechen der Landungsabwehr sagte er, ohne die Rommelschen Ansichten zu kennen, man müsse sich bei den zu knappen Mitteln entschließen, alle Reserven ganz nach vorn zu nehmen. So habe er es auch bei der breiten Frontausdehnung in Rußland mit seinem Korps gemacht. Die Reserven seien eine Funktion der Zahl und des Raumes. Sehr wenige Menschen könnten aber Zahlen richtig werten, und die meisten hätten unbewußt Angst davor. Die Tatsache, daß ein Quadratkilometer 1 Million qm enthalte, komme ihnen nur komisch vor, worauf Rommel, der bis dahin nur wenig gesagt hatte, zum Pionier hinüberblickte und fragte: »Meise, wieviel Minen können wir da legen? Ich habe mir 65 000 ausgerechnet.«
Das nächste Thema war die Sicherheit bei Friedensübungen. Geyer war es einmal passiert, daß er und zwei andere Generale bei einer Übung mit scharfen Waffen leicht verwundet worden waren. Der Leiter der Übung sagte dann bei der Besprechung, daß man in Zukunft viel vorsichtiger sein werde, damit sich so etwas nicht wiederhole. Geyers Stellungnahme war, daß im Gegenteil noch schärfer herangegangen werden müsse; außerdem passiere nun sicher nichts mehr. Die zu weitgehenden Sicherheitsbestimmungen beim Handgranatenwerfen wurden verurteilt, weil sie die Soldaten nur unsicher machten. Dazu war beizutragen, daß die sehr kriegsmäßigen Minenräumübungen der Marine, bei denen mehrere Unfälle durch die verwendeten Sprengkörper vorgekommen waren, wertvolle Erfahrungen gebracht hatten, die im Kriege dann viel Blut und Material ersparten.
Weiteren Gesprächsstoff bot die Zusammenarbeit von Luftwaffe und Panzerverbänden, wobei Geyer eine selbständige Luftwaffe nur für operative (Sprachgebrauch: strategische) Zwecke haben wollte. Dann wurde von der Leitung von Friedensübungen gesprochen, von der rosenroten

Brille, durch die jetzt die Lage häufig betrachtet würde, über die Landung in Nettuno, über die Frage, ob ein Befehlshaber im modernen Bewegungskrieg ganz nach vorne zur Truppe gehen solle, was bejaht wurde, über die Wirksamkeit von Bombenteppichen, über die Bekämpfung der Panik und schließlich über die mißlungene Verjüngung der Generalität nach dem ersten Rußlandwinter, bei der zwar viele Generale entlassen wurden, das Durchschnittsalter aber durch Beförderung alter Obersten angeblich von 55 auf 58 Jahre stieg.

Am 27. 1. fuhr ich früh zur Marinegruppe West und besprach mit dem Chef des Stabes, dem Ia und den Referenten eine Anzahl von Fragen, besonders die von Fahrzeugen für das Auslegen von Seeminensperren und die Beschaffung weiterer Artillerie für die 7. Armee. Nachmittags war ich beim BSW und schlug bessere Panzerung der Fahrzeuge gegen Luftangriffe vor, und wenn es nur mit behelfsmäßigen Schutzschilden aus Schiffbaustahl geschah, wie wir sie 1941/42 entwickelt hatten. Sie schützten wenigstens gegen Splitter und gaben den Geschützbedienungen das Gefühl größerer Sicherheit. Das wirkte sich erfahrungsgemäß auf das eigene Schießen günstig aus und erhöhte die Wirksamkeit des eigenen Feuerschutzes.

Rommel hatte am Vormittag des 28. 1. eine Besprechung mit General Geyr von Schweppenburg über den Einsatz der Panzertruppe, nachmittags fuhr er zum Stab des ObWest und hatte dort eine weitere Besprechung, »die in Übereinstimmung verlief, aber leider nichts daran änderte, daß bei der praktischen Durchführung immer wieder von dort Hemmnisse auftreten« (TBR).

Der Abschnitt Niederlande wurde fernmündlich angehalten, seine Minen schneller zu legen, denn es waren in den letzten 10 Tagen nur 1700 mehr geworden, trotz eines Reservebestandes von 33 000. Die Frage der »Kampfzone«, in der die Truppe uneingeschränkte Rechte für ihre Kampfführung besaß, war immer noch nicht klar. Das AOK 15 meldete bitter: »Die Armee beabsichtigt keineswegs, etwa dieses Gebiet auszuplündern oder Requirierungen vorzunehmen, sondern lediglich die Belange der Truppe dort schnellmöglichst wahrzunehmen, ohne vorher die Genehmigung über den Militärbefehlshaber einholen zu müssen« (KTB). Für die Ostbataillone wurden Gasmasken angefordert. Es begann eine längere Auseinandersetzung über das Herausziehen von Batterien, aus denen der ObWest eine Art.Division bilden wollte. Selbst mit der Beschaffung von Butter für die an der Küste eingesetzten Truppen mußte sich der Feldmarschall beschäftigen.

Ein Hexenschuß hinderte Rommel nicht, am 29. 1. wieder auf Fahrt zu gehen, diesmal zum 84. AK, dem rechten Flügel der 7. Armee, dessen Abschnitt die Küste der Seinebucht von der Orne nach Westen und die ganze Halbinsel Cotentin mit dem großen Kriegshafen Cherbourg sowie die englischen Kanalinseln umfaßte. Ohne es zu wissen, kamen wir damit zum ersten Male in den Abschnitt, den dann die geballte Wucht der Invasion traf. Es ist sicher, daß bei einer anderen Einstellung, besonders des OKW, zur wahrscheinlichen Landungsstelle und bei einem Beginn unserer Arbeit in Frankreich statt in Dänemark wir einige Wochen früher hierhergekommen wären und die Arbeiten entsprechend früher begonnen hätten.

General Marcks, aus dem Generalstab kommend, war als operativer Führer überall anerkannt. Sein Vortrag war klar, bestimmt und überraschend optimistisch. Körperlich war er stark behindert, denn er hatte im Rußlandfeldzug ein Bein verloren und trug eine Prothese.

Die Frontlänge seines Korps einschließlich der Inseln betrug 400 km. Hierfür hatte er fünf Divisionen. Von diesen stand die 319. ID, normal kriegsgegliedert, auf den Kanalinseln. Spötter nannten sie bereits jetzt die Kanadadivision, weil angesichts der gegnerischen Überlegenheit auf dem Wasser und in der Luft geringe Aussicht bestand, sie nach einer feindlichen Landung noch aufs Festland zurückzubringen.

Die 716. Division, zwischen Orne und Vire, hatte 90 km Frontlänge besetzt, mit zwei Regimentern vorne. Die nach Westen anschließende 709. ID hatte 220 km Frontlänge und alle drei Regimenter vorn. Beide Divisionen gaben laufend ausgebildete Mannschaften ab, das Alter der Männer betrug bis zu 45 Jahren. Offiziere und Unteroffiziere waren gut, zum großen Teil osterfahren. Als Reserven standen dahinter die 243. und die 352. ID. Die 243. war aus einer bodenständigen Division aufgestellt, mit drei Regimentern zu je zwei Bataillonen, eins bespannt, eins mit Fahrrädern, eins voll motorisiert noch in Aufstellung. Die 352. hatte erst vier Bataillone und vier Batterien einsatzbereit. Ferner stand im Raum des Korps noch das 1021. Grenadierregiment, verstärkt durch zwei Batterien, als Stamm für die spätere 77. ID.

Zur Frage der Küstenbeschaffenheit und der Landungsmöglichkeiten trug General Marcks vor (KTB): »Küste in der Seinebucht flach und für Landung günstig. Ostküste Cotentin mit Ausnahme einiger Steilküstenstrecken für Feindanlandung geeignet. An der Westküste große Buchten, die überall Feindanlandung ermöglichen.

Besondere Probleme bilden die Kanalinseln. Für Feindanlandung ungünstig, vorgelagerte Riffe, gut ausgebaute Verteidigung. Dort eingesetzte Artillerie sperrt jedoch nur z. T. die Durchfahrt zum Festland. Besonders gefährdet die Insel Alderney, die leicht neutralisiert werden kann. Im übrigen stark wechselnde Strömungen zwischen Alderney und dem Festland. Luftlandemöglichkeiten: Im Hinblick auf das Heckengelände der Cotentin beschränkt auf Hintergelände der Ostküste, Raum der 243. ID und das Flachlandgelände um Caen.«

Rommel vertrat die Ansicht, daß der Gegner eine genügende Zahl kleiner Schiffe besäße, um nicht auf einen großen Hafen angewiesen zu sein. Zur Kampfführung äußerte er, daß die billigste Schlacht an der Küste geschlagen werde, woraus folgere, daß mit allen Mitteln anzustreben sei, eine feindliche Anlandung zu verhindern. Er drückte auf stärkere Verminung, auch durch Infanterie, und betonte die Notwendigkeit, auch die Artillerie der Reservedivisionen weit genug nach vorn zu bringen, um auf das Küstenvorfeld wirken zu können.

Unterwegs bekamen wir nicht sehr klare Nachrichten vom Sichten zahlreicher Fahrzeuge westlich der Girondemündung. Es stellte sich nach einigen Stunden heraus, daß es sich um Fischerfahrzeuge handelte. Nach dem Mittagessen besichtigten wir die Baustelle einer Batterie östlich der Ornemündung. Wir standen gerade in größerer Menge ganz offen mitten im Baugelände, als uns zwei britische Jäger im Tiefflug genau anflogen. Erst sah ich mir das an; als der Ia neben mir in volle Deckung tauchte, tat ich es auch. Der Feldmarschall blieb stehen, die Jäger schossen nicht.

Bei der nun folgenden Fahrt längs der Küste nach Westen war manches gut, so einige flankierende Geschütze, anderes recht kümmerlich. Bei der 716. ID lagen die Stützpunkte an der Küste im rechten Abschnitt 600 bis 1000 m voneinander entfernt, im linken 3–3,5 km. Wenn auch hier teilweise Steilküste war, so war das natürlich viel zu weit. Im ganzen fehlte auch hier noch die klare Erkenntnis der gefährdeten Lage und der entschlossene Wille, den Gegner nicht an Land kommen zu lassen.

Rommels Befehle waren noch nicht bis zur Truppe durchgedrungen. Das AOK 7 meldete dazu am 30. 1., daß der Befehl über Großverminungen und Küstenvorfeldsperren noch nicht an die Generalkommandos weitergegeben worden sei, da die Klärung über Zuführung zusätzlicher Arbeitskräfte und des notwendigen Materials durch den Armeepionierführer zuerst herbeigeführt werden sollte. Das gelang jetzt sehr schnell.

Bei Dunkelwerden wurden die Besichtigungen notgedrungen abgebrochen, und wir fuhren nach St-Lô, dem Stabsquartier des 84. AK. General Marcks gab ein Essen im kleinen Kreis. Sein Chef des Stabes, ein älterer

Pioniere beim Setzen von Hemmböcken von englischen Tieffliegern überrascht (Phot. Imperial War Museum, London)

Tschechenigel
auf Betonfüßen

Vorstrandhindernisse bei Niedrigwasser (Tschechenigel und Minenpfähle)

Österreicher, war in Kriegs- und Marinegeschichte außerordentlich bewandert. Die Unterhaltung war sehr angeregt, kam aber immer wieder auf die Probleme der Küstenverteidigung zurück. Rommel faßte in seinem Tagesbericht den Gesamteindruck des Tages folgendermaßen zusammen: »Die Truppe arbeitet im allgemeinen zu wenig am Ausbau der Stellungen. Die Dringlichkeit wird unterschätzt. Überall die Neigung, Reserven auszuscheiden, dadurch Schwächung der Küstenfront.«

Am nächsten Morgen um 8 Uhr begann die Fahrt ins Gebiet von der Vire-Mündung bis Cherbourg auf besonders schlechten Wegen. Der Kommandeur der 709. ID trug vor, dann setzte Rommel seine Absichten auseinander.

Als wir kurz nach Niedrigwasser nach Quineville kamen, entdeckte er weit draußen auf dem Vorstrand Pfähle und Panzerhindernisse und marschierte sofort hinaus, nachdem ein Leutnant ihm auf Befragen mitgeteilt hatte, »daß die Sachen schon lange da stünden«. Es stellte sich heraus, daß es eine Versuchsanlage aus dem Jahr 1941 war. Von vier einbetonierten Pfählen, die an sich viel zu lang waren, hatten drei gehalten, ebenso gebogene Panzerhindernisse, einfache Pfähle und Pfahldreiecke. Offenbar hatte 1941 schon jemand sehr ähnlich gedacht wie wir jetzt. Schade, daß wir das nicht gewußt hatten! Der Feldmarschall strahlte, denn hiermit war die viel umstrittene Frage, ob die Vorstrandhindernisse lange genug halten würden, klar beantwortet.

Nördlich der Vire-Mündung war nicht viel geschehen, bis auf einige Ansumpfungen. Weiter nach Norden wurde es besser. Die HKA-Batterie bei Morsalines (vier französische 15,5-cm-Heeresgeschütze) machte einen brauchbaren Eindruck. Die große Marinebatterie Marcouf (vier 21 cm) war erst in den Anfängen des Ausbaus. Hier stieß K.Adm. Hennecke zu uns, der Seekommandant der Normandie; er war durch Nebel aufgehalten worden. Über seinen Abschnitt war er gut im Bilde. Ich setzte mich mit in seinen Wagen, um die Zeit beim Fahren zum Gedankenaustausch auszunutzen. Die altertümliche Festung St-Vaast war ebenfalls im Ausbau als Stützpunkt. Es war immer wieder festzustellen, wie gut alle Vaubanschen Befestigungen lagen und daher auch jetzt noch zu benutzen waren. Solide waren sie auch.

Zeitweilig abgehängt, verpaßten wir das sogenannte »Ost-Eck« mit der Batterie »Hamburg« (vier 24-cm in Scharten) und bekamen erst wieder Anschluß auf dem Fort de la Roule hoch über Cherbourg mit wunderbarem Blick auf Stadt und Hafen.

Die Seefront der sogenannten Festung war 30 km lang mit 40 Widerstandsnestern, die Landfront 50 km lang mit 80 Widerstandsnestern, die noch längst nicht alle fertig waren. Die Seefront war stark genug, um einen Angriff von See her abzuschlagen. Wo aber die Truppen herkommen sollten, um die Landfront zu besetzen, blieb offen.

Zu Mittag aßen wir in größerem Kreis im Soldatenheim, regiert von der alten Schwester Barbara, durch deren Bemühungen es entstanden war. Der Hafenkommandant veranstaltete hier Nachmittagskaffees für Offiziere aller Wehrmachtsteile, ein nützliches und nachahmenswertes Unternehmen.

Wie ungenügend die Zusammenarbeit sein konnte, zeigte sich gleich nach dem Essen am Hafen, wo wir auf die Trümmer eines Hotels und eines starken Luftschutzbunkers der Marine stießen, die man kürzlich zur Schußfeldbereinigung gesprengt hatte. Ich wehrte mich heftig dagegen, daß die Marine ihre Zustimmung zu diesem unzweckmäßigen Verfahren gegeben hätte, um so mehr, als der Bunker zuerst dagewesen war und die Plätze für die Kampfstände, denen er angeblich im Wege stand, erst viel später gewählt worden waren. Jetzt lagen die Trümmer herum, ohne daß das Schußfeld wesentlich besser geworden war. Der Feldmarschall äußerte sehr deutlich die Ansicht, daß dieses Vorgehen unpraktisch und nicht in seinem Sinne war; er kam später mehrfach darauf zurück.

Nach Besichtigung des Hafengeländes und Vortrag des Seekommandanten über seine Sperrmaßnahmen verließen wir Cherbourg und fuhren zu Sonderbauten der Luftwaffe bei Vauville nahe der Westküste der Halbinsel Cotentin. Es war sehr diesig und daher leider nur wenig zu sehen. Die Westküste bot gute Möglichkeiten zum Landen, allerdings in den gleichmäßig ansteigenden Uferhöhen auch bessere Verteidigungsmöglichkeiten als ein Teil der Ostküste.

Unser Abendziel war wieder St-Lô. Nachdem ich erfahren hatte, daß der Feldmarschall eine für den nächsten Tag geplante Besichtigung (ich war an diesem Plan nicht ganz unbeteiligt) des Mont St-Michel abgesagt hatte, um statt dessen in Alençon den Kommandierenden General des 2. SS-Panzerkorps, Obergruppenführer Hausser, zu sprechen, trennte ich mich, um mit Hennecke zu seinem Stabsquartier Tourlaville, südöstlich Cherbourg, zu fahren, da wir noch eine Menge zu besprechen hatten. Er äußerte die Befürchtung, daß er zu viele Waffen bekommen würde. Das wäre das erste Mal gewesen! Er verkraftete dann auch alles, was er bekam.

Kpt.z.S. Wetzel vom Sperrwaffenkommando Cherbourg erklärte eine von ihm aus vorhandenen Teilen gebaute, sehr einfache und doch wirkungsvolle Vorstrandmine mit Bleikappenzündung. Einige Stücke hatten an der Nordküste östlich Cherbourg einige Monate ausgelegen und schweren Sturm gut überdauert. Damit war ein einfaches, brauchbares Mittel gefunden. Massenherstellung wurde sofort beantragt, bis zur Invasion wurden solche Minen aber nicht mehr fertig.

Wir besprachen sehr ausführlich die Frage des Unbrauchbarmachens der Häfen, die für Cherbourg als Entladeplatz für größte Schiffe besonders wichtig war. Hennecke hatte sich mit seinem Stab schon eine ganze Menge ausgedacht. Es ließ sich aber einiges noch wirksamer machen, wobei wir uns das Ziel setzten, das Entladen so lange wie irgend möglich zu verhindern, nicht aber die sonstigen Einrichtungen des Hafens zu zerstören. Wir einigten uns auch darauf, die ganz kleinen Häfen an der Westküste wohl zu stören, z. B. durch hineingelegte Minen, aber nicht zu zerstören, aus der Überlegung heraus, daß ein großer Hafen wie Cherbourg notgedrungen von einem Eroberer wieder instand gesetzt werden würde, wogegen sich niemand um die nautischen Idylle der Kleinsthäfen kümmern würde, zum Nachteil der örtlichen Fischer. Sollte eine Großlandung gelingen, dann kam es auf die paar Tonnen, die durch diese Häfen gehen konnten, kaum noch an. Das gleiche ließ sich auch dann für die Bretagne durchsetzen. Vorläufig herrschte noch keine volle Klarheit darüber, wer die Verantwortung für das Unbrauchbarmachen der Häfen tragen würde. Ganz oben wollte man sie anscheinend nicht gerne übernehmen.

Am nächsten Morgen (31. 1.) herrschte Nebel, besonders stark im Überschwemmungsgebiet um Carentan an der Vire-Mündung. Ich fuhr allein mit Hatzinger; um aus dem Nebel herauszukommen, gingen wir weiter ins Land hinein. Hinter St-Lô klarte es auch wirklich auf, wir fanden richtigen Frühling mit wunderbarer Sonne, dampfender Erde, blühenden Kätzchen, grünen Wiesen. Ein gesegnetes Land! Überall typisches normannisches Heckengelände, ähnlich wie die holsteinischen Knicks, für Partisanen besonders geeignet. Diese glänzten durch völlige Abwesenheit.

Beim Abendbrot im Hauptquartier äußerte sich der Feldmarschall noch einmal abfällig über Schußfeldbereinigung durch Sprengung guterhaltener Bunker. Von diesem Ausgangspunkt kam das Gespräch zwanglos auf Marinegepflogenheiten, unter anderem auf den Anruf »Ahoi«. Auf die Behauptung, daß das in Frankreich selbstverständlich »Ahoa« hieße, meinte einer der Herren Obersten tief beeindruckt: »O wie interessant«, zur Freude der Tafelrunde. Von da war es zur Frage der Leuchtmunition und Leuchtgeschütze nur ein kleiner Schritt. Als das abgehandelt war, wurde es Zeit zum Kino: »Ein Mann mit Grundsätzen«.

Die nächsten beiden Tage dienten dazu, die Ergebnisse der Reise zu verarbeiten. Auf dem Marinesektor entstand eine Verfügung über das Unbrauchbarmachen von Häfen und eine andere über die Sicherung der Bucht von St-Malo. Vorpostenboote sollten die Ortungslücken der Funkmeßgeräte schließen. Der Feldmarschall schickte einen Dankesbrief an Admiral Wurmbach, der als Admiral Dänemark auf verschiedene Anregungen Rommels sehr schön angesprungen war.

Rommel war vormittags in Paris zur Besprechung mit Blumentritt, dem Chef des Stabes ObWest. Er war etwas betrübt, daß wir mit dem Mittagessen auf ihn gewartet hatten. Tischgespräch: Minen. Die 191. ID hatte Karten ihrer ausgeführten und geplanten Maßnahmen eingereicht, die erkennen ließen, daß hier bereits erhebliche Fortschritte gemacht worden waren. Nachmittags Besprechung des Feldmarschalls mit Oberst i. G. Höffner und einem Beauftragten der Reichsbahn über Transportfragen.

Der 2. 2. war ebenfalls mit Besprechungen, Ferngesprächen und Fernschreiben ziemlich ausgefüllt. Nach dem Essen unternahmen wir bei schönem Wetter wieder eine »armierte Promenade« ohne jagdliches Ergebnis, aber gut, um sich die Beine zu vertreten und die Gedanken auszusortieren.

Am 3. 2. fuhr Rommel mit Meise und mir über Beauvais nach Hardelot Plage, um ein Versuchsfeld mit Vorstrandhindernissen zu besichtigen. Die findige Truppe, unnötiger körperlicher Arbeit abhold, hatte herausbekommen, daß das Einspülen der Pfähle mittels einer Feuerspritze viel Zeit und Arbeit sparte; es dauerte nur drei Minuten je Pfahl gegen dreiviertel Stunden beim Rammen, dazu ohne Knochenarbeit. Die Pfähle standen vorzüglich, manche schon mit Tellerminen darauf, die theoretisch wasserdicht sein sollten, zur Vorsicht aber noch einen dicken Teerüberzug erhielten. Die Tschechenigel kolkten dagegen schnell ein und konnten nur mit untergelegten Brettern oder ganz hoch am Strande verwendet werden. Im Durchschnitt schaffte eine Arbeitsgruppe 100 Pfähle am Tag, was bedeutete, daß ein Hindernisstreifen von 50 km Länge, also für einen durchschnittlichen Divisionsabschnitt, von 850 Mann in einem Monat hergestellt werden konnte. Ein Engpaß waren die Feuerwehrschläuche, die mehrere Jahre alt waren und häufig rissen.

Anschließend besichtigten wir mit General Sinnhuber, dem Kommandierenden des 67. AK, eine Anzahl von Stellen an der Küste zwischen Boulogne und Calais. Bei Wissant und Sangatte wurden gerade belgische Rollböcke (Panzerhindernisse) an den Strand gebracht. Für kleine Boote mußten sie ein recht unangenehmes Hindernis bilden. Im flachen Lande weiter östlich hatten die Ansumpfungen gerade begonnen. Das Korps erzeugte mit eigenen Mitteln 300–400 Minen täglich, der sonstige Nachschub kam nur stockend heran. Höchstleistung im Auslegen war mit Hilfe der Waffen-SS 4900 Minen an einem Tag in einem Divisionsabschnitt.

Bei mehreren Gelegenheiten erklärte Rommel erneut die Grundsätze der Verteidigung. Am Spätnachmittag besprach er die Ergebnisse im Saal des Offiziersheims in Calais. Dort übernachteten wir auch. Zum Abendbrot lud er den Seekommandanten, Konteradmiral Frisius, und Generalleutnant Ellfeldt, der eine Division übernehmen sollte, ein. Beide beherrschten ganz offensichtlich ihr Fach und gefielen ihm. Er wurde nur vorübergehend etwas deutlich, als der General nicht nur im allgemeinen jeglichen Papierbetrieb ablehnte, sondern sich auch im besonderen weigerte, der Heeresgruppe fristgerecht die befohlenen Karten und Pläne der Verteidigung zu schicken.

Am 4. 2. begannen wir die Arbeit um 8 Uhr mit einem kurzen Vortrag des Hafenkommandanten von Calais; es folgte die Besichtigung der Hafenverteidigung. Dann überraschte Rommel eine Kompanie, die auf einem unbelegten Flugplatz ziemlich weit hinter der Küste Stollen aushob und sich als Regimentsreserve ansah. Das paßte ihm durchaus nicht, denn die Entfernung zum Strand betrug über 5 km, und weiter vorn war nützlichere Arbeit zu leisten. Anschließend besuchten wir unangemeldet den Gefechtsstand der 47. Division in Aires. Der Divisionskommandeur war unterwegs bei der Truppe, sein Ia sah nicht nur gut aus, sondern wußte auch ausgezeichnet Bescheid. Die Division war stark beim Verminen, hatte aber noch keinen Befehl für den Bau von Vorstrandhindernissen erhalten. Rommel gab einen kurzen Abriß seiner Ansichten und wies die Division an, mit dem ihr taktisch unterstellten Hafenkommandanten von Calais enge Verbindung zu halten.

In Tourcoing besprach sich Rommel längere Zeit mit v. Salmuth, zeitweise unter vier Augen, wodurch ich Zeit für den Marineverbindungsoffizier hatte. Nachmittags fuhren wir nach Fontainebleau zurück, Meise navigierte. Der Feldmarschall sprach erst von Minen und Strandbefestigungen, dann von vielen anderen Dingen. So erzählte er, wie er als Oberstleutnant und Verbindungsoffizier zur Reichsjugendführung im Interesse der Jugend und der Schule versucht hatte, den Kultusminister Rust und den Reichsjugendführer Baldur von Schirach auf einen Nenner zu bringen. Rommel war Rektorssohn und es lag ihm daran, das Ansehen der Lehrer zu erhalten und der Schule zu ersparen, Gegenstand des Machtkampfes zwischen zwei Parteigrößen zu sein. Es gelang ihm, die beiden an einen Tisch zu bekommen, es kam aber nichts dabei heraus.

Es folgten wieder zwei Tage Arbeit im Hauptquartier. Rommel fuhr am 5. 2. zu Blumentritt, ich nachmittags zum BSW, um Minenmöglichkeiten und anderes zu besprechen. Von 18 bis 21 Uhr leistete ich mir die »Zauberflöte« in der Großen Oper und fuhr anschließend, innerlich erhoben, zur Marinegruppe West, wo inzwischen Admiral Wever als Vertreter von Krancke eingetroffen war, der sich auf Urlaub befand. Ich besprach mit ihm und dem Chef des Stabes, K.Adm. Hoffmann, eine große Anzahl von Einzelheiten. Kurz nach Mitternacht war ich wieder in Fontainebleau.
Am Sonntag, dem 6. 2., rief beim Frühstück der Feldmarschall wegen des Auslegens von Seeminen vor bedrohten Stellen der Küste an. Ich holte mir Kapitänleutnant Reischauer von der Marinegruppe heran, den ich gut kannte; er traf gegen 12 Uhr ein. Rommel hatte inzwischen eine kurze Pirsch gemacht und dann mit General Warlimont, dem Stellvertreter Jodls im Wehrmachtsführungsstab, über die Küstenverteidigung und die Befehlsgliederung im Westen gesprochen. Dann kamen Reischauer und ich daran; es wurden alle Möglichkeiten des Minenlegens erörtert, aber Befehle konnten von uns natürlich nicht gegeben werden. Nachdem auch noch der Luftwaffenbearbeiter, Oberstleutnant Queißner, mit seinen Problemen zur Sprache gekommen war, ging es zum Mittagessen. Warlimont saß zwischen Rommel und mir; er kannte mich noch aus Italien, wo er sich im Frühsommer 1943 mit Gause zusammen in meinem Stabsquartier »Duropane« rückhaltlos über die Lage unterrichtet hatte. Am Nachmittag fuhr ich nach Paris, um Konteradmiral Voss zu treffen, den ständigen Vertreter der Marine im Führerhauptquartier. Er kam mit Verspätung von Toulon, wo er in einen Fliegerangriff geraten war. Auch er erhielt ein deutliches Bild der Lage, der Rommelschen Pläne und der Widerstände dagegen.
Die ersten drei Wochen nach der Kommandoübernahme Rommels hatten ein gutes Bild davon gebracht, wie uneinheitlich und, besonders in der westlichen Normandie, wie schwach an vielen Stellen außerhalb der großen Häfen die Mittel zur Abwehr einer Landung noch waren. Zugleich hatte sich bestätigt, daß die in Dänemark gefundenen Mittel und Maßnahmen auch hier zweckmäßig waren, insbesondere Vorstrandhindernisse, Verminung, Verschartung und Unterbringung sämtlicher Truppenteile in Widerstandsnestern. Besonders deutlich war geworden, welch ungeheurer Arbeit es noch bedurfte, diese Maßnahmen überall durchzuführen. In der Frage des Vorziehens der Panzerdivisionen hatte der Feldmarschall keinen Fortschritt erzielt.

ZUM MITTELMEER UND ZUR BISKAYA

Rommels Auftrag, die Verteidigung auch West- und Südwestfrankreichs zu überprüfen, bestand nach wie vor. Die nächste Reise ging daher in diese Gebiete. Nach einem etwas nahrhafteren Frühstück als sonst im Hause Pompadour starteten wir am 7. 2. um 6 Uhr, der Feldmarschall mit dem Ic und dem Ia-Luftwaffe im Horch, Meise und ich im Mercury, eine Anzahl bis an die Zähne bewaffneter Männer der Kampfstaffel in zwei großen offenen Wagen. Einer davon kam bald abhanden, fand sich aber abends wieder ein. In scharfem Tempo ging es zuerst nach Dijon, zeitweise am Kanal von Burgund entlang, der, wie alle französischen Kanäle, für moderne Binnenschiffahrt zu schmal ist. Im Morgengrauen passierten wir den flachen Hügel, auf dem Alesia gestanden hatte, dessen Eroberung durch Cäsar das Schicksal des Vercingetorix und Galliens entschied. Bei der Fahrt durch die Hügellandschaft der Beaune nach Chalon-sur-Saône zeigten etliche fehlende Häuserecken, daß hier Platz für den Überlandtransport von Marinefährprähmen, Schnell- und Räumbooten geschaffen worden war. Der Kanal von Burgund war für sie zu schmal, und so mußten sie von der oberen Seine zur Saône auf Spezialwagen über Land gefahren werden. Manche Orte waren auf Passieren so großer Gefährte nicht eingerichtet. Da mußten Häuser ganz oder teilweise weggenommen werden. Der Schaden wurde sofort bar bezahlt, mit dem Erfolg, daß an manchen Stellen noch weitere Häuser zur Beseitigung angeboten wurden.
Hinter dem malerisch gelegenen Lyon gab es auf dem rechten Rhône-Ufer eine kurze Pause zum Verzehren der mitgebrachten Butterbrote. Es wehte ein kühler Mistral, man mußte sich an den Namen der Weinsorten erwärmen, die auf großen Schildern unseren Weg säumten. Pomard, Chambertin, Beaujolais, Clos Vougeout usw. Auch die wohlbekannte Pariser Gaststätte der Reine Pedauque hatte hier einen privaten Weinberg. Nach

Uferwechsel bei Tournus passierten wir in schneller Fahrt Valence, die Nougat-Stadt Montélimar (ohne Zeit für Nougat), Orange mit römischen Triumphbogen und erreichten gegen 16.30 Uhr Avignon etwas früher als erwartet. Beim Oberkommando der 19. Armee, westlich des Flusses hoch über der Stadt gelegen, hielt der Oberbefehlshaber, General von Sodenstern, einen sehr klaren und guten Vortrag. Es war eine Freude, wie er die Rommelschen Gedanken völlig erfaßt, anerkannt und bereits weiterverarbeitet hatte. Rommel setzte im Anschluß seine Ansichten ebenfalls sehr eindrucksvoll auseinander. Für die Vorträge hatte ich mir im Hintergrund einen Fensterplatz mit Blick auf den Palast der Päpste und den Pont d'Avignon gesichert.

Zum Abendbrot waren wir Gäste Sodensterns im Hotel Europe mitten in der Stadt. Neben mir saß ein Oberst, der lange in China gewesen war und Colin Ross sehr gut kannte. Das gab Gesprächstoff, an dem es im übrigen in Sodensterns Nähe nie mangelte.

Da am Abend niemand mehr Lust zu einer Mondscheinpromenade durch die alte Stadt gehabt hatte, sah ich mir wenigstens den Palast der Päpste in der Morgendämmerung des 8. 2. von außen an. Um 8 Uhr starteten wir, zuerst zur Hügelkette der Alpilles, anschließend über Port de Bouc bis auf die Höhen westlich von Marseille, dann durch die Camargue, das völlig flache Gebiet an der Mündung der Rhône, nach Port St-Louis, wo der Einsatz von Flammenwerfern gegen Landungsboote vorgeführt wurde. Gegen früher hatte die Camargue ihr Aussehen etwas verändert, denn zur Abwehr von Luftlandungen waren die Massen einzelner Geröllsteine, die die weite Ebene bedeckten, zu Tausenden von Steinpyramiden zusammengesetzt worden. Zu kurzem Mittagessen machten wir im Hauptquartier des 4. Luftwaffenfeldkorps, General der Flieger Petersen, in Montpellier Halt, dann ging es weiter nach Westen.

Ein neues Problem war das Fehlen der Gezeiten im Mittelmeer. Das erschwerte den Bau von Vorstrandhindernissen aus Pfählen, die hier nicht eingespült werden konnten, sondern von Flößen aus eingerammt werden mußten. Andererseits genügte bei dem gleichmäßigen Wasserstand ein verhältnismäßig schmaler Gürtel von Hindernissen. Am schnellsten ließ sich dieser aus Tetraedern aus Stahlbeton schaffen, die an Land hergestellt und von Flößen ins Wasser geworfen wurden.

Sonst waren die Aufgaben und Sorgen die gleichen wie am Kanal, die Besetzung noch dünner. Praktisch geschehen war daher außerhalb der Städte und der weit auseinanderliegenden Widerstandsnester nicht viel. Insgesamt verfügte die 19. Armee über sechs Divisionen bei einer Küstenlänge von rd. 500 km. Die westlichste Division, die 277. ID, hatte einen Abschnitt von 200 km Breite zu verteidigen.

Die Hafenstadt Sète war gut befestigt, Hauptstütze der Verteidigung eine 15-cm-Batterie der Marineartillerie. Der Besuch im weiter westlich liegende Hafen Agde war zu kurz, um uns mehr als ein oberflächliches Bild von der dort neu eingerichteten Heeresküstenartillerie-Schule zu geben. Nach Dunkelwerden trafen wir in Narbonne ein und gingen nach Abendbrot und Vorträgen zur Ruhe.

Am 9. 2. starteten wir bei niedrigen Wolken und Regen um 6 Uhr. Ohne wesentliche Pause und leider ohne Blick auf die Berge ging es in schneller Fahrt über Perpignan, Feux, Tarbes und Pau nördlich der Pyrenäen nach Westen. Zeitweise fuhren wir in den Vorbergen und kamen in tief eingeschnittenen Felsenschluchten und auf stark gewundenen Wegen bis 600 m hoch, ohne aber von der Landschaft bei Schlackerschnee und zwischen Wolkenfetzen mehr als nur eine Ahnung zu bekommen. Bei der sogenannten Mittagspause (Butterbrot stehend aus der Hand) stellte sich heraus, daß nur Rommels und mein Wagen noch einigermaßen genügend Brennstoff hatten, um die Atlantikküste zu erreichen. Wir bekamen die letzte Benzinreserve und fuhren allein weiter bis Bayonne, das wir um 14 Uhr erreichten.

Hier begann sofort der Vortrag des Kommandierenden Generals des 86. AK, gefolgt von den grundsätzlichen Ausführungen Rommels. Ohne Pause schloß sich eine Fahrt bis zur spanischen Grenze mit Besichtigung verschiedener Stellungen des Heeres und der Marine mit buntscheckiger Bewaffnung an. Bei Hendaye gingen wir bis an die Grenze und machten dann nach einem kurzen Blick ins spanische Land sofort kehrt. Ohne Aufenthalt ging es auf gerader guter Straße durch das ebene Wald- und Sumpfgelände der »Landes« zum Hauptquartier der 1. Armee nach Bordeaux, das wir gegen 19 Uhr erreichten. Bei der Einfahrt in die Stadt drängten wir mit dem Mercury einen Wagen ohne Abzeichen ab, der sich in verdächtiger Weise von hinten dem Wagen Rommels zu nähern versuchte. Es stellte sich dann heraus, daß es der Stadtlotse war, der an der falschen Stelle gestanden hatte und sich nun vorsetzen wollte. Wir fanden das AOK auch ohne ihn, und die Sicherheit Rommels ging vor.

Auch beim AOK ging keine Zeit verloren. Wir konnten gerade unser Gepäck auf die Zimmer stellen, dann begann bereits die Besprechung mit Generaloberst Blaskowitz. Daß von den Küstenvorfeldsperren insgesamt nur eine Probestrecke im Bau war, obgleich die Armee die schriftlichen Vorschläge und Anregungen Rommels laufend erhalten hatte, zeigte, wie unsicher der Erfolg des bloßen Ratgebens ohne das Recht des Befehlens war. Um 21 Uhr gab es ganz nebenbei Abendbrot, um 22 Uhr trug der Oberquartiermeister des AOK 1 über die Versorgungslage vor, dann der Armeenachrichtenführer über sein Gebiet und schließlich der Festungspionierkommandeur IV über den ständigen Ausbau im Bereich der Armee. Bei diesem nicht übermäßig anregenden Thema übermannte der Schlaf einige Herren. Da wurde Schluß gemacht.

Abfahrt um 8 Uhr am 10. 2. war verhältnismäßig milde. Auf dem Wege zur Gironde-Mündung sahen wir einige Stellungen am breiten Sandstrand der Atlantikküste, darunter eine, die von Indern besetzt war. Die Festung Gironde-Süd war mit Artillerie ganz gut versehen, nämlich zwei 28-cm-Eisenbahngeschützen mit einer Schußweite von 29,5 km und einer HK-Batterie aus sechs 15,2-cm. Die Widerstandsnester der Landfront lagen aber bis zu 3,5 km voneinander entfernt, Besatzung z. T. Kosaken. Der Seebahnhof von Le Verdon mit der Pier für größte Dampfer war zum Sprengen vorbereitet. Nach einem Feldküchenessen in einer Baracke setzten wir auf das Nordufer nach Royan über. Die Seefahrt dauerte eine gute Stunde und brachte bei lebhaftem Westwind und etwas Seegang einige Mitreisende hart an den Rand der Seekrankheit.

Der Seekommandant und spätere Verteidiger von Royan, K.Adm. Michahelles, stieß in Gironde-Süd zu uns, der Chef der 4. Sicherungsdivision, Kpt.z.S. d. R. Lautenschlager, in Gironde-Nord. Hier war der Ausbau schon recht weit vorangekommen, die Festung hielt sich denn auch bis in die letzten Tage des Krieges.

Nach den Besprechungen und Vorträgen, die sich im üblichen Rahmen hielten, machte ich mich selbständig und fuhr mit Lautenschlager nach La Rochelle, um dort seine Probleme mit seinem Stab durchzusprechen.

Am nächsten Morgen (11. 2.) stieß ich wieder zum Pulk, der Stellungen in und um La Rochelle besichtigte. Auch hier lief der Ausbau gut; die Festung hielt sich ebenfalls bis zum Kriegsende.

Rommel fuhr anschließend nach Le Mans zur Besprechung mit Generaloberst Dollmann, »in dessen Bereich Verminung und Ausbau von Küstenvorfeldsperren jetzt voll anläuft« (TBR). Ich machte mich wieder selbständig und fuhr zum Führer der U-Boote West, Kpt.z.S. Rösing, in sein Stabsquartier in der Nähe von Angers, um den Anteil seiner Männer und Boote an der Verteidigung zu besprechen. Es bestätigte sich, daß die Aussichten für das Eingreifen von eigenen U-Booten bei einer Landung gering waren, da die ersten Boote eines neuen Typs mit großer Unterwassergeschwindigkeit noch auf Stapel lagen und die alten, langsamen, sich gegen

die feindliche U-Bootabwehr nicht mehr durchsetzen konnten. Nur Boote mit Schnorchel konnten überhaupt hoffen, am Leben zu bleiben, aber davon gab es noch nicht viele. Einbau der Leute der Bodenorganisation der U-Bootwaffe in die Verteidigung war nur ein schwacher Ersatz.
Bei der Weiterfahrt sah ich mir in der Nähe von Tours auf dem Nordufer der Loire ein unterirdisches Verpflegungslager der Marine an. Vor dem Kriege hatte hier der französische Staat in einem unterirdischen Steinbruch (weiches Gestein, das an der Luft hart wird) eine Motorenfabrik betrieben. Die deutsche Luftwaffe hatte dann die Maschinen herausgenommen und irgendwo über der Erde aufgestellt, so daß 50 000 qm fliegersicherer Nutzfläche frei wurden. Für ein Verpflegungslager waren sie eigentlich zu schade.
Abends führte Rommel von Fontainebleau aus ein langes Telefongespräch mit Jodl, in dem er folgende Punkte behandelte (KTB):

1. Bei AOK 1 und 19 im allgemeinen alles in Ordnung, aber der Westteil des AOK 19 und die Mitte des AOK 1 zu dünn besetzt, Vorschlag: Truppen aus dem Innern hinter die Küste ziehen.
2. Feldmarschall von Rundstedt hat von seinem Urlaub die Bildung einer Artilleriedivision durch Herausziehung von Batterien befohlen. Da diese Verbände ungenügend motorisiert sind, erscheint rechtzeitiger Kampfeinsatz an der Küste fraglich und daher weitere Schwächung der sowieso nicht starken Küstenverteidigung nicht tragbar.
3. Befehlsverhältnisse unklar, denn es erlassen Befehle: Feldmarschall Sperrle als Vertreter von Rundstedt in seiner Eigenschaft als ObWest, Rommel als Vertreter von Rundstedt in seiner Eigenschaft als OB Heeresgruppe D, der Chef des Stabes des ObWest und (besonders gründlich und nicht immer frontnah) der Ia ObWest.
4. Zufuhr von Minen gebessert.
5. Ausführliche Berichterstattung beim bevorstehenden Besuch im Führerhauptquartier.

Das AOK 15 beantragte, Vorstrandhindernisse versuchsweise durch Boote anlaufen zu lassen, um festzustellen, wie sie sich in der Praxis bewähren würden. Das war nicht ganz so einfach, wie es klang. Wirklich wirkungsvolle Hindernisse mit Minen darauf durfte man für solche Versuche nicht verwenden. Die Herren des Heeres hatten häufig keinen rechten Begriff von der Wucht, die auch in einem kleinen Schiff steckt. Wenn also die Pfahlhindernisse ohne wesentliche Beschädigungen des Versuchsfahrzeuges umgelegt werden sollten, was im Einzelfall durchaus möglich war, so konnte es Enttäuschungen geben, die sich ungünstig auf die weitere Arbeit auswirken würden. Es fehlte vor allen Dingen bei vielen Stellen die Anschauung, wie die Masse von Hindernissen auf die Menge der ankommenden Fahrzeuge wirken würde. Die Versuche wurden später an mehreren Stellen gemacht und führten nicht zu klaren Ergebnissen.

Weitere Punkte waren: die Marineeinheiten an Land müssen ihre Stellungen selbst verminen. Die Artilleriedivision wird nicht aufgestellt, dafür werden Abteilungen zu Übungen herausgezogen. Skizzen über den zweckmäßigen Einsatz einer bodenständigen Infanteriedivision in einem Küstenverteidigungsabschnitt werden herausgegeben.

Mittags war Generaloberst Guderian in seiner Eigenschaft als Generalinspekteur der Panzertruppen zur »Besprechung über den Einsatz der Panzerverbände zur Unterstützung der Küstenverteidigung« bei Rommel (12. 2.). »Der Generalinspekteur teilt die vom OB der HGr vertretene Auffassung, wonach ein Eingreifen der Panzerverbände in den ersten Stunden einer feindlichen Anlandung an der Küste sichergestellt werden muß« (KTB). Rommel selbst bemerkte in seinen Aufzeichnungen: »Guderian ist über Verminung und Heranführung der Panzerreserven gleicher Meinung mit mir.«

Beim Mittagessen war Guderian ein aufgeschlossener und unterhaltsamer Gast. Ich sprach ihn auf die Tigerfibel, die erste deutsche Dienstvorschrift in Versen, an; was ihm sichtlich Vergnügen machte. Hieraus entwickelte sich ein angeregtes Gespräch über die verschiedensten Gegenstände.

Rommel war am 13. 2. vormittags in Paris, um mit dem Stabe des ObWest zu besprechen, wie man die Alarmbereitschaft an der Küste erhöhen könne, ohne die Ausbildung zu benachteiligen. Das AOK 7 meldete, daß es kein Holz für Vorstrandsperren habe. Seine Holzfällerkommandos arbeiteten bereits in den Vogesen! Außerdem wünschte es Verminung einiger Buchten der Westküste der Bretagne, was begreiflich, aber wegen der dort besonders starken Brandung nicht ganz einfach zu erfüllen war. Ferner beklagte es sich, daß es die Einsatzbefehle für die leichten Seestreitkräfte (in der Nähe der Landungsstelle befindliche Fahrzeuge sollten sofort die Landungsflotte angreifen) nur durch Zufall erhalten habe. Das AOK hatte ein großes Geschick, von seinem Marineverbindungsoffizier keinen Gebrauch zu machen.

Am 14. und 15. 2. fuhr Rommel zur 9. SS-Pz.Div. und besichtigte dann den Abschnitt von der Somme bis westlich Dieppe. An vielen Stellen war der Ausbau gut fortgeschritten, die 348. ID hatte auf 30 km bisher 160 000 Minen gelegt. Die im Hintergelände stehende 21. Pz.Div. verfügte über 54 deutsche, 28 französische Panzer und 35 Sturmgeschütze.

Auf der Rückfahrt machte Rommel in Auberville einen kurzen Halt, um einen Blick auf sein Quartier von 1940 zu werfen. Dann besichtigte er das Schloß von La Roche Guyon an der Seine 50 km unterhalb Paris, das als neues Stabsquartier vorgesehen war.

Die nächsten beiden Tage brachten Ferngespräche über Flakabteilungen, Verlegung von Bataillonen, Verschieben der 9. SS-Pz.Div. und der 271. ID hinter die Küste im Bereich des AOK 19, Teilnahme Rommels und Guderians an einem Kriegsspiel der Panzergruppe West. Die Marine stellte sieben Batterien von 8,8-cm- und 15-cm-Kaliber zur Verfügung. Durch die letzte große Reise waren die Mittelmeerküste und Südwestfrankreich stark in den Vordergrund gerückt. Es wurden Überlegungen angestellt für den Fall, daß der Gegner zuerst in Südfrankreich landete. Eine Besprechung der obersten Befehlshaber im Westen, die am 21. 2. im Führerhauptquartier stattfinden sollte, wurde auf unbestimmte Zeit verschoben.

Wir gingen auf die Pirsch, ohne Erfolg außer dem Sichten einiger Sauen. Am 14. 2. abends wurde Gauses Geburtstag harmonisch gefeiert. Rommel hielt eine sehr herzliche Rede auf das Geburtstagskind.

Am 18. 2. fuhr der Feldmarschall mit Meise und mir an die Westküste der Bretagne. Wir verließen das Hauptquartier um 7 Uhr und fuhren zuerst nach Paris, um General Blumentritt abzuholen. Die Besichtigungen begannen in St-Nazaire; die Stadt war kaum wiederzuerkennen, so stark war sie zerstört. Als Stützpunkt für U-Boote und Sicherungsstreitkräfte war der Hafen aber noch voll brauchbar. General Farnbacher, der Kommandierende General des 25. AK, trug zuerst vor. Der Bereich seiner südlichsten Division, der 275. ID, war wohl der buntscheckigste, der uns bisher begegnet war. Die Division, noch in der Aufstellung begriffen, verfügte praktisch nur über einen Divisionsstab, einen Regimentsstab, eine Artillerieabteilung und zwei Bataillone alter Leute. Infolgedessen waren ein Regimentsstab und ein Bataillon der 343. ID im Abschnitt eingesetzt und von der herausgezogenen 243. ID zwei Bataillone darin geblieben. Dazu kamen 27 Kompanien Festungsstammtruppen, 7 Ostbataillone, 1 russische Artillerieabteilung, 1 russische Pionierkompanie und 1 russische Radfahrerabteilung. 1 russisches Reiterregiment war zum Verlegen von Minen an die Normandie verborgt.

Die infanteristische Kraft in den drei großen Festungen und Häfen St-Nazaire, Lorient und Brest betrug je ein Bataillon. Das genügte knapp, um die umfangreichen Landfronten mit ihren z. T. hochwertigen Anlagen durch Streifen zu sichern.

Als Reserven standen zur Verfügung Nebeltruppen, Sperrballonmannschaften, Werftpolizei und Werftarbeiter, welch letztere aber jederzeit abgezogen werden konnten. Am besten war die Küstenartillerie, je eine HKA-Abtlg. in jeder Festung, dazu 1 bis 2 schwere, 2 bis 3 mittlere Marinebatterien und für alle drei insgesamt 16 Marine-Flakbatterien.

Nach Besichtigung mehrerer Stützpunkte, zu denen ich inoffiziell die vorgeschichtlichen Steinsetzungen von Carnac hinzunahm, übernachteten wir in Quiberon, am äußersten Ende der langen Landzunge, die die Bucht gleichen Namens nach Westen abschließt. In diese Bucht folgte am 20. 11. 1759 eine englische Flotte von 23 Linienschiffen unter Hawke einem fast gleich starken französischen Verband und schlug ihn bei schwerem NW-Sturm und sinkender Nacht zwischen Felseninseln und Riffen in hartem Kampf. Diese beispiellose seemännische Leistung sicherte den Engländern die Seeherrschaft für die zweite Hälfte des Siebenjährigen Krieges.

Zu Hause versuchte Gause im Ferngespräch mit Warlimont vergeblich, in der Frage der Unterstellung der schnellen Verbände weiterzukommen. »OKW will deren Verschiebung aus den derzeitigen Räumen nicht haben« (KTB).

Der 19. 2. begann mit einer Besprechung im Soldatenheim Quiberon, zuerst über die Verteidigung von St-Nazaire, dann über Mittel und Wege, um den Feind beim Ansteuern der Küste und beim Landen zu stören, z. B. durch falsche Seezeichen und durch Nebel. Schließlich wurde der Einsatz des U-Bootpersonals im Landkampf und das Unbrauchbarmachen der Häfen mit Schwerpunkt auf Verhinderung des Entladens von größeren Schiffen behandelt.

Bei der Weiterfahrt saß Blumentritt in meinem Wagen; er erzählte witzig und unterhaltsam von seinem Dienst als Chef des Stabes bei Rundstedt, der gewissermaßen Verbindungsmann der deutschen Regierung zu Marschall Pétain war. Wir sahen zuerst einen Stützpunkt an der Étel-Mündung südöstlich Lorient, dann Port Louis, die alte Hafenstadt am, man kann wohl sagen, Fjord von Lorient, das selbst erst gegründet wurde, als im Zeitalter des Merkantilismus die Seefahrt nach dem Orient im großen Stil begann. Jetzt diente der französische Kriegshafen als deutscher U-Bootstützpunkt, und von hier aus hatte Dönitz jahrelang den U-Bootkrieg im Atlantik geleitet. Die Stadt war durch Artillerie gut verteidigt, und der Ausbau der äußeren Befestigungen nach Land zu war dank der technischen Hilfsmittel der großen Werften und Werkstätten recht weit vorangeschritten. Es erfreute Rommel, daß die OT Betonigel für Vorstrandhindernisse in großen Mengen verfertigte. Wie in St-Nazaire bildete der U-Bootbunker gewissermaßen den Kern der Vertei-

digung. Auf seine 7 m dicke Betondecke war mit Artillerie kein Eindruck zu machen, höchstens mit Spezialbomben allerschwersten Kalibers. Beide Festungen hielten sich bis zum Ende des Krieges.
Über die kleinen Hafenstädte Concarneau und Audierne, das ich noch nicht kannte, erreichten wir die weite Bucht von Douarnenez mit ihrem breiten Sandstrand, bisher mit Hindernissen nur schwach bestückt und lediglich von einem Russenbataillon verteidigt. Von der Pointe des Espagnols, südlich der Einfahrt nach Brest, bot sich ein schöner und instruktiver Blick auf die große Reede und den bretonischen Hauptkriegshafen. Bei Camaret besichtigten wir eine 22-cm-HKB, die die äußeren Zugänge zu Brest beherrschte. Nach Dunkelwerden erreichten wir das Soldatenheim Morgat an der Bucht von Douarnenez. Nach den Besprechungen und dem Abendbrot saßen Meise und ich noch eine Weile zusammen und unterhielten uns über die Eindrücke der Reise und unsere Aufgaben. Wir hatten beide zahlreiche Bekannte getroffen und, wie auch sonst immer wieder, für Rommels Gedanken geworben. Meise stellte fest, daß wir wie die Jünger ausgesandt würden und entsprechend wirken müßten.
Sonntag, den 20. 2.: Bei voller Dunkelheit machten wir uns auf den Weg nach Brest, wo wir, wie häufig, früher eintrafen als das Programm vorsah. Wie in den anderen großen Häfen war auch hier die Verteidigung nach See zu ausgezeichnet, nach Land hin materiell gut im Ausbau, aber zu schwach an Personal. Von Brest fuhren wir bei unsichtigem Wetter und strömendem Regen zu den Fjorden Aber-Benoit und Aberwrach an der Nordwestküste der Bretagne. Sie waren recht gut verteidigt, obgleich für Großlandungen völlig ungeeignet; sie konnten höchstens als Ziel eines Überfalles oder einer kleinen Ablenkungsoperation dienen. Die mehrere Kilometer breite Goulvenbucht, etwas weiter östlich, war durch flankierende, im Felsen aufgestellte Geschütze und durch eine dichte Sperre von Rollböcken auch recht gut gesichert.
Die Bretonen, an den Regen gewöhnt, gingen in großen Mengen spazieren, viele Bauern im Sonntagsstaat mit schwarzem rundem Hut mit breitem Rand und langen Bändern. Die Formen des weißen Kopfputzes der Frauen wechselten mit der Landschaft.
Gegen Mittag begaben wir uns ins Land hinein auf die Monts d'Arrée, eine bis 370 m hohe Hügelkette etwa 35 km östlich von Brest und 20 km südlich der Hafenstadt Morlaix. Sie waren von der in Aufstellung befindlichen 353. ID besetzt, deren stellvertretender Kommandeur über Lage und Aufgaben vortrug. Es handelte sich hauptsächlich darum, eine Kreuzung von Nebenstraßen stark zu sichern. Was ein Gegner hier, mitten in

der Bretagne abseits der großen Straßen, suchen würde, war nicht völlig klar. Man hatte etwas den Eindruck, daß die Monts d'Arrée in manchen Planungen eine ähnliche, wenn auch nicht ganz so bedeutende Rolle spielten wie das Plateau von Langres für den Feldzug der Alliierten gegen Napoleon 1814. In einem sehr kühlen Zelt gab es einen etwas wärmeren Eintopf. Ausnahmsweise mochte Rommel einen der höheren Gastgeber offensichtlich gar nicht. Hinterher wurde erzählt, dieser habe Rommels »Infanterie greift an« in einer Besprechung verrissen, was dieses lebendig geschriebene Buch wirklich nicht verdiente.

Den Heimweg benutzte Rommel zu einem erneuten Besuch beim AOK 7, das wir wegen schlechten Benzins in seinem Wagen mit Verspätung erreichten. Bei der Besprechung, an der auch Blumentritt teilnahm, zeigte es sich, daß »Dollmann jetzt absolut für die Ideen Rommels war« (PAV).

Weniger die Niederlande, denn als Gause am nächsten Morgen den Besuch des Feldmarschalls insbesondere zur Besichtigung der Vorstrandsperren für Anfang März ankündigte, teilte ihm der Chef des Generalstabes des Wehrmachtsbefehlshabers mit, »daß die Anlage von Vorstrandsperren noch im Stadium des Versuchs begriffen sei, als dessen Ergebnis die Strandverhältnisse nur die Errichtung von Pfahlhindernissen erwarten lassen«. Zu deutsch: zwei Monate waren vertan. Zu gleicher Zeit stellte sich heraus, daß der Befehl für das Unbrauchbarmachen von Häfen immer noch nicht durchgedrungen war.

In der Frage, wie und wo sich die Panzerdivisionen bereitstellen sollten, teilte General Warlimont mit, »daß Befehlsentwurf dem Chef des OKW vorliegt, wonach im Wege der mündlichen Besprechung die Einsatzgliederung und Unterbringung der schnellen Verbände zwischen ObWest und HGr B geklärt werden soll. Dabei wird eine stärkere Einschaltung des OB der HGr B [also Rommels] als bisher empfohlen. Im übrigen soll der Fragenkomplex zwischen den beiden Chefs der Heeresgruppen besprochen und geklärt werden [also zwischen Blumentritt und Gause]« (KTB).

Damit war man genau wieder am Anfangspunkt angelangt. Sogar die Abgabe eines Ausbildungsstabes von den Kanalinseln auf das Festland lehnte das OKW ab; das AOK 7 mußte sich mit einem Ausbildungsstab der Osttruppen behelfen.

Zur gleichen Zeit wies Rommel in einem persönlichen Schreiben an die unterstellten Armeen und den Wehrmachtsbefehlshaber Niederlande unter Anerkennung der bisherigen Leistungen auf die Notwendigkeit hin, nach fest umrissenem Plan die Arbeiten für die Großverminungen und Küstenvorfeldsperren mit allen Mitteln weiterzutreiben.

KLEINARBEIT

Im ganzen liefen jetzt, zwei Monate nach dem Eintreffen Rommels in Frankreich, die Arbeiten in der Richtung, die er gewiesen hatte, und nach seinen Anregungen. Er hatte sich mit aller Kraft und großer Zähigkeit für seine Aufgabe eingesetzt und dabei ein neuartiges Verteidigungssystem entwickelt. Er war unermüdlich gereist, um überall persönlich auf Stäbe und Truppe einzuwirken, sie mit seinen Gedanken vertraut zu machen und sich selbst über die örtlichen Gegebenheiten zu unterrichten. Die Truppe hatte seine Vorschläge gut aufgenommen; einige der wichtigsten Stäbe waren noch nicht überzeugt, das OKW hatte zwar seine Logik anerkannt, konnte sich aber nicht zu klaren Maßnahmen durchringen – nicht zum ersten Male. Noch viel Einzelarbeit war zu leisten, um Material und Truppen an die richtigen Stellen zu bringen, die Widerstrebenden zu überzeugen und die Verteidigung entscheidend zu stärken.

Jetzt ging der Feldmarschall für zehn Tage in die Heimat, um auszuspannen und fern vom Kleinbetrieb des Stabes in Ruhe seine Gedanken zu überprüfen. Ich benutzte diese Zeit, um eine Anzahl von Marinedienststellen zu besuchen, teils wegen der Verteidigung und der Unbrauchbarmachung der Häfen, teils um die Frage der Alarmeinheiten der Marine zu klären und zu versuchen, Kräfte für den Westen frei zu machen.

Ich begann am 23. 2. in Le Havre beim Seekommandanten, K.Adm. v. Tresckow. Hier traf ich auch meinen früheren Flaggleutnant, K.Kpt.d.R. Kloess, einen geborenen Siebenbürger, der noch in der K.u.K. Marine gedient hatte. Als studierter Schiffbauer leitete er jetzt mit 23 deutschen Meistern und Vorarbeitern die Werften in Le Havre. Die 12 000 französischen Arbeiter faßte er so geschickt an, daß sie ausgezeichnete Arbeit ohne die geringste Sabotage lieferten, bis zum Tage, an dem die Stadt von den heranrückenden Alliierten unter Artilleriefeuer genommen wurde.

In Rouen sprach ich zuerst mit dem Hafenkapitän, der die Befehle kannte und bereits sachgemäße Maßnahmen getroffen hatte, dann mit dem Kommandierenden Admiral und seinem Stabe.
Am 24. 2. wurde ich vormittags in Boulogne Zeuge eines Versuchs, mit einem englischen 120-Tonnen-Landungsfahrzeug gegen eine Pfahlsperre anzulaufen. Es ereignete sich gar nichts, weil der Wasserstand schon zu hoch war und das Fahrzeug über die Pfähle hinwegfuhr.
Ich besprach das Nötige erst mit dem Hafenkommandanten, dann mit dem Chef der 2. Sicherungsdivision in dessen Stabsquartier und fuhr dann weiter nach Utrecht zum Kommandierenden Admiral in den Niederlanden (Kleikamp). In Utrecht verloren wir Zeit, da wir nicht wußten, daß die Dienststelle ganz am Anfang der Stadt lag. Erst fragten wir einen deutschen Seemann, der an Hand einer liebevollen Braut hier beheimatet zu sein schien. Er meinte aber, er sei nur auf Dienstreise hier. Zwei Holländer wußten es nicht genau, ein dritter dagegen so gut, daß wir mißtrauisch wurden und es ihm nicht glaubten. Schließlich gelang es, die Kommandantur zu finden und mittels eines Stadtplanes festzustellen, daß wir nur ein Stück zurück zu fahren brauchten.
Am 25. 2. folgten Besprechungen über Minen und das Unbrauchbarmachen der Häfen beim Seekommandanten von Nord-Holland (Kpt.z.S. Stöphasius) im Kriegshafen Den Helder. Von da fuhren wir weiter über den Deich, der die Zuidersee abschließt, und dann über Groningen, Neuschanz und Leer. Hier brachten wir einen meiner Männer, der uns bis dahin offiziell gegen Partisanen geschützt hatte, gerade rechtzeitig auf den Bahnhof, um einen Zug nach Hause zu bekommen. In der letzten Dämmerung erreichten wir die Befehlsstelle Sengwarden, nördlich Wilhelmshaven, z. Z. Hauptquartier des MOK (Marineoberkommando) Nord. Der OB, Adm. Förste, war gerade von Hamburg zurückgekommen. Es folgte sofort eine lange Besprechung mit den Rommelschen Skizzen im Lagezimmer über Minen, Sperren, Hindernisse und Aufstellung der Streitkräfte. Das war sehr nützlich, denn es zeigte sich, daß auf dem Dienstwege bisher noch nichts von diesen Dingen durchgekommen war. Bei den Alarmeinheiten ergab es sich, daß MOK Nord hierüber nichts zu befehlen hatte. Das OKM hatte sich die zweiten Admirale (für die Personalwirtschaft verantwortlich) unterstellt und steuerte sie unmittelbar. An der Deutschen Bucht bildeten zur Zeit 13 Marineschützenbataillone die vorderste Front. Offiziell traten sie erst im Alarmfall zusammen, in der Praxis bestanden sie zum Teil aber jetzt schon.
Man unterschied drei Arten von Marine-Alarmeinheiten, von denen A

zur sofortigen Verwendung bereit sein sollte, B einige Zeit zur Herauslösung brauchte und C nur im äußersten Notfall verwendet werden sollte. Alle drei Gruppen waren im gesamten Heimat- und rückwärtigen Gebiet etwa 100 000 Mann stark, die Gruppe A im Nordseebereich 3800. Die Waffen- und Munitionsausstattung war mangelhaft; im Bereich des MOK Nord fehlten 30 000 Gewehre, und es war zu erwarten, daß dieses Minus auf 45 000 steigen würde, denn jeder Mann, der nach dem Westraum kommandiert wurde, nahm sein Gewehr mit. Zurück kamen keine. Die MG-Munition war von 4 500 Schuß auf 1 500 Schuß pro Gewehr zusammengeschrumpft.

Die Befehle für den Einsatz der Alarmeinheiten erschienen unzweckmäßig. Die Männer sollten auf Sammelplätzen in der Heimat feldgrau eingekleidet und bewaffnet werden und dann zu Transporten zu Sammelplätzen im Westraum zusammengefaßt werden. Dort erst sollten die Kampfeinheiten aufgestellt werden. Dieses Verfahren berücksichtigte nicht die menschlichen Werte in einer Truppe, die sich schon kennt und daher viel mehr leisten kann.

Ein besseres Verfahren war, Waffen und Uniformen bei den Kommandos zu lagern und auch die Alarmeinheiten dort schon zusammenzustellen und üben zu lassen. Im Alarmfall waren sie dann schnell eingekleidet, bewaffnet und konnten geschlossen unter ihren eigenen Offizieren nach Westen in Marsch gesetzt werden. Auch wenn es nur Züge oder Gruppen waren, die dann drüben zu größeren Einheiten zusammentraten, so war das doch für den inneren Zusammenhalt der Truppe schon ein erheblicher Gewinn.

Die Marine hatte viel Küstenartillerie für die besetzten Gebiete abgegeben. An der Deutschen Bucht standen, wie schon erwähnt, nur noch 2 schwere und 5 mittlere Batterien. Eine Großlandung war in diesem navigatorisch und landetechnisch sehr schwierigen Gebiet kaum zu erwarten, aber der Verteidiger mußte sich Gedanken machen, was geschehen würde und was man veranlassen könnte, wenn der Gegner doch einmal das völlig Unerwartete tat.

Zwischen den Besprechungen gab es Kartoffelpuffer und Brot bei lebhafter Unterhaltung. Der Lebensstil war hier erfreulich einfach, die Stimmung gut, ohne daß man die Augen vor den Gefahren der Lage verschloß. Das entsprach der Natur des elastischen und vielseitigen Oberbefehlshabers.

Am 26. 2. besuchte ich den 2. Admiral der Nordsee, K.Adm. Engel, in Buxtehude. Er saß mit seiner umfangreichen Personalwirtschaft in einem

riesigen Kasernengelände, das fast ausschließlich von freundlich und deutsch grüßenden Mädels bewohnt war. Wieder ging es um die Alarmeinheiten, zu denen er aber nicht viel Positives sagen konnte, da er nur das Personal bereitstellte, aber mit Bewaffnung und Transportfragen nichts zu tun hatte. Als wir das noch verhandelten, kam einer seiner Referenten mit strahlenden Augen von Hamburg von einer Besprechung über Alarmeinheiten zurück. Danach sah es wieder etwas anders aus, ähnlich wie ich es in Sengwarden gehört hatte, mit Sammellagern in der Heimat und im Westraum und Zusammenstellung der Truppe erst drüben.
Beim Küstenbefehlshaber Deutsche Bucht schrieb ich einen Bericht über die Verteidigung der Deutschen Bucht und über die Alarmeinheiten mit Vorschlägen für bessere Organisation und gab ihn durch Fernschreiben an das OKM. Mir lag daran, zu erreichen, daß möglichst viele Landmarineeinheiten wenigstens in das Hinterland der Westverteidigung verlegt wurden, um Heeresteile für die Küste frei zu machen.
Am 1. 3. führte der Rückweg nach dem Lager Beverloo in Belgien, um den Kommandeur eines dort stationierten Schiffsstammregimentes zu sprechen. Er hatte wieder andere Befehle über den Einsatz im Falle eines Alarms. Es war zu hoffen, daß es den vereinten Anstrengungen aller Beteiligten gelingen würde, allmählich Ordnung hineinzubekommen.
Am 2. 3. besprach ich in Brüssel mit einem Sachbearbeiter der Militärverwaltung Mittel und Wege, um die Bezeichnung der Straßen für das Nachtfahren zu verbessern. Es war sicher, daß im Falle einer Invasion der Großteil der Kraftwagentransporte gezwungen sein würde, mit stark abgeblendeten Lichtern bei Nacht zu marschieren. Die Wegebezeichnung war hierauf nicht eingerichtet, wie schon jede nächtliche Fahrt im Personenwagen auf leeren Straßen zeigte. Fast an jeder Kreuzung und Wegegabel mußte man eine Weile suchen, bis man fand, wie es weiterging. Im Ernstfall konnte viel kostbare Zeit verlorengehen, wenn es nicht gelang, hier Abhilfe zu schaffen. Nachmittags fuhr ich bei Kühle und Sonne über Mons, Laon und Meaux (dort ein unerfreuliches und höchst geschmackloses antideutsches Denkmal) nach Fontainebleau zurück. Hier war inzwischen Kpt.z.S. Werner Peters eingetroffen, den ich von Cuxhaven her kannte und der als Seekommandant große Erfahrungen in der Küstenverteidigung gewonnen hatte. Außer diesen brachte er Freude für seine Aufgabe als mein nächster Mitarbeiter mit. Wir ergänzten und verstanden uns gut. Er übernahm bald die Verbindung zu den Marinestäben in Paris und die Aufgabe, ihre Referenten zu bearbeiten.
Gause hatte in der Zwischenzeit einige Fahrten an die Küste gemacht und

zahlreiche Besprechungen und Ferngespräche geführt. Beim 67. Korps an der Sommemündung hatte man darüber geklagt, daß man wegen der Kampfführung an der Küste mit der Marine nicht einig würde; ich sollte bald mal hinkommen. Der Kommandierende General des 9. Fliegerkorps, General Peltz, hatte vorgetragen, daß sein Korps nur bei Nacht eingesetzt werden sollte, weil seine Flugzeuge bei Tage wegen starker Abwehr nicht durchkommen würden und er damit rechnete, daß seine Kräfte dann innerhalb von zwei Tagen aufgebraucht sein würden.
Das AOK 7 hatte ein englisches Beuteboot von 120 Tonnen gegen eine aus Holzpfählen und Tschechenigeln gemischte Sperre anlaufen lassen. Hierbei waren mehrere Pfähle gebrochen, andere umgerissen worden, ehe das Boot zum Stehen kam. Auf Grund dieses Versuchs war die Armee zur Überzeugung gekommen, daß es notwendig sei, Minen auf den Hindernissen anzubringen. Das konnte uns nur recht sein.
Die 16. LW-Felddivision in den Niederlanden hatte begonnen, Kraftfahrzeuge anzukaufen, um sich zu motorisieren, mußte diese Bemühungen aber auf Einspruch des Reichskommissars der Niederlande einstellen.
Am 2. 3. beschäftigten sich der ObWest und das OKM mit den Marinealarmeinheiten. ObWest wies die unterstellten Kommandos darauf hin, »daß diese Einheiten zuerst für ihre Spezialaufgaben und erst danach im Notfall als örtliche Kämpfer mit der Waffe einzusetzen seien«. Das bezog sich besonders auf die Häfen; dort war es wichtig, daß die wenigen Männer der Hafenkommandanturen, Signal- und Nachrichtenstellen usw. zuerst dafür sorgten, daß ihre Betriebe möglichst lange weiterliefen, und dann, daß die Anlagen, die dem Gegner nützen konnten, unbrauchbar gemacht wurden.
Für verschiebbaren Einsatz standen die Schiffsstammabteilungen in dem besetzten Gebiet zur Verfügung, allerdings erst nach »Herstellung von Einvernehmen mit den zuständigen Kommandobehörden der Marine«. Ich glaubte, diese auf meinen Reisen hinreichend von der Wichtigkeit schnellen Einsatzes überzeugt zu haben, und hielt ein sinngemäßes Eingehen auf solche Wünsche für einigermaßen sichergestellt. Um so mehr überraschte ein Befehl des OKM, der eine neue und nicht sehr erfreuliche Lage bezüglich dieser Einheiten schuf. Er besagte, daß »Einsatz-, Lehr-, Ausbildungseinheiten und Schulen der besetzten Gebiete und des Heimatgebietes für die Aufstellung von Alarmeinheiten mit sofortiger Wirkung nicht mehr heranzuziehen sind. Sie dürfen nur noch bei unmittelbarer Feindbedrohung ihres Unterkunftsortes für örtliche Abwehr eingesetzt werden. Die Ausbildungseinheiten des 2., 3. und 6. Schiffsstammregiments

stehen demnach als verschiebbare Alarmeinheiten den Militärbefehlshabern und dem WMBefehlshaber Niederlande nicht mehr zur Verfügung«.

Die Schiffsstammregimenter bildeten hauptsächlich Leute für die im Bau befindlichen U-Boote aus, die ab Sommer 1944 in großer Zahl kommen sollten, und für die Sicherungsfahrzeuge, die erforderlich waren, um diese U-Boote sicher auf tiefes Wasser zu bringen und wieder hereinzuholen.

ObWest antwortete, »daß im Falle drohender Gefahr auch der letzte Mann mit der Waffe zu den Aufgaben eingesetzt werden muß, die ObWest für nötig hält. Ein Ersatz der ausfallenden Marinekräfte kann durch ObWest nicht gestellt werden«.

Für die Marine war nach wie vor der U-Bootskrieg als Schwerpunkt befohlen, und es war verständlich, daß sie darauf brannte, die neuen U-Boote so schnell wie möglich in Dienst zu stellen. Es blieb aber abzuwarten, ob sie tatsächlich so schnell gebaut werden konnten, wie es geplant war. Andererseits machten alle Nachrichten es immer deutlicher, daß sich in England eine gewaltige Armee mit zahlreichen Landungsfahrzeugen sammelte, offensichtlich für eine große Operation gegen Nordwest-Europa bestimmt.

Es war auch verständlich, daß die Marine den Verdacht hatte, ihre Einheiten könnten örtlich ausgenutzt und viel zu früh von ihrem eigentlichen Dienst abgezogen werden. Dagegen konnte man sich aber auf andere Weise sichern. Im ganzen kam es darauf an, sich gegen den drohenden Sturm so stark wie möglich zu machen. In dieser Lage war es weder militärisch noch psychologisch richtig, sich wegen eines Fernziels so zu versagen, ganz abgesehen davon, daß die Führerweisung 51 eindeutig befahl, zur Verteidigung des Westens einen Schwerpunkt zu bilden.

Ich setzte sofort einen Vorschlag zu »kleinem Entgegenkommen« auf, in dem ich anregte, die Schiffsstammregimenter in einem bestimmten Umkreis, etwa 100 km, um ihre Standorte im Alarmfall für Sicherungsaufgaben zur Verfügung zu stellen. Dieses Schreiben ging unmittelbar an das OKM, nachrichtlich an die Marinegruppe West.

Am 3. 3. hatte Gause eine längere Besprechung mit Sachbearbeitern des ObWest über Aufmarsch- und Transportfragen. Am Nachmittag kam Rommel mit Meise und Tempelhoff auf dem Luftwege aus Württemberg zurück. Bei der Landung auf einem Flugplatz in der Nähe von Paris hatte das Flugzeug Reifenpanne, glücklicherweise ohne sonstige Schäden. In Fontainebleau wartete Generalleutnant Schmundt vom Führerhauptquartier auf den Feldmarschall. Beim Abendbrot war Rommel sehr vergnügt, obgleich er meinte, daß wieder einmal von verschiedenen Seiten quergeschossen würde.

Am 4. 3. zogen wir nachmittags bei schönem Wetter auf die Wildschweinjagd. Zwei Franzosen mit Hunden versuchten, das Wild in unsere Richtung in Bewegung zu setzen. Dreimal gelang das auch, aber die Sauen brachen immer wieder unprogrammäßig dort durch, wo keiner der besseren Jäger stand.

Abends waren Rommel und ich zum Essen mit Großadmiral Dönitz von Admiral Krancke in das Haus der Marinegruppe West in Evry, zwischen Paris und Fontainebleau, eingeladen. Dönitz und Rommel unterhielten sich gut. Es wurden die wesentlichen Punkte berührt, aber man ging nicht sehr in die Tiefe der Probleme. Offensichtlich tasteten sich die beiden sehr verschiedenen »großen Löwen« gegenseitig ab. Auch war der Kreis der Teilnehmer wohl schon etwas zu ausgedehnt. Leider wurde auch die Frage der Alarmeinheiten nur berührt, aber nicht behandelt.

Am Sonntag, dem 5. 3., kamen die Generäle Reinhardt und Wühlisch und Vizeadm. Kleikamp aus den Niederlanden nach Fontainebleau, um den Kampfeinsatz in ihrem Bereich, die Aufstellung und den Einsatz von Reserven, die Verminungen, Vorstrandsperren und Ansumpfungen zu besprechen. Rommel bemerkte hinterher in seinen Aufzeichnungen: »Im Verteidigungsbereich der Niederlande ist noch sehr wenig auf die Anregungen und Absichten der Heeresgruppe eingegangen.« Auf das gemeinsame Mittagessen, zu dem er die Besucher einlud, übertrug sich das aber nicht. Es verlief sehr angeregt, und er war ein liebenswürdiger Gastgeber.

Gause hatte im Anschluß an den Besuch Schmundts ein längeres Ferngespräch mit Warlimont, wieder einmal wegen des Heranziehens der Panzerdivisionen an die Küste. Warlimont erklärte (KTB): »... daß Chef des Generalstabes ObWest [Blumentritt] über die Wünsche des OB der HGr unterrichtet worden ist. OKW hat sich zu einem unmittelbaren Eingriff nicht entschließen können, vielmehr empfohlen, die Wünsche des OB zum Gegenstand einer Aussprache der beiden OBs bzw. der beiden Chefs der Heeresgruppe zu machen, um auf diese Weise zu einer tragbaren und beide Seiten befriedigenden Lösung auf dem Gebiet der Befehlsführung zu kommen. OKW ist im Hinblick auf die Gesamtlage und die Bedrängnisse an anderen Fronten nicht in der Lage, der HGr B die im ObWest-Bereich vorhandenen schnellen Divisionen zu unterstellen, zumal diese die einzigen greifbaren motorisierten Reserven für OKW darstellen. Es ist nicht ausgeschlossen, daß die Entwicklung der Lage zum Abzug des einen oder anderen schnellen Verbandes schon in nächster Zeit zwingt. In der Stellungnahme des OKW gegenüber der Heeresgruppe D [also Rundstedt] ist jedoch ausdrücklich zum Ausdruck gebracht

worden, daß von der Panzergruppe West das auszuführen ist, was übungsmäßig von dem OB der HGr B für notwendig erachtet wird.«
Gause wies darauf hin, »daß nach den bisherigen Erfahrungen im Anlandefall schnell gehandelt werden muß«. Er betonte die Schwierigkeiten, »die jetzt mit der Notwendigkeit, in einem solchen Fall erst Anträge auf Freistellung von schnellen Verbänden zu stellen, verbunden sind. Im übrigen beabsichtigt die Heeresgruppe nicht, die schnellen Verbände irgendwie festzulegen, sie sind auch jetzt nur so eingesetzt, daß ihre schnelle Verschiebbarkeit gewährleistet ist.«
Warlimont sagte zu, Abschrift des Briefes OKW an Blumentritt auch an Gause zu geben. Dieser bat noch um Ausrüstung des Werferregiments 101 mit Werfern größeren Kalibers und übermittelte den Wunsch Rommels, das Ergebnis seiner Besichtigungsreisen Hitler persönlich vorzutragen.
Am 6. 3. morgens begann eine viertägige Fahrt an die normannische und bretonische Küste. Gause, Meise und ich begleiteten den Feldmarschall zuerst zur 711. ID, deren tatkräftiger Kommandeur, Generalleutnant Reichert, seine Truppe offenbar gut in der Hand hatte. Sein Abschnitt zwischen Seine und Orne hatte eine Küstenlänge von 24 km. Von 40 000 zugewiesenen Minen waren 25 000 eingebaut, 4 km Vorstrand wiesen schon recht gute Hindernisse auf. Verdruß gab es nur, als sich herausstellte, daß man irgendwo ein 300-Tonnen-Fahrzeug gegen einfache Pfahlhindernisse hatte anlaufen lassen. Die hatte es einfach beiseite geschoben oder zerquetscht, ohne merkbar behindert zu werden. Ohne Minen war ein anderes Ergebnis auch nicht zu erwarten. Dagegen war ein 10-t-Boot auf Pfahlböcken regelrecht gestrandet, zur allgemeinen Befriedigung. Rommel verbot weitere Versuche und erklärte sich von dem Ergebnis mit dem kleineren Boot befriedigt. Ihm war völlig klar, daß Aufsetzen von Minen auf die Hindernisse das beste Mittel war, sie wirklich wirksam zu machen. Nur war der Vorrat an den allein dazu einigermaßen geeigneten Tellerminen knapp, dazu kam daß sie zwar offiziell wasserdicht waren, man aber nicht sicher war, daß sie es auf die Dauer unter dem wechselnden Wasserdruck bei Ebbe und Flut auch bleiben würden.
Die Geschützstände für die Küstenartillerie waren z. T. gegossen, z. T. noch im Bau. Es herrschte empfindlicher Mangel an Funkgerät für den Verkehr der Beobachtungsstellen mit den Batterien und den der Widerstandsnester untereinander. Man konnte nicht damit rechnen, daß Drahtverbindungen eine starke Beschießung überleben würden. Die links anschließende 716. ID (Generallt. Richter) bereitete sich darauf vor, ab 15. 3. die linke Hälfte ihres viel zu breiten Abschnittes der 352. ID zu übergeben. Das

bedeutete eine Verdoppelung der Kampfstärke an der Küste; 40–50 km für jede der beiden Divisionen war aber immer noch zu dünn. Es ist bemerkenswert, daß diese Verstärkung, die den Amerikanern dann bei der Landung schwer zu schaffen machte, ihrem Nachrichtendienst völlig verborgen blieb. Auch ein in der Luft so überlegener Gegner, der zudem noch in der Bevölkerung die beste Hilfe für seinen Nachrichtendienst hatte, sah und merkte doch nicht immer alles.

Die Division hatte im Februar 62 000 Minen verlegt und hoffte, im März für den ganzen Abschnitt auf 100 000 zu kommen. An Vorstrandhindernissen waren 8 km fertig. Zum Teil mußten die Pfähle eingerammt werden, weil der Boden zum Spülen zu hart war. An solchen Stellen waren die belgischen Rollböcke ein guter Ersatz für Pfähle. Mit den Betonbauten war man ungenügend vorangekommen, denn die OT hatte angeblich die Zeichnung für die Schartenbauten noch nicht.

Um 18 Uhr beendeten wir die Tagesfahrt mit einer Besprechung im Offiziersheim der Division in Caen, an der auch General Marcks teilnahm. Anschließend saßen wir mit dem Divisionsstab zusammen und übernachteten dann in einem Hotel in Caen.

7. 3.: Um 7.30 Uhr fuhren wir nach Riva-Bella (Ouistreham) an der Orne-Mündung und von da an der Küste nach Westen, begleitet von General Marcks und den Kommandeuren der 716. und 709. ID. Rommel besichtigte die Vorstrandhindernisse, einige Stellungen und Stützpunkte und die wenigen Überschwemmungen, die das Gelände im Bereich der beiden Divisionen zuließ. Sein Urteil war (TBR): »Anlagen der Minenfelder und Ausbau der Vorstrandsperren zum großen Teil ungenügend.« Im Abschnitt unmittelbar westlich der Ornemündung standen überhaupt noch keine Hindernisse. Er gab daraufhin strikten Befehl, daß in jedem Bataillonsabschnitt unabhängig von den Nachbarn mit dem Bau der Hindernisse zu beginnen sei. Er verlangte außerdem größere Tiefe der Minenfelder, vorerst bis zu 1000 m, und Ergänzung durch Anlage von Scheinminenfeldern.

Zu Mittag machten wir wieder im Soldatenheim Ourville bei Cherbourg kurze Pause. Es schloß sich Besichtigung der Westküste der Halbinsel Cotentin hinunter bis zum kleinen Hafen Carteret an. Fast überall war genügend Sandstrand für recht große Landungen, dahinter stiegen die meist felsigen Uferhöhen ziemlich steil an. Selbst wenn man berücksichtigte, daß eine entscheidungsuchende Landung an der Westküste unwahrscheinlich war, da diese völlig offen gegen alle Weststürme lag, so war eine Teiloperation im Zusammenhang mit einer Großlandung am Ostufer durchaus möglich. Nun war dieser Teil der Küste besonders schwach besetzt, ein Bataillonsabschnitt hatte eine Breite von 20 km. Rommel ordnete an, daß auch die letzte Reservekompanie nach vorne gezogen wurde. Die Lösung lag hier in gut bewaffneten und verminten Widerstandsnestern, von denen schon wenige die etwa 10 km langen sichelförmigen Buchten genügend überwachen und mit Artillerie bestreichen konnten. Dazwischen waren die Uferhöhen aufs stärkste zu verminen, der Strand mit Hindernissen zu besetzen.

General Marcks verabschiedete sich an seiner Bereichsgrenze im normannischen Städtchen Coutances; wir fuhren weiter nach dem kleinen Hafen Granville am Ostufer der Bucht des Mont St-Michel, wo wir einen kurzen Blick auf den Hafen warfen. Die Küstenstraße war von hier an leider durch Minen gesperrt. Wir mußten daher die große Straße weiter im Lande nehmen und erreichten auf dem Wege über die größere Stadt Dinan nach Dunkelwerden den Badeort Dinard auf dem Westufer der Rance gegenüber St-Malo. General Straube (71. AK) empfing uns hier in der Villa Mond, dem englischen Wirtschaftler und Politiker dieses Namens gehörig. Sie war recht prächtig eingerichtet, u. a. mit gutem Porzellan in Glasschränken. Im Bemühen, den Feldmarschall zu unterhalten, zeigte Gause ihm einige schöne Stücke von altem Sèvres-Porzellan und sprach begeistert von den neuesten Erzeugnissen dieser berühmten Manufaktur. Rommel hörte geduldig zu, schmunzelte leise und meinte dann: »Die könnten uns eigentlich Minen machen.« Sakrileg, aber nicht von der Hand zu weisen, denn das Porzellan war wasserdicht und unmagnetisch und daher zu kleinen geschlossenen Gefäßen gut geeignet. Rommel ging wie gewöhnlich zeitig ins Bett, gegen 22 Uhr. Wir andern saßen noch eine Weile am Kamin, ich dann allein im Lesezimmer. Aufschlußreich war das Motto des Exlibris: »Make yourself necessary.«

Am 8. 3. begaben wir uns um 7.30 Uhr auf den Weg. In Belle-Isle-en-Terre (im Gegensatz zur Belle-Isle-en-Mer gegenüber Quiberon) Besprechung mit den Kommandeuren der 266. ID (Raum Morlaix) und der 3. Fallschirmjägerdivision, die im Hinterland stand. Sie war personell aufgefüllt, und hatte die Ausbildung zu einem Drittel erledigt; es fehlten schwere Waffen. Im Bereich der 266. ID waren 5 Ostbataillone von geringem Kampfwert eingesetzt. Rommel erörterte auch hier wieder seine grundsätzliche Auffassung, daß der Kampf *an der Küste selbst* zu führen sei und daß daher alle verfügbaren Kräfte schon in der Vorbereitungszeit vorne eingesetzt werden müßten.

Anschließend besichtigten wir in der kleinen Bucht von St-Michel bei

Lannilis nördlich Brest ein riesiges Vorstrandhindernis aus Eisenpfählen, Holzpfählen, Rollböcken, Hemmkurven, Flößen mit aufgesetzten Minen, verankerten Balken mit Minen, Eisenschienen in Beton, Tschechenigeln, Prellböcken, Holzpfählen mit Minen darauf und Walzen, die aussahen wie Stachelschweine. Hier hatten Korpskommando, Divisionsstab und Truppe sachgemäß zusammengewirkt und die Anregungen des ersten Besuchs Rommels erfolgreich in einem Großversuch weiterverarbeitet. Der Feldmarschall war glücklich, ich nicht so ganz; die verankerten Flöße und Balken mit den Minen darauf waren zwar theoretisch eine vorzügliche Lösung, um den Unterschied der Gezeiten laufend auszugleichen. Ihre Verankerung war aber zu schwach, um einer richtigen Sturmsee lange standzuhalten. Wenn sie sich dann losrissen, bestand Gefahr einer erheblichen Enttäuschung für die Erbauer. Außerdem waren Tellerminen Mangelware. Für den gleichen Zweck hatte die Marine die Küstenmine A und die Oberflächenmine A entwickelt, die der See wesentlich geringere Angriffsflächen boten. Wehrmachtsmäßig gesehen, wäre es zweckdienlicher gewesen, sich auf diese zu konzentrieren. Leider war in dieser Hinsicht trotz aller Bemühungen noch nicht viel erreicht. Für die festen Pfahlhindernisse fehlte es an Tellerminen; ich schlug als Ersatz und auch zum Aufsetzen auf die Hemmkurven, die kleine Fahrzeuge festhalten sollten, Sägen und eine Art Büchsenöffner aus kräftigem Stahl vor. Ich war mir über die Unzulänglichkeit dieses Ersatzes durchaus klar. Die Überlegung war, daß ein durch solche Mittel beschädigtes Boot sicher nicht sinken, die Besatzung aber nicht erfreut sein würde, mit einem beschädigten Fahrzeug zur See fahren zu müssen, und sich entsprechend zurückhalten werde. Es war einer der Notbehelfe, die für sich allein wenig brachten, im Zusammenwirken der Aushilfen aber einen gewissen Wert hatten.

Die Rollböcke waren leider stark eingesunken, da der Grund hier sehr weich war. Nachdem wir genügend im Wasser herumgepatscht waren, fuhren wir zu den Minenfeldern ins Hinterland. Hier war Rommel weniger zufrieden. Die Minen lagen ihm zu regelmäßig und vor allen Dingen zu dicht, so daß Nachbardetonationen ziemlich wahrscheinlich waren und eine Beschießung zu leicht eine Bresche schlagen konnte. An der Küste nordwestlich von St-Brieuc erhielt ein Kommandeur eine gewaltige Abreibung, weil er sich zu schwach fühlte, um seine Stellung zu halten. Es war dieses ein bezeichnendes Beispiel mangelnden Erfassens der Lage. Sicher konnte er mit seinen nicht sehr zahlreichen Mannen eine Großlandung nicht abwehren. Diese war aber hier an sehr felsiger Küste technisch nicht möglich und angesichts des mäßigen Wegnetzes im Hinterland

unwahrscheinlich. Gegen eine kleine Operation genügten aber seine Kräfte.
Zu kurzer Mittagspause blieben wir im hübschen Soldatenheim Le Val André, der Villa eines französischen Politikers, mit schönem Blick auf das Meer und die Uferfelsen, in warmem Sonnenschein. Nachmittags setzten wir nach St-Malo über, besichtigten das Widerstandsnest »Osteck« und dann von einer Höhe aus Cancale mit der weiten Bucht Mont St-Michel. Hier war noch sehr wenig geschehen, hauptsächlich aus Mangel an Menschen. Rommel regte Einsatz von 2 Kompanien des wehrgeologischen Bataillons der SS an, einer Formation, deren Existenz wohl die meisten von uns überraschte, und Heranziehung der Landeseinwohner gegen gute Bezahlung. Außerdem sollte versucht werden, der Marine noch eine Batterie zu entlocken. Beim Abendbrot in der Villa Mond war Oberst Aulock, der Festungskommandant von St-Malo, sehr amüsant und offenherzig. Man hatte den Eindruck, daß in seinen Papieren stand: »Kein einfacher Untergebener«, kein Nachteil bei einer solchen Persönlichkeit. Nur mit leicht zu lenkenden Untergebenen kann man auf die Dauer vielleicht verwalten, nicht aber führen.
Für den 9. 3. war geplant, ein Stück an der Bucht östlich Cancale entlang und dann ins Land hinein nach Fougères zum Stab der 155. Reservepanzerdivision und nach Le Mans zum AOK 7 zu fahren. Ich hatte es aufgegeben, den Besuch des Mont St-Michel noch einmal anzuregen. Bei Besichtigung einer Postierung wenige Kilometer davor erklärte Rommel mit einem Seitenblick auf mich: »Heute sehen wir uns den Mont St-Michel an.« So geschah es auch, und mit deutlicher Freude ließ er die Schönheiten der strengen Granitgotik dieser Gralsburg, die Festung, Kloster und Wallfahrtsstätte in einem ist, auf sich wirken. Er genoß in kurzem Ausspannen die Fülle wunderbarer Bilder, die die mittelalterliche Architektur bot, und ebenso die Ausblicke über die weite Bucht von den verschiedenen Aussichtspunkten. Was ihn nicht hinderte, mir beim Verlassen der in die Felsen eingehauenen Säle und Kammern in einem Felsentor zuzuzwinkern und zu sagen: »Schöner Bunker.«
Obgleich es noch nicht 11 Uhr war, machten wir gegen alle sonstigen Gewohnheiten in dem berühmten Restaurant Poulard eine Frühstückspause, mit dem üblichen Omelette, das vor den Augen der Gäste in langstieliger Pfanne über dem offenen Holzfeuer des Kamins zubereitet wurde. Die Wirtin übernahm persönlich die Aufsicht, da sie offenbar merkte, daß sie einen besonderen Gast hatte; sie kam aber erst bei unserer Abfahrt dahinter, wer es war.

Kurz nach 12 Uhr fuhren wir bei einem starken Schloß und einer alten Befestigung mit einem Bergfried in die alte Stadt Fougères ein. Aus der Kampfgruppe »Polster« war inzwischen eine solche mit dem Namen »Falke« geworden, die fast die Stärke einer kleinen Panzerdivision erreicht hatte. Allein die Panzerjägerabteilung der 155. Reservepanzerdivision verfügte über fast 60 Kampfwagen III und IV. Allerdings setzten laufende Abgaben an ausgebildetem Personal die Einsatzbereitschaft des Verbandes immer wieder stark herab. Das Pionierbataillon half in der Gegend Bordeaux aus.
Beim AOK 7 drückte Rommel seine Befriedigung über die Fortschritte aus, betonte aber die Notwendigkeit, in allen Abschnitten mit Energie weiterzuarbeiten oder auch zu beginnen. Für den Einsatz der 352. ID westlich neben der 716. ID schlug er vor, eigentlich im Gegensatz zu seinen Befehlen und wohl mit Rücksicht auf die Schwierigkeiten, die das OKW immer wieder machte, die Division nur mit geringen Teilen an den Strand heranzuführen, so daß sie jederzeit herausgezogen werden könne. Für die Westküste der Halbinsel Cotentin wurden eine Art von Sperrabschnitten mit Großverminungen und Vorstrandsperren besprochen. Der Minenbestand der Armee betrug 100 000 Minen, weitere 170 000 waren im Anrollen. 5 Pionierbataillone arbeiteten an Sonderbauten der Luftwaffe und fielen daher für den Ausbau der Küste aus. Das AOK plante, die 275. ID ganz an der Westküste der Bretagne einzusetzen und auch sonst Umgruppierungen vorzunehmen, um auf diese Weise stärkere Kräfte für Cherbourg und Brest freizubekommen. Es meldete, daß die Festungen in wenigen Tagen mit Verpflegung voll bevorratet sein würden, dagegen bei weitem noch nicht mit Waffen und Munition. Man sprach dann noch über Verhinderung der unerwünschten Sauckel-Aktion (Verschickung von Franzosen zur Arbeit nach Deutschland) wenigstens im ganzen Küstengebiet und über die Schaffung einer Lazarettstadt aus dem Kurort Bagnoles-sur-Orne in der südlichen Normandie. An »Truppe« lag dort nur eine Abteilung Nachrichtenhelferinnen der Luftwaffe.
In seinen Aufzeichnungen bemerkte Rommel: »Als Ergebnis dieser Besichtigungsreise besteht der Eindruck, daß schon viel an der Küstenverteidigung gearbeitet worden ist, daß jedoch bei größerem Eingehen auf die Pläne und Absichten der Heeresgruppe ein weitaus besseres Ergebnis hätte erzielt werden können, daß bei fortschreitender Verminung und Ausbau der Vorstrandsperren ein evtl. anlandender Feind bereits am Strand zerschlagen wird.«
Das AOK 7 brauchte länger als das AOK 15, um sich auf Rommels Ge-

danken und Pläne einzustellen und sie in praktische Taten umzusetzen. Die Folge war, daß das AOK 15 im Ausbau der Abwehr einen Vorsprung von etwa sechs Wochen hatte, wie Rommel einmal feststellte, und ihn bis zur Invasion hielt. Da der Angriff fast ausschließlich die Front des AOK 7 traf, wirkte sich dieser Unterschied sehr nachteilig aus.

IM NEUEN HAUPTQUARTIER

Schon bald nach seinem Eintreffen in Frankreich hatte Rommel geäußert, daß ihm Fontainebleau zu weit von der Küste entfernt sei, und hatte sich nach einem Quartier umgesehen, das günstiger zur wahrscheinlichen Invasionsfront lag. Zuerst ging die Suche in Richtung Kanalküste, und er stellte Antrag beim OKW, ihm ein für die Operation »Seelöwe« vorbereitetes Hauptquartier in der Gegend Soissons, nordöstlich von Paris, zuzuweisen, das zentral hinter dem Küstenbogen von der Schelde bis zur Seinemündung lag, am nächsten der Sommemündung (150 km Luftlinie).
Als der Antrag abgelehnt wurde, hatten sich seine Ansichten über die zweckmäßigste Lage bereits geändert, und er wählte La Roche Guyon, einen kleinen Ort mit einem Schloß etwa 50 km unterhalb Paris am Nordufer der Seine an einer Flußschleife, nicht weit vom Städtchen Mantes, abseits vom großen Verkehr, aber nahe an mehreren großen Straßen. Es lag weiter von der Kanalenge entfernt als Soissons und gut 100 km näher an der Seinebucht und der westlichen Normandie.
Wir trafen am 9. 3. 1944 um 19 Uhr in unserer neuen Bleibe ein. Das Schloß, entstanden in der Zeit vom 12. bis 17. Jahrhundert, lag am Fuß des Uferhanges, der älteste Teil, ein Bergfried etwa aus dem Jahre 1000, auf der Höhe darüber. Die Bewohner hatten in das weiche Kreidegestein im Laufe der Zeit eine Anzahl von Gängen und Höhlen getrieben, die jetzt von unseren Pionieren zu Nachrichtenzentrale, Lagezimmern und Alarmunterkünften ausgebaut worden waren.
Das Schloß selbst war historisch und kunstgeschichtlich wertvoll, aber weder besonders groß noch prächtig. Es konnte nur einen Teil des Stabes aufnehmen, der Rest wurde in der kleinen Ortschaft am Schloß untergebracht. Nach den alten Formen ritterlicher Kriegführung wurden die Bewohner nicht gezwungen, ihr Eigentum zu verlassen.

Durch einen Zufall hatte ich bereits 1941/42 La Roche Guyon und seinen Besitzer mit Familie kennengelernt. Es war hübsch, in das schon bekannte Haus zurückzukehren, wenn auch die veränderten Zeitumstände und die darin liegenden Gefahren für die Bewohner etwas bedenklich stimmten. Ändern ließ sich im Augenblick nichts daran, nur manches erleichtern, und es kann berichtet werden, daß Schloß und Bewohner den Sturm überstanden haben.

Der 10. 3. diente offiziell der Eingewöhnung. Rommel empfing am Vormittag General Jakob, den General der Pioniere und Festungen beim OKH, und einen anderen hohen Pionieroffizier. Nachmittags kam General Wimmer, Kommandierender General und Befehlshaber im Feldluftgeneralkommando Belgien-Nordfrankreich, zur Besprechung. Wir Marineleute richteten uns ein Arbeits- und Lagezimmer in einem Nebengebäude ein, in dem die Männer auch wohnten. Die beiden Offiziere erhielten Zimmer in einem villenähnlichen Haus im Ort, wenige Minuten vom Schloß, ich eins in diesem mit großem Fenster nach der Seine zu. Vorläufig war es reichlich kühl, denn im ganzen Flügel war offenbar seit Jahren nicht geheizt worden, und die meterdicken Wände strahlten eine bemerkenswerte Kälte aus. Die Bedienung des mittelalterlichen Kamins wollte auch erst gelernt sein. Holz war aber nicht knapp, und nach ein paar Tagen hatten die Wände genügend Wärme geschluckt.

Bereits am 11. 3. ging Rommel, nur vom Ic begleitet, für zwei Tage auf Fahrt in den Abschnitt von der Somme-Mündung bis Calais, der beim ObWest und beim OKW immer noch als wahrscheinlichste Landegegend galt. Die 344. ID nördlich der Somme hatte ihre beiden Regimenter vorn, alle Reserven unmittelbar dahinter, Minenriegel 1 km tief in 14 Tagen fertig, Vorstrandhindernisse für Flut 21 km von 34 km fertig, dann Bau eingestellt infolge eines angeblich mißverstandenen Befehls der 15. Armee. Der Verdacht lag nahe, daß es sich hier um die Folgen der Versuche mit Landungsfahrzeugen gegen Vorstrandsperren handelte. Rommel stellte »diese Mißverständnisse« energisch richtig und wies eindringlich darauf hin, daß die Hindernisse mit der Zeit weit ins Wasser bis zur Ebbegrenze gebaut werden müßten.

Bei der 344. und der nördlich anschließenden 49. ID entwickelte sich auch bereits eine Art Landfront aus großen Minenfeldern, vorläufig zum Teil Scheinanlagen mit Widerstandsnestern dazwischen, in denen die Reserven, die Trosse und die rückwärtigen Dienste saßen. Dahinter stand hier immer noch eine zweite Reihe von Divisionen. Bei der 49. ID lagen bisher 8 Minen auf dem laufenden Meter, der zweite Minenriegel 5 km

Im neuen Hauptquartier
La Roche Guyon

Das Schloß steht unmittelbar
vor den hellen Kreidefelswänden
des Uferhangs,
darüber der alte Bergfried

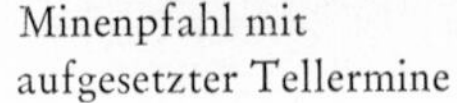

Minenpfahl mit aufgesetzter Tellermine

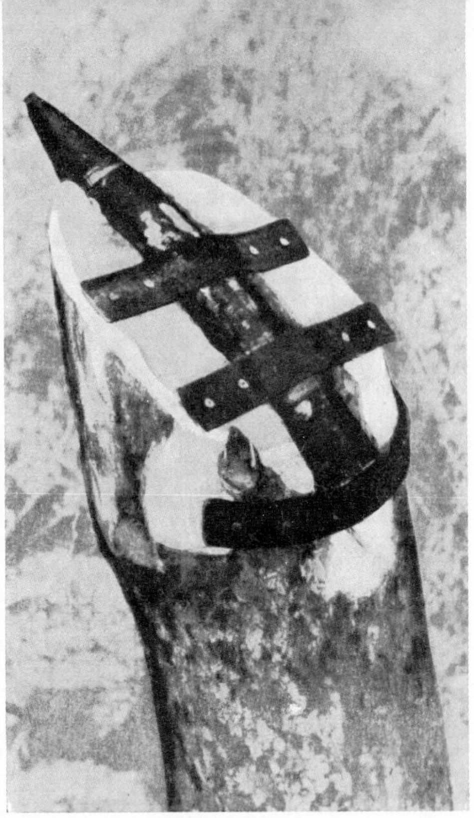

Behelfsmäßiger Minenpfahl mit aufgesetzter Beutegranate

Einspülen von Minenpfählen mit Hilfe von Feuerlöschschläuchen

hinter der Küste war in der Planung fertig und zum großen Teil mit Zäunen umgeben. Minen dafür waren bereits geliefert. Rommel wollte auf 100 Stück für den laufenden Meter bei 8 km Tiefe kommen. Der Gesamteindruck war, daß hier die Aufgaben im allgemeinen erkannt waren und man entsprechend gut gearbeitet hatte.

Ähnlich war das Ergebnis des zweiten Tages, der in Boulogne begann. Diese Festung war mit 4500 Mann besetzt, bewaffnet mit 488 MGs, 51 Granatwerfern, 41 Pak 2,5 bis 8,8 cm, 10 Geschützen bis 10 cm, 20 19,4 cm, 10 Landeabwehrgeschützen 7,5 cm, 7 fest eingebaute 5-cm-Geschützen in Türmchen, 20 Flak 8,8 cm, 9 Flak 3,7 cm, 24 Flak 2 cm; dazu waren die Hafeneinfahrten durch Netze, Beobachtungsminen und Wasserbombenwerfer gesichert. Im Festungsbereich waren im Januar 26 000 Minen verlegt worden, im Februar 54 000. Die Seefront war sehr stark, die Landfront nahezu fertig ausgebaut, infanteristisch genügend besetzt. Die dahinterstehende 439. ID machte dem Kommandanten das Dasein allerdings leichter.

Ausweislich KTB war die Zusammenarbeit mit der Luftwaffe gut, ebenso mit den unteren Marinedienststellen. Über die oberen sagte es nichts. Rommel entwickelte seine Gedankengänge, wie eine moderne Festung aussehen müsse, und drückte die Überzeugung aus, daß bei der starken Bewaffnung und den guten Festungswerken ein Boulogne angreifender Feind bereits auf dem Wasser zerschlagen werden müsse.

Bei der anschließenden 47. ID waren erst 12 km von 55 km mit Hindernissen versehen; z. T. war hier Steilküste, die zum Landen ungeeignet war. Man wollte in drei Monaten fertig sein. Die sonstigen Verteidigungsmöglichkeiten waren gut, 62 Batterien wirkten vor den Abschnitt der Division, dahinter standen Teile der 349. ID.

Im Hafen wurden Versuchsfelder von Hindernissen besichtigt, die von der örtlichen Marine gebaut waren, zum Teil mit selbsttätigen Alarmeinrichtungen. Dann wurden an einem 120-Tonnen-Fahrzeug die erheblichen Wirkungen der Tschechenigel auf den Schiffsboden gezeigt. Die Marineleute bestritten die tödliche Wirkung einer Tellermine auf ein solches in 40 Zellen unterteiltes Fahrzeug. Rommel wies darauf hin, daß der Schreck und der Alarm der Besatzung doch groß sei, auch wenn das Schiff beim Auflaufen auf eine Pfahlmine nicht sinke. Nach einer Besprechung im Offiziersheim Boulogne besichtigte er noch den Gefechtsstand der 326. ID. Er äußerte sich »befriedigt über den Stand der Verteidigungsarbeiten. Sie seien um so notwendiger, da die Verteidigungsschlacht im Falle einer Landung unbedingt gewonnen werden müsse, denn damit entscheide sich das

Schicksal Deutschlands und das Geschick Europas für die nächsten 100 Jahre« (KTB).

Im Hauptquartier war inzwischen der Einsatz der 352. ID in der westlichen Seinebucht auf Antrag des AOK 7 dahingehend geregelt worden, daß sie nicht nur entsprechend der ersten Ansicht Rommels mit der Artillerie auf den Strand wirken sollte, sondern mit allen Waffen. Sie erhielt nun Befehl, die gesamte Westhälfte des Abschnitts der 716. ID voll zu übernehmen. Auch jetzt war die Küste hier immer noch wesentlich dünner besetzt als im Abschnitt nördlich der Somme, von den fehlenden Divisionen zweiter Linie gar nicht zu reden.

Am 13. 3. hatte Rommel eine Besprechung mit dem Militärbefehlshaber Nordwestfrankreich über seine Aufgaben und den Einsatz seiner Kräfte. Bei schönem Frühlingswetter unternahmen wir nachmittags in dem welligen Gelände landeinwärts vom Schloß einen bewaffneten Spaziergang über Wiesen und durch Waldstücke, ohne jagdliches Ergebnis bis auf einen Strauß Himmelsschlüsselchen. Ich mußte lebhaft an einen Spaziergang vor einem Jahr auch im Schatten einer drohenden Invasion denken, nämlich in der Campagna mit mehreren italienischen Admiralen, bei dem wir wildwachsende Alpenveilchen fanden.

Bereits am 14. 3. ging Rommel wieder auf Fahrt, diesmal begleitet von Meise, Major Behr und mir. Behr fuhr bei mir; er kam aus Rußland, hatte das Ritterkreuz in Afrika erworben und war ein ausgezeichneter Typ des jüngeren Generalstäblers. Während wir uns auf dem Wege zum Gefechtsstand des 81. AK (Gen. Kuntzen) befanden, bestellte Gause telefonisch beim AOK 7, den Niederlanden und den dazwischen eingesetzten Generalkommandos genaue Karten ihrer Endplanungen für den 1. 5.

General Kuntzen trug die Lage seines Korps sehr klar vor und berührte anschließend eine Anzahl einzelner Punkte. Die Aufstellung der Truppe war Rommel zum Teil noch zu weitläufig. Er legte seine Gedanken wieder einmal ausführlich dar. »OB wünscht eine Verteidigung zu Lande so, daß innerhalb dieser Verteidigungsstellung sich die ganze Division befindet, in ihr also auch die Artilleriestellungen ... In der Verteidigung der Landfront darf die Division sich nur auf sich selbst verlassen, da Reservedivisionen abgezogen werden können. Der Divisionsbereich bildet also eine Festung. Es bestehen dann auch keine Bedenken, im Herbst sämtliche Reserven zum Einsatz nach Rußland wegzuziehen« (KTB).

Anschließend besichtigten wir östlich Le Havre die Abschnitte der 245. ID und der 17. LWFDiv. Hier war Steilküste mit tiefen Schluchten vom Strand hinauf auf das flachgewellte Hintergelände, der Strand selbst schmal, meistens Geröll. An sich war ein Angriff hier nicht sehr aussichtsvoll und daher unwahrscheinlich. Andererseits war der Unterschied der Gezeiten sehr gering, so daß Nebenoperationen, die den Schutz der Steilküste ausnutzten, nicht ausgeschlossen waren. Dazu hatte der Nachrichtendienst englische Übungen im Überwinden derartigen Geländes gemeldet. Es wurden daher Überlegungen zur Sperrung der Schluchten, für das Anbringen von Rollminen und für das Wegsprengen ganzer Strecken des Steilufers angestellt. Es zeigte sich, daß nicht jeder Divisionskommandeur seinen Abschnitt genau kannte, mit dem Erfolg, daß wir uns einige Male verfuhren.

Die kleinen Häfen Yport und Etretat schienen hinreichend verteidigt. Gegen Abend näherten wir uns Le Havre von Norden her und besichtigten dort die Baustelle der verscharteten 38-cm-Marinebatterie. Ein Geschütz war in Aufstellung, wurde aber kurz darauf durch Bombenangriffe stark beschädigt. Kein Geschütz der Batterie wurde für die Invasion fertig. Sie hätte die englischen Landungen dicht westlich der Orne unter Feuer nehmen können.

Wir besichtigten den Strand mit recht guten Hindernissen. Neben der Hafeneinfahrt hatte man Kähne versenkt, eine zweckmäßige Maßnahme, die allerdings unsere einlaufenden Fahrzeuge zu genauer Navigation zwang.

Aus dem Vortrag des Festungskommandanten ging hervor, daß auch hier die Bewaffnung ausreichend und die Verteidigung nach See recht stark war. Nach Land war sie im Entstehen, wobei die Lage Le Havres auf einem Landvorsprung den Bau erleichterte; Menschen waren zu wenige da. Rommel erkannte die gute Arbeit an, forderte aber für die östlich anschließende 17. LWFDiv. beschleunigten Bau von Vorstrandhindernissen und stärkere Verminung.

Am Abendbrot im Soldatenheim nahmen der Festungskommandant General Leutze und der Seekommandant KAdm. v. Tresckow teil; Leutze stand kurz vor der Übernahme eines anderen Kommandos, was von beiden Seiten bedauert wurde.

Rommel war in besonders guter Stimmung – schlechte Laune hatte er eigentlich nie – und erzählte herrliche Geschichten über seine ersten Eindrücke von der Marine. Das war im Jahre 1919, als er als Kompanieführer in Friedrichshafen stand und eine Kompanie roter sogenannter Matrosen von Stuttgart, wo sie zu unbequem waren, dorthin verlegt wurde. Die wenigsten von ihnen waren zur See gefahren, aber sie trugen alle die blaue Uniform. Rommel hatte den undankbaren und sehr allgemeinen Auftrag erhalten, irgendwie mit ihnen fertig zu werden. Seinen Pour le mérite lehnten sie sofort auf gut Schwäbisch als »Blechle« ab, aber sonst waren sie sehr zackig und in mancher Beziehung unerwartet vernünftig, wenn man sie richtig anfaßte. Sie forderten zwar die Entlassung eines ihnen befreundeten Unteroffiziers von Rommels Kompanie aus dem Arrest, ließen sich das aber ausreden. Mit einem Gemisch von Festigkeit, Güte, Wachsamkeit und gelegentlich äußerster Rauheit wurden sie gebändigt, bis eine gute Truppe daraus wurde, die sich unter Rommels Befehl im Ruhrgebiet beim Kampf gegen die Kommunisten bewährte und später zu einem Teil in die Polizei überging. Damals suchte eine Abordnung ihren Hauptmann auf und bat ihn, mit zur Polizei überzutreten, damit sie unter seinem Kommando bleiben könnten.

Am 15. 3. galt die Unterhaltung beim zeitigen Frühstück insbesondere den Möglichkeiten von Landungen an Steilküsten. Rommel war etwas entsetzt über den Mangel an Bereitschaft und Verständnis bei manchen Divisionen. Bei leichtem Nebel fuhren wir nach Bolbec zur 346. ID, die hier in der zweiten Linie stand. Der Stab war in einem hübsch gelegenen Herrenhaus untergebracht. Der Divisionskommandeur, Generallt. Diestel, trug vor, daß seine Infanterieregimenter in breiter Front hinter der 17. LWFDiv. untergebracht seien, eins vollbeweglich, bei den anderen beiden je ein Bataillon pferdebespannt, die beiden anderen Bataillone und die Trosse behelfsmäßig motorisiert, die Mannschaften auf Fahrrädern, das Artillerieregiment pferdebespannt. Ein Bataillon (jedes Regiments?) arbeitete an einer zweiten Stellung. Rommel hielt den Ausbau dieser Stellung für falsch, da sie normalerweise nicht besetzt war und im Falle einer Luftlandung vom Gegner leicht für den eigenen Schutz benutzt werden konnte. Einen eindeutigen Kampfauftrag hatte die Division nicht. Sie war so aufgestellt, daß sie luftgelandeten Feind von Widerstandsnestern auf beherrschenden Punkten aus durch ihr Feuer vernichten konnte, und sie war darauf eingestellt, ihre Regimenter auf vorbereiteten Wegen an die Küste zu schicken. Eine Batterie war bereit, Luftlandungen sofort zu bekämpfen. Rommel verlangte das von allen Batterien, und er wünschte weiteres Vorziehen der Division so, daß ihre vordere Linie am oberen Eingang der Schluchten zum Strand lag. Er regte ferner an, Erdrutsche durch Sprengungen vorzubereiten.

Die Truppe war bisher meist in Stellungen in Anlehnung an Ortschaften untergebracht, d. h. man wohnte zu einem großen Teil eben doch in den Ortschaften. Rommel war dafür, sich ganz von diesen zu lösen, weil sie dem Gegner zu gute Ziele boten (das galt auch für die anschließend besuchte 84. ID). Das Durchschnittsalter in der Division war 33 Jahre, die Stiefellage war besser geworden, die Ernährung gut, aber für die jüngeren Leute und die Ostkämpfer etwas knapp.

Die 84. ID, noch in der Aufstellung, war erst mit Teilen einsatzfähig. Der Kommandeur war ein alter Afrikaner, was zu Erinnerungen an Tobruk führte. Trotz Mangels an Waffen und Gerät wurde kräftig ausgebildet; eine gut durchgeführte Gefechtsübung mit scharfen Sprengungen und Handgranatenwürfen zeigte das. Der Feldmarschall hielt eine kurze Ansprache an das Bataillon, das sie vorgeführt hatte, gab seiner Freude über den gezeigten Schwung Ausdruck und sprach die Zuversicht aus, daß die Truppe im Falle einer Landung ihr Bestes hergeben würde, um die Schlacht im Westen zu gewinnen.

Am frühen Nachmittag trafen wir wieder im Stabsquartier ein. Hier hatte Gause inzwischen den Einsatz der 352. ID an der westlichen Seinebucht mit ObWest und AOK 7 geregelt, ebenso die Verlegung des Wehrgeologenbataillons der SS an die Bucht des Mont St-Michel; es durfte infolge einer vom ObWest dem SS-Führungshauptamt gegenüber eingegangenen Bindung nur geschlossen eingesetzt werden. Ferner hatte er über die Zuweisung von Hemmkurven für das Abstoppen kleinerer Landungsfahrzeuge und über die Lieferung von Schützenminen sowie den Flakschutz der Verschiebebahnhöfe verhandelt. Am folgenden Tage wurden 10 000 Hemmkurven zugewiesen. Mit Schützenminen haperte es, weil die Zünder fehlten. Im Reich lagerten 2 Millionen zünderlose Minen. Es wurde aber erreicht, daß die sonstigen dem Westen zugewiesenen Minen mit »Blitzpfeiltransport« herangeschafft wurden. Das war im Augenblick die höchste Dringlichkeitsstufe, und beim Transport war es genau wie bei der Produktion eine große Kunst, in eine so hohe Stufe hineinzukommen.

Rommel hatte mittags eine Besprechung mit General Geyr von Schweppenburg über den Zustand und die Verwendungsmöglichkeit der der Panzergruppe West unterstehenden schnellen Verbände. Auch diesmal kamen sich die Standpunkte nicht näher. Zur gleichen Zeit hatte ich mit ähnlichem Ergebnis eine 1½stündige Besprechung mit dem OB der Marinegruppe West. Zuerst behandelten wir die KMA, sowohl das nach meiner Ansicht zu langsame Anlaufen dieser Aktion wie auch die Grundsätze für ihre Verwendung. Der Hauptigel, der gründlich gebürstet wurde, waren aber die Zuständigkeiten. Bisher war die Mar.Gr.West in Marinedingen praktisch Alleinherrscher im Westraum gewesen, abgesehen von der U-Bootwaffe, die unmittelbar von Berlin aus geführt wurde. Da paßte

ich nicht ganz hinein, und der OB wollte, daß ich ihm unterstellt würde. Er sprach mir das Recht ab, mit Vorschlägen wie in der Sache der Alarmeinheiten unmittelbar an den ObdM zu gehen, wie ich es getan hatte.
Nun war ich ihm aber durchaus nicht unterstellt, und außerdem waren die Alarmeinheiten eine Angelegenheit, die nicht nur die Mar.Gr.West, sondern auch die Dienststellen in der Heimat anging, zum mindesten die des Nordseebereichs, und außerdem die Stellen des OKM, die die Personalwirtschaft steuerten. Leider war meine Position im Augenblick etwas dadurch geschwächt, daß mein Vertreter vor einiger Zeit im Zuständigkeitskrieg den taktischen Fehler begangen hatte, wegen Zuweisung und Aufstellung von fest eingebauten leichten Geschützen der Marine dem Kommandierenden Admiral Kanalküste einen Befehl zu erteilen. Dazu waren wir in keiner Weise berechtigt, und ich hatte das mit Admiral Rieve, mit dem ich gut stand, längst persönlich klariert. Außerdem hatte der Vertreter inzwischen gewechselt, damit ein erfahrener Küstenartillerist solche Angelegenheiten bearbeitete. Trotzdem wurde mir das jetzt auch noch vorgehalten.
Ich setzte mich kräftig zur Wehr, denn es war ein Vorteil meiner Stellung, den ich nicht aufzugeben gedachte, daß ich unmittelbar an das OKM berichten konnte, wenn ich es für nötig hielt. Selbstverständlich war, daß ich zu gleicher Zeit die Mar.Gr.West unterrichtete. So war ich aber sicher, daß meine Vorschläge ohne Verzug und ungeändert oben ankamen. Welchen Erfolg sie hatten, war eine andere Sache.
Wie zu erwarten, wurden wir uns durchaus nicht einig; es verlief aber alles in konzilianten Formen.
Durch Mittagessen beim BSW im Kreise meines alten Stabes schaffte ich mir einen erwünschten Ausgleich, ehe ich auf Einladung von Bekannten zum großen Pionierpark in Paris-Nord nahe an der Seine fuhr. Hier konnte ich mir eine neuartige Fertigung ansehen, den sogenannten Stahlsaitenbeton, die von einem Herrn Hoyer aus dem Sudetenland (später beim großen Luftangriff auf Dresden verschollen) betrieben wurde. Schon im ersten Weltkrieg hatte man Eisenbeton sogar für Schiffe verwendet, um Stahl zu sparen. Der Erfolg war mäßig, denn der Beton mit den Eisenstangen darin (wie man ihn beim Bau moderner Gebäude sieht), war recht schwer und außerdem unelastisch, so daß Schiffe aus diesem Material sehr leicht Beschädigungen erlitten. Hoyer hatte nun das Verfahren mit einer technisch höchst eleganten Lösung wesentlich verbessert. Statt der immerhin fingerdicken Stahlstangen verwendete er lediglich Klaviersaitendraht und sparte so erheblich an Gewicht. Der eigentliche Trick war, den

Drähten durch besondere Einrichtung eine Vorspannung zu geben, ehe der Beton darum gegossen wurde. Wenn er dann erstarrt war, wurden die Drähte ausgespannt und hatten nun das Bestreben, sich zusammenzuziehen. Der Beton ließ das aber nicht zu und stand nun selbst unter dieser Spannung. Bauteile aus Hoyer-Beton konnten daher ohne Bruch des Betons so weit gebogen werden, bis die Vorspannung ausgeglichen war. Das war eine ganze Menge und gab solchen Konstruktionen eine erhebliche Elastizität. Eine Einschränkung war es, daß die Saiten selbstverständlich völlig gerade im Beton liegen mußten, weil sie sonst nicht vorgespannt werden konnten. Die Konstrukteure mußten sich dem anpassen und die Bauteile so entwerfen, daß sie sich aus ebenen oder nur in einer Richtung gekrümmten Flächen zusammensetzten; am besten waren Ebenen, weil der Beton dann kreuzweise gespannt werden konnte.
Für den Bau von Baracken war das so gelöst, daß man sie aus flachen Hohlkörpern zusammensetzte. Diese Einzelteile waren so bemessen, daß ein Mann sie handhaben konnte. Die eingeschlossene Luft isolierte vorzüglich gegen Wärme und Kälte.
Die Höchstleistung waren Flußschiffe von etwa 1000 Tonnen Tragfähigkeit, von denen ein paar schon fuhren und eins gerade im Bau war. Der Tiefgang war nur wenige Zentimeter größer als der eines gleich großen Eisenschiffes, und die Ersparnis an Eisen betrug über 90 Prozent. Jetzt war Hoyer dabei, eine Massenfertigung von Tetraedern aus seinem Beton für Vorstrandhindernisse aufzuziehen. Jede Seite wurde für sich gegossen, die Tetraeder erst am Strand zusammengesetzt. Das vereinfachte die Herstellung und den Transport.
Auf dem gleichen Gelände zeigte mir Generalmajor Habicht von den Marinefestungspionieren einen von ihm erbauten Geschützdrehturm aus normalem Eisenbeton. Er war darauf gekommen, weil Panzerstahl nicht zu erhalten war und der Bestreichungswinkel der Geschütze in Betonscharten zu gering war, außerdem die Schartenöffnung viel zu groß. Nach der Besetzung von Toulon hatte er von einem dort auf flachem Wasser versenkten Schlachtschiff die Rollenlager eines schweren Turms ausbauen lassen, um sie für den jetzt vorgeführten Versuchsturm zu verwenden.
Die untere Lauffläche des Rollenlagers (Durchmesser mehrere Meter) war auf einem kreisförmigen Betonunterbau montiert, der etwa zwei Meter hoch und zum größten Teil in den Boden eingelassen war. Darauf saß drehbar eine Plattform für ein Geschütz bis 15 cm Kaliber, das unter einer starken Betonkuppel stand. Es schoß durch eine Scharte, die nur so breit war, daß es ein paar Grad nach jeder Seite geschwenkt werden konnte,

also viel schmaler als die normalen Scharten von 90 bis 120 Grad. Der Turm nahm die Grobrichtung mit Hilfe einer einfachen Drehvorrichtung, die von ein paar Mann im Unterbau mittels einer Kurbel bedient wurde. Die Feinrichtung nahm der Geschützführer mit der Richtvorrichtung des Geschützes.

Das war viel primitiver als die genau ausgeklügelten Schwenkwerke an Bord, die unabhängig von den Bewegungen des Schiffes im Seegang die Türme ganz gleichmäßig schwenken müssen. Es genügte aber völlig für die Küste, und es war bedauerlich, daß der Bau solcher Türme trotz verschiedener Anträge Habichts bei den Festungsbaubehörden nicht weitergekommen war. Der Engpaß waren die Rollenlager, für deren Herstellung großkalibrige Drehbänke erforderlich waren, von denen es nur wenige gab. In Frankreich konnten ohne Benachteiligung anderer Fertigungen monatlich vier solcher Lager hergestellt werden. Das wären immerhin im Jahr ein Dutzend Batterien gewesen, wenn man rechtzeitig angefangen hätte, und schon die Fertigung von ein paar Monaten konnte die Verhältnisse an der bedrohten Küste wesentlich ändern. Die erste Batterie war gerade in Bau, aber bis zur Invasion wurde sie nicht fertig.

Auf der Rückfahrt besuchte ich den Chefarzt des am Wege liegenden Marinelazaretts Eaubonne nördlich Paris, Flottenarzt Dr. Heim, der nicht nur ein vorzüglicher Chirurg war, sondern die Nöte seiner Patienten auch von der seelischen und menschlichen Seite sah. 1940 bis 1942 hatte er ein Lazarett in der Nähe von Boulogne geleitet, wo ich öfters Leute meiner Boote besuchte. Wie damals, so unterhielten wir uns auch jetzt über das »innere Gefüge«, das es zwar als Wort noch nicht gab, wohl aber als Problem. Wir waren uns klar darüber, daß es unter der laufenden Überbeanspruchung bereits gelitten hatte, und machten uns nichts vor; wir wußten, daß dieser Vorgang sich fortsetzen würde.

Nach Heims Urteil waren in der inneren Haltung am besten die jungen Offiziere und die alten Leute. Diese waren zum Teil recht krank und verbraucht, aber eigentlich immer willig und dankbar. Der Moralzustand beim weiblichen Wehrmachtsgefolge war trotz aller Versuche zur Aufsicht stark im Absinken. Bei den Männern nahmen die Alkoholpannen zu, Offiziere durchaus nicht ausgeschlossen. Bei dem sehr schnellen Aufbau und der nachfolgenden ungeheuren Aufblähung, besonders des Heeres, waren viele Menschen in Vorgesetztenstellungen mit Verantwortungen geraten, denen sie durchaus nicht gewachsen waren. Im ganzen war es aber erstaunlich, wie die Maschine noch funktionierte.

Rommel war für den 19. und 20. 3. nach Berchtesgaden ins Führerhauptquartier befohlen. Er wurde vom Ia, Oberst von Tempelhoff, begleitet. Sie durften nicht fliegen und fuhren daher am 17. 3. abends nach Paris, um dort im Sonderzug zu übernachten, der sie am nächsten Tage zum Führerhauptquartier brachte. Die Tage vorher benutzte der Feldmarschall, um das bisherige Ergebnis seiner Tätigkeit und seiner Ansichten über die Kampfführung sowohl für die Truppe als auch für die Besprechung bei Hitler niederzulegen. Im Anhang sind sowohl sein Schreiben an die unterstellten Kommandos, wie auch der Entwurf seiner kurzen Denkschrift an Hitler im Wortlaut wiedergegeben, ebenso Hitlers Ansprache (im Auszug gemäß TBR) an die versammelten Oberbefehlshaber und Festungskommandanten aus dem Westraum, weil diese Dokumente für die gesamte Lage sehr kennzeichnend sind und gewissermaßen den zweiten Abschnitt der Tätigkeit Rommels im Westen abschließen.
Bemerkenswert ist in der Denkschrift an Hitler, daß Rommel noch tastete, wo die Invasion kommen würde, und die Arbeiten auch an den »Nebenküsten« vorantreiben wollte. Das drückte sich auch in den Ferngesprächen aus, die Gause in dieser Zeit führte, mit dem Ziel, die 12. SS-Pz.Div. aufs nördliche Seineufer zu verlegen, um auf beiden Seiten des Flusses je einen kampfkräftigen Verband zu haben (der andere war die 10. SS-Pz.Div.). Außerdem wollte Rommel die 21. Pz.Div., die vorübergehend aus dem ObWest-Bereich abtransportiert werden sollte, jetzt aber blieb, in die Bretagne verlegen, weil man dort zu schwach sei. Dieses weite Auseinanderziehen der schnellen Verbände hing wohl damit zusammen, daß die Nachrichten von der Feindseite durchaus noch nicht erkennen ließen, wo der Stoß kommen würde.
Das wesentlichste Problem war und blieb für Rommel die Unterstellung dieser schnellen Verbände. Er behandelte es auch in einer persönlichen Aussprache, die er nach der allgemeinen Besprechung mit Hitler hatte. Er glaubte sein Ziel erreicht zu haben, denn als er am 21. 3. nach La Roche Guyon zurückgekehrt war, bemerkte er im Tagesbericht: »Befriedigt über das Erreichte. Der Führer hat sich der Auffassung des OB [also Rommels] der Verteidigung der Küste restlos angeschlossen und auch eine Änderung der Befehlsverhältnisse zugesagt.«
Die Ereignisse zeigten dann, daß er zu optimistisch gewesen war; diese Zusage wurde nicht eingehalten.

Die Abwesenheit Rommels war eine günstige Gelegenheit, um an die Marinefront zu fahren. Da ohne ihn Entscheidungen kaum fallen konnten und besondere Überraschungen nicht zu erwarten waren, konnte ich Kpt.z.S. Peters mitnehmen und einführen. Wir starteten am 18. 3. um 6 Uhr bei Dunkelheit und Nebel nach Südwesten, mit Angers als erstem Ziel. Das Fahren war zuerst schwierig, Hatzinger steckte zeitweise den Kopf zum Seitenfenster hinaus, um überhaupt etwas zu sehen. Hinter Vernon gerieten wir auf zwei Flugplätze, die quer über unsere Nebenstraße gebaut und inzwischen auch ziemlich zerbombt waren.

In Angers sahen wir uns bei der Pionierschule unter sachgemäßer Führung des Kommandeurs alle Arten von Landminen, Minensuchgeräten und das Arbeiten beim Minenlegen und Minensuchen im »Minengarten« an, teils weil die Minen nun mal ein Hauptthema waren, teils um im Bilde zu sein für Fragen der Landmarineeinheiten, die ihre Minen selbst verlegen sollten. Es war wieder festzustellen, daß im ganzen viele Ähnlichkeiten zwischen dem Minenkrieg an Land und auf See bestanden.

Anschließend fuhren wir zum Kommandierenden Admiral Westküste (Kt. Adm. Schirlitz), der in den kleinen Ort Erigné wenige Kilometer südlich von Angers umgezogen war. Er hatte seinen ganzen Stab und noch ein paar Männer mehr zusammengeholt. In eineinviertel Stunden behandelten wir das Unbrauchbarmachen von Häfen, Verminung an Land und in den Häfen, Verschartung von Geschützen und eine Anzahl kleinerer Punkte. Ich benutzte die gute Gelegenheit, um die grundsätzlichen Ideen Rommels erneut vorzutragen. Sie wurden durchaus verstanden und anerkannt.

Nachmittags fuhren wir bei schönem, frühlingswarmem Wetter über Nantes nach St-Nazaire zum Seekommandanten, Kt.Adm. Mirow, dessen Quartier wir nach einigem Herumirren schließlich am Wasser fanden. Die Besprechungen hielten sich in ähnlichem Rahmen wie am Mittag.

Bei der Weiterfahrt am nächsten Morgen (19. 3.) sahen wir uns zuerst die Vorstrandhindernisse auf dem breiten Sandstrand des Badeortes La Baule am Nordufer der Loiremündung an. Die breite Bucht war bereits zur Hälfte mit Hindernissen besetzt. Es war allerdings die falsche Hälfte, mit Felsen darin, die eine Landung unwahrscheinlich, wenn auch nicht unmöglich machten. Es wurde aber kräftig gearbeitet, so daß man rechnen konnte, daß bald auch die andere felsenlose Hälfte geschützt sein würde.

Von La Baule ging es auf Nebenstraßen über das kleine befestigte Städtchen Guérande zur großen Straße nach Lorient, die wir in La Roche Bernard erreichten. Hier sahen wir uns schnell die Gedenktafel an, die an einem Felsen über dem Fluß Villaine angebracht ist zur Erinnerung an die »Couronne«, den ersten Dreidecker, also sozusagen das erste Großkampfschiff der Segelschiffzeit, das hier 1634 auf Geheiß Richelieus erbaut worden war.

Mittags waren wir bei der 3. Sicherungsdivision in Nostang, 12 km vor Lorient. Hier besprach ich mit dem Divisionschef, Kpt.z.S. Bergelt, das Auslegen von KMA, das möglicherweise mit seinen Booten zu geschehen hatte, das Beweglichmachen seiner MGs und 2 cm für den Landkrieg und die Nahkampfausbildung und Ausrüstung seiner Männer zum Einsatz an Land. An sich war so etwas nicht vorgesehen, und es ließ sich darüber streiten, ob mich das etwas anging, denn die Sicherungsverbände sollten im Falle einer Invasion zur See fahren. Es war aber damit zu rechnen, daß Boote in Häfen eingeschlossen oder kriegsunbrauchbar wurden. Dann standen die Besatzungen an Land, und je besser sie vorbereitet und ausgerüstet waren, desto mehr konnten sie nützen, besonders da ihre Kampfmoral hoch war. Außerdem hatte ich bei den Minensuchflottillen bereits im Winter 1940/41 nach dem Einrichten der Stützpunkte in Frankreich auf eigene Faust angefangen, mit Hilfe örtlicher Heeresstellen einen Teil der Besatzungen im Nahkampf auszubilden, weil ich mit Überfällen rechnete, wie sie sich dann in St-Nazaire und Dieppe ereigneten. Diese Ausbildung war weitergegangen, und das Verständnis für derartige Maßnahmen war unter allen Offizieren, mit denen ich sprach, erfreulich groß. Nicht so an manchen anderen Stellen. So hatte Frg.Kpt. von Blanc, der Chef der in Benodet, 70 km westlich Lorient, stationierten 2. MS-Flottille mit insgesamt fast 1 000 Mann vor der jetzt für einen Teil der Boote laufenden Werftliegezeiten vorschriftsmäßig auf dem Dienstwege einen Antrag auf Nahkampfausbildung an die Marinegruppe West gegeben. Hier war das Schreiben an den Oberquartiermeisterstab gegangen, und dieser hatte es an die Zweigstelle Paris des 2. Adm.d.Nordsee (also die vorgeschobene Stelle für Personalwirtschaft) weitergegeben. Von hier hatte man bereits nach sechs Wochen zurückgeschrieben, Nahkampfausbildung käme für schwimmende Verbände nicht in Frage. Der Flottillenchef, der so etwas schon geahnt hatte, hatte aber die nötigen Maßnahmen auf Nebenwegen bereits eingeleitet, so daß sie ungestört durchgeführt werden konnten.

Nachmittags besuchten wir Benodet, das inzwischen zum Flottillenstützpunkt ausgebaut worden war, mit einer kleinen Werkstatt für laufende Reparaturen und einen Ponton als Liegeplatz für M-Boote. M 9 lag drin, und es war ein etwas wehmütiges Gefühl, wenigstens ein paar Minuten wieder einmal an Deck eines Minensuchbootes zu stehen.

Bei leichtem Regen sahen wir uns noch die Bucht von Douarnenez an, wo die Vorstrandhindernisse inzwischen merklich gewachsen waren. Den Abend verbrachten wir in Brest beim Seekommandanten Kt.Adm. Kähler, der sich als Hilfskreuzerkommandant ausgezeichnet hatte. Beim Abendbrot waren wir nur zu dritt und konnten daher Dienst und Nahrungsaufnahme kombinieren. Allerdings mußte man sich mit den konkreten Angaben etwas zurückhalten, denn es bediente eine Französin, wie auch in Benodet im Offiziersheim. Es mußte Spaß machen, von der anderen Seite des Kanals bei uns Nachrichtendienst zu treiben. Die Verhältnisse, wie sie sich in der fast vierjährigen Besatzungszeit entwickelt hatten, waren ein Geschenk für jeden Nachrichtenoffizier, der hier zu arbeiten hatte, und ein Alpdruck für die eigene Abwehr.

Nach dem Abendbrot setzten wir die Besprechung mit einigen Herren des Stabes fort. Wie eigentlich überall bei der Marine an der Küste, trafen die Rommelschen Gedanken auch hier auf volles Verständnis und willige Aufnahme.

Am nächsten Morgen (20. 3.) starteten wir um 7.30 Uhr. Es war klar und sehr kalt, überall lag dicker Rauhreif. Den höchsten Gipfel an der großen Straße nach Osten, den Menez Bré, einen flachen Hügel, ganze 302 m über dem Meere, versuchten wir der Eile halber mit dem Wagen zu erklettern, kamen aber nicht ganz hinauf, da wir bald vor einem Minenzaun standen. Schatten Rommels! Der Blick nach Süden, nach den Monts d'Arrée, lohnte sich aber auch von hier.

In Guingamp empfing uns General Straube sehr herzlich, er hatte gerade seinen Pionieroffizier da, der über Anlaufversuche gegen Schwimmbalken mit Minen darauf in der Bucht von St-Malo berichtete, die ganz erfolgreich verlaufen waren. In solchen etwas geschützteren Gegenden war damit zu rechnen, daß die Balken mindestens den Sommer überdauern würden.

In diesen Tagen traten einige Änderungen in unserem Stabe ein. Für den Prinzen Josias von Coburg kam als Ordonnanzoffizier Hauptmann Lang, ein Württemberger, Panzermann, mit dem EK I ausgezeichnet; wir alle verstanden uns bald gut mit ihm. Wenige Tage später rückte Generallt. Diem ein, ein früherer Vorgesetzter Rommels, jetzt Sonderbeauftragter für rückwärtige Dienste und Pionierwesen, um dort nach dem Rechten zu sehen, wo der Feldmarschall nicht persönlich hinfahren konnte.

FORTSCHRITTE UND WIDERSTÄNDE

Rommel kam am 21. 3. durchaus befriedigt vom Führerhauptquartier zurück und ging ohne Verzug wieder an die Arbeit. In der Frage, ob die Festungskommandanten selbständig werden oder den örtlichen Divisionen unterstellt bleiben sollten, war er für Beibehaltung des bisherigen Zustandes, da man für die Festungen keine besonderen Kräfte frei machen konnte. Er lehnte daher auch die Bildung von Festungsstammregimentern ab, weil das nur auf Kosten der beweglicheren Divisionen ging.

Den unterstellten Kommandos befahl er, alle für Luftlandungen geeigneten Flächen innerhalb der Festungsbereiche und der Kampfzonen der Divisionen durch Einrammen von Pfählen, Spannen von Stacheldraht und ähnlichen Maßnahmen zu sperren. Das war schon seit längerer Zeit besprochen, aber zurückgestellt worden, da Holz und Arbeitskräfte nur in beschränktem Umfang verfügbar waren und der Schwerpunkt zuerst auf den wichtigeren Vorstrandhindernissen lag. Jetzt waren diese so im Wachsen, daß man auch an das Verpfählen des Hintergeländes gehen konnte.

ObWest befahl den Bau der Vorstrandhindernisse so rasch wie möglich fortzuführen, unter Einbeziehung aller verfügbaren Geologen und in Zusammenarbeit mit den Marinedienststellen. OKW befahl Abtransport der 349. ID nach dem Osten und die Herauslösung von 5 Sturmgeschützabteilungen.

Vom 23. bis 27. 3. folgte eine fünftägige Reise des Feldmarschalls nach den Niederlanden in Begleitung von General Meise, dem Artilleristen Oberst Lattmann, dem Ia Oberstlt. von Tempelhoff und mir. Um 6.30 Uhr ging es am 23. 3. los; gegen Mittag waren wir in Brüssel beim Militärbefehlshaber, General von Falkenhausen, der vornehm und abgeklärt wirkte. Beim Essen sprach er unter anderem von den Folgen der Macht und zitierte Konfuzius etwas abgewandelt: »Macht verdirbt; totale Macht verdirbt total.« Nach dem Essen hatten Rommel und er eine Unterredung unter vier Augen. Wie ich viel später erfuhr, war es ihre erste Fühlungnahme, um Wege zu finden, den Krieg zu beenden und die politischen Verhältnisse in Deutschland zu ändern. Danach fuhren wir weiter nach Utrecht zu Generallt. Reinhardt, dem Kommandierenden General des 89. AK, bei dem Admiral Förste, der Oberbefehlshaber des Marineoberkommandos Nord, und Vizeadmiral Kleikamp, der Kommandierende Admiral in den Niederlanden, schon eingetroffen waren. Reinhardt war gut im Bilde und berichtete sehr klar über die Arbeiten in seinem Bereich. Das Hauptproblem waren in diesem flachen Gelände die Ansumpfungen und Anschwemmungen, um die Festungen und Stellungen durch breite Wasserflächen zu sichern. Sie waren in vollem Gange und sollten in etwa drei Wochen beendet sein. Dann würden 110 000 Hektar unter Wasser stehen. Die Zivilverwaltung sträubte sich verständlicherweise gegen die starke Einbuße an Ackerland und Weiden. Rommel erklärte: »Alle wirtschaftlichen und sonstigen Belange haben hinter den militärischen Gesichtspunkten zurückzutreten, denn dadurch, daß an der Verteidigungsbereitschaft viel gearbeitet wird, werden die Niederlande vor Zerstörung und Feindbedrohung geschützt« (KTB). Er verlangte deshalb den Abschluß der Arbeiten bis Ende April, weil man von da an mit ruhigem Wetter und daher mit dem Angriff rechnen mußte. Die Zahl der gelegten Minen und der Umfang der Vorstrandsperren genügte ihm noch nicht. Zugleich forderte er für die Festungsbereiche Maßnahmen gegen Luftlandungen. Kleikamp äußerte hierzu, daß ein guter Schutz dagegen schon durch die starken Marineflakeinheiten gegeben sei, die schachbrettförmig über das ganze Gelände verteilt seien.

Die Einheiten waren Rommel noch zu tief aufgestellt. Er sprach energisch dafür, einen Festungsstreifen zu schaffen, dessen Landfront nicht weiter als 5–8 km von der Küste entfernt sein dürfe. Die gesamte Infanterie und Artillerie solle in diesem Streifen stehen, nach Land zu sollten die Schiffsstammabteilungen sichern. In längeren Verhandlungen erreichte der Chef des Stabes des Wehrmachtsbefehlshabers, daß einige Orte, die weiter im Land lagen, einbezogen wurden, weil sie schon Rundumverteidigung besaßen, so Alkmaar, 10 km von der Küste entfernt.

Rommel wehrte sich dagegen, daß Ausbildungseinheiten mit insgesamt 39 000 Mann Kopfstärke nur mit einem Kampfwert von 20 000 Mann angerechnet wurden, da der Rest Rekruten seien. Nach seiner Ansicht konnten diese nach wenigen Tagen Ausbildung eine Waffe bedienen und

waren dann fähig, vorbereitete Stellungen zu besetzen und zu verteidigen.
Es folgte die übliche Auseinandersetzung über die Reserven. Rommel drückte die Ansicht aus, daß es schon zuviel sei, wenn einige Bataillone als Reserven zurückgehalten würden. Jeder Mann gehöre in die ausgebauten Stellungen.
Anschließend fuhren wir zu General Christiansen, dem Wehrmachtsbefehlshaber, von dem wir sehr herzlich aufgenommen wurden. Zum Abendbrot kamen Staatssekretär Wimmer als Vertreter des Reichsstatthalters, Admiral Förste und Kleikamp. Nach dem langen Tag trennte man sich früh.
Am 24. 3. starteten wir um 7 Uhr nach Den Helder, dem Hauptflottenstützpunkt in Holland. Durch Überflutungen hatten die recht guten Verteidigungsanlagen eine erhebliche Stärke gewonnen. Ich fuhr in Admiral Förstes Wagen weiter, damit wir uns unterwegs besprechen konnten. Bei einiger Wärme kletterten wir auf viele Dünen, wobei Rommel die meisten höheren Herren abhängte. Im Soldatenheim Bergen-op-Zee besprach er sich mit Förste. Nachmittags kletterten wir wieder auf viele Dünen und sahen gute Vorstrandhindernisse. Im Hintergelände legte Rommel fest, wie tief die Festungsabschnitte sein dürften, und forderte klar, daß auch die Divisionskommandeure in ihnen hausen müßten. Auf dem Heimweg fuhren wir ein Stück durch blühende Krokusfelder.
Rommel hatte sich inzwischen Gedanken über die Ausfälle für die Landwirtschaft durch die Überschwemmungen und Verminungen gemacht. Bei der anschließenden Besprechung mit Staatssekretär Wimmer beschränkte er daher seine Forderungen auf je einen etwa 1 km breiten Streifen an der Seeseite und an der Landseite der im ganzen 5–8 km tiefen Festungsbereiche. Das Land dazwischen sollte nur gegen Luftlandungen verpfählt werden und konnte im übrigen von der Landwirtschaft weiter benutzt werden.
Wimmer sagte zu, daß das Unternehmen Sauckel keine weiteren Arbeiter abziehen dürfe. General Christiansen schlug vor, Kräfte für die Befestigungsarbeiten frei anzuwerben, unter Umgehung des Arbeitsamtes. Es kämen genug, da sie bei der Wehrmacht nicht nur bezahlt, sondern auch verpflegt würden. Zur OT gingen sie dagegen nicht gern, weil sie befürchteten, plötzlich nach Deutschland abgeschoben zu werden. Auf jeden Fall würde er, Christiansen, sich weigern, weitere Arbeiter an Sauckel abzugeben, da in der augenblicklichen Lage Vorstrandsperren wichtiger seien als Rüstungsarbeiter. Schließlich gab Wimmer noch eine Anzahl von

Motorspritzen zum Einschwemmen der Pfähle frei. Im ganzen erreichte Rommel das Notwendige ohne allzugroße Eingriffe in die Wirtschaft.
Besichtigt wurde die »vordere Wasserstellung«, der Abschnitt Amsterdam, dann der Hafen Ymuiden mit dem Schnellbootsbunker und starker Küstenartillerie. Hier trug der Kommandeur des Abschnitts über Seezielbekämpfung, Kampfauftrag der eingesetzten Batterien, Befehlsverhältnisse und taktische Unterstellung vor, ohne daß es zu Protesten oder Auseinandersetzungen kam. Offenbar hatten sich Heer und Marine in der Frage der Küstenartillerie örtlich zusammengefunden.
Überall sahen wir große Ansumpfungen und Stellungen von erfreulicher Stärke; auch die Vorstrandsperren waren gut. Mittags gab es einen Vortrag und Essen in Wassenaar. Rommel entdeckte Reserven, die gut vor ihm getarnt gewesen waren, und holte sie unerbittlich nach vorn in den Festungsabschnitt.
In Scheveningen erklärte der Festungskommandant den Ausbau und die Pläne zur Verteidigung sehr plastisch an einem Sandkastenmodell. Der Ausbau im ganzen Abschnitt war tadellos, und Rommel sprach dem Divisionskommandeur seine Anerkennung aus. Nur sollten die Reserven aufgeteilt und nah an die Küste herangelegt werden. Den rückwärtigen Raum würden im Alarmfall Ausbildungseinheiten der SS besetzen. Als Gesamtergebnis vermerkte das TBR: »Ein Anlanden wird kaum möglich sein. Allerdings wird es nötig sein, die Schiffsstammabteilungen sowie die SS weit zur Küste vorzuschieben.«
Für die Nacht wohnten wir im Parkhotel Rotterdam, der Feldmarschall setzte sich mit uns zu einem späten Kaffee unter die Menge in den Caféraum, von dem man einen guten Blick auf die belebte Straße hatte. Um uns herum herrschte ein starker Etappenbetrieb. Am Abendbrot im Offiziersheim der Marine nahm General Waale teil, ein netter Sachse, ausgezeichnet mit dem Ritterkreuz des Kriegsverdienstkreuzes, und der Hafenkommandant, erfolgreicher U-Bootskommandant des ersten Weltkrieges. Er hatte viel von der Welt gesehen und zwischen den Kriegen auch mal die Marine von Paraguay organisiert. Er war unterhaltsam und etwas überwältigend, was sich dadurch ausglich, daß der ebenfalls eingeladene Vertreter der Kriegsmarinedienststelle sich völlig ausschwieg.
Am 26. 3. starteten wir wieder um 7 Uhr nach Hoek van Holland zum Vortrag des Festungskommandanten. Seit dem 1. 2. 1944 waren hier bereits 140 000 Minen neu gelegt worden; jetzt stockte allerdings der Nachschub. Zum Ausgleich hatte man begonnen, Gerüchte über Unfälle auszustreuen, die sich angeblich in Minenfeldern ereignet hatten, die zwar

schon als solche bezeichnet waren, in denen aber noch keine Minen lagen. Entsprechende Warnungen und Notizen in der Presse sollten den Eindruck ihrer Gefährlichkeit verstärken, bei der Bevölkerung und vor allen Dingen beim Gegner, der durch seine geheimen Nachrichtenwege zweifellos davon erfuhr.

Die Vorstrandsperren waren mit acht Reihen von Hindernissen und zahlreichen aufgesetzten Minen angesichts des verhältnismäßig geringen Gezeitenunterschiedes ebenfalls sehr gut. Zu dieser Zeit wurde Ymuiden, das wir vor 24 Stunden besucht hatten, von 300 Bombern angegriffen, die es offenbar in erster Linie auf den Schnellbootsbunker abgesehen hatten, ohne ihn aber ernstlich zu beschädigen. Im gesamten Küstenverteidigungsabschnitt Dordrecht wollte der Divisionskommandeur bis zum 1. Mai auf etwa eine halbe Million Minen kommen.

Nach dem Vortrag des Hafenkommandanten über Verminung und Sperrung des Hafens setzten wir nach der Insel De Veer über und besichtigten das dortige Kernwerk, anschließend die schwere Marinebatterie Rosendahl, die beide einen guten Eindruck machten. Ein tatarisches Wolgabataillon diente als bewegliche Divisionsreserve. Wir setzten weiter nach Voorne über, wo die Überschwemmungen besonders gut waren. Trotzdem grüßten die Einwohner freiwillig und freundlich. Über die Brücken von Moordijk und Willemstad fuhren wir nach Breda, wo Rommel insbesondere dem Kommandeur der 719. ID seine volle Anerkennung über den Stand der Verteidigungsarbeiten aussprach und ihn bat, den Dank der Truppe zu übermitteln.

Dann setzte Rommel erneut seine Ansichten über die Verteidigung auseinander und besprach mit General Reinhardt und Admiral Kleikamp das Verschieben der Einheiten weiter nach vorne. Leider hatte das OKM den Einsatz der Marineausbildungsabteilungen im Alarmfall wieder abgelehnt. Das war unverständlich und bedauerlich, denn die Marine konnte nicht weiter Ausbildung treiben, wenn 50 km davon die Invasionsschlacht entbrannte.

Das Eintreffen Rommels hatte sich offenbar herumgesprochen; jedenfalls versammelte sich eine große Menge vor unserem Hotel. Dieses war für uns völlig geräumt worden, was von unserer Seite durchaus nicht beabsichtigt war. Der von uns bewohnte Gang war dauernd durch Doppelposten gesichert. Sie begleiteten jeden Wandler bis zur stillen Klause und knipsten dienstfertig das Licht an. Liebenswürdig, aber doch etwas zuviel der Politesse.

Der erste Punkt des Tagesprogramms am 27. 3. war ein Vortrag des Kommandierenden Generals auf dem Gefechtsstand des 89. AK in Antwerpen. Seine Hauptsorge war diese große Stadt mit 104 darin liegenden Einheiten und Dienststellen, die im Alarmfall insgesamt nur 13 000 Mann von bedingtem Gefechtswert auf die Beine stellen konnten. Es war daher nur möglich, den Stadtrand zu verteidigen, nicht aber die weiter draußen liegenden alten Forts. In diesen befanden sich nur kleine Sicherungen zum Schutz der dort lagernden großen Vorräte an Lebensmitteln und Munition. Die gut vorangekommene Ansumpfung im Nordwesten der Stadt erleichterte die Lage etwas. Sicherung und Sperrung der Schelde waren bisher nur durch Scheinminen vorgesehen.

Beim nächsten Punkt des Programms gab es etwas Verdruß, da vom Generalkommando eine falsche Division für die Besichtigung ausgewählt worden war. Dies erklärte sich dann zwanglos daraus, daß man zur Tarnung der Divisionsnummer nur die Quersumme durchgegeben hatte, und diese war für die 48. und die gemeinte 165. ID gleich. Leidtragend war die 712., die trotz anderer Quersumme nun völlig unvorbereitet darankam, weil sie auf dem Wege zur 48. lag. Mit dem ihm eigenen sechsten Sinn für schwache Stellen bekam Rommel sofort ein Stück Strand zu fassen, wo nur eine dünne Reihe von Rollböcken stand und sonst keinerlei Fortschritte seit dem Besuch im Januar festzustellen waren. Leider getraute sich der Propagandamann nicht zu photographieren, als Rommel einen der Verantwortlichen mächtig abrieb. In unmißverständlicher Sprache drückte er den Wunsch aus, daß sofort auf der ganzen Küstenfront der Division Pfähle mit Minen darauf aufgestellt würden. Holzmangel ließ er nicht als Entschuldigung gelten.

Bei der nach Westen anschließenden 48. ID sah es besser aus. Die Mittagspause im Soldatenheim Adinkerque begann mit einem Vortrag des Seekommandanten, Kt.Adm. Frisius, über Versuche mit Landungsschiffen gegen Vorstrandsperren, gefolgt von einem Vortrag eines Offiziers der 2. Sicherungsdivision über das Werfen von Tschechenigeln von flachgehenden Fahrzeugen der Division, was gut geklappt hatte. Frisius, der dem Feldmarschall gefiel, fuhr von hier ein Stück in dessen Wagen mit.

Bei Calais gingen die Arbeiten ebenfalls gut voran. Es war wohl hier, wo sich ein später viel erzählter Zwischenfall ereignete. Die Wagenkolonne hielt am Rande eines Nebenweges, wir waren ausgestiegen, jemand erklärte ein Widerstandsnest, als ein Motorrad heranbrauste, geführt von einem jungen Gefreiten, auf dem Beifahrersitz ein sehr hübsches junges Mädchen. Einige Gesichter erhellten sich bei diesem Anblick, andere wurden finster. Der Gefreite erfaßte die Lage bewunderns-

Am 31. 3. mittags kam Adm. Krancke mit seinem Chef des Stabes zum Mittagessen; Rommel besprach vorher mit ihm die Seeminenlage, die Möglichkeiten, Minen zu legen, und die Frage der Alarmeinheiten und des Heranschiebens von Ausbildungseinheiten an die Küste. Ein wesentlicher Punkt war die Feststellung, daß der Gegner seit langem in der Seinebucht keine Minen geworfen hatte, dagegen laufend den Raum in der Kanalenge stark verseuchte.
Nachmittags behandelten Rommel, Gause und Tempelhoff mit Blumentritt folgende Punkte:

1. Sichermachen der Bereiche auch der Panzer- und Eingreifdivisionen gegen Luftlandungen.
2. Verstärkung des Bereichs Antwerpen durch Marineteile.
3. Besetzen der zweiten Stellungen und Einstellung der Arbeiten daran, dort, wo man sie nicht besetzen konnte.
4. Zweckmäßigere Gliederung im Bereich des AOK 19.
5. Steigerung der Minenproduktion. Ziel: Auf jeden laufenden Meter Küste eine Mine auf den Vorstrandhindernissen.
6. Unterrichtung über eine laufende Täuschungsaktion des ObWest erbeten.
7. 3. Fallschirmjägerdivision, noch in Aufstellung begriffen, hat noch keine Artillerie. Soll 1 oder 2 Batterien 8,8-cm-Flak erhalten, Luftflotte 3 lehnt aber ab.
8. Anregung, die Rollböcke auf den Flugplätzen einzusammeln und am Strande aufzustellen.
9. Anregung, das im Hinterland stehende Pionierbataillon des 9. Fliegerkorps für den Küstenausbau heranzuziehen.
10. Arbeit der Wehrgeologen zur Anstauung der Dives (östlich der Orne).
11. Dislozierung der 12. SS-Pz.Div. und 21. Pz.Div.
12. Beschleunigung des Eisenbahntransports Paris–Bretagne, der z. Z. drei Wochen dauert.
13. Unterstellung der Panzergruppe West unter HGr B.
    Blumentritt »betonte in diesem Zusammenhang die Bereitwilligkeit des ObWest, die Wünsche des OB HGr B zu erfüllen, und übermittelte die Auffassung des ObWest auf küstennahe Verlegung der schnellen Verbände« (KTB).
14. Laufende Fragen im Hinblick auf Führerweisung 40.

Punkt 9. wurde bereits am nächsten Tage vom OKW abgelehnt, da das betreffende Pionierbataillon dem ObdL unmittelbar unterstand. Über die meisten der anderen Punkte wurde in den folgenden Wochen noch vielfach verhandelt.

Am 1. 4. vormittags besichtigte Rommel die Herstellung von Stahlsaitenbeton und den drehbaren Betonturm im Pariser Pionierpark. Beides gefiel ihm, und er bedauerte, nicht schon früher davon gewußt zu haben. Der Turm war sogar mit einem 15-cm-Geschütz beschossen worden, ohne gelitten zu haben.

Während wir nachmittags bei schönem Wetter spazierenliefen und Kaninchen erfolglos nach dem Leben trachteten, führte Gause mehrere Telefongespräche wegen der begrenzten Beweglichmachung der bodenständigen Divisionen. Es konnten Pferde zugewiesen werden, aber keine Menschen, um die Pferde zu versorgen.

Abends fuhr ich für knapp zwei Wochen auf Urlaub ins Minensucherheim Schwalbach im Taunus; Kpt.z.S. Peters vertrat mich. Das Leben im Hauptquartier ging im gleichen Rhythmus weiter, der bestimmt wurde durch die Reisen Rommels, Besuche und Denkschriften.

Der wichtigste Faktor im Vorantreiben der Arbeit war immer wieder die persönliche Einwirkung des Feldmarschalls auf die Menschen, die er aufsuchte, und die er ohne Pathos, durch nüchterne Darstellung der Lage und ihrer Aufgaben, durch Lob und Tadel – mehr Lob als Tadel –, durch seine Persönlichkeit zu großen Leistungen brachte. Bei vielen war nur ein Anstoß nötig, daß sie ihr Bestes hergaben, andere waren unzulänglich oder auch schon verbraucht. Diese zwang er zu ihrer Arbeit, nicht mit der Peitsche eines Sklavenhalters, sondern durch sein persönliches Vorbild, sein häufiges Erscheinen, seine unermüdliche Arbeitskraft, die schnelle Aufnahme aller Probleme, die ihm vorgelegt wurden oder sich unerwartet ergaben, durch seine Ruhe und seinen Humor.

Er wußte durchaus den Feldmarschall darzustellen, wenn es erforderlich war. Das mußte ganz gelegentlich geschehen, wenn jemand zu erkennen gab, daß er sich von ihm zu Unrecht im militärischen Rang überholt glaubte oder in ihm nur einen Troupier sah, der Glück gehabt hatte. Einer von ihnen behandelte Rommel sehr herablassend, solange er nur Inspekteur war, und setzte das auch bei der ersten Besprechung fort, nachdem er den Oberbefehl erhalten hatte. Im Lagezimmer baute sich während der Vorträge eine leichte Spannung auf; Rommel verhielt sich aber äußerlich wie sonst. Während die Begleiter schon wieder in die Wagen stiegen – ich saß in seinem –, blieb er ein paar Minuten mit dem betreffenden Herrn allein zurück. Dieser brachte dann, etwas rot geworden, in seinen Formen stark gewandelt, den Feldmarschall zum Wagen. Rommel verabschiedete sich freundlich, als ob nichts geschehen wäre. Als der Wagen anzog, drehte er sich zu mir, zwinkerte mir zu, zeigte mit dem Daumen nach hinten und sagte: »Das ist ein ganz grober Kerl; den muß man genauso behandeln, wie er ist.« Einmal genügte aber völlig, Rommel trug nichts nach, und von da an war das Verhältnis der beiden ungezwungen kameradschaftlich, wobei aber kein Zweifel herrschte, wer am meisten zu sagen hatte.

Es war überhaupt immer selbstverständlich, daß dort, wo Rommel saß, oben war. Er brauchte dazu keinerlei aufdringliche Mittel. Ich glaube auch nicht, daß er jemals einen seiner Mitarbeiter verletzt hat. Er blieb immer Mensch unter Menschen, Mann unter Männern, Soldat unter Soldaten.

Was den, der von der Marine kam, immer wieder fremd berührte, war die Unmenge von Ferngesprächen, die zwischen den höheren und höchsten Heeresstäben in den wichtigsten Angelegenheiten geführt wurden. Die Marine hatte nach dem ersten Weltkrieg erfahren müssen, daß ihre Funksprüche zum großen Teil vom Gegner mitgelesen worden waren, zum schwersten Nachteil für die eigene Kriegführung. Sie hatte daraus gelernt, hatte das Funken möglichst eingeschränkt, auch wegen der Peilgefahr, und hatte wirklich sichere Schlüssel in Form der Schlüsselmaschinen eingeführt. Sie hatte diese Erkenntnisse auch auf den Fernsprechdienst übertragen und verließ sich für eilige und geheime Mitteilungen nur auf den Fernschreiber mit eingebautem Schlüssel. Bei einem Telefongespräch war man nie sicher, daß es nicht mitgehört wurde, sei es illegal, durch Anzapfen der Leitung, sei es legal durch einen zweiter Hörer, wie es in den höheren Stäben häufig der Fall war, schon damit noch ein zweiter das Ergebnis der Besprechung kannte und es zu Papier bringen konnte.

Bei der Marine hatte man gelernt, ohne Telefon zu führen, durch Befehle, die durch Kurier gingen, oder, wenn die Zeit knapp war, durch Fernschreiber. So war der A 1 des BSW (= Ia beim Heer) bekannt für seine Fernschreibgespräche, die er herunterrasselte wie ein gelernter Fernschreiber. Seine Gegennummern von den Sicherungsdivisionen lernten das schnell; man hatte damit einen völlig sicheren Weg, denn ein unbemerktes Dazwischenschalten war unmöglich. Außerdem hatte man sofort den gedruckten Text, und es konnten später keine Zweifel auftauchen, was eigentlich verhandelt worden war. Der Fernschreiber zwang zur Kürze, während der Fernsprecher zur Länge verleitete.

Daß er beim Heer auch in langfristigen und operativen Angelegenheiten benutzt wurde, ging wohl auf das schlechte Beispiel des OKW zurück und hatte seinen tiefsten Grund in der unzulänglichen Führungsorganisation. Das OKW wollte alle Zügel dauernd in seinen nicht sehr starken Händen halten und möglichst bis zum Bataillon herunter alles selbst befehlen. Dazu mußte es alles wissen, und das war nur mit dem Fernsprecher zu erreichen.

Besser wäre es gewesen, die unterstellten Befehlshaber und Kommandeure, die zur Selbständigkeit erzogen waren, auch selbständig handeln zu lassen, solange es irgend möglich war. Dann kam man mit wenigen, langfristigen Weisungen aus. Man verringerte so die Zahl der Befehle ungemein und erhöhte die Leistungen.

Auf Rommels Aufgabe im Westen angewandt, hätte das eine Weisung notwendig gemacht, die ihm alle in seinem Befehlsbereich stationierten Streitkräfte unterstellte und ihm zumindest ein Weisungsrecht gegenüber den Einheiten der Luftwaffe und Marine gab, die für die taktische Zusammenarbeit mit dem Heer in Frage kamen. Daß er nicht in den U-Bootkrieg oder etwaige Luftoperationen gegen England eingriff, war selbstverständlich. Er mußte aber im Notfall über die Kampfkraft der Schiffsstammabteilungen und die Arbeitskraft von Luftwaffenpionieren verfügen können, und ebenso über die schnellen Verbände in seinem Bereich. Durch geeignete Besetzung seines Stabes war durchaus zu erreichen, daß den anderen Wehrmachtsteilen keine Gewalt angetan wurde und daß ein Teil der schnellen Verbände so stand, daß sie ohne Verzug herausgezogen werden konnten, wenn das OKW sie an anderer Stelle benötigte. An sich hätte die Führerweisung 40 genügen müssen; man konnte sich aber nicht dazu durchringen, die unerläßliche klare Befehlsorganisation mit den entsprechenden eindeutigen Verantwortungen zu schaffen.

Die Anglo-Amerikaner verwendeten ein System der Führung, bei dem es für jeden Kriegsschauplatz *einen* Oberbefehlshaber gab, dem sämtliche Truppen aller drei Wehrmachtsteile unterstellt waren, allerdings unter ihren eigenen Befehlshabern. So unterstand dem General MacArthur im Südwest-Pazifik eine Flotte unter einem eigenen Flottenchef, durch den alle Befehle an die Streitkräfte gingen, und der in der Lage war, Eingriffe in das innere Leben seines Verbandes energisch abzuwehren. Es war selbstverständlich, daß diese Art der Kommandoführung um so besser arbeitete, je größer das Vertrauen zwischen dem Oberbefehlshaber und den Befehlshabern der unterstellten Verbände der anderen Wehrmachtsteile war. Letzten Endes ist es die Vernunft des Menschen, die entscheidet; die Organisation sollte Ausdruck dafür sein. Eine bessere Organisation hätte das ganze Hin und Her wegen der Panzerdivisionen und auch wegen der Aufstellung der anderen Verteidigungskräfte zum großen Teil unnötig gemacht und die Stärke der deutschen Verteidigung beträchtlich erhöhen können. Das Vertrauen, das nicht befohlen werden konnte, war durch Rommels Führerpersönlichkeit gewährleistet.

Aus einer Stabsbesprechung am 3. 4. bei der HGr über Artillerieschwerpunkte ging hervor, daß allgemein immer noch mit besonderer Bedrohung der Schelde und der Somme gerechnet wurde. Starke Tätigkeit von leichten feindlichen Seestreitkräften westlich und nordwestlich von Kap Gris Nez zwei Nächte später deutete die Marinegruppe West als intensives Minenräumen zur Vorbereitung von Landungsoperationen in der Kanalenge; das entsprach den Ansichten des OKW. Beschießung dieser Fahrzeuge war nicht möglich, da die deutschen Funkmeßgeräte zu stark gestört wurden. Das ereignete sich gelegentlich auch bei den Geräten der Luftwaffe.

Anlaß zur Artilleriebesprechung war die Erfahrung von Nettuno, daß die feindliche Infanterie bei einigermaßen kräftigem deutschem Artilleriefeuer keinen Angriff mehr wagte. Die Artillerie der Divisionen war nicht sehr stark; in der Kanalenge entfiel bei der

18. LWFDiv.	1 Batterie auf 2 000 m
47. ID	1 Batterie auf 1200 m
49. ID	1 Batterie auf 1000 m

Hier kamen aber noch die Eisenbahnbatterien und die schweren Marinebatterien hinzu. Die Sorge galt daher mehr den südlich angrenzenden Abschnitten beiderseits der Somme. Rommel besuchte sie vom 3. bis 5. 4., beginnend in Le Tréport bei der 384. ID. Hier war die Landfront zu weit entfernt, 12 km von der Küste; sonst waren gute Fortschritte gemacht und der Feldmarschall sprach der Truppe seinen Dank dafür aus.

Von der anschließend besichtigten 344. ID sagte er im Tagesbericht: »Es ist erstaunlich, was hier geleistet worden ist dank der Initiative des Kommandeurs.«

Im Bereich des 82. AK waren 37 Geschütze verschartet, weitere 15 sollten es bis zum 1. 5. sein. Rommel wünschte die Verschartung so, daß die Geschütze, die ihre Räder behielten, herausgezogen werden konnten, so daß sie nach einer Landung auch gegen einen von hinten oder von der Seite kommenden Feind wirken konnten. Er unternahm auch sofort Schritte, um Betondrehtürme errichten zu lassen.

Bei der 49. ID waren die Minenplanungen selbst einem Rommel zu großzügig. Er beschnitt sie, da die Minen für die vorgesehenen Flächen auch in vielen Monaten nicht herankommen konnten, und forderte, daß alle Teile der Division in den schmäler gewordenen Küstenstreifen zögen, auch der

Divisionsstab aus seinem angestammten Stabsquartier im Städtchen Montreuil. An mehreren Stellen ließ Rommel Zieh- und Mundharmonikas für besonders tüchtige Pfahlsetzer und Minenverleger ausgeben.

Noch 60 Tage bis zur Invasion

Nach einem Tag im Hauptquartier (6. 4.), der hauptsächlich Besprechungen mit dem Chef des Stabes und dem Pionieroffizier der 19. Armee gewidmet war, fuhr Rommel am 7. 4. in den Raum Dieppe zur 245. ID. Sein Urteil war: »Wesentliche Fortschritte, aber noch kein sinnvoller Ausbau«. Die Verschartung der Geschütze durch die OT ging zu langsam voran. Der Truppe zollte er Anerkennung für ihre fleißige Arbeit.

Eine Besprechung beim AOK 15 schloß an. Diesem wurde ein Forschungstrupp zugeteilt, bestehend aus je einem Botaniker, Zoologen, Geologen, Pionier, Panzermann, Artilleristen und Infanteristen; sie sollten beratend bei Schaffung von künstlichen und natürlichen Tarnungen mitwirken. Ferner erhielt das AOK noch zwei zu seinen schon vorhandenen beiden Baubataillonen.

Ich hatte auf die Gefahr von Nachbardetonationen bei den unter Wasser liegenden Minen der Vorstrandhindernisse aufmerksam gemacht. Jetzt zeigten Beschußversuche, daß die verwendeten Tellerminen durch Granaten, die im Wasser detonierten, bis auf eine Entfernung von etwa 20 Metern zum Mitdetonieren gebracht wurden. Die Heeresgruppe forderte daraufhin einen Spezialisten des Sperrversuchskommandos der Marine an, um diese Frage genau zu klären.

9. 4.: OKW teilt mit, daß Hitler für den Atlantikwall insgesamt nur 1,3 Millionen cbm Beton zur Verfügung stellte.

In der Frage der Truppenverlegungen in den Niederlanden entschied es: »Die schnellen Abteilungen des Heeres können verlegt werden. Die Frage der Verlegung der Ausbildungsverbände der Waffen-SS soll gar nicht berührt werden, sondern für den Alarmfall als selbstverständlich vorausgesetzt werden. Für die Vorverlegung von Teilen des Regiments Hermann Göring muß noch das Einverständnis des Reichsmarschalls abgewartet werden.« Die Ferngespräche und Fernschreiben über die Verlegungen im Raum Niederlande waren damit aber durchaus noch nicht beendet.

Mittags fand eine Besprechung mit General Blumentritt über den Einsatz der schnellen Verbände bei feindlichen Luftlandungen und das nähere Heranschieben der 2. Pz.Div. und der 12. SS-Pz.Div. statt. Nachmittags kam General Geyr v. Schweppenburg ebenfalls wegen Vorverlegung der Panzerverbände zu Rommel, ohne daß ein Fortschritt erzielt wurde. »Starke Meinungsverschiedenheiten haben kein Ergebnis gezeitigt« (TBR).

Am 10. 4. fand ein starker Bombenangriff auf die in Bau befindliche schwere Marinebatterie Octeville, nördlich Le Havre, statt. Von den drei 38-cm-Geschützen fiel eins für 3–4 Wochen aus, bei einem wurde die Bettung zerstört, das dritte blieb unbeschädigt, war aber noch nicht feuerbereit.

Der Ic der Heeresgruppe führte laufend Karten, in die täglich die Bombenangriffe eingezeichnet wurden, und andere mit den Sabotagen. Aus ihnen war deutlich zu erkennen, wenn der Gegner besondere Schwerpunkte bildete.

Am Nachmittag fuhren Rommel und Gause zu Rundstedt. Thema: Einsatz der Panzerdivisionen.

11. 4.: Die Korpstruppen des I. SS-Pz.K. wurden in die Gegend von Beauvais (70 km nördlich Paris, 90 km hinter der Küste) verlegt. Rommel wollte sie noch weiter vorn haben. Die Marine verlegte plötzlich das Pionierbataillon in einer Stärke von 1400 Mann von Antwerpen nach Dänemark. Es erhob sich ein angestrengtes Suchen nach einem Ersatz. Ein Täuschungshauptquartier bei Tours wurde ins Funk- und Nachrichtenspiel eingeführt.

Vom 11. bis 14. 4. 1944 bereiste Rommel erneut die Bretagne, beginnend östlich von St-Malo bei Cancale (11. 4.), wo ein Bunker mit Schußfeld nur nach Land zu seinen Unwillen erregte, über Le Val André (Besprechung mit General Straube), Brest, Lorient, St-Nazaire, Angers (Pionierschule) und Le Mans. In der nördlichen Bretagne bestanden noch Unklarheiten wegen Scharfmachens der Pfähle mit Minen. »Allgemein stellte der Feldmarschall fest, daß es nicht angebracht sei, immer wieder Versuche zu machen und irgendwelchen Unkereien Gehör zu geben. Vielmehr sind die Befehle genau so auszuführen, wie durch HGr gegeben« (KTB).

Der Eindruck im Abschnitt Brest (344. ID) und Lorient (265. ID) war, »daß man sich mit großer Energie auf die Verteidigungsarbeiten gestürzt hat«. General Farnbacher (25. AK) meldete, daß in der Bretagne Sabotageakte und Überfälle auf Soldaten derartige Formen angenommen hätten, daß man von russischen Zuständen sprechen könne. Seit Tagen sei kein Güterzug mehr in Brest angekommen, Feldkommandanturen und SD seien ihrer Aufgabe nicht gewachsen. Die Frage der Sabotage wurde in den nächsten Tagen wiederholt diskutiert und dabei festgelegt, daß die

Truppe nicht gegen die Bevölkerung eingreifen sollte. In der Normandie ereignete sich vor und auch während der Invasionsschlacht kaum ein Fall von Sabotage.
Bei Brest wurde eine neue Vorstrandmine gezeigt, deren Sprengladung durch einen aus einem Betonklotz nach oben ragenden Hebel beim Gegenfahren eines Schiffes zur Detonation gebracht wurde. Diese Mine war gut, falls sie genügend seeschlagsicher war.
Im Korpsbereich arbeiteten fünf Tetraederfabriken, die bisher 6 000 Stück gefertigt hatten, z. T. von neuer, verbesserter Konstruktion. Auch neue Auflaufhindernisse wurden vorgeführt. 34 km Vorstrandhindernisse waren fertig, 10 000 Landminen in 10 Tagen verlegt.
Die Frage von Angriffen durch Tiefflieger mit Raketen gegen die großen Scharten der Geschützstände wurde besprochen. Als Behelfslösung schlug der Seekommandant Schutz durch Torpedonetze vor, die, aus kleinen Drahtringen hergestellt, elastisch und widerstandsfähig genug erschienen. Schade, daß man nicht sofort Versuche machen konnte.
Am 13. 4. besichtigte Rommel die Eisenbahnbatterie 4/264 an der Bucht von Quiberon. Sie bestand aus vier älteren 34-cm-Geschützen französischer Herkunft mit einer Schußweite von 30 km und einer Streuung von 1000 m. Eins der Geschütze befand sich gerade zu Versuchszwecken in Deutschland.
In St-Nazaire waren die Arbeiten gut vorangekommen, man hatte die Landfront verkürzt, um sie mit den zur Verfügung stehenden 7 500 Mann (davon 4 500 Flak) auch wirklich besetzen zu können. Die Hindernisse am Strand von La Baule waren fertig und machten tief gegliedert einen ausgezeichneten Eindruck. Rommels Quartier in La Baule wurde stark bewacht, weil angeblich ein Überfall geplant war.
14. 4.: In Nantes besichtigte Rommel die Befestigungsarbeiten und war erfreut, »daß ein energischer Feldkommandant sich für die Verteidigung der Stadt mit Erfolg eingesetzt hat« (KTB). In Angers hielt nach Besichtigung der Pionierschule der Kommandierende General des X. Fliegerkorps Vortrag über die Kampfbereitschaft seiner Truppe.
Im Hauptquartier waren die Ferngespräche wegen der Verschiebungen in den Niederlanden und wegen des Einsatzes der Panzerverbände weitergegangen. Am 13. 4. hielt Hitler die Verschiebung der Mot.-Verbände an (KTB), und am gleichen Tage betonte Blumentritt im Ferngespräch mit Gause, »daß zwischen den Auffassungen der beiden Oberbefehlshaber eine völlige Meinungsübereinstimmung besteht und daß von irgendwelchen operativen Absichten im Jahre 1944 nicht gesprochen werden kann,

sondern daß nach wie vor der Feind vorn an der Küste geschlagen werden muß und daß es sich bei allen Gegenangriffen deswegen nur um rein taktische Maßnahmen handeln kann« (KTB).

16. 4.: Kpt.z.S. Peters holte mich vormittags in Paris von der Bahn ab und setzte mich während der Fahrt nach La Roche Guyon ins Bild über das, was während meines Urlaubs geschehen war. Besonders wichtig war die Frage der Nachbardetonationen. Die Marinegruppe West hatte vorgeschlagen, die T-Minen in Beton eingegossen am Strand auszulegen. Es war anzunehmen, daß der Beton den kurzen Schlag einer nahen Detonation abfangen würde, ohne daß die Mine detonierte, daß beim Auflaufen eines Schiffes aber der Beton brechen und den Druck auf die Mine übertragen würde. Das war wieder ein guter Gedanke, auf den sicher jemand schon früher gekommen wäre, wenn die Probleme der Landungsabwehr planmäßig durchgearbeitet worden wären. Das gleiche galt für die Hebelminen, genannt »Nußknacker-Minen«, von denen mehrere Muster gebaut und erprobt wurden.

Rommel hatte die Verwendung von Küstenseglern für den Transport von Baumaterial längs der bretonischen Küste vorgeschlagen. Die Frage, auf wessen Kontingent der Beton für die Verschartung der Marinebatterien gehen sollte, war nicht geklärt und erregte die Gemüter.

Die Frage des Einsatzes der Schiffsstammabteilungen in den besetzten Gebieten war nicht weitergekommen.

Der Gegner war tätiger geworden, sowohl in der Luft wie mit Minen. In den letzten Tagen hatten Flugzeuge eine Heeresküstenbatterie (15,5 cm) bei Nieuport angegriffen; zwei der vier offen aufgestellten Geschütze waren ausgefallen. Angriffe auf ein Funkmeßgerät in der gleichen Gegend und auf eine offene 17-cm-HKB bei Dieppe waren dagegen erfolglos geblieben. Ein stärkerer Bombenangriff auf die Hafenanlagen von Le Havre hatte keine wesentlichen Schäden angerichtet. Grundminen waren vor Le Havre, vor Zeebrügge (also vor der Schelde) und nördlich von Walcheren gelegt worden. Das Ganze konnte bedeuten, daß man an der Somme oder in der Kanalenge landen wollte und vorbereitend begann, die Häfen an den Flügeln und einzelne Batterien außer Gefecht zu setzen. Gegen die Seinebucht als Landeplatz sprach es aber auch nicht.

Gegen Mittag erreichten wir das Stabsquartier. Ich meldete mich beim Feldmarschall zurück, der sehr liebenswürdig, im ganzen aber sehr ernst war. Er sprach über die schwierige Lage im Osten, wo die Feldmarschälle von Manstein und von Kleist kurzfristig abgelöst worden waren. Wir stünden in einer Vertrauenskrise, die Lage sei aber nur zu meistern, wenn gegenseitiges Vertrauen herrsche. Für den Westen seien die mündlichen Zusagen Hitlers nicht schriftlich bestätigt und z. T. nicht eingehalten worden. Die Räumung der Krim schien eine ziemliche Katastrophe geworden zu sein.

Dann begrüßte ich unseren neuen Chef des Stabes, Generallt. Dr. phil. Hans Speidel. Er übernahm gerade die Amtsgeschäfte von Gause, der eine Division bekommen sollte, obgleich Rommel sich ungern von ihm trennte. Ich kannte und schätzte Speidel aus den Jahren 1941/42, wo er Chef des Stabes beim Militärbefehlshaber war. Ich hatte dort gelegentlich Vorträge angehört oder auch selbst gehalten und mich in diesem sehr anregenden Kreise wohl gefühlt. Speidel wurde nach Übernahme der vollziehenden Gewalt im Gebiet des Militärbefehlshabers in Frankreich durch den Sicherheitsdienst (SD) im März 1942 auf eigenen Wunsch nach dem Osten versetzt. Als Korpschef hatte er an dem geglückten Ausbruch aus russischer Einschließung bei Tscherkassy entscheidenden Anteil. Rommel forderte ihn persönlich als Nachfolger für Gause an. Wir verstanden uns sofort gut, dienstlich wie persönlich.

Nachmittags unternahm Rommel einen bewaffneten Spaziergang mit Meise und mir. Wir sahen Fasanen und Kaninchen, taten ihnen aber nichts zuleide. Nach der Rückkehr gab es wieder etwas Verdruß mit der Marine. Der WB-Niederlande meldete, daß eben die Verlegung der Schiffsstammabteilung 24 in die Heimat befohlen worden sei. Das störte natürlich die Bemühungen, die Verteidigung zu verbessern.

Major i. G. Friedel vom WMFSt hatte die Schiffsstammabteilung 20 besucht, »deren Offizierkorps auf die Anfrage, wie sie sich ihren Einsatz vorstelle, einmütig betonte, daß das nur in einer ausgebauten Stellung in der vorderen Wasserstellung denkbar sei. Jeder andere Einsatz würde für unzweckmäßig gehalten . . .« (KTB). Diese Offiziere erwarteten demnach weder von der bloßen Verteidigung ihres eigenen Standorts, noch von einer weitergehenden beweglichen Verwendung brauchbare Ergebnisse. Das entsprach völlig den Absichten, die Rommel mit diesen Abteilungen hatte. Sie sollten Stellungen in der zweiten Linie oder in der Landfront besetzen. Hier konnten sie Truppen des Heeres frei machen und der Küstenfront den Rücken frei halten.

Noch 50 Tage bis zur Invasion

Vom 17. bis 19. 4. besichtigte der Feldmarschall mit Speidel und mir die Küste zwischen der Somme und der Schelde. Wir fuhren mit drei Wagen; der dritte war gefüllt mit Kriegsberichtern und Ziehharmonikas. Lutz Koch, Ertel, Podewils und Freiherr von Esebeck waren die Berichter, die hauptsächlich und in wechselnder Zahl an unseren Fahrten teilnahmen. Meist entwickelte sich in den fünf bis zehn Minuten vor der Abfahrt im Schloßhof ein munteres Geschichtenerzählen, bis der Feldmarschall erschien, jeden kurz begrüßte und wir ohne weiteren Zeitverlust abbrausten. Rommel benutzte die Propaganda bewußt als Waffe, um den Gegner zu beeindrucken und vielleicht auch auf diese Weise die Invasion etwas hinauszuzögern.

Erstes Ziel war Ault (17. 4.); hier trafen wir General Sinnhuber, der das 67. AK befehligte, und Generalleutnant Seiffert, den Kommandeur der 348. ID. Auf dem Vorstrand standen eine große Menge von Hindernissen der verschiedensten Art; nach dem Fiasko von vor drei Wochen war das sehr erfreulich. Rommel war sehr zufrieden und übergab den arbeitenden Männern drei Ziehharmonikas.

Dann ging es an der flachen Küste unter Besichtigung mehrerer Stützpunkte weiter über Cayeux nach St-Valéry sur Somme. Hier gab es einen Eintopf, und gleich ging's weiter nach Norden zur 344. ID, sowohl zur Landfront wie an die Küste, anschließend zur 49. ID. Ein Posten redete den Feldmarschall in der Verwirrung mit »Herr Major« an, was dieser mit Fassung ertrug.

Man war hier nicht überall so gut vorangekommen, wie weiter südlich. Auf den Pfählen fehlten die Minen, an manchen Stellen war die Verpfählung sehr dünn. Rommel schrieb im TBR: »Es ist erstaunlich, wie verschieden weit die Divisionen mit dem Ausbau der Küstenvorfeldhindernisse gekommen sind, je nach der Initiative ihrer Führer.« Wir übernachteten in Le Touquet. Am nächsten Morgen (18. 4.) ging es zur 331. ID, die in der zweiten Linie stand. Nach dem Vortrag des Kommandeurs setzte Rommel seine Gedanken kurz auseinander und stellte fest, daß eine Stellung dann ideal sei, wenn 24 Stunden lang keine Bewegung erforderlich sei.

Wir fuhren dann an Boulogne vorbei nach Kap Gris Nez in den Bereich der 47. ID. Hier lagen hauptsächlich Tetraeder auf dem Vorstrand, da das Einspülen der Pfähle zu schwierig war. Die Division hatte eine Betonfabrik mit 40 Arbeitern in Betrieb genommen.

Hinter Calais sahen wir gute Ansumpfungen, anschließend kam die 18. LWFD dran. Man hatte hier die Bevölkerung zum Teil schon so stark evakuiert, daß Arbeitskräfte fehlten. Die zurückgebliebenen Franzosen faßten gut zu, denn sie wurden jedesmal verpflegt und sofort bezahlt.
Bei Dünkirchen kamen wir gerade zu einem Fliegerangriff auf Stadt und Hafen zurecht. Wir hielten vor der Stadt, um zuzusehen, wie Welle auf Welle unter starkem Flakfeuer herankam, gar nicht sehr hoch, etwa 3 000–4 000 m. Als eine enggeschlossene Formation von 18 Bombern genau auf uns zukam, tauchten wir in den Straßengraben, General Sinnhuber in einen Haufen Scherben, Speidel und ich in die Brennesseln, Rommel mit scharfem Blick in die einzige Stelle mit weichem und sauberem Gras. Die Bomben fielen weit weg. Aus der nächsten Welle wurden zwei Flugzeuge abgeschossen und stürzten ins Wasser. Einige Leute der Besatzung stiegen mit Fallschirmen aus, ein Hafenschutzboot dampfte zu ihnen hin.
Bei der 18. LWFD sah es zum Teil noch etwas dünn aus, die anschließende 712. ID hatte nach dem Schreck vom letzten Mal gut aufgeholt. Die Besatzung einer Artilleriestellung, die in schwerer Arbeit besonders dicke Baumstämme zusammengeholt und eingeschwemmt hatte, erhielt die erste Ziehharmonika. Der TBR vermerkte: »Man hat den Eindruck, daß die Führer noch nicht aller Einheiten sich ihrer Verantwortung genug bewußt sind. Man kann nicht oft genug sagen, daß sich im Westen der Krieg entscheidet . . . Im Abschnitt der 712. ID war eine unerhörte Steigerung der Leistungen und Freude an der Arbeit zu sehen.«
Ich war in Breskens in einem Privatquartier bei einer offenbar sehr musikalischen Familie untergebracht (18./19. 4.). Ich glaubte nicht, daß Breskens einmal eine besondere Rolle spielen würde, und hoffte, daß meine freundlichen Wirte gut durch den Krieg kommen würden. Ich fürchte aber, daß das Haus den späteren Kampf um das Städtchen nicht überstanden hat.
Am 19. 4. sammelten wir um 7 Uhr am Hafen von Breskens; hier stießen zu uns General von Gilsa, der Kommandierende General des 89. Korps, und der Seekommandant, Kpt.z.S. Aschmann. Wir sollten auf dem Flaggschiff der Hafenschutzflottille übersetzen, einer schwerbewaffneten Jacht namens »Sarah«, die angeblich Chamberlain gehört hatte. Ein kühler Ostwind hatte aber das Wasser aus der Schelde hinausgedrückt, und das stolze Fahrzeug konnte wegen zu großen Tiefgangs nicht in den Hafen von Breskens einlaufen. So nahmen wir die normale Fähre nach Vlissingen. »Sarah« und drei Hafenschutzboote sicherten die Überfahrt. Drüben fand die erste Besprechung beim Seekommandanten statt, der zwar

Fertige Betonschenkel in einer Tetraederfabrik

Betontetraeder, seewärts davor Hemmböcke aus Holzbalken

Hemmbock aus Beton mit Tellermine und »Büchsenöffner«

Hemmböcke aus Holzbalken mit aufgesetzten Tellerminen und Druckschienen

nicht darauf vorbereitet war, seine Aufgabe aber beherrschte und deshalb einen guten Vortrag hielt. Dann trug der Kommandeur der 165. Res.Div. seine Angelegenheiten vor, er meldete u. a., daß von 500 Bunkern bisher 283 gebaut seien. Jeder seiner Leute konnte bei einem Angriff bereits aus einem Kampfstand schießen. »Rommel trug seine Grundsätze wieder einmal mit großer Klarheit und rührender Geduld vor« (PAV).

Hier hatte das Auslegen der Nußknackerminen bereits begonnen. Bei den Marinebatterien waren die Vorstrandhindernisse und die Verminung des Geländes nicht recht vorangekommen. Der außerordentlich langweilige Kommandeur einer Artillerieabteilung des Heeres bekam verdientermaßen sehr deutliche Worte zu hören.

Bei sehr schönem Wetter fuhren wir um 11 Uhr auf der »Sarah« wieder nach Breskens zurück. Ein feindlicher Aufklärer stand dauernd hoch über uns, und ich war froh, als wir den Feldmarschall wieder heil drüben hatten.

Bei schönstem Frühlingswetter ging es nach Brügge zur Besprechung mit dem Kommandeur der 48. ID und zum Mittagessen im Soldatenheim. Nachmittags besuchte Rommel den Generaloberst von Salmuth, der mit Grippe in der Koje lag. Bei Hazebroek hatte eine örtliche Dienststelle wegen irgendwelcher Übungen die Hauptstraße gesperrt, was einigen Verdruß ergab, da der Posten uns nicht durchlassen wollte und vom Feldmarschall Rommel noch nie etwas gehört hatte.

Das Gesamturteil dieser Besichtigungsreise war:

»Die Reise hat ergeben, daß gegenüber dem Stand vom Januar unerhört viel geleistet worden ist, daß aber bei entsprechendem Einsatz von überlegener Persönlichkeit, gesundem Menschenverstand und etwas Phantasie der Führer aller Einheiten noch viel geschaffen werden muß, um die Verteidigungsbereitschaft zu stärken und die Dichtung der Küste mit Hindernissen vollständig zu machen« (KTB).

Kurz nach 20 Uhr waren wir wieder im Stabsquartier. Ich besprach das Reiseergebnis mit Peters und saß dann noch längere Zeit mit Gause und Speidel zusammen. Gause erzählte, wie er im November 1942 nach der alliierten Landung in Nordwestafrika die Festung Biserta mit 350 Mann, einem »Tiger«, 3 Panzerspähwagen und 9 Zerstörerflugzeugen übernahm.

20. 4.: Der Tag war Tetraedern, Nußknackerminen, den Verpfählungen, der Verlegung von Divisionen und Erledigung von viel Papier gewidmet, der Abend einer Abschiedsfeier für Gause. Am Nachmittag erschien etwas schüchtern der jüngste La Roche Foucauld in seinem netten Matrosenanzug bei mir und erhielt Bonbons, die ihm den Zweck seines Besuchs aber auch nicht entlockten. Schließlich stellte sich heraus, daß er lediglich Späh-

trupp für seine Frau Mama gegangen war, um festzustellen, ob ich greifbar war. Sie kam mit einem schönen Fliederstrauß und einigen Flaschen wunderbaren Weines für die Abschiedsfeier von Gause, der in seiner ruhig vergnügten und rücksichtsvollen Art auch bei unseren Gastgebern sehr beliebt war.

Der Feldmarschall hielt eine längere Rede auf seinen bisherigen Chef des Stabes, eingeleitet von kurzen, ernsten Worten anläßlich des Geburtstages von Hitler. Er ließ dann gemeinschaftliche Erlebnisse in Afrika und Frankreich an uns vorüberziehen, sehr bildhaft, an manchen Stellen recht bitter. Gause antwortete sehr gut, erwähnte in besonders netter Form die Vertreter der Luftwaffe und Marine und betonte den Wehrmachtsgedanken. Der Ia, v. Tempelhoff, beschloß den offiziellen Teil; bei Beginn des inoffiziellen ernannten wir Gause zum Tetrarchen der Tetragoner, beritten auf einem Roll- oder Hemmbock, mit der Erlaubnis, zwei gesträubte Tschechenigel am dunkelblauen Ansumpfungsbande tragen zu dürfen. Von da an war es mit dem Ernst vorbei, bis wir uns um 2 Uhr trennten, was für diesen Stab eine durchaus ungewohnte Stunde war.

21. 4.: Nach einem zeitigen Frühstück in etwas gedämpfter Stimmung fuhr Gause um 7.30 Uhr ab, um in Paris seinen Zug zu bekommen. Ich startete zur gleichen Zeit in der gleichen Richtung zum Festungspionierpark, wo sich Rommel eine Übung und dann verschiedene neue Erzeugnisse der Hoyerschen Fabrik ansah. Hoyer führte neuartige Nußknackerminen vor, die gut zu sein schienen, und noch weitere Verbesserungen. Ein Baurat der Marine und ein Oberleutnant zur See trugen über die Verankerung von Bojen und Minen vor. Ein Ansprengversuch mit einer T-Mine gegen einen Kahn hatte diesen kaum beschädigt, was die Veranstalter enttäuscht hatte, aber vorauszusehen gewesen wäre, wenn man den Versuch vorher durchgerechnet hätte. Der Abstand war für die geringe Sprengladung einfach zu groß gewesen.

Es war zu begrüßen, daß überall Versuche mit neuen Behelfslösungen gemacht wurden, denn die Zeit war knapp. Andererseits waren technische Vorkenntnisse und Zusammenarbeit an vielen Stellen ungenügend, nicht aus bösem Willen, sondern aus Mangel an Vertrautheit mit dem Gegenstand. Daher wurde eine ganze Menge nicht unbedingt erforderlicher Arbeit geleistet. Nach altem Grundsatz war es aber besser, etwas zu veranlassen, auch wenn es nicht vollkommen sein konnte, als überhaupt nichts zu tun, denn man lernte auf jeden Fall daraus. Wichtig war aber, daß bei der Truppe keine falschen Eindrücke über Wirksamkeit oder Unwirksamkeit entstanden.

Am blauen Frühlingshimmel erschienen lange Kondensstreifen, es gab Fliegeralarm, ohne daß sich aber etwas Besonderes ereignete. Man mußte sich immer wieder klarmachen, welche Gefahr für uns und welchen Vorteil für den Gegner die laufende, lückenlose Überwachung des gesamten für die Abwehr der Invasion in Frage kommenden Raumes bedeutete.
Ich fuhr zum BSW zu einer Besprechung über die KMA, deren Herstellung und Auslegung immer noch nicht vorankam.
Nach dem Mittagessen ging ich zur Marinegruppe West und sprach mit dem Chef des Stabes und dem Oberquartiermeister über die Frage der KMA, der Alarmeinheiten, weiterer Batterien usw.
Der ObWest genehmigte die Verlegung der 77. ID an die Küste bei St-Malo / St-Brieuc und der 21. Pz.Div. in die Linie Flers-Argentan, also hinter die mittlere Seinebucht. »Nachdem die grundsätzliche Entscheidung über die Verlegung der Panzerverbände noch nicht gefallen ist, wird ObWest diese Verschiebung an OKW/WMFSt als Tatsache melden, um keine Zeit zu verlieren« (KTB).
Wie starke Rücksichten nach wie vor genommen wurden, zeigte eine Reihe von Ferngesprächen zwischen dem Stab des ObWest und dem unseren, in die Rommel schließlich selbst eingriff. Er hatte angeblich angeordnet, daß alle Frauen bis zu 50 Jahren für die Verteidigungsarbeiten eingesetzt werden sollten. Das ginge nicht ohne Befehl des ObWest, »da dies im Gegensatz zu den Waffenstillstandsbedingungen steht« (KTB). Rommel stellte das schließlich in einem Ferngespräch mit Blumentritt dahingehend klar: »Bei der 348. ID ist das Verpfählen gegen Luftlandetruppen bereits sehr gut fortgeschritten. Die Division hat dort Frauen zum Einsatz gebracht, die gegen Bezahlung freiwillig mitgearbeitet haben. OBHGr [also Rommel] hat diese Maßnahme den Kommandierenden Generalen und den Divisionskommandeuren empfohlen. Der Kommandeur der 165. Res.Div. scheint dies falsch aufgefaßt zu haben. Eine Absicht, sämtliche Frauen bis zu 50 Jahren zwangsweise zur Arbeit heranzuziehen, besteht nicht« (KTB).
AOK 15 beklagte sich über Mangel an Beton, Stacheldraht und Brennstoff. Der General der Artillerie wehrte sich dagegen, daß er Zugmaschinen für die Arbeiten an den Hindernissen abgeben sollte. Allzu eifrige Krieger, die Pfähle für ihre Hindernisse suchten, mußten abgestoppt werden, als sie begannen, Bäume umzuschlagen, unter deren Tarnschutz Sonderbauten lagen. Eine HKB südlich Le Touquet wurde mit 21 Bomben belegt, ein Geschütz erlitt leichte Schäden, die an Ort und Stelle behoben werden konnten.

22. 4.: Früh Regen; mittags war General Kanzler da und hielt einen Vortrag über Minenproduktion, nachmittags schöner Sonnenschein. Im ganzen war es ein ruhiger Tag ohne besondere Ereignisse, sogar fast ohne Ferngespräche, ein Stückchen Stille vor dem Sturm, der zwar immer drohender wurde, dessen Losbrechen aber noch nicht unmittelbar bevorzustehen schien. In der Abenddämmerung sichtete einer unserer wenigen Aufklärer 5 km östlich Dover einen feindlichen Schiffsverband aus 13 Landungs- und etwa gleich vielen Sicherungsfahrzeugen. Anscheinend handelte es sich um eine Landungsübung des Gegners.
23. 4.: Wieder ein ruhiger Tag. Kpt.z.S. Peters fuhr in unseren Angelegenheiten nach Paris. Er war besonders bemüht, Klarheit in den Einsatz der Küstenartillerie zu bringen.
24. 4.: Am 24./25. 4. fuhr der Feldmarschall mit Oberst Freiberg im ersten Wagen und ich mit einem Kriegsberichter im zweiten zu den Truppen und Stellungen beiderseits der Seinemündung. In Rouen, das inzwischen ziemlich zerbombt war, trennte ich mich und suchte Vizeadmiral Rieve auf, während Rommel die 84. Res.Div. bei Yvetot besichtigte. Als Wichtigstes forderte er dort, daß sich alle Einheiten, auch die Artillerie, noch mehr von den Ortschaften zu lösen hätten.
Mit Rieve und seinem Artilleriereferenten sprach ich den ganzen Vormittag neue Befehle für den Einsatz der Artillerie im Falle einer Landung durch, desgleichen die Frage der Scheinstellungen und ähnliches. Rieve war zuversichtlich, da die Arbeiten überall gut vorangekommen waren.
Mittags stieß ich in Crasville wieder zum Pulk. Nach dem Essen auf einem Regimentsgefechtsstand fuhren wir die schluchtenreiche Küste nach Westen in Richtung auf Le Havre ab. Bei der HKB 2/1253 (offen) waren durch Fliegerangriff drei von sechs 15-cm-Geschützen beschädigt worden, eins aber wieder ausgebessert. Es setzte mehrfach unfreundliche Worte, da das Hintergelände nicht verpfählt war und die Vorstrandhindernisse zum Teil noch recht dünn waren. Der Untergrund war stellenweise sehr ungünstig, Kies oder Triebsand. Der Feldmarschall wurde nicht fröhlicher, als er auf die Trümmer von zahlreichen Tetraedern stieß. Die Landser hatten sie zur Ersparung von Knochenarbeit einfach 30 oder 40 Meter von der Uferhöhe auf den Strand hinuntergeworfen. Das hielt der beste Eisenbeton nicht aus. Als dann noch festgestellt wurde, daß auch in den Schluchten nicht viel geschehen war, und ein kalter Nebel aufkam, endete es bei dieser Division mit Verdruß.

In Le Havre sahen wir uns die Befestigungen, den Hafen und den Räumbootsbunker an; hier machte alles einen guten und klaren Eindruck. Der Seekommandant nahm teil, ebenso der neue Hafenkommandant, der vorher Kommandant von Helgoland gewesen war und aus einer anfliegenden Bomberformation mit einer Salve von 30,5-cm-Schrapnells vier Flugzeuge abgeschossen hatte.
Rommels Erregung legte sich schnell wieder, wir verzehrten mit dem Festungskommandanten, dem Seekommandanten und dem Hafenkapitän im Soldatenheim ein friedliches Abendbrot, gewürzt mit dienstlichen Gesprächen. Wie meist, ging der Feldmarschall zeitig ins Bett.
25. 4.: Am Morgen war in jeder Beziehung wieder gutes Wetter. Beim Frühstück machte Rommel Witze über den »Nebel« vom Vortage. Bezüglich der Schluchten waren wir auf das gleiche gekommen, nämlich Panzerhöcker oder ähnliche Hindernisse hineinzusetzen. Gegen Infanterie ohne Panzerunterstützung konnte man sie weiter oben wohl immer verteidigen. Ich warnte davor, Arbeit und gute Eisenschienen in den Triebsand hineinzustecken.
Um 7 Uhr fuhren wir ins Hintergelände nach Bolbec zur 346. ID. Die Verpfählung gegen Luftlandungen war hier gut fortgeschritten; überhaupt machte die Division einen ordentlichen Eindruck.
Nach dem Vortrag des Kommandeurs legte Rommel seine Ansichten über die Abwehr von Luftlandungen dar. Ich stenographierte im Hintergrund die wesentlichsten Gedanken mit, ohne Rücksicht auf den Stil. Sie geben nur den Inhalt, nicht aber den starken Eindruck der flüssigen und überzeugenden Ansprache wieder. Rommel sagte:
»Wir müssen sehr modern denken, die Kommandeure müssen mit der Technik mitgehen. Was können wir machen? Wir müssen das Gelände so gestalten, daß der Gegner schon bei der Landung Schiffbruch erleidet. Die Artillerie ist nur ein grobes Verfahren, um reinzuhauen. – Die Zusammenarbeit mit dem Flugmeldedienst ist leider noch mangelhaft. Wir müssen beim Angreifer mit den modernsten Mitteln rechnen, Beispiel: Luftlandung bei Nacht wie in Burma, und trotzdem gewinnen. Wie ein raffinierter Jäger müssen wir auf das Wild warten, das aus der Luft kommt.
Für die Arbeiten spannen Sie die Landeseinwohner gegen sofortige Bezahlung ein. Schalten Sie sich in Ihrer Würde als General persönlich ein. Machen Sie es ihnen schmackhaft, daß der Gegner dort nicht so leicht kommt, wo viel gearbeitet wird. Nehmen Sie die Bäume von den Ortschaften. Die Truppe soll sowieso aus den Ortschaften heraus. Draht ist knapp, nehmen Sie ihn aus dem Lande, von Zäunen usw.; ersetzen Sie ihn

durch den, der später rankommt. Springender Punkt ist, daß alles sofort bezahlt wird, nicht erst nach Wochen und Monaten. Der Bauer ist froh, wenn er Geld im Kasten hat. Keine Zwangsrekrutierungen, nur indirekt wirken. Auf dem Wege zur Arbeit singen lassen. Überzeugend beibringen, daß die Arbeiten für die eigene Sicherheit notwendig sind.
Der Gegner hat es verflucht schwer, aus dem Wasser herauszukommen. Es kommt dann der Augenblick, wo er versucht, vom Rücken anzugreifen. Keinen Gegenstoß ohne Artillerieunterstützung! Sonst gibt es große Verluste. Schießen! Schießen!
Machen Sie die Herren wendig für modernen Kampf gegen Luftlande- und Panzertruppen. Der Offizier muß das alles können. – Die Erfahrung mit Feldstellungen zeigt, daß feindliche Bombenteppiche sie zerschlagen. Unterstände sind wertlos. Am besten ist es, die Menschen weit verteilt in Hube-Löchern unterzubringen. [Der Ausdruck wurde erstmalig für Panzerdeckungslöcher gebraucht; Generaloberst Hube war kurz vorher tödlich verunglückt.] Nicht an der Peripherie eingraben, sondern weit verteilt in den Feldern. Der Regimentskommandeur muß im Gelände sein. Ihr müßt Euch Heuschreckenschwärme vorstellen, die bei Mondschein einfallen.«
Im ganzen war es wieder eine sehr klare Stärkung der Männer. Es folgte eine gute Übung der Panzerjäger mit Selbstfahrlafetten, dann eine Fahrt durch das übrige Gelände der Division. Der Eindruck war überall gut, nur wurde beim Bauen immer noch zu wenig auf Tarnung geachtet. Rommel war sehr zufrieden und gab zwei Ziehharmonikas aus.
Beim Essen erzählte der Feldmarschall von seinen Erlebnissen in der gleichen Gegend im Sommer 1940. Als Div.-Kommandeur durchbrach er mit einer Panzerspähabteilung von Süd nach Nord eine französische Division, die von Osten her auf Fécamp zumarschierte. Er ließ nach allen Seiten schießen, stieß durch und schwenkte nach rechts und links ein. Bei Petit Dalles überraschte er den französischen Artilleriekommandeur beim Baden und vereinnahmte ihn, dazu eine Schüssel gerade fertiger Backhühner. Der Angriff auf Fécamp von Osten schlug nicht durch, weil sich Zerstörer von See her mit ihrer Artillerie einmischten. Rommel brach ihn ab und nahm die Stadt am nächsten Tag von Süden. Der anschließende Kampf um St -Valéry en Caux war hart; er gewann ihn durch Feuerkonzentration. Der Gegner suchte schließlich hinter den Steilhängen Deckung; am nächsten Morgen ergaben sich 8 000 Mann.
Um 12.30 Uhr fuhren wir weiter zur Fähre über die Seine nach Quilleboeuf. Bei der Überfahrt über den hier schon ganz beachtlichen Fluß erzählte ich vom Mascaret, der Flutwelle, die bei Springflut im Frühjahr

und Herbst in einer Höhe von 1–2 m und mit einer Geschwindigkeit von etwa 15 km/Std. wie ein brodelnder Wasserwall den Fluß hinaufmarschiert. Von da kamen wir auf die mögliche, aber noch nicht durchgeführte Ausnutzung der Gezeitenkräfte in den Fjorden Norwegens und der Bretagne. Rommel fragte mich: »Was glauben Sie, was ich nach dem Kriege am liebsten tun möchte?« Ich wußte es natürlich nicht, und er sagte: »Ich möchte Direktor der europäischen Kraftwirtschaft werden und sie für ganz Europa nach modernen und einheitlichen Grundsätzen durchorganisieren.« In meinem Tagebuch vermerkte ich: »Ich bin mehr dafür, daß er mal Direktor des Ganzen bei uns wird.« Das behielt ich aber für mich; es kam aus dem immer stärkeren Eindruck, daß Rommel nicht nur ein vorzüglicher Soldat mit besonderen Führereigenschaften und großem technischem Verständnis war, sondern auch eine ausgesprochene Gabe und viel Fingerspitzengefühl für politische Dinge besaß und bei seinem großen Ansehen im In- und Auslande der richtige Mann war, den Wiederaufbau einzuleiten.

Wie schon bei Tisch und bei der Truppe, sprachen wir dann von der Zusammenarbeit mit den Franzosen nicht nur für den Augenblick, sondern überhaupt für einen vernünftigen Aufbau Europas. Jetzt sollte man ihnen den Flakschutz ihrer eigenen Städte überlassen. Schließlich kamen wir auf Ergebenheitsformen zu sprechen. Er schätzte genauso wenig wie ich die dritte Person und lehnte sie vor allen Dingen für das eigentliche Gespräch völlig ab.

Auf dem südlichen Seineufer nahmen wir einen hübschen Abschneideweg mit Blick von der Uferhöhe auf das weite Flußtal und die Kreidefelsen auf der anderen Seite. In Honfleur erwartete uns Generallt. Reichert, um uns durch den Bereich seiner 711. ID zu führen. Er berichtete von mehreren Bombenangriffen auf Batteriestellungen; in zwei Fällen hatte der Gegner Scheinstellungen schwer zerbombt, die gut getarnten, richtigen Batterien einige 100 m davon aber unbehelligt gelassen. Wir besichtigten zuerst die verschartete HKB auf dem Mont Canisy. Die Betonstände der Geschütze waren unbeschädigt geblieben, aber einer durch eine Bombe, die schräg in den Boden gedrungen und unter dem Rand detoniert war, beträchtlich verkantet. Einige Dächer hatten Treffer erhalten, die Geschütze waren aber alle feuerbereit geblieben. Die Batterie war jedoch nicht kampffähig, da das gesamte Gelände um die Geschützstellungen so umgewühlt war, daß Munitionstransport von den etwas abseits liegenden Munitionsbunkern zu den Geschützen nicht möglich war.

Dieser Bombenwurf entschied die Frage der besten Form der Verschartung eindeutig zugunsten der Marine. Diese baute ihre Geschützstände etwas größer als das Heer, mit einem Munitionsraum und mit einer etwa einen Meter breiten Zerschellerplatte um den ganzen Baublock. Das kostete etwas mehr Beton, aber man hatte immer Munition griffbereit, und die Zerschellerplatte verhinderte, daß die Geschütze durch Schrägtreffer verkanteten. Leider war es etwas zu spät, um diese Erkenntnis noch nutzbringend zu verwerten.

Beim Trichterfeld einer völlig umgepflügten Scheinbatterie berichtete ein Feldwebel sehr anschaulich, wie er friedlich radelnd von diesem Angriff überrascht worden war. Er hatte sich in den Graben geworfen, 8 Meter (gemessen) vom nächsten Bombentrichter, hatte die unerhörte Wucht des Bombenteppichs auf kürzeste Entfernung erlebt und war dann etwas bewegt, aber völlig unbeschädigt weitergefahren.

Zum Schluß sahen wir die Ansumpfung der Dives und Teile des Strandes. Der Eindruck war überall ausgezeichnet, Rommel war hoch erfreut und stiftete drei Ziehharmonikas. Von Caburg fuhren wir über Vernon zurück. Ich saß in seinem Wagen; er unterhielt sich sehr aufgeschlossen mit mir.

Zuerst sprach er über seine Art zu führen. Grobheit sei in manchen Fällen der kürzeste und letzten Endes der schmerzloseste Weg, das Notwendige zu erreichen. Es sei ein Erfolg der guten Friedensausbildung gewesen, daß man höllisch aufpaßte und genau ausführte, was einem gesagt worden war. Heutzutage würden Befehle häufig nicht ausgeführt. Der SS fehle diese Art von Friedensausbildung.

Dann sprach er sehr bitter über persönlichen Neid und das viele Querschießen. Anschließend behandelte er Tarnung, Wendigkeit und Findigkeit der Truppe. Er bedauerte sehr den Tod Hubes, der auf einem Flug zum Führerhauptquartier mit dem Flugzeug verunglückt war. Man solle solche Männer nicht zur Berichterstattung kommen lassen, sondern lieber jemand hinschicken.

Zu leichteren Themen übergehend, erzählte er u. a., wie er Jäger wurde. Als er das Jägerbataillon in Goslar übernahm, gab es unter den Offizieren überhaupt keinen Jäger mehr. Darauf veranlaßte er, daß diese wieder lernten zu jagen, und bemühte sich, mit gutem Beispiel voranzugehen. Seine erste Tat war allerdings, den falschen Bock zu schießen. Zur Buße schoß er als nächstes planmäßig einen Perückenbock ab, dann einen mit Schraubengeweih, und dann erst war ein guter Sechserbock verdient. Bei Goslar pirschte er auf Hirsche. Erst schoß er einen guten Achtender, dann sollte er einen noch besseren bekommen. Nach langer Pirsch kamen aber immer nur geringere Hirsche in Sicht. Auf dem Heimweg traf er mit dem Förster dann unerwartet im Walde den richtigen Hirsch. Als Rommel abdrückte, fiel der Schuß nicht, weil er den Sicherungshebel nicht ganz herumgelegt hatte. Er überlegte nun, ob das Gewehr losginge, wenn er den Hebel ganz herumlegte. Er zog das Gewehr fest ein, drückte den Hebel herunter, und es geschah gar nichts. Wiederspannen des Gewehrs wäre zu geräuschvoll gewesen, und der Hirsch hätte wohl auch nicht mehr lange gewartet. Darauf gab ihm der Förster seine Büchse, und der Hirsch fiel im Feuer. Später schoß er dann noch mehrere.

Schließlich erzählte er, wie er angefangen hatte, seinem damals sechsjährigen Jungen das Reiten beizubringen. Er hatte das Pferd in der Reitbahn an der Longe. Als eine Dampfsirene draußen heulte, erschrak es, ging durch, der Sohn fiel herunter und blieb im Bügel hängen. Glücklicherweise ging alles klar. Vater Rommel hatte aber einen erheblichen Schreck bekommen, gab dem Filius erleichtert fünf Mark, sagte seiner Frau nichts und hörte mit dem Unterricht auf.

Dann wurde Rommel wieder ernsthafter und sprach von der Abnutzung der einzelnen Menschen, besonders der soldatischen Führer im Kriege. Was in den ersten Kriegsjahren noch leicht fiel, war im fünften Kriegsjahr häufig nicht mehr zu leisten.

Kurz nach 19 Uhr erreichten wir das Stabsquartier. Meise leitete das Abendbrot mit einem ebenso unerwarteten wie gewaltigen Knall ein, indem er einen der neuen Glaszünder für Landminen auf den Fußboden warf. Er war hocherfreut, daß diese Erfindung so gut funktionierte.

Die 2. Pz.Div. sollte an die Somme verlegt werden. Der ObWest wollte sie im Raum Amiens stationieren, Rommel beantragte sofort Abbeville-Amiens, um wenigstens Teile der Division näher an die Küste zu ziehen.

26. 4.: Hochdruckwetter mit Sonne und kühlem Nordostwind. Ein Aufklärer meldete viele Schiffe auf Spithead Reede, also außerhalb Southhampton und Portsmouth. Anfang der Invasion? Unsere Aufklärung drang leider nicht oft bis zu den feindlichen Aufmarschräumen vor, und man war daher vor Überraschungen nicht sicher.

Speidel fuhr zum ObWest zu einer Besprechung der Chefs der Stäbe über die Lage. – Das AOK 15 wollte Teile der 12. SS-Pz.Div. im Abschnitt der 711. ID einschieben. Rommel lehnte den Antrag sofort ab. Er wollte die Panzerdivisionen zwar so weit vorn haben, daß sie mit der Artillerie der vorderen Teile auf den Strand wirken konnten. Sie sollten aber hinter den Infanteriedivisionen stehen, so daß sie ohne weiteres geschlossen verlegt werden konnten. Das wäre nicht möglich gewesen, wenn sie zwischen die Infanterie eingeschoben gestanden hätten.

Der WB Niederlande wies auf die Schwäche des westfriesischen Raumes hin und beantragte uneingeschränkte Verwendungsmöglichkeit der Marineausbildungseinheiten im Anlandefalle, zugleich Zuführung je eines verstärkten Grenadierregimentes aus den Wehrkreisen VI und X. Der Antrag ging befürwortet weiter (KTB).

Rommel befahl sofortige Errichtung von mindestens einer Scheinstellung für jede im Hauptkampffeld stehende Batterie und Anlage von zahlreichen Panzerdeckungslöchern im Umkreis von 100 m um die richtigen Geschütze. Die Ost-Bataillone wünschte er nur an wenig gefährdeten Stellen und immer zwischen zwei deutschen Verbänden eingesetzt zu sehen.

Am Nachmittag bombardierten feindliche Flugzeuge die Brücken in Mantes. Am Himmel waren zahlreiche Kondensstreifen zu sehen, der Krach war groß, die Brücken aber blieben unbeschädigt.

Rommel, der zu seinem Kummer an Gewicht zunahm, hatte angefangen zu reiten. Man hatte ihm einen Schimmel besorgt, ein schönes Tier, aber ohne Temperament. Hinterher sagte er: »Der ist so langweilig, daß ich ganz kribbelig werde. Langweilige Menschen mag ich auch nicht. Das werden Sie schon gemerkt haben.«

Er war mit der Pressehandhabung nicht einverstanden. Ein mit ihm besprochener Artikel unserer Kriegsberichter war in der »Brüsseler Zeitung« schon vor einigen Tagen erschienen, in Frankreich noch nicht. Im Zusammenhang damit sagte er zu den Berichtern: »Sie können über mich schreiben, was Sie wollen, wenn wir dadurch acht Tage Zeit gewinnen«. Gegen Abend gingen Peters und ich spazieren. Ich fand eine Landschildkröte und nahm sie mit ins Schloß.

Beim Abendbrot wurde besprochen, welche führenden Männer zum Feldmarschall einzuladen seien. Jemand schlug vor, immer ein paar zu gleicher Zeit abzufüttern. Rommel sagte: »Nein, dann wird nur an der Oberfläche geredet. Ich will jeden einzeln bearbeiten, dann kommt etwas dabei heraus.«

Auf dem Rückweg vom Kino, das zwei- bis dreimal in der Woche in einer Höhle spielte, sprach er sich scharf gegen die Leute aus, die ihn hindern wollten, seine Pläne durchzuführen. »Die Panzerverbände werden vorgeschoben« (PAV).

27. 4.: Es herrschte wieder sehr schönes Wetter. Die Engländer nutzten das aus, um erstmalig die Vorstrandhindernisse aus der Luft anzugreifen, und zwar beiderseits Boulogne. Von der Marinegruppe West bekamen wir jetzt gute Lagen. Diesmal brachten sie einen ausführlichen Bericht über den Untergang des Torpedobootes T 29 in der Nacht vom 25. auf den 26. 4. vor der nordbretonischen Küste im Gefecht mit überlegenen britischen Streitkräften. Die Besatzung hatte sich vorzüglich gehalten.
Der Stab des 2. Fallschirmjägerkorps und die 5. Fallschirmjägerdivision sollten auf Befehl Hitlers sofort in die Bretagne verlegt werden, da er hier eine Landung befürchtete. Rommel beantragte, sie in den Raum Rennes zu legen, von wo sie sowohl in Richtung St-Malo wie auf Lorient operieren konnten.
Ich fuhr nach Paris, zuerst zu den Festungspionieren, um sie wegen der Zerschellerplatte bei den Schartenbauten zu befragen. Es stellte sich heraus, daß sie vorgeschrieben war, man sie aber meist nicht mitgebaut hatte, um Beton zu sparen. Es wurde ohne weiteres zugegeben, daß die Marinekonstruktion praktischer war, wenn sie auch mehr Beton verbrauchte.
Dann fuhr ich zu Admiral Krancke. Er war sehr nett, die Frage meiner persönlichen Unterstellung wurde nicht mehr erwähnt. Ohne daß ich ihn darauf ansprach, gab er noch einmal seine Überlegungen für das Nichtwerfen von Minen und die Gründe für die sogenannten Blitzsperren. Das Material für diese lag vorbereitet in verschiedenen Häfen, so daß sie bei Alarm sehr schnell geworfen werden konnten. Ich war anderer Ansicht, weil ich bezweifelte, daß sie an der Angriffsstelle, wo sie am nötigsten waren, noch rechtzeitig gelegt werden konnten. Ich plädierte noch einmal für Verminung der Seine-Bucht und für das Legen von KMA.
Wir sprachen dann von den Batterien. Krancke bedauerte die konservative Einstellung der Pioniere, die nur ihre Regelbauten kannten und ausführten. Die Drehtürme aus Beton hätte man schon vor zwei Jahren anfangen können. Jetzt war es zu spät. Schließlich besprachen wir Fragen der Tarnung und das Gefecht von T 29.
Zum Mittagessen war ich bei Feldmarschall Sperrle zu Gast und brauchte nicht zu darben. Er war nett und gewaltig wie immer und schimpfte in milder Form über die Marine, weil man sich früher einmal über die Besetzung der Seenotboote nicht einig geworden war.
Ich bestellte mir die vorgeschriebene feldgraue Einsatzuniform und fuhr

dann über Maisons La Fitte und über eine schmale Brücke bei Meulan über die Seine, weil ich der Lage in Mantes nicht traute. Auf diesem Wege blieben wir trotz starken Luftbetriebes ungebombt. Kurz hinter Meulan las ich drei Offiziersanwärter der Heeresflak mit viel Gepäck auf, die etwas verloren in der Gegend standen. Sie hatten lediglich Befehl, sich nach einem Dorf, dessen Namen sie nicht wußten, 8 km hinter Meulan zu begeben.

Nachts riesige Überflüge. Das Verhältnis der beiderseitigen Luftwaffen war beschämend.

28. 4.: Erledigte früh Post und Papier, erträglich, da die kleineren Probleme zumeist gelöst waren und bei den großen nicht mehr viel zu erreichen war. Machte meine Steuererklärung fertig; sie erschien im Vergleich zur allgemeinen Lage recht unwichtig.

Peters fuhr nach Paris, um die Marinegruppe von seiner Idee zu überzeugen, die Küstenartillerie möglichst nur mit seitlicher Beobachtung schießen zu lassen.

Ich trug Rommel das Ergebnis der Fahrt nach Paris vor, Blitzsperren, Tarnung, Zerschellerplatte. Anschließend brachte ich im Vorzimmer die Schildkröte mit dem jungen Hund zusammen, der erst große Angst hatte, sie dann aber mutig anbellte. Das lockte den Chef des Stabes vom Schreibtisch, dann auch den Oberbefehlshaber, und der Ernst der Lage war für einige Minuten vergessen.

Nachmittags erledigte ich weiteres Papier und Post und las dann ein Buch über Karl XII. »Erstaunliche Parallelen zu Hitler. Nur mit dem Dickkopf geht es eben nicht« (PAV).

Um 17 Uhr kam General Geyr von Schweppenburg zu einer Besprechung zu Speidel, um 18 Uhr Guderian, und es wurde bei Rommel weiter verhandelt. Thema: Grundsätzliche Fragen der Kampfführung, insbesondere Verwendung der Panzerdivisionen.

Um 19 Uhr erschien der Kommandierende General des 11. Fliegerkorps, um zu erreichen, daß die 5. F.Sch.Div. (5000 Freiwillige aus der Nachrichtentruppe und Flak, noch keine schweren Waffen, nur 1500 Gewehre) noch einige Wochen in der Gegend von Chalons-sur-Marne belassen würde, weil dort Ausrüstung und Material wenigstens zur Hälfte vorhanden seien. Die befohlene Verlegung in den Raum Rennes würde die Ausbildung stark verzögern. Rommel lehnte ab; ihn drängte es, Truppen in die Nähe der westlichen Normandie zu bekommen.

Guderian war beim Abendbrot höchst lebendig und unterhaltsam. Er erzählte von der Entwicklung der Selbstfahrlafetten und Sturmgeschütze.

Die Artilleristen hatten sie nicht haben wollen, denn Kanonen müßten mit der Mündung nach hinten gefahren werden, wie seit ein paar hundert Jahren. Auch die Tigerfibel wurde wieder besprochen und zitiert; eine weitere Vorschrift in Reimen war auch schon vorhanden, aber noch zu lang. Die ungezwungene Art, in der Guderian und Rommel sich unterhielten, und einzelne Bemerkungen ergaben den Eindruck, daß Guderian die Rommelschen Pläne nicht abgelehnt oder gar bekämpft hatte. Es war zu hoffen, daß die Verwendung der Panzerverbände nun bald endgültig in Rommels Sinn geklärt und die Verteidigung damit entscheidend verstärkt würde.

LETZTE MASSNAHMEN

Seit der Kommandoübernahme waren zehn Wochen vergangen. Sie hatten trotz vieler Schwierigkeiten und mancher Widerstände deutliche Fortschritte gebracht. Die von Rommel befohlenen Maßnahmen waren überall angelaufen, wenn auch zum Teil mit erheblichem Zeitverlust.

Auch der Gegner war nicht müßig gewesen. Seine Bereitstellungen in Südengland hatten nach allem, was darüber durchsickerte, ebenfalls erhebliche Fortschritte gemacht. Das Nachrichtenbild deutete darauf hin, daß er auch im Mittelmeerraum Kräfte bereitstellte, möglicherweise zu einer Operation gegen Südfrankreich, vielleicht auch Südwestfrankreich. Rommel fuhr daher noch einmal an die südliche Biskaya und das Mittelmeer, um gemäß seinem Inspektionsauftrag zu prüfen, wie die Arbeiten an der Verteidigung dort vorangegangen waren.

Wir starteten am 29. 4. um 6 Uhr und legten am ersten Tage 780 km zurück. Um 11 Uhr machten wir in Nantes die erste Pause, erhielten die übliche Unterrichtung und aßen im Soldatenheim. Zwei Französinnen bedienten im Zeitlupentempo, offensichtlich zum ersten Male. Sie boten grundsätzlich von rechts an, fingen einige Plätze vom Feldmarschall an und widmeten sich im wesentlichen den jüngeren Herren. Die eine sah gut teutsch aus, die andere war wundervoll zurechtgemacht und duftete entsprechend lieblich.

Am Nachmittag fuhren wir die Küste von der Loire zur Gironde ab (Pornic, St-Jean de Mont, St-Gilles, Les Sables d'Olonne, Rochefort, La Coubre mit 80. AK, 158. RD, 700. ID, 17. SS-Pz.Gr.Div. dicht dahinter). 20.45 Uhr kamen wir in Royan an. Ich wohnte bei dem Seekommandanten, Kpt.z.S. Michahelles, mit dem ich mich gut verstand. 21.15 Uhr Abendessen im Offiziersheim. Anschließend tagte die Marine im Golfhotel; die meisten kannte ich gut.

Im Hauptquartier war das Hauptproblem das Bataillon der Wehrgeologen, das von SS-Obergruppenführer Jüttner nur zur Verfügung gestellt wurde, wenn sicher war, daß es geschlossen eingesetzt würde.
30. 4.: Wir setzten früh mit einem Hafenschutzboot über die Gironde und fuhren dabei eine Ehrenrunde um den Zerstörer Z 37, dessen Besatzung paradierte, was Rommel sichtlich erfreute. Auf dem Wege nach Bordeaux wurden einige Stellungen besichtigt, bei einem großen Waldbrand waren von 200 000 dort liegenden Minen etwa 10 000 detoniert. Dünn besetzt; Rommel bezwang sich, nicht zu schimpfen, da er hier nichts zu befehlen hatte. Im Hauptquartier des AOK I (Generaloberst Blaskowitz) fand zuerst eine Besprechung im kleinsten Kreise statt. Bei dem erfreulich einfachen Mittagessen erzählten Rommel und Blaskowitz von ihren Kriegserlebnissen, Rommel vom Durchbruch bei El Alamein, vor dem die Engländer 50 von seinen 70 8,8-cm-Flakgeschützen systematisch mit Panzern zusammengeschossen hatten. Rommel hatte sich vor dem sich abzeichnenden Durchbruch auf bewegliche Kampfführung vorbereitet, die Trosse zurückgezogen, mußte sie aber auf Befehl des OKW wieder nach vorn schicken. Trotzdem machten die Engländer nur wenig deutsche Gefangene. Sie hatten die Seeherrschaft und die Küstenstraße, das Afrikakorps marschierte parallel nach Kompaß durch die Wüste und brachte 70 000 Mann von 80 000 zurück.
13 Uhr weiter nach Arcachon. Dort fiel ein Bunker auf, der am Wasser stand, Schußrichtung aber nur ins Land hinein hatte. Weiter nach Süden, viel Sand, Störung an meinem Wagen. Wurde abgehängt und fuhr unmittelbar zum Treffpunkt Biarritz, durch wunderbaren Sonntagsfrieden in sonnenbeschienener Landschaft mit hellem und sattem Grün, Pinienwäldern, Steineichen, kleinen Flüßchen, baskischen Häusern mit flachem Dach, älteren Herren, die ein Kugelspiel spielten, Mädchen in baskischer Tracht, Pferdegespanne mit doppeltem Holzkummet.
20.45 Uhr Abendbrot im Soldatenheim Biarritz auf baskischem Geschirr, das von Villeroy & Boch im Saargebiet gefertigt war. Thema der Unterhaltung war das am Tage Gesehene und dann der erste Rückzug Rommels in Afrika, Auseinandersetzung mit General Bastico. Ein Gebirgsjägermajor erzählte von der Besetzung der griechischen Inseln im Herbst 1943 gegen starken italienischen Widerstand.
Die Soldaten waren in großen Mengen gekommen, um den Feldmarschall zu sehen und ihm ungezwungen eine Ovation zu bringen, was diesem Freude bereitete. Unter ihnen war ein Bootsmannsmaat mit dem EK I von der Bordflak; er hatte sich im September 1943 in Castellamare bei

Neapel mit wenigen Deutschen gehalten und den Rest seiner Widersacher gefangengenommen.
1. 5.: Um 6 Uhr Start. Der Feldmarschall bekam von Unbekannt einen Maiglöckchenstrauß zugeschickt. Wir fuhren anfangs bei etwas Nebel, dann bei klarer Sicht und strahlender Sonne zum Mittelmeer mit wunderbarem Blick auf die Pyrenäen.
13.30 Uhr Eintreffen in Perpignan. Die Straßen waren durch Polizei abgesperrt, Rommel fragte warum und war etwas überrascht, als er erfuhr, daß es seinetwegen sei. Die Bevölkerung interessierte sich stark für ihn. Mittagessen bei General Petersen, dem Kommandierenden des Luftwaffenfeldkorps. Außer weiteren Generalen war Konteradmiral Schulte-Mönting da, damals Seekommandant Provence. Bis zu Großadmiral Raeders Abgang war er dessen Chef des Stabes gewesen; er war eine überlegene Persönlichkeit, schnell im Auffassen und Entscheiden, mit gutem Gefühl für Menschen und Zusammenhänge. Beim Essen besprachen wir mit dem örtlichen Divisionskommandeur, ob es möglich wäre, daß die Marine die Verteidigung der Häfen übernähme. Wir waren uns einig, daß ältere Marineoffiziere dazu im Stande sein müßten. La Rochelle (Vizeadmiral Schirlitz), Royan (Konteradmiral Michahelles) und Dünkirchen (Konteradmiral Frisius) bewiesen das später.
Nach dem Essen trug der Divisionskommandeur über seinen Abschnitt und den Stand der Arbeiten vor. Anschließend fuhren wir nach Port Vendres, dem antiken Portus Veneris, dicht an der spanischen Grenze. Im Hafen lag eine Flakkorvette. Es ging nun an der Küste nach NO mit schönem Blick auf das Meer und rückwärts auf die Pyrenäen. Wir besichtigten einzelne Widerstandsnester, die in den Felsen gebaut waren, mit Tetraedern im Wasser dort, wo Sandstrand kleinere Landungen möglich machte.
Im Abschnitt der 277. ID waren bisher 237 000 Minen verlegt, davon 99 000 im April. In Sète fuhren wir zum Leitstand hoch auf dem Berg, der Stadt und Hafen beherrschte. Der Weg war steinig und kostete uns leider eine Decke. Oben hielt der Kommandeur der 271. ID seinen Vortrag. KTB: »Es wird hier sehr klar und fleißig gearbeitet.« Anschließend fuhren wir noch ein Stück nach Osten und dann wieder zurück.
Auf der ganzen Fahrt mußten wir häufig zu kurzen Besichtigungen aussteigen. Es ging immer sehr schnell weiter, und Schulte-Mönting war dieses Tempo nicht ganz gewohnt. Während der Fahrt erzählte er viel Interessantes aus der inneren Marinegeschichte der letzten Jahre. Besonders aufschlußreich war für mich, daß Hitler bald nach Mussolinis Sturz posi-

tive Angaben über die italienischen Verhandlungen mit den Westalliierten hatte, aber Kesselring nicht davon unterrichtete.
21.30 Uhr trafen wir in Montpellier ein. Der Feldmarschall blieb ausnahmsweise in hohen Stiefeln, ich zog mich in 12 Minuten um und erreichte gerade noch den Anschluß zum Essen beim Kommandeur der 271. ID in einem Herrenhaus außerhalb der Stadt. General Kaliebe erzählte, wie er sich beim Besuch einer Marinebatterie dem Kommandeur vorgestellt und zur Antwort bekommen hatte: »12,7 cm«, weil der gemeint hatte, er habe nach dem Kaliber gefragt.
Im Hauptquartier war an diesem Tage wichtig:
Die Vorausabteilungen des 2. Fallsch.Korps und der 5. Fallsch.Div. am 30. 4. zu AOK 7 in Marsch gesetzt. 91. LLD rollt ab 2. 5. nach der Halbinsel Cotentin. Verlegung 2. Pz.Div. wird 3. 5. beendet.
OKW erbittet über ObWest für Führervortrag kurze Lagebeurteilung über Verteidigungsfähigkeit des Abschnittes des 84. AK unter besonderer Berücksichtigung des eigenen Kräfteverhältnisses bei Feindangriffen von See her und bei Luftlandungen. ObWest erhält am gleichen Tage eine entsprechende Meldung des AOK 7 und eine Lagebeurteilung der Heeresgruppe B. Mar.Gr.West entschließt sich, eine Anzahl von Blitzsperren (durch Torpedoboote) schon jetzt werfen zu lassen, die meisten davon zwischen Le Havre und Boulogne.

Noch 35 Tage bis zur Invasion

2. 5.: Bei schönem Wetter 6.30 Uhr gestartet zur 338., 244. und 242. ID. Zuerst durch die Camargue zur alten Stadt Aigues-Mortes mit völlig erhaltener Stadtmauer. Von hier war Ludwig der IX. im Jahre 1248 zum 7. Kreuzzug nach Tunis in See gegangen. Am Strand bei Le Grau-du-Roi sahen wir Vorstrandhindernisse und Holzpfahlreihen. Auf der Weiterfahrt nach Port St-Louis passierten wir einen Grabenpflug, der das flache Land gegen etwaige Landungen aus der Luft umpflügte. Wir lästerten über die guten Deckungsgräben, die so für Fallschirmspringer entstanden. Bei Fos Plage bestanden die Vorstrandhindernisse aus Holzpfählen mit Minen darauf, ergänzt durch 4 m breite Holzflöße, ebenfalls mit Minen darauf und mit Betonklötzen verankert. Einen Wintersturm würden sie wahrscheinlich nicht aushalten, für den Sommer waren sie gut.
Weiter im Innern des ganz flachen Lagunengebietes kamen wir durch zahlreiche Felder aus etwa eineinhalb Meter hohen Pyramiden aus zu-

sammengetragenen Geröllsteinen, gegen Luftlandungen gedacht; sie veränderten das Landschaftsbild stark.

Ein abscheulicher Weg durch steiniges Gelände mit schönen Blicken auf die See brachte uns südlich Port de Bouc in Richtung Marseille bis zur Divisionsgrenze hinter Couronne. Auf einer Höhe mit dem Meer als Hintergrund hielt der Feldmarschall eine eindrucksvolle Ansprache an die dort versammelten Offiziere.

Er ging von seinen Erfahrungen in Afrika aus, beschrieb die Kampfweise und Zähigkeit der Engländer und betonte, daß sie modernstes Material verwendeten. Es sei menschlich verständlich, daß man meist nur die eigenen Erfahrungen verwerte, fremde nur unter Druck. Wir hätten aber keine Zeit mehr, selbst welche zu sammeln, es sei 5 Minuten vor 12; daher sein Auftrag.

Nachdem der ursprüngliche Gedanke, einen etwa angelandeten Feind im Gegenstoß wieder hinauszuwerfen, fallengelassen und es statt dessen allgemeine Auffassung geworden sei, den Feind in der HKL am Strand zu vernichten, entspreche die jetzt vorliegende Planung den tatsächlichen Notwendigkeiten. Der Kampf werde hart werden. Es müßten alle technischen Mittel eingesetzt werden, um das Fehl an Menschen auszugleichen. Die bisherige Arbeit stelle einen guten Anfang dar. Er sei schon einmal hier gewesen und besonders erfreut, daß seine Anregungen so vorzüglich aufgenommen und weitergebildet worden seien. Nun solle aber niemand denken, daß man fertig sei. Das Ziel werde erreicht sein, wenn jede Kompanie über ihre eigene Betonfabrik verfüge, in der Vorstrandhindernisse aller Art hergestellt werden. Die Hinderniszone am Strand solle im Endziel eine Breite von mindestens 300 m besitzen.

Drei Absichten:
»Korallenriff« vor der Küste;
große Minenfelder mit Landfront;
Verpfählung gegen Luftlandung.

Das Korallenriff müsse vernichtende Wirkung haben. Dazu habe nicht nur der Pionier gedanklich mitzuarbeiten, sondern jeder Offizier und Mann müsse vom Streben erfüllt sein, Vorstrandsperren zu schaffen und zu verstärken. Die Masse der Division müsse so untergebracht sein, daß sie in der Lage sei, mit der Waffe auf den Strand zu wirken. In der Frage der Verminung sei viel geschehen, das Ergebnis sei aber noch nicht vollkommen, zur Zeit lägen drei Minen auf jedem Meter Küstenfront, das Ziel sei 100. Im ganzen seien im Divisionsabschnitt noch 800 qkm zu verminen.

Die Landfront habe ebenfalls große Bedeutung; sie müsse unter Einsatz aller technischen Mittel verstärkt werden. Da damit zu rechnen sei, daß der Gegner mit vorzüglich ausgerüsteten Luftlandetruppen kommen wird, sei auch hier das Minenfeld der beste Schutz. Aus den Erfahrungen in Afrika müsse der Schluß gezogen werden, daß die beste Lösung der Verteidigung im Einbau von Widerstandsnestern in die Minenfelder zu finden sei. In ihnen sei auch der letzte Mann des Trosses unterzubringen.

Der Krieg werde noch eine Weile dauern. Der feindliche Großangriff stehe unmittelbar bevor. Es sei sehr wohl möglich, daß er im Süden beginne. Beim Gegner werde gesagt: »Tötet die Deutschen, wo ihr sie auch trefft.« So etwas liege uns nicht. Wir kämpften als anständige Soldaten, aber nicht weniger hart als die anderen. Die vernichtende Abwehr des feindlichen Angriffs auf die Küsten Frankreichs werde unser Beitrag zur Vergeltung sein.

Die Ansprache brachte die gleichen Grundgedanken wie immer, nur in besonders wirkungsvoller Weise. Anschließend fuhren wir an Marseille vorbei nach Toulon. Auf der Höhe beim Fort Le Rove erwartete uns eine große Menge von Offizieren, darunter Vizeadmiral Wever, der Kommandierende Admiral Südfrankreich, und K.Kapt.d.R. Polenz, der Chef der 6. Sicherungsflottille. Von oben hatten wir einen guten Blick auf den Hafen. Der Kommandeur der 244. ID erläuterte hier seinen rechten Abschnitt, auf dem Gefechtsstand Aubagne den linken mit den Buchten von La Ciotat und Bandol. Bisher waren im Divisionsbereich 127 000 Minen verlegt.

Beim Mittagessen im Soldatenheim Aubagne setzte man uns leider streng nach der Rangliste, so daß ich von meinen Marinefreunden getrennt wurde. Bemerkenswert war nur der Trinkspruch »Auf das hochverehrte Wohl des Herrn Feldmarschall«. Nach Tisch wurde östlich La Ciotat eine Fabrik für Tetraeder und neuartige Tschechenigel gezeigt, die zwei Meter hoch waren mit einem Betonklotz in der Mitte. Weiterfahrt mit Ansumpfungen und Minenfeldern bis Hyères. Hier hörte nach 17 Uhr die Besichtigung auf. Auf dem Rückweg fuhren wir durch die Stadt Aix, wo auf einem platanenbestandenen Platz die Bürgerschaft gemütlich promenierte. 19.30 Uhr erreichten wir Avignon.

Bei General von Sodenstern gab es, nicht unerwartet, ein gutes Abendbrot mit anregenden Gesprächen, die sich durchaus nicht nur mit unseren augenblicklichen Aufgaben beschäftigten, wenn diese natürlich auch eine bedeutende Rolle spielten. Der Gastgeber sagte mir offen, daß er jetzt verstanden habe, was Rommel wolle, und daß er dessen Pläne für richtig

halte. Er sei nur etwas unzufrieden mit sich selbst, weil er nicht von allein darauf gekommen sei.
Einer der Gäste, ein Oberst der Gebirgsjäger, hatte Narvik mitgemacht und war kein besonderer Freund der Seefahrt geworden. Rommel erzählte von beweglicher Taktik in Afrika. Um 23 Uhr fuhr der Feldmarschall in sein Quartier, sein Stab ging bei Mondschein zum Schloß der Päpste und setzte sich dann in die Bar des Hotels, um etwas von der großen Welt zu sehen. Diese bestand aus zwei Offizieren, die sich etwas geniert fühlten, mit zwei mäßigen Mädchen, die sich nicht geniert fühlten.
Am 3. 5. starteten wir kurz nach 7 Uhr. Es ging das Rhonetal aufwärts, ohne besondere Ereignisse bis auf das Sichten einiger *deutscher* Flugzeuge. Mittagessen im Soldatenheim Chalons-sur-Saone, wo wir nur ganz allgemein nach Kopfzahl angemeldet waren, mit dem Zusatz, die Herren würden möglicherweise in Zivil kommen. Man war erstaunt und erfreut, als man den Hauptgast erblickte.
Beim Essen wurden neue Gedanken besprochen; Rommel beschäftigte sich mit Beleuchtung des Vorfeldes, um den Gegner beim nächtlichen Landen zu stören und irrezuführen. Die Schwierigkeiten lagen in den Kabeln und Stromquellen. Ich hatte ihm die Niederschrift über eine neuartige Minenverwendung bei Antritt der Fahrt gegeben. Er war damit einverstanden; sie war ganz einfach und wurde eingeführt, aber zu spät, um noch eine Rolle zu spielen.
Rommel sprach dann sehr für die Zusammenarbeit der Wehrmachtsteile, der Ministerien und sonstigen Behörden. Es würde viel zuviel gegeneinander gearbeitet. Er äußerte sich sehr scharf gegen Ehrgeiz, Neid, Mißgunst und Eigennutz. Er beabsichtige, nächstens Unteroffiziere aller Wehrmachtsteile einzuladen, um zu ihnen zu sprechen. Weiter ging es über Avalon – Auxerre – Fontainebleau. Der letzte Wagen hatte einen leichten Zusammenstoß, konnte aber folgen. Um 19.30 Uhr waren wir wieder in La Roche Guyon; die Stimmung beim Abendbrot war fröhlich. Anschließend Film, Problem alter – junger Bauer, gut gespielt. Ich brachte dann Meise nach Hause, wobei wir über Minen sprachen.
Generaloberst Blaskowitz war mit Führung der Heeresgruppe G beauftragt worden, die aus 1. und 19. Armee bestand. General Diem hatte den Raum Cherbourg besucht und festgestellt, daß die Verminung und Verpfählung noch sehr mangelhaft war (KTB).
4. 5.: Mäßig viel Papier, Jagdbomberangriffe auf die Brücken von Mantes. Wir sahen uns die Anflüge vom Rittersaal des Schlosses an. Nachmittags besuchte ich General Gercke, unseren Nachrichtenführer, befragte einen

Feldgrauen nach seinem Quartier und merkte dabei, daß es ein Russe war. Er antwortete in bestem schwäbischem Tonfall: »General Gercke, da isch er.«

Beim Abendbrot erzählte Rommel fröhliche Erlebnisse aus seiner Leutnantszeit. Er äußerte sich befriedigt über AOK 19.

ObWest wollte die Nebelwerferbrigade 7 im Raum Beauvais unterbringen, etwa 80 km hinter der Küste, AOK 7 das Stellungswerferregiment 101 zwischen Flers und Alençon, etwa ebenso weit hinten, während Heeresgruppe B es auf der Halbinsel Cotentin aufstellen wollte. Es war bezeichnend, daß der Rommelsche Verteidigungsplan zwar im Grundsatz genehmigt war, daß aber gerade die höchsten Stäbe sich immer noch nicht dazu durchgerungen hatten, in der Praxis entsprechend zu handeln.

Abgesehen von Besprechungen bei den Stäben in Paris blieben wir am 5. 5. in La Roche Guyon.

KTB: Speidel besprach mit dem Artilleriekommandeur 309 den Einsatz der Werferbrigade 7 und des Stellungswerferregiments 101. Das OKM genehmigte den Einsatz der Schiffsstammabteilung 14 und 15 in der vorderen und hinteren Wasserstellung Hollands. Rommel lehnte den Antrag des AOK 15 ab, die Luftlandehindernisse durch Organe der Luftwaffe überprüfen zu lassen. Es war genau das gleiche wie bei den Vorstrandhindernissen. Er war sich völlig klar darüber, daß sie nicht ideal waren, setzte aber auch ihre psychologische Wirkung in seine Rechnung ein. Bei den eigenen Truppen wäre diese durch das sicher abfällige Urteil der Luftwaffenexperten gemindert worden. Das wollte er vermeiden.

6. 5.: Leichter Regen, kühl. Speidel hatte eine Besprechung mit den Stabschefs der Armeen und der Militärbefehlshaber, fortgesetzt mit Krancke, Stülpnagel und dem Chef des Stabes der Luftflotte 3.

Umorganisation bei der Marine, Marinegruppe Nord sollte aufgelöst werden. Dönitz forderte mich an, Rommel lehnte ab.

2. F.Sch.Div. aus dem Osten frei gemacht. Sie soll bei der 21. Pz.Div. eingesetzt werden.

16.30 Uhr Staatssekretär Ganzenmüller vom Reichsverkehrsministerium zum Tee und zu einer Besprechung bei Rommel. »Viel Erfreuliches konnte er auch nicht berichten. Im Falle der Invasion kann nur mit wenig Verschiebungen gerechnet werden« (TBR).

AOK 7 will den Stab des 74. AK herausziehen, Rommel war nicht einverstanden.

Chef ObWest rief an, daß Hitler den Bereich von Cherbourg als sehr gefährdet ansähe und wünsche, daß entsprechende Gegenmaßnahmen getroffen würden. »Der Führer vertritt die Auffassung, daß nicht mit einer Invasion in 500 km Breite zu rechnen ist, sondern in erster Linie ein Angriff auf die Normandie und in zweiter Linie gegen die Bretagne erfolgt. Die letzten Nachrichten zeigen erneut in diese Richtung. OKW hat gleichzeitig auch Sorgen um den Pferdebestand der 243. ID; offensichtlich denkt OKW nicht an Verstärkung des Nordteils der Halbinsel Cotentin durch einen größeren Verband, sondern an den Einsatz zahlreicher kleinerer Aushilfen. Ein Einsatz der OKW-Reserven kommt nach Auffassung des OKW zunächst nicht in Frage« (KTB).

Wenn das OKW die Ansichten Hitlers über den voraussichtlichen Ort der kommenden Landung so eilig betont durchgab und durch weitere Nachrichten untermauerte, wäre zu erwarten gewesen, daß es sich nicht länger dagegen sträubte, in der Normandie einen Schwerpunkt zu bilden, wie Rommel ihn forderte. Statt an die schnellen gepanzerten Verbände dachte es aber nur an eine Infanteriedivision, und das ermüdende Stellen von Anträgen und Suchen nach Aushilfen mußte weitergehen.

Zunächst machte es zahlreiche Gespräche mit AOK 7 nötig, denen zufolge Sperrverband 700 (Lehrtruppe der Armeepioniere), Panzerabteilung 206 und das Sturmbataillon der 7. Armee für die Halbinsel Cotentin in Frage kamen. Die Infanterieeinheiten der 243. ID wurden zum Ausbau der Küstensperren bis 16. 5. eingesetzt.

Nachts Luftangriffe auf die Brücken bei Mantes. Erhebliches Geräusch.

Noch 30 Tage bis zur Invasion

7. 5. (Sonntag): Kühl. Während des Mittagessens Luftangriffe auf Mantes und Vernon.

AOK 7 machte folgende Vorschläge zur Verstärkung der Normandie:

a) Verschiebung der 243. ID nach Nordwesten nördlich der Linie St-Saveur le Vicomte-Barneville.
b) Ein Regiment der 243. ID verstärkt durch Pz.Abt. 206 in den Abschnitt Cap de la Hague-Cap de Carteret.
c) Verbleiben der Panzerjägerabteilung 342 im bisherigen Raum der Division zur Besetzung der beherrschenden Höhen.
d) Verlegung des Sturmbataillons AOK 7 in den Raum um La Haye de Puits.
e) Zuführung der 2. Fl.Div. in den bisherigen Raum der 243. ID.
f) Einsatz der Panzerersatz- und Ausbildungsabteilung 100 im Inneren der Halbinsel Cotentin.

Die Heeresgruppe sagte die entsprechenden Befehle zu, ebenso Täuschungsbefehle.
Ferngespräch mit den Niederlanden: Befehlshaber der Waffen-SS in den Niederlanden hat erklärt, daß er den linken Abschnitt der 16. Luftwaffenfelddivision nicht übernehmen kann ohne ausdrückliche Weisung des Chefs des SS-Führungshauptamtes. Es bleibt demnach nichts anderes übrig, als zunächst Klärung der Dinge abzuwarten (KTB).
9., 11., 116. Pz.Div. unter Verwendung und Auflösung der 155., 179. und 273. Res.Pz.Div. aufgestellt.
8. 5.: Im Hauptquartier keine besonderen Ereignisse, Fliegeralarm. Ich war kurz bei Speidel wegen Neuordnung des Flottenkommandos und Wegfall der Gruppe Nord; bat ihn, den OB in seinen technischen Forderungen etwas zu bremsen. 91. Luftlandedivision wird statt der 2. Fl.Div. in den bisherigen Raum der 243. ID geleitet. Entscheidung fiel in zwei Stunden. Die Zunahme der Eisenbahnsabotage gefährdet die Versorgung des AOK 7.
Der »Grundlegende Befehl Nr. 38 des Oberbefehlshabers West« traf ein (s. Anhang S. 271). Er regelte die Befehlsgliederung im ObWest-Bereich neu und sollte am 12. 5. mittags in Kraft treten. Für die Heeresgruppe B (Rommel) war nur neu, daß die Grenze für die Kampfführung zwischen ihr und der neugegründeten Armeegruppe G (Blaskowitz) von Tours nach Osten an der alten Demarkationslinie bis zur Schweizer Grenze bei Genf verlief. Im ganzen war sie unbefriedigend, denn an der Unterstellung der schnellen Verbände änderte sich nichts. Die Heeresgruppe B hatte nach wie vor lediglich die taktische Führung der 2., 116. und 21. Pz.Div., ohne das Recht, sie zu verschieben und so einen Schwerpunkt zu bilden. Die 2. SS-Pz.Div. und die neu aufgestellte 9. und 11. Pz.Div. standen im Raum der Armeegruppe G und waren ihr in der gleichen Weise begrenzt unterstellt. Das Generalkommando des 1. SS-Pz.Korps mit der 1. und 12. SS-Pz.Div., der 17. SS-Pz.Grenadierdivision und der im Anrollen begriffenen Pz.Lehrdivision blieben OKW-Reserve. Rommel konnte sie also weder näher an die Küste heranziehen, noch konnte er im Alarmfall über sie verfügen, ehe das OKW sie freigegeben hatte.
Das Pz.Gruppenkommando West (Geyr von Schweppenburg) blieb dem ObWest (von Rundstedt) unmittelbar unterstellt und stand ihm als Führungsstab für den Alarmfall zur Verfügung. Es war nach wie vor für die Ausbildung aller Panzerverbände im Westraum und für etwaige Neuaufstellungen verantwortlich.
Die Marinegruppe West und die Luftflotte 3 wurden gebeten, weiterhin

mit dem ObWest und der ihm unterstellten Heeresgruppe B und Armeegruppe G eng zusammenzuarbeiten.

Dieser »Grundlegende Befehl« war zwar durchaus klar, er änderte aber im Grunde nichts an der unzulänglichen Kommandostruktur, die verhinderte, daß die Oberbefehlshaber im Westen die in ihren Befehlsbereichen stehenden Kräfte einheitlich und verzugslos einsetzen konnten.

Rommel fuhr am Nachmittag nach Paris zur Besprechung bei Feldmarschall von Rundstedt mit Sperrle, Blaskowitz, Geyr von Schweppenburg und Krancke und ihren Chefs der Stäbe.

9. 5.: »Fahrt nach der Halbinsel Cotentin, die Schwerpunkt eines feindlichen Landeunternehmens zu werden scheint« (TBR).

7 Uhr über Vernon (Brücke entzwei, Fähre) nach Houlgate, dort gute Vorstrandhindernisse. Während wir zwischen ihnen auf dem feuchten Sand herumliefen, kam die Flut. Sie steigt hier 3 m in der Stunde, und wir mußten uns beschleunigt zurückziehen. Besichtigten die Batterie Houlgate, nicht verschartet, durch Fliegerangriffe ziemlich zerwühlt. Die Dives-Ansumpfung war zurückgegangen, da das Wetter zu trocken war. Vor Caen warteten wir einen Fliegeralarm ab. Der Feldmarschall besprach sich zuerst allein mit General Marcks. Wir andern standen so lange in der Sonne. Dann trug Marcks vor. Starke feindliche Luftaufklärung, besonders beiderseits der Orne und über der Cotentin, Angriffe auf Artilleriestellungen an der Ostküste, auf Durchgangsstraßen im Raum Carentan und auf Straßenkreuzungen. Der OB gab seine Absicht bekannt, die Truppenstärke auf der Halbinsel zu verdichten, um auch gegen Flankenbedrohung vom Westen zu sichern. Bei der geringen Breite der Halbinsel (rund 35 km, von Carentan bis Lessay 25 km) und bei der guten Deckung, die ihr Heckengelände gegen Fliegersicht bot, konnte jede Truppe aus dem Inneren schnell in die Verteidigung der Ostküste oder der Westküste eingreifen. Er äußerte Sorge wegen der Verteidigung der Kanalinseln. Marcks hielt Landung auf Guernsey wegen der starken Befestigung nicht für möglich. Auf Jersey sei Luftlandung möglich, Landung von See sehr schwierig. Die OT hatte ab 1. Mai keinen Zementzug mehr bekommen. Zement sollte nun auf Booten von Le Havre herangeschafft werden.

Der Kommandierende General hatte sich bei allen Arbeiten soweit wie möglich auf Holz umgestellt, insbesondere bei den Vorstrandhindernissen. 80 km davon waren fertiggestellt, 170 000 Luftlandepfähle gesetzt.

Ein Vortrag des Festungskommandanten von Cherbourg schloß an. Dieses war gegen See gut befestigt, am Ausbau der Landfront war noch zu arbeiten (KTB, reichlich optimistisch).

Dann folgte Vortrag des Kommandeurs der 21. Pz.Div. Der OB forderte von ihm genaue Erkundung aller Marschwege und eines Unterkunftraumes für eine Kampfgruppe auf Cotentin. Im Falle eines Anmarsches sollen alle fünf Übergänge über die Vire benutzt werden. Der Kommandeur rechnet bis Cherbourg mit vier Stunden für die Räderteile, 24 Stunden für die Kettenteile. Die Division sollte sich auch auf den Kampf im panzerwidrigen Gelände einrichten.

Nach dem Essen besichtigte Rommel den Abschnitt der 716. ID westlich der Orne. Die Batterie Riva Bella hatte einen Bombenteppich bekommen, der Beton hatte standgehalten. An der Küste war die Verpfählung ganz gut.

Die Marinebatterie Longues (vier 15 cm) im Hintergelände bei Bayeux machte einen guten Eindruck. Konteradmiral Hennecke stieß hier zu uns. Wir besahen die Häfen von Grandcamp und Isigny. Für meinen Geschmack lagen dort zu viele Artillerieträger zu dicht beisammen. Gegen 20 Uhr erreichten wir St-Lô. Es gab ein anregendes Abendessen bei General Marcks. Hinterher gingen Oberst Lattmann, Hauptmann Behr und ich zu Fuß die halbe Stunde zum Gästehaus zurück. »Vor Partisanen hatte niemand Angst.«

Bombenangriff auf Batterie 1/725 (Sangatte) durch 50 Bomber, Ergebnis zwei Verwundete, geringe Beschädigungen, auf Eisenbahnbatterie 765 (Frethune) vier Verwundete, Eisenbahnbatterie 710 (Calais) Geleise zerstört, alle Batterien feuerbereit.

Batterie Marcouf (21 cm, noch nicht fertig) starke Bombenangriffe, aber geringer Schaden, da die Geschütze schon unter Beton standen. In der offenen Batterie Morsalines (vier 15,5 cm) wurde dagegen ein Geschütz total zerstört, bei einem anderen die Lafette.

»Die Bombardierungen haben gezeigt, daß nur festungsmäßiger Ausbau von Wert ist« (TBR).

10. 5.: 7 Uhr Abfahrt bei etwas Nebel über Carentan zur Ostküste der Halbinsel Cotentin. Der Soldatensender Calais hatte Rommels beabsichtigten Besuch in Cherbourg schon gebracht, das Programm wurde daher geändert. Bei La Pernelle bot sich ein schöner Überblick über See und Ufergelände. Eine kurze Ansprache Rommels wurde auf Tonband aufgenommen. Dann folgte eine Besprechung in St-Pierre-Église im üblichen Rahmen.

Nachmittags besichtigte Rommel den völlig im Felsen untergebrachten Gefechtsstand für Seekommandant, Festungskommandant, Marinenachrichtenoffizier, Führer der Schnellboote und Ortungszentrale. Es war sehr praktisch, alle Befehlsstellen zusammenzulegen. Dann ging es nach Cap de la Hague und an der Westküste nach Süden, längs der Buchten von Vauville und Sciotat. Auch hier war man mit Vorstrandhindernissen und Batterien weitergekommen. Abends waren wir wieder in St-Lô bei General Marcks.

Im Hauptquartier traf eine Unterrichtung des OKW über den möglichen Feindangriff ein. Sie lautete:

»1. OKW rechnet mit Beginn des Feindangriffes Mitte Mai. Vor allem der 18. 5. soll ein möglicher Tag sein. Unwiderlegliche Unterlagen fehlen natürlich. Schwerpunkt in erster Linie die Normandie, in zweiter Linie die Bretagne.
Es muß damit gerechnet werden, daß der Feind auf schmalen Räumen durch rollende Angriffe aus der Luft mit Bomben schweren Kalibers die Belegung im Lande und die Besatzungen an den Küsten zu zerschlagen sucht unter gleichzeitigem schwerem Beschuß und Angriff von See her. Anwendung neuer Kampfmittel ist nicht ausgeschlossen. Sehr starke Luftlandungen werden vielleicht sogar bei Dunkelheit durchgeführt werden.

2. Es kommt also darauf an, die Truppe raffiniert getarnt und aufgelockert zu legen, alles einzugraben, was nicht unter Betonschutz steht. Besondere Aufmerksamkeit im Innern der Halbinsel gegen Luftlandetruppen mit Beobachtung nach oben!«

Bis auf das Datum entsprach diese Lagebetrachtung weitgehend den späteren Tatsachen. Anlaß zu der immer wieder geforderten Schwerpunktbildung wurde sie aber auch nicht. Im übrigen wurden die Brückenbaukolonnen bei den Panzerdivisionen eifrig am Fernsprecher verhandelt. Sie waren knapp, und deshalb sollten zusätzlich Baustoffe und Fähren an den möglichen Flußübergängen gelagert werden.

11. 5.: 7 Uhr Start über Caen nach Falaise. Rommel überraschte dort mit einem unangemeldeten Besuch das Panzerregiment des Obersten von Oppeln-Bronikowski (bekannter Turnierreiter, Goldene Olympiamedaille, Ritterkreuz, dreimal im Panzer abgeschossen). Dieser erschien eine Weile nach uns, hatte offensichtlich am Abend vorher gefeiert und sagte nur: »Katastrophe«, war aber sonst wenig gerührt. Rommel merkte sofort, daß er es mit einem vorzüglichen Soldaten zu tun hatte, sagte kein böses Wort und erfuhr alles, was er wissen wollte. Die Truppe machte einen guten Eindruck.

Der Stab der 21. Pz.Div. führte auf einem Übungsplatz Granatwerfer und Nebelwerfer, d. h. Raketenwerfer, mit scheußlichem Geräusch vor und erzeugte einen kleinen Waldbrand. Die 21. Pz.Div. war ursprünglich eine Infanteriedivision gewesen. General Feuchtinger, ein guter Organisator, hatte sie mittels französischer Beutepanzer zur Panzerdivision veredelt. In seinem Stab befanden sich einige Herren von »Rheinmetall«, was seiner Ausrüstung förderlich war. Nach dem Schießen aßen wir in seinem Stabsquartier in St-Pierre-sur-Dives zu Mittag und hatten dann eine kurze Besprechung im Garten, während große Bomberverbände über uns hinwegflogen.

65 000 Arbeitskräfte der OT wurden zur Zeit in Frankreich benötigt, um die Eisenbahnen und Wege wiederherzustellen.

An die unterstellten Einheiten erging Befehl, beschleunigt Panzerattrappen anzufertigen, um schnelle Verbände vorzutäuschen und den Gegner ähnlich wie mit den Scheinbatterien abzulenken.

Rommel plante, die Vorausabteilung der 21. Pz.Div. in den Raum Carentan zu verlegen.

Noch 25 Tage bis zur Invasion

12. 5.: Als Ergebnis der Reise unterrichtete er General Jodl dahingehend, daß die südliche Cotentin noch leer sei und die 12. SS-Div.(HJ.) dorthin verschoben werden sollte. Die Luftangriffe seien stark massiert, die Meldungen der Truppe über die Schäden aber häufig übertrieben. Anlagen ohne Verschartungen seien Zementverschwendung. Das Gelände mit seinen vielen Knicks und Einschnitten sei nach Ansicht der Fallschirmjäger für Luftlandungen gut geeignet, entgegen bisheriger Auffassung, da die Landenden hier sofort Deckung fänden und vom Abwehrfeuer schwer zu erreichen seien.

Den ganzen Tag fanden laufend Angriffe auf Batterien, Brücken und Flugplätze statt. Ich fuhr früh über Mantes, wo die Brücke noch heil war, nach Paris, um beim BSW die Auflockerung der Artillerieträger zu besprechen, und dann die Besichtigungsergebnisse beim Chef des Stabes der Marinegruppe West. Großadmiral Dönitz war am Vortage dagewesen.

Bei der Rückfahrt ging in Mantes einem Reifen die Luft aus. Wir kamen gerade noch über die nach wie vor unbeschädigte Brücke hinweg und reparierten in halber Höhe in Eile und unter einigem Druck.

Abends war General Wagner, der Generalquartiermeister des OKH, nach einer Besprechung mit dem Feldmarschall als Tischgast bei uns.

13. 5.: Nebel. Wir starteten 7 Uhr in Richtung Somme. Die Besichtigungen

begannen bei der 2. Pz.Div. in Coursełles. Die gesamte Division war im Gelände untergebracht, hauptsächlich in Wäldern, niemand in den Ortschaften. Ausbildung und Ausstattung waren gut, bis auf Mangel an Flak. Einsatzwege waren für das gesamte Gebiet von Boulogne bis Dieppe erkundet. Die Somme konnte ein beträchtliches Hindernis sein. Zwei Brücken waren schon zerstört. Rommel schlug vor, Unterwasserbrücken zu bauen, deren Mittelstück erst im Bedarfsfall eingesetzt werden sollte. Zu den Panzerbesatzungen sagte er: »Nicht anfangen zu operieren, wenn der Gegner kommt, sondern sofort schießen.«
Es ging dann weiter über Abbeville zu der in zweiter Linie stehenden 85. ID. Ihr Gefechtsstand lag in Crécy, dem Ort der berühmten Schlacht zwischen den Engländern und Franzosen. Es fehlten vor allen Dingen Maschinengewehre. Rommel sagte: »Nehmen Sie dem Feind die Waffen ab, wenn er aus der Luft herunterkommt.« Die Division sollte so sitzen, daß sie sofort abwehren konnte. Dazu sollte sie eine weitere Munitionsausstattung nach vorn holen. Alles war gut verpfählt, der Feuerplan gut überlegt.
Anschließend Besichtigung des Abschnittes der 348. ID in der vorderen Linie mit guten Stützpunkten am Strand. 230 000 Pfähle waren gesetzt, die Tetraeder-Fabrik in Cayeux stellte ein anderes Modell her, das Rommel nicht gefiel. »Ich will das Modernste und Beste haben.« Als ihm dann erstmalig Nußknackerminen (Sprengstoff durch Hebelwirkung zur Entzündung gebracht) vorgeführt wurden, war er wieder zufrieden. Auf dem Wege nach Le Touquet, wo wir wieder im Soldatenheim übernachteten, flogen mehrere große Bomberverbände über uns hinweg.
14. 5.: Weiterfahrt um 6.45 Uhr bei leichtem Regen; man war immer für schlechtes Wetter dankbar, denn es erschwerte dem Gegner den Einblick und den Entschluß zum Absprung. Zuerst fuhren wir zur 326. ID in der zweiten Linie. Sie hatte sich gut zum Angriff auf etwaige Brückenköpfe vorbereitet. Rommel lächelte, obgleich das verpönte Wort »Gegenstoß« fiel. Ein Regiment war mit Fahrrädern voll beweglich, von den anderen beiden nur je eine Kompanie. Die Division hatte Scheinbatterien gebaut und fast 100 000 Pfähle gesetzt, wobei die Bevölkerung gut half.
Rommel schlug eine Art »Richtfest« in Form eines Volksfestes vor und empfahl überhaupt Sorge für Bevölkerung und Landwirtschaft. Mehrfach erklärte er mit großer Geduld seine grundsätzlichen Befehle für Panzerdeckungslöcher, Auseinanderziehen von Trossen, Deckung gegen Fliegerangriffe, wobei er immer wieder in unauffälliger Weise Mut machte.
In Montreuil hielt General Macholtz (191. Res.ID) Vortrag und zeigte

eine interessante Karte, in die alle Fliegerangriffe eingetragen waren. Südlich Le Touquet sprach Rommel in einer Batterie zu Abordnungen verschiedener Truppenteile. Bei Hardelot Plage sahen wir uns die Löcher von Bombenangriffen an; sie wirkten im Sand nicht so unangenehm wie im Lehm oder besonders im Bruchstein.

Um 12 Uhr Eintopfessen mit Soldaten und Arbeitern in einer Sonderanlage für V-Waffen bei Le Chatel in einem tunnelähnlichen Gewölbe tief drinnen im Berg. Generaloberst von Salmuth sprach überzeugt herzlich auf den Feldmarschall ein. Es war erfreulich, daß sie sich zusammengefunden hatten. Anschließend verteilte Rommel wieder Ziehharmonikas. Der erste, der eine bekam, ein junger Luftwaffensoldat, konnte sogar darauf spielen, ausgerechnet die »Nordseewellen«. Die anderen Empfänger, Marine eingeschlossen, waren nicht so begabt. Ein Pionier sagte zwar: »Bei Pionieren ist nichts unmöglich«, ließ es aber auf einen Versuch lieber nicht ankommen.

Nachmittags waren wir bei der 331. ID. Sie hatte bisher 98 000 Pfähle gesetzt. Als nächste kam die 182. (Ausbildungs-)ID dran, sie hatte nur 182 Offiziere und 7 Bataillone und war mit Waffen schwach ausgestattet, so nur mit insgesamt 4 Geschützen für 4 Infanteriegeschützkompanien. Für die Artillerie waren zwei Munitionsausstattungen vorhanden, für die Handfeuerwaffen nur eine. Vier von den sieben Bataillonen waren bei anderen Divisionen eingesetzt, nur sechs Kompanien machten Ausbildung.

17 Uhr Besprechung beim 82. AK, General Sinnhuber. Rommel sprach seine Anerkennung aus über die großen Leistungen im Korpsbereich (allein 900 000 Luftlandepfähle gesetzt). Wir fuhren über Beauvais zurück und waren 20.30 Uhr im Hauptquartier.

15. 5.: Früh ließ mich der Feldmarschall kommen wegen etwaiger Zurückziehung der unverscharteten Geschütze der Heeresküstenbatterien. Er war der Ansicht, wie ich auch, daß unverschartete Geschütze in der Nähe des Strandes keine Aussicht hatten, die ersten Bombardements zu überleben. Spätere Berichte haben das bestätigt. Ich trug weiterhin vor über die außergewöhnliche Wetterlage, die im April und Mai keinen Sturm gebracht hatte, über den Einsatz von Landungsflottillen für den Zementtransport, der auf dem Landwege stockte, über das fehlende Bild der Bereitstellungen in Südengland, besonders in und bei den Häfen, da die Luftaufklärung völlig versagte, über das Abstoppen des Zerstörens kleinster Häfen beim AOK 7, die nicht lohnte und die Bevölkerung verärgerte, und über die Vorbereitung zur Unbrauchbarmachung der großen Häfen, besonders von Cherbourg.

Während ich die gleichen Dinge Speidel vortrug, begann ein Ferngespräch Hitlers mit Rommel wegen der Salvengeschütze. Rommel hatte angeordnet, daß der Chef des Stabes solche Gespräche grundsätzlich mithören sollte, um einen Zeugen zu haben, denn er hatte mit ihrer Auslegung durch das OKW schlechte Erfahrungen gemacht. Speidel gab mir vorübergehend den zweiten Hörer. Es war ein eigenartiges Gefühl, die etwas heisere Stimme Hitlers zu hören.

Nachmittags fuhr ich zu Admiral Krancke, wo ich meine Punkte durchbekam. Insbesondere willigte er ein, daß die unverscharteten Heeresküstenbatterien zurückgezogen würden und daß die Landungsflottillen zum Transportieren von Zement gestellt würden. Er selbst sprach von Schwierigkeiten mit den Festungsbaupionieren und erzählte, daß die Luftflotte 3 Bristol anzugreifen versucht hatte, obgleich die Marine Angriffe auf Häfen an der Südküste als besonders wichtig gefordert hatte. Offenbar war der Angriff infolge geschickter englischer Störmaßnahmen außerdem noch vorbeigegangen.

In der Scheldemündung sank durch Minendetonation eine Siebelfähre, die dem Heer zur Verfügung gestellt war; 20 000 Fliegerbomben und zahlreiche alte Granaten wurden für Behelfsminen verfügbar gemeldet. Alle Stäbe vom Divisionsstab aufwärts waren nunmehr in ausgebauten Gefechtsständen untergebracht worden.

Das OKM wollte mich abkommandieren, der OB siegte aber bei dem Tauziehen.

16. 5.: Botschafter Abetz war zum Abendbrot da; sonst keine besonderen Ereignisse, was nicht bedeutete, daß nichts getan wurde. Solche ruhigen Tage gaben willkommene Gelegenheit, zahlreiche kleinere Punkte zu erledigen und Einzelfragen gründlich durchzusprechen.

Noch 20 Tage bis zur Invasion

17. 5.: 7 Uhr Abfahrt in Richtung Halbinsel Cotentin über Caen. Gelegentlich Regen, endlich einmal. Östlich Carentan bekamen wir einen Führer, der uns zur neu eingerückten 91. Luftlandedivision führen sollte, sich aber mehrfach verfranzte. Um 11 Uhr waren wir dann beim Divisionsstab (Generalleutnant Falley). Der örtliche OT-Leiter und der Pionieroffizier meldeten ungenügenden Nachschub an Zement und Kies, da die Eisenbahn zu häufig liegenblieb. Dies war eine Aufgabe für die Marine. Rommel empfahl, Kolonnenwege seitlich der Straßen zu schaffen, indem

man die Hecken durchschnitt. Ferner regte er Unterwasserbrücken durch die Ansumpfungen an, ferner Nebelerzeugung mit eigenen Mitteln. Zu Mittag aßen wir beim Divisionsstab in einem großen Raum mit schön bemalten Wänden, die wie Marmor aussehen sollten, das aber nicht ganz erreichten.

Nachmittags fuhren wir durch die Halbinsel Cotentin, erkletterten mehrere Heidehöhen und sahen uns Stellungen an. Bei einer Ansprache an die Truppe sagte der Feldmarschall den Männern prophetisch, sie sollten nicht damit rechnen, daß der Feind bei schönem Wetter und bei Tage käme. Sie müßten sich darauf vorbereiten, daß er bei Wolken und Sturm nach Mitternacht lande. Genauso geschah es dann in der Invasionsnacht in der gleichen Gegend.

Kurz nach 20 Uhr erreichten wir Val André, wo die SS-Wehrgeologen schöne Vorstrandhindernisse gebaut hatten. Rommel ging nach dem Abendbrot bei Niedrigwasser in diesem seinem »Wald« spazieren. Beim Essen erzählte er vom Frankreichfeldzug und einem gefangenen französischen General, der ihm auf die Schulter klopfte: »Sie sind viel zu schnell.«

Im Hauptquartier: Die Heeresgruppe B empfahl den Armeen Stellungswechsel der unverscharteten HKBen in etwas zurück liegende verdeckte Stellungen, entsprechend den Erfahrungen bei den Bombenangriffen in den letzten Wochen.

ObWest teilte mit, daß Marschall Pétain die Teilnahme an der in Aussicht genommenen Fahrt längs der Küste abgelehnt hatte, da es ihm untunlich erscheine, zur jetzigen Zeit seine Person herauszustellen.

Weitere Themen waren: Flurschaden, Minen, Reservemunition und die Herstellung von Salvengeschützen, für die sich das OKW jetzt interessierte.

18. 5.: Um 7 Uhr begann der Vortrag des Kommandeurs der 77. ID. Rommel sprach sich sehr stark für Zusammenarbeit mit den Franzosen aus. Jeder Soldat müsse daran mitarbeiten. Anschließend besichtigten wir den Abschnitt dieser Division von der Bucht von St-Michel nach Westen. Wir sahen Glasminen und drei Fabriken für Nußknackerminen. Die Division machte einen guten Eindruck, besonders der Rittmeister Sörensen, der ein Tatarenbataillon offenbar vorbildlich führte.

Westlich von St-Malo sprach Rommel zu den dort versammelten Offizieren. In Quintin im Gefechtsstand des II. F.Sch.Korps (General Meindl) waren Generaloberst Dollmann und die obersten Führer der in der nordwestlichen Bretagne eingesetzten Verbände anwesend. Rommel sprach

erst zu den versammelten Offizieren. Dann wurden die Themen Vorstrandhindernisse, Luftlandehindernisse, künstlicher Nebel und örtliche Aushilfen behandelt, ebenso wie erhöhte Verpflegungssätze für junge Mannschaften, Unterricht durch deutsche Offiziere in französischen Schulen, Bekämpfung von Partisanen durch das russische Reiterregiment, Vorziehen der einsatzbereiten Truppenteile. Rommel wies nachdrücklich darauf hin, daß die Mitarbeit der Franzosen durch gute Behandlung und sofortige Bezahlung erreicht werden solle und auf keinen Fall erzwungen werden dürfe, besonders nicht die der Frauen.
Als ein hoher Herr sich abfällig über die »Mammutbauten« der Marine äußerte, womit er auf die U-Bootbunker mit ihrem großen Betonverbrauch zielte, sprach der Feldmarschall warm über die gute Zusammenarbeit mit der Marine und das Verständnis, das er dort gefunden habe. »Wir haben viele Vorteile von der Marine, z. B. die Artillerieleitstände. Sie sitzen auf dem Ast der Marine; sägen Sie ihn nicht ab.« In der Bretagne waren bereits KMA gelegt, im Bereich des Korps Farnbacher 129 000 Pfähle und 35 000 Tetraeder gesetzt.
Den Offizieren der 5. F.Sch.Div. sagte Rommel: »Wir Offiziere müssen mit allen Schwierigkeiten fertig werden. Es gibt immer Mittel und Wege. Wir müssen immer optimistisch sein. Auch wenn etwas mal nicht gleich klappt, findet sich doch immer ein Ausweg. Die Hauptsache ist, daß die Ausbildung auf die Höhe kommt und daß alle Mittel ausgenutzt werden, um die Verteidigung zu stärken.«
Auf dem Rückweg machten wir einen Abstecher zum Stab der 21. Pz.Div., mit dem Rommel die Fertigung von Salvengeschützen besprach. Er forderte 1000 Stück, was den Herren ein bißchen viel erschien.
In der Gegend von Falaise lagen die Straßen unter Tieffliegerangriffen, so daß wir etwas vorsichtig fuhren. Wir waren 21.30 Uhr wieder zu Hause und hielten gleich die Schlußbesprechung über die Reise in dem dazu geräumten Kasino ab; Abendbrot gab es ganz nebenbei.
19. 5.: Nach der dritten und vorläufig letzten Impfung wurde vormittags im Hauptquartier gearbeitet, um die Ergebnisse der Fahrt auszuwerten. Es handelte sich besonders um eigene Fabrikation von Salvengeräten, Minen, Nebel, Bau von Hindernismaterial in Frankreich, Kohlen dafür, aber auch um das Zeremoniell beim etwaigen Besuch Pétains an der Küste. Kapt.z.S. Peters meldete sich ab nach Toulouse zur neuaufgestellten Armeegruppe G. Ich fuhr nachmittags nach Paris, um beim BSW und dann bei Marinegruppe West die laufenden Fragen zu besprechen, besonders um das Auslegen der KMA in der Seinebucht weiterzubringen.

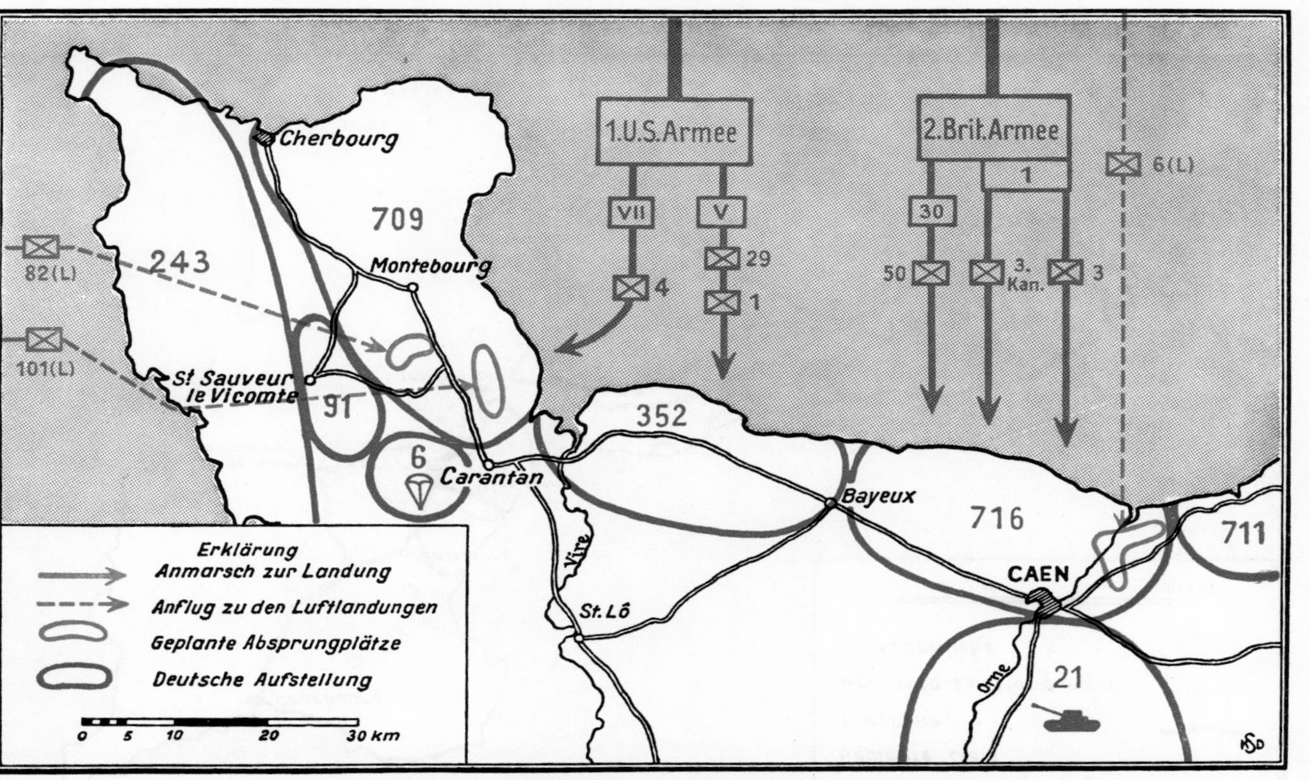

Anmarschwege, Landungsräume und geplante Luftlandungen der Alliierten

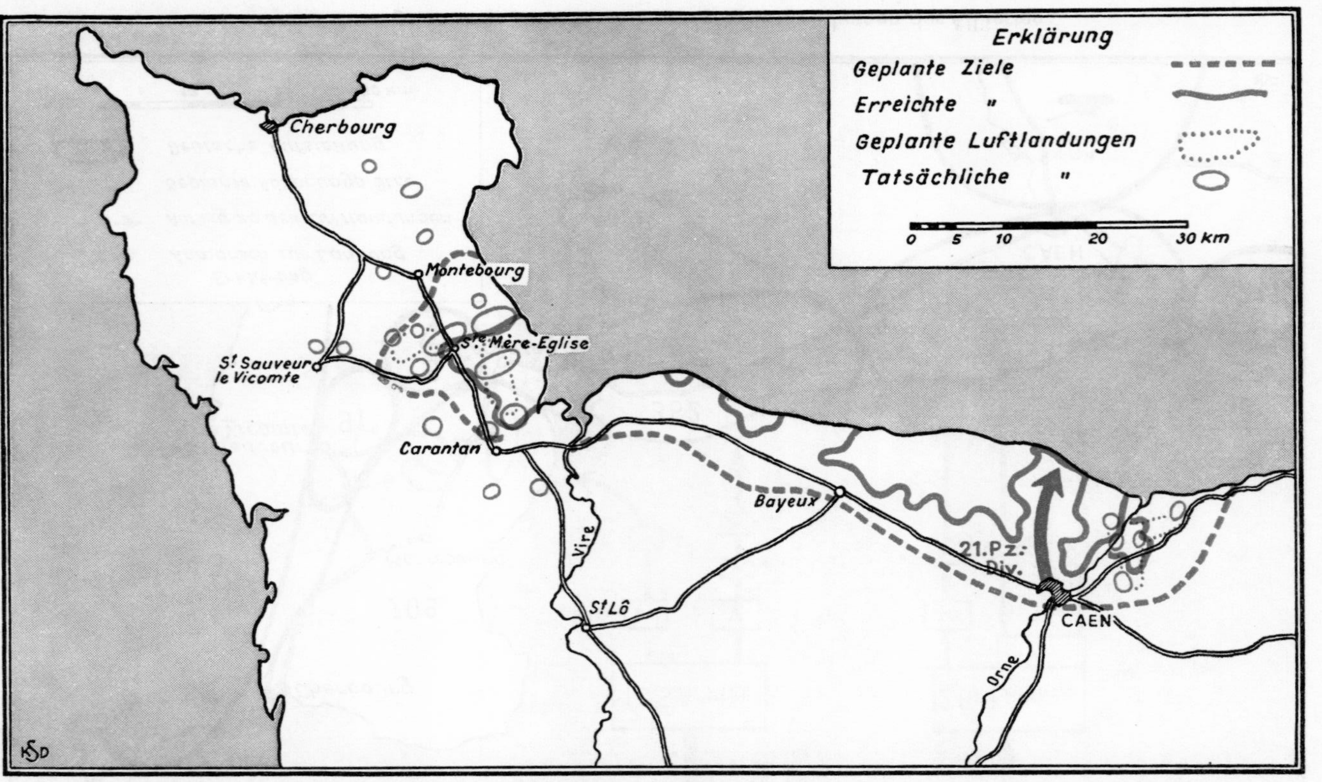

Lage am Abend des Invasionstages. Bemerkenswert der Einbruch der 21. Pz. Div. und der geringe Erfolg der Amerikaner

20. 5.: Vormittags mehrfach Fliegeralarm, abends brummten große Verbände über uns hinweg.
Eine Täuschungsaktion »Landgraf« lief mit Verbänden aus dem Wehrkreis 6.
Der OB bat Gauleiter Kaufmann um mündliche Besprechung wegen eines vermehrten Einsatzes der Binnenschiffahrt auf den französischen Kanälen zur Förderung des Nachschubs.
Die Reise des Marchalls Pétain wurde endgültig abgesagt.
Feldmarschall von Rundstedt kam als Mittagsgast, begleitet von seinem Sohn (Leutnant) und General Blumentritt. Er freute sich offensichtlich über diese Einladung. Außer über viele dienstliche Dinge unterhielten wir uns über Karl May und Kriminalromane, die er gern las, und dann ausführlich über die französischen innenpolitischen Verhältnisse.
Am Nachmittag wurden Rommel zwei englische Offiziere vorgeführt, die bei einem Kommandounternehmen zum Erkunden der Vorstrandsperren im Bereich des AOK 15 gefangen worden waren. Dieses hätte sie nach den bestehenden Befehlen dem SD übergeben müssen. Speidel gab aber Anweisung, sie nach La Roche Guyon zu schicken, und ließ sie dann mit Einverständnis Rommels in ein Gefangenenlager überführen, was ihnen wahrscheinlich das Leben rettete. Rommel unterhielt sich längere Zeit mit ihnen. Einer fragte ihn, ob er glaube, daß ein Soldat den Staat organisieren könne. Rommel bejahte das, wie er mir hinterher beim bewaffneten Spaziergang erzählte. Der Engländer sagte ihm darauf sehr offen, daß er ihn für den richtigen Mann hielte, um wiederaufzubauen. Er wollte auch unbedingt wissen, wo er sich befand, damit er nach dem Krieg herfahren könnte. Als ihm begreiflicherweise weder Name noch Lage des Schlosses angegeben wurde, meinte er, da würde er nach dem Kriege ganz Frankreich absuchen, bis er es gefunden hätte.
21. 5.: Stark bedeckt, geringe Fliegertätigkeit. Gegen Mittag kam Admiral Rieve, um mit dem Feldmarschall die Zurückziehung von HKBen und die Leitung der Artillerie an der Küste zu besprechen. Nach dem Essen gingen wir zusammen spazieren und besprachen weitere Punkte. Währenddessen verhandelte Rommel mit Ministerialdirektor Michel von der Militärverwaltung über die Beschaffung von Kohle und Elektrizität für die kriegswichtige Produktion in Frankreich.
Um 16 Uhr begann Rommel mit Meise, mir und den beiden Hunden einen fast dreistündigen Spaziergang. Bei der Unterhaltung über die Lage kam das Gespräch auf die Ablösung zahlreicher Oberbefehlshaber. Rommel meinte, manchmal würde ihm doch etwas bange.

Noch 15 Tage bis zur Invasion

Am 22. 5. früh sah sich Rommel unseren Ausweichgefechtsstand bei Le Vernon an. Er nahm den Berichter Lutz Koch mit, um durch diesen einen Artikel zu lancieren, der von unserm Gefechtsstand in La Roche Guyon ablenken sollte.

Generaloberst von Salmuth kam zum Mittagessen und zu Besprechungen. Seine letzte Siebelfähre wollte er nicht herausgeben.

23. 5.: Mittags Besprechung mit Gauleiter Kaufmann über vermehrte Transporte auf den Binnenwasserstraßen. Nachmittags viel Fliegeralarm, dazwischen spielten wir Tischtennis. Längere Ferngespräche waren erforderlich, um Transporte von Deutschland freizubekommen, die auf einem Übergangsbahnhof längere Zeit zur Entlausung festgehalten wurden.

24. 5.: Am Vormittag besichtigte Rommel im Heeresfeldzeugpark ein versenkbares MG mit Zielspiegel und in einer Fabrik behelfsmäßige Nebelherstellung.

Ich fuhr nachmittags nach Paris wegen artilleristischer Fragen und um Beton für Geschützstände frei zu kriegen. Zurück mußten wir einen Umweg machen, da eine Brücke zerbombt war und eine ganze Menge Jäger in der Luft waren.

Die Heeresgruppe versuchte, von der Luftflotte 3 drei Flakabteilungen für die Küste zu bekommen.

Die Kriegsmarine soll die Inseln Ameland und Schiermonnikoog übernehmen.

25. 5.: Der Chef des Stabes des 47. Pz.Korps kam mittags. Schönes Wetter. Um 16 Uhr Abmarsch zur Kaninchenjagd in hübscher, hügeliger Gegend, wo es eine Menge Karnickel gab; aber kein Erfolg. Rommel besprach danach mit dem Chef der Propaganda bei ObWest diesbezüglich Fragen. Von französischer Seite kam bereits das Gerücht, daß unser Stab aus La Roche Guyon ausgezogen sei. Das Auslegen der KMA-Sperren sollte nun endlich anlaufen.

26. 5.: Mittags meldete sich General Pickert (3. Flakkorps), nachmittags General der Flieger Student (1. Fallsch.Jg.Korps) und der Kommandierende General des 47. Pz.Korps. Ferngespräch mit Staatssekretär Ganzenmüller, der sich gegen Einschaltung von Gauleiter Kaufmann in Transportfragen wandte und bat, diese bei den Reichsbahntransportdienststellen zu belassen. Für Rommel handelte es sich aber darum, durch Kaufmann *zusätzlichen* Transportraum zu bekommen.

Ich fuhr nach Paris zum BSW und zur Marinegruppe, um unsere Angelegenheiten weiterzubringen. Ich traf unter anderem Herrn Willesen, den Fachmann für Funkmeßgeräte. Diese waren in den letzten Wochen immer wieder aus der Luft angegriffen worden. Er konnte berichten, daß von 11 getroffenen Geräten 10 schon wieder klar waren.

Noch 10 Tage bis zur Invasion

27. 5. (Pfingstsonnabend): Wunderbares heißes Wetter mit wenig Wind. Der Feldmarschall fuhr vormittags zur Nebelfabrik, nachmittags gingen wir auf die Karnickeljagd, zur Abwechslung mit Frettchen und geringem Erfolg. Die meisten Karnickel waren so klein, daß man nicht schoß. Außerdem zogen es die Frettchen vor, sich im Kaninchenbau zur Ruhe niederzulassen. Sie mußten dann ausgegraben werden, was längere Zeit brauchte.
Das 3. Flakkorps sollte beweglich eingesetzt werden, mit zwei Regimentern bei AOK 15, einem bei AOK 7.
28. 5.: Schönes Pfingstwetter. Man war allgemein erstaunt und erfreut, daß der Gegner es nicht ausnutzte. Wir spielten Tennis und Tischtennis.
29. 5.: Abends kamen die Generale Buhle und Jakob wegen Fertigung der Salvengeschütze.
30. 5.: 6.30 Uhr starteten wir wagenweise zu einer Vorführung von Salvengeschützen und Nebelwerfern. Die Brücken in Mantes waren noch klar, trotz gewaltigen Bombensegens auf die Insel dazwischen. Viele feindliche Flugzeuge waren in der Luft, kein einziges deutsches. Die Waffen wurden bei Riva Bella vorgeführt. Dazu großer Auftrieb: Salmuth, Dollmann, Krancke, Kuntzen, Marcks, Freiherr von Funck und andere mehr. Die Vorführung machte starken Eindruck. General Buhle sagte zu, die im Reich vorhandenen Nebelwerfer nach Frankreich zu schicken, zog diese Zusage dann aber leider wieder zurück.
Ein Feldküchenessen unter den Bäumen eines Parks schloß sich an. Rommel besichtigte dann mit Buhle und Jakob Stellungen an der Küste. Meise, Diem, Lattmann und ich steuerten in zwei Wagen die Seine-Brücke von Gaillon an, die am Vormittag noch klar gewesen war. Als wir sie erreichten, war Fliegeralarm. Die ersten Bomben waren bereits gefallen, aber vorbei, und wir huschten schnell hinüber. Eine Stunde später war diese Brücke erledigt, die in Mantes auch, im Laufe des Tages alle übrigen über die Seine zwischen Elboeuf und Paris. Das war störend, wenn auch an mehreren Stellen Fährbetrieb eingerichtet war. Der OB mußte bei seiner Rückkehr im Boot nach La Roche Guyon übersetzen.

31. 5.: Rommel besichtigte vormittags die zerstörten Brücken in Mantes, Vernon und Gaillon.
Ich fuhr früh nach Paris zum BSW wegen der KMA, die nicht vorankamen. Viele Flieger unterwegs. Mittags war der Sohn Guderian (Major) zum Essen da. Nachmittags kam Obergruppenführer Sepp Dietrich zu einer Besprechung; abends Gewitter.
Längere Ferngespräche wegen Abgabe von 100 Mann der Panzerersatz- und -ausbildungsabteilung 100.

Noch 5 Tage bis zur Invasion

1. 6.: Vormittags besprach der OB mit Ministerialdirektor Bernd vom Propagandaministerium verschiedene Fragen, besonders wie der Gegner im Augenblick der Invasion zu beeinflussen sei. Nachmittags besichtigte er die Festung Dieppe und den Küstenbereich bei der 245. und 348. ID. In Ault wurde die 17-cm-Batterie zweimal aus der Luft mit Bomben angegriffen. Rommel befahl, sie so lange in eine rückwärtige Stellung zurückzuziehen, bis die Scharten fertig wären.
Tempelhoff war zum Oberst befördert, Behr zum Generalstäbler ernannt. Das wurde abends milde gefeiert, verbunden mit dem Abschiedsessen für Oberst Heckel und die anderen Offiziere unseres aufgelösten OQ-Stabes.
2. 6.: Immer noch schönes Wetter, wenn auch kühler. Der ObWest erließ (auf »Wunsch« Hitlers) einen Befehl, der den für die Verteidigung verantwortlichen Festungskommandanten auch in der Vorbereitungszeit weitgehende Vollmachten gab (KTB).
Nachmittags Treibjagd, an der sich etwa ein Dutzend Jäger beteiligten. Ich stand ziemlich abseits an einer Stelle mit schönem Blick in das Seinetal. An Wild sah ich nur ein winziges Eichhörnchen, dafür laufend Luftangriffe auf die Seinebrücken.

Noch 3 Tage bis zur Invasion

3. 6.: Wieder einmal setzten sich die höchsten Stäbe über das Wehrgeologenbataillon auseinander, das der Reichsführer SS abziehen wollte. Ferngespräche beschäftigten sich mit Nebelkerzen und Nebelsäure.
Die Generale Leeb und Schneider versprachen dem OB, Salvengeschütze fertigen zu lassen, und sahen sich die Waffen bei Feuchtinger an.

Die Heeresgruppe befahl den Weiterausbau der Vorstrandsperren, besonders das Vortreiben nach See zu unter Ausnutzung des Springniedrigwassers. Sie beantragte außerdem Minenwerfen aus der Luft in den Fahrwassern beiderseits der Isle of Wight.
Das 84. AK meldete, daß der Küstenausbau in seinem Bereich infolge mangelhaften Nachschubs und ungenügender Stromversorgung zurückgeblieben war.
Die Heeresgruppe B beantragte daraufhin bei ObWest, zu entscheiden, daß der Küstenausbau gegenüber den Sonderbaumaßnahmen in die erste Dringlichkeit eingestuft wird.
Die Heeresgruppe wurde unterrichtet, daß mit sofortigem Abzug der 19. LWFDiv. zum ObSüdwest zu rechnen sei.
Rommel war nachmittags bei Rundstedt, um mit ihm seine Absicht zu besprechen, vom 5. bis 8. 6. ins Reich zu fahren. »Vor allem lag ihm daran, Hitler persönlich auf dem Obersalzberg zu sprechen ... und die Heranziehung von weiteren zwei Panzerdivisionen, einem Flakkorps und einer Werferbrigade in die Normandie zu erbitten« (TBR).
Generalleutnant Kramer, aus englischer Gefangenschaft ausgetauscht, nahm in einem Gespräch mit Rommel den Schwerpunkt des kommenden Angriffs beiderseits der Somme an.
Am 4. 6. schlug das Wetter in Regen und stürmische Westwinde um. Verschiedene Ferngespräche behandelten das Problem, die Binnenschiffahrt zu aktivieren.
Rommel fuhr früh um 6 Uhr nach Deutschland ab. Zum Zeitpunkt seiner Reise sagte er: »Bedenken für eine in der Zwischenzeit erfolgende Invasion bestanden um so weniger, als die Gezeiten in den folgenden Tagen sehr ungünstig waren und keinerlei Luftaufklärung irgendwelche Anhaltspunkte für eine unmittelbar bevorstehende Landung gegeben hat« (TBR). Im übrigen hatte er mit Speidel die im Falle eines Angriffs zu treffenden Maßnahmen ausführlich durchgesprochen, die Alarmierung der Truppen und Stäbe war sorgfältig vorbereitet. Die Verteidigung hatte in den fünfeinhalb Monaten seines Wirkens im Westen beträchtlich an Stärke zugenommen, war aber immer noch unfertig. So war die Verminung noch in vollem Gange, der Bau von Vorstrandhindernissen unter Niedrigwasser an vielen Stellen kaum begonnen. Die schwächste Stelle in der Gesamtabwehr bestand nach wie vor darin, daß die Panzerdivisionen nicht so nahe hinter den »Rommelgürtel« aufgerückt waren, daß sie bei einem Angriff sofort eingreifen und der Infanterie damit den dringend erforderlichen Rückhalt geben konnten.

DIE LANDUNG

Keinerlei Anzeichen deuteten am Morgen des 5. 6. 1944 darauf hin, daß auf der anderen Seite des Kanals die Entscheidung zum Angriff gefallen war und daß sich eine riesige Armada in Bewegung setzte, um den Sturm auf die Festung Europa zu beginnen. Im Hauptquartier der Heeresgruppe B tat jeder seinen Dienst wie sonst an ruhigen Tagen. Bei Regen fuhr ich zur Mar.Gr. West, um wegen der Minen anzutreiben.
Die 2. Minensuchflottille, die als Minenträger von der Westküste nach Le Havre verlegt werden sollte, hatte unterwegs in Nachtgefechten und durch Luftangriffe so starke Beschädigungen erlitten, daß nur ein Boot durchkam. Der Zweck dieser Maßnahme war nicht ganz klar, denn in Le Havre lagen genügend Torpedoboote, Schnellboote und Räumboote, die sämtlich geeignet waren, Minen zu werfen. 1942 hatten wir einen erheblichen Teil der Sperren in der Mitte des östlichen Kanals mit Räumbooten gelegt, weil diese niedrig und aus Holz gebaut waren und daher dem gegnerischen Küstenradar schlechte Ziele boten.

Speidel hatte zum Abend eine interessante Tafelrunde geladen, den Schriftsteller Ernst Jünger, der als Hauptmann beim Militärbefehlshaber Dienst tat, den Generalkonsul Pfeifer, nach 1926 mehrere Jahre in Rußland, 1940 in Italien, 1942 in Algier, dort interniert und kürzlich aus den USA zurückgekehrt, den Oberst List, der beim OKH gewesen war und dann als Regimentskommandeur in Rußland schwer verwundet worden war, den Kriegsberichter Ritter von Schramm, den Schwager Speidels, Dr. Horst, der bei der Militärverwaltung tätig war, und den Marineverbindungsoffizier beim AOK 15. Die Unterhaltung war höchst angeregt, sie beschäftigte sich mit Italien, Rußland, der Frankreichpolitik, der französischen Marine, mit der mangelnden Weiterentwicklung Hitlers, mit den Verhältnissen in den USA und vielem anderen. Nach dem Abendbrot

machten wir einen kurzen Spaziergang durch den Park und diskutierten dann weiter. Der Marineverbindungsoffizier des AOK 15 fuhr am frühen Abend zurück, Pfeifer und Jünger um 24 Uhr.
6.6.: Oberst List bestritt von da an den Hauptteil der Unterhaltung und erzählte sehr interessant von Brauchitsch, Halder, dem alten Mackensen und anderen. Um 1.35 Uhr meldete AOK 7 Fallschirmabsprünge an der Ostküste der Halbinsel Cotentin, AOK 15 meldete östlich Caen bis Gegend Deauville ebenfalls Fallschirmabsprünge. Dazu kamen Nachrichten über den Einflug starker Verbände.
In den nächsten Stunden kamen nun immer mehr Meldungen von Fallschirmabsprüngen, ab Hellwerden von Mengen von Fahrzeugen auf See und von beginnenden Landungen an der Küste. Erst im Laufe des Vormittags wurde aber ganz klar, daß es sich nicht um eine Ablenkung handelte, sondern um einen Großangriff, der die gesamte Front von etwas östlich der Orne bis nordwestlich der Vire-Mündung erfaßte. Ich blieb auf, obgleich von mir aus leider wenig zu veranlassen war. »Ein Jammer, daß die KMA nicht weiter waren ... Langes Tauziehen um Unterstellung der 12. SS-Pz.Div., die OKW-Reserve war und zu weit zurück stand. Sehr nachteilig, daß die Panzerdivisionen nicht so standen, wie vom OB immer wieder beantragt, und daß das Flakkorps nicht vorn stand, sondern nur zwei Abteilungen davon. Angegriffene Stelle recht schwach« (PAV).
Sehr bedauerlich war, daß Rommel noch in Deutschland darauf wartete, das Vorziehen der Panzerdivisionen endgültig bei Hitler durchsetzen zu können. Speidel alarmierte ihn telefonisch, ebenso wie die Kommandeure der schnellen Verbände, die in der Nähe des sich abzeichnenden Invasionsraumes standen. Zugleich ließ er alle mit dem Feldmarschall vor seiner Abfahrt vorbesprochenen Maßnahmen anlaufen und unterrichtete ihn, ehe er in den Wagen stieg und bei einem Anruf von unterwegs. Als Rommel abends in La Roche Guyon eintraf, zeigte er sich sehr erfreut über das schnelle und zweckmäßige Handeln und billigte es voll. Speidel versuchte auch, die der Heeresgruppe B nicht unterstellte 12. SS-Pz.Div. in Richtung auf das Schlachtfeld in Bewegung zu bringen, allerdings vergeblich.
Nachdem die 15. Armee bereits um 2.45 Uhr Alarmierung der 12. SS-Pz.Div. beantragt hatte und HGr B um 5.50 Uhr die Panzergruppe West anwies, sie bis beiderseits Lisieux vorzuführen, stoppte ObWest um 9.40 Uhr alle diese Bewegungen wegen fehlender Zustimmung des OKW ab. Ob Rommel etwas daran hätte ändern können, wenn er im Hauptquartier gewesen wäre, ist mehr als fraglich.

Zu dieser Zeit stand die Entscheidung Hitlers über das Vorziehen der Panzerlehrdivision in den Raum um Flers ebenfalls noch aus. Erst um 14.32 Uhr wurde der Einsatz der 12. SS-Pz.Div. bei AOK 7 freigegeben, um 15.07 Uhr wurde das 1. SS-Pz.Korps (Sepp Dietrich) mit Führung der 12. SS-Pz.Div. und der Panzerlehrdivision beauftragt. Da beide Divisionen noch weit vom Gefechtsfeld standen, war ihr Eingreifen an diesem Tag nicht mehr möglich. Infolge der starken Behinderungen und Verluste durch Angriffe aus der Luft und Zerstörung der Wege konnten nur Teile der 12. SS-Pz.Div. am 7. 6. abends zur Stelle sein und beide Divisionen erst am 9. 6. den Gegenangriff beginnen, zusammen mit den Resten der 21. Pz.Div. Da hatte der Gegner schon Massen von Menschen und Material in den großen Brückenkopf hineingepumpt und sich zur nachdrücklichen Verteidigung eingerichtet.
Dagegen kam die 21. Pz.Div., die der HGr unmittelbar unterstand, am Invasionstag zum Angriff. Dieser stand nicht unter einem glücklichen Stern. Die Division hatte sich weiter entfernt von der Küste aufgestellt, als es den klaren Befehlen Rommels entsprach. Wie sich später herausstellte (ich war Zeuge der Besprechung), hatte der Divisionskommandeur einen Befehl vom April mißverstanden und war offensichtlich den Gedankengängen Rommels weniger gefolgt als denen Geyr von Schweppenburgs. Die Division setzte am 6. 6. vormittags östlich der Orne zum Angriff gegen die englischen Fallschirmtruppen an, wurde dann vom 84. AK (General Marcks) zurückgeholt, marschierte unter Verlusten durch Caen, griff am Nachmittag westlich der Orne in Richtung auf Riva Bella an *und erreichte auch dann noch mit den vordersten Teilen* (Oberst von Oppeln-Bronikowski) *fast das Meer.*
Als zu diesem Zeitpunkt die Engländer weitere Luftlandetruppen beiderseits der Orne absetzten, »wurde örtlich der Entschluß gefaßt, den Angriff abzubrechen und die rückwärtigen Teile freizukämpfen. So wurde dem Gegner ein folgenschwerer Dienst erwiesen und der Anfangserfolg nicht ausgenutzt« (Speidel, »Invasion 1944«).
Am 7. 6. fuhr Rommel sofort zu Geyr von Schweppenburg, der ihm unterstellt wurde. Zu spät! Die 12. SS-Pz.Div. hatte einen Marsch von 120 km zurückzulegen, die Panzerlehrdivision 180 km. Beide kamen nicht geschlossen heran und mußten gleich Löcher der Front stopfen. Ihr Gegenangriff am 9. 6. schlug nicht durch; Geyrs Hauptquartier wurde am 10. 6. ausgebombt, was die Führung weiter erschwerte. Es war eine Ironie des Schicksals, daß gerade ihn die Wucht der überlegenen feindlichen Luftwaffe so schwer traf. Die daraus zu ziehende Lehre, daß es mit normalen

Panzeroperationen, die in Rußland gut gewirkt hatten, hier nicht getan war, kam leider zu spät. Nachdem die Gegenoffensive am 9. 6. verpufft war, war klar, daß der Gegner seinen Brückenkopf fest in der Hand hatte und in Ruhe außerhalb der Reichweite der deutschen Artillerie laufend Verstärkungen an Menschen und Material landen konnte. Der Brückenkopf war auch tief genug, um Jägerlandeplätze zu bauen, kurz, er war völlig geeignet, um als Ausgangspunkt für eine große Landoffensive zu dienen. Er griff auch so weit in den südöstlichen Teil der Halbinsel Cotentin hinein, daß er eine baldige Einnahme von Cherbourg versprach, des großen Hafens, den die Alliierten auf die Dauer brauchten, trotz eines künstlichen Hafens, der aus vorgefertigten Teilen bei Arromanches schnell gebaut wurde. Den zweiten am Ostufer der Halbinsel Cotentin zerstörte der Nordoststurm vom 19. zum 21. Juni, noch ehe er fertig war.

Der Gegner hatte sein erstes und sein zweites Ziel erreicht, denn die Landungen waren gelungen, und er hatte sich einen Brückenkopf geschaffen, der geeignet war, um darin eine große Operation zum Ausbruch vorzubereiten. Für die Heeresgruppe B war nun die Hauptaufgabe, diesen Ausbruch zu verhindern, falls es nicht gelang, den Brückenkopf einzudrücken. Die zur Zeit verfügbaren Kräfte genügten bestenfalls dazu, eine einigermaßen zusammenhängende Abwehrfront aufzubauen. Rommel widmete sich dieser Aufgabe mit seiner ganzen Tatkraft. Es war aber verständlich, daß er, um Lehren für den weiteren Kampf zu ziehen – nicht nur wegen des immer wieder fühlbaren Mißtrauens aus dem Führerhauptquartier –, sich mit den Gründen beschäftigte, die dem Gegner seinen großen Erfolg ermöglicht hatten.

Er stellte sie in seinen »Betrachtungen« vom 3. 7. 1944 (s. Anhang S. 276) zusammen und gab als die hauptsächlichsten an:

1. Überalterte Divisionen, ungenügend ausgerüstet, Bau der Befestigungen im Rückstand, Nachschublage unbefriedigend.
2. 12. SS-Pz.Div. zu weit zurück.
3. Panzerlehrdivision zu weit zurück.
4. 3. Flakkorps nicht zwischen Orne und Vire.
5. Werferbrigade 7 nicht im Raum Carentan wie vorgeschlagen.
6. Seine-Bucht nicht vermint.
7. Unterstützung durch Luftwaffe geringer als zugesagt.
8. Unterstützung durch Kriegsmarine geringer als zugesagt, in Invasionsnacht Seine-Bucht nicht durch Vorpostenfahrzeuge gesichert.
9. Kein eigener Oberquartiermeister (für den Nachschub).
10. Befehlsverhältnisse ungenügend geregelt.

An den Punkten 1, 7 und 8 hätte sich nicht viel ändern lassen, alle Versprechungen Hitlers und Görings konnten nicht mehr Flugzeuge schaffen, als vorhanden waren. Die Zahl der einsatzbereiten Flugzeuge wurde von 160 bei Beginn der Invasion vorübergehend auf 500 vermehrt, die bis zu 700 Einsätzen flogen, gegen 11 000 der alliierten Luftwaffe am 6. 6.
Die Marine, durch den Zwang der Ereignisse einseitig auf den U-Bootkrieg konzentriert, besaß in ihren wenigen Zerstörern, Torpedobooten und Schnellbooten sowie den unmodernen U-Booten zu geringe Mittel, um wirksam helfen zu können. Die Kleinkampfmittel, die sich in den ersten Tagen fühlbar hätten auswirken können, kamen etwas zu spät, und der Gegner stellte sich schnell auf sie ein. Nach einigen Anfangserfolgen erlitten sie sehr schwere Verluste, ohne noch etwas zu erreichen. Es zeigte sich deutlich, daß mit diesen Aushilfs- und Gelegenheitswaffen eine große Operation nicht entscheidend beeinflußt werden konnte.
Im Punkt »Minenlegen« hatte die Marine sich zu sehr versagt. Die Marinegruppe West hielt wenig von der KMA und hatte auch weniger andere Minen legen lassen, als möglich gewesen wäre. Wie ihrem Kriegstagebuch zu entnehmen ist, gab sie der Bekämpfung einer Invasion keinen Vorrang vor dem U-Bootkrieg, obgleich dessen Erfolge zu dieser Zeit sehr gering waren und aus der ganzen Lage heraus eine Invasion in Frankreich kriegsentscheidend sein mußte.
Aus englischen Berichten (»Operation Neptune«, S. 126) wissen wir, daß die wenigen Ankertauminen, die in den deutschen Sperren in der Mitte des Kanals lagen, einigen der zwölf großen Minensuchverbände der Anglo-Amerikaner noch zu schaffen machten. Auch wenn keine Zweifel darüber bestanden, daß Ankertauminen nicht allzu schwer zu räumen waren, hätte man doch die alten Sperren nach Süden zu verdichten können, mit viel Sperrschutzmitteln und Räumhindernissen dazwischen. Fahrzeuge zum Minenlegen waren jederzeit vorhanden, da unsere sämtlichen Torpedoboote, Räum- und Schnellboote zum Minenlegen eingerichtet waren.
Auf flacheres Wasser gehörten Grundminen mit mehreren Arten von Fernzündung, auf flachstes Wasser die KMA. Es ist grotesk, daß das Auslegen dieser Minen südlich der Gironde begonnen hatte, wo es nie von der Heeresgruppe B gewünscht worden war, und daß dagegen die Seine-Bucht völlig vernachlässigt wurde, obgleich für diese von der Heeresgruppe B immer Minenlegen gefordert worden war.
In diesem Zusammenhang ist eine Tatsache zu erwähnen, die nie richtig geklärt worden ist, aber auf den Verlauf der Invasion erheblichen Einfluß hatte. Am 5. 6. suchten die britisch-amerikanischen Minensuchver-

bände vom Versammlungsraum bei der Isle of Wight 10 Wege nach Süden ab. Hierbei räumten sie eine geringe Anzahl von Minen in den alten deutschen Sperren. Zwei dieser Verbände näherten sich bei Tageslicht der französischen Küste; nach englischer Aussage (»Operation Neptun«) war die 14. MS-Flottille bei Grandcamp drei Stunden in Sicht vom Land und kam so nahe heran, daß man von Bord aus Häuser und andere Einzelheiten mit bloßem Auge erkennen konnte. Die 16. MS-Flottille sichtete die Küste auf 18 sm und näherte sich bei Tageslicht auf 11 sm. Beide Verbände müssen nach englischer Ansicht von jedem mit normalem Sehvermögen begabten Ausguckposten bemerkt worden sein. Soweit festzustellen, wurden sie auf deutscher Seite nicht weitergemeldet. Jedenfalls ist bis zum Stabe der HGr B nichts davon durchgedrungen, zur Mar.Gr. West offenbar auch nichts. Es bedarf keiner näheren Erläuterung, daß das Bekanntwerden dieser Schiffsbewegungen Verdacht erregt hätte und vielleicht sogar Aufklärungsflugzeuge in Bewegung gesetzt hätte. Vor allen Dingen wären Vorpostenfahrzeuge hinausgeschickt worden und hätten in der Nacht Gefechtsberührung mit den anmarschierenden Landungsverbänden bekommen. Hierdurch wäre der Nachteil ausgeglichen worden, der darin lag, daß von deutscher Seite die Wetterlage infolge fehlender Wetterbeobachtungen im Atlantik nicht erkannt werden konnte. In der Reihe von Tiefs mit kräftigen Winden, die von Westen herankamen, lag eingebettet ein Zwischenhoch, das vom 6. zum 7. Juni für etwa 36 Stunden Wetterbesserung brachte.

Der alliierte Wetterdienst mit seinen besseren Unterlagen erkannte es. Eisenhower faßte daraufhin am 4. 6. um 20.15 Uhr den Entschluß, die große Operation in Gang zu bringen. Die Entscheidung fiel nicht in seinem Hauptquartier, sondern in Southwick Park, dem Hauptquartier von Admiral Burrough, dem Oberbefehlshaber der teilnehmenden Seestreitkräfte. Es liegt im Hügelgelände der Grafschaft Hampshire etwa 10 km nördlich von Portsmouth. Das Gebäude dient jetzt als Navigationsschule der Royal Navy. In der Offiziersmesse sind noch die drei Wetterkarten zu sehen, die die Invasion auslösten. Hätte Eisenhower sich dafür entschieden, den Angriff zu verschieben, so hätte der nächste Termin mit geeigneten Tiden- und Mondverhältnissen knapp 14 Tage später gelegen. Da wäre der Entschluß zur Operation bei sehr geeignetem Wetter gefaßt worden, bei der Landung selbst wäre man von dem Nordoststurm überrascht worden, der völlig unerwartet vom 19. bis 21. 6. wehte und etwa 800 Landungsfahrzeuge auf den Strand trieb, dazu einen der beiden künstlichen Häfen zerstörte. Es ist nicht wahrscheinlich, daß die Invasion unter solchen Ver-

hältnissen gelungen wäre, zumal, wenn weitere Divisionen inzwischen nach vorn gezogen worden wären, wie Rommel es plante.
Schon das zeigt, daß Lagen eintreten konnten, in denen es dem Gegner trotz seiner materiellen Überlegenheit verwehrt blieb, den erforderlichen großen Brückenkopf zu gewinnen. Angesichts nachträglicher Behauptungen, daß die Deutschen mit ihren beschränkten Mitteln unter keinen Umständen die Invasion hätten abschlagen können, oder daß ein Abwehrsieg nach den Rommelschen Plänen ausgeschlossen war, erscheint es angebracht, zu untersuchen, wie weit sich diese Ansichten aufrechterhalten lassen. Bei der ungeheuren Arbeit, die die Truppe vor dem Angriff leistete, und bei der Tapferkeit und Zähigkeit, mit der sie kämpfte, hat sie ebenso wie der Mann, der sie führte und den sie verehrte, Anspruch darauf, daß diese Frage sachlich geprüft wird.
Wie hätte sich voraussichtlich die Lage entwickelt, wenn bei sonst gleichen Bedingungen das OKW den erfüllbaren Anträgen Rommels stattgegeben hätte? Das hätte bedeutet:
mehr Minen in der Seine-Bucht, damit für einen Teil der Landungsverbände Schiffsverluste und Verspätungen;
die 12. SS-Pz.Div. bereitstehend an der Vire und im südlichen Teil der Halbinsel Cotentin, die Panzerlehrdivision zwischen Vire und Orne, ebenso das Flakkorps und die Nebelwerferbrigade. Damit hätte die Reserve des 84. AK, das Grenadierregiment 915, im Raume Bayeux wesentlich weiter vorn gestanden als in Wirklichkeit, wo es entgegen der Rommelschen Befehle sich etwa 20 km vom Strand bereithielt. Auf Befehl des 84. AK setzte es sich am Morgen des 6. 6. nach Westen in Marsch, bekam dann Gegenbefehl und trat gegen Abend wenige Kilometer vom Ausgangspunkt in den Kampf.
Dieses Regiment weiter vorn bereitgestellt, die 21. Pz.Div. ebenfalls, die beiden starken Panzerdivisionen, das Flakkorps und die Nebelwerferbrigade gut aufgeschlossen, das alles zusammen hätte voraussichtlich genügt, um die Luftlandungen völlig zu zerschlagen und die Seelandungen auf einige flache Brückenköpfe zwischen Orne und Vire zu beschränken. Beweis: Die Verhältnisse bei der 352. ID, einer kampferfahrenen Division, die die Westhälfte des Abschnitts zwischen Orne und Vire verteidigte. Obgleich hinter ihr keine Panzer und keine Flakgeschütze standen, blieben in diesem Abschnitt die Erfolge der Amerikaner am ersten Tag auf einen schmalen Brückenkopf beschränkt. Mit starken Reserven dahinter, hätte diese Division es dem Gegner noch schwerer gemacht. Bei der rechts anschließenden 716. ID, einer weniger kampfkräftigen Stellungsdivision,

erzielten die Engländer tiefe Einbrüche bis zu 15 km am ersten Tage. Gegen eine durch Panzer und Flak unterstützte Infanterie konnte das nicht gelingen. Das beweist der Erfolg der sehr spät westlich der Orne angesetzten 21. Pz.Div. Wenn diese gegen Abend noch fast bis zum Strand durchstoßen konnte, dann besteht kein Zweifel, daß die Briten nicht sehr weit gekommen wären, wenn sie sich schon in den ersten Stunden nach der Landung im Abschnitt Bayeux–Caen mit der ausgezeichneten Panzerlehrdivision auseinanderzusetzen gehabt hätten.

Die 21. Pz.Div. hätte dann östlich der Orne angreifen können und mit Sicherheit die britischen Fallschirmtruppen erledigt, denn diese verfügten noch nicht über schwere Waffen und hatten Verbindung mit dem eigenen Landekopf nur über eine Ornebrücke, nicht direkt nach See. Die Brücke aber konnte zerstört werden, wie noch gezeigt wird.

Die 12. SS-Pz.Div. hätte den amerikanischen Fallschirmtruppen mit größter Wahrscheinlichkeit das gleiche Schicksal bereitet, denn diese sprangen über einen großen Raum verstreut ab und fanden sich nur langsam zusammen.

Selbstverständlich läßt sich hierfür kein voller Beweis erbringen. Eine Bestätigung liegt aber in den folgenden Ausladezahlen, die »Cross-Channel Attack« (S. 351 ff.) gibt. Bis zum 7. Juni abends:

	geplant	erreicht	am 18. 6. erreicht:
Soldaten	107 000	87 000	619 000
Fahrzeuge	14 000	7 000	95 000
Material (t)	14 500	3 500	218 000

Dieser Ausfall von rund 20 Prozent der Menschen, 50 Prozent der Fahrzeuge und 75 Prozent des Materials an den ersten beiden Tagen war eine Folge der Rommelschen Methoden, der Vorstrandhindernisse, der Widerstandsnester und der starken Verminung an Land. Über die Vorstrandhindernisse sagt »Operation Neptune« (S. 107), daß ihretwegen der Zeitpunkt der ersten Landungen auf Helligkeit und Niedrigwasser verlegt wurde und daß sie trotzdem die unangenehmsten Schwierigkeiten und die größten Verluste verursachten. Der Hauptteil der am 6. 6. gesunkenen oder beschädigten 291 Landungsfahrzeuge ging zu Lasten der Vorstrandhindernisse.

Zusammenfassend läßt sich sagen, daß gute Aussichten bestanden, den Gegner durch die Gesamtsumme der Rommelschen Maßnahmen daran zu hindern, am ersten Landungstag tiefe Brückenköpfe zu schaffen. Ob er dann die Operation fortgesetzt hätte, oder ob es gelungen wäre, ihn völlig

wieder ins Wasser zu werfen, ist eine andere Frage. Sicher ist, daß die Ereignisse wesentlich anders und für die Deutschen günstiger verlaufen wären, wenn Rommel seit dem Dezember 1943 freie Hand gehabt hätte. Schlechte Kommandoorganisation, geteilte Verantwortung und unzureichende Handlungsfreiheit für den an Ort und Stelle verantwortlichen Befehlshaber waren die Hauptursachen dafür, daß dieser sich nicht voll auswirken konnte. Die Unklarheiten der Kommandoorganisation ermöglichten es eigenwilligen Kommandeuren, sich den Rommelschen Weisungen zu entziehen und für ihren Bereich ihre eigenen Ansichten gegen die Rommels durchzusetzen. Das wirkte sich am verhängnisvollsten im Falle der Panzergruppe West aus, die Rommel nicht unterstellt war und deren Oberbefehlshaber er nicht überzeugen konnte. In der Zeitschrift ›Irish Defence‹ vom Dezember 1949 schreibt General Geyr von Schweppenburg auf Seite 577: »Die einzige Lösung war, die alleinige deutsche Überlegenheit auszunutzen – nämlich die geschicktere und beweglichere Führung der vorzüglich ausgebildeten Panzerverbände, zweifellos unsere Trumpfkarte –, indem man eine starke operative Reserve aus fünf oder sechs Panzerdivisionen außerhalb Reichweite der Schiffsartillerie und gedeckt gegen Fliegersicht in den Wäldern nordwestlich oder südlich von Paris zurückhielt, von wo sie ihren Angriff entwickeln konnten, wenn der Gegner schon tief ins Land eingedrungen war. Generaloberst Guderian, Hitlers Ratgeber für Panzertaktik, war in voller Übereinstimmung mit diesem Vorschlag, aber vergeblich. Rommels Methode gewann.
Das Ergebnis von Rommels Methode war, daß eine Panzerdivision nach der anderen an die Küste gezogen wurde. Ganz abgesehen von den verhängnisvollen strategischen Folgen dieser Entscheidung hatte die Tatsache der Nichtübereinstimmung zwischen den beiden Gedankenschulen, die nicht verborgen werden konnte, eine schädliche Wirkung auf die Moral der Untergebenen. Ich selbst hatte so ausgesprochene Ansichten gegen Rommels Plan, daß ich Erlaubnis erbat, sie dem OKW in Berchtesgaden vorzutragen. Hitler gab genügend nach, um zu befehlen, daß vier Panzerdivisionen, Leibstandarte, Hitlerjugend, Panzer-Lehr und Götz von Berlichingen, als strategische Reserve des OKW zurückgehalten wurden, aber am ersten Tage der alliierten Invasion wurde dieser Plan aufgegeben, trotz Guderians Unterstützung meines Gesichtspunktes.«

Hieraus geht hervor, daß Geyr überhaupt keine Möglichkeit sah, die Landung selbst abzuwehren, sondern daß er glaubte, mit den Panzerdivisionen allein den eingedrungenen Gegner vernichten zu können. Rommel dagegen sah in aller Klarheit, welche übermäßige Last für unsere überanstrengte Wehrmacht eine weitere Front in Europa bedeuten würde, und schloß daraus, daß die einzige Möglichkeit, noch zu einem erträglichen Abschluß des Krieges zu kommen, darin lag, die Landung selbst abzuschlagen. Zu diesem Zweck plante er, alle verfügbaren Kräfte der drei Wehrmachtsteile zur Abwehr zu integrieren. Die Ereignisse bewiesen dann sehr eindringlich, daß ein zügiges Operieren von Panzerverbänden, wie es Geyr von Schweppenburg vorschwebte, unter dem Druck der vielfach überlegenen alliierten Luftwaffe völlig unmöglich war.

Dagegen lagen in Rommels Plan gewisse Erfolgsmöglichkeiten. Das hat unter anderem Liddell Hart bestätigt, indem er im ›Strand Magazine‹ vom Juli 1946 schrieb: »Es ist wahrscheinlich, daß die einzige Hoffnung der Deutschen darin bestand, die Invasion sofort abzustoppen, und daß für den Fall, daß sie gewartet hätten, ihr geplanter Gegenangriff durch die überwältigende Luftmacht der Alliierten zerschlagen worden wäre.«

Es ist immer guter militärischer Brauch gewesen, daß der Dienstjüngere in einer Lage wie in diesem Falle seine Ansicht klar äußerte, auch wenn sie von der des Vorgesetzten abwich. Es ist aber auch immer guter militärischer Brauch gewesen, daß dann, wenn einmal entschieden war, jeder Soldat loyal an dem festgelegten Plan mitarbeitete. General Geyr von Schweppenburg war Feldmarschall Rommel nicht direkt unterstellt. Rommel war aber der Dienstältere, führte den Befehl über die Truppen an der voraussichtlichen Invasionsfront und hatte nach aller Wahrscheinlichkeit die Abwehrschlacht zu leiten. Hitler hatte sich für Rommels Plan, vorn zu schlagen, entschieden. Geyr nahm eine schwere Verantwortung auf sich, als er Schritte unternahm, die dazu führten, daß ein sehr wesentlicher Teil des Rommelschen Planes nicht durchgeführt wurde.

Er nahm ihm dadurch einen großen Teil seiner Wirksamkeit, ohne zu erreichen, daß die Divisionen nun ganz nach seinem eigenen Plan aufgestellt wurden. Das einzige, was er voll erreichte, war, daß die kriegsentscheidende Invasionsschlacht nach zwei diametral entgegengesetzten Plänen geschlagen wurde und damit die Erfolgsaussichten, die die Deutschen noch hatten, von vornherein zunichte gemacht wurden.

DER VERLUST VON CHERBOURG

9. 6.: *Die feindliche Luftüberlegenheit wirkt sich, wie vom OB erwartet und vorausgesagt, dahin aus, daß die Bewegungen ungeheuer verzögert werden, Nachschub kaum noch herankommt, Bereitstellungen unmöglich sind, Artillerie nicht auffahren kann. Es vollzieht sich jetzt an Land das, was im Tunisfeldzug auf See passiert ist* (PAV).

Zu diesem Zeitpunkt war im Stabe klar, daß die Invasion geglückt war, daß bei den oben geschilderten Zuständen keine Aussicht bestand, den großen Brückenkopf einzudrücken und wieder zu beseitigen und daß im Gegenteil der Feind sich laufend verstärkte. Es war zu befürchten, daß er Cherbourg nehmen und anschließend mit überlegenen Kräften in Richtung auf Paris durchbrechen würde. Aufgabe der Heeresgruppe war es, diesen Durchbruch zu verhindern. Rommel wollte als erstes die offenbar nicht sehr starken gegnerischen Kräfte westlich der Vire an der Südostküste der Cotentin angreifen und vernichten, um die Drohung für Cherbourg zu beseitigen. Auf Befehl des OKW mußte der Kräfteschwerpunkt aber in den Raum Caen gelegt werden.

Das Leben im Hauptquartier bekam einen anderen Charakter. Rommel fuhr fast täglich zur Front oder zu den oberen Befehlshabern. Hierbei begleiteten ihn naturgemäß in erster Linie Heeresoffiziere. Für den Marineverbindungsoffizier blieb auf dem eigentlichen Marinegebiet nicht mehr viel zu tun, nachdem die schwachen Kampfstreitkräfte der Marine teils im Gefecht teils bei Bombenangriffen auf die Häfen vernichtet worden waren.

Es kam aber eine andere Aufgabe, nämlich die, den Nachschubverkehr auf der Seine in Gang zu bringen. Außerdem hatte der Feldmarschall das Bedürfnis, sich über die Lage und ihre Probleme auszusprechen. Er tat dies gern auf kurzen Spaziergängen im Schloßpark oder in der näheren

Umgebung mit Speidel und mir, oder mit mir allein. Er trug in dieser Zeit eine besonders schwere seelische Last, denn er fühlte sich nicht nur für die militärische Lage in der Normandie verantwortlich, sondern auch für das Schicksal des ganzen Volkes. Er hatte vorausgesagt, daß mit einer gelungenen Invasion der Krieg endgültig verloren sein würde. Jetzt suchte er sich Klarheit zu verschaffen über die Mittel und Wege, die es vielleicht gab, um den sinnlos gewordenen Krieg zu beenden. Er spielte eine schwierige Doppelrolle, die des Soldaten, der mit allen Mitteln seiner Führungskunst versuchte, das Unheil des gegnerischen Durchbruchs so weit wie möglich hinauszuschieben, und eines Menschen, der sich für die Gesamtheit verantwortlich fühlte und auf den Zeitpunkt zum politischen Handeln wartete. Für diesen zweiten Teil seiner Aufgabe suchte er seine Gedanken und Auffassungen im Gespräch im kleinsten Kreis zu ordnen. Das geschah meist in theoretischen Diskussionen. Auf seine von Speidel geführten Verbindungen mit den Gruppen, die den 20. Juli vorbereiteten, ging er näher nicht ein, zweifellos in der Überzeugung, daß es richtig sei, so wenig Mitwisser wie möglich zu haben. Speidel hatte mir einige Andeutungen gemacht, ohne daß ich aber ein vollständiges Bild des Geplanten erhielt.

Der Verlauf der Kampfereignisse ist durch kompetente Autoren aus nachträglicher Sicht mehrfach ausführlich behandelt worden. Sie sollen daher nur kurz dargestellt werden, wie sie uns damals erschienen, und nur so weit, wie sie als Hintergrund notwendig sind. Zu den Tagebuchaufzeichnungen ist zu bemerken, daß sie naturgemäß nicht erschöpfend sein konnten und aus begreiflichen Gründen in manchen Punkten zurückhaltend sein mußten. Trotzdem geben sie wohl ein brauchbares Bild von Rommels Gedanken in dieser schwierigsten Zeit seines Lebens.

10. 6.: Der OB fuhr zur Panzergruppe West (Geyr von Schweppenburg). Die feindliche Fliegertätigkeit war so stark, daß er unterwegs etwa 30mal Deckung suchen mußte, obgleich er immer auf Nebenwegen fuhr. Bis zum 1. SS-Pz.Korps (Sepp Dietrich) vorzudringen, war wegen der Flieger unmöglich. Der Gefechtsstand der Panzergruppe West wurde wenige Stunden nach seinem Besuch durch einen schweren Bombenangriff stark mitgenommen. Der Chef des Stabes, der Ia und weitere Offiziere fielen, die einheitliche Führung der Panzerverbände war vorübergehend unterbrochen.

11. 6.: *Der Feind benutzte den Tag zum Aufschließen und Nachschieben in die Einbruchsräume, örtliche Angriffe konnten keinen nennenswerten Bodengewinn erzielen. Eigene begrenzte Gegenangriffe im Raum südöst-*

lich Bayeux und bei Montebourg hatten örtliche Erfolge, um Carentan wurde mit der blanken Waffe gekämpft. Die feindliche Lufttätigkeit war wetterbedingt etwas schwächer, trotzdem laufende Angriffe aus niedrigster Höhe, besonders gegen Bereitstellungen und Batterien (KTB, abgekürzt). Vormittags fuhr Rommel zu Rundstedt, um vor allen Dingen Nachschubfragen zu besprechen, da der Eisenbahntransport unter den Schlägen der feindlichen Luftwaffe hoffnungslos zusammengebrochen war. Im OKW spukte immer noch das Gespenst einer weiteren Landung entweder in der Kanalenge oder in der Bretagne. Die Sorge um diese noch gar nicht angegriffenen Küstenabschnitte verhinderte energische Maßnahmen zur Stärkung der schwer ringenden Front. Noch wurde keine der in doppelter Reihe an der Kanalenge stehenden Divisionen freigegeben. Nur die Spitzen der 77. ID, der 17. SS-Pz.Gren.Div. und des 2. Fallsch.Jg.Korps kamen in der westlichen Normandie heran. Das war sehr wenig im Vergleich zu den rund 50 000 Mann, die der Gegner zusammen mit reichlich Material *täglich* dem Brückenkopf zuführte. Nachmittags nahm mich der Feldmarschall in den Garten mit, woraus sich eine zweistündige Unterhaltung entwickelte, bei der wir die Höhe hinter dem Schloß hinauf- und hinunterstiegen, dann im Garten auf und ab gingen, zeitweise auch stehenblieben. Rommel sprach nahezu alle Fragen durch, die sich aus der Lage ergaben, darunter viele Dinge, die ich mir selbst auch immer wieder überlegt hatte. Die beste Lösung in der augenblicklichen Lage bestand nach seiner Ansicht darin, den Krieg zu beenden, solange man noch etwas zum Verhandeln in der Hand hatte. Die Stärke unserer Position liege zur Zeit noch im Gegensatz zwischen Amerikanern und Russen. Die Amerikaner seien so stark, daß die Russen keinerlei Aussicht hätten, sich gegen sie durchzusetzen. Hitler wolle aber nicht verhandeln – das ginge mit ihm auch nicht –, er wolle bis zum letzten Haus kämpfen. Er habe mehrfach geäußert, er wüßte auch nicht, wie es werden sollte, er sei aber der festen Überzeugung, daß es gut ausgehen würde. Rommel sagte, auf die Nation komme es an, nicht auf den einzelnen. Gerechtigkeit sei die Grundlage des Staates. Oben sei es bei uns leider nicht sauber, die Abschlachtungen seien eine schwere Schuld, die Kriegführung sei dilettantisch. Wir selbst seien unseres Lebens nicht sicher. Es würden den obersten militärischen Führern schwere Vorwürfe gemacht, nachdem man ihnen vorher in jede Kleinigkeit hineingeredet habe. Er, Rommel, habe bewußt den Kampf immer sauber geführt. Hitler habe 1942 Ribbentrop durch Neurath ersetzen wollen und geglaubt, daß damit alles in Ordnung käme. Beim Wiederaufbau müßten zunächst die Städte drankommen, alle alten Offiziere

müßten dabei eingesetzt werden. Die SS müßte völlig abgeschafft werden, statt der HJ müßte wieder etwas wie der Wandervogel kommen.
Ich sagte Rommel, daß er beim Wiederaufbau eine führende Rolle spielen müßte und daß er nach meiner Auffassung der einzige dazu geeignete Mann aus der höchsten militärischen Führerschaft sei.
Aus dem OKW kam eine lange und sträfliche Anfrage, weil die Engländer gemeldet hatten, daß sie einzelne deutsche Soldaten in Unterhosen überrascht hätten.
12. 6.: *Der Feind füllte den Brückenkopf mit Menschen und Material auf, seine Luftwaffe griff pausenlos unsere Truppen in der vorderen Linie an. In die Lücke zwischen 1. SS-Pz.Korps und 84. AK stieß feindliche gepanzerte Aufklärung bis dicht südlich Caumont* (KTB, gekürzt).
Die Spitze der herankommenden Panzerdivisionen wurde mit allem Nachdruck in diese Lücke hineindirigiert. General Marcks, der Kommandierende des 84. AK, fiel durch Tieffliegerangriff auf der Halbinsel Cotentin.
Der OB war bei der 116. Pz.Div., die noch beiderseits der Somme stand. Zum Abendbrot kam General Geyr von Schweppenburg. Er war von den Ereignissen stark beeindruckt.
Mehrfach Luftalarm. Diejenigen vom engeren Stabe, die nicht mit dem OB unterwegs waren, spielten etwas Tischtennis. Im übrigen saß man zusammen und besprach die Ereignisse. General Meise erzählte, daß jemand auf ihn geschossen habe. Das machte auf niemand viel Eindruck, auf ihn selbst auch nicht. Im Schloß wurden die Gobelins abgebaut und die Bilder geborgen.
Göring behauptete im FHQ, daß das Flakkorps in zwei Tagen 600 km fast ungestört durch Flieger zurückgelegt habe. Diese Zwecklüge erregte den allgemeinen Zorn.
13. 6.: *Feind beschränkte sich auf örtliche Vorstöße. 10 km südwestlich Ste-Mère-Église gelang ihm ein tiefer Einbruch. Lücke im Raum von Caumont unsererseits geschlossen. Weiterhin Nachführungen in die Einbruchsräume und Bereitstellungen. Mit Aufnahme von Angriffen auf breiter Front wird gerechnet* (KTB, gekürzt).
Rommel fuhr zum Gefechtsstand des 84. AK (?). Die 346. ID hatte nur noch Kompaniestärken von 35 bis 60 Mann. Die 711. ID hatte letzte Reserven eingesetzt. Werferbrigade 7 lag zur Zeit aus Treibstoffmangel fest. Luftflotte 3 erklärte sich bereit, mit 22 Maschinen 20 cbm Betriebsstoff heranzufliegen, stellte dann aber 60 t Transportraum statt der Luftversorgung zur Verfügung. Ein eigener Gegenangriff gegen die englischen Stellungen östlich der Orne wurde geplant.

Die Schnellboote erlitten schwere Verluste beim Versuch, die Schiffsansammlungen vor den Landungsräumen anzugreifen.

14. 6.: *Feind hat nunmehr in seinem Brückenkopf mit 23 bis 25 Divisionen und zahlreichen Heerestruppen aller Art in einheitlichem Landekopf von der Orne bis Montebourg aufgeschlossen, führt weitere Kräfte nach und scheint versorgungsmäßig, vor allem an Munition, hervorragend ausgestattet zu sein. Er trat am 14. 6. von Tilly sur Seulles bis Montebourg zum Angriff mit drei ausgesprochenen Schwerpunkten an:*

a) Aus dem Raum nördlich Caumont ostwärts, um die Front von Caen zu umfassen. In blutigen Kämpfen unter Abschuß von 32 Panzern durch die hervorragend kämpfenden Pz.Lehr-Div. und 2. Pz.Div. abgewiesen und ihm noch Gelände entrissen.

b) Durchstoß rittlings der Straße Bayeux–St-Lô auf St-Lô unter Einsatz von Fallschirmjägern. Unter besonders hohen Verlusten überall abgewiesen.

c) Zur Abschnürung der Cotentin aus dem Raum um Carentan in westsüdwestlicher Richtung. Schwere Kämpfe. Die hier eingesetzten Kräfte schmelzen zusehends unter dem pausenlosen Feuer der Schiffs- und Landartillerie und rollenden Bombenangriffen zusammen (KTB, gekürzt).

Ich fuhr sehr früh zur Marinegruppe West. Hinter Meulan hatten wir eine Panne, die etwas lange dauerte, da kein ordentliches Werkzeug im Wagen war, den der Fahrer am Abend vorher übernommen hatte. Das gab Gelegenheit, Luftkämpfe mit mehreren Abschüssen zu beobachten, von denen einige Granaten auf unserer Straße einschlugen.

Der OB der Marinegruppe West war sich über die Lage klar, auf die Folgen und die zu ziehenden Folgerungen ging er nicht näher ein. Ich vertiefte das Thema nicht, da er zu Rommel fahren wollte, wo er auch Rundstedt treffen würde.

Ich nahm dann an der Lagebesprechung bei der Marinegruppe West teil. Die 6. und die 24. Minensuchflottille hatten schwere Verluste erlitten, die eine beim Versuch, westlich von Cherbourg Minen zu werfen, die andere, als sie Nachschub nach Cherbourg bringen wollte. Der Stand der Versorgung der »Festung« war ungenügend, der Nachschub an Torpedos für Schnellboote machte Schwierigkeiten.

Auf dem Rückweg fuhr ich zur Behandlung ins Lazarett Eaubonne und sah dabei endlich einmal eigene Jäger, die mehrere Engländer abgeschossen hatten. Flottenarzt Heim zeigte mir seine bisherige KdF-Halle, die er als Verwundetensammelstelle eingerichtet hatte, mit ungefähr 100 Betten, und einen praktischen, italienischen Operationswagen. Als Gegengabe erteilte ich Ratschläge für die zweckmäßigste Anlage von Splitterlöchern. Bemerkenswert war das Urteil der Ärzte, daß die innere Haltung der Etappe jetzt viel besser sei als vor zwei Jahren.

Abends kam fernschriftlicher Protest der Mar.Gr.West gegen Verlegung der Heeresküstenbatterien von St-Vaast an die Landfront von Cherbourg. Ich protestierte entsprechend bei Speidel; es half aber nichts, konnte auch der ganzen Lage nach nichts helfen, denn die Landfront war stärkstens bedroht.

Als wir mit dem Abendbrot fast fertig waren, kam der OB von der Front zurück, sehr ernst und stark beeindruckt. Er war beim 1. SS-Pz. Korps (Sepp Dietrich), beim 47. Pz.Korps (Frhr. von Funck) und bei der 2. Pz.Div. gewesen, bei starker Fliegertätigkeit. Das OKW hatte von den Generalkommandos unmittelbaren Bericht über die Luftlage angefordert. Rommel war empört über das darin liegende Mißtrauen gegen ObWest und HGr B.

Nach dem Abendbrot spielten Speidel und ich Tischtennis als Tarnung eines Gesprächs über die Lage. Wir waren uns in den Auffassungen völlig einig. Anschließend ging Rommel noch eine Stunde mit mir im Garten spazieren, von den Hunden begleitet, die ihn gelegentlich erheiterten. Er sprach wieder alles durch, die gute Haltung der Truppe, den Mangel an Material und besonders an Fliegerei.

15. 6.: Durch einen schweren Luftangriff auf Le Havre wurde die Masse der dort liegenden Seestreitkräfte außer Gefecht gesetzt, alle 4 T-Boote, dazu 10 S-Boote und 15 Sicherungsfahrzeuge.

Beim Frühstück wurde wieder über Berichterstattung gesprochen. Da die Korps alle sehr offen reden (Sepp Dietrich hatte geschrieben, daß die Behauptung vom schnellen und nicht durch Flieger gestörten Marsch des Flakkorps erstunken und erlogen sei), wird an sich kein Schaden angerichtet. Warum kommt nicht jemand vom OKW? Warum dort nur Leute, die nie an der Front waren? Ansatz der anglo-amerikanischen Luftwaffe ist die moderne Art der Umfassung, nicht von der Seite, sondern von oben. Wenn es so weiter geht, kommt der Kampf bald zum Erliegen, weil einfach nichts mehr herankommt. Lage an mehreren Stellen sehr unklar.

Gegen Mittag kam Admiral Krancke. Er war eine dreiviertel Stunde ganz allein beim OB, der ihm reinen Wein über die Lage einschenkte, was Rundstedt am Nachmittag vorher anscheinend nicht getan hatte. Nach dem Essen tranken Rommel, Speidel, Krancke und ich zusammen Kaffee

und setzten die Besprechung fort. Hierbei schnitt Rommel wieder die Frage des Flußtransports an, für den bisher überhaupt nichts geschehen war, trotz klar geäußerter Wünsche der HGr B. Die zerbombten Brücken sperrten das Fahrwasser, die Transportfahrzeuge lagen still. An sich war das alles Sache des Militärbefehlshabers und der zivilen Transportbehörden.
Ich schlug vor, einen Teil der Besatzungen der in Le Havre zerstörten Fahrzeuge für das Aufräumen der Brücken und zum Besetzen der Flußfahrzeuge zu verwenden. Krancke genehmigte das sofort. Ich telefonierte anschließend nach verschiedenen Richtungen, um diese Maßnahmen nun ohne Zeitverlust in Gang zu bringen.
Nachmittags hatte ich eine längere Unterredung mit Hauptmann Lang, dem persönlichen Adjutanten Rommels, über die Lage. Zum Abendbrot war Oberstleutnant Greif vom OKL da. Er war stark betroffen vom Ernst der Lage, konnte aber nicht mehr als 150 bis 200 Jäger frei machen, gegen 4000 bis 5000 auf der anderen Seite!
Nach dem Abendbrot ging Rommel mit mir spazieren. Er sprach über einen Vorschlag für eine Operation, den ObWest an OKW gegeben hatte und der ihm nicht gefiel. Im übrigen sprach er wieder über die Lage und die Möglichkeiten, die es noch gab.
16. 6.: *Der sorgfältig vorbereitete und mit hervorragender Tapferkeit durchgeführte Angriff von Teilen der 346. ID und der 21. Pz Div östlich der Orne hatte gute Anfangserfolge; am Nachmittag mußte aber infolge der vernichtenden Wirkung der zusammengefaßten feindlichen Schiffsartillerie ein Teil des gewonnenen Bodens wieder aufgegeben werden. Die eigenen Verluste waren hoch. Aufklärungsvorstöße gegen den Westabschnitt des 1. SS-Pz.Korps abgewiesen.*
Starke Feindangriffe nordostwärts St-Lô und Ste-Mère-Église. Noch nicht abgeriegelter Durchbruch bei St-Sauveur-le-Vicomte auf der Halbinsel Cotentin. Hier Schwerpunkt der feindlichen Lufttätigkeit (KTB, gekürzt).
»Jeden Tag überlegt man, wie lange es noch dauert« (PAV). Nachts erfolgte ein starker Bombenangriff auf Boulogne. Die Verluste an Marinefahrzeugen waren dort nicht so schwer wie in Le Havre.
Es fiel leichter Regen, erwünscht gegen die feindlichen Flieger. Der Feldmarschall fuhr um 8.30 Uhr an die Front in der Halbinsel Cotentin, erst zum 2. Flakkorps, dann zum 84. AK, wo sich auch die Generale Fahrnbacher und Meindl befanden. Hier traf ein Befehl Hitlers ein, daß keine Truppen auf Cherbourg zurückgenommen werden dürften. Nach einem Gruß am Grabe des gefallenen Generals Marcks fuhr Rommel zu General-

oberst Dollmann nach Le Mans. Er war um 2.30 Uhr wieder im Hauptquartier.

Der Kahntransport auf der Seine lief nun an. Als Leiter stellte BSW den Korvettenkapitän Homeyer, den bisherigen Chef der 6. R-Flottille.

AOK 7 beantragte Seenachschub von Westfrankreich um die Bretagne herum nach den nordbretonischen Häfen, mindestens bis St-Malo, möglichst bis Cherbourg. Das sollte versucht werden, wenn es auch wenig aussichtsreich war angesichts der feindlichen Übermacht zur See. Ich schlug vor, Verpflegung aus dem unterirdischen Marineverpflegungslager bei Tours nach Norden zu schicken, dafür aus dem Süden Nachschub über See und auf dem Fluß heranzuholen. Ähnliches war vielleicht auch mit Munition möglich.

Das AOK 7 machte die Pferde scheu, weil Konteradmiral Hennecke, der Seekommandant von Cherbourg, angeblich gemeldet hatte, daß die Marine diesen Hafen nicht zerstören könne. Es war schon lange bekannt, daß zur völligen Zerstörung der riesigen Anlagen viele Tausende von Tonnen Sprengstoff nötig gewesen wären, die einfach nicht greifbar waren. Es war aber durchaus möglich, mit den vorhandenen Mitteln den Hafen wirksam zu lähmen. Ich hatte bei einer Besprechung dem AOK 7 vorgeschlagen, einmal seinen Marineverbindungsoffizier hinzuschicken (den ich nie zu sehen bekam), um sich ins Bild zu setzen. Das wurde abgelehnt. Hennecke und ich hatten eine sehr gründliche Verminung des Hafens besprochen, die zusätzlich zur Sprengung der wichtigsten Anlagen dann auch ihren Zweck insoweit erfüllte, als es nicht nur einige Tage dauerte, bis der Hafen wieder benutzt werden konnte, wie die Amerikaner gerechnet hatten, sondern vier Wochen. Damit war erreicht, daß Cherbourg als Entladehafen zum Ausbruch der Alliierten aus dem Brückenkopf am 31. 7./1. 8. keinen Beitrag leisten konnte.

17. 6.: *Schwerste Feindangriffe auf St-Lô in erbitterten Kämpfen zum Stehen gebracht. Westlich der Orne Feindangriff gegen den linken Abschnitt des 1. SS-Pz.Korps. Feindlicher Vorstoß westlich St-Sauveur-le-Vicomte aufgefangen. Östlich der Orne nur noch geringfügiger eigener Bodengewinn. Seit 6. 6. 511 Feindpanzer und 161 Flugzeuge abgeschossen* (KTB gekürzt).

Rundstedt, Rommel und Speidel fuhren nach Soissons zur Besprechung mit Hitler und Gefolge. Von dort gab Speidel durch: »Der Führer hat befohlen: Die Festung Cherbourg ist unter allen Umständen zu halten. Das Zurückkämpfen der Nordgruppe auf die Festung Cherbourg unter Verzögern des feindlichen Vormarsches wird genehmigt. Eine Absetzbewegung in einem Zug hat zu unterbleiben. Der sichere Besitz von Cherbourg ist entscheidend.«

Nachmittags fuhr ich zur Besprechung wegen des Flußtransports ins Marineministerium, wo Konteradmiral (Ing.) Grube damit beauftragt war. Er hatte alle Verantwortlichen und Beteiligten zusammengebracht; sie füllten einen größeren Sitzungssaal. Die Wasserstraßenverwaltung hatte bisher einen milden Friedensbetrieb gemacht, indem man weder sonntags noch nachts fuhr und über Pfingsten drei Tage lang zur vollen Ruhe übergegangen war! Der BSW stellte 4 Offiziere, 200 Mann und leichte Fla-Waffen, die Marinepioniere nahmen sich der Brücken an. Nach einer dreiviertel Stunde war man sich völlig einig, die Rollen waren verteilt.

Bei der Marinegruppe West traf ich dann Admiral Krancke, der sehr empört war über die Ereignisse in Le Havre. Dort hatte die Flak wegen weniger eigener Anflüge mit neuen Waffen (wohl Gleitbomben) Befehl gehabt, nicht zu schießen. Die Engländer hatten das offenbar mitgehört, denn sie waren mit ihren Bomberverbänden in 1800 m Höhe herangekommen. Krancke hatte in den letzten Stunden vor dem Angriff verzweifelt nach allen Richtungen telefoniert, um zu erreichen, daß das Verbot aufgehoben würde, aber vergeblich. Drinnen hatten 72 Kriegsfahrzeuge gelegen, alle einzeln bis auf zwei Zweier-Päckchen, die ausgerechnet unbeschädigt blieben.

Für die Hafenzerstörungen in Cherbourg hatte er die dort noch liegenden Minen freigegeben, so daß sie nun gut vorangingen. Ich kam etwa zur gleichen Zeit mit dem Feldmarschall in unser Quartier zurück. Nach dem Abendbrot ging er mit mir spazieren und erzählte Einzelheiten von seinem Vortrag bei Hitler, der große Pläne für eine Gegenoffensive gehabt hatte.

Speidel hatte einige Äußerungen aufgeschrieben wie: »Nicht vom Landekopf sprechen, sondern vom letzten Stück Frankreich, das der Gegner besetzt hält – die Gegner brauchen 7 000 000 t Schiffsraum für die Landung (???) – die Gegner halten nicht länger aus als diesen Sommer – «.

Rommel hatte die ganze Schwere der Lage schonungslos dargestellt. Hitler war sehr optimistisch und ruhig gewesen, hatte sie anders beurteilt und im ganzen Rommel offenbar etwas beeinflußt. »Muß regelrechten Magnetismus haben« (PAV).

18. 6.: Sonntag bedeckt, kühl, Stimmung nicht mehr so gut.

Der Gegner stieß nach harten Kämpfen zur Westküste des Cotentin bei Barneville durch. Eigene Abwehrfront im Aufbau, sonst nur örtliche Kämpfe (KTB, gekürzt).

Cherbourg war damit abgeschnitten. Vormittags hatte Rommel Besprechungen mit Obergruppenführer Hausser und General Obstfelder, anschließend mit General Geyr von Schweppenburg und dessen neuem Chef des Stabes, General Gause, der nun doch keine Division bekommen hatte. Die vier Herren blieben zum Mittagessen.

Nach einer Lagebesprechung am Nachmittag trug ich dem OB Marineangelegenheiten vor, besonders die Minenlage und die Schiffsverluste, und schlug vor, die Schiffsstammabteilungen hinter der Front einzusetzen, als örtliche Abwehr gegen Fallschirmtruppen. »Wenn es um das Ganze geht, kann man keine Ausbildung mehr machen« (PAV).

Nach dem Abendbrot ging der Feldmarschall mit mir spazieren. Er beklagte sich über das OKW, wo man anscheinend neidisch sei, für die eigene Stellung fürchte und immer alles besser wisse. Im übrigen war er nicht mehr in der Stimmung wie unmittelbar nach der Rückkehr vom Vortrag bei Hitler, aber doch ganz optimistisch, da die Lage an der Front sich im allgemeinen gefestigt hatte und jetzt die V 1 nach England geschossen wurde. Er erkundigte sich dann über englische und amerikanische Angelegenheiten und behandelte mögliche Gegensätze und etwaige innere Schwächen beider Staaten. Was an unserer materiellen Unterlegenheit nichts änderte.

Ich ging dann zu Speidel, der noch einige Einzelheiten aus Soissons erzählte. Der Feldmarschall kam dazu und besprach noch verschiedene laufende Sachen. Er war über das Tempo der 7. Armee nicht sehr glücklich; die Erfahrungen von 1940 genügten jetzt nicht mehr. Bei einigen Herren im Stabe des ObWest sei es ähnlich. Vor allen Dingen seien die Befehle zu lang und es stehe kein Druck dahinter. In Afrika habe er keinen Funkbefehl abgegeben, der länger als 12 Worte war, nötigenfalls ein paar Befehle hintereinander. Er beabsichtige auch hier nach wie vor nur mit kurzen Weisungen zu führen und das übrige den Kommandeuren persönlich auf dem Gefechtsfeld zu sagen. Es sei schwieriger, so zu führen, aber auch erfolgreicher.

19. 6.: *Ostwärts der Orne kleine eigene Bodengewinne. Im Abschnitt Tilly sur Seulles starke Feindangriffe abgewiesen. Nordwestlich Carentan feindliche Bodengewinne, ebenso Fortschritte in Richtung Cherbourg* (KTB).

Leichter Regen; von dem Nordoststurm, der in diesen Tagen 800 kleinere Fahrzeuge des Gegners auf den Strand trieb und einen der beiden im Aufbau befindlichen künstlichen Häfen völlig zerschlug, ist in den Tagebüchern nichts vermerkt, daher ist diese Lage wohl auch nicht besonders ausgenutzt worden.

Beim Frühstück erfuhren wir, daß Hitler entgegen seiner Absicht, in unser Hauptquartier zu kommen, bereits am 18. 6. früh wieder nach Berchtesgaden zurückgefahren war, weil in der Nacht ein V-1-Kreisläufer ausgerechnet in nächster Nähe des Besprechungsortes detoniert war. Göring und Keitel waren überhaupt gegen diese Fahrt in die Nähe der Front gewesen.

Rommel fuhr in den Abschnitt zwischen Seine und Somme, also in das Gebiet der nichtangegriffenen 15. Armee, offenbar weil das OKW dort immer noch eine Landung befürchtete. Er kam ganz befriedigt zurück.

Ich fuhr auf Nebenwegen nach Rouen zum Admiral Kanalküste, um die Lage zu besprechen. Rieve erzählte sehr anschaulich von einer Fahrt nach Cabourg, von wo er einen großen Teil der Landungsflotte gesehen hatte. Als alter Schiffsartillerist hatte er dort seine Kenntnisse im Schießen gegen Seeziele weitergegeben und außerdem Entfernungsmeßgeräte besorgt. Es fehlte an weittragender Artillerie; die nicht fertig gewordene 30,5-cm-Batterie bei Le Havre hätte gute Dienste getan. Im übrigen waren wir uns über die Lage einig, nicht über das, was noch herauszuholen war. Ich war der Ansicht, daß noch politische Möglichkeiten bestanden. Er sah überhaupt keinen Weg mehr.

20. 6.: *Feind versuchte beiderseits Valognes nach Cherbourg durchzubrechen, die eigenen Kräfte ziehen sich kämpfend auf die Festung zurück, sonst nur örtliche Kämpfe* (KTB, gekürzt).

Vormittags war Oberstleutnant Ziervogel aus Jodls Stab zur Besprechung da. Er erhielt ein klares Bild der Lage, besonders auch der Versorgungsschwierigkeiten.

An Hand dieser Sendung diskutierten wir beim Frühstück die Befehlsführung und überlegten, wie man überhaupt die Wehrmachtsführung vereinheitlichen könne. »Die verschiedenen Quadratkarten und Funkverfahren waren nicht so nachteilig wie die mangelhafte Zusammenarbeit oberer Persönlichkeiten« (PAV).

Um 11.30 Uhr fuhr der Feldmarschall zur Front östlich der Orne. Die Fliegertätigkeit war so gering, daß es möglich schien, die Transportkolonnen auch bei Tage fahren zu lassen.

Nach dem Abendbrot gingen Speidel und ich am Fluß spazieren. Wir sprachen über das schnelle Vorankommen des Gegners südwestlich von Cherbourg, das dadurch möglich geworden war, daß man General von Schlieben zu spät erlaubt hatte, kämpfend planmäßig zurückzugehen, Dann sprachen wir von der Vergeltungswaffe als »Waffe au surprise«, ohne nachhaltigen Wert in unserer Lage. Der Feldmarschall kam zurück,

war ganz zufrieden, bis auf die Lage von Cherbourg. Diese hatte sich zu schnell entwickelt, außerdem waren fast alle führenden Männer ausgefallen.
Um 21.30 Uhr kam KKpt. Homeyer und berichtete über seine nunmehr gut angelaufene Flußschiffahrt. KKpt. Prater, auch ein alter Minensucher, hatte Befehl erhalten, mit 350 Mann den Kanal von Gent nach Paris zu betreiben und zu sichern. Das hätte auch schon früher geschehen können!
21. 6.: *Geringe Feindtätigkeit, General von Schlieben versucht, die Verteidigung von Cherbourg zu ordnen* (KTB, gekürzt).
Rommel fuhr zum 86. AK, zur 21. Pz.Div. und zum 1. SS-Pz.Korps. Dort erfreuliche Stimmung; Sepp Dietrich war der Auffassung, daß er dem Druck der Engländer in jedem Falle standhalten könne.
Der Feldmarschall ging abends mit mir spazieren, besprach Nachschubfragen, allgemeine Sorgen und besonders die schwierige Lage von Cherbourg, das mit Ernennung zur Festung noch lange keine Festung war.
22. 6.: Sonnenwende, schönes Wetter, zahlreiche Einflüge, mächtiges Flakschießen.
An der Front keine wesentlichen Ereignisse, die Nachrichten aus Cherbourg waren unerfreulich, da die Besatzung zusammengewürfelt, überaltert und schlecht ausgerüstet war.
Beim Frühstück Unterhaltung über die Sonderwaffe und über die Mützenschirme der Kriegsmarine. Nachmittags sprach ich telefonisch mit dem OQ der Marine wegen der Alarmeinheiten; in der Theorie gab es eine eindrucksvolle Zahl, praktisch waren aber nur 5000 Mann ins französischniederländische Hinterland gekommen, was ein bißchen zu wenig erschien. »Beim Abendbrot wurde viel geschwiegen« (TBV).
23. 6.: Abklingendes Hochdruckwetter.
Schwere Kämpfe um Cherbourg. Landfront an vier Stellen vom Gegner durchbrochen. Ostwärts der Orne starke Beschießung durch feindliche Schiffsartillerie und Raketenwerferboote. Sonst keine besonderen Ereignisse (KTB, gekürzt).
Im OKW wurde erwogen, ob ein Fallschirmjägerregiment nach Cherbourg eingeflogen und ein Grenadierregiment über See in die Festung gebracht werden könnte. Abgesehen davon, daß mit Kräften dieser Größenordnung die Lage nicht wiederherzustellen war, lag in den Anfragen eine völlige Verschätzung der Lage in der Luft und auf See. Die Mar.Gr.West meldete dann auch so klar, wie gering die Aussichten waren, größere Bewegungen über See erfolgreich durchzuführen, daß man davon Abstand nahm.
Im übrigen suchte das OKW in starken und gezielten Anfragen über

Truppenverteilung, Vorbereitungen auf der Halbinsel Cotentin, Bevorratung von Cherbourg usw. deutlich nach Schuldigen. Das brachte nichts Positives, belastete dagegen die Nachrichtenwege und verärgerte die Befehlshaber, die wirklich Wichtigeres zu tun hatten.

Am Abend kam Homeyer und meldete, daß der Flußtransport an sich vollkommen klar war, aber nicht genug Nachschub herankam, um die Prähme auszunutzen; das mußte nun auch noch organisiert werden. Ich sprach mit den dafür Verantwortlichen persönlich und telefonisch sehr deutlich.

24. 6.: *Die Besatzung von Cherbourg kämpft tapfer, kann aber weiteres Vordringen des vielfach überlegenen Gegners nicht verhindern; an der übrigen Front starke Artillerie- und Lufttätigkeit* (KTB, gekürzt).

Der Feldmarschall fuhr um 9 Uhr zum Gefechtsstand des 84. AK nordöstlich St-Lô und brauchte wegen zahlreicher Flieger sechs Stunden, um die 230 km zurückzulegen. Dort besprach er die taktische und die Versorgungslage. Auf der Rückfahrt über Vassy hatte er noch eine Besprechung beim 47. Pz.Korps, das sich zum Angriff bereitstellte, aber damit rechnete, daß der Gegner demnächst auch angreifen werde.

Ich telefonierte wegen der Alarmeinheiten und des Flußtransportes. Dann bekam ich ausführliche Meldungen über die Unbrauchbarmachung von Cherbourg. Gute Arbeit, konzentriert auf die Entladeeinrichtungen, unter bewußter Schonung z. B. der Werften aus Gründen des Wiederaufbaus nach dem Kriege. »In Cherbourg steht es nicht gut. Man kann auch nicht erwarten, daß sich diese Art von Festung lange hält. Hafen sehr gründlich zerstört und unbrauchbar gemacht. Es wird interessant sein, wie lange er nicht benutzt werden kann« (PAV).

Ich zeigte einem Unteroffizier der Kampfstaffel, die uns bewachte, wo er durch Wegschneiden einiger Zweige einen besonders schönen Blick in das Seinetal für den Feldmarschall frei machen konnte. Ich las »Gone with the Wind«; unendliche Parallelen zur Jetztzeit. Sprach mich mit Lattmann über die Lage aus. Vor der Ornemündung stand ein starker Verband aus Schlachtschiffen, Kreuzern und Zerstörern. Das AOK 7 wünschte, daß die Marine etwas dagegen tue. Admiral Krancke rief mich deshalb an. Es geschah, was möglich war, aber Kleinkampfmittel, ein paar Schnellboote und sechs Schnorchel-U-Boote stellten die gesamte Kampfkraft der Marine im Invasionsgebiet dar. U-Boote ohne Schnorchel zu schicken, hatte überhaupt keinen Zweck, da sie zum Aufladen der Batterie auftauchen mußten und dann von der starken U-Bootabwehr des Gegners mit tödlicher Sicherheit im wahrsten Sinne des Wortes gefaßt wurden. Die

Schnorchel-U-Boote hatten es schon schwer genug. Sie versenkten ein paar Fahrzeuge, was nur ein Tropfen auf den heißen Stein war.
Abends war ich bei Speidel mit Ernst Jünger, Speidels Schwager und einem hohen Juristen, einer Art verfeinertem rheinischem Falstaff. Sehr anregend und unterhaltsam. Nach dem Abendbrot gingen wir bis zum Donjon hinauf, mit wunderbarem Blick auf das perlmutterfarbige Wasser der Seine. Merkwürdig, so am Rande des Verderbens einen so schönen Abend zu haben. Dabei machten wir uns alle nichts vor und wußten genau, wie es stand.
Die Unterhaltung beschäftigte sich zuerst mit den amerikanischen Offizieren, die recht gut sind, erstaunlich jung, zum Teil richtig preußisch. West Point ist ja auch sehr preußisch aufgebaut. Dann wurde von den beiden englischen Offizieren (Gefangenen) gesprochen, die im Schloß waren.
Der Feldmarschall kam gegen 23 Uhr zurück, sehr ernst, da die Verluste der Infanterie außerordentlich hoch waren. Die materielle Überlegenheit des Gegners war eben zu groß.
25. 6.: *Der Feind griff früh nach schwerstem Trommelfeuer mit überlegenen Panzerkräften beiderseits Tilly sur Seulles auf 7 km Breite an. Riß zwischen 12. SS-Pz.Div. und Pz.Lehr-Div., eine etwa 5 km breite und 2 km tiefe Lücke. 1. SS-Pz.Korps meldete, daß Wiederherstellung der Lage mit eigenen Kräften nicht mehr möglich war.*
Der Kampf um Cherbourg ging seinem Ende entgegen (KTB, gekürzt).
Rommel blieb im Hauptquartier. Das Thema beim Frühstück war unsere materielle Unterlegenheit. »Wir sollen immer mit Munition sparen, die anderen sparen Blut, und das ist das Richtige. Und wir glauben, mit dem bißchen Sonderwaffe den Krieg zu entscheiden. Arme Leute sollen eben keinen Krieg führen« (PAV).
Dann wurde über den alliierten Nachschub zur See von den USA nach Sowjetrußland gesprochen, der noch 1942 oben anscheinend nicht für möglich gehalten wurde. Die Russen haben jetzt an Panzern fast nur neues amerikanisches Material. Beim OKW will man das aber einfach nicht sehen.
Sehr schönes Wetter, sehr starke Einflüge. Um 11 Uhr hielt ich dem Feldmarschall Vortrag über die Hafenzerstörungen in Cherbourg, den Seine-Verkehr und die Alarmeinheiten. Er äußerte sich sehr scharf über den Befehl des OKW, Entlastungsangriffe für Cherbourg zu führen. Die Front in der westlichen Normandie war mit Mühe zusammengeflickt worden und zum Angriff überhaupt unfähig. Die Panzerdivisionen wurden in der Gegend von Paris versammelt, was auch nicht paßte, da sie nicht herankamen. Allerdings standen sie dort nachschubmäßig besser. Er hatte

das alles klar gemeldet, oben wurden aber die Folgerungen nicht gezogen. »Sie wollen nicht sehen, daß der Krieg schiefgeht.«
Gegen Mittag kam Feldmarschall Sperrle zu einer Besprechung und nahm dann auch am Essen teil, schwer atmend und gewaltig. Sachlich war man sich anscheinend nicht nähergekommen. Er unterhielt die Tafelrunde mit Geschichten, die uns zum Teil nicht mehr ganz unbekannt waren. Das Ausbleiben der Luftwaffenunterstützung für Cherbourg erklärte sich zwanglos dadurch, daß 4000 feindlichen Jägern nur 300 eigene gegenüberstanden. Sehr starke Einflüge, nachmittags Fliegeralarm und Stukageräusch, Bombenwürfe bei Mantes.
Homeyer kam am Nachmittag und berichtete über den Seine-Verkehr, ziemlich unerfreulich, da infolge der überzogenen Organisation nichts richtig vorankam. Es waren zu viele Stellen beteiligt. Am besten bewährte sich der Kampfkommandant von Elboeuf, ein praktischer Major, der bereits zwei Versorgungslager eingerichtet hatte, die von französischer Miliz einwandfrei bewacht wurden. Die SS hatte den dort gelagerten Sprit entdeckt und fuhr ihn fleißig zur Front. Nach den ebenfalls dort gelagerten Kartoffeln war die Nachfrage nicht so groß.
Unseren Oberquartiermeisterstab (OQ) hatte man leider aufgelöst. Ich fuhr mit Homeyer noch einmal zu dem Major in unserem Stabe, der gewissermaßen den Rest-OQ darstellte, und besprach mit ihm erneut, worauf es ankam. Homeyer wollte dann am nächsten Tage in Paris die Runde bei allen beteiligten Stellen machen und berichten.
Beim Abendbrot ging es wieder recht schweigsam zu, denn Cherbourg lag in den letzten Zügen. Es wurde nur gesprochen über Nachschub nach Rußland auf dem Wege über Ostasien, Persien und das Nordmeer. OKW fragte nach einem Schlachtschiff, das westlich der Ornemündung aufgelaufen sein sollte. Später stellte sich heraus, daß ein altes französisches Schlachtschiff als Wellenbrecher für den künstlichen Hafen versenkt worden war.
Nach dem Abendbrot ging der Feldmarschall mit mir spazieren. Er merkte, daß die Aussicht frei gemacht worden war, und setzte sich eine Weile auf die Bank, von der man nun einen besonders schönen Blick ins Seinetal hatte.
Er sprach sich sehr eingehend aus. Er war erregt darüber, daß ihm Gegenangriffe zur Entlastung von Cherbourg befohlen worden waren, während er froh war, daß er überhaupt eine Art Verteidigungsfront zusammenbekommen hatte. Dann besprachen wir die Frage, ob man sich bei völliger Niederlage erschießen solle. Wir lehnten es beide ab, als einen zu nega-

tiven Weg. Ich vertrat die Ansicht, daß wir zum Frieden kommen müßten, und da die Gegner ihn mit Hitler nie abschließen würden, dieser durch seinen freiwilligen Tod den Weg dazu frei machen müßte, wenn er sein Volk so liebte, wie er immer behauptet hatte. Rommel meinte: »Sie sind ja ein rauher Krieger«, worauf ich antwortete: »Man muß die Dinge ganz nüchtern und sachlich betrachten; daran hat es oben seit Jahren gefehlt.« Er stimmte zu und ging sehr stark darauf ein. Wir sprachen dann von der in der zweiten Hälfte des Jahres 1940 verlorenen Zeit, die meiner Ansicht nach den entscheidenden Tempoverlust bedeutete, und über die großen Aussichten, die eine Offensive in Nordafrika zu diesem Zeitpunkt gehabt hätte. Er hatte sich anscheinend nicht ganz vergegenwärtigt, was für eine Ersparnis es bedeutet hätte, wenn man mit Suez und Gibraltar das ganze Mittelmeer in die eigene Hand bekommen hätte.

Jetzt war die Lage hoffnungslos wegen der gewaltigen materiellen Überlegenheit des Gegners. Das Durchschnittsalter unserer Divisionen betrug zum Teil 33 Jahre und in einem Fall sogar 37, andere bestanden hauptsächlich aus ganz jungen Kerlchen. Die Panzerlehrdivision hatte 2600 Mann verloren, ein Drittel ihrer Einsatzstärke. Ähnlich stand es bei den anderen Verbänden, dazu herrschte Mangel an Sprit und Munition. Von oben werde versucht, die Schuld auf ihn zu laden. Er meinte aber, das könne er aushalten. Hitler habe eine magnetische Wirkung auf seine Umgebung und lebe immer in einer Art Rausch. Er müsse nun bald die Folgerungen ziehen, weiche aber Entscheidungen aus. Immer nur befehlen »Halten bis zum letzten Mann« bringe nichts, da die Truppe auf die Dauer nicht mitmache. Es sei Vorsicht geboten vor Kommissaren und SD. Die Person Hitlers sei nicht sauber, da er sich über allgemeingültige Sittengesetze hinweggesetzt habe. Dies beweise der Fall der 50 englischen Offiziere, die aus einem Gefangenenlager ausbrachen und die er erschießen ließ, als sie wieder eingefangen waren.

Ich sprach von »Vom Winde verweht« und dem daraus zu ziehenden Schluß, daß man sich auch nach einer völligen Niederlage wieder hocharbeiten könne. Rommel erzählte dann, wie er Anfang 1943 gegen seinen Willen auf Kur geschickt wurde. Dann wurde er Berater im FHQ, eine Art stellvertretender Oberbefehlshaber des Heeres. Er konnte sich aber nicht auswirken, da der Kreis der Teilnehmer bei den Lagebesprechungen viel zu groß war und die Probleme nicht klar angefaßt wurden. Es sei scheußlich, einen Zusammenbruch so deutlich auf sich zukommen zu sehen. Das sei nun das dritte Mal (Nordafrika eingerechnet). Sehr gespannt, was die nächsten Wochen bringen werden.

26. 6.: *Im Raume von Tilly erweiterte der Gegner seinen Einbruch am linken Flügel der 12. SS-Pz.Div. um weitere 5 km in der Breite und 3 km in der Tiefe. Beabsichtigt offenbar nach Osten einzuschwenken, mit dem taktischen Nahziel, den Raum um Caen abzuschnüren, zum späteren Durchstoß nach Paris. In Cherbourg erbitterte Kämpfe. Rollende feindliche Luftangriffe erschweren die Bewegungen der eigenen Panzerverbände* (KTB, gekürzt). *Erfolgreiche Offensive der Sowjets im Mittelabschnitt der Ostfront.*

Der Feldmarschall blieb im Hauptquartier. Nachmittags kamen Rundstedt und Blumentritt, ich erfuhr aber nichts über die Besprechung. Wolkenbruchartiger Regen, geringe Fliegertätigkeit, kein Abendspaziergang.

Beim Abendbrot drehte sich das Gespräch zuerst um die Untersuchungskommission über den Fall von Cherbourg, die das OKW eingesetzt hatte, bestehend aus einem General und dem Chefrichter des ObWest. Man war allgemein empört darüber, obgleich es derartiges auch schon beim Fall von Charkow und anderen Gelegenheiten gegeben hatte. Einmal war es gelungen, die Sache bis an die Grenze des Lächerlichen zu ziehen, worauf man nichts mehr davon gehört hatte.

Das Gespräch ging dann auf die Bedeutung von Festungen über. Tobruk war vorzüglich angelegt, alles versenkt und gedeckt. Die Engländer verteidigten es mit zwei gut ausgerüsteten Divisionen, die über 100 Panzer verfügten und reichlich Nachschub über See erhielten. Rommel meinte, daß heutzutage auch sehr starke Anlagen ohne eigene Luftwaffe nicht mehr zu halten seien, weil sie einfach zermalmt würden. Montgomery habe so in Afrika gekämpft und bei El Alamein gesiegt. Er, Rommel, habe seitdem die Sorge mit sich herumgetragen, daß das gleiche sich in Europa ereignen würde. Das sei jetzt eingetreten.

KAMPF UM CAEN

Das Ziel des Gegners war naturgemäß der Ausbruch aus dem Brückenkopf, um zur Operation im freien Felde zu kommen, in der er seine Überlegenheit an Material, an Beweglichkeit und in der Luft voll ausnutzen konnte. Der Fall von Cherbourg hatte ihm bedeutende Kräfte frei gemacht; außerdem war es eine Frage von Tagen, höchstens Wochen, daß dort große Mengen an Nachschub völlig unabhängig vom Wetter entladen werden konnten, um den Stoß aus der Halbinsel Cotentin nach Süden zu nähren. Der Aufmarsch dazu mußte allerdings noch eine gewisse Zeit in Anspruch nehmen.

Inzwischen war Montgomery bereits angetreten, um mit britischen Truppen Caen zu stürmen und damit den Ausbruch aus dem Ostteil des Brükkenkopfes zu erzwingen. Rommel, vertraut mit der Kampfesweise seines alten Gegners, war bemüht, den Stoß in tiefer Staffelung seiner Truppen, besonders der Artillerie, aufzufangen, wobei die Panzer eng mit der Infanterie zusammenwirken sollten. Er wußte, daß er den Ausbruch des an Material und bald auch an Zahl weit überlegenen Gegners auf die Dauer nicht verhindern konnte. Er kämpfte vor allen Dingen um Zeitgewinn, der der politischen Lösung zugute kommen mußte, zu der die Lage drängte.

27. 6.: *1. SS-Pz.Korps errang am 26. 6. unter Einsatz seiner letzten Reserven und äußerster Anspannung aller Kräfte einen vollen Abwehrerfolg und schoß über 50 Panzer ab. Einbruchsraum bei Eintreten der Dunkelheit abgeriegelt.*

Am 27. 6. trat der Feind erneut nach Trommelfeuer und Vorbereitung durch Nahkampffliegerverbände zum Angriff an und überschritt in erbitterten Kämpfen in den Abendstunden die Straße Caen–Villers Bocage bei Mondrainville. Alle verfügbaren Teile der 1. SS-Pz.Div. und des 2. SS-Pz.Korps werden gegen die Einbruchstelle vorgeführt.

In Cherbourg kämpfen noch einzelne Widerstandsnester, die Halbinsel Jobourg wies alle Feindangriffe ab (KTB).

Um 7.30 Uhr kam General Thomale, Chef des Stabes bei Guderian, der die Panzerverbände an der Front bereist hatte. Der Feldmarschall besprach mit ihm den Einsatz der Panzerdivisionen. Es lag ihm vor allen Dingen daran, daß Thomale seine Eindrücke im FHQ genau schilderte, besonders die Schwierigkeiten, die sich aus dem Fehlen einer einheitlichen Führung ergaben. So hatte die Luftwaffe angeblich 19 000 t Lastwagenraum in Frankreich, was aber nicht genau festzustellen war. Jetzt sollte sie 1000 t abgeben, aber weder Rommel noch Rundstedt konnten das befehlen. »Man sollte nicht immer bitten müssen. Das revolutionäre Prinzip der Teilung der Gewalten wird leider auch in der Kriegführung aufrechterhalten.«

Anschließend fuhr Rommel zum Gefechtsstand der Panzergruppe West und des 84. AK.

Beim zweiten Teil des Frühstückes ohne den Feldmarschall und Thomale wurde noch einmal die Untersuchungskommission behandelt, dann der NSFO (Nationalsozialistische Führungsoffizier), der jetzt kommen sollte. Von oben war der Wunsch geäußert worden, daß er jeden Tag mindestens eine Stunde mit dem Feldmarschall sprechen könne. »Die haben die Lage erfaßt.« Abends hielt Rommel eine kurze, nette Rede auf Oberstleutnant Olshausen, der abkommandiert wurde, nachdem der OQ-Stab aufgelöst worden war. »Sie scheiden von uns, nachdem Ihre Eisenbahn ziemlich in Unordnung geraten ist. Mancher von uns würde auch gern jetzt hier rausgehen und neu anfangen. Das geht aber nicht, und wir werden die Sache durchstehen.« Es kam Propagandaanweisung von oben, die Überlegenheit der feindlichen Luftwaffe nicht zu erwähnen. Das nützte auch nicht viel.

Abends Anruf von ObWest, daß Rundstedt und Rommel am nächsten Tage nach Berchtesgaden kommen sollten. Fliegen war innerhalb Frankreichs zu unsicher, daher Fahrt im Wagen.

28. 6.: *Der Feind verbreiterte seinen Großangriff im Raume von Caen auf rund 25 km. Mehrere Einbrüche besonders tief bei Baron, den der Feind unter rücksichtslosem Einsatz von Menschen und Material bis zur Straße Caen–Évrecy erweitern konnte. Konzentrischer Gegenstoß eigener Panzerkräfte im Gange. Südlich Tilly Feindangriff in immer neuen Wellen vorgetragen.*

In Cherbourg kämpfen noch einzelne Widerstandsnester. Die Gruppe des Oberstleutnant Keil, die angeblich kapituliert hatte, hält weiterhin die Halbinsel Jobourg (KTB, gekürzt).

Um 10 Uhr erlag Generaloberst Dollmann, der Oberbefehlshaber der 7. Armee, einem Herzschlag. Hitler bestimmte den SS-Obergruppenführer Hausser zu seinem Nachfolger. Feldmarschall Rommel trat um 13 Uhr die Fahrt nach Deutschland an.

Ich fuhr um 7.15 Uhr nach Paris zur Mar.Gr.West, um verschiedene Verdrüsse zu klären, besonders die Meldung der angeblichen Kapitulation der Gruppe Keil, über die sich das OKW sehr aufgeregt hatte. Schließlich stellte sich heraus, daß es sich um eine Meldung des Hafenkapitäns von Cherbourg handelte, die über Jobourg, Alderney und St-Malo zur Mar.Gr. West gegangen und dort verstümmelt angekommen war. Befehlsgemäß hatte sie die Marinegruppe an ObWest weitergegeben mit einigen Theorien darüber, was wohl gemeint sein könne. ObWest hatte nur eine Lesart weitergegeben, und das war ausgerechnet die falscheste.

Der OQ West hatte auf Befehl des OKW das AOK 7 angewiesen, die Schiffsabfahrten von St-Malo nach den Kanalinseln direkt zu steuern. Die Veranlassung dazu war, daß einige Tage vorher ein Transport nicht fahrplanmäßig gelaufen war. Wegen Sturm und hoher See hatte die Geleitstelle St-Malo, die das nun schon vier Jahre lang einwandfrei machte, dieses Geleit aus kleinen Fahrzeugen richtigerweise um 12 Stunden verschoben. Der Divisionskommandeur auf den Kanalinseln hatte sich daraufhin unmittelbar an Generaloberst Jodl gewandt, ein typisches Beispiel für mangelhaftes Hineindenken von Land in die Dinge der See.

Die übrigen Transporte liefen durchaus planmäßig, alle Änderungen der Befehlsverhältnisse wurden wieder rückgängig gemacht. Es hätte sich sowieso keiner der unmittelbar Betroffenen darum gekümmert, denn der Kampfkommandant von St-Malo, der die Geleite hätte steuern müssen, hatte gar nicht den Apparat und die Erfahrungen dazu.

Ich verbrachte eineinhalb Stunden mit diesen und ähnlichen Angelegenheiten bei der Mar.Gr.West und machte auch die Lage mit. Man war ziemlich nervös und scharf. Anschließend ging ich zum BSW, um weitere Dinge zu klären. Man wollte die letzten Konsequenzen noch nicht recht sehen. Schließlich ging ich ins Marineministerium, wo ich in den letzten Teil einer Besprechung wegen des Flußtransportes kam. Dieser lief nun endlich, nachdem die Marine auch noch das Ausladen und den Abtransport von den Entladestellen übernommen hatte. Sie stellte dazu von ihren 10 000 t Transportraum 1600 t zur Verfügung. Der Rest war mit dem Transport von Munition für Küstenbatterien, von Torpedos, Kleinkampfmitteln usw. voll ausgenutzt.

Nach dem Abendbrot nahm mich Speidel mit zum Hause des Malers Monet, das etwas flußabwärts in einem wunderschönen Blumengarten lag und von einer alten Dame, Monets Schwiegertochter, verwaltet wurde. Unter den Bildern waren solche von Seerosen und Schwertlilien besonders wirkungsvoll. Der Eindruck wurde getrübt durch Erzählungen des uns begleitenden Kriegsberichters von unerfreulichen Vorkommnissen, die er erlebt hatte.

29. 6.: *Der feindliche Großangriff zur Inbesitznahme von Caen nahm noch an Wucht zu, stärkstes Artilleriefeuer, schwerstes Feuer der Schiffsartillerie, rollender Luftwaffeneinsatz. Gegenangriff der 9. und 10. SS-Pz.Div. erfolgreich.*

Angriffe im Raume von St-Lô abgeschlagen.

In Cherbourg kämpfen noch immer einzelne Widerstandsnester. Jobourg hält sich ebenfalls noch (KTB, gekürzt).

Der Feldmarschall traf um 13 Uhr in Berchtesgaden ein, Besprechung bei Hitler fand um 18 Uhr statt, vorher mit Guderian.

Unser NSFO kam am Nachmittag, war eineinhalb Stunden lang bei Speidel; begeistert und unpraktisch.

Generaloberst Dietl war tödlich verunglückt.

Abends Gewitter. Als ich mir, aus der Lagehöhle kommend, auf dem Weg zu meinem Zimmer vom Rittersaal aus die von Blitzen beleuchtete Landschaft ansah, sammelte Speidel mich zu einem Nightcap mit Tempelhoff und Staubwasser ein. Wir besprachen wieder einmal den Dilettantismus und den Mangel an Organisation. Besonders wurde der Gedanke herausgestellt, daß jemand, der sich wie Hitler an die Spitze des Staates gedrängt hatte, viel stärker verantwortlich sei als jemand, der auf dem Wege der Erbfolge in diese Stellung hineingeboren war.

30. 6.: *Der Gegenangriff des 2. SS-Pz.Korps ist zum Stehen gekommen. Schwere Angriffe bei St-Lô abgeschlagen. Der Kampf in Cherbourg ist zu Ende, die Kampfgruppe Keil steht offenbar im letzten Kampf gegen erdrückende, feindliche Übermacht* (KTB, gekürzt).

Der OB traf um 20.30 Uhr wieder im Hauptquartier ein, ich sah ihn aber nicht. Vorher war ich zu einer Besprechung bei Speidel; auf Grund der Lagebeurteilung durch die Panzergruppe West überlegte man sich, die halbumfaßte Stadt Caen rechtzeitig zu räumen.

1. 7.: *Infolge des zusammengefaßten Feuers der deutschen Artillerie und Werfer verhielt sich der Gegner in der Einbruchstelle im wesentlichen ruhig. Die Bereitstellung des 2. SS-Pz.Korps zum Angriff wurde durch die feindliche Luftwaffe und das zusammengefaßte Feuer der Erd- und Schiffsartillerie derart zerschlagen, daß die Truppe nicht mehr zum Angriff*

antreten konnte; erhebliche Eigenverluste. Im Raum St-Lô örtliche Kämpfe, Kampf um Jobourg anscheinend beendet (KTB, gekürzt).
Beim Frühstück erwähnte der OB nur wenig von seinem Besuch im FHQ. Hitler hatte ihm gesagt, daß er ihm seine Angaben über das englische Kampfverfahren in Nordafrika früher nicht recht geglaubt hatte. Etwas späte Erkenntnis! Hitler selbst war anscheinend sehr ruhig und beurteilte die Lage nicht so schlimm. Lang war bei den Besprechungen mit dabei gewesen, bei denen es viele Wenn und Aber gegeben hatte. Die Marine hatte an größeren Fahrzeugen im Invasionsraum noch *ein* Torpedoboot gefechtsbereit.
Rommel fuhr bald zum Gefechtsstand der Pz.Gr.West, um dort die Räumung des Brückenkopfes Caen zu besprechen. Zum Abendbrot war er wieder da. Meise wurde Zielscheibe des Spottes, weil er nach dem Kriege die vielen Minen, die er hatte legen lassen, selbst räumen müßte. Rommel ging dann auf die Lage ein und erwähnte eine Äußerung Montgomerys, wonach dieser seine Angriffsspitze etwas zurückgenommen hatte. Rommel führte dann aus, daß die Zerschlagung der eigenen zum Angriff bereitgestellten Verbände eine neue Taktik nötig mache, nämlich auch die gegnerische Bereitstellung zu zerschlagen. In Afrika sei er vor dem Durchbruch bei El Alamein nicht dagewesen. Sein Vertreter habe wegen des geringen Munitionsbestandes die englischen Bereitstellungen nicht unter Feuer nehmen lassen. Als die Engländer antraten, war es zu spät. Es wäre richtiger gewesen, früher zu schießen. Man schwäche dadurch die feindliche Angriffskraft und gewinne meist sogar Zeit, in der wieder Munition herankommen könne.
Es wurde angefangen, eine Karte des Atlantikwalles für das OKW zusammenzustellen. Die Nachrichten aus Rußland waren sehr schlecht. Am ganzen Nachmittag und Abend fand ein telefonisches Tauziehen um die Räumung von Caen statt, die von Rommel im Sinne des am 29. 6. von Hitler gegebenen Auftrages vorbereitet wurde, nämlich die kampfkräftigen schnellen Verbände nicht einzubüßen. Jetzt wurde sie aber von Hitler selbst abgelehnt. Eine überraschende Folge war, daß gegen Mitternacht Hitlers Befehl durchgegeben wurde, General Geyr von Schweppenburg abzulösen und durch General Eberbach zu ersetzen.
2. 7.: *Der Feind verhielt sich in den Räumen südwestlich Caen und nordöstlich St-Lô ruhig, bis auf Artilleriefeuer. Zunahme der Fliegertätigkeit, eigene Munitionslage sehr angespannt* (KTB, gekürzt).
Stimmung beim Frühstück sehr schlecht. OKW hatte angeordnet, dem General Geyr von Schweppenburg seine Ablösung noch nicht mitzuteilen,

anscheinend weil man glaubte, daß er dann nichts mehr täte. Außerdem wurde HGr B davon unterrichtet, daß ein Adjutant Hitlers mit einem persönlichen Brief von diesem an Rundstedt unterwegs war, des Inhalts, daß Hitler seine Sorge für die Gesundheit des ObWest zum Ausdruck brachte. Also war auch mit einer Ablösung Rundstedts zu rechnen.

Rommel fuhr zur Beerdigung von Generaloberst Dollmann. Ich war bei Speidel, der mir von Berchtesgaden erzählte und sagte, daß bei den Besprechungen praktisch nichts herausgekommen sei. Hitler hatte die vor 14 Tagen gemachte Zusage freierer Kampfführung zurückgenommen und befohlen, jeden Fußbreit Bodens zu halten, immer das gleiche Rezept seit dem Rußlandwinter 1941/42. Damals war es wohl richtig gewesen, wenn auch nicht das Vorprellen unmittelbar vor dem Winter. 2. Rezept: Hinauswurf aller, die nicht den befohlenen Erfolg haben. Generalfeldmarschall Busch war auch abgelöst worden. Ohne Reserven kann man keinen Krieg führen.

Im Laufe des Tages hatte ich mehrere telefonische Auseinandersetzungen mit Mar.Gr.West und OKM wegen eines Auftrages Rommels, ihm die Einheiten der anderen Wehrmachtsteile zu unterstellen, soweit sie im Raume der HGr B eingesetzt waren. Das rührte an die Grundlagen der bisherigen Selbständigkeit der Wehrmachtsteile, und diese wehrten sich heftig, besonders, da ihre Verbindungsoffiziere leider bei der Abfassung nicht beteiligt worden waren und der Wortlaut nicht sehr geschickt war. In der Sache hatte Rommel völlig recht, denn es war ein Unding, daß in einer so angespannten Lage die drei Wehrmachtsteile nebeneinander operierten. Das Schießverbot für die Flak von Le Havre, das zu den schweren Verlusten unserer Seestreitkräfte geführt hatte, war ein gutes Beispiel dafür.

Die Amerikaner und Engländer haben im zweiten Weltkrieg mit dem »Theater Commander in Chief«, dem Oberbefehlshaber über einen ganzen Kriegsschauplatz, gute Erfahrungen gemacht (General Eisenhower in NW-Europa, General MacArthur im SW-Pazifik, Admiral Nimitz im Zentral-Pazifik, Admiral Mountbatten in Burma). Selbstverständliche Voraussetzung für gutes Arbeiten ist, daß der Oberbefehlshaber nicht unmittelbar in die Wehrmachtsteile hineinkommandiert und Einzelheiten befiehlt, sondern daß er mit Weisungen an die unterstellten Befehlshaber führt. Es muß sehr darauf geachtet werden, daß die Offiziere, die die Wehrmachtsteile im Stabe des Oberbefehlshabers vertreten, immer nur als dessen Berater fungieren und nicht anfangen, selbst zu »regieren«. Die Versuchung dazu ist groß.

Nach dem Abendbrot leichter Regen; der Feldmarschall sprach lange mit mir am Fenster des großen Saales. Er litt unter dem Druck der Lage und unter dem steten Mißtrauen. Der blaue Brief für Rundstedt war schon angekommen, und sein Nachfolger, Generalfeldmarschall von Kluge, wurde bereits für den nächsten Tag erwartet.

Aus den Berichten der Panzerdivisionen ging deutlich hervor, daß jede Vorbereitung zum Angriff vom Gegner zerschlagen wurde. Im OKW wollte man das aber immer noch nicht wahrhaben.

Rommel sprach dann davon, ob man die Lösung mit Rußland oder mit den Anglo-Amerikanern versuchen sollte. Er war für das Zusammengehen mit dem Westen. »Es wird aber Zeit, daß die Politiker handeln, solange sie noch irgendeinen Trumpf in der Hand haben.« Er war sehr ernst und wünschte, daß die nächsten vier Wochen vorüber wären.

3.7.: *Bei und westlich St-Lô starke amerikanische Angriffe, die zu einzelnen Einbrüchen führten. Im Raum Caen nur Artilleriefeuer. Dort eigene Konzentrierung von Artillerie und Werfern* (KTB).

In Rußland war die Lage sehr schlecht, Minsk beiderseits umgangen. Vom OKW kam Befehl, die Schüsse der feindlichen Artillerie zu zählen, offenbar, weil man die Angaben über die Stärke des Artilleriefeuers für übertrieben hielt.

Rommel sagte: »Uns glauben sie nicht, aber wir sollen glauben.« Er fuhr zum Gefechtsstand des 84. Korps und zur Pz.Gr.West. Mittags kam General Eberbach, der neue OB der Pz.Gr.West. Nach dem Mittagessen besprach ich die Angelegenheit der Unterstellung aller Wehrmachtsteile mit Speidel. Am Nachmittag kam Feldmarschall von Kluge etwa zur gleichen Zeit wie Rommel. Sie hatten eine lange Unterredung, zeitweise unter vier Augen. Offenbar gab es eine scharfe Auseinandersetzung, in der sie sich dann doch einigermaßen zusammenfanden. Rommel sagte beim Abendbrot: »Ich habe Kluge gesagt, daß er noch nie gegen Engländer gekämpft hat.« Außerdem habe er ihm gesagt, er müsse sich vor allen Dingen darum kümmern, daß genügend Nachschub herankomme. Kluge hatte anscheinend stark auftreten und auch gleich mit einem Storch an die Front fliegen wollen. Das hatte er dann aber doch gelassen.

Nach dem Abendbrot sprach Rommel eine Weile mit mir. Er müsse seinen Namen hergeben, aber mit dem Namen allein sei es eben auch nicht zu machen. Die Gegner seien so überlegen, daß sie an einer der drei Fronten sicher durchbrechen würden. Er habe den Kampf mit aller Energie geführt. Die Unterredung mit Feldmarschall Kluge habe am Anfang einem Verhör geglichen.

4.7.: *Großangriff beiderseits der Straße Bayeux–Caen im wesentlichen abgewiesen.*
Schwere Kämpfe mit Einbrüchen im westlichen Teil der Front (KTB, gekürzt).
Beim Frühstück wurde eine Anfrage des OKW wegen der Einbrüche im Raume St-Lô besprochen. Dort war die Lage dadurch erschwert, daß die 17. SS-Pz.Gr.Div. gerade auf Befehl des OKW herausgelöst wurde, um eine Reserve zu bilden. Infolgedessen war nur eine sehr dünn besetzte Linie vorhanden, die schnell durchbrochen wurde. Rommel sagte: »Die können nicht verlangen, daß ich mit einer viertel Division halte, wenn drei amerikanische Divisionen angreifen.«
Die eigenen Verluste werden nicht beachtet, Cherbourg wird gar nicht mitgerechnet. Die Truppen, die dort in Gefangenschaft geraten sind, fehlen aber jetzt an der Front. Das Heer wird wie eine Maschine ohne Seele behandelt. Rommel meinte: »Und dann nimmt man immer mal ein paar Räder heraus und setzt ein paar andere hinein, die nicht ordentlich passen. Trotzdem erwartet man, daß es so besser geht. Man läßt sie dauernd mit äußerster Kraft laufen, schmiert sie außerdem schlecht, und dann wundert man sich, wenn sie plötzlich mal versagt oder gar auseinanderfliegt.«
Er forderte mich auf, mit ihm nach Rouen zum Gefechtsstand des 81. AK zu fahren. Lang machte sich schwierige Überlegungen über die Sitzordnung im Wagen, einem geländegängigen, großen und offenen Gefährt, denn außer ihm und mir war noch ein Luftspäher unterzubringen. Als es dann losging, setzte sich Rommel mit mir nach hinten, der Luftspäher fuhr im Geleitwagen mit. Bei niedrigen Wolken und gelegentlichem Staubregen kamen wir gut voran.
Der Feldmarschall unterhielt sich die ganze Zeit mit mir, besprach die Lage und die wesentlichsten Ereignisse der letzten Woche. Das Zusammentreffen mit Kluge war sehr stürmisch verlaufen, denn dieser fing damit an, daß er so ungefähr erklärte, er solle ihn, Rommel, zum Gehorsam bringen. Rommel ging sofort dagegen an, worauf Kluge freundlicher wurde, nachdem er die übrigen Offiziere hinausgeschickt hatte. Er verlangte dann, daß Rommel ihm Meldungen von der Front vorlegen solle, was dieser ablehnte.
Wir sprachen dann von den Fehlern der Vergangenheit, von der Zukunft und den Zukunftsaufgaben, von Mißachtung geistiger Leistung, von der Verhetzung der Jugend gegen die Lehrer, von ähnlichen Versuchen auch gegen die Offiziere, von der Teilung der Gewalten, von der persönlichen Bereicherung vieler, von dem überspannten Ehrgeiz und den uferlosen

Zielen. »Wenn Sie das offen sagen, werden Sie an die Wand gestellt.« »Deshalb sage ich das ja auch nur Ihnen, Herr Feldmarschall.« Man versucht offenbar, ihn abzuschießen. »Mit meinem Namen haben sie Schindluder getrieben.« Weder Heer noch Marine haben genug Material erhalten, und die Luftwaffe war trotzdem nicht bereit. Er hatte einen Rechenschaftsbericht über das, was er veranlaßt hatte, und das, was er beantragt hatte, was aber nicht genehmigt worden war, an General Schmundt gegeben, bei dem man sicher war, daß er alles ganz nach oben weitergab.
Wir erörterten wieder, ob der Offizier sich erschießen soll. Von oben wurde es erwartet. Wir waren uns aber einig, daß es falsch sei, denn es wirke wie das Eingeständnis einer Schuld, und außerdem würden die Betreffenden im allgemeinen später noch gebraucht. Er sprach sich scharf gegen die Cliquenwirtschaft aus; das sei bei der Marine besser.
Wir waren um 10.30 Uhr beim 81. AK. Hier trug General Kuntzen über die Verteidigung seines Abschnittes vor, besonders über die Festung Le Havre, und Admiral Rieve über die Küstenartillerie, Minensperren und Funkmeßgeräte. Um 13.30 Uhr waren wir wieder im Hauptquartier. Ich fand dort ein Fernschreiben der SKL vor, das im Zusammenhang mit dem Rommelschen Antrag auf eine einheitliche Führung durch ihn in seinem Bereich aufgesetzt worden war. Es zeigte, daß man den Sinn seines Antrages völlig mißverstanden hatte.
Nach dem Abendessen telefonierte Rommel längere Zeit, kam dann für eine Weile in die Messe und forderte mich schließlich zum Spaziergang auf. Es hatte aufgeklart, und es boten sich wunderbare Blicke auf die schöne und friedliche Landschaft. Er redete sich noch einiges aus der Unterhaltung mit Kluge vom Herzen. Es hatte ihn besonders aufgebracht, daß Kluge ihm gesagt hatte, er, Rommel, habe ja eigentlich bisher nicht mehr als eine Division geführt.
Er war sehr ernster Stimmung, denn der Gegner war seiner Ansicht nach voraussichtlich nicht mehr aufzuhalten. Wir sprachen die mögliche Haltung der Engländer und Amerikaner durch; hierbei suchte er sich, wie schon bei anderen Gelegenheiten, in vielen Einzelfragen über diese zu unterrichten. Er meinte, daß die Leistungen der Soldaten umsonst gewesen seien. Ich widersprach und sagte, daß 1918 die Gesamtlage uns auch hoffnungslos erschienen sei und daß gerade die Achtung vor dem deutschen Soldaten uns den Wiederaufbau erleichtert hätte. Achtung sei auch diesmal vorhanden, ganz besonders vor ihm.
Erstmalig unterhielten wir uns dann von persönlichen Dingen, zuerst über Sprachen, ausgehend vom englischen Dolmetscherexamen. Er hatte 1915

als Leutnant an der Front in den Argonnen Türkisch gelernt, wie ich zur gleichen Zeit als Fähnrich auf dem alten Linienschiff »Elsaß«. Es war uns beiden aber nicht gelungen, in die Türkei zu kommen. Anschließend schilderte ich ihm die Versenkung der Hochseeflotte in Scapa Flow.

Während des ganzen Tages telefonierte der Stab des ObWest laufend mit dem unseren, um sich über zahlreiche Einzelheiten zu unterrichten. »Der ObWest stellt fest, daß er grundsätzlich nicht beabsichtigt, in die Führung der Heeresgruppe B hineinzubefehlen, daß er aber klar zum Ausdruck bringt, wenn er etwas für notwendig hält« (KTB).

5. 7.: *Eigener Gegenangriff zur Wiedernahme von Carpiquet schlägt nicht durch; sonst im Ostteil der Front nur Artilleriekampf. Im Westteil starke Feindangriffe mit Einbrüchen, um die noch gekämpft wird. 2. SS-Pz.Div. »Das Reich« ist dem 84. AK unterstellt worden* (KTB, gekürzt).

Früh Nebel. Der Feldmarschall fuhr um 6 Uhr zur Pz.Gr.West und zum 2. SS-Pz.Korps. Die Panzergruppe soll sich darauf einstellen, zwei Panzerdivisionen zum Einsatz bei AOK 7 oder AOK 15 abzugeben, für den Fall einer zweiten Landung. Sie sollten durch Infanteriedivisionen ersetzt werden. Die 271. ID war in Zuführung, die 277. ID sollte die 9. SS-Pz.Div. ablösen. Bei Caen durfte gemäß Befehl Hitlers »kein Fußbreit Bodens verlorengehen«. Pz.Gr.West baute eine zweite Linie aus, sollte den Feind gegen unsere Front anlaufen lassen und vor allen Dingen mit Feuer bekämpfen.

»Größere eigene Bewegungen sind bei Tage zur Zeit nicht möglich. Es ist erschütternd, daß die Tatsache der feindlichen Luftherrschaft höheren Ortes immer noch nicht im vollen Umfang geglaubt wird« (KTB).

Gesamteindruck (aus einem Ferngespräch mit AOK 7): Trotz tapferen Kampfes der eigenen Verbände ist infolge der Überlegenheit des Feindes und eigener Erschöpfung die Lage ausgesprochen gespannt. Die Amerikaner führen anscheinend besser als die Engländer und kämpfen mit besonders großem Einsatz von Material. 15 Feindflugplätze im Brückenkopf sind bereits durch Luftaufklärung und Gefangenenaussage bestätigt.

Ich fuhr früh nach Paris. Unterwegs sahen wir Luftkämpfe und Bombenwürfe auf Pontoise und gerieten in Flaksplitter, gerade als wir in einer Kuhherde steckten.

Bei der Mar.Gr.West war man auch gegen Rommels Antrag auf Unterstellung aller in seinem Abschnitt eingesetzten Einheiten der anderen Wehrmachtsteile. Ich hatte dann eine Unterhaltung mit Willesen über seine Funkortungsangelegenheiten. Klar und erfreulich, leider kamen

wesentliche Verbesserungen etwas zu spät. – Zwei U-Boote sind aus dem Englischen Kanal zurückgekommen. Das eine hatte zwei vollbeladene Landungsschiffe versenkt, das andere aus guter Position eine Torpedosalve auf ein amerikanisches Schlachtschiff geschossen, die Torpedos detonierten aber vorzeitig.
Die Seine-Schiffahrt funktionierte erfreulich. Der Kanalverkehr von Nordfrankreich nach Paris wurde immer wieder durch Sabotage gestört. Mittags war ich beim BSW. Nachmittags kam Rundstedt nach La Roche Guyon, um sich zu verabschieden. Ich verpaßte ihn leider. Beim Abendbrot Unterhaltung über den Wiederaufbau Italiens, der in gewisser Hinsicht leichter ist als bei uns, vieles nicht so technisiert, das Klima hilft, denn man braucht weniger zum Heizen und Anziehen.
6.7.: *In der Osthälfte der Front setzte sich der Gegner an zwei Stellen geringfügig ab. Die 21. Pz.Div. und Pz.Lehr-Div. wurden ohne die Masse der Artillerie aus der Front herausgezogen. Beim 84. AK dauerte die schwere Abwehrschlacht an; trotz völliger Luftherrschaft und stärkstem Einsatz an Menschen und Material des Gegners gelang es der tapfer kämpfenden Truppe, einen entscheidenden Durchbruch zu verhindern, teilweise unter erfolgreichen Gegenstößen. Ein Angriff der 2. SS-Pz.Div. nördlich Lessay kam infolge stärkster feindlicher Luftwaffeneinwirkung nicht zum Tragen. Die 7. Armee hat nunmehr ihre letzten verfügbaren Reserven in den Kampf geworfen. Zusammengefaßte eigene Jagdkräfte wurden durch die feindliche Luftwaffe vor Erreichen des Kampfraumes abgedrängt und konnten die hart kämpfende Truppe nicht entlasten* (KTB, gekürzt).
Weil die Tideverhältnisse die gleichen waren wie in der Nacht vom 5. zum 6. 6., erwartete das OKW eine neue Landung. Sie kam nicht. Der OB fuhr nach Le Havre, was ich leider erst erfuhr, als er schon unterwegs war. Abends hatten wir den Ia einer Division von der Krim und einen Obersten von der Propaganda-Abteilung als Gäste. Er erzählte, daß die Propaganda jetzt sehr schwierig sei, da sie nicht den Ast absägen dürfe, auf dem die oberste Führung sitze. Diese säge aber selbst daran. Die Fragen aus der Truppe sind immer dieselben: »Wo bleibt die eigene Luftwaffe?«, »Welche Mittel haben wir, um den Krieg noch zu gewinnen?«, »Warum werden Marine und Luftwaffe mit Auszeichnungen so viel besser bedacht?«. Die Haltung der Leute sei immer noch erstaunlich gut. Der Ia erzählte sehr bitter von der Krim und der Räumung Sebastopols, bei der die Zusammenarbeit durchaus nicht geklappt hatte.
Um 22 Uhr kam Homeyer und berichtete ganz erfreulich von der Seine-Schiffahrt, von der der Gegner offenbar noch nichts gemerkt hatte.

7.7.: Im Ostteil der Front Ruhe, im Raum südlich Carentan amerikanischer Großangriff mit tiefen Einbrüchen und mit Brückenkopf über die Vire. Weiter westlich nach schweren Kämpfen eigene HKL im Gegenangriff wiederhergestellt. Starke Abnutzung der eigenen Verbände (KTB, gekürzt).

Langes Tauziehen um das Heranbringen der 5. Fallsch.Jg.Division, das schließlich von Hitler persönlich genehmigt wurde. Rommel war nachmittags bei Kluge, um die Nachschublage und die augenblickliche Gliederung zu besprechen.

8.7.: Großangriff im Raume Caen, der besonders im Abschnitt der 16. LWFDiv. tiefe Einbrüche erzielte. 21. Pz.Div. zum Gegenangriff angetreten. Die hervorragend kämpfende 12. SS-Pz.Div. mußte nach harten Kämpfen einige Dörfer aufgeben. Zwischen Vire und Taute weitere Fortschritte des Gegners, weiter westlich dagegen keine zusammenhängenden Angriffe mehr (KTB, gekürzt).

Der Feldmarschall fuhr zur Pz.Gr.West, zum vorgeschobenen Gefechtsstand des AOK 7 und zum 2. F.Sch.Jg.Korps.

General Diem und ich starteten um 5 Uhr, um die Entladeorganisation des Seinetransports anzusehen. In Louviers stieß Homeyer zu uns. In Elboeuf fanden wir keine Kähne, dafür aber reichlich feindliche Flieger. Dort kommandierte ein österreichischer Major, der einen guten Eindruck machte und dessen Gründe, warum er in Elboeuf selbst nicht entladen ließ, anzuerkennen waren. Trotzdem mußten die dortigen Entladeplätze erst einmal ausgenutzt werden. Im Walde kamen wir an einem großen, kaum bewachten Munitionslager vorbei. In St-Pierre-du-Vaurray an der Seine 5 km nordöstlich von Louviers, das wir nach einigen Störungen durch Flieger erreichten, lag der eigentliche Nachschubstab; er hätte wesentlich mehr veranlassen können. An der Entladestelle 12 wurde gerade ein Munitionskahn ausgeladen, der Wassereinbruch hatte. Man arbeitete mit einer Handwinde, die von zwei Mann bedient wurde, während 12 Mann zusahen. Die Leistung war daher in 16 Stunden nur 90 t, was entschieden zuwenig war. Man hatte weder Fliegerdeckungslöcher gegraben, noch irgendwelche Tarnung geschaffen. Ebenso war eine Fährstelle in der Nähe völlig ungetarnt in Bau. General Diem sagte den Verantwortlichen seine Meinung sehr deutlich. Dann erschien ein Quartiermeisteroffizier von der Pz.Gr.West mit einem überlebensgroßen Intendanten, der einen guten Eindruck machte. Er war der Marine gegenüber zuerst sehr sträflich, weil er die Zusammenhänge in keiner Weise kannte und der Nachschubstab sein Versagen durch große Reden zu verdecken suchte. Nachdem dieses mit einigen deutlichen Worten richtiggestellt war, ging es viel besser. Der Hauptvorwurf war, daß ein Kahn mit Brennstoff noch nicht angekommen war. Leider hatte niemand etwas davon gesagt, daß gerade dieses Fahrzeug so dringend gebraucht wurde und daß sie den gesamten Brennstoff für mehrere Tage hineingepackt hatten. Die dadurch verlorenen zehn Tage waren sehr bedauerlich. Es waren zwei Entladestellen fertig, zehn weitere in Bau.

Wir fuhren ohne Pause weiter und setzten bei Port Joie mit einer Pionierkahnfähre über die Seine. Die Landschaft war wunderbar, wir genossen den Blick auf den breiten Fluß mit Inseln, schönen Baumgruppen und besonders hübschen Sommerhäusern in modernem, normannischem Stil. Diese standen in einem riesigen Grundstück, das der Firma Renault als Erholungsstätte für ihre Angestellten diente. Wir fuhren eine Höhe hinauf, um einen Überblick zu gewinnen, sahen einen Parkeingang, fuhren ein Stück hinein, ließen die Wagen stehen und fanden am Rande der Uferhöhe einen schönen Rosenweg und an seinem Ende einen Aussichtspunkt mit bequemen Korbstühlen. Dort machten wir eine kurze Rast. Bald erschien ein Ober mit einem vielversprechenden Kaffeetablett. Das war aber nicht für uns bestimmt, sondern für eine gutgekleidete französische Gesellschaft, die sich ein Stück weiter niederließ. Wunderbare friedliche Landschaft, wohl einer der schönsten Punkte Frankreichs. Der Himmel bedeckte sich, es drohte ein Gewitter, einige Flieger machten die Gegend unsicher, unser ausgezeichneter Luftspäher, ein Leutnant, sah sie aber rechtzeitig. Abends war Rommel bei General Meindl, Speidel in Paris bei General von Stülpnagel.

9. 7. (Sonntag): *Der Gegner drang im Abschnitt der 16. LWFDiv. in die Stadt Caen ein. 12. SS-Pz.Div. wurde in harten Kämpfen weiter zurückgedrängt, eingeschlossene Gruppen verteidigten sich gegen vielfache Übermacht. Der Gegenangriff der 21. Pz.Div. schlug nicht durch. Der Brückenkopf zwischen Vire und Taute wurde von den Amerikanern erweitert. Überall schwerste Verluste an Menschen und Material* (KTB, gekürzt).

Der Rückzug in eine Sehnenstellung südlich Caen, den Rommel etwas früher planmäßig vornehmen wollte, mußte nun unter dem Druck des Gegners durchgeführt werden. Dahinter baute Rommel eine tiefgestaffelte Abwehrfront auf. Er blieb im Hauptquartier. Vom OKW kam die Weisung, in Nachtangriffen bis zu den feindlichen Batteriestellungen durchzudringen. Das hatte Rommel schon mit General Meindl besprochen. Es war in Einzelfällen mit Stoßtrupps möglich, nicht aber auf großer Frontbreite. Außerdem befahl das OKW, einen Vorschlag für eine großräumige

Operation zur Beseitigung des feindlichen Landekopfes einzureichen. Rommel meinte, bei einem Kräfteverhältnis von 1:5 an Artillerie und 1:20 an Munition könnten sie ja vielleicht noch jemand von der Führung hinauswerfen, an den Tatsachen könne das aber nichts ändern. Im ganzen herrschte Galgenhumor, man wollte einen schönen Plan aufsetzen mit wunderbaren Pfeilen, möglichst spitz. Ob er ausführbar war, war eine andere Frage. Rommel meinte, daß nach dem Befehlswirrwarr der letzten Zeit sicher befohlen würde, daß es gegen die Amerikaner gehen solle, wenn er gerade bereit sei, im Ostteil der Front anzugreifen. Dann müsse umgruppiert werden, und inzwischen sei alles wieder anders.

Die Amerikaner gaben bekannt, daß es einiger Zeit und Geduld bedürfe, um den Hafen von Cherbourg wieder brauchbar zu machen.

Die 16. LWFDiv. war, wie zu erwarten, bei Caen zerschlagen worden. Ihre Offiziere und Unteroffiziere waren tapfere Männer, aber für den Infanteriekampf ungenügend ausgebildet. Teile der 12. SS-Pz.Div. waren abgeschnitten, die Stadt selbst geräumt, die Verluste viel größer, als wenn man das etwas früher freiwillig getan hätte.

Nach dem Abendbrot waren Rommel, Speidel und ich bei unseren Quartierwirten eingeladen.

10. 7.: *Der Gegner setzte seinen Angriff aus Caen nicht fort, erzielte dagegen weiter südwestlich bei der 10. SS-Pz.Div. einen breiten Einbruch, konnte aber in erbittertem Ringen abgestoppt werden. Die Amerikaner erzielten nur unbedeutenden Geländegewinn* (KTB, gekürzt).

Der OB fuhr mit Lattmann zum 86. AK, zur Pz.Gr.West und zum 1. SS-Pz.Korps. Bei der Pz.Gr.West wies er auf den Seine-Transport hin. »Man muß zur Munitionsbeförderung die Seine benutzen. Auf einen Frachtkahn gehen 250 t Munition. Setzt man gleich zehn und noch mehr ein, dann hat man in zwei Nächten mehrere 1000 t vorn, während zu ihrer Beförderung auf dem Straßen- und Schienennetz mindestens ein Monat gebraucht wird. Diese Sache muß besser organisiert werden« (Anlage KTB).

Beim Frühstück beschäftigte sich die Unterhaltung mit der Frage der E-Offiziere, die falsch eingestuft worden waren. Man hatte ihnen im Verhältnis zu ihren Erfahrungen zu hohe Dienstgrade gegeben, damit sie ihrem höheren Alter entsprechend bezahlt würden. Eine angemessene Bezahlung ohne höheren Dienstgrad wäre zweckmäßiger gewesen.

Dann wurde erörtert, wo überall noch Pferde verwendet wurden. Man war sich einig, daß für Kommandeure nur noch Kraftwagen möglich seien. Den Bataillonskommandeuren stand aber dienstlich keiner zu. Sie nahmen daher meist den des Arztes oder griffen sich ein Kraftrad mit Beiwagen.

Rommel meinte, man solle sich mal einen Bataillonskommandeur zu Pferde auf dem Schlachtfeld von Caen vorstellen.
Abends wurden die verschiedenen Arten von Divisionen abgehandelt, besonders die Stellungsdivisionen, die nun gleich in den Großkampf kamen und dann nicht sofort funktionierten. Die guten jungen Offiziere gingen meist nach Rußland, die hiesigen Kommandeure waren häufig nicht voll felddienstfähig.
Es wurde erzählt, daß ein hoher Führer im Osten Sperrfeuer hinter die eigene Front eingerichtet hatte und jeden Artilleriekommandeur verantwortlich machte, es auch zu schießen. Der Feldmarschall sagte, es gäbe bestimmte Dinge, die er auf keinen Fall mache, und dieses Mittel gehöre auch dazu. Damit sei eine Front auf die Dauer auch nicht zu halten. Wir waren uns im übrigen darüber klar, daß die Leute dann heimlich zurückgingen und nichts sagten, um nicht dieses Feuer auch noch auf den Hals zu kriegen. Nach Rommels Ansicht war die Lage im Osten noch schlechter als hier, so daß es von dort eher zu einer Entscheidung kommen könnte. Aber welche?
11.7.: *Im Raum Caen eigene erfolgreiche Gegenangriffe, hohe Verluste. Im Raum Tilly starker britischer Angriff im wesentlichen abgewiesen. Amerikanischer Großangriff in Richtung auf St-Lô, Angriff Pz.Lehr-Div. nordwestlich St-Lô anfangs erfolgreich, dann machte US-Gegenangriff die Lage schwierig. Weiter westlich starke Angriffe und geringe Erfolge der Amerikaner* (KTB, gekürzt).
Rommel blieb im Hauptquartier. Die Ordonnanzen gewöhnten ihm ein Spiegelei zum Frühstück an, nachdem er eine etwas größere Butterration abgelehnt hatte. Hinterher befragte er mich wegen der Ausladungen in der Gegend Elboeuf. Offenbar hatte er etwas einseitige Berichte bekommen. Ich schilderte ihm die Lage, wie sie war, was ihn befriedigte. Dann erfuhr ich, daß Speidel nach Le Havre fahren wollte, und schloß mich an. Wir fuhren bei Sprühregen und niedrigen Wolken, daher ungestört durch Flieger. Speidel fuhr selbst, ich navigierte, was keine Kunst war, da ich die Gegend gut kannte. Im Anschluß an das Gespräch des Feldmarschalls mit mir wegen des Seine-Transportes unterhielten wir uns erst über die offenbar entstandenen Mißverständnisse. Rommel hatte auf Grund der unvollständigen Unterlagen eine größere Aktion beim ObWest unternehmen wollen, Speidel hatte ihn aber davon abgebracht. Ich schilderte noch einmal die Sachlage. Die Marine hatte folgendes veranlaßt:

Fluß in drei Tagen durch Marinefestungspioniere freigemacht;
anschließend angefangen Entladestellen zu bauen, bisher drei fertig;

Kptlt. Homeyer gestellt;

Männer und Waffen für Schiffsbegleitkommandos und als Wachen für Schleusen und Entladestellen gestellt;

Besatzungen für die Kähne gestellt, die von den Franzosen verlassen worden waren;

eine Stauerfirma für das Beladen der Kähne verpflichtet;

den Leiter für das Entladen und drei Kraftfahrkompanien zum Abtransport gestellt.

Die Leitung konnte die Marine bei den bestehenden Befehlsverhältnissen nicht übernehmen, da sie auf den Binnenwasserstraßen eigentlich überhaupt nichts zu suchen hatte. Das mußten der OQWest und der General des Transportwesens machen. Deren Organisation hätte schon lange stehen müssen.

Diese Unterhaltung dauerte bis halbwegs Rouen. Dann sprachen wir von dem Häuschen und dem Wagen, die jeder gern haben möchte, von den Jahreszeiten, die man bei der Seefahrt nicht so mitbekäme wie an Land, von den Sommerferien in Frankreich, die dort auch die Handwerker und kleinen Geschäfte mitmachen, und schließlich davon, daß zwei Weltkriege ein bißchen viel für ein Leben wären.

In Rouen fuhren wir zuerst zu Admiral Rieve, der vor allen Dingen Beton anforderte, um noch mehr Waffen aufstellen zu können. Er war sich darüber klar, wie ernst die Lage war, und war der Ansicht, daß sie nur noch politisch zu lösen war. Mit Speidel verstand er sich gut. Für ihn bestand eine besondere Schwierigkeit darin, daß er keinen Menschen hatte, mit dem er sich wirklich aussprechen konnte. Diese innere Einsamkeit vieler der höheren und höchsten militärischen Führer in der damaligen Lage ist eine Tatsache, die, neben ihrer ungeheuren Anspannung, in manchen nachträglichen Werturteilen über das Handeln und Nicht-Handeln der Soldaten ungenügend berücksichtigt worden ist.

Als nächstes fuhren wir zum Stab des 81. AK. General Kuntzen war selbst nicht da. Bei der Weiterfahrt unterhielten wir uns darüber, daß man nicht mit jedem so offen sprechen könne wie mit Rieve, und daß es Befehlshaber gäbe, die nach allen Richtungen Streit bekämen. In Bolbec besuchten wir den Kommandeur der 89. ID. Er war gerade aus Norwegen gekommen, wollte gern von Speidel etwas über die Lage erfahren, traute mir aber offensichtlich nicht und ging betrübt und unverrichteterdinge auf die Angelegenheiten seiner eigenen Division zurück, was sehr komisch war. Die Division war gut ausgebildet.

In Le Havre war das Soldatenheim ausgebrannt, der gleiche Stab hatte

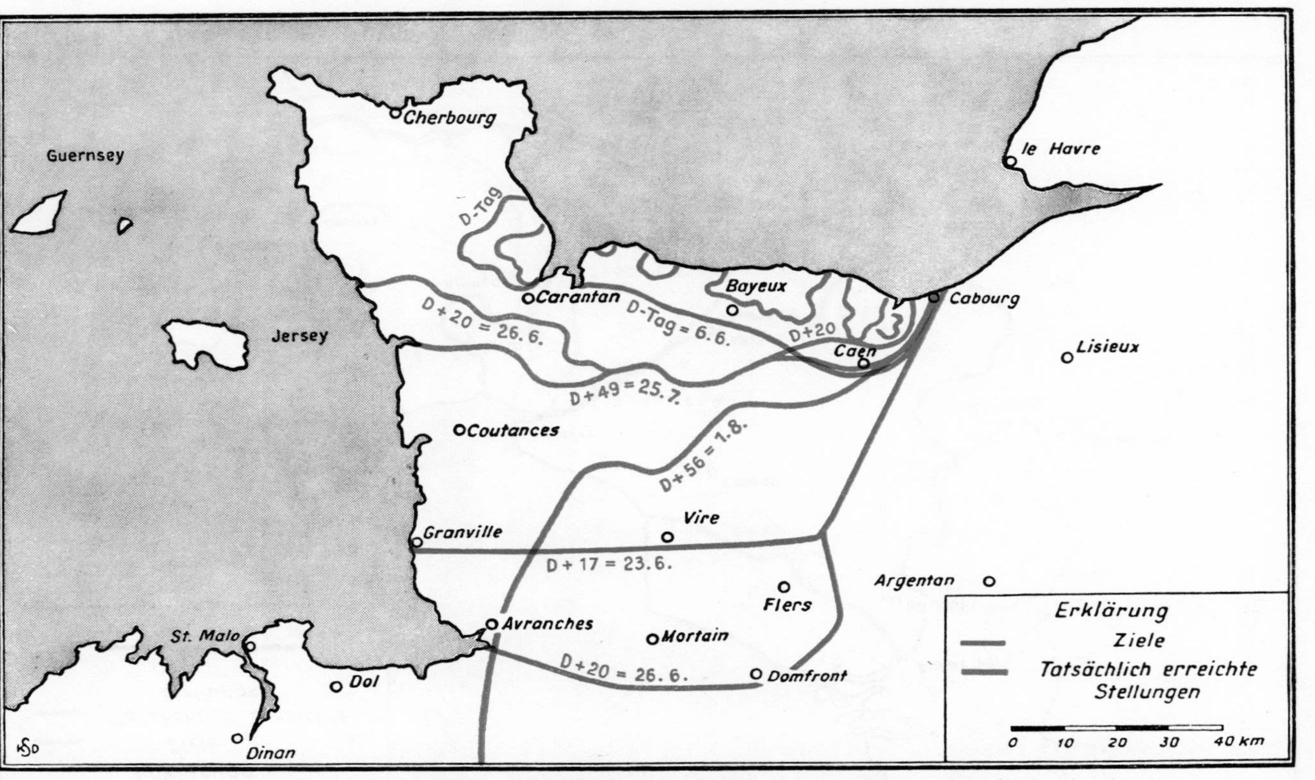

Lage bis zum Durchbruch bei Avranches. Bemerkenswert der starke Zeitverlust der Alliierten

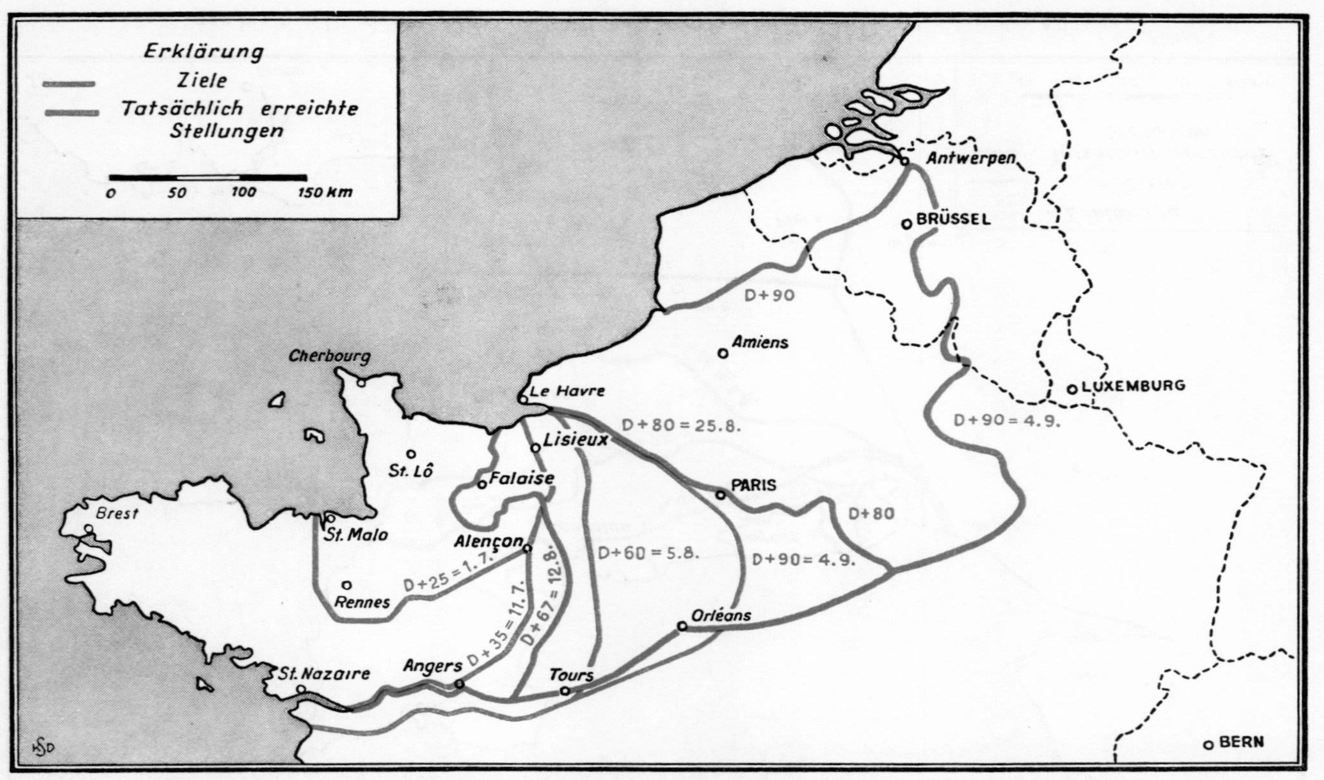

Lage vom Durchbruch bei Avranches bis zum D-Tag+90. Die Alliierten holen den Zeitverlust ein

ein anderes aufgemacht. Wir aßen dort und gingen dann zum Festungskommandanten, der aber noch im Gelände war. Er wurde gut durch seinen Ia vertreten, der im Zivilberuf Jurist war. Der IIa war musiksachverständig und kam aus Schlesien. Den Seekommandanten, K.Adm. von Tresckow, trafen wir vor seinem Befehlsbunker. Von dort konnten wir mit guten Gläsern einige Schiffe und Vernebelungen vor der Ornemündung sehen. Eine Detonation mit anschließendem Brand, die sich einige Tage vorher im R-Bootsbunker ereignet hatte, war wahrscheinlich auf Nachlässigkeit zurückzuführen. In der Torpedoregelstelle hatten 200 Liter Benzin ungenügend gesichert gelagert und waren in Brand geraten.

Durch offenes Gelände fuhren wir weiter nach Etretat zur 17. LWFDiv., dann über Fécamp nach Dieppe zum dortigen Festungskommandanten, dann auf Nebenwegen bis Forges les Eaux und von da auf stark zerbombter Hauptstraße ins Quartier, das wir um 22 Uhr erreichten.

Als wir beim fleischlosen Abendbrot waren, setzte sich Rommel zu uns; Speidel wurde bald ans Telefon geholt. Rommel sprach sehr ernst über die Lage. Am linken Flügel drohte der Durchbruch, die Truppe brannte aus. Unter all diesem Druck war er aber immer liebenswürdig und in seiner zurückhaltenden Art persönlich.

Er hatte im Kampf um Caen mehr erreicht, als damals deutlich wurde, trotz des Verlustes der Stadt. Die Briten hatten geplant, sie am ersten Tage der Invasion zu besetzen, und hatten fast fünf Wochen gebraucht, um sie zu erobern. Den Durchbruch hatten sie aber nicht erzwingen können, trotz des Einsatzes ihrer strategischen Luftwaffe und ihrer gesamten Panzerkräfte. Diese hatten so schwere Verluste erlitten, besonders in den letzten Tagen südlich der Stadt, daß sie nur noch beschränkt aktionsfähig waren. Ein amerikanischer Beobachter im britischen Hauptquartier (Ralph Ingersoll, Top Secret, S. 162/163) sagt dazu aus eigener Beobachtung: »Es war eine Niederlage, von der sich die britischen Waffen auf dem Kontinent nicht wieder erholten ... Montgomery wurde gleich hinter Caen abgestoppt, nachdem er das britische Panzerkorps praktisch dadurch vernichtet hatte, daß er seine Panzer in aufeinanderfolgenden Wellen geradewegs in das Feuer der deutschen 8,8-cm-Flak gejagt hatte ... Seine Kräfte waren erschöpft.«

Der Erfolg wäre noch größer gewesen, wenn Rommel die von ihm geplante Ausweichbewegung rechtzeitig gestattet worden wäre. So waren die Verluste sehr hoch, was angesichts des langsamen Herankommens von Reserven und Nachschub besonders schwer wog. Die Abnutzungsschlacht ging weiter, der Durchbruch war nur noch eine Frage der Zeit.

DER DURCHBRUCH

12. 7.: *Engländer ruhig, starker amerikanischer Angriff östlich der Vire von den hervorragend kämpfenden Jägern der 3. Fallsch.Div. abgeschlagen. Westlich der Vire erbitterte Kämpfe. Amerikanischer Durchbruchsversuch infolge Angriff der Pz.Lehr-Div. nicht zur Entwicklung gekommen. Die Pz.Lehr-Div. hatte aber auch keinen Erfolg. Weiter westlich neuer Einbruch in der HKL* (KTB, gekürzt).

Der OB fuhr zum 47. Pz.Korps und zur Pz.Gr.West. Brennstoff- und Munitionslage hatte sich etwas gebessert. Die 12. SS-Pz.Div. hatte sämtlich Pak, 18 LFH und die Masse der Grenadiere verloren und war nur noch zwei Bataillone stark.

»Durch den unerhörten Einsatz an Menschen und Material, durch das pausenlose Feuer und die rollenden Angriffe der feindlichen Luftwaffe sinken die Kampfstärken der eigenen Truppe ständig stark ab. Am 11. 7. hatte die 3. Fallsch.Div. nur noch eine Ist-Stärke von 35 Prozent, die beim 2. Fallsch.Korps eingesetzte Kampfgruppe der 353. ID eine Infanteriekampfstärke von rund 180 Mann« (KTB).

Beim Frühstück Gespräch über die Lage. Es wurde die Frage gestellt: »Wie ist die Gedankenwelt der Leute, die sie so völlig anders ansehen?« Rommel sagte: »Man darf eben nicht nach Wunschträumen handeln, sondern nüchtern nach der Wirklichkeit.« Weitere Frage: »Haben wir eigentlich eine Verfassung?« Speidel: »Nein, die alte ist aufgehoben, die neue gibt es noch nicht. Wir leben unter einer reinen Willkürherrschaft.« Rommel: »Sauckel hat mir sein Buch über den Arbeitseinsatz geschickt. Sehr interessant. Neben ihm und über ihm wieder Göring. Es ist überall so, daß neben der alten Behörde noch ein neuer Mann sitzt. Landrat-Kreisleiter usw.«

Dann wurde über die Herrschaft der vielen Minderwertigen gesprochen.

Rommel: »Die hohen Führer der HJ. hielten sich klar, um diese neuen Stellen zu besetzen. Sie gingen nicht an die Front und machten ungeheuere Ansprüche.« Tempelhoff erzählte, wie er mal Verbindungsmann zur HJ.-Gebietsführung war. Der Obergebietsführer empfing ihn in einem riesigen Saal, mindestens wie bei Mussolini, mit großen Ölgemälden und schönen Teppichen.

Am Vormittag kam ein Major vom OKW, der ein paar Tage an der Front gewesen war und den Kampf um Caen miterlebt hatte. Er war völlig davon überzeugt, daß bei dem augenblicklichen Verhältnis an Kräften und Material nichts zu machen war. Die Bombenangriffe hatten an sich nicht allzuviele Verluste verursacht, aber alle Straßen durch die Stadt zerstört, so daß das Nachziehen der Panzer sich um einen halben Tag verzögerte. Dann zerschlug zweistündiges Trommelfeuer einen Teil der Front völlig. Bei einer 8,8-cm-Batterie, die jeden herankommenden Panzer abgeschossen hatte, wurde jedes Geschütz außer Gefecht gesetzt. Wo nichts mehr sei, könne man eben keinen Widerstand mehr leisten. Besonders schwierig sei auch, daß die obere und mittlere Führung bis zu einem Teil der Regimentskommandeure die Lage erkannt habe und infolgedessen der Truppe kein Vertrauen mehr geben könne. (Sehr interessant, daß dieser kühle Generalstäbler doch mit solchen Werten rechnete!)

Der junge Offizier und der Mann vorn an der Front sähen die Lage noch nicht so. Das könne sich aber von Tag zu Tag ändern. Seiner Ansicht nach sei nur noch eine politische Lösung möglich, das werde er auch so vortragen. (»Bin gespannt!« [PAV]). Ich sagte, daß das die Ansicht sei, die man überall träfe, weil jeder sich völlig unabhängig vom anderen die Lage ungefähr gleich überlege. Auch aus der Truppe komme schon die Frage: »Wie können wir den Krieg noch gewinnen?«

Der Major sollte erst zu Speidel, vormittags zu Kluge, dann ins OKW zurückfahren. Ich fragte Rommel, wann denn nun Jodl mal käme. Er antwortete: »Man hat mir verboten, noch jemand zu rufen, das muß Kluge machen.« Dieser sollte abends zur Besprechung kommen.

Mittags wurde über die Organisation im modernen Krieg gesprochen. Die taktische Luftwaffe muß ein organischer Teil des Heeres sein, sonst kommt man nicht zu einer Operation.

Die Divisionen brennen aus. Bisher 80 000 Mann Verluste, davon fast 2000 Offiziere. Frontzurücknahme am linken Flügel wurde jetzt von ganz oben genehmigt, was Erstaunen hervorrief, denn bisher hatte es immer nur geheißen: »Festhalten, festhalten.«

Um 14 Uhr fuhr ich in einem kleinen halboffenen Wagen nach Paris. Wir sahen einige eigene Jäger; auch an der Front waren diese etwas mehr zu spüren. Der Ia der Mr.Gr.West unterrichtete mich über die neueingesetzten Kleinkampfmittel und ihre Aussichten. Da wurde sehr deutlich, daß es sich nur um eine Gelegenheitswaffe handelte, trotz einiger schöner Erfolge. Dann las ich das Kriegstagebuch aus Cherbourg, das leider fast nur Funksprüche und Meldungen, aber keinerlei Lagebetrachtungen oder Überlegungen enthielt. Beim BSW traf ich mich mit Homeyer. Die Ankünfte an beladenen Kähnen waren recht gut, aber alle Liegeplätze waren voll, da das Ausladen noch zu langsam ging. General Habicht von den Marinefestungspionieren war hingefahren, um zu helfen. Dann las ich die Gefechtsberichte von drei Sicherungsfahrzeugen, die unterhalb von Caen in einer kleinen Werft zur Reparatur gelegen hatten. Sie waren am ersten Tag der Invasion bis zu der Brücke über die Orne bei Bénouville gefahren, hatten aber kehrtgemacht, als sie feststellten, daß sie schon im englischen Besitz war. Diese Brücke war für die Versorgung des britischen Brückenkopfes östlich der Orne lebenswichtig, da er sonst keine Straßenverbindung mit den Landungsstellen hatte. Die Boote hätten sie unter vollem Einsatz zerstören können, waren über die Lage aber nicht im Bilde. Versuche, noch einmal heranzukommen, schlugen ebenso fehl wie ein Stoßtruppunternehmen von Männern der Besatzungen zusammen mit Pionieren, um sie zu sprengen. Die Seeleute erreichten die Brücke unbemerkt, die Sprengstoffträger hatten aber den Anschluß verloren. Im ganzen ein klassisches Beispiel für ungenügendes Zusammenarbeiten der Wehrmachtsteile.

Ich fuhr dann unter etwas Flakfeuer wieder nach La Roche Guyon, wo der OB gerade auf dem Hofe stand; Kluge war eben abgefahren. Ich unterrichtete ihn über die Kleinkampfmittel. Dann sprach ich mit Tempelhoff, der mit dem Ergebnis des Besuches zufrieden war und meinte, die beiden Feldmarschälle seien sich jetzt in den Hauptpunkten einig.

13. 7.: *Kampfruhe und Bereitstellungen bei den Engländern, schwere Angriffe und Raumgewinne der Amerikaner bei St-Lô und westlich davon* (KTB, gekürzt).

Rommel frühstückte wieder ohne Spiegelei, aß also nur Brot, wenig Butter und etwas Marmelade. Die Nachrichten aus dem Osten waren nach wie vor unerfreulich. Es wurde besprochen, daß die Armeegruppe G viele Truppen abgegeben hatte und daß ihr nur wenige blieben. Rommel meinte: »Arme Leute haben keine Sorgen.« Im Osten wurden jetzt wieder Bataillone aus zurückkommenden Urlaubern gebildet und in den Kampf geschickt. Auf meine Frage, wo sie die schweren Waffen herbekämen, war die Antwort: »Sie müssen es eben ohne machen.« Die Folge war ein ungeheurer Menschenverbrauch, weil die Truppe nicht eingespielt und außerdem schlecht bewaffnet war. Rommel erzählte, wie man ihm vor einem Jahr im OKW stolz gesagt habe, man freue sich, daß die Ostfront überhaupt keinen Ersatz mehr bekäme. Die müsse sich mit eigenen Mitteln helfen, aber dafür stelle man eine Menge neuer Divisionen auf. Im Laufe der weiteren Unterhaltung über die Befehlsgebung von oben, die in die kleinsten Einzelheiten hineinregierte, sagte der OB, er käme sich manchmal vor wie ein kleiner Beamter und nicht wie ein Heerführer. »Ein Jammer, daß so ein Mann gezwungen wird, aus solchen Gründen vorsichtig zu manövrieren, so daß er sich nicht voll entfalten kann« (PAV).

Als Rommel gegangen war, erzählte Freiberg, daß viele Offiziere besonders in den mittleren Kommandostellen es mit ihrer Gesundheit einfach nicht mehr durchhielten.

Um 10 Uhr erschien ein Bootsmannsmaat, Führer eines Nachschubprahms, der mit 200 t Munition etwas unterhalb von La Roche Guyon festgemacht hatte. Seine ganze Besatzung bestand aus ihm selbst, einem Maschinisten und einem französischen Lotsen, was ein bißchen knapp war. Er fuhr fast nur nachts und in der Dämmerung, wobei er sich möglichst dicht an den Uferbäumen hielt; tagsüber lag er gut getarnt still. Es machte Freude, wie er seine Aufgabe erfaßt hatte und wie er selbständig mit den Schwierigkeiten fertig wurde. Zu mir war er gekommen, damit ich ihm zu Schmieröl verhelfe. Der Kahn hatte ein Jahr stillgelegen und anfangs mehrfach Ölbrand gehabt, weil eine Schmierölleitung verstopft war. Dadurch hatte er seinen Ölvorrat verbraucht. Wir halfen ihm aus und gaben ihm außerdem Michelinkarten (für Autos gedacht, aber so gut, daß sie auch für die Flußschiffahrt brauchbar waren), etwas zu rauchen und etwas zu lesen.

Beim Abendbrot erzählte Tempelhoff von seinem Besuch an der Front östlich von Caen. Er war bis in das Werk Colombelles vorgedrungen, bei geringer Flieger- und Artillerietätigkeit. Ein neues, unangenehmes Kriegsmittel waren Thermitbomben oder etwas Ähnliches, von einem Werfer geschossene Behälter, die große Hitze ausstrahlten und die Infanterie aus ihren Schützenlöchern herausbringen sollten. Die Engländer waren sehr empfindlich gegen unsere Panzer und liefen sofort, wenn diese erschienen. Sie gingen auch nur mit ihren eigenen Panzern vor. Die Durchbrüche wurden durch die ungeheuer starke Artillerie möglich gemacht, die alles niederwalzte. Die englischen Panzer zogen sich zurück, sowie sie Feuer erhielten.

Nach dem Essen legte ich dem OB Skizzen der Bombardementsstellungen vor und hielt ihm Vortrag über Kleinkampfmittel und U-Boote. Viel Befriedigendes konnte ich nicht sagen, da wenig vorhanden war und die U-Boote nicht so eingesetzt wurden, wie ursprünglich zugesagt war. Die Mar.Gr.West war auch nicht sehr glücklich darüber und bedauerte besonders, daß keinerlei Verstärkungen durch die Nordsee herankamen. Rommel hätte gern gewußt, wie der Ob.d.M. über die Lage dachte; mir war das aber nicht bekannt.

Der Abendspaziergang auf die Höhe und zurück schloß sich an. Mit Kluge ginge es jetzt sehr gut, das Zähnezeigen am Anfang hätte gewirkt. Er war mit ganz anderen Aufträgen gekommen, hatte sich aber überzeugt, wie die Lage in der Normandie wirklich war. Ganz oben war man der Ansicht gewesen, daß Rundstedt und Rommel sich dauernd in den Haaren lägen und daß Rommel nicht pariere.

Rommel ging dann darauf ein, daß General Bamler (der in russischer Gefangenschaft dem Nationalkomitee beigetreten war) im sowjetischen Rundfunk geäußert hatte, von Führung könne bei uns nicht mehr gesprochen werden, da alles von oben befohlen werde. Anscheinend hatte er sehr offen ausgepackt, was nichts nützte und uns das Dasein noch mehr erschwerte.

Rommel bezeichnete sich wieder nur als Verwalter. Er fragte jetzt immer an, damit ihm das OKW nicht nachträglich die Verantwortung zuschieben konnte, wie das immer wieder versucht wurde. »Es ist entscheidend, daß in dieser Lage das OKW auf seiner Verantwortung festgelegt wird. Oben ganz kalte Leute.« Weiter führte er etwa aus:

»Die Schwierigkeit der Lage liegt darin, daß man Widerstand bis zum Äußersten leisten muß, andererseits aber überzeugt ist, daß es wichtiger ist, die Russen am Eindringen zu verhindern als die Anglo-Amerikaner. Unser Unglück ist immer die Selbstüberschätzung gewesen. Zu einer Front wie in Rußland gehören große Reserven und eine nüchtern geplante Kampfführung.« Er habe schon im vorigen Jahr im FHQ den Eindruck gehabt, daß bei dieser Art der Führung kein Erfolg zu erzielen sei.

Der Feldmarschall litt sehr unter dem Druck, der auf allen lag. Er fragte wiederholt: »Wie wird es in vier Wochen aussehen? Ob wir dann über das Schlimmste hinaus sind?« Er war überzeugt, daß die Front nicht mehr lange halten konnte und daß der politische Entschluß kommen mußte. Er wollte das am 14. 7. nach oben melden (PAV).

Ich sagte, man habe 1918 und in Scapa Flow auch nicht geglaubt, daß es wieder besser werden könnte. Wir waren uns einig, daß man mit sehr wenig zufrieden sein könne, wenn man nur mit der Familie zusammen sei. Er meinte, die ersten Aufgaben seien, Nahrung für alle zu schaffen und Wohnungen zu bauen. Man müsse versuchen, die Maßnahmen für die Arbeiter trotz aller Armut weiter durchzuführen. Doktor Ley sei natürlich ein Gott für die Arbeiter. Gute Betriebsführer müßten das aber auch fertigbringen. Wichtig sei, daß keine Spaltung ins Volk komme. Diese zeichne sich leider schon etwas ab durch die englische und die russische Richtung. Man müsse versuchen, den natürlichen Gegensatz zwischen den Alliierten auszunutzen.

Eine große Tat wäre es, wenn Hitler von sich aus das der Lage Entsprechende veranlaßte. Nach allen seinen Erklärungen sei das unwahrscheinlich. Was komme aber nach dem Kampf um das letzte Haus? Es werde große Schwierigkeiten mit dem SD, der SS und den Parteifunktionären geben. Da müsse aufgepaßt werden. Die andere Seite wolle wahrscheinlich viele Leute ausgeliefert haben. Das werde nicht zu verhindern sein in den Fällen, wo wirkliche Schuld vorliege. Allerdings habe man nach 1918 die »Kriegsverbrecher« auch nicht ausgeliefert. Das zeige, was man auch in scheinbarer Machtlosigkeit erreichen könne. Die jungen SS-Leute müßten schleunigst in andere Truppenteile versetzt werden.

Rommel war gespannt, was auf sein Schreiben veranlaßt werden würde. Er sagte, es sei ihm gleich, ob sie ihn hinaustäten oder umlegten. Dann meinte er, daß sie das doch nicht tun würden. Die militärischen Führer in verantwortlichen Stellen müßten ihre Meinung offen sagen. Die Umgebung Hitlers habe das leider nicht getan.

Er wandte sich noch einmal scharf gegen die Untersuchungskommission wegen des Falles von Cherbourg. Er habe sich in Berchtesgaden Keitel gegenüber sehr deutlich darüber ausgesprochen. Rundstedt war dabei und nickte zustimmend. So etwas habe keinen Zweck, mache die Truppe nur unsicher und verprelle diejenigen, die von sich aus etwas leisten und eigene Entschlüsse fassen. Es warte dann jeder nur noch auf Befehl von oben. Schlieben habe gut geführt.

14. 7. französischer Nationalfeiertag:

An englischer Front nur Artillerie- und Spähtrupptätigkeit. An amerikanischer Front kein einheitlicher Angriff, harte Kämpfe um Höhen östlich und nordöstlich von St-Lô. Eigene Absetzbewegungen in Linie Séves–Lessay ohne starken Feinddruck gelungen (KTB, gekürzt).

Montgomery hatte sich anerkennend über den deutschen Widerstand und vorsichtig über das Kriegsende geäußert. Rommel meinte: »Von oben kriegen wir so ein Lob nicht.« Er fuhr zum 2. Fallsch.Korps, wo er auch Obergruppenführer Hausser traf, und kam gegen 23 Uhr zurück. Der

Seine-Transport funktionierte und wirkte sich günstig auf die Versorgung des rechten Flügels aus, trotz zu langsamen Ausladens und ungenügender Nachrichtenverbindungen. Ich fuhr nachmittags ein Stück stromauf zur Schleuse Portvillez. Sie wurde von Marineleuten bewacht, zwei leichte Flakgeschütze waren feuerbereit, die Stellung eines dritten im Ausbau. Gegen einen größeren Angriff war das natürlich wenig. Die Männer erzählten erfreut, daß in den letzten Tagen viele beladene Kähne die Schleuse passiert hatten.

Das Heranbringen einer großen Eisenbahnbatterie hatte vier Wochen gedauert! An der Front waren die Verbände sehr durcheinandergewürfelt, sie hatten starke Ausfälle, die Haltung war unterschiedlich. Abends las ich bei Speidel den Kurzbericht, der ans OKW gehen sollte. Er schloß mit dem Satz: »Ich bitte Sie, die politischen Folgerungen zu ziehen.« Nach einigem Überlegen war das Wort »politisch« gestrichen worden (Siehe Anhang S. 280 f.).

15. 7.: *Bei den Engländern Ruhe. Amerikanischer Großangriff zur Einnahme von St-Lô im allgemeinen abgewiesen, ein Einbruch, die Kämpfe an der ganzen Front noch in vollem Gange* (KTB).

Mittags Gespräch über Geheimhaltung. Einzelheiten über Rommel und einige Begleiter waren sehr genau in die feindliche Presse gekommen, ebenso Angaben über Teppiche und Gobelins, die die OT dem Feldmarschall für den Gefechtsstand liefern wollte. Daß er sie abgelehnt hatte, war natürlich nicht erwähnt worden. Anscheinend handelte es sich um einen PK-Bericht, der nicht veröffentlicht wurde und in falsche Hände geriet. Auch einzelne Kommandierende und sonstige Einzelheiten waren drüben bekannt. Manches schien aus Telefongesprächen mitgehört worden zu sein. Spötter meinten, daß unser Stabsquartier nicht angegriffen würde, weil es für die anderen lohnender sei, die Ferngespräche mitzuhören. Ich hielt nicht hinter dem Berg mit meiner Auffassung, daß beim Heer viel zuviel telefoniert werde. An den eingefahrenen Gebräuchen änderte das natürlich nichts.

Einer der jüngeren Herren war drüben nicht sehr schmeichelhaft geschildert worden und ging nun eine Weile bei uns als »Depp Nr. 1«, was ihn aber nicht aus der Fassung brachte. Auf die Frage, wie es mit den zugesagten 1500 Jägern stehe, konnte der Luftwaffenverbindungsoffizier leider nur sagen, daß die Luftwaffe gerade die Verluste ausgleichen könne. Es blieb also bei 500 Einsätzen am Tage. Immerhin sah man gelegentlich eigene Flugzeuge.

Um 15.30 Uhr startete Rommel mit mir in die Gegend östlich und südlich von Caen. Die Fahrt dorthin war ihm wichtig, weil er für den 17. oder 18. 7. einen Großangriff der Engländer mit allgemeiner Stoßrichtung nach Süden erwartete und sich vorher mit den Kommandeuren besprechen wollte. Wir setzten mit einem Sturmboot über die Seine und fuhren dann in einem großen offenen Wagen mit guter Straßenlage auf Nebenwegen über Vernon–Louviers–Pont Audemer. Hier erinnerte sich Rommel daran, daß sich ein Bandengebiet nach Westen erstreckte, in dem schon mehrere Wagen abgeschossen worden waren.

Also fuhren wir weiter südlich über Cormeilles–Blangy durch besonders hübsche, parkähnliche Landschaft mit kleinen Schlössern und Herrensitzen nach Dozulé zum Gefechtsstand der 346. ID. Hier fand die Besprechung in einem Garten statt; die Truppe war jetzt überall sehr gut getarnt. Man war etwas überrascht über unseren Besuch und ganz zuversichtlich über die Lage. Die Division meldete einen Fehlbestand von 800 Mann, was erträglich war. Sie berichtete mit Grimm über starken Verkehr, von großen Ausladungen westlich Riva Bella, täglich etwa 1000 LKW. Hineingeschossen wurde fast gar nicht. Ob nicht ein Marineoffizier zur Beobachtung gestellt werden könne. Sie waren erstaunt, als sie hörten, daß schon einer da war. Die gesamte Artillerie einschließlich der Werfer war jetzt unter dem Artilleriekommandeur des Pz.Korps zusammengefaßt und schoß nur schwerpunktmäßig. Grundsatz war: »Wenn der Gegner auf unsere Truppen trommelt, muß auch unsere Artillerie zuschlagen.« Dringend erforderlich war Nachschub an bestimmten Waffen und besonders von Munition.

Weiter ging es auf Nebenwegen und teilweise auf großer Straße nach Argonzes zum Gefechtsstand der 16. LWFDiv. Die Bevölkerung war anscheinend noch vollzählig vorhanden. Im Ort sah man Idyllen wie Einwohner, die in ihren Gärten arbeiteten, und Landser, die mit Mädchen spazierengingen; ein leichter Pferdewagen war vollbepackt mit jungen Soldaten, die höchst vergnügt aussahen. Das alles wurde untermalt durch fernes Artilleriefeuer und gelegentliches, nahes Flakfeuer.

Der Ia war gut im Bilde und trug sehr klar vor, bis der Kommandeur herangeholt war. Die Division wurde seinerzeit nördlich von Caen während einer Umgruppierung gefaßt, erhielt einen Bombenteppich von 2500 t, der sie stark eindeckte und außerdem verhinderte, daß die Reserven herankamen. Alle Pak fiel aus, die Verluste an Offizieren waren schwer, sonst nur 800 Mann. Zu deutsch: die Division war dieser Belastung nicht gewachsen gewesen, denn sie hatte als LWFDiv. keine Kampferfahrung, und sie hatte sich vorübergehend ziemlich aufgelöst, dann aber südlich Caen wieder zusammengefunden und gefaßt. Es war bezeichnend, daß sie für die Panzerabwehr wesentlich besser ausgerüstet war, als die »normale« 346. ID, nämlich mit 25 Ofenrohren je Bataillon gegen sechs. In den letzten Tagen hatte sie die Engländer bei Colombelles mit Hilfe von einigen Tigerpanzern zurückgeworfen.

Wir fuhren dann zur 21. Pz.Div., deren Stab in Zelten in einem Obstgarten saß, wenige 100 m von einem Dorf entfernt. Die Bevölkerung machte einen ruhigen Sonnabendnachmittag, ein Vater schnitt seinem etwa sechsjährigen Sohn sehr konzentriert die Haare.

General Feuchtinger trug erst die Aufstellung und die Versorgungslage seiner Division vor. Es war erfreulich zu hören, daß einmal jemand mit Munition gut ausgestattet war. Dann besprach Rommel mit ihm seinen Einsatz am Invasionstag. Nach Rommels Ansicht hatte die Division zu weit zurückgestanden, was seinen Befehlen widersprach. Der Divisionskommandeur gab an, daß ihm das durch die Pz.Gr.West befohlen worden sei. Demgegenüber stellte Rommel fest, daß er der Division den Raum um Caen als Unterbringungsraum befohlen habe, um ihn gegen luftlandenden Feind zu sichern und diesen Feind sofort vernichten zu können. Feuchtinger führte dagegen einen Befehl vom April an, der ihm einen weiter zurückliegenden Raum zugewiesen habe. Das war aber offensichtlich nur die erste, allgemeine Weisung gewesen. Der OB hatte ihm jedenfalls bei seinen Besuchen seine Grundauffassung mehrfach auseinandergesetzt und gesagt, daß er nach vorne aufschließen müsse. Feuchtinger gab auch zu, daß das sinngemäß und zweckmäßiger gewesen wäre. Diese Auseinandersetzung spielte sich völlig sachlich und beinahe mit wissenschaftlichem Abstand ab.

Neu war mir persönlich, daß die 21. Pz.Div. erst östlich der Orne angreifen und bereinigen sollte, aber vom 84. AK auf das Westufer der Orne geholt wurde, was einen halben Tag Zeit kostete. Gegen Abend landeten auf beiden Ufern des Flusses je 300 bis 400 Lastensegler. Die Division schoß eine ganze Menge ab, aber nicht genügend.

Wir bekamen ein Glas Apfelsaft und sahen uns einen erbeuteten Sherman-Panzer mit sehr langem 7,62-cm-Geschütz an. Daneben war eine erbeutete Pak gleichen Kalibers aufgestellt, ein einfaches und schönes Geschütz. Es gab jetzt auch Pak mit konischen Rohren, eine neue und interessante Angelegenheit. Wir bekamen Abschriften des Tagebuches eines gefallenen englischen Reserveoffiziers, wunderbar zart für seine Frau geschrieben; der PK wurde es vorenthalten.

Inzwischen war es zu spät geworden, um noch zum 86. AK zu fahren. Wie

auf dem Hinweg, kamen bei der sehr schnellen Rückfahrt über St-Pierre sur Dives mehrfach feindliche Flugzeuge in Sicht, meist ziemlich weit entfernt, nur einmal fast genau über uns. Es wurde nicht gestoppt, nur mit der Fahrt heruntergegangen. Weiter ging es über Conches, wo der Feldmarschall in letzter Zeit öfters durchgekommen und der Bevölkerung daher schon bekannt war. Das schien etwas unvorsichtig.
Rommel war in guter Stimmung und erzählte zuerst herrlich aus seiner Schulzeit, wie seine ganze Klasse eines Nachmittags den Religionsunterricht geschwänzt hatte, um auf den Jahrmarkt zu gehen. Aus irgendeinem Grunde passierte den Katholiken nichts, während die Evangelischen zwei Stunden Karzer bekamen. Er hatte Angst, es seinem Vater zu beichten, der Schuldirektor war. Durch längeres Verhandeln erreichten die Jungen, daß als Ausgleich mit den Katholiken der Karzer in die gleiche Menge Arrest umgewandelt wurde. Den sollten sie am Sonnabendnachmittag unter Aufsicht des Hausmeisters absitzen. Mit diesem verhandelten sie nun auf der Grundlage, daß eine Viertelstunde Karzer so gut wie zwei Stunden Arrest sei. Eine Bierspende, zu der jeder 50 Pfennig beitrug, unterstützte diese Beweisführung, und der Hausmeister nahm sie an. Die Viertelstunde machten sie dann als Karzerbesichtigung unmittelbar nach Schulschluß am Sonnabendmittag ab, und es kam nichts heraus.
Dann wurde das Gespräch ernster. Es beschäftigte sich mit dem Leben, wie es sein würde, wenn plötzlich Frieden oder wenigstens Waffenstillstand wäre, sowie mit dem Unsinn, den Krieg weiterzuführen, bei dem doch nichts mehr herauskäme. Rommel sprach wieder von den Arbeitern und Bauern, deren Lebenshaltung sich nicht verschlechtern dürfe. Dann meinte er, es sei besser, als westliches Dominium weiterzuleben, als die Heimat völlig vernichten zu lassen. Er sprach dann von der noch vorhandenen Stärke der politischen Position zwischen den Gegnern. Immer wieder stellte er die Frage: »Wann kommt ein Entschluß?«
Es waren eine ganze Menge Lastwagen unterwegs. Einige lagen verbrannt am Wege, aber im ganzen hatte sich der Nachschubverkehr jetzt recht gut eingespielt. Etwa 22 Uhr erreichten wir in der letzten Abenddämmerung La Roche Guyon und aßen noch schnell zu Abend.
16. 7.: *An der englischen Front geringe Kampftätigkeit. Großangriff zu erwarten, Einbruch nicht zu verhindern, aber eigene Kräfte so gestaffelt, daß Durchbruch nicht gelingen dürfte. An der amerikanischen Front örtliche Kämpfe* (KTB, gekürzt).
Nachts war bei uns Fliegeralarm wegen eines Angriffs in der Nähe; ich hörte nichts davon. Beim Frühstück war das erste Thema das Schießen

der Schiffsartillerie auf Landziele, das auch am Schwarzen Meer einen sehr unangenehmen Eindruck auf die Truppe gemacht hatte. Den Leuten an Land war dabei verständlicherweise völlig gleichgültig, ob sie von einem modernen oder von einem alten Schiff beschossen wurden. Es wurde die Ansicht geäußert, daß es gerade am Schwarzen Meer besonders erfolgversprechend gewesen wäre, Kräfte der Luftwaffe gegen die russische Flotte zusammenzufassen mit dem Ziel, sie völlig auszuschalten. Der Vertreter der Luftwaffe ging zum Gegenangriff über, indem er meinte, daß die Infanterie öfters die Bombenangriffe der Luftwaffe nicht ausgenutzt habe. Da wurde Rommel böse und sagte, die Flieger hätten die Wirkung ihrer Bomben immer weit überschätzt. Die Stukas erreichten überhaupt nichts. Es handelte sich um so kleine Zahlen, daß die tatsächliche Wirkung am Ziel meistens lächerlich gewesen sei. Kesselring habe verlangt, daß er mit Panzern Bir Hacheim stürme, nachdem es gebombt worden war. Das habe er abgelehnt, weil zu viele Minen lagen, und habe es nur mit der Infanterie gemacht. Bei anderen Gelegenheiten habe die Luftwaffe irgendetwas bombardiert ohne Rücksicht auf die anderen Waffen. Eine wirkliche Wehrmachtsführung sei notwendig, und das gelte auch für den OQ. Ich warf ein, daß die OQ-Stäbe dann auch wehrmachtsmäßig ausgebildet sein müßten, um zu wissen, was die anderen Wehrmachtsteile brauchten. Rommel meinte, das gelte auch für die Lazarette, eigene Marinelazarette seien überflüssig. Ich war dagegen und führte aus eigener Erfahrung die Behandlung unserer Verwundeten in den Lazaretten des Hinterlandes an, wo sie zwar ärztlich gut betreut wurden, psychologisch aber sehr mäßig, ebenso die Tatsache, daß es typische Bordkrankheiten gebe, wie auch typische Fliegerkrankheiten. Besser seien eigene Lazarette, aber zentrale Sanitätslager*.

Rommel fuhr zu den Ausladungen, dann zur Pz.Gr.West und zum 86. AK, dabei kam er zum erstenmal nach Beginn der Invasion durch Lisieux, das stark zerstört war.

Vormittags kam ein Offizier vom General der Pioniere wegen Nachschubs von Zement. Es stellte sich heraus, daß ein Vorrat davon ganz in der Nähe, etwas oberhalb von Mantes, zu haben war und daß es nur an Lastkraftwagen fehlte. Dabei waren Kähne so reichlich! Den Zement hätten wir schon vor Wochen und Monaten transportieren können.

Gegen Abend holte mich Speidel, um bei ihm am Rundfunk ein Brahmskonzert mitzuhören. Der OB geriet bei seiner Rückkehr in den Schluß. Er erzählte von Schwierigkeiten mit der Führung des 2. SS-Pz.Korps, wo

* Die Bundeswehr hat Bundeswehrlazarette und -sanitätslager.

Ruhe und Übersicht fehle. Die SS sei überhaupt ganz anders erzogen, führe zum Teil Befehle von Heeresoffizieren nicht aus, was dauernd Reibungen ergebe. An den Ausladestellen wurde immer noch zu langsam gearbeitet. Es waren aber schon über 3 000 t entladen, darunter 800 t Betriebsstoff. Auf diesen wurde jetzt der Schwerpunkt gelegt. Die Zahl der Verluste hat jetzt 100 000 erreicht, wofür nur 6 000 Mann Ersatz gekommen sind. In Deutschland werden 15 »Sperrdivisionen« aufgestellt, Oberfähnriche von den Kriegsschulen werden sofort Zug- und Kompanieführer. Lattmann hatte gerade gelesen: »Ein Regime, daß abgewirtschaftet hat, muß vertuschen«.

17. 7.: Einzelne Angriffe an verschiedenen Stellen, Großangriff bei St-Lô. In vorhergehender Nacht Nebel in Seine-Bucht, die Schnellboote waren daher nicht zum Angriff gekommen, die Luftwaffe nur in der ersten Nachthälfte.

Der Feldmarschall erzählte beim Frühstück, daß Keitel sich gerühmt habe, nach dem Winter 1941/42 einen Teil des Heeres wieder entmotorisiert zu haben. Das rächte sich jetzt schwer, denn gegen einen vollmotorisierten Feind konnte man mit pferdebespannten Divisionen nicht viel machen. Die hiesigen Divisionen waren außerdem nur zum Teil beweglich.

Vormittags kamen Beschwerden des AOK 7 wegen des Abzugs von Besatzungen gesunkener Fahrzeuge aus St-Malo und wegen angeblich aus St-Nazaire herausgezogener Marinedienststellen. Es stellte sich heraus, daß die Angaben nicht nachgeprüft waren und daß der Marineverbindungsoffizier beim AOK nicht beteiligt worden war. Er schien überhaupt kaltgestellt zu sein.

Einen Prahm mit 200 t Lebensmitteln für Rouen hatte man aus Versehen an einer der Entladestellen ausgepackt und dann wieder eingepackt. Kein Wunder, daß man dort nicht so vorankam, wie es möglich und nötig war. Der Marineverbindungsmann rief ganz verzweifelt an.

Der Feldmarschall fuhr über Falaise zur 277. und 276. ID und stellte fest, daß sie von dem dahinter liegenden 2. SS-Pz.Korps nicht genügend unterstützt worden waren, weil dieses zu weit abgesetzt stand. Anschließend besuchte er den Gefechtsstand des 1. SS-Pz.Korps. Hier erhielt er die Nachricht, daß der Gegner bei St-Lô zum Angriff angetreten war. Das veranlaßte ihn zu schneller Rückfahrt in unser Hauptquartier. Es hatte völlig aufgeklart, die feindlichen Flieger waren sehr tätig. Man fuhr zuerst auf Nebenwegen über Livarot, dann vor Vimountiers wieder auf der Hauptstraße. Hier erfaßten zwei Tiefflieger den Wagen und setzten zum Angriff an.

Der Versuch, mit hoher Fahrt um die nächste Kurve herumzukommen, mißlang. Ein 2-cm-Geschoß traf den Fahrer Daniel in die linke Schulter; er verlor die Herrschaft über den Wagen, der schleuderte und sich quer stellte. Rommel wurde aus dem Wagen herausgeworfen und blieb bewußtlos liegen. Hauptmann Lang, der rechts hinten saß, kam unverletzt davon, Major Neuhaus, der hinter dem Fahrer saß, erhielt einen 2-cm-Treffer auf seine Pistolentasche und kam mit Prellungen in den achteren Gegenden davon.
Der Feldmarschall wurde in das Luftwaffenlazarett Bernay eingeliefert. Im Hauptquartier holte Speidel uns zusammen und teilte uns den Unfall mit. Der Untersuchungsbefund kam abends durch: Schädelbasisbruch, drei weitere Schädelbrüche, Splitter im Gesicht, für längere Zeit dienstunfähig. Hauptmann Behr und unser Arzt, Dr. Scheunig, fuhren sofort nach Bernay.
18. 7.: Großangriffe bei Caen und St-Lô. Die 12. SS-Pz.Div. war in den Raum Lisieux verlegt worden, weil das OKW glaubte, daß eine Landung zwischen Orne und Seine drohe. Sie wurde nun nach Caen zurückgeholt mit entsprechendem Zeitverlust und Brennstoffverbrauch. Behr kam zurück und erzählte, daß der Feldmarschall ihn sofort erkannt und begrüßt hatte, aber sehr schwach war. Er wollte trotzdem gleich ins Hauptquartier verlegt werden, müsse aber mindestens drei Wochen liegen. Das Leben des Fahrers Daniel war auch durch eine Operation nicht mehr zu retten gewesen.
19. 7.: Englischer Großangriff bei Caen aufgefangen, Gegenstoß der 1. SS-Pz.Div. in der Morgendämmerung vernichtete zahlreiche britische Panzer. Harte Kämpfe mit den Amerikanern unmittelbar vor St-Lô.
Ich fuhr früh zur Mr.Gr.West, wo ich mich mit dem Chef des Stabes besprach. Die Schnellboote kamen nicht mehr durch, außerdem lief nachts kein Verkehr mehr. Die Einmanntorpedos hatten gute Anfangserfolge, den nächsten Einsatz sagte das OKM ab, Gründe nicht bekannt. Die U-Boote hatten auch mit Schnorchel nur geringe Aussichten auf Erfolg. Ich las den Bericht eines U-Bootkommandanten, der mit seinem Boot unbeabsichtigt auf Spithead Reede geraten und auch wieder herausgekommen war. Er hatte dort leider kein lohnendes Ziel gesichtet. Ein völlig unwahrscheinliches Unternehmen!
Beim BSW erfuhr ich, daß die Marine 20 Seinefähren auf kleinen Werften gebaut hatte. Ich sah mir kurz eine Ausstellung von Marinebildern an und fuhr wieder nach La Roche Guyon, weil Speidel mich gegen Abend mit nach Bernay zu Rommel nehmen wollte. Das fiel leider aus, da Feldmarschall von Kluge zu dieser Zeit zu uns herausziehen wollte. Er hatte

den ihm angebotenen Ersatz für Rommel als OB der HGr B abgelehnt, keinen anderen geeigneten General bekommen und wollte nun selbst führen.

Rege Fliegertätigkeit; unmittelbar nach dem Abendbrot fielen Bomben auf Mantes, daß die Erde wackelte. Als ein großer Bomberverband unser Quartier in ziemlich geringer Höhe anflog, gingen wir lieber in den Keller.

Homeyer kam; er hatte mit zwei Booten in der Nähe festgemacht und war dabei, drei festgekommene Kähne freizuschleppen. Zwei davon schwammen schon wieder, der dritte war in einen Seitenarm des Flusses geraten, weil freundliche Franzosen die Verkehrszeichen umgesetzt hatten. Das Wasser war auch noch gefallen, weil nach Bombenwürfen in der Nähe ein Wehr nicht mehr ganz dicht war.

Homeyer bekam etwas zu essen und wurde mit einigen Flaschen Wein für seine Leute und sich ausgerüstet. Ich fuhr mit ihm zu seinem Liegeplatz und dann auf seinem Boot bis zur Schleuse Méricourt. Es war ein ruhiger, warmer Abend, die Flußlandschaft war friedlich und schön. Wir gingen bei einem der freigekommenen Kähne längsseit. Die Marinebesatzung, in Feldgrau, mußte die geleichterten Brennstoffässer wieder an Bord nehmen, was ohne Hebegerät nicht ganz einfach war. Sie wußten sich aber zu helfen.

Durch die Schleuse Méricourt waren schon 10 000 t Material für die Invasionsfront gegangen. Hatzinger und ein Fahrer erschienen auf der anderen Seite mit einem unserer Wagen und fuhren auf einem Wiesenweg bis dicht an die Schleuse. Bei der Rückfahrt kamen wir in tiefen Wagengeleisen bald fest. Ein französisches Pärchen sah unseren Versuchen, wieder flott zu werden, mit Teilnahme zu. Der junge Mann setzte schließlich sein Mädchen ins Gras und half kräftig und liebenswürdig trotz seines schönen Sonntagsanzuges. Das brachte aber auch keinen Erfolg. Schließlich ließen Hatzinger und ich den Fahrer mit dem Wagen zurück, nachdem wir die letzten Zigaretten zwischen ihm und dem jungen Franzosen geteilt hatten, und marschierten zu Fuß in Richtung Heimat ab. Nach einigen Kilometern nahm uns unser Wagen wieder auf. Der Fahrer hatte es mit Hilfe des jungen Franzosen und eines Wagenhebers doch geschafft. Dann hatten wir noch einen Plattfuß und reparierten, während eine ganze Menge Flieger (eigene?) über uns hinwegbrummten.

20. 7.: Bei Caen wieder Ruhe. Die Amerikaner drangen in St-Lô ein.

Feldmarschall von Kluge fuhr zur Front, um sich mit den Oberbefehlshabern und den Korpskommandeuren zu besprechen. Kurz vor dem

Mittagessen holte Speidel die bisherige Tafelrunde zusammen und erklärte uns etwas betreten, daß der neue OB nur mit dem Chef des Stabes, dem Ia und den Ordonnanzoffizieren essen wolle. Er habe Teilnahme des Dienstältesten als Vertreter der Generalität vorgeschlagen, das sei aber im Prinzip abgelehnt worden und würde nur von Fall zu Fall geschehen. Wir müßten nun unten im Kasino im Ort mit den jüngeren Offizieren essen. Wenn der OB nicht da sei, wolle er, Speidel, mit uns essen, wenn wir nichts dagegen hätten. Ich meinte, das könnten wir uns noch mal überlegen, worauf alles lachte und die für Speidel nicht angenehme Angelegenheit erledigt war.

Ich erfuhr zufällig, daß am Nachmittag der Fahrer Daniel beerdigt werden sollte, zog mich schnell um und kam gerade noch zurecht. Daniel war ein angenehmer, ruhiger Mann und guter Fahrer gewesen, den wir alle schätzten. Es sprachen ein katholischer Pfarrer, Oberst Freiberg und Major Jamin, sehr persönlich und herzlich. Vom Friedhof bot sich ein beruhigender Blick über das Dorf Bennecourt und das Seinetal.

Der Leiter des Marinepersonalamtes rief mich aus dem OKM bei Eberswalde an, um mir mitzuteilen, daß ich ins OKM versetzt werden sollte. Von den Ereignissen des Tages erwähnte er nichts.

Nach meiner Rückkehr wurde ich an den Fluß geholt, wo ein Kahn im Sinken war. Ich konnte dem Führer der Gruppe, die ihn sicherte, wenigstens mit dem Wagen helfen. Das Boot, auf dem ich am Vortage gefahren war, hatte sich auf Steinen die Welle verbogen.

Das erste Abendbrot in der Verbannung war sehr komisch. Die jüngeren Herren hielten mit ihrem Spott und Hohn natürlich nicht zurück, und wir wehrten uns, so gut es ging. Als ich dann lesend in meinem Zimmer saß, kam Speidel und unterrichtete mich in wenigen Worten von dem Attentat auf Hitler, im Eindruck, daß es gelungen war. Von den Vorgängen in Paris und in La Roche Guyon erfuhr ich an diesem Abend nichts, weder davon, daß General von Stülpnagel, der Militärbefehlshaber, den gesamten SD in Paris hatte verhaften lassen, noch von den vergeblichen Versuchen Speidels und Stülpnagels, Feldmarschall von Kluge zum Aufstand zu überreden. Nach dem Mißlingen des Anschlags auf Hitler sah er keinen Weg mehr zum Erfolg. Er befahl, den SD wieder freizulassen, und ersetzte Stülpnagel durch Blumentritt.

Die Rede, die Hitler nachts um 1 Uhr im Rundfunk hielt, hörte ich zufällig im Lagezimmer. Sie klärte die Lage für mich zum Teil. In den nächsten Tagen wurden mir die Vorgänge, Zusammenhänge und Folgen verständlicher, ein vollständiges Bild erhielt ich aber erst wesentlich spä-

Schweres Küstengeschütz verschartet und mit Netz getarnt

Hemmkurven aus Eisenschienen, dahinter Betontetraeder

Außer Gefecht gesetzter leichter Geschützbunker (Phot. Imperial War Museum, London)

Zerstörte Landungsfahrzeuge, dazwischen Tschechenigel und abgebrochene Minenpfähle (Phot. Imperial War Museum, London)

ter. Rommel hatte vieles mit mir theoretisch erörtert, seine konkreten Pläne aber nur vorsichtig angedeutet. Wir waren uns in den Gesprächen über die Lage durchaus einig in der Ansicht gewesen, daß bald eine politische Lösung gefunden werden müsse, um den Krieg zu beenden, und daß dies mit Hitler nicht denkbar sei. Ich muß aber offen sagen, daß meine Gedanken nicht bis zum Tyrannenmord vorgedrungen waren, trotz naheliegender geschichtlicher Beispiele. Der Einblick in das Grauen der Zeit war für die meisten von uns noch nicht tief genug, um die letzten Schlüsse zu ziehen.

Nach meinem Eindruck war Rommel der einzige Mann in Deutschland, der stark genug war, um den Umschwung der Lage herbeizuführen, auch noch nachdem es sich herausgestellt hatte, daß Hitler lebte. Rommel allein besaß den Namen, die Tatkraft und das politische Gefühl, die zusammen dazu gehörten, um sich gegen den Dämon Hitler durchzusetzen. Ich glaube, daß er sicher die Lage im Westen und wohl auch im Reich gemeistert hätte, wenn er am 20. Juli 1944 fähig zum Handeln als Oberbefehlshaber der Heeresgruppe B gewesen wäre. Ich halte es für möglich, daß das von ihm beabsichtigte Waffenstillstandsangebot an die Alliierten Erfolg gehabt hätte, trotz der von Roosevelt 1943 ausgesprochenen Forderung nach bedingungsloser Kapitulation. Der Zeitpunkt war günstig nach den schweren Verlusten der Briten bei Caen, wo sie der mißlungene Durchbruch so viel Blut gekostet hatte, wie sie für den Weg bis Berlin gerechnet hatten (Ingersoll).

Ein Beweis läßt sich weder nach der einen noch nach der anderen Seite führen. Sicher ist, daß das 2-cm-Geschoß, das den Fahrer Daniel tödlich traf, den Gang des Krieges und das Geschick Europas weitgehend beeinflußt hat.

21. 7.: Das Befinden Rommels war den Umständen nach befriedigend. Er hörte aber in Bernay zu viel von dem zur Front gehenden Verkehr und war daher sehr unruhig, denn er beschäftigte sich dauernd mit den Ereignissen dort. Baldige Verlegung war erwünscht.

22. 7.: Kurz nach 9 Uhr fuhr Speidel mit mir bei diesigem Wetter und niedrigen Wolken den nächsten Weg nach Bernay. Die Kolonnen nützten diese Wetterlage in erfreulicher Weise aus. Viele Flüchtlinge waren auf den Straßen.

Als wir in Rommels Zimmer kamen, setzte er sich gleich auf, trotz ärztlichem Verbot, um uns zu zeigen, wie gut es ihm ging. Sein linkes Auge war noch geschlossen, das Gesicht von dem Sturz stark mitgenommen. Er gestand, daß er schon in den ersten Nächten aufgestanden war und an diesem Morgen versucht hatte, sich selbst zu rasieren, was ihm alles verboten war. Es erschien unmöglich, in dem ziemlich frontnahen und entsprechend unruhigen Bernay bei diesem eigenwilligen Patienten die vom Arzt geforderte Ruhe zu erreichen. Die Lage an der Front beunruhigte ihn stark. Es war ihm zur Zeit nicht alles gesagt worden, aber er reimte sich die Zustände dort natürlich selbst zusammen. Wir redeten ihm eindringlich zu, vernünftig zu sein, waren aber nicht davon überzeugt, daß es viel nützen würde. Wir sagten ihm vor allen Dingen nachdrücklich, daß er sich schonen müsse, nicht für den Krieg, denn der sei verloren, aber für den Wiederaufbau hinterher.

Dann fuhren wir weiter zur Pz.Gr.West, deren gut verborgenen Gefechtsstand wir auf verschlungenen Wegen erreichten. Es war nur Gause da, der uns mit Spiegeleiern und Kognak bewirtete. Von der Lage wurde nicht allzuviel gesprochen, da bekannt und nicht zu ändern.

Beim Weiterfahren trafen wir General Eberbach, der eindrucksvoll schilderte, wie ungeheuer hart die Kämpfe waren. Die Infanterie hatte eines der gestern verlorenen Dörfer nachts umgangen und von Norden her wiedergenommen.

Unser nächstes Ziel war das Stabsquartier Sepp Dietrichs, das wir nach einigen Schwierigkeiten fanden. Er bewirtete uns ebenfalls mit Spiegeleiern und Schnaps. General Bittrich, der Kommandierende des 2. Pz.-Korps, kam dazu. Beide schimpften in den schärfsten Ausdrücken über die mangelhafte Führung und das Eingreifen von ganz oben her. Daß manches in der Heimat nicht mehr funktionierte, führten sie auf Sabotage zurück. Anschließend fuhren wir zum Chef des Stabes und Ia, die in der Nähe gut getarnt in einem Befehlswagen saßen. Überall war man stärkstens an Rommels Befinden interessiert. Offensichtlich war das keine äußere Höflichkeit, sondern wirkliche Teilnahme.

Wir machten uns dann auf den Heimweg und fuhren erst vor feuernden Batterien vorbei, dann durch das völlig zerstörte Lisieux und über Louviers. Hier begegneten wir in recht offenem Gelände Panzern und Sturmgeschützen der 116. Pz.Div., die erst jetzt von der Somme herangezogen wurde.

Um 19 Uhr waren wir wieder in La Roche Guyon, um 19.30 Uhr waren unsere drei Generale und ich bei Feldmarschall von Kluge zum Abendbrot eingeladen, zusammen mit dem Höheren SS- und Polizeiführer in Frankreich, General Oberg. Ich geriet links neben Kluge, der beweglich, klug und anregend wirkte und sich sehr liebenswürdig mit mir unterhielt. Allerdings fragte er mich sofort, warum die Marine die Küstenartillerie

nach vorn stellte. Als ich es mit den bekannten Gründen des direkten Zielens, der einwandfreien Beobachtung und des besseren Treffens verteidigte, lächelte er und meinte, ich sei genauso wie die anderen von der Marine.
Daß Oberg am 20. 7. von General von Stülpnagel verhaftet worden war, erfuhr ich erst hinterher, was vielleicht kein Nachteil war. Von der Spannung der letzten Tage merkte man nichts, es wurde eine Menge harmloser Geschichten erzählt. Das Essen war einfach und kurz, so daß die Mitglieder des Stabes noch in die zweite Vorstellung des Höhlenkinos um 21.30 Uhr gehen konnten. Es gab einen harmlosen und netten Blödsinn, über den das volle Haus viel lachte. Man konnte das brauchen.
23. 7. (Sonntag): An der Front im allgemeinen Ruhe.
Der Feldmarschall wurde früh um 5 Uhr von Bernay mit einem Sanitätskraftwagen nach dem Lazarett Le Vesinet östlich St-Germain auf dem rechten Seineufer verlegt. Die Fahrt dauerte dreieinhalb Stunden. Kurz nach 9 Uhr ließ er bereits anfragen, wann ich zu Besuch käme. Ich fuhr aber erst am frühen Nachmittag, da er vorher gründlich untersucht werden mußte. Ich sprach zuerst mit dem leitenden Arzt, Prof. Esch (von der Universität Leipzig). Der ärztliche Befund war sehr befriedigend, dank der zähen Natur Rommels. Die Fahrt hatte ihn aber doch etwas angestrengt. Meine Aufgabe war, ihn abzulenken und unauffällig zu beruhigen. Ich unterhielt mich erst mit ihm und las ihm dann ein Stück aus »Wochenende auf Schloß Denbeck« vor, das geeignetste Buch, das ich hatte finden können. Es interessierte ihn nicht übermäßig, wirkte aber offensichtlich ganz beruhigend. Er sprach dann über die Lage und seinen dringenden Wunsch, bald wieder herauszukommen, um Hitler persönlich Vortrag halten zu können. Ich blieb etwas über eine Stunde und hatte den Eindruck, daß es ihm ganz gut tat.
Beim Abendbrot war natürlich eine lebhafte Debatte über die letzten Ereignisse und allgemeine Empörung über die Rede Leys gegen die Offiziere. Es sprach sich herum, daß Stülpnagel auf der Fahrt zum FHQ einen mißlungenen Selbstmordversuch gemacht hatte. Es kam Befehl, deutsch zu grüßen. Rieve rief an, ob er mich sprechen könne. Wir verabredeten uns für den nächsten Morgen.
24. 7.: Ich fuhr auf teilweise sehr hübschen Nebenwegen in einem Citroën mit mäßigem Fahrer und viel Benzingeruch nach Rouen und sah mir unterwegs Fährstellen und Entladestellen an. In Rouen war der Deutsche Gruß bereits eingeführt. Die Aussprache mit Rieve ergab nichts wesentlich Neues, war aber für beide Teile angenehm. Er hielt gute Fühlung mit General Kuntzen.

Nach einem frühen Mittagessen fuhr ich zurück und nahm einen Oberstabsintendanten mit, der sich über Paris nach St-Malo begeben sollte. Wir hatten 1938 zusammen den Sportkursus für ältere Herren mitgemacht. Ich fuhr gleich bis Le Vesinet durch und kam gerade zur rechten Zeit, da der Feldmarschall nach einer mäßigen Nacht länger geschlafen hatte. Seine Behandlung war gerade zu Ende. Ich las ihm die zweite Hälfte von »Schloß Denbeck« vor; dann unterhielten wir uns über die Lage und anderes. Er strebte danach, möglichst bald fortzukommen, überzeugte sich aber allmählich, daß es doch nicht so schnell gehen würde. Er sah die Lösung nur im Frieden mit der westlichen Seite, damit man sich mit voller Kraft gegen die andere verteidigen könne.

Beim Weggehen sprach ich mit der Schwester, die ihn betreute, einer älteren Dame, die einen ausgezeichneten Eindruck machte. Sie war gerührt über die Anspruchslosigkeit ihres berühmten Patienten.

25. 7.: Beginn des Großangriffs der Amerikaner zum Ausbruch aus dem Landekopf. AOK 7 löste auf seinem rechten Flügel die 2. Pz.Div. heraus, um sie zusammen mit der 116. Pz.Div. an den Abschnitt südlich Caen abzugeben, wo HGr B den nächsten Angriff erwartete. Den Abschnitt der 2. Pz.Div. übernahm die 326. ID, die aus dem Pas de Calais kam und noch keine Erfahrung im Großkampf besaß.

Ich war kurz bei Speidel und versuchte dann, etwas Geeignetes zum Vorlesen zu finden. Leider war keine deutsche Ausgabe einer Hornblower-Geschichte zu bekommen, deren plastische Darstellung fachlicher und menschlicher Probleme dem Feldmarschall Freude gemacht hätte. Ich nahm schließlich den »Tunnel« von Kellermann und einiges andere. Rommel ging es recht gut; er war viel frischer als an den Tagen vorher. Er erzählte ausführlich, wie er seinen Pour le mérite erst bekam, nachdem er sich beschwert hatte. Dabei hatte er mit seiner Kompanie den Monte Matajur erstürmt, für den der Orden ausgesetzt war, und dann noch eine Division gefangengenommen. Ausgangspunkt des Gespräches war die Verbundenheit der führenden Offiziere mit der Truppe. Im ersten Weltkrieg waren die Bataillons- und Regimentskommandeure meist hinten und hatten geringe Verluste, was die Leutnants etwas übel vermerkten. Bei der Marine war es in dieser Beziehung besser, weil alles bis zum Flottenchef mitfuhr.

Dann sprach er kurz vom Rußlandfeldzug, dessen Fehlschlagen die jetzige Lage herbeigeführt habe, und von Stülpnagel. Ich konnte ihm nicht mehr sagen, als er schon wußte. Er sagte wieder, daß er gern Hitler persönlich sprechen wollte, um ihm seine Auffassung (Frieden im Westen) vorzutra-

gen, denn irgend jemand müsse es ihm sagen. Er hatte seine Berichte zwar immer unmittelbar an das OKW gegeben, wußte aber nicht, ob sie von dort weitergegangen waren. Nach einigen persönlichen Dingen sprachen wir dann noch einmal über truppenverbundene Führung und über die Erziehung der Kinder zur Selbständigkeit. Gerade, als ich anfangen wollte vorzulesen, kam der Arzt zur Visite. Ich sprach hinterher mit ihm. Er war zufrieden; es sei allerdings fraglich, ob das linke Auge wieder in Ordnung kommen würde. Rommel machte sich anscheinend Gedanken darüber.
Auf dem Rückweg traten wir vorübergehend unter, da große Verbände von Lightnings in der Luft waren. Anscheinend nahmen sie sich Mantes vor, da die Bahn wieder bis dorthin in Betrieb war.
Beim Abendbrot erkundigte man sich von allen Seiten nach dem Befinden Rommels. Bald kam Fliegeralarm; es brummte erheblich in den Lüften. Die meisten Offiziere gingen auf die Straße, um sich die vorüberfliegenden Verbände anzusehen, der Rest aß weiter. Man war sehr gleichgültig geworden.
Um 21 Uhr ging ich zum Schloßherrn, um ihn von Rommel zu grüßen und von seinem Befinden zu berichten. Ich redete ihm zu, in La Roche Guyon zu bleiben.
Von Berlin kam ein Fernschreiben, daß ich am 1. 8. dort meinen Dienst antreten sollte.
26. 7.: Der US-Großangriff entwickelte sich zu voller Wucht. Die eigenen Panzer standen offenbar zu weit von der Infanterie abgesetzt. Rommel hatte immer darauf gehalten, daß sie zum sofortigen Eingreifen bereitstanden.
Es war sehr heiß und schwül. Ich fuhr nachmittags zu Rommel, der Kopfschmerzen hatte und unruhig war. Wir sprachen von der Lage; dann erzählte er von seiner Familie, und ich las schließlich aus dem »Tunnel« vor, dessen technische Probleme ihn interessierten.
Auf der Rückfahrt gerieten wir wieder einmal unter Luftkämpfe und warteten sie unter einem Baum ab. Beim Abendbrot attackierten mich einige, die noch nicht bei Rommel vorgelassen worden waren. »Unsere Runde fällt ziemlich auseinander; man merkt jetzt, was der Feldmarschall bei aller Schweigsamkeit und manchmal Einseitigkeit für sie war« (PAV).
27. 7.: Bei AOK 7 hatte sich eine schwierige Lage entwickelt, v. Kluge fuhr hin. Meise wurde abkommandiert, um Königsberg zu befestigen. Vorübergehend Regen, dann wieder Sonne. Das angekündigte Tief setzte sich allmählich durch; niedrige Wolken und schlechte Sicht waren erwünscht. Ich fuhr nachmittags über die Autobahn mit unserem Arzt nach Paris.

Bei der Mar.Gr.West traf ich nur den Chef des Stabes. Admiral Krancke war beim OKM, um eine bessere Befehlsregelung zu erreichen. Die Kleinkampfwaffen wurden aus der Gegend Lübeck gesteuert, die U-Boote wieder von einer anderen Stelle, die Mar.Gr.West bekam nicht einmal die Gefechtsberichte. Von 9 U-Booten, die in die Seinebucht gegangen waren, waren anscheinend 6 wieder herausgekommen. Die Mar.Gr.West wollte wenigstens die Kleinkampfmittel unterstellt haben, da die Befehlszersplitterung die Führung sehr erschwerte. Sie machte sich außerdem Sorge um die 80 000 Mann Marine an der West- und Südküste Frankreichs, ferner um die Hafenzerstörungen, die in gewissen Lagen und Gegenden, europäisch gesehen, unzweckmäßig waren.

Ich besuchte dann den Feldmarschall, der sehr munter war. Er setzte sich auf den Bettrand, um seine Nachspeise zu essen, und erlegte treffsicher mit dem Morgenschuh eine Fliege. Er erzählte erst von Afrika und sprach dann über Goebbels und schließlich über Artillerieschwerpunkte, die die Engländer und Russen immer bildeten. Bei Caen habe er es auch getan, besonders mit den Werfern, und habe Erfolg gehabt. Im FHQ hatte er Ende November 1942 vorgeschlagen, Nordafrika zu räumen, nachdem Göring allen Lufttransportraum für Stalingrad beanspruchte. Hitler: »Sie schlagen genau dasselbe vor, wie die Generale 1941/42 in Rußland. Da sollte ich auch auf die deutsche Grenze zurückgehen. Ich habe es nicht getan und recht behalten. Hier mache ich es auch nicht, denn ich muß die politischen Folgen berücksichtigen.« Rommel sagte noch einmal deutlich, daß es besser sei, mit den vorhandenen Kräften die Verteidigung der italienischen Inseln zu organisieren, statt sie in Nordafrika zu verlieren. Hitler fragte, wieviel Mann er noch habe. »70 000.« »Mit wie vielen haben Sie die Offensive angefangen?« Rommel: »Mit 80 000–90 000«. Hitler: »Da haben Sie ja gar nicht viele verloren.« Rommel: »Nein, aber fast alle Waffen.« Von seinen 70 8,8-cm-Flak hatten die Engländer bei El Alamein allein 50 zerschlagen. Hitler: »Wie viele Gewehre fehlen?« Rommel: »15 000–20 000. Die Trosse haben überhaupt keine.« Hitler: »Es wird veranlaßt, daß sofort 6000 Gewehre per Flugzeug hinübergeschickt werden.« Rommel: »Das nützt nichts gegen Panzer.« Hitler: »In Rußland hat man sich doch auch gehalten.« Rommel: »Das ist etwas anderes, da hat man Deckung. In Afrika wird man auf große Entfernung herausgeschossen.« Hitler: »Wie lange können Sie sich halten?« Rommel: »Nur bis zum englischen Angriff.« Die Unterhaltung ging in diesem Stil noch weiter. Heraus kam schließlich der Befehl zum Stehenbleiben.

Beim Abendbrot wurde über Geheimhaltung gesprochen und anerkannt, daß sie bei der Marine gut war, auch in Gesprächen. Fernschreibegespräche waren manchen Generalstabsoffizieren unbekannt. Dann wurde die Frage des Abtransports von den Kanalinseln angeschnitten. Ich beantragte beim Marinepersonalamt, daß ich noch ein paar Tage länger bleiben könnte, etwa, bis Rommel Anfang August in die Heimat verlegt würde. Man war ungnädig, ich wurde deutlich, und da ging es.

28. 7.: Beim AOK 7 herrschte anscheinend starkes Durcheinander. Ich trug Feldmarschall v. Kluge über den Abtransport der auf den Kanalinseln stationierten Division vor, der ohne Störung durch den Feind 60 Stunden für die Männer dauern würde, weitere 60 Stunden für das Material und dann weitere Zeit für die Pferde. Bei der Überlegenheit des Gegners auf See und in der Luft war das aussichtslos. Bereits 1941 war man sich einig gewesen, daß ein erheblicher Teil der Kräfte, besonders die Panzer, besser in der Wurzel der Halbinsel Cotentin gestanden hätte und daß die Inseln selbst erst dann Wert bekamen, wenn die Flugplätze fertig waren und die eigene Luftwaffe von dort operieren konnte.

Als ich noch bei Kluge war, kam Anruf vom AOK 7, daß es beabsichtige, die kämpfende Truppe von der Westküste der Cotentin nach Südosten abzusetzen. Kluge griff ungeheuer scharf ein, sprach höchst energisch und grob mit Obergruppenführer Hausser und versuchte, den Entschluß zum Absetzen umzuwandeln in Festhalten an der Küste und Stopfen des Loches durch die 116. Pz.Div.

Nachmittags fuhr ich zum Vorlesen und Unterhalten zu Rommel. Ehe ich zu ihm ging, erklärte mir Prof. Esch den recht komplizierten, mehrfachen Bruch und den Heilvorgang. Beim Vorlesen erschlug Rommel wieder eine Fliege, worauf ich ihm Vorwürfe machte. Der Arzt hatte ihn noch einmal darauf aufmerksam gemacht, daß er sich nur ganz vorsichtig und langsam bewegen dürfe. Er lachte und sagte: »Das habe ich ja auch getan.«

Zum Abendbrot war ich im OB-Kasino mit General Elfeld, der das 84. AK übernehmen sollte, und Obstlt. v. Gersdorf, dem zukünftigen Chef des Generalstabes beim AOK 7. Beim Abschied sagte Kluge zu ihnen: »Seien Sie ungeheuer hart.« Er beklagte sich über den Entschluß des AOK 7, der ihm einen halben Tag zu spät mitgeteilt worden war.

»Kluge ist ein ganz anderer Typ als Rommel, noch sachlicher, kristallklar, persönlich wohl ebenso tapfer, aber weniger Mensch« (PAV).

29. 7.: Die Lage schien etwas entspannt. Fuhr nachmittags mit Speidel nach Paris. Rommel war in guter Stimmung. Er unterhielt mich fast anderthalb Stunden von seiner »Gespensterdivision«, der 7. Pz.Div., die er im Februar 1940 übernommen hatte, ohne Panzermann zu sein. Er

verstärkte die Ausbildung, da sie ihm nicht genügte, und wechselte mehrere Kommandeure. Im vorbereitenden Planspiel für den Westfeldzug begann er am zweiten Abend den Maasübergang. Gen.Oberst v. Hoth lehnte das als unmöglich ab; es kam dann aber so. Als er den größten Teil seiner Division auf dem feindlichen Ufer hatte, sollte er auf Hoths Befehl starke Teile an die Nachbardivision abgeben, die noch längst nicht so weit war. Da griff Kluge ein und gab ihm den Durchbruch nach Avesnes frei.
Zum Vorlesen kam ich gar nicht. Auf der Rückfahrt tiefhängende Wolken, starke Regengüsse.
30. 7. Sonntag: v. Kluge war an der Front. Ich fuhr nachmittags zu Rommel, der wieder sehr munter war. Er wollte unbedingt am Donnerstag weg und hatte sich etwas mit dem Arzt auseinandergelebt, da er sich nicht um dessen Anweisungen kümmerte. Kein einfacher Fall, denn bei seiner Unruhe hatte das Bleiben auch nicht viel Zweck. Die Engländer hatten jetzt seine Verletzung gemeldet, in verschiedenen Lesarten, die alle entstellt waren. Seine Denkfähigkeit war völlig in Ordnung, das linke Augenlid bewegte sich etwas, was ein erfreulicher Fortschritt war.
Ich las aus Colin Roß und aus dem »Tunnel« vor. Dann sprachen wir wieder von der Lage. Er äußerte zum ersten Male den Gedanken, doch ganz froh zu sein, daß es so gekommen war. Das hatte ich mir auch überlegt, wenn ich auch mehr für einen glatten Armbruch gewesen wäre als einen komplizierten Schädelbruch. Jedenfalls war für ihn die schiefe Lage mit der vollen Verantwortung ohne volle Handlungsfreiheit beendet.
Ich fuhr kurz nach 18 Uhr zurück. Es hatte aufgeklart, wir sahen Luftkämpfe und einen Abschuß, dazu mehrere große Bomberverbände.
31. 7.: Die Amerikaner hatten nachts Avranches besetzt, was unangenehm nach Durchbruch aussah. Kluge war noch immer beim AOK 7.
Vormittags war ich längere Zeit bei Speidel, mittags waren Min.Direktor Michel und Speidels Schwager zum Eintopf da. Sie erzählten sehr interessant von der deutschen Politik in Frankreich, die keine klare Zielsetzung gehabt und durchaus nicht alle Möglichkeiten ausgenutzt hatte. Viele Franzosen waren auch jetzt noch vom deutschen Enderfolg überzeugt, die Industrie leistete 65 Prozent der Friedensproduktion, die Ausfuhr nach Deutschland war im Juni größer gewesen als im Mai.
Ich fuhr nachmittags ins Lazarett und kam gerade, als ein Generalstabsarzt und Prof. Esch zu Rommel hineingehen wollten, um zu erreichen, daß er noch länger mit dem Abtransport wartete. Ich warnte sie, aber sie wußten es besser und erreichten in wenigen Minuten, daß er sie kräftig annahm. Er sei Feldmarschall und wisse, was er sich zumuten könne; er

trage selbst die Verantwortung für sich. Dann wurde er aber friedlicher, und sie einigten sich auf Montag, den 7. 8., für die Verlegung in die Heimat. Mir sagte er hinterher, es sollte doch bei Donnerstag, dem 3. 8., bleiben, wegen der ganzen Lage. Rein ärztlich gesehen, war die lange Ruhe richtig, nur nahm er sich keine. Er lief im Zimmer herum, saß viel zuviel, zog sich seine neue Uniform an, holte ein Paar neue, sehr schöne Stiefel, um sie mir zu zeigen, und zog auch gleich einen an. Die Unterhaltung verlief im üblichen Rahmen. Ich las etwas aus »Splissen und Knoten« vor. Die Marinegeschichten machten ihm Spaß.

Anschließend war ich beim BSW, wo ich Rieve traf, der sich über die Lage aussprechen wollte. Wir wurden zum Abendbrot eingeladen, zu dem auch Kranzbühler kam. Der Gedanke, zu versuchen, politisch aus der Lage etwas herauszuholen, wurde zum Teil abgelehnt, aber eine andere Lösung konnte keiner geben. Die Ansichten, ob man mit dem Westen oder dem Osten gehen sollte, waren auch nicht ganz einheitlich. Unsere Männer hatten da einen besseren Instinkt. Bei den Fahrern machte man sich ernste Gedanken darüber, warum nicht alles nach dem Osten ging und man nicht versuchte, im Westen Schluß zu machen.

Kurz nach 22.30 Uhr war ich wieder in La Roche Guyon und ging noch zu Speidel, um ihm über das Befinden Rommels zu berichten. Wir sprachen dann noch über seinen Abtransport, über die Lage, über Min.Dir. Michel, über Europa, über Musik, über Konzerte, über unsere Eltern, besonders meinen Vater, über den russischen Seekrieg 1914/17, über die nicht immer ganz einfache Marinegruppe West und machten kurz nach Mitternacht Schluß.

1. 8.: Im Westteil war von Front kaum noch zu sprechen. Feindliche Panzerspähwagen waren mehrfach durchgebrochen und wirkten im Hintergelände. Ich las bei Speidel Kluges Stellungnahme zu Rommels Schreiben (s. Anhang S. 280 f.) vom 15. 7. Kluge sagte etwa:

»Ich kann melden, daß die Front durch die prachtvolle Tapferkeit der Truppe und die Willensstärke der gesamten Führung, besonders der unteren, bis jetzt noch gehalten hat, allerdings bei fast täglichen Geländeverlusten.

Der Augenblick ist aber trotz heißem Bemühen nahegerückt, daß diese so belastete Front bricht. Und ist der Feind erst in offenem Gelände, wird eine geregelte Führung bei der mangelhaften Beweglichkeit unserer Truppen kaum noch durchführbar sein. Ich halte mich für verpflichtet, als der verantwortliche Führer dieser Front, Sie, mein Führer, auf diese Folgerungen rechtzeitig aufmerksam zu machen.

Ich kam mit dem festen Willen, dem Befehl zum Stehen unter allen Umständen Geltung zu verschaffen. Ich habe aber gesehen, daß das bei der gewaltigen Überlegenheit des Gegners, besonders in der Luft, einfach nicht möglich ist. Mein letztes Wort bei der Kommandeurbesprechung südlich Caen war: Es wird gehalten, und wenn kein Aushilfsmittel unsere Lage grundsätzlich verbessern kann, muß anständig auf dem Schlachtfeld gestorben werden.«

Ich fuhr nachmittags zu Rommel. Dieser schlief noch, da er am Vormittag einen PK-Mann zwei Stunden dagehabt hatte. Der Arzt war sehr froh, daß Speidel es erreicht hatte, die Abreise auf den Anfang der nächsten Woche zu verschieben. Nach dem vorhergehenden Zerwürfnis war das eine diplomatische Meisterleistung. Rommel sah gut aus, das blaue Auge und die Schwellungen waren fast verschwunden, die linke Braue allerdings etwas eingedrückt. Puls und Blutdruck waren zum ersten Male erheblich besser, er hatte keine Temperatur mehr, alles Anzeichen für einen normalen Verlauf der Heilung.

Ich hatte den Gefechtsbericht der 352. ID mitgebracht, mit den unglücklichen Märschen des verstärkten Grenadierregiments 915 (Kampfgruppe Meyer). Dieses hatte am 6. 6. in Reserve gestanden, etwa 20 km von der Küste entfernt, und damit viel zu weit zurück. Es war vom 84. AK zuerst nach Westen und dann wieder nach Osten geschickt worden und schließlich gegen Abend gar nicht weit vom Ausgangspunkt ziemlich zerpflückt an den Feind gekommen.

Wir besprachen die Lage. Jodl war ihm unverständlich. Auf dauerndes Drängen sollte nun Warlimont herkommen. Ich las dann noch ein paar komische Sachen vor.

In La Roche Guyon war Rieve, der von einer Besprechung bei der Mar.-Gr.West kam, aber nichts Neues zur Lage mitbrachte. Die letzte Weisheit war nach wie vor Widerstand bis zum Äußersten, was die Frage des Weiterlebens der Nation nicht löste. Die Marinegruppe sollte notfalls ausweichen, der BSW nicht, ebensowenig die Admirale an der Südküste und an der Biskaya.

Speidel war ziemlich erledigt, was bei dem Betrieb und den Belastungen kein Wunder war. Wir spielten zur Erholung etwas Tischtennis und gingen dann im Park spazieren.

2. 8.: »Die Amerikaner rutschen bereits in der Bretagne herum« (PAV). Speidel fuhr zu einer Besprechung mit Kluge, Sperrle und Krancke. Ich brachte Rommel nachmittags einige Berichte über die Luftlandungen am 6. 6. Sein Befinden war gut, er hatte sich mit der späteren Abfahrt ab-

gefunden. Wir unterhielten uns im üblichen Rahmen, dann las ich etwas vor.

Major Neuhaus, der bei Rommels Unfall hinter dem Fahrer gesessen hatte, kam zu Besuch. Erst nach zehn Tagen hatte sich herausgestellt, daß durch die Detonation des 2-cm-Geschosses auf seiner Pistole der Beckenknochen angebrochen war.

3. 8.: Rommels »Autounfall« wurde amtlich bekanntgegeben. Er war empört, daß man die Mitwirkung der Tiefflieger nicht zugab. Offenbar war das bei einem Feldmarschall nicht möglich.

Meine Abreise nach Berlin wurde auf den 5. 8. festgelegt.

Am 4. 8. erweiterten die Amerikaner den Durchbruch und strömten in Massen in den französischen Raum. Ihr Vormarsch konnte nur noch verzögert, nicht aber aufgehalten werden.

Ich verabschiedete mich früh bei der Marinegruppe West und beim BSW und meldete mich nachmittags bei Feldmarschall Rommel im Lazarett ab. Er sprach sehr herzlich zu mir und gab mir seine Beurteilung in Abschrift mit. Feldmarschall von Kluge war an der Front. Wir konnten daher in der alten Tafelrunde am gewohnten ovalen Tisch im Schloß in gedämpfter Form Abschied feiern. Der Oberbefehlshaber kam gegen 21 Uhr unerwartet früh zurück, und wir lösten die Gesellschaft auf, damit er zu Abend essen konnte. Er ließ uns aber bald wieder einsammeln und war dann ein liebenswürdiger und höchst unterhaltsamer Gastgeber.

Am 5. 8. startete ich mit Hatzinger zur Fahrt über Boulogne, Utrecht und Wilhelmshaven, wo ich überall Aufträge zu erledigen hatte, nach Berlin. Hier wurde ich dem Amt für Kriegsschiffbau zur Einarbeitung zugeteilt, um es am 1. 11. übernehmen zu können. Rommel wurde am 8. 8. planmäßig in sein Haus in Herrlingen bei Ulm verlegt. Wir blieben brieflich in Verbindung.

Die Alliierten hatten damit gerechnet, 20 Tage nach der Landung aus einem auf die Linie Cabourg–Domfront–Avranches erweiterten Brückenkopf auszubrechen. Nachdem die Engländer bei Caen steckengeblieben waren, gelang den Amerikanern der Durchbruch am 55. Tage der Invasion. Wenn Hitler sich nun nicht zum politisch richtigen Entschluß durchrang und Frieden machte, dann war rein militärisch das beste, hinhaltend zu kämpfen, dem Gegner dabei möglichst viel Abbruch zu tun und Zeit zu gewinnen, um hinter Seine und Somme und weiterhin bis zur Schweizer Grenze eine neue Verteidigung aufzubauen, wie es dann an der deutschen Grenze mit geringeren Kräften in einer Front gelang, die länger war als die von der Sommemündung zur Schweizer Grenze.

Hitler wollte aber die Zeichen an der Wand nicht sehen und versuchte, durch eine Operation der zusammengeballten Panzerkräfte auf Avranches die Verbindung der amerikanischen Divisionen mit ihren Ausladestellen an der Küste zu durchschneiden und so das Geschick zu wenden. Das Unternehmen endete im Kessel von Falaise mit dem Verlust der Masse des schweren Materials und einer großen Zahl Gefangener. Feldmarschall von Kluge, der sein Äußerstes getan hatte, um die völlige Katastrophe von der Panzerarmee abzuwenden, schied am 18. 8. freiwillig aus dem Leben, da er als Mitwisser des 20. Juli der Rache Hitlers sicher war.

Die Kampfkraft des deutschen Heeres in Frankreich war gebrochen, die Trümmer fluteten nach Osten zurück, unter weiteren schweren Einbußen an Menschen, Waffen und Gerät. Daß der Gegner unerwartet an der deutschen Grenze haltmachte, statt zügig in das kaum verteidigte Kernland einzubrechen, lag zum Teil an Nachschubschwierigkeiten, zum Teil aber auch an der Achtung, die ihm das zähe Ringen im Brückenkopf und besonders der hartnäckige Widerstand in den Schlachten um Caen eingeflößt hatten. Der Zeitgewinn aber, den die tapfere Truppe unter Rommel erkämpft hatte, ging wieder verloren, wie auch das Faustpfand Frankreich.

ROMMELS TOD

Hitler und seine Gefolgsleute weigerten sich nach wie vor, die Folgerungen aus den harten Tatsachen zu ziehen. In den Rüstungssitzungen in Berlin beschäftigten wir uns infolgedessen mit Fertigungsplänen, die weit ins Jahr 1946 hineinreichten. Im Zusammenhang damit hatte ich im Oktober 1944 an Besprechungen bei den großen Motorenwerken in Stuttgart und Augsburg teilzunehmen.

Am späten Nachmittag des 11. 10. 1944 waren wir in Stuttgart fertig und wurden mit einem Holzgas-Mercedes über Ulm nach Augsburg in Marsch gesetzt. Der Fahrer, ungeduldig und an zahlreichere PS gewöhnt, hatte sich noch nicht mit der sparsamen Antriebsart befreundet, was sich angesichts der vielen Steigungen als Nachteil erwies. Bereits auf halber Höhe des ersten Berges ging dem Wagen die Puste aus, und wir mußten stoppen, um Holzkohle nachzuschütten. Dann kamen wir ganz leidlich voran und fanden Herrlingen, das etwas abseits der Autobahn liegt, ohne größere Schwierigkeiten. Vor dem letzten Hügel streikte der Wagen wieder, ich nahm meinen Koffer und ging das letzte Stück zu Fuß. Die anderen brauchten für die 70 km bis Augsburg dann noch dreieinhalb Stunden.

Rommel freute sich außerordentlich, mich zu sehen, viel mehr, als ich gedacht hatte. Am Nachmittag waren Tiefflieger über der Autobahn erschienen, er hatte sich um uns gesorgt und war sehr erleichtert, daß alles gut gegangen war. Frau Rommel hatte trotz aller Schwierigkeiten ein kleines Festessen um einen Rehbraten herum geschaffen und den Tisch festlich gedeckt.

Nach dem Essen saßen Rommel und ich bei einem Glas Sekt in seinem Arbeitszimmer und unterhielten uns bis nach Mitternacht. Er sah nicht so frisch aus, wie ich nach mehr als zwei Monaten ruhigen Lebens erwartet hatte, und klagte über viel Kopfschmerzen und geringe Arbeitskraft. Prof. Esch hatte mir allerdings mehrfach gesagt, daß es mindestens sechs Monate dauern würde, bis er wieder voll hergestellt wäre. Das linke Augenlid war wieder in Ordnung, mit dem Auge selbst konnte er allerdings noch schlechter sehen als früher.

Im ganzen war er guter Laune. Daß den Feldmarschällen, die nicht aktiv tätig waren, ab 15. 10. kein Wagen mehr zustehen sollte und daß keine Wache am Haus stand, trug er mit Gelassenheit. Unsere Gespräche über die Lage und die Entwicklung habe ich nicht aufgezeichnet. Ich erinnere mich aber gut, daß er über die kürzliche Verhaftung Speidels beunruhigt war und erzählte, er habe deshalb einen Brief an Hitler geschrieben. Im ganzen machte er sich offenbar keine Illusionen. Das zeigte eine Bemerkung, deren wahren Sinn ich erst einige Tage später verstand. Er erzählte, daß das OKW ihn angerufen habe (ich glaube, Keitel selbst), er möchte zu einer Besprechung nach Berlin kommen. Er hatte das abgelehnt mit der Begründung, daß der Arzt ihm bis auf weiteres verboten habe, wieder Dienst zu tun, und daß er sich auch noch nicht kräftig genug fühle. Dann fügte er hinzu: »Und ich weiß, daß ich nicht lebend hinkommen würde.« Ich glaubte, die Bemerkung bezöge sich auf seinen Gesundheitszustand, und meinte, so schlimm sei es doch wohl nicht. Er sagte ein paar ablenkende Worte und wechselte das Thema. Der Sinn war zweifellos, daß er auf dem Wege nach Berlin bei einem »Unfall« umgebracht würde, da Hitler es zu einem Verfahren gegen ihn nicht kommen lassen konnte.

Am nächsten Morgen (12. 10.) gingen wir vor dem Frühstück auf der Terrasse des Hauses auf und ab. Es war etwas neblig und klarte dann zu einem schönen Herbsttag auf. Der Holzgaser brauchte nicht in Aktion zu treten, da Rommel mich selbst in seinem Wagen nach Augsburg brachte. Wir fuhren mit etwas Verspätung ab, denn es wurde Fliegeralarm gegeben, und man hörte nicht sehr weit entfernt Bombenabwürfe. Es war dann wie in alten Zeiten. Hauptmann Aldinger, der Adjutant, saß vorn beim Fahrer, navigierte und beobachtete die Luftlage; Rommel, in Uniform und mit dem Interims-Marschallstab, saß mit mir hinten. Er freute sich, einmal aus Herrlingen herauszukommen. Wir unterhielten uns während der etwa eine Stunde dauernden Fahrt sehr gut. Vor der Maschinenfabrik Augsburg-Nürnberg (MAN) verabschiedeten wir uns, ohne zu ahnen, daß es für immer war.

Am 14. 10. war ich wieder in Berlin. Am nächsten Nachmittag – es war Sonntag – rief mich Hatzinger an, dem ich natürlich von meinem Besuch ausführlich erzählt hatte, und fragte mich völlig verstört, ob ich im Rundfunk die Nachricht vom Tode des Feldmarschalls gehört habe. Als Ursache waren die Folgen seines Unfalls angegeben. Tief betroffen grübelte ich nachts lange über das Schicksal nach, das uns so besonders hart traf.

Die näheren Umstände von Rommels Tod wurden mir erst später bekannt. Sie seien hier kurz geschildert. Am 14. 10. vormittags kamen die Generale Burgdorf und Maisel, vom OKW angemeldet, nach Herrlingen. Burgdorf eröffnete dem Feldmarschall unter vier Augen, daß er von den Offizieren, die nach dem 20. Juli verhaftet worden waren, als zukünftiger Oberbefehlshaber des Heeres oder gar als Oberhaupt des Reiches genannt worden war. Hitler stelle ihn vor die Wahl, sich vor einem Volksgerichtshof zu verantworten oder Gift zu nehmen. In diesem Falle werde seiner Frau und seinem Sohn nichts geschehen.

Nach der Unterredung ging Rommel mit versteinertem Gesicht zu seiner Frau und sagte ihr: »In einer Viertelstunde bin ich tot.« Sie versuchte ihn zu überreden, sich dem Volksgerichtshof zu stellen, er lehnte es jedoch ab. Das geschah zweifellos in der Überlegung, daß er »nicht lebend hinkommen würde«, wie er selbst gesagt hatte. Er rechnete damit, daß er auf dem Wege nach Berlin umgebracht würde, wahrscheinlich unter Vortäuschung eines Unfalls; ein Verfahren, selbst vor dem Volksgerichtshof, konnte nicht geheim bleiben, und Hitler konnte es sich nicht leisten, daß die Kenntnis davon in weitere Kreise des Volkes drang. So entschied sich Rommel für das Gift, um Frau und Sohn zu retten, an denen er mit großer Liebe hing. Nach kurzem Abschied von ihnen verließ er das Haus und fuhr mit den beiden Generalen in einem von einem SS-Mann gesteuerten Wagen davon. Kurze Zeit später wurde er tot in einem Ulmer Lazarett eingeliefert. Er war angeblich einer Koronarsklerose erlegen. Sein Gesicht zeigte den Ausdruck grenzenloser Verachtung.

In ekelhafter Heuchelei ordnete Hitler ein Staatsbegräbnis für den ermordeten Feldmarschall an. Ich wurde vom OKM als Vertreter der Marine befohlen. Ein Sonderzug brachte die Teilnehmer in der Nacht vom 17. zum 18. 10. von Berlin nach Ulm. Vor dem Staatsakt, der um 13 Uhr begann, ging ich mit einem Bekannten durch die von Menschen überfüllte Stadt. Trotz aller Geheimhaltung hatte jedes Haus halbstock geflaggt.

Im Rathaus traf ich Gause, Tempelhoff und Aldinger. Die vier jungen Offiziere, die die Totenwache am Sarg hielten, wurden kurz vor Beginn der Feier von vier Generalen abgelöst, Hauptmann Lang, der das Ordenskissen hielt, von Oberst Freiberg. Es kamen Frau Rommel und ihr Sohn, die beiden Brüder Rommels, Frhr. v. Neurath, Gauleiter Murr, Feldmarschall Ritter v. Leeb und Gen.Oberst Ruoff. Feldmarschall v. Rundstedt hielt die Gedächtnisrede; sie war gut für den, der nicht ahnte, was gespielt wurde, aber merkwürdig unpersönlich und in gewisser Weise gehemmt. Wieviel er selbst wußte, habe ich nicht erfahren.

Ich hatte das deutliche Gefühl, daß etwas nicht in Ordnung war. Nach dem Festakt wurde der Sarg auf einer motorisierten Lafette durch die Stadt zum Krematorium gefahren, das etwas außerhalb auf einer Höhe liegt. BdM.-Mädel und Jungvolk bildeten auf der ganzen Strecke Spalier, die gesamte Bevölkerung nahm tiefen Anteil. In einem Nebenraum des Krematoriums konnte ich Aldinger einen Augenblick ohne Mithörer sprechen und fragte ihn: »Was ist hier eigentlich los?« Da schossen ihm die Tränen in die Augen, und er antwortete: »Am Sonnabend sind sie gekommen.« Dann erstickte seine Stimme, aber ich wußte genug.

In der Kapelle des Krematoriums redete zuerst Gauleiter Murr und versprach, für Frau Rommel und ihren Sohn zu sorgen. Dann folgte der Kriegsberichter Frhr. v. Esebeck, ausgezeichnet, herzlich, mit einer Tiefe und Innerlichkeit, die der großen Persönlichkeit des Toten endlich gerecht wurde. Er nannte als Ursache der Verletzung auch den Fliegerangriff, um den alle anderen bisher herumgeredet und herumgeschrieben hatten. Ein Regimentskamerad Rommels aus dem ersten Weltkrieg, der Frau Rommel geführt hatte, sprach ebenfalls sehr gut und persönlich. Entgegen der Weisung, die nur den Kranz Hitlers vorsah, wurde eine große Zahl von Kränzen niedergelegt. Dann ertönten drei Salven, und die Musik spielte das Lied vom guten Kameraden, während der Sarg langsam verschwand.

Anschließend versammelte sich der Rommelsche Stab in einem Privathaus in Herrlingen. Von hier gingen wir gegen 17 Uhr zu Frau Rommel, bei der wir auch Frau Speidel trafen, um ihr noch einmal persönlich unser Beileid auszudrücken. Sie behielt uns zu einer Tasse Kaffee da, und wir versuchten zu trösten, indem wir von unserer Verehrung für den Feldmarschall und vom guten Zusammenhalt des Stabes durch ihn sprachen und eine Reihe kleiner Erlebnisse erzählten.

Als ich wieder im Sonderzug saß, war mir klar, daß Hitler in Rommel den einzigen Mann aus dem Wege geräumt hatte, der im Inland wie im Ausland genügend Ansehen besaß, um den Krieg beenden zu können. Der Diktator hatte in grausiger Weise gezeigt, wie wenig ihn die Zukunft seines Volkes kümmerte.

Ernst Jünger, der den Männern des 20. Juli in Frankreich nahestand und Rommel durch Speidel kennengelernt hatte, äußerte später in den »Strahlungen« die Ansicht, daß der Feldmarschall der einzige war, der Hitler mit Aussicht auf Erfolg hätte entgegentreten können. In der Einleitung erwähnt er, daß Rommel seine »Friedensschrift« las, ehe er sein Ultimatum vom 15. 7. abfaßte, und sagt:

»Der Treffer, den er am 17. Juli 1944 auf der Straße nach Livarot erhielt, beraubte den Plan der einzigen Schultern, denen das fürchterliche Doppelgewicht des Krieges und Bürgerkrieges zuzutrauen war – des einzigen Mannes, der Naivität genug zum Widerpart der fürchterlichen Simplizität der Anzugreifenden besaß. Es war ein eindeutiges Vorzeichen.«

Und am 21. 7. 1944:

»Dazu kommt der Unfall Rommels vom 17. Juli, mit dem der einzige Pfeiler abgebrochen wurde, auf dem ein solches Unternehmen möglich war.«

»Naiv«, entstanden aus »nativus«, bedeutet in diesem Zusammenhang eine natürliche Unbefangenheit, einen ungetrübten Blick für das Wesentliche und Wertvolle, den Mut zum Handeln nach dem Gewissen. Das klingt einfach und ist doch sehr selten. Großes ist meist einfach; Rommel war ein großer Mann, wenn wir den Begriff menschlicher Größe überhaupt gelten lassen. In einzigartiger Weise verkörperte er den modernen Feldherrn. Er verstand das Handwerk des militärischen Operierens hervorragend. Das allein bedeutet noch nicht allzuviel, denn das sollte jeder Offizier lernen, der eine gewisse Gabe dafür besitzt. Bestandene Wehrkreisprüfungen und gute Abgangszeugnisse der Militärakademie schaffen durchaus nicht immer soldatische Führer von Format. Sie sind nur Beweis für ein bestimmtes Können, zu dem noch sehr wesentliche Gaben und Eigenschaften hinzukommen müssen, um eine wirkliche Führerpersönlichkeit zu formen.

Unerläßlich unter diesen Gaben ist der Sinn für die Lage; diesen besaß Rommel ganz ausgesprochen. Bei unseren Besichtigungsreisen zeigte er eine fast unheimliche Fähigkeit, in dem Abschnitt, den er gerade besuchte, die schwächste Stelle zu finden. Beim Gegner gelang ihm das im Frankreichfeldzug 1940 ebenso wie dann in Afrika. In der Normandie drängte er darauf, die mehrfach erwähnten zwei Panzerdivisionen, das Flakkorps und die Nebelwerferbrigade in Räume zu verlegen, in denen sie genau richtig gestanden hätten.

Außer dem Sinn für die Lage hatte Rommel ein starkes Gefühl für den Menschen, etwas, was häufig fehlt und schwer, wenn überhaupt, zu lernen ist. Er hatte sofort Kontakt mit der Truppe, schneller, als mit manchen Stäben. Die Leute empfanden offensichtlich, daß sie einen Mann vor sich hatten, der sie vorzüglich verstand und nicht nur in Fähnchen auf der Lagekarte dachte. Er verlangte viel, aber nie Unmögliches. Besonders stolz war er darauf, mit welch verhältnismäßig geringen Verlusten er seine großen Erfolge in Nordafrika errungen hatte. Er sagte einmal beim Besprechen unmöglicher Aufgaben, die das OKW gestellt hatte: »Ich habe mit meinen Befehlen niemals jemanden in den sicheren Tod geschickt.« Er gehörte nicht zu den höheren Führern, denen für ihren Stab und als Kommandeure nur die bestqualifizierten Offiziere gerade gut genug sind, sondern er holte hohe Leistungen auch aus Durchschnittsmenschen heraus. Gelegentlich wurde er grob, aber dann war auch Grund dazu vorhanden. Angenehm war, daß er nichts nachtrug; wenn das Gewitter vorbei war, war die Luft gereinigt. Er verstand es, in klarer Gedankenführung zu den Offizieren und auch zu den Männern zu sprechen, nicht kompliziert, aber auch nicht primitiv.

Ein weiterer wesentlicher Bestandteil seines Feldherrntums war sein großes Verständnis für Technik. Dieses fehlte recht vielen sonst gut geschulten militärischen Führern in beiden Weltkriegen, obgleich es in unserer Zeit unerläßlich ist. Er war an allen technischen Dingen stark interessiert, verstand Vorschläge sofort, verarbeitete sie schnell und kam dann oft mit eigenen Verbesserungen.

Er besaß eine natürliche Würde und verstand es, wirkungsvoll aufzutreten, wenn es erforderlich war. Er drängte sich aber nicht in den Vordergrund, weder in der Gesellschaft noch in der Unterhaltung, und stellte keine Ansprüche für sich. Er hatte einen ruhigen Humor und war ein Feind allen Schmutzes. Sein Bild als Mensch wurde abgerundet durch einen guten Sinn für politische Zusammenhänge, durch ein starkes Verantwortungsgefühl und durch die Kraft, für seine Überzeugung einzutreten.

Rommel dachte nüchtern und logisch, und das half ihm, sich von einseitigen Erfahrungsbildern frei zu machen. Daß er beweglich operieren konnte, hatte er in Frankreich und Nordafrika bewiesen. Nichts wäre natürlicher gewesen, als daß er seinen Plan für die Verteidigung Nordwesteuropas auf dieser seiner Stärke aufgebaut hätte. Schon das Studium der Verhältnisse in Dänemark zeigte ihm aber, daß die Verhältnisse jetzt anders lagen als zur Zeit seiner großen Erfolge. Er kannte die Schlagkraft einer überlegenen Luftwaffe aus eigener, bitterer Erfahrung, und er sah deutlich, wie unzulänglich die eigenen Mittel zum Teil waren. Er resignierte jedoch durchaus nicht, sondern entwickelte einen Plan, der die im einzelnen sehr unterschiedlichen Mittel der Wehrmachtsteile und Waffengattungen »integrierte«, um den modernen Ausdruck zu gebrauchen. Im Sinne der Gestaltlehre schuf er ein Ganzes, das viel mehr war als die Summe der Einzelteile. Diese Fähigkeit zum Integrieren und Koordinieren machte ihn vollends zum Feldherrn, der das ganze Orchester der Kampfinstrumente zu leiten versteht, im Gegensatz zum Spezialisten, der über seiner Sondervirtuosität die Gesamtgestalt des Werkes nicht mehr zu erkennen vermag.

Es war für ihn und für Deutschland verhängnisvoll, daß er nicht die Freiheit erhielt, die vorhandenen Kampfmittel seinem Plan entsprechend einzuordnen. Das lag an Hitlers Verfahren des »Divide et impera« bis zum Untergang, aus der sich daraus ergebenden schlechten Befehlsorganisation, an dem dauernden Hineinregieren des OKW und an der mangelnden Einsicht an manchen Stellen. Gewiß hatte er nur eine begrenzte Befehlsgewalt, als der Sturm losbrach. Er war aber eindeutig die Zentralfigur in der Verteidigung des Westens. Er hatte den Auftrag und besaß die Erfahrung und den Ruhm. Nachdem die anderen ihre Bedenken vorgebracht hatten und das OKW im Prinzip für Rommel entschieden hatte, wäre zu erwarten gewesen, daß sie nun loyal an seinem Plan mitarbeiteten. Das war jedoch nicht der Fall.

Hier drängt sich ein Vergleich mit der heutigen Lage im Kalten Krieg auf. Auch jetzt sind die Absichten und die Stärke des aggressiven Gegners kein Geheimnis, und es bestehen keinerlei Zweifel, wie es uns ergehen würde, wenn er sein Ziel erreichte. Es ist genauso klar wie damals, daß alle Kräfte zu integrieren sind, um die Abwehr wirksam zu gestalten. Aber auch heute werden eigene Pläne verfolgt und verfochten, ohne Rücksicht darauf, daß sie in die große Linie nicht hineinpassen und dadurch dem Gegner Ansatzmöglichkeiten bieten, so daß die Gesamtheit Schaden erleiden muß. Die Verantwortung des einzelnen Staatsbürgers für alle ist eigentlich noch größer im politischen als im rein militärischen Bereich, denn in diesem kann befohlen werden, in der Demokratie westlicher Prägung nicht. Deshalb gehört zu ihr als unerläßlicher Bestandteil der innere Befehl, die Pflicht, die eigenen Kräfte zum Besten des Ganzen einzuordnen.

Der gute Wille des einzelnen sei durchaus nicht in Abrede gestellt. Die Ereignisse in der Normandie haben aber mit erschreckender Deutlichkeit gezeigt, wohin es führt, wenn man sich angesichts eines gefährlichen Gegners nicht in die Gesamtfront einreiht und im Gesamtplan mitarbeitet.

Rommels Geschick ist voll tiefer Tragik. Seinen einzigartigen Erfolgen in Nordafrika blieb die Krönung versagt, da man im OKW die Bedeutung des Mittelmeerraumes nicht erkannte und dort keinen Schwerpunkt bildete. Während seiner Kommandierung zum Führerhauptquartier im Sommer 1943 spielte er nur eine Statistenrolle, weil Hitler, offenbar aus Mißtrauen, es gar nicht dazu kommen ließ, daß Rommel sich auswirken konnte. Er beklagte sich einmal darüber und sagte, daß er sich zugetraut hätte, den Feldzug in Rußland 1943 auf eine zuverlässige Grundlage zu stellen, allerdings bei voller Handlungsfreiheit, ohne Dazwischenreden des OKW und ohne Befehle zum sturen Festhalten.

Seine Pläne für die Abwehr der Invasion waren auf jeden Fall geeignet, den Anfangserfolg des Gegners stark einzuschränken; folgte man ihnen, konnte es – mit Glück – gelingen, den Angriff völlig abzuschlagen. Ich habe den Eindruck, ohne es beweisen zu können, daß Rommel entschlossen war, nach gewonnener Invasionsschlacht für den Frieden zu handeln, indem er Hitler verhaftete und vor ein deutsches Gericht stellte. Er strebte nicht nach der Alleinherrschaft, sondern betonte immer wieder seinen Abscheu vor den Rechtsbrüchen der Diktatur und seine tiefe Überzeugung, daß das Recht und die Meinungsfreiheit die Grundlage des Staates seien.

Er wurde gezwungen, nach zwei diametral entgegengesetzten Plänen zu schlagen, und tat dabei sein Bestes, um die unvermeidliche Niederlage so lange wie möglich hinauszuschieben und dadurch Zeit zum Nachdenken und zum politischen Handeln zu schaffen. Dabei spielte er kühl und überlegen eine Doppelrolle, die des Feldherrn, der mit allen Mitteln versuchte, den Feind so lange wie möglich aufzuhalten, und die des Mannes, der sich für sein Volk verantwortlich fühlte und auf den Augenblick zur erlösenden Tat wartete. Wenn nachträglich behauptet worden ist, er habe aus politischen Gründen Truppen zurückgehalten, so ist das eine Unwahrheit, die durch die Ereignisse und durch Zeugnisse von Rundstedt, Blumentritt und anderen eindeutig widerlegt worden ist. Vor der Invasion sorgte er dafür, daß eine besonders gute Einheit in der Nähe seines Hauptquartiers stand, während der Kämpfe setzte er alle verfügbaren Truppen mit Nachdruck ein. Die Schlachten um Caen sind der beste Beweis dafür.

Der schwerste Schlag war seine Verletzung unmittelbar vor dem 20. Juli. Es kann kein Zweifel darüber herrschen, daß ein Rommel im Vollbesitz seiner Kräfte den Ereignissen in Frankreich und auch im Reich einen anderen Verlauf gegeben hätte. Wenn Rommel handelte, tat er es schnell, überlegt und ungeheuer tatkräftig. Er war der Mann, den die Truppe kannte und verehrte und der zu ihr zu sprechen verstand. Das Heer in

Frankreich kannte die hoffnungslose Lage an der Invasionsfront und wäre ihm auf dem Wege zum Frieden gefolgt. Es war schon sehr spät für den Versuch, zu einem besseren Abschluß als der bedingungslosen Kapitulation zu kommen. Es ist aber möglich, daß der Schock der schweren Verluste und die Aussicht auf einen schnellen großen Erfolg den Politiker Churchill dazu bewogen hätte, zum mindesten Verhandlungen nicht völlig abzulehnen; die Konferenz von Jalta hatte noch nicht stattgefunden.
Wir wissen nicht, was geschehen wäre. Wir wissen aber, daß schon der Aufstand Rommels gegen die in Hitler verkörperte Maßlosigkeit und Barbarei, ob er gelang oder nicht, die Gewaltherrschaft aufs schwerste erschüttert und dem deutschen Volk viel Leid erspart hätte.
Wir wissen schließlich, daß ein erfolgreicher Rommel alle seine Fähigkeiten in den Dienst des moralischen und materiellen Wiederaufbaus seines Landes und Europas gestellt hätte. Das Schicksal hat es anders gewollt. Er hat seine Absage an Hitler mit dem Leben bezahlt. Mit seinen Taten und diesem höchsten Opfer, das ein Mensch bringen kann, hat er sich einen Platz in den Reihen der Großen seines Volkes gesichert. Er ist zu einem Vorbild gerade für die heutige schwierige Lage geworden, indem er Wege zeigt, nicht eigenwillig nach Wunschträumen, sondern nüchtern nach der Wirklichkeit zu planen und zu handeln, alle verfügbaren Kräfte und Mittel aufeinander abgestimmt zu verwenden und überlegt und entschlossen für Recht und Frieden einzustehen.

ANHANG

FÜHRERWEISUNG NR. 40

mit Zusätzen ObWest

OBERBEFEHLSHABER WEST H.Qu., den 31. 3. 1942
Heeresgruppenkommando D
Ia Nr. 614/42 g.Kdos.

Bezug: 1) Der Führer u. Oberste Befehlshaber der Wehrmacht OKW/WEST Op.Abt. Nr. 001031/42 g.Kdos. v. 23. 3. 42 (Weisung Nr. 40)
2) ObWest, H.Gru.Kdo. D Ia Nr. 587/42 g.K. v. 28. 3. 42

Betr.: *Befehlsbefugnisse an den Küsten.*

Gemäß Bezug 1) – durch Bezug 2) auszugsweise bereits vorausgegeben – werden nachstehend die Befehlsbefugnisse an den Küsten bekanntgegeben. Ihre Durchführung hat mit aller Beschleunigung zu erfolgen.

I. *Grundlagen:*

Die europäischen Küsten sind in der kommenden Zeit der Gefahr feindlicher Landungen in stärkstem Maße ausgesetzt.
Der Feind wird hierbei Zeitpunkt und Ort seiner Landeunternehmungen nicht allein von operativen Gesichtspunkten abhängig machen. Mißerfolge auf anderen Kriegsschauplätzen, Verpflichtungen gegenüber den Verbündeten und politische Erwägungen können ihn zu Entschlüssen verleiten, die nach rein militärischer Beurteilung unwahrscheinlich sind.
Auch feindliche Landeunternehmungen mit begrenzten Zielen stören, sofern sie überhaupt zu einem Festsetzen des Gegners an der Küste führen, in jedem Fall unsere eigenen Absichten empfindlich. Sie unterbrechen den eigenen Seeverkehr unter der Küste und binden starke Kräfte des Heeres und der Luftwaffe, die damit dem Einsatz an entscheidender Stelle entzogen werden. Besondere Gefahren entstehen, wenn es dem Feind gelingt, auf eigenen Flugplätzen einzufallen oder sich in dem von ihm gewonnenen Gebiet Flugbasen zu schaffen.
Die vielfach an der Küste oder küstennah gelegenen militärisch oder wehrwirtschaftlich wichtigen Anlagen, die zum Teil mit besonders wertvollem Gerät ausgestattet sind, bieten außerdem Anreiz zu überfallartigen örtlichen Unternehmungen.
Besonders zu beachten sind die englischen Vorbereitungen für Landeunternehmungen an freier Küste, für die zahlreiche gepanzerte Landeboote, eingerichtet für Kampfwagen und schwere Waffen, zur Verfügung stehen. Auch mit Fallschirm- und Luftlandeunternehmungen in größerem Ausmaß muß gerechnet werden.

II. *Allgemeine Kampfanweisung für die Küstenverteidigung:*

1. Die Verteidigung der Küsten ist eine Wehrmachtaufgabe, die ein besonders enges, lückenloses Zusammenwirken der Wehrmachtteile erfordert.
2. Vorbereitungen, Bereitstellungen und Anmarsch des Gegners für ein Landungsunternehmen rechtzeitig zu erkennen, muß das Bestreben des Nachrichtendienstes sowie der laufenden Aufklärung von Kriegsmarine und Luftwaffe sein.
   Gegen Einschiffungen oder Transportflotten sind dann alle geeigneten Kräfte zur See und in der Luft mit dem Ziel zusammenzufassen, den Feind möglichst weitab von der Küste zu vernichten.
   Da aber eine geschickte Verschleierung und die Ausnützung unsichtigen Wetters dem Gegner die Möglichkeit zu völlig überraschenden Angriffen gibt, müssen alle Truppen, die solchen überraschenden Aktionen ausgesetzt sein können, stets im Zustand voller Abwehrbereitschaft sein.
   Das erfahrungsgemäß im Laufe der Zeit immer größer werdende Nachlassen der Aufmerksamkeit der Truppe zu verhindern, ist eine der wichtigsten Aufgaben der Führung.
3. Im Kampf um die Küste – hierzu zählt auch das Küstenvorfeld im Bereich der mittleren Küstenartillerie – muß in Auswertung der Kampferfahrungen der jüngsten Zeit die Verantwortung für die Vorbereitung und Durchführung der Verteidigung eindeutig und ohne Einschränkung in einer Hand vereinigt werden.
   Der verantwortliche Befehlshaber hat hierzu alle verfügbaren Kampfkräfte und -mittel der Wehrmachtteile, der Gliederungen und Verbände außerhalb der Wehrmacht und der eingesetzten deutschen zivilen Dienststellen zur Vernichtung der Transportmittel des Feindes und seiner Landungstruppen so einzusetzen, daß der Angriff wenn möglich vor, spätestens aber nach dem Erreichen der Küste zusammenbricht.
   Gelandeter Feind muß in sofortigem Gegenangriff vernichtet oder in die See geworfen werden. Alle Waffenträger – gleichgültig, welchem Wehrmachtteil oder welchen Verbänden außerhalb der Wehrmacht sie angehören – sind hierzu einheitlich anzusetzen. Dabei müssen die erforderliche Arbeitsfähigkeit der an Land befindlichen Versorgungsbetriebe der Seestreitkräfte sowie die Einsatzbereitschaft der Fliegerbodenorganisation und der Flakschutz der Flugplätze, soweit sie nicht ohnehin durch die Kampfhandlungen auf der Erde in Mitleidenschaft gezogen sind, gewährleistet bleiben.
   Keine Befehlsstelle und kein Verband dürfen in einer solchen Lage eine Rückwärtsbewegung antreten. Wo deutsche Männer an oder in der Nähe der Küste eingesetzt sind, müssen sie bewaffnet und für den Kampf ausgebildet sein.
   Sofern Inseln in der Hand des Feindes eine Gefahr für das Festland oder für die Küstenschiffahrt bedeuten, muß verhindert werden, daß sich der Feind auf ihnen festsetzt.

4. Kräftegliederung und Befestigungsausbau sind so vorzunehmen, daß der Schwerpunkt der Verteidigung an den Küstenabschnitten liegt, die in erster Linie als Landeplätze des Feindes in Frage kommen (befestigte Räume).
Die übrigen Küstenabschnitte, soweit sie durch Handstreich auch kleinerer Abteilungen gefährdet sind, müssen – möglichst in Anlehnung an die Küstenbatterien – stützpunktartig gesichert werden. In diese stützpunktartige Sicherung sind alle militärisch und wehrwirtschaftlich wichtigen Anlagen einzubeziehen.
Die gleichen Grundsätze gelten für die vorgelagerten Inseln.
Weniger gefährdete Küstenabschnitte sind zu überwachen.
5. Die Abschnittseinteilung an der Küste ist für die Wehrmachtteile in Übereinstimmung zu bringen, gegebenenfalls durch bindende Entscheidungen des nach III., 1. verantwortlichen Befehlshabers.
6. Die befestigten Räume und Stützpunkte müssen durch Kräftebemessung, Ausbau (Rundumverteidigung) und Bevorratung in der Lage sein, sich längere Zeit auch gegenüber überlegenem Gegner zu halten.
Befestigte Räume und Stützpunkte sind bis zum Äußersten zu verteidigen. Niemals dürfen sie aus Mangel an Munition, Verpflegung oder Wasser zur Übergabe gezwungen werden können.
7. Der nach III., 1. verantwortliche Befehlshaber erläßt die Anordnung für die Küstenbewachung und stellt sicher, daß die Aufklärungsergebnisse aller Wehrmachtteile schnell ausgewertet, zusammengefaßt und den berufenen Kommandobehörden und zivilen Dienststellen übermittelt werden.
Sobald Anzeichen für eine bevorstehende feindliche Operation vorliegen, ist er berechtigt, die notwendigen Richtlinien für eine einheitliche und sich ergänzende Aufklärung zur See und in der Luft zu geben.
8. Für die in Küstennähe eingesetzten Stäbe und Verbände der Wehrmacht sowie für alle Gliederungen und Verbände außerhalb der Wehrmacht gelten keine Friedensrücksichten. Ihre Unterkunft, ihre Sicherungsmaßnahmen, ihre Ausrüstung, ihre Alarmbereitschaft und die Ausnützung des Landes werden allein durch die Notwendigkeit bestimmt, jedem feindlichen Überfall so rasch und so stark wie möglich entgegentreten zu können. Wo es die militärische Lage erfordert, ist die Bevölkerung schon jetzt zu evakuieren.

III. *Befehlsbefugnisse:*

1. Für die Vorbereitung und Durchführung der Verteidigung der Küsten, die sich im deutschen Befehlsbereich befinden, sind verantwortlich:
   a) im Operationsgebiet im Osten (ohne Finnland):
      die vom OKH bestimmten Befehlshaber des Heeres
   b) im Polar-Küstenbereich das AOK Lappland
   c) in Norwegen: der Wehrmachtbefehlshaber in Norwegen

d) in Dänemark:
der Befehlshaber der deutschen Truppen in Dänemark

e) in den besetzten Westgebieten (einschließlich Niederlande):
der Oberbefehlshaber West.
Die gemäß d) und c) verantwortlichen Befehlshaber werden für die Aufgaben der Küstenverteidigung unmittelbar dem Oberkommando der Wehrmacht unterstellt.

f) Auf dem Balkan (einschließlich der besetzten Inseln):
der Wehrmachtbefehlshaber Südost

g) in Ostland und Ukraine:
die Wehrmachtbefehlshaber Ostland und Ukraine

h) im Heimatkriegsgebiet
die Kommandierenden Admirale.

2. Die in III., 1. bestimmten Befehlshaber haben im Rahmen dieser Aufgabe Befehlsbefugnisse gegenüber den Kommandobehörden der Wehrmachtteile, den eingesetzten deutschen zivilen Dienststellen sowie gegenüber den in ihrem Bereich befindlichen Verbänden und Gliederungen außerhalb der Wehrmacht.
In Ausübung dieser Befugnisse geben sie die für die Verteidigung der Küsten erforderlichen taktischen, organisatorischen und Versorgungsanordnungen und überzeugen sich von ihrer Durchführung. Auf die Ausbildung nehmen sie soweit Einfluß, wie es der Einsatz für den Kampf zu Lande erfordert. Die erforderlichen Unterlagen sind ihnen zur Verfügung zu stellen.

3. Im Rahmen der zu treffenden Anordnungen und Maßnahmen sind in erster Linie sicherzustellen:

a) Die Einbeziehung sämtlicher militärisch und wehrwirtschaftlich wichtigen Anlagen, besonders auch der Kriegsmarine (U-Boot-Basen) und Luftwaffe, in befestigte Räume oder Stützpunkte.

b) Einheitliche Steuerung der Küstenüberwachung.

c) Die infanteristische Abwehr der befestigten Räume und Stützpunkte.

d) Die infanteristische Abwehr aller außerhalb der befestigten Räume und Stützpunkte befindlichen Einzelposten, z. B. Küstenwachen, Flugmeldeposten.

e) Die artilleristische Abwehr gegen Landziele (bei Einsatz neuer und Umstellung bereits vorhandener Küstenbatterien haben die Forderungen des Seekrieges den Vorrang).

f) Die Abwehrbereitschaft, der Ausbau und die Bevorratung der Anlagen, ebenso wie die Abwehrbereitschaft und Bevorratung der außerhalb von Anlagen befindlichen Einzelposten. (Hierzu gehört auch die Ausstattung mit den für die Verteidigung erforderlichen Waffen, Minen, Handgranaten, Flammenwerfern, Hindernismaterial usw.)

g) Die Nachrichtenverbindungen.

h) Die Überprüfung der Alarmbereitschaft und der infanteristischen und artilleristischen Ausbildung im Rahmen der gestellten Abwehraufgaben.

4. Die gleichen Befugnisse erhalten die Kommandeure der örtlichen Kommandobehörden bis zu den Abschnittsbefehlshabern, soweit ihnen die verantwortliche Verteidigung der Küstenabschnitte übertragen ist.
   Als solche sind von den nach III., 1. eingesetzten Befehlshabern im allgemeinen die Kommandeure der im Küstenschutz eingesetzten Divisionen des Heeres, in Kreta der »Festungskommandant Kreta« zu bestimmen.
   Soweit es ihre sonstigen Aufgaben erlauben, sind in einzelnen Abschnitten oder Unterabschnitten, besonders aber in ausgesprochenen Luft- und Marinestützpunkten die örtlichen Kommandanten oder Befehlshaber der Luftwaffe oder der Kriegsmarine mit der Verantwortung für die Gesamtverteidigung zu betrauen.
5. Seestreitkräfte und die Streitkräfte der Luftwaffe für operative Kriegführung unterstehen der Kriegsmarine bzw. der Luftwaffe. Sie sind jedoch bei feindlichen Angriffen auf die Küste gehalten, den Anforderungen der für die Abwehr verantwortlichen Befehlshaber im Rahmen ihrer taktischen Möglichkeiten zu entsprechen. Sie müssen daher in den Nachrichtenaustausch als Grundlage ihres Einsatzes eingegliedert sein. Mit ihren Kommandobehörden ist enge Verbindung zu halten.

IV. *Sonderaufgaben der Wehrmachtteile im Rahmen der Küstenverteidigung:*

1. Kriegsmarine
   a) Organisation und Schutz des Küstenverkehrs.
   b) Ausbildung und Einsatz der gesamten Küstenartillerie gegen Seeziele.
   c) Einsatz der Seestreitkräfte.
2. Luftwaffe
   a) Luftverteidigung in den Küstengebieten.
      Die Heranziehung der zur Abwehr von feindlichen Landungen geeigneten und verfügbaren Flakartillerie nach Anweisung der örtlichen für die Verteidigung verantwortlichen Befehlshaber wird hierdurch nicht berührt.
   b) Ausbau der Fliegerbodenorganisation und ihres Schutzes gegen Angriffe aus der Luft und gegen überraschende Angriffe auf der Erde, letzteres, soweit die Flugplätze nicht in die Küstenverteidigung einbezogen und hierdurch nicht ausreichend gesichert sind.
   c) Einsatz der operativen Luftstreitkräfte.

Aus diesen Sonderaufgaben sich ergebende Doppelunterstellungen müssen in Kauf genommen werden.

V. *Dieser Weisung entgegenstehende Befehle und Anordnungen treten mit dem 1. 4. 1942 außer Kraft.*

Neue Kampfanweisungen, die auf Grund meiner Weisung von den verantwortlichen Befehlshabern erlassen werden, sind mir über das OKW vorzulegen.

gez.: Adolf Hitler

Zusätze ObWest:

1. Zur Auslegung des Gesamtbefehls bemerke ich grundsätzlich, daß der Begriff »Küstenverteidigung« nicht örtlich an die Küstenzone gebunden ist, sondern, daß ich meine Befehlsbefugnisse auf alle Kommandobehörden, außerhalb der Wehrmacht stehenden Organisationen und solche zivile Dienststellen ausübe, die irgendwie bei »Drohender Gefahr« in Zusammenhang mit der Sicherung des besetzten Westgebietes gebracht werden müssen.
   Aufgaben der Armeen, des WBN und der Kommandobehörden der anderen Wehrmachtteile sowie der Mil.Bef. ist es, gemäß den bereits ergangenen oder noch ergehenden Befehlen alles so vorzubereiten, daß im Falle eines Kampfes um die Küste auch die gerade dann lebenswichtige Sicherung des gesamten besetzten Gebietes unter Heranziehung der letzten Kräfte gewährleistet ist.
2. Zu II Ziffer 3:
   WBN und die beteiligten Armeen regeln sofort im Einvernehmen mit den zuständigen Dienststellen der Kriegsmarine die Vorbereitung und Durchführung der artilleristischen Verteidigung des Küstenvorfeldes auch für den Bereich der mittleren Küstenartillerie.
   Die Verantwortung hierfür liegt in der Hand des die Küste verteidigenden Landbefehlshabers.
3. Zu II Ziffer 3 vorletzter Absatz:
   Von dem grundsätzlichen Verbot jeder Rückwärtsbewegung sind sinngemäß fliegende Verbände und fliegertechnisches Personal für Wartungs- und Werftarbeit ausgenommen, wenn die Aufrechterhaltung der Einsatzbereitschaft durch Befehl eine Verlegung auf rückwärtige Plätze erfordert.
4. Zu II Ziffer 3 letzter Absatz:
   Die vorgelagerten Inseln sind, soweit noch nicht geschehen, auf die Forderung II, Ziffer 3, zu überprüfen. Sollten Luftlandemöglichkeiten (Flugplätze) auf solchen Inseln vorhanden oder durch den Feind in kürzester Zeit herrichtbar sein, so sind als erstes sofort Zerstörungen solchen Flugplatzgeländes vorzunehmen.
5. Zu II Ziffer 5:
   Die Abschnittseinteilung der Küste ist durch WBN und die beteiligten Armeen unter Heranziehung der zuständigen Dienststellen der anderen Wehrmachtteile sofort zu überprüfen; besonders darauf, ob und wieweit die Abschnittseinteilung der Kriegsmarine (zu Lande) und der Luftwaffe (Flak) in völligem Einklang mit der Abschnitts-

einteilung des Heeres und damit mit der Landverteilung und die sachgemäßen Vorbereitungen hierzu gebracht werden kann.
Falls keine örtliche Übereinstimmung erzielt wird, sind an mich durch WBN und die beteiligten Armeen Anträge zur bindenden Entscheidung zu richten.

6. Zu II Ziffer 8:
   Die Frage einer Evakuierung der Bevölkerung in der Küstenzone ist mit besonderer Sorgfalt zu prüfen. Dort, wo in Stützpunkten örtliche Belange der Verteidigung sie fordern, wie z. B. in unmittelbarer Umgebung militärisch wichtiger Anlagen (Werftgelände, Hafenbecken, wichtige Sondergeräte, besondere Kampfanlagen), veranlassen WBN und die beteiligten Armeen die Räumung in Einvernehmen mit den Mil.Bef.
   Die ganze HKL ist in diesem Sinne zu überprüfen.
7. Zu III Ziffer 3g:
   Die Nachrichtenverbindungen müssen auch bei Ausfall eines Nachrichtenmittels in jeder Weise überlagert sein.
   Die Ergänzung der Nachrichtenmittel durch Kradmelder ist unter allen Umständen und dauernd sicherzustellen.
   Das Meldewesen muß straff organisiert und einheitlich ausgerichtet werden.
   Alle Aufklärungsergebnisse und Meldungen über Kampfhandlungen, Kampfführung und alle hiermit zusammenhängenden Ereignisse müssen bei ObWest zusammenlaufen.
   Der unmittelbare Meldeweg der höchsten Kommandostellen der anderen Wehrmachtteile nach oben wird hiervon nicht berührt, ich bitte jedoch, daß alle Aufklärungs- und Kampfmeldungen im Interesse einer gleichmäßigen Beurteilung der Lage möglichst vor Beschreiten des unmittelbaren Meldeweges dem ObWest zur Kenntnis gebracht, mindestens aber gleichzeitig nachrichtlich übermittelt werden; ObWest wird umgekehrt seine eigene Beurteilung und die bei ihm einlaufenden Aufklärungsergebnisse zur allgemeinen Kenntnis bringen.
8. Zu III Ziffer 5:
   Der Einsatz der fliegenden Verbände erfolgt grundsätzlich durch die Führungsstellen der Luftwaffe auf Grund der Anforderung der verantwortlichen Befehlshaber.
9. Zur einheitlichen Steuerung der Küstenbewachung sowie zur einheitlichen Vorbereitung der Kampfführung um Küstenvorfeld und Küste und zur Sicherstellung der artilleristischen Abwehr aller Wehrmachtteile gegen Landziele sind auf Anfordern vorübergehend Verbindungsoffiziere der anderen Wehrmachtteile in jeden Küstenverteidigungsabschnitt zum verantwortlichen Div.-Kdr. zu stellen (auch von OT und Mil.-Verwaltung). WBN und die beteiligten Armeen regeln dies im Benehmen mit den örtlich zuständigen Dienststellen der anderen Wehrmachtteile bzw. von OT und Mil.Bef.
10. Bei der Bedeutung, die der Führer und Oberste Befehlshaber nunmehr der Verteidigung der Westküste beimißt, und bei den voraus-

zusehenden Kampfereignissen bitte ich dringend um schnellste und sorgfältigste Durchführung dieses Befehls und um eine Vervollkommnung des verstärkt feldmäßigen Ausbaues der HKL mit allen zur Verfügung stehenden Kräften und Mitteln.
Hierbei etwa auftretende Schwierigkeiten sind mir umgehend zu melden.

Der Oberbefehlshaber West:
gez.: v. Rundstedt
Generalfeldmarschall

FÜHRERWEISUNG NR. 51

DER FÜHRER
OKW/WFST/p
Nr. 662656/43 g.K.Ch.

Chefsache
Nur für Offiziere

Führerhauptquartier,
den 3. November 1943

Geheime Kommandosache

Der harte und verlustreiche Kampf der letzten zweieinhalb Jahre gegen den Bolschewismus hat die Masse unserer militärischen Kräfte und Anstrengungen aufs äußerste beansprucht. Dies entsprach der Größe der Gefahr und der Gesamtlage. Diese hat sich inzwischen geändert. Die Gefahr im Osten ist geblieben, aber eine größere im Westen zeichnet sich ab: Die angelsächsische Landung. Im Osten läßt die Größe des Raumes äußersten Falles einen Bodenverlust auch größeren Ausmaßes zu, ohne den deutschen Lebensnerv tödlich zu treffen.
Anders im Westen. Gelingt dem Feind hier ein Einbruch in unsere Verteidigung in breiter Front, so sind die Folgen in kurzer Zeit unabsehbar. Alle Anzeichen sprechen dafür, daß der Feind spätestens im Frühjahr, vielleicht aber schon früher, zum Angriff gegen die Westfront Europas antreten wird.
Ich kann es daher nicht mehr verantworten, daß der Westen zugunsten anderer Kriegsschauplätze weiter geschwächt wird. Ich habe mich daher entschlossen, seine Abwehrkraft zu verstärken, insbesondere dort, von wo aus wir den Fernkampf gegen England beginnen werden. Denn dort muß und wird der Feind angreifen, dort wird – wenn nicht alles täuscht – die entscheidende Landungsschlacht geschlagen werden.
Mit Fesselungs- und Ablenkungsangriffen an anderen Fronten ist zu rechnen. Aber auch ein Großangriff gegen Dänemark ist nicht ausgeschlossen. Er ist seemännisch schwieriger, aus der Luft weniger wirksam zu unterstützen. Seine politischen und operativen Auswirkungen aber sind beim Gelingen am größten.

Zu Beginn des Kampfes wird die gesamte Angriffskraft des Feindes sich zwangsläufig gegen die Besatzung der Küste richten. Nur stärkster Ausbau, der unter Anspannung aller verfügbaren personellen und materiellen Kräfte der Heimat und der besetzten Gebiete aufs Höchste zu steigern ist, kann in der kurzen Zeit unsere Abwehr an den Küsten stärken.
Die Dänemark und den besetzten Westgebieten in nächster Zeit zufließenden bodenständigen Waffen (s. Pak, unbewegliche, in die Erde einzugrabende Panzer, Küstenartillerie, Landeabwehrgeschütze, Minen usw.) sind schwerpunktmäßig scharf zusammengefaßt an den bedrohtesten Küstenabschnitten einzusetzen. Es ist in Kauf zu nehmen, daß dabei die Verteidigungskraft weniger bedrohter Abschnitte in nächster Zeit noch nicht verbessert werden kann.
Erzwingt der Feind trotzdem durch Zusammenfassen seiner Kräfte eine Landung, so muß ihn unser mit größter Wucht geführter Gegenangriff treffen. Es kommt darauf an, durch ausreichende und schnelle Zuführung von Kräften und Material und durch intensive Ausbildung die vorhandenen großen Verbände zu hochwertigen, angriffsfähigen und voll beweglichen Eingreifreserven zu machen, die durch Gegenangriff die Ausweitung einer Landung verhindern und den Feind ins Meer zurückwerfen.
Darüber hinaus muß durch genaue bis ins einzelne vorbereitete Behelfsmaßnahmen aus den nicht angegriffenen Küstenfronten und aus der Heimat alles mit größter Beschleunigung gegen den gelandeten Feind geworfen werden, was irgendwie einsatzfähig ist.
Luftwaffe und Kriegsmarine müssen den zu erwartenden starken Angriffen aus der Luft und über See mit allen nur greifbaren Kräften in rücksichtslosem Einsatz entgegentreten.
Dazu befehle ich:

A) *Heer:*

1. *Chef Generalstab des Heeres* und *Generalinspekteur der Panzertruppen* legen mir baldigst einen Plan über die Zuteilung von Waffen, Panzern, Sturmgeschützen, Kraftfahrzeugen und Munition innerhalb der nächsten drei Monate für die Westfront und für Dänemark vor, der der neuen Lage Rechnung trägt.
   a) Ausreichende Beweglichkeit aller Panzer- und Panzergrenadierdivisionen im Westen und Ausstattung dieser Verbände mit je 93 Pz. IV bzw. Sturmgeschützen und starker Panzerabwehr bis Ende Dezember 1943.
   Beschleunigte Umgliederung der 20. Luftwaffenfelddivision zu einem kampfkräftigen, beweglichen Eingreifverband unter Zuteilung von Sturmgeschützen bis Ende 1943.
   Beschleunigte waffenmäßige Auffüllung der SS-Panzergrenadierdivision »HJ.«, der 21. Panzerdivision und der in Jütland eingesetzten Infanterie- und Reservedivisionen.
   b) Weitere Auffüllung der Reservepanzerdivisionen im Westen und Dänemark sowie der Sturmgeschütz-Ausbildungsabteilung in Dänemark mit Pz. IV, Sturmgeschützen und s.Pak.

c) Monatliche Zuweisung von 100 s.Pak 40 und s.Pak 43 (davon die Hälfte beweglich) im November und Dezember zusätzlich zu den für die Neuaufstellung im Westen und Dänemark erforderlichen s. Pak.

d) Zuweisung einer größeren Anzahl von Waffen (dabei etwa 1000 MG) zur Verbesserung der Ausstattung der im Küstenschutz West und Dänemark eingesetzten bodenständigen Divisionen und zur einheitlichen Ausstattung der aus nicht angegriffenen Abschnitten herauszuziehenden Truppenteile.

e) Reichliche Ausstattung der in bedrohten Abschnitten liegenden Verbände mit Panzer-Nahbekämpfungsmitteln.

f) Verbesserung der artilleristischen Kampfkraft und der Panzerabwehr der in Dänemark liegenden und in den besetzten Westgebieten im Küstenschutz eingesetzten Verbände und Verstärkung der Heeresartillerie.

2. Alle im Westen und in Dänemark liegenden Truppenteile und Verbände sowie alle im Westen neuaufzustellenden Panzer-, Sturmgeschütz- und Panzerjägereinheiten dürfen ohne meine Genehmigung nicht für andere Fronten abgezogen werden.
Chef Generalstab des Heeres bzw. Generalinspekteur der Panzertruppen melden mir die Beendigung der Ausstattung der Panzerabteilungen, Sturmgeschützabteilungen, Panzerjägerabteilungen und Kompanien über OKW/WFST.

3. ObWest legt über das bisherige Maß hinaus kalendermäßig und durch Kriegsspiele und Rahmenübungen das Heranführen von behelfsmäßig angriffsfähig zu machenden Verbänden aus nicht angegriffenen Frontabschnitten fest. Hierbei fordere ich das rücksichtslose Entblößen nichtbedrohter Abschnitte bis auf geringe Bewachungskräfte. Für Räume, aus denen Reserven abgezogen werden, sind Sicherungs- und Alarmeinheiten bereitzustellen, desgleichen Baukräfte zum Offenhalten der durch die feindliche Luftwaffe voraussichtlich zerstörten Verkehrswege unter weitgehender Ausnutzung der Bevölkerung.

4. Der Befehlshaber der deutschen Truppen in Dänemark trifft in seinem Befehlsbereich Maßnahmen entsprechend Ziffer 3.

5. Chef H Rüst u BdE stellt aus Lehrtruppen, Lehrgängen, Schulen, Ausbildungs- und Genesendentruppenteilen des Heimatkriegsgebietes Kampfgruppen in Regimentsstärke, Sicherungsbataillone und Baupionierbataillone entsprechend Sonderbefehl so bereit, daß sie innerhalb von 48 Stunden nach Aufruf abtransportiert werden können.

B) *Luftwaffe:*

Durch Verstärken der Angriffs- und Abwehrkräfte der im Westen und in Dänemark befindlichen Verbände der Luftwaffe ist der neuen Gesamtlage Rechnung zu tragen. Hierbei ist vorzubereiten, daß alle verfügbaren und für den Abwehrkampf geeigneten Kräfte an fliegenden Verbänden und beweglicher Flakartillerie aus der Heimatluftverteidigung, aus Schulen und

aus Ausbildungseinheiten des Heimatkriegsgebietes für den Einsatz im Westen und gegebenenfalls in Dänemark frei gemacht werden.
Der Ausbau der Bodenorganisation in Südnorwegen, Dänemark, Nordwestdeutschland und im Westen ist so vorzubereiten und zu bevorraten, daß durch größtmögliche Auflockerung die eigenen Verbände bei beginnendem Großkampf den feindlichen Bombenangriffen entzogen sind und die Wirkung der feindlichen Angriffskraft zersplittert wird. Dies trifft besonders für die eigenen Jagdkräfte zu, deren Einsatzmöglichkeit durch zahlreiche Feldflugplätze erhöht werden muß. Auf beste Tarnung ist besonders zu achten. Auch hier erwarte ich rücksichtsloses Bereitstellen aller Kräfte unter Entblößen weniger bedrohter Gebiete.

C) *Kriegsmarine:*

Die Kriegsmarine bereitet den Einsatz möglichst starker, zum Angriff gegen die feindlichen Landungsflotten geeigneter Seestreitkräfte vor. Die im Ausbau befindlichen Küstenverteidigungsanlagen sind mit größter Beschleunigung fertigzustellen, die Aufstellung weiterer Küstenbatterien sowie die Möglichkeit einer Auslegung zusätzlicher Flankensperren ist zu prüfen.
Der Einsatz sämtlicher für den Erdkampf geeigneter Soldaten von Schulen, Lehrgängen und sonstigen Landkommandos ist so vorzubereiten, daß ihre Verwendung im Kampfgebiet feindlicher Landungsoperationen zumindest als Sicherungsverbände in kürzester Frist erfolgen kann.
Bei den Vorbereitungen der Kriegsmarine für die Verstärkung der Verteidigung im Westraum ist die gleichzeitige Abwehr von Feindlandungen im norwegischen oder dänischen Raum besonders zu berücksichtigen. Hierbei messe ich der Bereitstellung zahlreicher U-Boote für die nördlichen Seegebiete besondere Bedeutung bei. Eine vorübergehende Schwächung der Atlantik-U-Bootkräfte muß in Kauf genommen werden.

D) *SS:*

Reichsführer SS prüft das Bereitstellen von Kräften der Waffen-SS und Polizei zu Kampf-, Sicherungs- und Bewachungsaufgaben. Aus Ausbildungs-, Ersatz- und Genesendeneinheiten sowie Schulen und sonstigen Einrichtungen im Heimatkriegsgebiet ist die Aufstellung von einsatzfähigen Verbänden für Kampf- und Sicherungsaufgaben vorzubereiten.

E) Die Oberbefehlshaber der Wehrmachtteile, der Reichsführer SS, der Chef des Gen.St.d.H., der ObWest, der Chef H Rüst u BdE und der Generalinspekteur der Panzertruppen sowie der Befehlshaber der deutschen Truppen in Dänemark melden mir bis 15. November die getroffenen und beabsichtigten Maßnahmen.
Ich erwarte, daß in der noch zur Verfügung stehenden Zeit von allen Dienststellen mit höchster Anspannung die Vorbereitungen für die zu erwartende Entscheidungsschlacht im Westen getroffen werden.
Alle Verantwortlichen wachen darüber, daß nicht nutzlose Zeit und Arbeitskraft in Zuständigkeitsfragen vergeudet, sondern Abwehr- und Angriffskraft gefördert werden.

BEMERKUNGEN ROMMELS ZU SEINEN BESICHTIGUNGSREISEN

DER OBERBEFEHLSHABER
DER HEERESGRUPPE B — H.Qu., den 15. 3. 1944

Meine Besichtigungsreisen im Bereich der Armeen in den vergangenen Wochen veranlassen mich zu folgenden Anmerkungen:

1. In den Küstenverteidigungsabschnitten sind in den letzten Monaten außerordentliche Fortschritte in der Verstärkung der Verteidigung gemacht worden. Nahezu an allen Stellen wurde sehr fleißig und planmäßig gearbeitet. Durch Küstenvorfeldsperren, Großverminung, vor allem des Küstenstreifens, durch Verschartung zahlreicher Geschütz- und Pakstände, durch feldmäßigen Ausbau des Hauptkampffeldes und durch Ansumpfungen ist die Verteidigungsfähigkeit der einzelnen Abschnitte wesentlich erhöht worden. An vielen Stellen sind bereits im Vorfeld der Küste nahezu durchlaufende, breite und dichte Hindernisse und Sperren entstanden, die bei Flut unter Wasser liegen und eine feindliche Anlandung außerordentlich erschweren werden. Auch in der Großverminung der Kampfzone sind in den meisten Divisionsabschnitten große Fortschritte erzielt worden. Es wird dadurch dem Feind hier sehr schwer sein, in das Hauptkampffeld von See aus einzudringen und einen Landekopf zu bilden oder mit Luftlandetruppen die Landfront der K.V.-Abschnitte aufzubrechen. Ich spreche den Kommandeuren und ihren Mitarbeitern, sowie der Truppe, vor allem den Pionieren, meine vollste Anerkennung für diese Leistungen aus, die von entscheidender Bedeutung sein werden.

2. Die *Küstenvorfeldsperren* (K-Sperren) haben den Zweck, den in Hunderten von Booten und Schiffen anlandenden Feind nicht nur im Wasser aufzuhalten und sein Anlanden zu erschweren, sondern die feindlichen Boote und Schiffe teils zu vernichten, teils zum Stranden zu bringen.
   Wenn der Feind bei Nacht oder bei künstlichem Nebel anzulanden versucht, wird das Abwehrfeuer der Geschütze und Pak und das Sperrfeuer der Artillerie, deren Wirkung und Lage nicht beobachtet werden kann, m.E. allein nicht genügen, um eine Anlandung zu verhindern. Gerade aber bei Nacht und Nebel werden die Küstenvorfeldsperren von besonders günstiger Wirkung sein. Sobald sie mit Minen scharf gemacht sind, sind sie gleichzeitig eine Alarmvorrichtung.
   Es genügt nicht, daß in einem breiten Divisionsabschnitt nur an ein oder zwei Stellen mit der Errichtung von Küstenvorfeldsperren begonnen wird. Soweit es noch nicht geschehen, befehle ich, daß unverzüglich jedes Bataillon

in seinem Abschnitt diese Sperren anlegt. Jeder Soldat und jede Hilfskraft ist hierzu geeignet, nicht nur die Pioniere. Die Bataillone müssen miteinander wetteifern, ihre Abschnitte »dicht« zu haben.

Dem Gegner bleiben natürlich diese Hindernisse und Sperren nicht verborgen. Er wird bald heraushaben, daß sie nur für den durchschnittlichen Höchstwasserstand angelegt sind. Er könnte also bei Ebbe oder ansteigendem Wasserstand anlanden, ohne durch die Hindernisse gehemmt zu werden. Es erscheint deshalb nötig, überall dort, wo das Meer bei Ebbe nicht kilometerweit zurückspringt, die Hindernisse und Sperren im Laufe der nächsten Wochen bis an das Wasser der Ebbe auszudehnen.

Die Küstenvorfeldsperren müssen nun scharf gemacht werden, d. h., auf dem größten Teil der Pfähle müssen T-Minen so angebracht werden, daß sie beim Anprall feindlicher Landungsboote und -schiffe detonieren. Andere Pfähle müssen mit Stahldornen oder sägeartig wirkendem Stahlblech versehen werden.

Es ist zweckmäßig, die Küstenvorfeldsperren aus einem Gemisch von Hindernissen der verschiedensten Art zu bauen. Dabei werden sich nach den bisherigen Erfahrungen besonders bewähren:

a) Belgische Rollböcke, die bei sehr sandigem und weichem Untergrund auf Pfähle gesetzt werden müssen. Bei einem Versuch ist ein erbeutetes englisches 120-Tonnen-Landungsboot auf einem derartigen Rollbock festgefahren.
b) Eiserne Hemmkufen, die zweckmäßigerweise auch an Pfählen verankert werden und die eine ähnliche Wirkung wie die Rollböcke ausüben.
c) Seewärts geneigte Pfähle von mindestens 30 cm Durchmesser, auf deren Spitze eine T-Mine angebracht wird. Zwei Drittel der Pfähle müssen eingespült oder eingerammt werden.
d) Landeinwärts geneigte zirka 8 m lange, starke Pfähle mit mehreren Unterstützungen, die ähnlich wie Hemmkufen wirken, aber den Vorteil haben, daß messerscharfe Stahlbleche und Minen auf ihnen angebracht werden können, daß sie bei verschiedenstem Wasserstand zur Wirkung kommen und daß auch große Boote und Landungsschiffe auf ihnen stranden bzw. schwer beschädigt werden.
e) Tschechenigel auf Holzrosten oder Holzpfählen, oder Tschechenigel, die in Betonklötze eingelassen sind. Sie kommen vor allem an Geröllstrand und im Wasser der Ebbe in Frage.
f) Eisenbahnschienen in Betonklötze eingelassen. Auch sie kommen vor allem an Geröllstrand, felsigem Strand oder steil abfallendem Ufer in Frage.
g) Schwimmend verankerte Balken mit Minen. Die Versuche hiermit sind bisher günstig verlaufen. Sie sind als eine dauernd schwimmende Minensperre im Raum der Ebbelinie bis etwa 200 m seewärts gedacht. Vor der Steilküste sind diese Art Sperren von besonderem Wert, da andere Sperren nicht in genügender Tiefe angelegt werden können.
h) Senkblöcke und Betontetraeder für Steilküste und als Hindernis in der Ebbe geeignet.

3. *Großverminungen:*

Hier kommt es in erster Linie darauf an, daß der Küstenstreifen in einer Breite von 800 bis 1000 m landeinwärts so vermint wird, daß der Feind in ihm nicht oder doch nur unter schweren Verlusten Fuß fassen kann. In diesem Minenstreifen liegt ein erheblicher Teil der Kampfanlagen des Hauptkampffeldes. Da diese Minenfelder im allgemeinen aus Panzer- und Schützenminen bestehen, wird dem Gegner ein Angriff durch dieses Feld mit Panzern und Schützen landeinwärts oder ein Aufrollen der Kampfanlagen am Strand außerordentlich teuer zu stehen kommen. Es ist m. E. falsch, größere Flächen im Küstenstreifen von der Verminung auszunehmen; es würde damit nur dem Gegner Gelegenheit gegeben, sich hier festzusetzen. Auch Dünengelände läßt sich verminen, hier ist insbesondere die Stockmine am Platze.

Ich empfehle dringend, auch das Gelände zwischen den Anlagen eines Panzerwerkes oder die breiten Lücken zwischen den Werken einer Festung und insbesondere das Gelände beiderseits von Panzergräben derart zu verminen, daß ein Einbruch des Gegners bei Nacht und unter Verwendung künstlichen Nebels auch hier nur unter schwersten Verlusten erfolgen kann.

Abgesehen von der Verminung der in der Tiefenzone des Hauptkampffeldes befindlichen Stellungen, von Reserven, Batterien, Flak, Stäben, ist insbesondere vordringlich die *Verminung der Landfront der Küstenverteidigungsabschnitte.* (Siehe Skizze 1:25 000 »Anhalt für Einsatz einer bodenständigen Inf.Div. in der Küstenverteidigung« – Okdo.d.H.GrB, Ia Nr. 716/44 g.Kdos. vom 10. 2.) Es genügt aber nicht, diese Landfront nur durch ein Minenfeld zu bilden, sondern dieses Minenfeld muß landeinwärts verteidigt werden. Die M.G.- und Schützennester sind im Minenfeld anzulegen.

Scheinminenfelder sind in großem Ausmaß anzulegen entsprechend der Skizze »Anhalt für Einsatz einer bodenständigen Inf.Div. in der Küstenverteidigung«. Bis 15. 4. ist mit ihnen in allen Küstenverteidigungsabschnitten die Endplanung für den Ausbau des Küstenverteidigungsabschnittes in bezug auf Verminung fertigzustellen. Diese Scheinminenfelder sind – wie die anderen Minenfelder – mit Totenkopfschildern freund- und feindwärts zu beschildern. Bei besonders großen Flächen empfiehlt sich Unterteilung durch Drahtzäune und Beschilderung mit Totenkopf auch in den Feldern selbst. Damit ist das spätere Legen der Minen vorbereitet. Pioniere sind dazu nicht erforderlich.

Der Minenbedarf für diese Großverminung ist ein außerordentlicher. Er geht weit in die Hunderttausende in jedem Küstenverteidigungsabschnitt. Die Produktion ist jedoch sehr gesteigert worden. An keiner Stelle wurde mir in letzter Zeit Mangel an Minen gemeldet. Im Gegenteil, es fehlt an Kräften, die die angelieferten Minen verlegen können. Aller Voraussicht nach wird die Truppe in den kommenden Wochen und Monaten noch wesentlich mehr Minen bekommen als bisher. Darunter sind auch viele zu Minen umgearbeitete Artilleriegeschosse und andere Behelfsminen. Wir müssen alle Mittel ausnützen, die geeignet sind, die Verteidigungskraft des Atlantikwalles zu stärken, und dürfen nicht wählerisch sein. Insbesondere werden die schweren Schiffsgranaten, 27 cm, von denen 87 000 Stück vorhanden sind, außerordentlich wirkungsvolle Minen gegen schwere und schwerste Panzer sein, wenn sie richtig und an geeigneter Stelle eingebaut sind.

4. *Einsatz der Truppe in der Kampfzone:*

Der »Anhalt für Einsatz einer bodenständigen Inf.Div. in der Küstenverteidigung« ist an manchen Stellen noch nicht richtig verstanden worden. Die HKL ist der Strand, das *Hauptkampffeld* liegt daher im Geländestreifen dicht an der Küste. Hier muß sich die Truppe so gliedern, daß sie mit möglichst vielen Waffen vor die HKL wirken kann. Der Angriff des Feindes muß unter dem zusammengefaßten Feuer aller Waffen bereits vor der HKL, also auf dem Wasser – wo er unsere Unterwasserhindernisse zu überwinden hat – zusammenbrechen. In Abschnitten, in denen der Küstenstreifen nur mit Gefechtsvorposten besetzt ist und starke Teile der Kompanie oder des Bataillons zum Gegenstoß zurückgehalten sind, gelingt die Abwehr bestimmt nicht. In dem starken Feuer der Unterstützungsgruppen der anlandenden Truppen sind Bewegungen außerhalb der Deckung in Küstenstreifen kaum durchführbar, das zeigt der Bericht von der Landung bei Salerno.
Regiments- und Divisionsreserven sind zweckmäßigerweise dort einzusetzen, wo für den Abschnitt voraussichtlich die größte Gefahr droht. Es ist anzustreben, daß sie mit ihrem Feuer den vorderen Teil des Hauptkampffeldes überlagern können. Greift der Feind wie erwartet den Abschnitt an, so stehen sie richtig und können sofort mit Feuer wirken. Greift der Feind an anderer Stelle an, so wird ein Herausziehen und Verschieben an die bedrohte Front keine Schwierigkeiten machen. Auch ein *Teil der größeren Reserven* ist hinter den Küstenverteidigungsabschnitten so bereitgestellt, daß sie mit ihren weittragenden Waffen schon im ersten Moment einer feindlichen Anlandung in den Kampf vor der HKL eingreifen können. Dies gibt den betreffenden Abschnitten eine ganz besondere Stärke.
Ferner sind starke *Teile der Panzerverbände* so bereitgestellt, daß sie bei einer Großanlandung innerhalb weniger Stunden in den Kampf an der Küste eingreifen können.
Rasche Zusammenfassung des Artilleriefeuers insbesondere gegen aus der Luft landende Feindverbände in der Tiefenzone der Küstenverteidigungsabschnitte ist besonders zu schulen. Es muß erreicht werden, daß derartiger Feind in wenigen Minuten nach der Landung bereits von eigener Artillerie an jeder erreichbaren Stelle gefaßt und zerschlagen wird.

5. Alle *Scheinstellungen* müssen Leben bekommen. Der Engländer schießt auf Batterien, die er auf Bergen oder Höhen von See aus erkennen kann, außerordentlich viel. Es erscheint zweckmäßig, bei Überfliegen durch feindliche Flieger besonders viel Leben in Scheinbatterien zu zeigen. Bei der Abwehr eines anlandenden Feindes wird sich empfehlen, in Scheinbatterien Abschüsse durch Zielfeuer darzustellen. Damit wird das Feuer schwerer Schiffsgeschütze herausgelockt und auf Stellen gelenkt, wo es nicht schaden kann.

6. Bis zum Beginn des feindlichen Angriffes bleiben uns voraussichtlich nur noch wenige Wochen. Die Lage erfordert, daß wir aus Truppe und Bevölkerung

das Äußerste an Arbeitsleistung herausbringen, um die Verteidigung zu vervollkommnen. Wir müssen mit technischen Mitteln unsere an vielen Stellen dünnen Linien verstärken (Küstenvorfeldsperren, Verschartungen, Verminungen, Scheinanlagen jeder Art), denn wir können kaum auf Verstärkungen rechnen. Ich bin aber fest überzeugt, daß, wenn es uns gelingt,. die Verteidigungsbereitschaft auf den geplanten Höchststand zu bringen, der feindliche Großangriff unter schwersten Verlusten an Menschen und Material für den Feind abgeschlagen wird, was für den weiteren Verlauf des Krieges von entscheidender Bedeutung ist.

gez.: Rommel
Generalfeldmarschall

BRIEF VON ROMMEL AN HITLER

Oberkommando der Heeresgruppe B
Der Oberbefehlshaber 16. 3. 1944

Dem
Führer und Obersten Befehlshaber der Wehrmacht

Als ich in der zweiten Hälfte des Dezember in Ihrem Auftrag die Verteidigungsbereitschaft im Westen überprüfte, stellte ich an vielen Stellen der Stäbe und der Fronten fest, daß die Ansicht vertreten war, die Küste sei an den meisten Stellen so dünn besetzt, daß man sie bei einem starken Feindangriff nicht halten könne. Der Feind werde ins Land hereinkommen, insbesondere seitwärts der Räume der Festungen, und man müsse ihn eben dann im Gegenangriff mit den rasch heranzuführenden Reserven wieder herauswerfen. Bei den motorisierten und Panzerverbänden stand man auf dem Standpunkt, daß es möglich sein werde, den ins Land eingebrochenen Feind durch geschicktes Operieren zu schlagen und schließlich wieder ins Wasser zu werfen. Es waren zwar die Truppen da, mit denen man die Küste verteidigen konnte, jedoch sie standen als Eingreifreserven zum Teil tief im Land, während die Küste eigentlich nur durch dünne Besetzung gesichert war.
Die Verminung im Küstenstreifen war nur in verhältnismäßig geringem Ausmaß durchgeführt, die Minenfelder waren 25–50 m breit, durch Verdrahtung und Verwachsung leicht als Minenfelder zu erkennen. Es fehlte nicht an Minen, denn in den Lagern lagen über eine halbe Million Minen, jedoch waren die Bestimmungen über Minenlegen so strikt, daß die Pioniere lieber davon Abstand nahmen, Minen zu verlegen. Ich habe hierüber durch .... berichtet.
Vor der Küste befanden sich, abgesehen von Drahthindernissen, die bei Hochflut von Zeit zu Zeit beschädigt oder weggerissen wurden, keinerlei Hindernisse, die

dem Feind das Anlanden erschwert hätten. Ich habe zwar später in der Normandie ein Versuchsfeld für Unterwasserhindernisse getroffen, das seit 1941 dort errichtet war. Das Hindernis hatte sich gut gehalten, aber niemand hat diesen geglückten Versuch auf breite Basis gestellt und vor seiner Front Unterwasserhindernisse bauen lassen.

Durch die Umgruppierung zahlreicher Divisionen in Frankreich wurde im Januar der Küstenstreifen vor allem im Raum zwischen Calais bis südlich der Sommemündung stärker besetzt. An der Küste selbst wurde begonnen, ein Hauptkampffeld zu schaffen, aus dem es möglich sein sollte, den Angriff des Gegners vor der HKL (Strand) abzuwehren. Großminenfelder entstanden zwischen den einzelnen Werken und Widerstandsnestern an der Küste bis zu einer Tiefe von einem Kilometer. Neben der von Ihnen befohlenen Verschartung zahlreicher Geschützstände wurden im Küstenvorfeld von den Festungspionieren und der Truppe Hindernisse und Sperren angelegt, die dem Feind die Anlandung mit Booten und Schiffen wesentlich erschweren werden, insbesondere, wenn sie durch zahlreiche Minen scharf gemacht sind. Diese Sperren wachsen nun zusehends an der ganzen Atlantikküste und im Mittelmeer. Es wird mit Hilfe der OT, die zahlreiche Fabriken für Unterwasserhindernisse errichtet hat, möglich sein, bis 1. Mai die gesamte Küste von den Niederlanden bis zur Bretagne einschließlich, starke Teile der Biskaya- und Mittelmeerküste mit durchlaufenden Vorstrandhindernissen zu versehen und sie so dicht zu machen, daß sie der feindlichen Großanlandung an allen Stellen nicht nur außerordentliche Schwierigkeiten bereiten werden, sondern auch durch die zerstörende Wirkung der in den Sperren enthaltenen Minen auch große Verluste unter den Landungsschiffen und -booten verursachen werden.

Eine Übersicht über die seit dem 1. Januar geleistete Arbeit im Verlegen von Minen in den Küstenverteidigungsabschnitten sowie im Errichten der Vorstrandsperren und Fotografien der Sperren siehe Anlage. Bis 1. Mai wird voraussichtlich zu erreichen sein, daß insgesamt noch 2–3 Millionen Minen im Hauptkampffeld der Küstenverteidigungsabschnitte und an der Landfront eingebaut werden. Die Planungen für den Ausbau (bis zum 1. Mai) einiger besonders wichtiger Küstenverteidigungsabschnitte befinden sich ebenfalls in der Anlage. Nach Vollendung dieser Arbeiten wird es m. E. dem Feind in diesen Abschnitten nicht gelingen, mit stärkeren Kräften an Land Fuß zu fassen und auf die Dauer sich festzusetzen. Es sind jedoch zahlreiche Abschnitte vorhanden, die nur verhältnismäßig dünn besetzt sind, wie z. B. große Teile der Steilküste zwischen Somme und Seine, die Westseite der Normandie in der Bucht von St-Michel und weite Strecken der Küste der Bretagne, die sich allerdings wenig für Anlandungen eignen. Ferner die langgezogene Küste der Biskaya und Teile der Mittelmeerküste. Um auch hier an diesen schwachen Stellen, die dem Gegner ja wohl genau bekannt sind, eine erfolgreiche Abwehr führen zu können, ist es nötig, die hinter der Front stehenden motorisierten und Panzer-Verbände so nahe hinter der Front bereitzustellen, daß sie in den ersten Stunden einer feindlichen Anlandung bereits mit Kampfgruppen in den Kampf um die Küste eingreifen können und gleichzeitig in der Lage sind, starke feindliche Luftlandekräfte, die dicht hinter den schwachen Küstenabschnitten gelandet werden, um die Küstenfront aufzureißen,

sofort anzugreifen und zu vernichten. Diese Bereitstellung der Panzerverbände ist noch nicht in der von mir vorgeschlagenen Weise erreicht. Mit wenigen Ausnahmen stehen sie noch weit ab von der Küstenfront und werden am ersten Tage der Schlacht um die Küste nicht zum Einsatz kommen. Diese Kräfte sind mir bisher nicht unterstellt. Es ist möglich, daß der Feind an ganz anderer Stelle seinen Großangriff durchführt als in der Linie Niederlande bis Bretagne. In diesem Falle müssen die Panzerverbände im Bahntransport oder auf dem Landmarsch schnell der bedrohten Front zugeführt werden. Es spielt jedoch keine Rolle, ob diese Verbände 50 km aus einem Raum dicht hinter der Küste oder 100 km von der Küste abgesetzt abtransportiert werden oder abmarschieren. Die Gefährdung durch die feindliche Luftwaffe ist in beiden Fällen gleich groß.
Sollte der Feind starke Luftlandekräfte bei Beginn seines Angriffs gegen das Festland oder später im Innern Frankreichs zum Einsatz bringen, so bilden die Kräfte keine allzugroße Gefahr. Sie gehen durch die strahlenförmig von allen Seiten auf sie zukommenden deutschen Reserven rasch der Vernichtung entgegen. Den Kampf an der Küste werden sie wenig beeinflussen.
Auch an der Biskaya und Mittelmeerfront ist in den letzten beiden Monaten viel geschehen, um die Verteidigungsbereitschaft auf den Höchststand zu bringen. An vielen Stellen sind Vorstrandhindernisse gebaut worden. Das Hauptkampffeld im Küstenstreifen konnte durch Einschieben mehrerer Divisionen dichter besetzt werden, und auch der Verminung wurde mehr Beachtung als bisher geschenkt. Ferner sind schnelle Verbände verhältnismäßig nahe an die Küstenfront verlegt worden, so daß ihr Eingreifen bei einer feindlichen Landung schon in den ersten Stunden sichergestellt ist.
Als Sie mich im November vorigen Jahres mit dem Auftrag im Westen betrauten, gaben Sie mir Ihre Absicht kund, mir die Führung an der Stelle anzuvertrauen, an der der Feind voraussichtlich zum entscheidenden Angriff gegen das Festland antritt. Mit den in Stellung befindlichen Kräften sowie den in Frankreich stehenden Panzerverbänden sowie den aus der Heimat zufließenden Reserven sollte der Abwehrkampf von mir geführt werden bzw. etwa angelandeter Feind wieder ins Meer geworfen werden. Ich habe seit Mitte Januar das Kommando an der Küste der Niederlande, über die 15. Armee und die 7. Armee übernommen. Motorisierte Kräfte sind mir jedoch trotz meiner ausdrücklichen Bitte nicht unterstellt worden. Ohne diese Kräfte kann jedoch die Schlacht im Westen nicht erfolgreich geschlagen werden. Ich bitte Sie, zu entscheiden, ob ich die Abwehr des Großangriffs an der Atlantikküste zu führen habe oder nicht, und falls Sie mich mit dieser Aufgabe beauftragen, mir auch jetzt schon die hierzu nötigen Panzerverbände zu unterstellen, denn es ist nötig, daß die Vorbereitungen für die Abwehr des Angriffs von einer Stelle, die nachher auch die Verantwortung zu tragen hat, durchgeführt werden.

BERICHT ÜBER DEN LAGEVORTRAG HITLERS
vom 20. März 1944

Der Führer hat den Oberbefehlshabern der drei Wehrmachtsteile sowie den Oberbefehlshabern der Armeen und den Festungskommandanten in einem einstündigen Vortrag von wundervoller Klarheit und überlegenster Ruhe einen Bericht über die Lage an der Westfront, die kriegsentscheidend sein wird, gegeben.
Der Führer führte dabei u. a. aus: »Es ist selbstverständlich, daß eine Landung der Anglo-Amerikaner im Westen kommen wird und muß. Wie und wo sie erfolgen wird, weiß niemand. Ebenso sind keinerlei Vermutungen darüber möglich. Alle evtl. Zusammenziehungen von Transportraum können und dürfen keinen Anhalt und keinen Hinweis für irgendeinen Abschnitt der langen Westfront von Norwegen bis zur Biskaya oder den Mittelmeerraum, für die südfranzösische und italienische Küste oder den Balkan geben. Derartige Zusammenziehungen können jederzeit bei unsichtigem Wetter verschoben und verlegt werden und dienen selbstverständlich als Täuschungsmanöver.
An keiner Stelle unserer langen Front ist eine Landung unmöglich, allerhöchstens an von Klippen durchschnittenem Küstengelände. Am meisten geeignet und damit am meisten gefährdet sind die beiden Halbinseln des Westens bei Cherbourg und Brest, die den Anreiz und die leichteste Möglichkeit zur Bildung eines Brückenkopfes geben, der dann unter einem Masseneinsatz von Luftwaffe und schweren Waffen aller Art planmäßig erweitert werden wird.
Das allerwichtigste für den Gegner ist die Gewinnung eines Hafens für Anlandungen größten Ausmaßes. Gerade dadurch gewinnen die Häfen an der Westküste ganz besonders an Bedeutung und sind daher auf Befehl des Führers als Festungen ausgestaltet worden, in denen allein der Kommandant die volle Verantwortung für den Ausbau und Kampf aller Wehrmachtsteile in der Festung trägt. Seine Aufgabe ist es, alles daranzusetzen, die Festung voll verteidigungsfähig zu machen. Er ist persönlich dafür verantwortlich, daß die Festung bis zur letzten Patrone, bis zur letzten Verpflegungsbüchse und bis zur Ausschöpfung der letzten Möglichkeit einer Gegenwehr gehalten wird.
Das ganze Landeunternehmen des Gegners darf unter keinen Umständen länger als einige Stunden oder höchstens Tage dauern, wobei der Landeversuch von Dieppe als Idealfall anzusehen ist. Nach einmal zerschlagener Landung wird diese vom Gegner unter keinen Umständen wiederholt werden. Monate werden benötigt, abgesehen von den schwersten Verlusten, um eine Landung erneut vorzubereiten. Aber nicht nur dies wird den Anglo-Amerikaner von einem erneuten Versuch abhalten, sondern auch schon der moralisch niederschmetternde Eindruck eines mißglückten Landungsunternehmens. Eine abgeschlagene Landung wird einmal verhindern, daß in Amerika Roosevelt erneut als Präsident wiedergewählt wird. – Er wird dann bestenfalls irgendwo im Gefängnis enden. Auch in England wird sich die Kriegsmüdigkeit noch schwerer auswirken als bisher, und Churchill wird infolge seines Alters und seiner Krankheit bei seinem

jetzt schwindenden Einfluß nicht mehr in der Lage sein, ein neues Landeunternehmen durchzusetzen. Der gegnerischen Stärke von etwa 50 bis 60 Divisionen sind wir in der Lage, in kürzester Frist die gleiche Zahl an Kräften entgegenzustellen. Das Zerschlagen des gegnerischen Landeversuches bedeutet nicht nur eine rein örtliche Entscheidung an der Westfront, sondern ist allein ausschlaggebend für die gesamte Kriegführung und damit für den gesamten Kriegsausgang.

Die von uns in ganz Europa, ausgenommen die Ostfront, eingesetzten Kräfte von rund 45 Divisionen fehlen im Osten und werden und müssen sofort nach der Entscheidungsschlacht im Westen nach dem Osten abtransportiert werden, um eine grundlegende Änderung in der Lage herbeizuführen. Es hängt somit von jedem einzelnen Kämpfer der Westfront, als der kriegsentscheidenden Front, der Ausgang des Krieges und damit das Schicksal des Reiches ganz allein ab. Dieses Wissen um die kriegsentscheidende Bedeutung des Einsatzes jedes einzelnen muß unter allen Umständen Gedankengut aller Offiziere und Soldaten werden...

Zusammenfassend möchte ich Ihnen nochmals ans Herz legen, dafür zu sorgen, daß jeder Offizier und Mann weiß, daß es an der kriegsentscheidenden Westfront auf jeden einzelnen ankommt. Jeder muß wissen, um was es geht.«

BRIEF VON ROMMEL AN GENERALOBERST JODL

Lieber Jodl! 23. 4. 1944

...(kurzer persönlicher Absatz)

Durch Gause habe ich Gelegenheit, Ihnen diese Zeilen zu übersenden und meine derzeitigen Sorgen mündlich mitzuteilen. Ich lege Ihnen den Andruck von Bemerkungen und Anordnungen anläßlich meiner letzten Frontfahrten sowie einen Antrag an ObWest bei. Die beigelegten Photos bitte ich gelegentlich dem Führer zu überreichen.

An der Vervollkommnung der Verteidigung des Atlantikwalles wird weiterhin mit größtem Hochdruck gearbeitet. Bis Anfang Mai ist zu erwarten, daß an den wichtigsten Stellen der Küste die Sperren am Strand so stark sind, daß die feindlichen Landungstruppen auf ihnen und im Feuer der Artillerie schwerste Verluste erleiden, ehe sie den Strand erreichen.

Gelingt es, die schnellen Verbände trotz der feindlichen Luftüberlegenheit mit starken Teilen schon in den ersten Stunden zum Einsatz an den von See her oder durch Luftlandetruppen bedrohten Küstenverteidigungsabschnitten zu bringen, so bin ich überzeugt, daß der feindliche Großangriff auf die Küste schon am ersten Tag völlig scheitert. – Die bisherigen starken Angriffe feindlicher Bomberverbände haben den gut betonierten Anlagen nichts anhaben können, während an manchen Stellen feldmäßig gebaute Stellungen, Unterstände und Verbindungsgräben bei großer Dichte der Bombenwürfe völlig umgepflügt wurden. Dies zeigt, wie wichtig es ist, auch die in der Tiefenzone liegenden Stellungen, die Artillerie, Flak und Reserven, im Laufe der Zeit unter Beton zu bringen.

Bei der gestellten Aufgabe machen mir in der Hauptsache nur noch die schnellen Verbände Sorgen. Sie sind mir im Gegensatz zu dem Ergebnis der Besprechung am 21. 3. bis jetzt nicht unterstellt worden, liegen zum Teil weitab von der Küste in sehr großen Räumen und kommen dadurch zum Eingreifen in den Kampf um die Küste zu spät. Bei der zu erwartenden starken feindlichen Luftüberlegenheit werden weiträumige Bewegungen von motorisierten Verbänden auf die Küste zu außergewöhnlich schweren und langanhaltenden feindlichen Luftangriffen ausgesetzt sein. Ohne rasche Hilfe der Panzerdivisionen und der schnellen Verbände aber sind in der Verteidigung eingesetzte Divisionen schwerlich in der Lage, gleichzeitige Angriffe von See und durch Luftlandetruppen von Land her erfolgreich abzuwehren. Dazu ist die Landfront dieser Divisionen zu dünn besetzt. – Die Gruppierungen der Kampftruppen und Reserven müssen so sein, daß bei dem wahrscheinlichsten Angriffsfall, sei es in den Niederlanden, im eigentlichen Kanalgebiet, in der Normandie oder der Bretagne, möglichst wenige Bewegungen ausgeführt werden müssen und der von See oder aus der Luft kommende Gegner in der Hauptsache durch Feuer zerschlagen wird.

General der Panzertruppe Geyr von Schweppenburg, der wohl die Engländer vom Frieden her kennt, aber noch nie mit ihnen gekämpft hat, sieht im Gegensatz zu mir die größte Gefahr in der operativen feindlichen Luftlandung tief im Inneren Frankreichs und möchte hiergegen schnell operieren können. Seine Verbände sind zu diesem Zweck vor allem bereitgestellt. Ferner möchte er sich nicht mit seinen Panzerdivisionen in einen Raum hinter der Landfront der Küstenverteidigung begeben, in dem der Feind aus der Luft anlanden könnte.

Ich sehe die für uns unerwünschteste Entwicklung der Lage darin, daß es dem Feind gelingen könnte, die Küstenverteidigung in breiter Front durch Einsatz aller erdenklichen Mittel, insbesondere Luftlandetruppen, aufzubrechen und damit auf dem Festland Fuß zu fassen. Eine operative feindliche Luftlandung müßte meines Erachtens über kurz oder lang zur Vernichtung der gelandeten Truppen führen, wenn es gelingt, die Küste zu halten. – Ferner sind nach den bisherigen Erfahrungen feindliche Luftlandetruppen überall da aufgerieben worden, wo die Landung mitten zwischen der eigenen Truppe erfolgte. Ich glaube, daß es weniger Blut kostet, auf diese Weise Luftlandetruppen zu vernichten, als durch Angriff von außen gegen einen aus der Luft gelandeten Feind, der in wenigen Minuten zahlreiche Pak feuerbereit hat und der dann durch seine Bomberverbände unterstützt werden kann. – In diesen Fragen bin ich mit General von Geyr hart zusammengeraten, kann mich aber nur durchsetzen, wenn er mir rechtzeitig unterstellt wird.

Es geht um die entscheidendste Schlacht dieses Krieges, um das Schicksal des deutschen Volkes. Ohne straffe Führung aller für die Abwehrschlacht verfügbaren Kräfte in einer Hand, ohne raschen Einsatz der schnellen Verbände in dem Kampf um die Küste ist ein Abwehrsieg in Frage gestellt. Müßte ich erst im Falle der feindlichen Anlandung die Unterstellung und die Zuführung der schnellen Verbände auf dem Dienstwege beantragen, so werden Verzögerungen im Einsatz entstehen, und die schnellen Verbände kämen voraussichtlich zu spät, um noch erfolgreich in den Kampf um die Küste eingreifen zu können und die feindliche Landung zu verhindern. Ein zweites Nettuno, eine für uns denkbar unerwünschte Lage könnte entstehen. Über die Verhältnisse im einzelnen wird Gause berichten.

(... — ...) gez. Rommel

BRIEF VON JODL AN ROMMEL

Geheime Kommandosache

DER CHEF DES WEHRMACHTFÜHRUNGSSTABES F.H.Qu., den 7. Mai 1944
IM OBERKOMMANDO DER WEHRMACHT
WFST/Op. (H) Nr. 004726/44 g.Kdos.

Lieber Feldmarschall Rommel!

Ihrer Beurteilung der Lage vom 23. 4., die mir Gause überbrachte, stimme ich voll zu.

An dem Grundsatz, daß alles getan werden muß, um den Gegner bereits vor der Küste zu zerschlagen, muß mit Entschiedenheit festgehalten werden. Den notwendigen Forderungen aus diesem Grundsatz ist in den Befehlen der letzten Tage Rechnung getragen worden. Die 77. Infanteriedivision ist in der Küstenverteidigung eingesetzt. Zur Abwehr feindlicher Luftlandung großen Stils auf der Halbinsel Cotentin und in der Bretagne werden die 91. LLDiv und die 5. FschJgDiv zugeführt. Die 2. FschJgDiv wird in den nächsten Tagen im Osten aus der Front gelöst und zum Einsatz auf der Halbinsel Cotentin vorgesehen. Die wesentlichste Kampfkraft wird das von Wahn kommende voll einsatzfähige FschJgRgt 6 bilden.

Um ein schnelles Eingreifen von Panzerverbänden wenigstens an den wichtigsten Stellen sicherzustellen, sind drei PzDiv der Heeresgruppe unmittelbar unterstellt.

Ich stimme Ihnen zu, daß der Feind, wenn er in größerem Umfang Luftlandetruppen einsetzt, diese dicht hinter der Küste absetzen wird, erwarte aber bei der mit Sicherheit anzunehmenden guten Aufklärung des Gegners nicht, daß er diese Luftlandung in unsere Reserven hinein vornehmen wird. Freie Räume hierfür werden ihm immer zur Verfügung stehen, auch wenn wir alle Reserven dicht hinter der Küste aufschließen lassen.

Bei der derzeitigen Unklarheit über die feindlichen Absichten muß die Möglichkeit einer operativen Führung durch Ausscheiden bescheidener Reserven erhalten bleiben. Diese OKW-Reserven werden, sowie Klarheit über Absichten und Schwerpunkt des Feindes besteht, ohne Antrag zum Einsatz freigegeben werden.

Heil Hitler! Ihr
gez. Jodl

GRUNDLEGENDER BEFEHL DES OBWEST

Der Oberbefehlshaber West

Ia Nr. 3442/44 geh.Kdos. H.Qu., 7. 5. 1944

Bezug: 1. OKW/WFST/Op. Nr. 771370/44 g.K.Ch. vom 26. 4. 44.
2. ObWest, Ia Nr. 3362/44 geh.Kdos. vom 27. 4. 44.

Grundlegender Befehl des Oberbefehlshabers West
Nr. 38
(Neuregelung der Befehlsgliederung im ObWest-Bereich)

I. Mit dem 12. 5. 44. 12.00 Uhr, tritt folgende neue Befehlsgliederung im ObWest-Bereich in Kraft.

1. *Dem Oberbefehlshaber West* als Führungsstab in den besetzten Westgebieten sind durch Befehl gemäß Bezug 1) und 2) *unterstellt:*
   a) Heeresgruppen-Kdo. B
   b) Armeegruppen-Kdo. G (Südfrankreich)
2. *Dem Heeresgruppen-Kdo. B sind unterstellt:*
   a) WB.Ndl. mit Gen.Kdo. LXXXVIII taktisch (gemäß Führerweisung 40)
   b) Gen.Kdo. LXXXVIII (Kommandierender General und Befehlshaber der Truppen des Heeres in den Niederlanden) truppendienstlich
   c) 15. Armee *voll*
   d) 7. Armee *voll*
   e) 2. Pz.Div., 116. Pz.Div., 21. Pz.Div. *taktisch.* (Pz.Gru.Kdo. West bleibt für diese Verbände verantwortlich bezüglich allgemeiner Ausbildung und Aufstellung; es wird auf Zusammenarbeit mit H.Gru. B in diesen Aufgaben angewiesen.)
3. *Dem Armeegruppen-Kdo. G* (Südfrankreich) sind *unterstellt:*
   a) 1. Armee *voll*
   b) 19. Armee *voll*
   c) Gen.Kdo. LXVI. Res.Korps mit 189. Res.Div. *einsatzmäßig* für alle Aufgaben der Pyrenäensperrung, der Verteidigung und des Ausbaues der Sperrstützpunkte im Garonne – Canal du Midi-Tal sowie in der Vorbereitung für den Einsatz einer verstärkten Regimentskampfgruppe je nach Lage.
   Truppendienstliche Unterstellung verbleibt bei Chef H Rüst u BdE, *versorgungsmäßige* Unterstellung bleibt wie bisher; sie ist bei Einsatz der 189. Res.Div. durch Armeegruppen-Kdo. G je nach Lage zu regeln.

d) Gen.Kdo. LVIII. Res.Pz.Korps mit 11. Pz.Div., 2. SS-Pz.Div. (truppendienstliche Unterstellung verbleibt bei SS-Führungshauptamt), 9. Pz.Div.

(Pz.Gru.Kdo. West bleibt für diese Verbände verantwortlich bezüglich allgemeiner Ausbildung und Aufstellung; es wird auf Zusammenarbeit mit A.Gru.Kdo. G in diesen Aufgaben angewiesen.)

4. *157. Res.Div.* bleibt weiterhin *einsatzmäßig* dem Mil.Bef. in Frankreich unterstellt.

A.Gru.Kdo. G hat jedoch das Recht, sich von diesem Einsatz im Hinblick auf mögliche Lagen an der französischen Südküste und im Alpengrenzgebiet zu unterrichten und Weisungen für die Vorbereitung einer verst. Rgts.-Gruppe zum Einsatz je nach Lage im Bereich der A.Gru. G zu geben.

II. *Aufträge:*

1. *H.Gru.Kdo. 3:*

   Verteidigung der Küste von Holland, Belgien und Nordfrankreich nach den von ObWest gegebenen Grundlegenden Befehlen und Grundsätzen.

2. *A.Gru.Kdo. G* (Südfrankreich):

   Verteidigung der anschließenden Biskayaküste, der Pyrenäenfront und der französischen Mittelmeerküste in gleicher Weise wie oben.

   Grundsatz: HKL = Küste.

   Jeder feindliche Angriff ist bereits auf dem Wasser und am Strande zu zerschlagen.

3. *Taktische* Trennungslinie zwischen Heeresgruppe B und Armeegruppe G: Bisherige Armeegrenze zwischen 7. und 1. Armee, von ostwärts Tours ab alte Demarkationslinie bis Schweizer Grenze südwestlich Genf.

4. Der Oberbefehlshaber West gibt Heeresgruppe B und Armeegruppe G (Südfrankreich) *Weisungen* für die vom Führer befohlene einheitliche Art der Kampfführung und alle Vorbereitungen hierzu. Für alle Maßnahmen, die von Heeresgruppe B und Armeegruppe G *gleichartig* auszuführen sind oder die einer *einheitlichen* allgemeinen Regelung bedürfen, ergehen die Befehle vom *Oberbefehlshaber West.*

   Für die weiterhin von ObWest verantwortlich geleiteten truppendienstlichen und organisatorischen Aufgaben des Heeres ergehen die Befehle von Oberbefehlshaber West *(Oberkommando Heeresgruppe D)* an Heeresgruppe B und Armeegruppe G. Diese bearbeiten sie. Sämtliche hiermit zusammenhängenden Meldungen, Berichte, Termine usw., sind von Heeresgruppe B und Armeegruppe G an ObWest zur Weiterleitung einzureichen. ObWest behält sich seine Stellungnahme vor.

III. *Gen.Kdo. LXV.A.K.* bleibt ObWest unmittelbar unterstellt, ebenso die *Heeresschule für Btls.- und Abt.-Führer* als OKH-Einrichtung.

IV. *Mil.Bef. in Frankreich und in Belgien und Nordfrankreich* bleiben weiterhin in *militärischer* Hinsicht dem Oberbefehlshaber West unmittelbar unterstellt. Sie sind *angewiesen,* mit H.Gru.Kdo. B bzw. A.Gru.Kdo. G in allen Fragen, die deren Befehlsbereich betreffen, unmittelbar zusammenzuarbeiten.
ObWest entscheidet bei Zweifelsfällen.
Die Verwendung von Sicherungs- und Wachkräften der Mil.Befehlshaber entscheidet nur ObWest, soweit es Angelegenheiten außerhalb des Sicherungsbereiches der Mil.Befehlshaber oder Verwendung für andere Kdo.-Behörden betrifft.

V. *Versorgung:*

Die *gesamte Versorgung* im Bereich der Heeresgruppe B und Armeegruppe G wird weiterhin *durch OQWest geführt,* unbeschadet der *taktischen Unterstellung* der Armeen. Die OQuAbteilungen der HGr B und AGr G dienen der Versorgungsführung in ihrem Bereich an Schwerpunkten. Die Oberquartiermeister bringen Wünsche ihrer Führungsabteilungen hinsichtlich Steuerung der Zuweisung von Versorgungsgütern rechtzeitg OQuWest zur Kenntnis.
Die *Fach- und Sachbearbeiter* der OQ-Abteilungen der HGr B und AGr G sind *Berater* ihrer Kommandobehörden in allen Fragen, die ihre Fachgebiete betreffen. Sie nehmen *nicht* die Aufgaben von Fach- und Truppenvorgesetzten gegenüber unterstellten Einheiten oder Kommandobehörden wahr. Diese werden wie bisher von OQWest und dessen Fach- und Truppenvorgesetzten wahrgenommen.

VI. *Feindnachrichten* gibt ObWest grundsätzlich an Heeresgruppe B und Armeegruppe G, denen die Auswertung überlassen bleibt. *Abwehr- und Propaganda-Angelegenheiten* steuert ObWest (Ic/AO bzw. Stoprop) durch Befehle an die Armeen (nachr. HGr B und AGr G) unmittelbar. In allen grundlegenden Fragen wird darin enge Fühlung mit HGr B und AGr G gehalten.
Die *NS-Führung* wird unter nachrichtlicher Beteiligung der Heeresgruppe B und Armeegruppe G solange von ObWest unmittelbar mit den Armeen bearbeitet, bis deren NSFO-Stellen besetzt sind.

VII. *ObWest/Nafü* gibt grundlegende Weisungen für die Regelung des N.-Wesens im Westen (insbesondere Zusammenarbeit der drei Wehrmachtteile, Funkregelung, N-Geheimschutz und -Tarnung, Festungs-Nachr.-Wesen, Nachr.-Aufklärung, Eisb.N.-Wesen),
stellt Führungs-, Versorgungs- und Transportverbindungen zu Mar.Gr. West, Luftfl.Kdo. 3, den Mil.Bef. und den unmittelbar unterstellten Kdo.-Behörden des Heeres und ObWest-Reserven sicher,
regelt die Gliederung, Ausbildung und Ausstattung der Nachr.-Tr. und Truppennachrichtenverbände nach einheitlichen Gesichtspunkten,
führt die ObWest unmittelbar unterstehenden Verbände.

VIII. *Regelung mit den anderen Wehrmachtteilen:*

H.Gru.Kdo. B und Armeegruppen-Kdo. G sind auf *enge* und *unmittelbare* Zusammenarbeit mit den in *ihrem* Befehlsbereich befindlichen Kdo.-Behörden der anderen Wehrmachtteile angewiesen. *Hierbei sind die mit Führerweisung 40 gegebenen Richtlinien für die Zusammenarbeit maßgebend.*

Grundlegende Angelegenheiten bezüglich Führungsfragen, die in das Befehls- und Aufgabengebiet der anderen Wehrmachtteile übergreifen, sind an *ObWest* zu reichen, welcher mit Marinegruppe West und Luftflotte 3 *unmittelbar* zusammenarbeitet und im Sinne der Führerweisung 40 Regelung trifft.

IX. *Pz.Gru.Kdo. West* bleibt mir *unmittelbar* unterstellt. Es ist verantwortlich für Aufstellung und allgemeine Ausbildung *aller* im ObWest-Bereich vorhandenen Pz.-Verbände und Pz.-Einheiten. Es berücksichtigt hierbei Wünsche der Heeresgruppe B bzw. Armeegruppe G für die Ausbildung im Kampf um die Küste.

Pz.Gru.Kdo. West steht außerdem dem ObWest als Führungsstab zur Verfügung. Sein Einsatz je nach Lage mit unterstellten Panzerverbänden aus der OKW-Reserve wird durch ObWest befohlen, ebenso je nach Lage seine etwaige Unterstellung unter Heeresgruppe B bzw. Armeegruppe G.

X. *OKW-Reserven:*

Als *OKW-Reserven* sind befohlen:

Gen.Kdo. I. SS-Pz.Korps,
1. SS-Pz.Div., 12. SS-Pz.Div., 17. SS-Pz.Gren.Div., Pz.Lehr-Div. (diese nach Eintreffen).

Genannte Kdo.-Behörde und Verbände werden dem Pz.-Gru.Kdo. West unmittelbar unterstellt (truppendienstliche Unterstellung der SS-Verbände verbleibt bei Gen.Kdo. I. SS-Pz.Korps bzw. SS-Führ.-Hauptamt).

XI. *ObWest-Reserven:*

Wie bisher, behält sich ObWest die Bestimmung bestimmter großer Verbände und Heerestruppen aus Heeresgruppe B und Armeegruppe G als ObWest-Reserven vor. Diese Verbände sind neben ihrem augenblicklichen Einsatz für ihre vorgesehenen Aufgaben in den verschiedenen Fällen durch Heeresgruppe B bzw. Armeegruppe G vorzubereiten.

XII. *Mir sind unmittelbar unterstellt bzw. angegliedert:*

Deutscher General des ObWest in Vichy,
General der Artillerie bei ObWest mit Stoflak,
General des Transportwesens West,
OQWest,

Inspekteur der Landesbefestigung West,
General-Ingenieur bei ObWest
General z.b.V. bei ObWest,
Kommandeur der Osttruppen bei ObWest,
Kommandeur der Frontleitstellen,
Höh. Offz. des Karten- und Vermessungswesens.

Durch Abstellung von Verbindungs-Offzn. und Vertretern O.T. sorgen Inspekteur der Landesbefestigung West und Gen.-Ing. bei ObWest dafür, daß Heeresgruppe B und Armeegruppe G Einfluß auf den Ausbau des Atlantikwalles nach ihren taktischen Erfordernissen bekommen.

XIII. *Meldewesen:*

Alle bisher den Armeen (W.B.Ndl.) befohlenen Tagesmeldungen usw. sind vom 12. 5. 1944 ab an die zuständige Heeresgruppe bzw. Armeegruppe zu richten. Heeresgruppe B und Armeegruppe G melden von da ab allein an ObWest. *Ausnahme:* Alle Meldungen auf dem *Versorgungsgebiet* sind weiterhin von den Armeen und W.B.Ndl. unmittelbar an *ObWest,* nachr. an HGr B bzw. AGr G zu erstatten.

XIV. Ich erwarte, daß die durch die Neugliederung geschaffene *klare* Abgrenzung der Befehlsbefugnisse sich günstig auf die Abwehrbereitschaft der Küsten und die Ausrichtung für den Kampf auswirkt.

Ich lasse Heeresgruppe B und Armeegruppe G (Südfrankreich) möglichste Freiheit in ihren Maßnahmen und werde nur dort eingreifen, wo höhere Führungserfordernisse dies verlangen oder ich *grundsätzlich* anderer Auffassung bin.

Ich bitte, entsprechend der operativen Bedeutung der »Naht« zwischen Heeresgruppe B und Armeegruppe G dieser besondere Aufmerksamkeit zu widmen und gegenseitige Maßnahmen zu treffen.

Durch Austausch von Erfahrungen, gegenseitige Fühlungnahme und gleichmäßige Ausrichtung nach den *Grundlegenden Befehlen des Oberbefehlshabers West,* die stets nur *Richtlinien* im großen geben, sind *Heeresgruppe B und Armeegruppe G* in der Lage, unter *voller eigener Verantwortung* das Beste für ihre Aufgabe zu tun.

Marinegruppe West und Luftflotte 3 bitte ich, in der bisher schon bewährten engen Zusammenarbeit mit ObWest und Heeresgruppe B und Armeegruppe G fortzufahren.

Der Oberbefehlshaber West
gez. von Rundstedt
Generalfeldmarschall gez. Bl.

ROMMELS BETRACHTUNGEN ZUR LAGE

vom 3. Juli 1944

H.Qu., 5. Juli

An den
Oberbefehlshaber West,
Herrn Generalfeldmarschall v. Kluge

Anbei übersende ich Ihnen meine Betrachtungen zu den abgelaufenen militärischen Ereignissen in der Normandie.
Ihr zu Beginn Ihres Besuches vor meinem Chef und Ia gemachten Vorwurf, »nun müsse auch ich mich daran gewöhnen, Befehle auszuführen«, hat mich tief verletzt. Ich bitte Sie, mir mitzuteilen, welche Gründe Sie gehabt haben, diesen Vorwurf gegen mich zu erheben.

gez. Rommel
Generalfeldmarschall

DER OBERBEFEHLSHABER
DER HEERESGRUPPE B
Ia Nr. 4257/44 g.Kdos. Chefs.

H.Qu., den 3. 7. 1944

Betrachtungen

Die Küste der Normandie, die Halbinsel Cherbourg und die Festung Cherbourg konnten aus folgenden Gründen auf die Dauer nicht gehalten werden:

1. Die in der Normandie befindlichen Besatzungskräfte waren zu schwach, zum Teil stark überaltert – z. B. 709. Division durchschnittlich 36 –, die materielle Ausrüstung genügte modernen Anforderungen nicht, die Bevorratung an Munition war nicht ausreichend, der Ausbau der Befestigungen war im Rückstand, die Nachschublage war völlig unbefriedigend.
2. Wiederholte Anträge der Heeresgruppe B, vor allem Ende Mai, nachdem sich die Gefahr für die Normandie abgezeichnet hatte, auf Heranziehung weiterer Verstärkungen wurden abgelehnt. Vor allem war beantragt worden, die 12. SS-Pz.Div. (Hitlerjugend) in den Raum Lessay–Coutances zu verlegen, um bei einer feindlichen Landung an der Ost- oder Westseite der Cotentin unverzüglich einen durchschlagenden Gegenangriff führen zu können. Bei der zu erwartenden Luftherrschaft des Gegners mußte das Heranführen der 12. SS-Pz.Div. (HJ.) aus ihrem Unterbringungsraum südlich der Seine mindestens zwei Tage in Anspruch nehmen. Zudem war mit starken Ausfällen bei einem derartigen Marsch zu rechnen. Generaloberst Jodl war dies bekannt, er hatte mich kurz vor der feindlichen Invasion nochmals durch General der Infanterie Buhle fragen lassen, wie lange die HJ.-Pz.Div. benötige, um in den Kampf um die Normandie einzugreifen. Mein stän-

diges Drängen auf Heranführung dieser Division wurde abgelehnt und nur zugesagt, sie im Falle eines feindlichen Angriffs sofort zu unterstellen.

3. Ich hatte vorgeschlagen, die Pz.Lehr-Div. so bereitzustellen, daß sie sowohl in der Lage gewesen wäre, in der Normandie als auch in der Bretagne rasch in den Kampf um die Küste einzugreifen. Auch diesem Antrag ist nicht entsprochen worden aus Sorge, daß der Feind im Raum um Paris luftlanden könnte.

4. Auf Antrag der Heeresgruppe sollten Ende Mai starke Flakkräfte vor allem dort eingesetzt werden, wo der Gegner ungehindert Tag für Tag eigene Batteriestellungen und Befestigungsanlagen mit starken Luftwaffenverbänden angriff. Auf Anregung des Kommandierenden Generals des III. Flakkorps hatte ich vorgeschlagen, das Flakkorps geschlossen in dem Raum zwischen Ornemündung und Montebourg einzusetzen, da dieser Raum sich durch die Aktivität des Gegners als besonders bedroht abzeichnete. Dem Antrag ist nicht entsprochen, sondern das Flakkorps wurde mit zwei von seinen vier Rgtern beiderseits der Somme und mit einem schwachen Regiment zwischen Orne und Vire beweglich eingesetzt. Diese für die Verteidigung der Normandie unerwünschte Teilung des Flakkorps war begründet durch Betriebsstoffmangel. So blieben zwei Rgter in der Nähe der V 1-Abschußstellen, deren Schutz sie mit der Feuereröffnung übernehmen sollten.

5. Zur Verstärkung der Verteidigung in der Normandie habe ich das Heranführen der Werfer-Brigade 7 in den Raum südlich Carentan vorgeschlagen, da vorauszusehen war, daß das Heranführen von Verstärkungen im Angriffsfall große Schwierigkeiten machen würde. Auch dieser Antrag wurde nicht genehmigt und die Brigade erst nach Beginn des feindlichen Angriffs der Heeresgruppe unterstellt. Sie kam dadurch in den ersten Tagen der Invasion nicht zum Einsatz.

6. Wiederholt hatte ich angeregt, die Verminung der Seinebucht durch Marine und Luftwaffe so frühzeitig durchzuführen und auch die neuesten Minen hier einzusetzen, damit dem Gegner die guten Anlandemöglichkeiten gesperrt wurden. Gerade die Seinebucht eignet sich ja bei ihrer geringen Wassertiefe besonders für die Verminung. Auch dieser Anregung wurde nicht entsprochen. Erst nachdem der Gegner gelandet war, setzte die Verminung unter schwierigsten Verhältnissen ein, größtenteils aus der Luft.

7. Die Bevorratung der Truppen in der Normandie mit Munition sollte auf Befehl von Gen.Qu. im Zuge der Rückführung von Munition im ObWest-Bereich im Mai gekürzt werden, um die freiwerdende Munition in HML und AML als Reserven auszulagern. Damit wäre die Ausstattung noch geringer geworden, als sie an und für sich schon war. Auf Antrag von General Marcks hat die Heeresgruppe erwirkt, daß diese Kürzung unterblieb.

8. Die Nachschubverhältnisse, besonders in der Normandie, wurden trotz des vorhandenen Bahnnetzes und des Seeweges vor der Invasion auf Grund des starken Bombardements der Eisenbahnanlagen bereits schwierig.

9. Nachdem es dem Feind gelungen war, auf dem Festland Fuß zu fassen, war es die Absicht der Heeresgruppe B, unter Heranführung von Verstärkungen erst den Landekopf nördlich Carentan zu beseitigen und damit jede Gefahr

für den Cotentin und die Festung Cherbourg auszuschalten, und erst in zweiter Linie den Feind zwischen Orne und Vire anzugreifen. OKW stimmte aber dieser Absicht nicht zu und befahl den eigenen Schwerpunkt in den Ostteil an der Ornemündung zu verlegen.

10. Die 12. SS-Pz.Div. (HJ.) traf nach einem Anmarsch von zirka 120 km mit den vordersten Teilen, nachdem sie durch Tieffliegerangriffe erhebliche Ausfälle gehabt hatte, erst am 7. 6. 9.30 Uhr mit vordersten Teilen in der Gegend nordwestlich Caen ein. Sie konnte, da die Lage einen geschlossenen Einsatz zeitlich und räumlich nicht mehr zuließ, im Angriff nicht durchziehen.
    Die Pz.Lehr-Div. hatte einen Anmarsch von 180 km zurückzulegen und traf erst am 7. 6. 13.00 Uhr mit den Anfängen an der Kampffront westlich Caen ein. Auch sie war im Vormarsch durch Tiefflieger gehemmt, Räder- und Raupenteile getrennt worden. Hierdurch und lagebedingt konnte ihr Angriff nicht mehr durchziehen; sie hatte Mühe, sich gegen den inzwischen stark gewordenen Feind zu behaupten. Es war ihr damit leider nicht gelungen, die Verbindung mit den noch bei Bayeux kämpfenden Teilen der 352. ID zu bekommen und diese zu stützen.
    Die 2. Pz.Div., die aus dem Raum beiderseits der Somme (260 km Luftlinie) herangezogen wurde, traf mit den vordersten Teilen am 13. 6. ein und brauchte zum geschlossenen Einsatz weitere sieben Tage.
    Die 3. Fallsch-Division benötigte zum Anmarsch aus der Bretagne (250 km Luftlinie) unter ständiger Luftbedrohung zum Einsatzraum nordostwärts St-Lô sechs Tage. Der ihr befohlene Angriff auf Bayeux konnte nicht mehr erfolgen, da der Feind mit starken Kräften bereits Besitz vom Wald von Cerisy ergriffen hatte.
    Die 77. Division benötigte sechs Tage, um in den Kampf im Nordteil des Cotentin mit starken Teilen eingreifen zu können.
    Alle herangeführten Reserven kamen so viel zu spät, um die feindliche Anlandung durch Gegenangriff zu zerschlagen. Inzwischen hatte der Gegner wesentlich stärkere Kräfte gelandet und war, unterstützt von starken Luftwaffenverbänden und Artillerie, selbst zum Angriff übergegangen.

11. Die Unterstützung durch die eigene Luftwaffe erfolgte nicht in dem Maße, wie ursprünglich vorgesehen war. Der Feind beherrschte den Luftraum über dem Kampfgelände bis zirka 100 km hinter die Front vollkommen. Durch außergewöhnlich starke Einsätze zerschlug er die Verteidigungsanlagen im Küstenstreifen und bekämpfte sehr wirkungsvoll den Anmarsch von Reserven und die Versorgung der eigenen Truppe, insbesondere durch Zerstörung des Bahnnetzes.

12. Auch der Einsatz der Kriegsmarine erfolgte nicht in dem Ausmaße, wie ursprünglich versprochen worden war (z. B. statt 40 nur 6 U-Boote). Eine Sicherung der Seinebucht durch Vorpostenfahrzeuge bestand in der Nacht vom 5./6. 6. wegen des schlechten Wetters nicht. Der Einsatz der U-Boote gegen die Landungsflotte erfolgte nur in verhältnismäßig geringem Ausmaß. Durch den feindlichen Fliegerangriff auf Le Havre am 12. 6. verlor die Marine einen großen Teil der für den Kampf gegen die Landungsflotte geeigneten Fahrzeuge.

Auch die Verminung der Seinebucht, die unmittelbar nach der Invasion einsetzte, zeigte bis heute keine fühlbaren Erfolge. Ausladungen größten Ausmaßes finden nach wie vor dort statt, und der tägliche Beschuß durch Schiffsartillerie »in bisher nicht gekanntem Ausmaß« (Meldung II. SS-Pz.Korps) macht der eigenen Kampffront schwer zu schaffen.

13. In den Versorgungsbetrieb war die Heeresgruppe nicht eingeschaltet, sie hat keinen OQStab und hatte zunächst auch kein Weisungsrecht an OQWest.
14. Die Fragen der *Befehlsführung* waren unbefriedigend gelöst. Die Heeresgruppe verfügte bei Beginn der Invasion nicht über die operativen Verbände der Panzergruppe West (siehe oben) und nicht über die Werferbrigade. Über das »Anweisen« des Flakkorps usw. habe ich mich bereits in einem Antrag geäußert. Nur *einheitliche* straffe Wehrmachtsführung nach dem Feindbeispiel Montgomerys bürgt für den Enderfolg.

gez. Rommel
Generalfeldmarschall

BRIEF VON GENERAL SCHMUNDT AN ROMMEL

Berlin W 8,
Voßstraße 4

Chefadjutant der Wehrmacht
beim Führer
und Chef des Heerespersonalamtes

Führerhauptquartier, den 9. Juli 1944

Sehr verehrter Herr Generalfeldmarschall!

Für die Übersendung der »Betrachtungen« darf ich gehorsamsten Dank sagen. Diese »Betrachtungen« sind in sehr klarer Weise durch Oberstleutnant Borgmann auf Grund seiner Beobachtungen ergänzt worden.
Ich habe den Führer von dem Vorliegen dieser »Betrachtungen« unterrichtet. Ich hoffe, in Ihrem Einverständnis zu handeln, wenn der Führer sie liest.

Mit den besten Wünschen und Heil Hitler,
bin ich, hochzuverehrender Herr Generalfeldmarschall,
stets Ihr getreuer

gez. Schmundt

LETZTE LAGEBETRACHTUNG ROMMELS

An den
Oberbefehlshaber West,
Herrn Generalfeldmarschall v. Kluge

H.Qu., 16. 7.

Unter Bezugnahme auf die mündliche Besprechung am 12. 7. übersende ich als Beitrag für eine Lagebeurteilung anliegende »Betrachtungen«.

gez. Rommel

Der Oberbefehlshaber
der Heeresgruppe B

H.Qu., 15. 7.

Die Lage an der Front in der Normandie wird von Tag zu Tag schwieriger und nähert sich einer starken Krise.
Die eigenen Verluste sind bei der Härte der Kämpfe, dem außergewöhnlich starken Materialeinsatz des Gegners, vor allem an Artillerie und Panzern, und der Wirkung der den Kampfraum unumschränkt beherrschenden feindlichen Luftwaffe derart hoch, daß die Kampfkraft der Divisionen sehr rasch absinkt. Ersatz aus der Heimat kommt nur sehr spärlich und erreicht bei der schwierigen Transportlage die Front erst nach Wochen. Rund 97 000 Mann (darunter 2360 Offiziere) an Verlusten – also durchschnittlich pro Tag 2500 bis 3000 Mann – stehen bis jetzt 10 000 Mann im Ersatz gegenüber (davon rund 6000 eingetroffen.) Auch die materiellen Verluste der eingesetzten Truppen sind außergewöhnlich hoch und konnten bisher in nur ganz geringem Umfange ersetzt werden, z. B. von rund 225 Panzern bisher 17.
Die neu zugeführten Infanteriedivisionen sind kampfungewohnt und bei der geringen Ausstattung an Artillerie, panzerbrechenden Waffen und Panzernahbekämpfungsmitteln nicht imstande, feindliche Großangriffe nach mehrstündigem Trommelfeuer und starken Bombenangriffen auf die Dauer erfolgreich abzuwehren. Wie die Kämpfe gezeigt haben, wird bei dem feindlichen Materialeinsatz auch die tapferste Truppe Stück für Stück zerschlagen und verliert damit Menschen, Waffen und Kampfgelände.
Die Nachschubverhältnisse sind durch Zerstörung des Bahnnetzes, die starke Gefährdung der Straßen und Wege bis 150 km hinter die Front durch die feindliche Luftwaffe derart schwierig, daß nur das Allernötigste herangebracht werden kann und vor allem mit Artillerie- und Werfermunition überall äußerst gespart werden muß. Diese Verhältnisse werden sich voraussichtlich nicht bessern, da der Kolonnenraum durch Feindeinwirkung immer mehr absinkt und die feind-

liche Lufttätigkeit bei Inbetriebnahme der zahlreichen Flugplätze im Landekopf voraussichtlich noch wirkungsvoller wird.
Neue nennenswerte Kräfte können der Front in der Normandie ohne Schwächung der Front der 15. Armee am Kanal oder der Mittelmeerfront in Südfrankreich nicht zugeführt werden. Allein die Front der 7. Armee benötigt aber dringend zwei frische Divisionen, da die dort befindlichen Kräfte abgekämpft sind.
Auf der Feindseite fließen Tag für Tag neue Kräfte und Mengen von Kriegsmaterial der Front zu. Der feindliche Nachschub wird von der eigenen Luftwaffe nicht gestört. Der feindliche Druck wird immer stärker.
Unter diesen Umständen muß damit gerechnet werden, daß dem Feind in absehbarer Zeit gelingt, die dünne eigene Front, vor allem bei der 7. Armee, zu durchbrechen und in die Weite des französischen Raumes zu stoßen. Auf anliegende Meldungen der 7. Armee und des II. Fallsch.Jg.Korps darf ich hinweisen. Abgesehen von örtlichen Reserven der Pz.Gr. West, die zunächst durch die Kämpfe an der Front der Panzergruppe gebunden sind und bei der feindlichen Luftherrschaft nur nachts marschieren können, stehen keine beweglichen Reserven für die Abwehr eines derartigen Durchbruchs bei der 7. Armee zur Verfügung. Der Einsatz der eigenen Luftwaffe fällt wie bisher nur ganz wenig ins Gewicht.
Die Truppe kämpft allerorts heldenmütig, jedoch der ungleiche Kampf neigt sich dem Ende entgegen. Es ist m. E. nötig, die Folgerungen aus dieser Lage zu ziehen. Ich fühle mich verpflichtet, als Oberbefehlshaber der Heeresgruppe dies klar auszusprechen.

(gez.): Rommel

BILDERVERZEICHNIS

KARTENVERZEICHNIS

ABKÜRZUNGEN

Für viele militärische Begriffe und Bezeichnungen wurden auch im dienstlichen Verkehr voneinander abweichende Abkürzungen gebraucht. Da aber alle ohne weiteres verständlich sind, wenn man ihre kürzeste Form kennt, wurde hier nur diese aufgenommen.

AGr.	Armeegruppe
AK	Armeekorps
AOK	Armeeoberkommando
Arko	Artilleriekommandeur
BdE	Befehlshaber des Ersatzheeres
BSW	Befehlshaber der Sicherung West
Chef H Rüst	Chef der Heeresrüstung
FdM	Führer der Minensuchboote
FHQ	Führerhauptquartier
Fl.Div.	Flieger-Division
F.Sch.Div.	Fallschirmjägerdivision
Frg.Kpt.	Fregattenkapitän
Gen.d.Pi.	General der Pioniere
Gen.St.d.H.	Generalstab des Heeres
HGr.	Heeresgruppe
HKA	Heeresküstenartillerie
HKB	Heeresküstenbatterie
HJ	Hitlerjugend
HKL	Hauptkampflinie
Höh.Art.Kdr.	Höherer Artilleriekommandeur
ID	Infanteriedivision
IED	Infanterie-Ersatzdivision

K.Adm.	Konteradmiral
Kdo	Kommando
K.Kpt.	Korvettenkapitän
KMA	Küstenmine A
Kptlt.	Kapitänleutnant
Kpt.z.S.	Kapitän zur See
KTB	Kriegstagebuch
KV	Küstenverteidigung
LFH	Leichte Feldhaubitze
LLD	Luftlandedivision
Luft.Fl.Kdo.	Luftflottenkommando
LW	Luftwaffe
LWFD	Luftwaffenfelddivision
LKW	Lastkraftwagen
MA	Marineartillerie
MAA	Marineartillerieabteilung
Mar.Gr.West	Marinegruppe West
MB	Militärbefehlshaber
M-Boot	Minensuchboot
MG	Maschinengewehr
MOK	Marineoberkommando
MS-Flottille	Minensuchflottille
Nafü	Nachrichtenführer
NSFO	Nationalsozialistischer Führungsoffizier
OB	Oberbefehlshaber
ObdH	Oberbefehlshaber des Heeres
ObdL	Oberbefehlshaber der Luftwaffe
ObdM	Oberbefehlshaber der Kriegsmarine
ObWest	Oberbefehlshaber West
ObHGr	Oberbefehlshaber der Heeresgruppe
OHL	Oberste Heeresleitung
OKW	Oberkommando der Wehrmacht
OKH	Oberkommando des Heeres
OKL	Oberkommando der Luftwaffe
OKM	Oberkommando der Kriegsmarine
OKdo	Oberkommando
OQ	Oberquartiermeister
OT	Organisation Todt
PAK	Panzerabwehrkanone

PAV	Persönliche Aufzeichnungen des Verfassers
PK	Propagandakompanie
Pz.Abt.	Panzerabteilung
Pz.Div.	Panzerdivision
Pz.K.	Panzerkorps
R-Boot	Minenräumboot
RD	Reservedivision
R-Flottille	Räumbootflottille
S-Boot	Schnellboot
SD	Sicherheitsdienst
SKL	Seekriegsleitung
Stoart	Stabsoffizier für Artillerie
Stoflak	Stabsoffizier für Flak
Stoprop	Stabsoffizier für Propaganda
T-Boot	Torpedoboot
TBR	Tagesberichte Rommels
V.Adm.	Vizeadmiral
WBN	Wehrmachtsbefehlshaber Niederlande
WFST	Wehrmachtsführungsstab
WM Befehlshaber	Wehrmachtsbefehlshaber
I a	Generalstabsoffizier für Führung
I c	Generalstabsoffizier für Nachrichten
II a	Generalstabsoffizier für Personal

VIZEADMIRAL FRIEDRICH RUGE, der Inspekteur der Bundesmarine, war mit Feldmarschall Rommel befreundet. Von November 1943 bis August 1944 gehörte er als Marinesachverständiger zu dessen Stabe (Heeresgruppe B) und hat dort die entscheidende Phase auf dem westlichen Kriegsschauplatz miterlebt. An Hand seiner eigenen und Rommels Tagebuchnotizen sowie amtlichen Materials aus jener Zeit berichtet er, welche Pläne zur Abwehr der Invasion Rommel hatte, und schildert sehr fesselnd, wie sie entstanden und ins Werk gesetzt wurden, welche Probleme und Widerstände dabei zu überwinden waren und was Rommel trotzdem erreichte. Bis in die technischen Details hinein erlebt man den Fortgang und die Hemmungen der Abwehrvorbereitungen mit, verfolgt sie mit wachsender Spannung, je näher der Tag X heranrückt. Woran es lag, daß trotz Rommels Weitblick und unermüdlichem Einsatz die Abwehr der Invasion scheiterte, wird schließlich von Ruge auf Grund der an Ort und Stelle gewonnenen Eindrücke klar und überzeugend beantwortet. Darüber hinaus aber wird das Bild der soldatischen und menschlichen Persönlichkeit Rommels durch viele unbekannte Einzelzüge, die besonders in den mitgeteilten Gesprächen mit ihm zutage treten, wesentlich bereichert und in ein neues und helles Licht gerückt.

Das mit instruktiven Bildern und Karten ausgestattete Buch, das außerdem im Anhang die wichtigsten Befehle, dienstlichen Lagebetrachtungen und Briefe im Wortlaut bietet, besitzt höchsten historisch-dokumentarischen Wert und zugleich den besonderen Reiz des persönlichen, bis zur letzten Seite fesselnden Erlebnisberichtes.